나의 사랑스러운 방해자

나의 사랑스러운 방해자

The Baby on the Fire Escape

앨리스 닐,

도리스 레싱,

어슐러 르 귄,

오드리 로드,

수전 손태그,

앨리스 워커,

앤절라 카터…

돌보는 사람들의
창조성에 관하여

줄리 필립스
박재연, 박선영, 김유경, 김희진 옮김

1943년 뉴욕에서 두 아들 리처드(당시 6세)와 하틀리(당시 5세)를 곁에 두고 그림을 그리고 있는 앨리스 닐, 샘 브로디가 찍은 사진. © The Estate of Alice Neel. 유행과 무관하게 자기 스타일을 밀어붙여 거장의 반열에 오른 초상화가 앨리스 닐은 네 아이를 낳았지만 그중 둘을 잃었다. 이른 나이에 낳았던 첫째 딸은 돌도 되기 전에 디프테리아로 사망했고 둘째 딸은 엄마와 떨어져 살다가 엄마에 대한 원한을 간직한 채 자살했다. 두 딸이 모두 죽은 후의 어느 날 앨리스는 아기 침대 창살 사이에 목이 끼여 질식사 한 아기의 뉴스를 읽고 침대에서 죽은 아기의 그림을 그렸다. 그녀는 이 그림의 제목을 「헛된 노력」이라고 붙였다.

「자화상」, Self-Portrait, 1980. © The Estate of Alice Neel. Courtesy the Estate of Alice Neel and David Zwirner

「웰 베이비 클리닉」, Well Baby Clinic, 1928~1929 © The Estate of Alice Neel

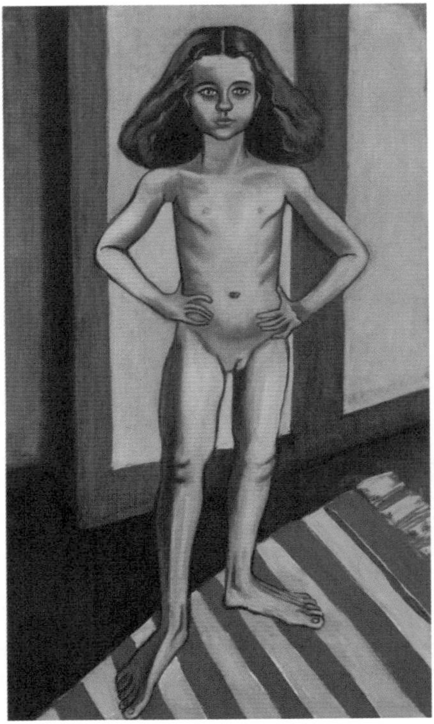

「흔들목마를 탄 하틀리」,
Hartley on the Rocking Horse, 1943. © The Estate of Alice Neel
「이사베타」, Isabetta, 1934, © The Estate of Alice Neel

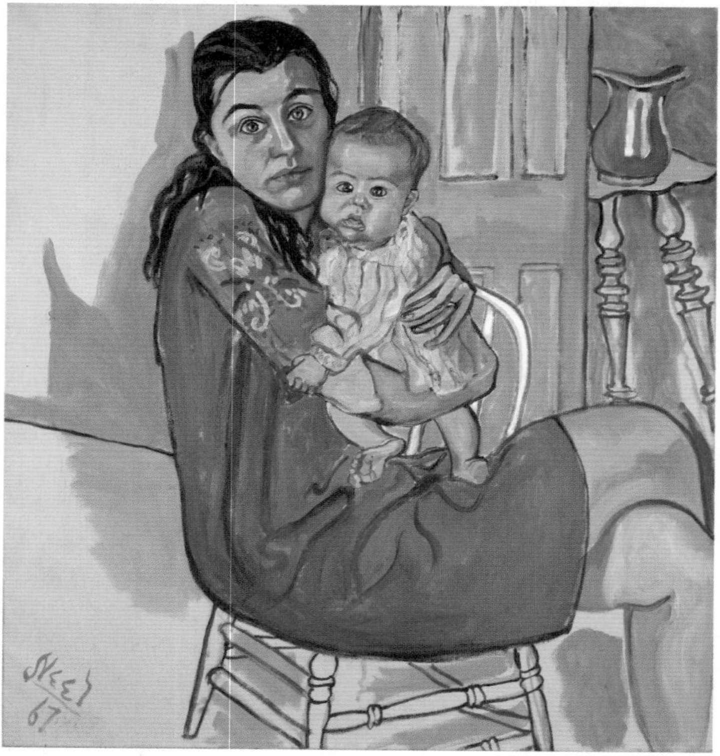

「엄마와 아이(낸시와 올리비아)」, Mother and Child(Nancy and Olivia), 1967

1960년대 트라팔가 광장에서 열린 반핵 시위에 참여한 도리스 레싱. 1990년 나이든 도리스 레싱. Alamy Stock Photo. 자신의 모성이 좌절하고 방해받고 버려지고 재창조된 덕분에 레싱은 어머니로서의 삶을 작품의 주제로 삼을 수 있었다. 실패한 결혼과 육아에 대해 공개적으로 말할 수 있던 여성이 거의 없던 시대에 레싱은 문학적 초상화 속에 여러 모순된 감정들을 겹겹이 쌓아올려 모성이 주는 만족감, 유혹, 좌절, 죄책감, 분노를 묘사했다. 자전적 폭로가 들어간 초기 작품에서부터 에로틱한 어머니와 아들 간의 유대가 나타난 『할머니들』(2003)이나 아들의 극단적 요구가 행복한 가정을 분열시키는 『다섯째 아이』(1988)의 처참한 모성에 이르기까지 양가적 사랑은 도리스 작품의 주요 주제 중 하나이다.

1948년 에섹스에서 네 아이와 함께 있는 엘리자베스 스마트. Courtesy of Geogina Barker. 엘리자베스 스마트는 런던의 인기 잡지《퀸》에 서평 칼럼을 쓰는 매력 적인 소호의 문인이었다. 그녀는 자유와 권위를 낭만적인 반항이나 자기파괴적인 열정과 혼동했다. 그 결과 그녀는 훌륭한 책 한 권(『그랜드센트럴역에 주저앉아 울다』)과 네 명의 아이들을 남긴 채 저렇게 살면 안 된다는, 다른 여성들의 본보기가 되었다.

1960년 오리건에서 캐롤린과 함께 있는 어슐러 르 귄. Courtesy of Le Guin Estate. 1990년대의 어슐러 르 귄. Alamy Stock Photo. 모든 엄마 작가들이 창조적 자유를 얻기 위해 관습을 깨야 했던 것은 아니다. 어슐러 르 귄은 스스로를 희생하지 않았고, 비록 비통함을 맛보긴 했으나 사랑 때문에 고통받고자 하는 유혹에 전혀 빠지지 않았다. 대신 그녀는 자신의 글을 진정으로 지지해주고 그녀가 일할 수 있도록 양육을 분담하는 남자와 결혼했다. 만약 그녀가 20세기 중반에 이러한 일에 대해 썼다면, 아마 과학소설처럼 들렸을 것이다.

셜리 잭슨. Alamy Stock Photo. 셜리 잭슨은 네 아이를 키우면서 작품 활동도 활발히 하는, 성공한 작가처럼 보였다. 셜리의 유명한 단편소설인 「제비뽑기」는 그녀가 장봐온 것들을 정리하면서 떠오른 아이디어를 아들은 유치원에 가 있고 딸은 놀이터에서 놀고 있던 몇 시간 동안에 써내려 간 것이었다.
셜리는 술을 과하게 마셨고 약을 계속 먹고 있었다. 여기에는 원래 살을 빼려고 처방받은 진정제와 암페타민도 포함돼 있었다.(셜리는 자신의 몸과 좋은 관계를 맺지 못했다. 셜리의 어머니는 늘 그녀의 외모를 깎아내렸기 때문이다.) 불안 발작에 시달리던 셜리는 남편의 외도를 알아채고는 아이들이 공포에 질릴 정도로 발작을 했다.

수전 손태그. Alamy Stock Photo. 수전 손태그는 '엄마'라는 단어를 좋아하지 않았다. 장성한 아들에 대해 "난 차라리 아들이 나를 그냥 얼빠진 큰누나처럼 여겼으면 좋겠어요."라고 말하며, 그녀 역시 아들을 "오히려 내 형제이자 가장 친한 친구"로 생각한다고 주장했다. 이 단어들은 친밀한 관계를 암시하지만, 더 책임감 있거나 아낌없이 주는 어른의 모습을 드러내지는 않는다. 그것은 한 엄마가 아들의 욕구와 자신의 욕구 사이에서 양자택일 할 필요가 없는 관계를 암시한다.

1978년 7월, 두 자녀 조너선과 엘리자베스와 함께 있는 오드리 로드와 파트너 프랜시스 클레이튼. Courtesy of Clare Cross and Blanche Wiesen Cook. 흑인 레즈비언 시인이었던 오드리 로드는 다정다감한 엄마이기도 했다. 오드리는 점차 흑인이자 레즈비언으로 사는 것, 그 둘이 어떻게 교차하는지, 그녀의 위치가 어떻게 가시화될 수 있는지에 관해 더 많이 말하고 쓰게 되었다. 페미니즘의 얼리어답터인 그녀는 젠더에 관한 생각을 재고하도록 흑인 남성들을 압박하는 한편, 대학 교육을 받은 백인 페미니스트들이 간과한 인종, 계급, 섹슈얼리티에 관한 맹점을 지적했다.

『컬러 퍼플』을 홍보 중인 앨리스 워커. Alamy Stock Photo. 앨리스 워커는 여성들 사이에서 연대와 이해를 찾았다. 십대 아들을 둔 뉴욕의 미혼모 준 조던과 앨리스는 브루클린에 있는 조던의 집에서 비공식적으로 만났던 작가들의 후원회를 조직했다. 그들은 스스로를 '자매들'이라 불렀다. 이 모임에는 토니 모리슨, 극작가 엔토자케 샹게, 음식 평론가 버타 메이 그로즈베너 등이 함께했다. 이런 여성들 간의 연대는 『컬러 퍼플』의 주요 주제가 되었다.

앤절라 카터. Alamy Stock Photo. 앤절라 카터는 출산 시 의사의 편견 가득한 말에 크게 상처받았다.(앤절라는 백인 중산층인 자신의 경험에 비추어 흑인 산모들이 병원에서 받는 모욕과 폭력은 얼마나 클지 상상해보았다.) 게다가 병원은 부주의한 처치로 그녀에게 산욕열까지 안겨주었다. 과거에 수많은 여성들을 사망하게 만든 병이었다. 퇴원 후 그녀는 「산부인과 병동에서 보내는 메모」라는 제목의 글을 써서 복수했다. 그녀는 산모에 대해 사회적 편견을 마음껏 표출하는 이들의 "산후 처단자 명단"을 갖고 있다고 주장했다.("그 사건[출산] 이후에는 누구에게나 1년짜리 정당방위 살인이 허용되지 않습니까?") 드디어 모성 분노의 영토에 입성한 것이다. 물론 출산에 대한 이런 부정적 감정의 표현은 페미니즘이 가져다준 변화였다.

키트, 얀, 에이스, 요이스커

나의 어머니, 남편, 그리고 아이들에게

이 책에 대한 찬사

아이를 처음 낳았던 때를 기억한다. 두렵고, 불안하고, 세상이 너무 거대해 보였다. 기뻐하며 환하게 웃기만 하지 못하는 자신을 비하하며 나의 '비정상정'과 '열등함'을 곱씹었다. 당시 내가 느꼈던 감정이 나만의 것이 아님을 알게 된 것은 한참의 시간이 흐른 다음이었다. 모성을 신화화하는 일이 어떻게 아이와 엄마의 사이를 갈라놓는지에 대한 두 권의 책을 쓴 다음에야, 내게 무자비하게 투하되었던 과장된 모성 신화와 아이를 사랑하는 일이 각각 완벽하게 분리될 수 있는 일임을 알았다. 여성이 아이를 인간 대 인간으로 사랑하기 위해서 가장 먼저 해야 할 일은, 사회가 부과한 왜곡되고 비인간적인 모성상을 자신의 내면에서 걷어내는 것이다. 이 책은 그 일을 하는 데 필수적인 지식과 통찰력을, 뛰어난 여성들의 삶을 통해 전방위적으로 제공한다. 엄마가 되거나 되지 않길 선택한 여성, 여성을 존중하며 살기 위해 할 수 있는 일을 모색 중인 남성, 출산과 양육이 사회가 정한 규준에 따라 획일적으로 이루어져야 한다고 철석같이 믿고 있는 이들 모두가 거쳐야 할 책이다.

—정아은, 『잠실동 사람들』, 『엄마의 독서』, 『당신이 집에서 논다는 거짓말』

한 문장 한 문장이 살아 있다. 한 사람 한 사람의 목소리에서 절규가 느껴진다. 집과 가정의 문을 열고 세상을 향해 걸어 나가는 일도, 문을 잠그고 자신의 목소리에 몰두하는 일도 녹록지 않은 여성 창작자들의 이야기에서 용기를 배웠고, "많은 남성 작가들이 그토록 갈망하며 묘사하던 마음 상태…… 거대한 바다 같은 일체감, 위대한 합일감에 도달하게 되었다."라는 부분에서는 자부심마저 느껴졌다.

—서유미, 『한몸의 시간』, 『우리가 잃어버린 것』, 『끝의 시작』

돌봄과 작업은 양립하기 어렵기에 둘 사이에서 시험에 빠지는 것이 일상이며, 그것은 매번 다른 무언가에 대한 희생과 낙담을 기약하는 일이기도 하다. 이 책에 등장하는 (기억되고 기록된) 여성 예술가들조차 그 딜레마를 쉽게 해결할 수 없었다는 사실은 매번 열패감에 빠지는 나의 좌절을 정당화해주는 동시에 회복할 힘을 북돋워준다. 조각난 시간과 갈기갈기 찢어진 자아를 부여잡은 채 우리가 이어가려는 것은 결국 '더 많이 사랑하는 삶'이라는 것을 필립스의 작업을 통해 배운다. 나의 아이, 나의 작업, 나의 삶에 대한 사랑이 때때로 버겁고 누추하게 여겨지는 여성들에게 이 책은 용기를 줄 것이다.

—김유담, 『이완의 자세』, 『돌보는 마음』

엄청난 집단 전기(傳記)다. 필립스는 선수다. 작가들의 독립되고 완결된 초상들을 제시하는 대신 주제와 아이디어에 따라 그들의 삶을 연결하는 편을 택했다. 어떤 부분에서 가볍게 언급하고 넘어가고 어느 부분에서 빽빽하게 설명을 덧붙여야 할지 정확하게 알고 있다. 적절한 사례들을 끌고 오는 데에도 뛰어나다. 박식하고 탄탄한 지식과 독자와의 상호

신뢰 덕분에 그녀의 글쓰기는 막강한 권위를 지닌다.

—로런 르블랑, 《로스앤젤레스 타임스》

엄청나게 공을 들여 전방위적으로 조사해 쓴 책이다. 필립스는 좋은 사례나 인용문을 결코 포기하지 못하는 작가다. 결국 책은 그런 일화와 인용문으로 넘쳐나게 되었다. 이 책이 재능있는 예술가들의 특별한 도전들을 다루고 있기는 하지만 이 모든 이야기는 결국 모든 엄마들이 부딪힐 수밖에 없는 문제를 떠올린다. 아이의 발달을 지원할 것인가, 나의 발달을 지원할 것인가 하는 문제 말이다.

—헬러 매컬핀, 《월스트리트 저널》

놀라운 책이다. 20세기의 가장 창조적인 작가들과 예술가들의 삶을 통해 '엄마됨'의 의미를 탐구한다. 이 책은 창조성과 절대적 고독에 대한 모든 기존의 관습적 사고들을 거부한다. 줄리 필립스는 그웬돌린 브룩스부터 루이스 부르주아까지, 셜리 잭슨부터 수전 손태그까지, 지성과 모성 사이에서 양자택일을 거부한 모든 예술가(작가)들의 삶과 작품들을 탐색한다. 그리고 그들을 예술가(작가)로 만든 것이 바로 흔들리지 않고 자기 중심을 지키고자 하는 용기였음을 밝혀낸다.

—크리스 크라우스, 『아이 러브 딕』

나는 이 책에 있는 모든 단어들을 게걸스럽게 집어삼켰다. 엄마가 된 작가들이 창안해낸, 논리적으로나 심리적으로나 독특한 구조에 대해 날카롭게 통찰한다. 공감이 풍부하지만 명징하고 생동감 넘치는 이 책은 모성과 예술에 대해 우리 문화가 오랫동안 떠들어온 논쟁의 격을 한층 높여준다. 이 책은 작가이자 부모인 나 자신의 삶을 새롭게 바라보게 해주었다.

—패멀라 에런스, 『열한 시간』

어슐러 르 귄을 만나기 전까지 내게는 아이가 있는 여성이 작가가 되려면 어떻게 해야 하는지에 대한 롤모델이 없었다. 특유의 명징함과 공감과 섬세함과 예리함으로 줄리 필립스는 우리의 가장 존경받는 예술가들을 심문한다. 엄마-되기에 필요한 창조성과 예술가-되기에 필요한 창조성이 어떻게 서로 어긋나고 보완하는지 그들이 찾아낸 다양한 방식들을 집요하게 취재해 우리에게 공유해준다.

—캐런 조이 파울러, 『부스』, 『제인 오스틴 북클럽』

차례

일러두기

- 원서에서 이탤릭이나 대문자로 강조한 내용은 한국어판에서 볼드 서체로 표시했다.
- 원서의 문장들이 흡사 콜라주 작품처럼 수많은 인용구, 인용절들로 이루어져 있는데 한국어판에서는 번역 과정에서 어순이나 문장 구조를 원문과 동일하게 유지할 수 없다는 한계 때문에 원서의 문장 중간에 반복되는 생략 표시([...])를 없애고 일부 직접 인용을 간접 인용으로 바꾸었다. 번역자들과 편집자들이 심도 깊은 논의를 통해 문장의 가독성과 내용 전달력을 고려해 판단했다.
- 원서의 구성이 매우 복잡하여 각 장에 번호가 붙어 있지 않고 중간중간 본문과 구분되는 '불안 지대'라는 장들이 있는데 한국어판에서는 독자들이 조금 더 이해하기 쉽도록 각 장에는 장 번호를 붙이고 부록은 바탕색을 다르게 처리했다.
- 2~5장, 8~9장, 불안 지대 2, 결론은 박재연이, 1장, 7장, 10장, 불안 지대 5는 박선영이, 6장, 불안 지대 3~4는 김유경이, 서문과 불안 지대 1은 김희진이 번역했다.

서문
양육과 창조성이 만나는 자리

모성적 주체는 주체성의 관념을 어지럽히거나 방해하는 형상이다. —리사 버레이처[1]

문학적 의미에서의 모성이란 발견되지 않은 나라다. 우리의 경험이 기록되지 않은 채로 사라지기 전에 위험을 무릅쓰고 이곳을 탐험해야 한다. —세라 룰[2]

작업에 임하는 예술가 내지 작가의 모습을 머릿속에 그려보라. 끈질기고 고독한 몰입의 장면이 떠오를 것이다. 코르크판으로 모든 틈을 막은 방에 처박혀 침대에서 글을 끼적인 프루스트. 자기만의 탑에서 내려오다가 본인의 두 자녀와 마주치고는 의아하다는 듯 이렇게 물은 예이츠. “얘들은 누구지?” 음식 냄새의 미묘한 변화마저 사고를 방해할까 봐 수 주 동안 스위스 치즈 샌드위치만 먹은 비트겐슈타인.

당신의 상상 속 예술가는 가정생활을 이어나가는 중에도 작업에 강박적으로 집착하고 있을지 모른다. 그림이 ‘소용돌이’처럼 자신을 끌어당겼다고 말했던 앙리 마티스처럼 말이다. 마티스의 딸은 이렇게 말한 적이 있다. “아버지는 다른 생각을 할 수 없는 사람이었어요.” 오로지 작품만을 위해 살아가는 창작자를 일컬어 제니 오필이 고안한 표현을 빌리자면, 당신이 염두에 둔 창작자는 ‘예술 괴물’의 모습일 수도 있다.

흔히들 떠올리는 위대한 작가는 초연한 관찰자일 수도, 도시 생활의 정경을 만끽하는 산책자(flâneur)일 수도 있다. 자연의 아름다움을 글감으로 삼는다면, 숲속의 오두막에 홀로 앉아 글을 쓰거나 “고독이라는 환희”를 누리며 “한 점의 구름처럼 외로이”♥ 떠돌며 글을 쓸 것이다. 어쩌면 그는 시인 메리 올리버의 말에 맞장구칠지도 모른다. “창조적 작업은 고독을, 몰입을, 지켜보는 눈 없이 홀로 날아다닐 창공을 필요로 한다.”[3] 혹은 거트루드 스타인의 경고에 공감할지도 모른다. “천재가 되는 데에는 오랜 세월이 걸린다. 오랫동안 아무것도 하지 않고 눌러앉아 있어야 하기 때문이다. 정말이지 아무것도 하지 말아야 한다.”[4]

♥ 윌리엄 워즈워스의 시구.

반면 아이를 키우는 여성의 모습은 아이에게 끝없이 방해를 받는 것으로 그려진다. 어쩌면 그녀가 글을 쓰기 위해 스스로를 방 안에 감금했을지도 모를 일이다. 아이들은 노크를 하거나 소란을 피우지 않겠다고 약속한 상태다. 하지만 그녀는 문 너머에 아이들의 존재를 진작부터 눈치채고 있다. 아이들이 드러누워 문틈으로 **숨을 쉬고** 있기 때문이다. 에이드리언 리치는 "사소한 허드렛일에 몰두해야 하는 여성의 단절적 삶"을 살아내는 와중에 "생각의 기류에 올라타 속도를 올리며 날아갈 자유"를 헛되이 갈망했다. "고양된 관심이 갑자기 낚아채지는 일 없이 현재의 동작을 계속 유지할 수 있다고 확신하는 글라이더 조종사처럼"[5] 말이다. 그런가 하면 앨리스 워커는 작업에 임하는 동안 마음의 눈을 통해 어린 딸의 모습을 보았다. "외롭게 빨고 있는 엄지손가락 / 내 목구멍을 틀어막은 거대한 마개."[6]

고독한 산책자는 잊어버리자. 그 대신 런던의 한 공원에서 유아차에 판을 깔고 그 위로 겨우 글을 써내려 가는 나오미 미치슨을 떠올려보라. 가스레인지 앞에서 저녁밥을 먹으며 주방에서 플롯을 구상하는 셜리 잭슨을, 차가 정차할 때마다 무언가라도 끄적이고자 수첩을 쥔 채 출근길 운전을 하는 토니 모리슨을 상상해보라. 이들의 글쓰기 행위는 매끄럽게 한 번에 죽 이어지기보다 즉흥적이고 단절적이며 산만하지만, 그럼에도 단어들은 흘러나오고 작품은 완성돼 간다.

한때 양육과 창작(creative work)은 (사실상) 철저하게 구분돼 있는 것처럼 보였다. 실비아 플라스는 여성이 "작가가 되려면 여성성과 가족을 가질 권리 일체를 희생"[7]해야 한다는 사실을 염려했다. 틸리 올슨은 다음과 같은 글을 남기기도 했다. "아이들을 낳고 기른 20년간 창작을 위한 최소한의 상황조차 주어지지 않았다."[8] 이것은 몸의 문제이자 시간의 문제였고, 또한 '자아'의 문제이기도 했다. "신체적 매력과 인내심을 두루 갖추면서도 자애롭고 유순하며 섬세한 데다가 공손하기까지 하라는 요구는 자아중심성과 공격성, 자기에 대한 무관심과 모순되고 상충할 **수밖에** 없다. 이것들은 모두 풍부한 창조적 재능을 꽃피우는 데에 필요한 것들이다."[9] 수전 손태그는 늘 그렇듯 과장된 말투로 이렇게 말했다. 하지만 (심지어 오늘날에도 남자들보다는) 여자들이 자녀의 곁을 지켜야 한다는 기대는 실제로 창조적 자아와 경합을 벌인다.

엄마들은 종종 스스로에게 무언가를 허락하는 데 곤란함을 느꼈다. 앨리스 닐은 칠십대에 이르러 대형 회고전을 치를 때까지 "그림 그릴 권리가 없는 듯한 기분을 언제나 느꼈다"고 털어놓았다. "두 아들이 있었고 해야 할 일이 너무나 많았기 때문이다. 하지만 어쨌든 나는 이렇게 계속 그렸다."[10] 판단의 시선은 외부에서 올 때도 있었다. 한번은 시집 식구들이 닐이 그림에 매달려 있느라 아이를 아파트 비상계단에 방치해뒀다고 근거 없이 우겨댔다. 동시에 두 가지를 하려는 시도의 위험을 이렇게 생생한 이미지로 떠올린 것이다.

엄마의 행복은 엄마의 죄책감과 공모해 창작을 갉아먹는다. 마거릿 미드에 따르면 시간이 자꾸만 사라져가는 이유는 이런 것이다. "아이가 울어서 괴로운 게 아니다. 아이가 너무 자주 웃어서 그렇다."[11] 제니 오필은 이렇게 말했다. "아이를 향한 사랑은 당신이 한때 사랑했다고 생각하는 모든 것을 모조리 지워버리기도 한다."[12]

1962년만 해도, 올슨은 유자녀 여성 또는 "반쪽짜리 시간과 자아를 가진 이"[13]들이 오래도록 읽힐 책을 쓰는 경우는 거의 없다고 단언할 수 있었다. 그러나 그 무렵부터 유자녀 여성들의 작가 경력은 성공 가도에 오르기 시작했는데, 한두 명이 아닌 다수의 작가들이 외면하기 어려운 대대적 성취를 우후죽순으로 이뤄냈다. 이들은 작업을 해나갈 방도를 발 벗고 찾아 나선 끝에 작가로서의 가치를 인정받는 데 성공했다. 이를테면 도리스 레싱은 노벨 문학상을, 어슐러 르 귄은 미국 최대의 문학적 영예인 전미도서상을 수상했다. 앨리스 워커는 퓰리처상을 한 차례 받고 수백만 권의 판매고를 올렸으며 오드리 로드는 교차성을 둘러싼 논의의 물꼬를 텄다. 한편 앤절라 카터는 20세기 영국을 대표하는 문학적 목소리로, 수전 손태그는 위대한 영어권 비평가로 각각 인정받았다. 앨리스 닐은 자신의 작품이 정전(正典)으로 받아들여지는 모습을 목격했다.

이 책에서 나는 이런 변화의 경로를 추적하려고 했다. '양육

더하기 창조성'이 구체적으로 어떤 모습일지 탐구했다. 출산 후 몇 해에만 국한된 것이 아닌 삶 전체의 이야기로 이 문제를 다루고자 했다. 홀로 머무를 "자기만의 방"이 아닌, 함께 쓰는 공간에서 창작을 한다는 것은 무슨 의미일까? 이 공간에서는 어떤 작품이 나올까? 창작자 엄마의 삶은 어떤 모습일까?

나는 지도상에서 양육과 창조성이 만나는 공백의 지점을 탐색해보기로 계획한다. 나는 살면서 단 한 순간도 엄마로서의 삶에서 전력을 다할 수가 없었다. "내게는 두 아이가 있습니다."라는 말이 실제 경험에 비하자면 얼마나 보잘것없고 공허한 문장으로 느껴졌는지 잊을 수가 없다. 내가 마치 벌건 대낮에 하나도 말이 안 되는 꿈에 대해 주절거리는 것만 같았다. 내게는 아무런 언어가 없었으므로 다른 이들이 나 대신 말해주기를 바랐다. 나는 위대한 여성들의 삶을 들여다봄으로써 나 자신의 경험을 새로운 시각에서 해석할 수 있기를 바랐다.

나는 지도 위의 이 공백을 통해 무언가를 알아내야만 했다. 그런데 내가 더 많은 글을 읽고 쓸수록 한 가지 사실이 점차 명확해졌다. 양육과 창조성이 만나는 장소는 정체성들의 교차점이 아니라 일종의 네거티브 공간, 즉 불가능성의 자리처럼 보이기 시작했던 것이다. 나는 양육에 관한 1인칭 시점의 탁월한 이야기들을 찾아 읽었다. 하지만 이들 사이의 공통된 패턴이나 하나의 길은 발견하지 못했다. 저마다 엄마로서 살아온 이야기들은 서로 한데 어우러지지 않았다. 작품을 살펴보면 양육이 보이지 않았고, 양육을 살펴보면 작품이 보이지 않았다. 에세이와 회고록, 소설을 읽을 때면 전체적인 이해가 아니라 그 모순되고 파편화된 조각들, 일화들, 부스러기들만이 눈에 들어왔다. 정신분석 이론가 리사 버레이처가 말한 "지적인 노동과 모성적 노동(maternal labor)은 왜 서로를 지워버리는 것처럼 보이는지 그 이유에 대한 난제"[14]와 마주한 것이다.

양육은 개개인의 상황에 영향을 받는다. 인종, 자원, 섹슈얼리티, 가족관계, (비)장애의 영향도 받는다. 한편 모든 엄마가 출산과 양육을 하지는 않는다. 내가 살펴보고자 했던 여성들은 다양한 경로를 통해 엄마가 됐는데, 배우자 유무, 나이, 자산, 주변의 도움 여부 등이 제각기 상이했다. 이들은 우연히 또는 스스로의 선택으로 임신하거나 자신이 낳지 않은 십대를 양육하게 됐고, 혹은 난임으로 고생하거나 아이를 잃기도 했다. 이들은 저마다의 자리에서 분노와 고통을 마음속에 받아들이고 ('슈퍼우먼'이나 '가정의 천사' 따위의) 고정관념을 뿌리치며 모성의 양가감정을 탐색했다.

그렇지만 엄마의 창조적 자아가 놓인 자리는 대체 어디일까? 엄마들에게 내면의 삶이라는 게 존재하기는 할까? 엄마로서 어떤 주체적 경험을 할 수 있을까? 양육의 현상학을 다룬 문헌은 꾸준히 증가하는데도 조금 더 깊은 층위에서 이 문제는 왜 여전히 서술 불가능하고 전혀 극적이지 않은 것처럼 보일까? 양육은 모든 곳에서 실행되고 있는데, 왜 이론으로 존재하지 않는 걸까?

나는 "모성적 주체성을 탐색하고" 있다고 사람들에게 말하고 다니기 시작했다. 이는 몇몇 사람들의 (특히 학구적) 관심을 끌었다. 하지만 "나도 엄마들에 대한 글을 쓰고 있어요."라고 말하듯 눈을 반짝이는 반응을 얻지는 못했다. 이들의 눈을 "엄마에 대한 글을 쓰고 있는" 나처럼 반짝이게 하기에는 역부족이었다. 사람들은 내가 "엄마"를 주체이자 주제로 내세웠다는 데 놀라고 어리둥절해한다. 친구들은 내 책의 주제를 매번 깜빡했고, 그러자 내가 생각한 "지도상 공백의 지점"이 사유 불가능한 것, 기억을 넘어서는 것은 아닌지 의심이 들기 시작했다.

나는 내가 정리한 이야기들을 연결시켜줄 모성 이론을 탐색하는 과정에서 정신분석을 살펴보게 되었다. 정신분석을 참조하는 과정은 이카루스의 추락을 그린 브뤼헐의 그림을 들여다보는 일과 유사했다. 전경에서 아이들이 자라고 발육하는 사이, 자기만의 서사가 있는 인물인 엄마는 원경에서 시야 바깥으로 사라진다.

정신분석은 아이의 발달과정에 모든 초점을 맞춘다. 이때 엄마는—아이의 존재로 인해 만들어졌지만 아이와 동떨어져 존재하는—역설적 상태에 놓이기 때문에 아이의 발달과정에서 결코 중심인물이 되지 못한다. 정신분석에서는 오이디푸스 드라마를 창조성과 자아의 기원으로 보는데, 이는 엄마를 주연 아닌 조연으로, 나아가 운명에 속박된 역할로 격하시킨다. 버레이처는 엄마의 사랑에 관한 사유에 "본질주의와 규범성(normativity)이 짙게 드리워져" 있다고 말한다. "모성애가 '주어진 것'이라는 환상을 유지하려는 욕구가 수많은 심리학 담론을 물들이고 있다."[15]

(난처하게도 프로이트의 영향력에 관한 남편의 책을 대필하며♥ 수전 손태그가 깨달은 대로) 프로이트적 관점에서 양육은 한 여성이 최종적으로 도달할 수 있는 성장과 성취의 지점으로 이해된다. 이제 엄마로서 그녀는 자신에게 당연하게 주어진 역할을 단순히 떠맡을 수밖에 없다. 프로이트는 여자가 서른 즈음이 되면 정신(psyche)이 "최후의 자리를 정해 눌러앉고, 이로써 더 이상의 발전은 가로막힌다."[16]라고 주장한다. 어쨌든 그녀는 자신의 독립적 자아를 모조리 단념해야 한다. 1939년 초창기 정신분석가 앨리스 발린트는 바랄 수 있는 이상적 상황이란 "엄마와 아이의 이해관계가 일치"[17]하는 것뿐이라고 쓴 바 있다.

이보다 창작하는 여성에게 조금 더 낙관적인 관념은 누구든 "충분히 좋은 엄마"가 될 수 있다는 것인데, 이는 정신분석가 D. W. 위니콧이 엄마가 아이에게 덜 완벽한 관심을 기울여도 건강한 모아(母兒) 관계가 가능함을 설명하면서 사용한 말이다. "충

♥ 불안 지대 4 참조.

분히 좋은"이라는 표현은 '애착 육아'라는 과도한 요구에 모성적 헌신이라는 골대를 이리저리 옮겨놓으려는 시도를 일축하는 데 유용하다. 그런데 이때 좋다는 것은 대체 누구에게 충분히 좋다는 의미일까? 이 모델에서조차 충족되는 것은 엄마가 아닌 아이의 욕구이다. 버레이처의 표현을 빌리자면 엄마는 "불가능한 주체이자 자신을 노골적으로 설명하려는 숱한 담론들로부터 탁월하게 자취를 감춘 그림자 형상"[18]으로 남아 있다.

나의 섹슈얼리티와 젠더는 사회적·역사적 구성물로서 이론화의 대상이 될 수 있다. 작가라는 나의 직업적 소명은 어쩌면 유년기의 경험에서 유래했을지도 모르겠다. 하지만 내가 내 아이와 맺고 있는 관계, 내가 엄마로서 스스로와 맺고 있는 관계는 어떨까? 이 관계 둘레에 울타리를 치고 이곳을 '비이론 지대'라고 선포하기라도 해야 할까? 프랑스 페미니스트들의 표현대로 이런 경험은 '남근 중심적' 혀로는 말할 수 없는 것일까? 매기 넬슨은 "심오한 지성의 세계에 들어서지 못하도록 여성적인 것과 모성적인 것을 강제로 격리하려는 행위"[19]를 거부하겠노라 말한다. 그러면서도 시인 앨리스 노틀리가 새로 태어난 자기 아기를 떠올리며 지은 시를 함께 인용한다. "그는 태어나고 나는 방치된다—이렇게 느낀다/ 내가 세상에 나올 일도, 나온 적도 없는 것처럼."[20]

극작가 세라 룰은 엄마 주인공이 드문 현실에 대해 "모성 경험은 이야기와 언어 너머에 있어서 무대화가 이렇게 불가능한 것인지" 묻는다. 그러고는 다음과 같이 염려를 표한다. "모성 경험을 말할 수는 있다. 다만 아무도 모성 경험을 보고 싶어하지 않을 뿐이다. 엄마들에게는 관점이라는 것이 허락되지 않기 때문이다."[21]

레이첼 커스크는 회고록 『일생의 과업』에서 이렇게 평한다. "모성(엄마됨)의 경험은 외부 세계의 언어로 번역하는 과정에서 모조리 상실된다. 여성은 모성 안에서 공적 가치를 다양한 사적 의미로 맞바꾼다. 특정 주파수를 벗어난 소리들처럼 이는 타인들이 알아차리기가 매우 어렵다."[22] 퀴어 이론에서 보기에도 엄마들은 지나치게 '이성애 규범적'이다. 아프리카계 작가들이 엄마들의 위대함을 강조하는 글을 쓰기도 하지만, 대체로 공동체 형성의 맥락에서 하는 이야기일 뿐 개인의 창조적 실천에 관한 내용은 아니다.

어쩌면 당신은 이렇게 생각할지도 모른다. 영아 양육은 이론적 관심의 대상이 되기에는 너무 보잘것없고 비천한 일이며 플라스가 말한 "비계와 아기 똥에서 풍겨 오는 악취"♥에 너무 깊숙이 처박혀 있는 일이라고. 그러나 문제는 그것이 아니다. 신체

♥ 실비아 플라스, 「레스보스 섬」, 『실비아 플라스 시 전집』, 박주영 옮김, 마음산책, 2013.

의 배설물조차도 비판적 사유의 현장이 돼 왔음을 우리는 알고 있다. 나는 심지어 프랑스 이론가 도미니크 라포르테의 풍자적 저술 『배설물의 역사』를 훑어볼 때조차 그가 모든 인간관계 가운데 가장 똥칠이 심한 관계를 생략했다는 사실을 깨닫는다. 부모와 영아의 유대 말이다.

그럼에도 확실히 드라마는 기저귀의 도전을 받는다. 나는 아이들이 아직 어렸던 어느 날 「반지의 제왕」 3부작의 결말을 확인하기 위해 한밤중 영화관에 다녀온 적이 있다. 그런데 다음 날 아침, 아이 엉덩이를 닦는 동안 가운데땅의 미래 통치자와 나 자신을 동일시하며 한껏 부풀어 올랐던 마음이 공기 빠진 풍선처럼 가라앉는 것을 느꼈다. 나는 서사시의 세계에서 저속한 코미디의 세계로 쫓겨난 것이었다. 나는 이 이야기의 영웅이기는 커녕 몬티 파이선 영화에 나오는 일개 소작농 같은 존재에 불과했다. "저 자가 왕인 걸 어찌 아는 거요?" "몸에 똥칠을 안 했잖소."♥

많은 작가들이 모아 공간을 거의 반사적으로 감추려 든다. 마치 아무도 그곳을 들여다보지 않기를 바라는 것처럼 말이다. 이는 아이의 프라이버시 때문일 수도 있고("엄마 때문에 쪽팔린다고!"), 엄마 자신이 외면하고 싶은 감정 때문일 수도 있다. 혹은 어쩌면 거리가 부족해서 그런 것일 수도 있다. 세라 맹구소는 이

♥ 「몬티 파이선의 성배」(1975) 오프닝 시퀀스에 등장하는 대사.

렇게 물은 적이 있다. "자기 자신의 아이를 작가로서 냉철하게 관찰하는 동시에 그 아이를 사랑한다는 게 정녕 가능한가? 엄마는 일종의 작가의 벽(즉 **관찰자의 벽**) 같은 것을 갖게 되지 않을까?"[23]

페미니스트 정신분석가 쥘리아 크리스테바는 모성애를 "재현으로부터의 탈주"[24]라고 보고, 이 재현 불가능성에 전복적 힘이 있다고 본다. 크리스테바는 널리 알려진 에세이 「눈물 흘리는 성모」에서 양육을 "정체성의 재난"이라고 일컫는다. 이 재난으로 인해 자아는 "여성성, 비언어, 몸의 상상적 재현과 관련된 어떤 '이름 붙일 수 없는' 상태"로 추락한다.[25] 그리고 이런 추락에서 느끼게 되는 바는, 아내가 되고 엄마가 되는 것이 "비존재(a nobody)"[26]가 되는 것과 마찬가지라는 르 귄의 냉소적 관찰과 그리 멀리 떨어져 있지 않다. 내게는 이 역시 일종의 신화화로 탐탁지 않게 여겨진다. 나는 양육을 재현할 수 없다는 말을 믿을 수 없다. 나는 엄마의 존재에 대한 신비화가 엄마의 존재를 지우는 또 하나의 술책이라고 생각한다. 이는 내 아이가 티셔츠를 못 찾겠다며 투덜대는 소리와 비슷하게 들린다. 어디 어디 찾아봤어? 똑바로 찾아본 거 맞아?

엄마 작가·예술가들은 양육의 경험을 묘사하며 이따금 "분열됐다(divided)"는 표현을 사용한다. 루이스 어드리크는 기나긴 숙고 끝에 부모가 "분열된 의식으로 살아가고 일한다"고 고찰한 바 있다. 그런데 이 분열된 의식은 "자기소멸(self-erasure)과 불편할 정도로 가깝다".[27] 레이첼 커스크는 우는 아기를 달래느라 대화로부터 떨어져 나와 "둘로 쪼개지는" 경험에 대해 묘사한다. "대화를 하던 그 사람과 엄마는 마치 두 물길로 갈라진 개울처럼 서로를 안중에도 두지 않는다. 바로 직전까지만 해도 구별 불가능했던 존재인데, 이제 각각 별도의 생명을 유지한 채 좌충우돌하며 각자 나아간다."[28]

양육의 경험은 종종 분열(disintegration)처럼 느껴질 때가 많다. 오필은 엄마가 되자 삶의 "폭탄이 터진 것만 같은" 기분이었다.[29] 그웬돌린 브룩스는 작은 아기의 요구 사항에 전념하느라 "내 영혼을 내 것이라" 부를 수 없었다.[30] 버레이처는 "아이가 가하는 지속적인 공격"이 양육을 한층 복잡하게 만든다고 말한다. 이 같은 공격은 그야말로 "엄마의 말하기"와 "사고하고 성찰하고 잠자고 이동하고 맡은 일을 완수하는 것을 끊임없이 방해받아 구멍이 숭숭 난 자기 서사" 안으로 난입한다. 결국 근본적으로 일관성 없는 일련의 분절된 경험만이 덩그러니 남게 된다."[31]

버레이처는 『모성적 만남: 훼방의 윤리학』에서 부모가 된다는 것이 주체성이 공유되고 침해당하도록 두는 일이라고 썼다. 이 주체성은 예측이 근본적으로 불가능한 타자를 위해 자리를 "비켜"줘야 한다.[32] 버레이처는 엄마가 되자 아이에게 몸이 묶이는 듯했고, 문장 한 줄을 끝까지 완성하거나 생각을 하거나 잠을 잘 수도 없었다. 스스로 눈치가 빠르고 유능하며 기민하고 성찰적이라는 감각도 잃어버렸다. 이 익숙지 않은 상태를 가만히 들여다보자 새로운 관점으로 사태를 바라볼 수 있게 됐다. "아이의 존재감이 가혹하리만치 예측 불가능하고 과격했던 덕분에 그녀는 이전에 간과했던 경험들을 제대로 바라볼 수 있게 되었다." 그녀는 "고조된 감각을 느끼며 사물들에 대해, 자신의 감정의 폭이나 강도에 대해 새롭게 알게 되었고 말하는 주체로서 자신의 모습을 새롭게 마주"했다.[33]

버레이처는 일관성을 소망하는 대신 공유된 자아를 수용함으로써 얻을 수 있는 것을 검토한다. 버레이처는 망루에 틀어박힌 고독한 작가의 이미지에 맞서 방해받는 주체라는 개념을 제시하는데, 이는 계속된 방해로 인해 "정상적"인 삶이란 무엇인지 질문하는 것에 익숙해진 상태를 의미한다. 또 산책자라는 형상에 맞서 부모 노릇이라는 극한의 스포츠(짐을 가득 실은 유아차로 이리저리 굽은 길을 오가고 계단까지 오르내리는)에 참여한 엄마라는 주체를 내세운다. 버레이처는 우리에게 이런 화두를 던진다. "부단한 탐사를 거쳐 재발견한 환경"에서 벌어지는 모성적인 무언가와의 분투는 나름대로 생산적인 것이 아닐까?[34]

실제로 버레이처에 따르면, 정신분석 이론에서는 통합된 자아가 환상이라고 지적하기에 이르렀다. 경계가 깔끔하게 구획된 자아를 (글쓰기에 필수 불가결한 장치가 아닌) 사후적으로 만들어진 환상으로 바라볼 수 있다면, 작가와 예술가들은 아이를 돌보며 겪는 "서사를 향한 공격"을 조금 더 편안히 받아들일 수 있을 것이다.

오필이 "페이지 위에 펼쳐진 이 새로운 의식 조각들을 포착"[35]하려 애쓴 것처럼, 맹구소는 "이미 폭발해서 산산조각이 났지만 어쨌든 아귀는 맞는 조각들의 뭉텅이, 폭력적인 방해로 보이는 것이 사실은 별것 아님을 상기시켜주는 징표"로서 모성을 주제로 한 회고록을 집필했다.[36]

세라 룰은 말한다.

> 처음 내가 쌍둥이를 임신했을 때, 삶에서 갈등만 보였던 적이 있다. 연극과 부모됨을 바라볼 때면 둘 사이에는 전쟁과 충성 경쟁만 있는 것 같았고, 작가로서 내 삶은 끝났다는 생각이 들었다. 아이들이 나를 말살하고 있다고 느껴질 때도 많았다. 결국 이런 생각까지 하기에 이르렀다. 그래, 나를 아주 죽여라. 그래 봤자 그 자아도 가짜니까. 이렇게 생각하고 나자, 한숨을 돌릴 수 있었다.[37]

이렇듯 방해를 수용함으로써 룰은 제정신을 찾고 예술적 기능을 회복할 수 있었다.

나는 이 같은 방해의 이미지에 붙들린다. 부분적으로는 (그것이

이 책의 주제이기도 하지만) 내가 뭔가 정리된 이야기를 하고 있는 것 같지 않다는 감각 때문이다. 예술가의 이야기와 엄마의 이야기는 나란히 존재할 뿐이다. 이들은 때때로 서로를 침범하거나 서로에 대해 논평하지만, 그보다는 하나로 모이기를 완강히 거부한다. 주제의 측면에서 특히 글쓰기와 모성은 서로에게서 등을 돌리는 것처럼 보이는데, 일과 양육 사이의 실용적이고 현실적인 구분은 내 글 한가운데를 정확히 가로지르고 있다.

그러나 예술가의 이야기와 엄마의 이야기는 애초에 결합되어야 할 이야기가 아닌지도 모르겠다. 그것이 일화 너머로 나아가거나 모성의 이론화라는 더 높은 수준으로 올라타기 어려운 이유는 내가 애초에 주목하려고 하는 것이 바로 방해이기 때문일지 모른다. 어쩌면 방해와 분열은 내가 양육을 또렷이 보지 못하게 가로막는 요인이 아니라 그 자체로 모성적 창조성의 조건일 수도 있다.

제2물결 페미니스트♥들은 젠더 평등을 통해 글쓰기와 양육을 둘러싼 일체의 실질적·정서적 모순을 해결하기를 바랐다.

♥ 제2물결 페미니즘이란 1960년대 시작된 페미니즘 운동이다. 제1물결 페미니즘이 여성 참정권을 비롯해 제도적 성평등(투표권, 재산권 등)에 집중한 데 반해, 제2물결 페미니즘은 섹슈얼리티, 가족, 재생산 권리, 불평등 등으로 담론 범위를 넓혔다. 제2물결 페미니즘은 친밀한 관계 안에서의 성폭력에 대한 경각심을 고취하고 성폭력 피해여성 보호소의 설립, 이혼법 개정 등의 성과를 남겼다.

이것이 바로 여성의 삶을 이루는 여러 갈래의 독립된 이야기들에 결합할 수 있는 "금색 공책"을 향한 도리스 레싱의 꿈이다. 이것은 또한 엘렌 식수가 엄마의 몸에서 흘러나오는 "흰 잉크"로 글을 쓰는 여성에 대해 품었던 이미지다. 이때 아이디어의 착상과 아이의 양육은 한 사람의 몸과 마음이 잇따라 또는 일제히 행하는 별개의 두 행위가 아니라 그 자체로 완전히 동일한 행위처럼 묘사된다. 나아가 이것은 에이드리언 리치가 애타는 마음으로 쓴 문장이기도 하다. "창조의 에너지와 관계의 에너지를 통합하는 방법이 분명히 존재할 것이다."[38]

이 서사에서 문제가 되는 것은 (아이나 죄책감, 자기 불신 등에 의해 벌어지는) 방해이고, 해결책은 조화다. 그러나 엄마들의 삶을 들여다볼수록 이런 시각으로는 엄마의 실제 창작 과정을 정당하게 다루기 어렵겠다는 생각이 들었다. 엄마의 실제 창작 과정에는 조화의 시기도 있지만, 근원적 분열, 빈틈을 건너뛰는 비약, 경력 이어 붙이기, 그 밖의 임시 방편과 급조된 방책 같은 경험들도 있다. 엄마 작가들이 경험하는 좌절(그리고 기쁨)은 원만하게 조화하는 다중의 자아들이 조화를 이룬 상태보다 즉흥과 절충의 이미지로 한결 잘 표현된다. 리치가 말한 대로 "창조"와 "관계"의 에너지를 통합할 수 없더라도 부모들은 여전히 때로는 실패하고 때로는 생산적으로 균형을 잡으며 그것들을 놓치지 않을 수 있다. 룰은 이 같은 균형을 심장 박동에 빗대 "작업과 아이라는 대수축과 대이완"이라는 비유를 구사한다.[39]

이를 단적으로 보여주는 이미지가 바로 비상계단에 방치된 아기이다. 아기 엄마를 책망하려는 의도에서 만들어졌지만, 오히려 아기 엄마가 당면한 현실을 드러내 보인다. 이 위태로운 상황에서 엄마가 뮤즈와 대화를 나누는 동안 아이는 엄마의 시야와 마음 바깥으로 저 멀리 사라진다. 여성 예술가나 작가는 자신과 아이 사이에 이런 정신적·시간적 거리를 둠으로써 창조성을 지탱하는 존재감, 권리감, (나타샤 랜들이 말한) "자아 몇 모금"을 확보한다.[40] 이것은 보호이자 방임이다. 나아가 이것은 동시에 일어나는 예술이자 돌봄으로서 한 순간, 하루, 일생에 걸쳐 이루어진다.

방해는 하나의 단서였다. 그러나 양육에 대해 더 많이 읽을수록 모르는 게 더 많아지는 듯한 느낌은 여전했다. 많은 경우 엄마로서의 경험은 이야기가 아닌 묘사로만 보였다. 부모로서 느끼는 감각적 충격에 대해서는 이것을 가리키는 단어조차 존재하지 않는다. 내 사전에는 '우울', '사랑', 심지어 '권태(tedium)'의 유의어가 수십 개씩 등재돼 있지만, 한 살배기와 놀 때 느껴지는 숭배의 마음, 지루함(boredom), 소외, 혹은 한밤중에 불면의 밤이 만들어낸 탈진, 격노, 혼미한 로맨스 등이 뒤섞인 감정을 가리키는 단어는 없다.('모성적 양가성'이라는 용어로는 이 모든 함의를 풍부히 담아내지 못한다. 시안 응가이가 숭고(sublime)하면서도 벙찌게 하는

(stupefying) 것을 가리키고자 제시한 용어 '벙고(stuplimity)'로는 비슷한 의미에 근접할 수도 있겠지만.) 편린과 일화가 기본적인 표현 방식처럼 보이는 이유는 부분적으로 버레이처가 관측했듯 그것들이 아이들의 방해와 "서사를 향한 공격"에도 살아남은 것들이기 때문이다. 그것들이 (이상적으로는) 아이를 세상으로부터 보호하는 사랑의 장벽 너머로부터 중요한 정보를 꺼내와 쪼개서 몰래 반출시키기 때문이다.

어슐러 르 귄은 자녀가 없는 친구 한 명과 서신을 주고받았는데, 친구는 르 귄에게 양육이 어떤 것인지 종종 묻곤 했다. 그럴 때면 어슐러는 맏딸의 첼로 연주회에서 눈물을 흘린 경험에 대해 이야기하거나 크리스마스가 다가올 즈음 아파서 집에 있는 아들과 함께 종이 장식을 오리고 카펫에 흩뿌려진 반짝이를 치우며 하루를 보낼 계획에 대해 말했다. 이 모든 일이 모성적 실천이자 양육의 현상학을 구성하는 원료다.[41]

애초에 전기의 형식으로 양육에 대해 쓰려고 마음먹었을 때부터 내가 담아내고자 한 것이 바로 이런 생생한 경험적 특징들이었다. 또 양육이 한 자리를 차지하고 있는 삶의 전체 모습을 그려내고 싶었다. 아울러 내 주인공들의 삶에 대해 쓸 때는 일화들을 소중히 여기고, 방해가 어떤 역할을 수행하는지를 주시하려 노력했다. 그러나 방해는 내게 어떤 설명도 해주지 않았다. 방해에는 시간의 차원이 결여돼 있어서 전기 작가는 실타래 없이 미로에 들어가는 수밖에 없었다. 프로이트는 여자가 엄마가 되면 그녀의 이야기는 끝난다고 생각했다. 반면 앤 엔라이트는 아이가 태어난 뒤 "이야기가 아직 시작되기 전인 장소를 발견"했다고 생각했다.[42] 나는 고립된 작가에 대항하는 이미지를 내세우려면 방해는 물론 변화까지 받아들여야 한다는 사실을 깨달았다.

20세기를 살아간 엄마들의 이야기는 '모성 플롯'이라는 흔한 서사에 의해 형성되고 제약된다. 일찍이 필리스 로즈와 캐럴린 하일브런을 비롯한 페미니스트 전기 작가들이 지적한 것처럼 사람들은 대부분 역사와 관습이 제시한 이야기에 따라 살아간다. 지금까지 여성들에게 이 이야기란 결혼을 하고 아이를 낳는 것이었다. 모성 플롯에서는 전통적 결혼관계와 출산이 곧 여성의 성취이자 삶의 목표이고, 경제적 생존 수단이자 정서적 지지에 대한 보장이다.

내가 글감으로 삼은 여성들로서도 이 같은 모성 플롯을 따르지 않기란 무척이나 어려운 일이었다. 사정은 저마다 달랐지만, 결과는 대동소이했다. 이들은 앨리스 닐처럼 사랑 때문에, 혹은 앤절라 카터처럼 집을 나오기 위해 결혼했다. 이들은 예술적으로 고립되지 않기 위해 재정적 지원이나 창조적 협업을 필요로 했다. 또 어떤 경우에는 도리스 레싱이 그랬던 것처럼 팔자에 정해져 있는 빈 공간을 메우고자 결혼을 선택했다.

이들은 출산이 기혼 여성의 일이라는 이유로, 혹은 임신이 다른 선택을 불가능하게 했기에 아이를 낳았다. 중산층 부모들이 생활을 유지하느라 헐떡이는 사이, 빈곤 여성과 유색 인종 여성들은 자기 자녀들의 탄생을 반기지 않는 세상에서 아이를 굶기지 않고 안전하게 키우려 발버둥쳤다. 아프리카계 미국인의 모성 플롯은 강인함, 재간, 재정적 자립뿐만 아니라 자기상실(selflessness), 고난, 인내를 중요시한다. 백인 우월주의 시대에 흑인의 양육은—종종 백인 부모의 자녀를 돌보는 추가 노동을 수반했고—저항이라는 부담을 가중시켰다. 가령 대니 맥클레인은 이렇게 말한다. "우리가 현재 상태를 받아들이기만 하고 흑인과 흑인 여성을 억압하는 폭력에 맞서지 못한다면, 우리는 우리 자신과 우리 아이들의 파멸에 가담하는 것이나 마찬가지다."[43]

여성들 대부분에게 모성 플롯이란 명백한 의도를 가지고 살지 않는 경우, 자신에게 어떤 선택지가 주어져 있는지 정확히 알지 못할 경우에 으레 벌어지는 일이었다. 질 존스턴은 『레즈비언 국가』에서 자신의 결혼생활과 두 자녀에 관해 이렇게 말했다. "나는 잘 알지도 못하던 문제를 해결하기 위해 공상적인 방책을 이용했는데, 이는 내가 감당하기에 너무 크고 벅찬 일이었다. 달리 무얼 해야 할지도 알지 못했던 때에 결혼은 늘 하나의 선택지이자 사실상 기본적인 선택지였다. 결혼이라는 이 선택지는 사방팔방에서 볼 수 있는 흔한 선택지이기도 했다."[44] 에이드리언 리치는 모성을 탁월하게 탐구한 책 『더 이상 어머니는 없다』에서 "가족 중심의" 1950년대를 살아온 자기 자신에 대해 이렇게 말했다. "나는 **내가** 무얼 원하는지, **내가** 무얼 선택할 수 있고 없는지에 대해 아무런 생각이 없었다. 내가 아는 것이라곤 아이를 갖는 것이 성인 여성이 자신을 증명하고, '다른 여자들처럼' 되기 위해 끝까지 추구해야 할 당연한 책임이었다는 사실뿐이었다."[45]

모성 플롯에는 마음을 사로잡는 힘이 있는데, 올바른 상황에서라면 배우자와 자녀의 사랑이 기쁨, 지지, 자유, 강인함의 강력한 원천이 될 수 있기 때문이기도 하다. 토니 모리슨은 엄마가 되는 일이 "내게 벌어진 가장 해방적인 일"이라며 "나는 (그것이 무엇이었건 간에) 내가 될 수 있었을 뿐 아니라, 누군가 내게 그렇게 되라고 요구하기까지 했다."[46] 어슐러 르 귄은 결혼생활과 자녀들을 통해 작업을 계속 할 수 있게 해주는 안정감을 찾았다.

모성애에는 혁명의 가능성이 있었다. 특히 자녀의 돌봄을 위한 시간과 공간을 얻고자 분투 중인 가난하고 주변화된 여성들에게 모성애는 더더욱 혁명적이었다. 알렉시스 폴린 검스는 이렇게 말한다. "'엄마(mother)'라는 말의 급진적 가능성은 'm' 뒤에 생겨난다. 우리가 그 말을 발음하는 순간 'other(타인)'가 입속으로 들어와 자리를 차지하는데, 그 자리가 바로 급진적 가능성이다. 우리는 곧 '다른' 존재다. 제도가 겁에 질려 우리에게 규범을 강요하고 우리를 무너뜨리려고 애쓰는 모습을 보면 알 수 있다."[47] 여기에 시인 크리스틴 나미 에릭센은 다음과 같이 덧붙인다. "갈색 피부를 가진 엄마의 사랑은 그 자체로 최대한의 저항이다."[48]

그러나 모성 플롯은 창조적 자아를 위해서는 아무것도 보장해주지 못한다. 오히려 모성 플롯은 아기와 자녀뿐만 아니라 남편과 배우자, 그 밖의 타인들을 향해서도 자기를 내세우지 말 것을 요구한다. 모리슨은 이혼 후 어린 두 아이를 키우며 한동안 자기를 잃어버린 상태였다. "나는 누군가의 부모이자 누군가의 이것이며 누군가의 저것이었다. 그렇지만 이 세상에 나는 없었다."[49]

엔라이트는 다음과 같이 적고 있다.

> 아기들은 당신의 자아 전체를 요구하는데, 조금 우스꽝스러운 종류의 자아를 요구한다. 이것은 공장 노동자가 컨베이어벨트에 제공하는 '전부'와 사랑에 빠진 한 사람이 사랑하는 상대에게 내줄 수 있는 '전부'의 혼합물이다. 이 두 행위는 모두 상당 수준의 자기희생을 수반한다.
>
> 그러므로 아이를 보살피는 사람들은 절망으로 고통받을 수밖에 없다. 이런 일은 별안간 일어나고, 그리하여 이들도 자신이 여전히 존재하고 있다는 사실을 별안간 깨닫는다.[50]

이 책에서 언급하는 여성들은 대부분 모성 플롯을 따르는 데서 시작해 모두가 모성 플롯과 격렬히 씨름했고, 모두가 모성 플롯에서 벗어났다. 절벽에서 뛰어내려 공중에 떠 있는 자신을 발견했을 때, 사랑에 허를 찔리고 자기 삶에서조차 주변부로 밀려났을 때, 자신에게 이야기가 남아 있지 않다는 것을 알게 되었을 때, 이들은 번번이 임기응변을 발휘해야 한다. 자신이 누구였는지, 무엇을 원했는지 똑똑히 기억해야 했고, 기대를(혹은 기대 없음을) 부수기 위해 용기를 내야 했다. 어울리지 않게 일과 양육을 겸하는 사이, 그들은 배우고 싸우고 고통받고 성장했다.

20세기의 여성 창작자들은 자신이 자녀들뿐만 아니라 남편과 애인들에게마저 이타적(selfless)일 것이라는 기대에 맞서 싸웠다. 전통적 결혼관계 안에서의 양육은 이들 여성을 정서적으로 갉아먹었고, 그 결과 이들은 창작에 필수적인 독립심을 빼앗겼다. 여성들은 감당 불가능한 노동에 끊임없이 부딪혔다. 시간이 충분치 않기 때문만이 아니라 배우자, 가족, 공동체가 이들에게 지나친 요구를 하거나 작업을 그만두라고 부추겼기 때문이다. 어드리크는 여성 작가들이 "배우자나 가족과 일부러 거리를 두지 않으면 완전히 먹혀버리곤" 했다고 설명한다.[51]

어떤 엄마들은 일을 끝마치기 위해 남편과 애인에게 정서적 여유를 제한하는 조치를 취했다. 일부 여성은 열린 관계(open relationship)를 맺었다. 앨리스 닐 또한 그중 하나로, 닐은 한 상대에 대해 이렇게 말했다. 그는 "늘 사랑에 빠져 있어서 늘 여자들을 쫓아다녔다". 그렇다고 해서 "신경이 쓰이지는 않았는데, 나는 자유롭게 그림을 그리고 싶었기 때문이다."[52] 어떤 여자들은 합리적이지 않거나 스스로를 부정하는 방식으로 행동했다. 이들은 자신을 보살펴줄 여력이나 의사가 없는 상대와 가까워졌다. 혹은 도움을 주려는 남자들을 뿌리치거나 가정적으로 보이는 모든 것을 거부했다. 이 같은 정서적 사보타주를 통해 지나치게 냉담하고 무감각한 것이 아닌가 되돌아볼 새도 없이 스스로를 위한 울타리를 세울 수 있었다. 이로써 자기 욕구도 충족하지 못하게 될지언정, 창작자 엄마들 일부에게 이것은 돌봄 중독에서 빠져나올 유일한 방안처럼 보였다. 손태그는 창조적 주체가 되려면 자아가 번창해야 한다고 느꼈는데, 사실 이를 위해서는 정서적 노동을 너무 후하게 하면 안 되었다.

가족, 친구, 다른 부모들 등 엄마들 주변의 공동체는 우호적일 수도, 억압적일 수도 있다. 에세이 작가 엘런 윌리스는 마흔두 살에 출산을 경험하며 반문화 반항아로서의 감각을 잃어버리고 배우자와 함께 "도심 중산층 핵가족파의 진창"에 처박혔다. "일상은 사소한 가사노동에 매몰되었고 엄마로서 내 삶에는 격렬한 열정과 감각적 환희의 특징을 지니는 초월적 차원이 있었다. 나는 진정한 열정이란 본디 체제 전복적이라고 줄곧 주장해왔음에도 딸이 태어나고 아이를 향한 사랑이 커질수록 사회 질서에 더욱더 단단히 붙들리고 말았다."[53]

부모가 되는 일은 자기상실과 자기발견을 거듭 넘나들기 때문에 혼란스럽게 느껴질 수도 있다. 방황에 빠질 수도 있고, 취약해지거나 자기 삶의 중심부에서 밀려난 듯 느낄지도 모른다. 당신은 자신을 발견하고 새로운 권위를 경험할 수도 있다. 우울이나 낙담, "압도적이고 수용할 수 없는 분노"(리치)[54]와 씨름할지도 모를 일이다. 앤 라모트가 보기에 부모가 되는 일에서 가장 난감한 부분은 "자신의 은밀한 광기, 파괴된 모습, 격분과 생생하게 대면할 수밖에 없다는 것"이었다.[55]

아이들이 어렸을 때, 모성은 어떤 경험보다도 내게 정서적으로 많은 요구를 했다. 모성은 이따금 내가 얼마나 행복하고 다정할 수 있을지를 강조했고, 또 다른 때에는 내 한계에 직면해 절망케 했다. 모성은 나를 시험해보게 하고 내 자신을 마주하게 하는데, 이런 면에서 글쓰기와도 비슷했다. 어쩌면 그래서 더욱 오랫동안 작업을 거의 불가능하게 만들기도 했다. 나는 한편으로 더욱 진정한 내가 된 듯한 느낌을 받았고, 또 한편으로는 나를 잃어버린 것만 같았다. 나는 나의 확고한 기반을 되찾기 위해 이 미지의 장소에 대해 배워야 했고, 영혼의 근본적 변화라 할 만한 과정을 겪어야 했다.

"모성은 하나의 정체성이다. 모성으로 나아가는 과정은 성인기에 발생하는 정체성 변화 가운데 가장 심대하다."[56] 『부모와 다른 아이들』의 저자 앤드루 솔로몬은 2013년에 발표한 심리학 박사논문에서 부모가 된 여성이 두 가지 새로운 관계에 대처하게 된다고 지적한다. 첫째는 아이와의 관계이고, 둘째는 엄마가 된 스스로와 맺는 관계다. 이 같은 관계를 형성하는 일, 나아가 창작자 엄마로서 자기 직업과 맺는 관계를 재구축하는 일은 한 인간으로서 아이와 어떤 관계를 맺고 있으며 모성에 대한 기대는 어떤 것인지 자기 자신을 재정의하는 일과 연관된다.

버레이처를 다시 한 번 인용해보자. "우리가 모성적 주체라 부를 수 있는 어떤 것을 일별하려고 할 때 우리를 이론적으로 적용시켜봐야 할 대상은 바로 되돌림(undoing)의 순간들이다."[57]

되돌림은 하나의 단서다. 보육 시스템을 이용할 수 있고 작업을 한다는 이유로 비난받지 않고 꼭 필요한 재정적 지원과 정서적 지원을 받고 있는 최상의 상황에서조차 양육이 안겨주는 스트레스와 행복은 당신을 삶의 주변부로 쫓아낼 수 있고, 그럴 때면 다시금 마음을 추슬러 새롭게 작업에 착수해야 한다. 양육을 행하는 이는 자기 아이, 모성이라는 관습, 나아가 이 두 강력한 요인에 반응하며 변화하는 자아 등과 씨름할 수밖에 없다. 이상적 상황에서라면, 그녀는 자기 작업과 자기 아이, 그 밖에 삶에서 벌어지는 사건들에 반응하며 발전을 거듭하는 존재이자 자기인식을 달성하고 능력을 쟁취 또는 탈환하는 존재다. 그는 엄마가 될 때 한 인간으로서나 예술가로서 한 번만 변화하는 것이 아니라 끝없이 계속해서 변화하게 된다. 그의 자기창조와 자기갱신(self-revision)이야말로 곧 그의 이야기가 된다.

심리학이 모성적 주체에 관한 이론을 정초하지 못한다 해도, 이에 관한 이야기는 할 수 있을지 모른다. 페미니스트 철학자 아드리아나 카바레로는 주체성이 이야기의 산물이며 이것이 근본적으로 전기(傳記)적이라는 한나 아렌트의 제안을 받아들인다. 카바레로는 삶의 이야기가 독자들 저마다가 지닌 잠재력을 일깨우고 이들이 자기 삶의 주인공임을 일러준다고 말한다. 주체성은 영웅의 이야기다. 각각의 개인이 "독특하고도 되돌릴 수 없는" 이야기의 주인공이라는 것이다.[58]

'엄마'와 '영웅'이라는 단어를 함께 입에 올리면, 대부분은 자기희생의 이미지를 당연하다는 듯이 떠올릴 것이다. 그러나 창조적 모성은 그런 종류의 이야기가 아니다. 투쟁이나 구원에 대한 이야기도 아니다. 창조적 모성은 자기발견의 여정에 나선 어느 중심인물의 이야기다. 그녀는 빵 부스러기(그러니까 일화와 종잡을 수 없는 여러 순간)로 표시한 길을 따라 나선 뒤로 지하 세계까지 떨어졌다가 되돌아온다. 숲속에서 길을 잃고 스스로 길을 발견하는 주인공이다.

나는 엄마 영웅들에 대해 찾아보며 이들이 여성들의 이야기 안에 줄곧 존재해왔음을 알게 됐다. 그녀들의 주체성은 자기상실과 자기발견에 아로새겨져 있었다. 청소년기에, 출산기에, 그리고 장년기에 이들은 줄곧 자신들을 향한 "몰살"의 위협을 마주하고 힘을 회복해야 했다.

그리하여 나는 반란의 정신으로, 말소에 대한 거부로, 제 어머니를 알아보지 못한 젊은 오이디푸스를 향한 일격으로, 엄마들의 이야기를 영웅담으로 써내려 가려고 애썼다. 나는 이들 여성이 겪은 자아의 위기들, 즉 엄마 또는 창작자로서 스스로에 대한 이해가 산산조각 나는 순간, 숲에서 길을 잃었다가 새로운 통찰을 얻고 변화된 모습으로 그곳을 빠져나온 순간들을 들여다보기 위해 노력했다.

주의사항

인간 경험의 보편성이라는 개념은 일종의 사기이다. 그리고 여성 경험의 보편성이라는 개념은 더 교묘한 사기이다. —앤절라 카터[59]

모성이라는 주제에 관해서는 전문가가 존재하지 않는다. —에이드리언 리치[60]

조언. 의견. 평가. 엄마들의 선택은 끊임없는 검사와 비난의 대상이 된다. 에이드리언 리치는 말한다. "모성 관습은 모든 엄마들이 정도의 차이가 있을 뿐 모두 유죄라고 간주한다."[61] 리치가 보기에 모성 관습은 자녀 유무와 관계없이 모든 여성의 품행을 하나하나 판단할 뿐만 아니라 그들이 미흡하다고 여긴다. "이렇듯 양육과 비양육은 우리를 책망하기 위해 덮어씌운 개념이다. **우리가 둘 중 무엇을 택하건 그로부터 번번이 배반당했기** 때문이다."[62]

캐런 조이 파울러는 다음과 같이 쓰고 있다. "아이를 가져본 여성이라면 그런 경험이 확실히 긍정적이고 기쁘기만 한 것은 아니라고 입을 모을 것이다. 아이를 가져본 적 없는 여성도 자기 경험이 논쟁의 여지 없이 좋은 선택은 아니라고 입을 모을 것이다."[63] 정신분석가 로지카 파커는 이렇게 말한다. 죄책감을 느끼는 여성에서 실의에 빠진 자녀에 이르기까지 "모성적 이상이라는 환상은 부족하다는 느낌을 사방에 퍼뜨린다."[64]

양육은 인간 존재의 핵심적인 일이다. 엘런 윌리스는 바로 이 때문에 양육이 가차없는 단속의 대상이 된다고 말한다. "이 제도가 사회 통제의 수단으로서 이토록 강력히 기능해 올 수 있었던 것은 가족과 엄마들이 원초적 욕구를 충족해 주기 때문이다."[65] 모든 엄마가 손쉬운 판단의 대상이 되는 사이, 제니퍼 C. 내시가 관측하기로 백인 우월주의는 유난히 흑인 엄마들의 모성을 두고 비난을 퍼붓는다. "병적이고 과하다. 게다가 핵가족과 이성애 상태 모두를 위협하는 비정상적 젠더 및 이성애 수행의 특징을 지닌다."[66]

나는 모든 이의 선택에 관해 함부로 판단하지 않으려고 (대체로) 노력했다. 나는 어떤 양육이 다른 양육보다 뛰어나다고 생각지 않는다. 출산한 여성이 반드시 자기 아이를 직접 돌봐야 한다거나 엄마들 모두가 아이를 직접 낳아야 한다고도 믿지 않는다. 나는 나 자신의 이야기가 방해를 받아 가로막히더라도 내버려두고자 했다. 하나뿐인 경험 체계를 넘어서는, 다양한 관점을 위한 공간을 마련하려고 했다.

누구에 대해 써야 할까 고민하면서 나는 격동의 20세기 초에 태어난 사람들을 찾았다. 페미니즘과 더불어 도래한 변화를 체험할 만큼 충분히 젊고 일생에 걸쳐 양육을 했을 만큼 충분히 나이든 이들을. (비록 지금의 나는 그 폭이 충분히 넓지 않다는 사실을 알고 있지만) 폭넓은 경험을 해온 이들을 찾았다. 예술이나 글쓰기 작업을 통해 자신들의 개인사를 세상에 드러내기로 결정한 부모들을. 이 같은 요건을 충족할 만한 남자들도 찾아보았으나 아무도 없었다. 유감스럽지만 실용적인 목적 때문에 영국과 북미의 작가 및 예술가들로 범위를 제한했다.

나는 프리다 로런스의 딸이 남긴 말에 영감을 받아 이 책을 착상했다. 로런스의 딸은 가족을 버린 엄마를 옹호하며 이렇게 말했다. "당시로서는 엄마가 해야 할 행동을 했다고 믿어요. 살면서 제게 이렇게 말하는 따분한 여자들을 만난 적이 있어요. '나는 결코 우리 애들을 두고 떠날 수 없었어.' 그 말을 듣고 있자니 엄마의 마음이 납득되더군요."[67] 첫 장편을 어떻게 썼느냐는 물음에 대한 토니 모리슨의 해답 또한 집필의 촉매가 됐다. "할 일을 목록으로 적어보니 63개나 되더라고요. 하고 싶은 일도 목록으로 적어보았어요. 두 가지였어요. 글을 쓰는 것과 제 아이들을 키우는 것."[68]

무엇보다도 여러분이 앨리스 워커의 충고를 받아들인다면

더 바랄 것이 없겠다. 워커는 에세이 「자기만의 **한** 아이」에 대해 언급하며 이렇게 말한 바 있다. "도움되는 대목에 귀를 기울이고, 나머지는 무시하세요."[69]

1장
피임과 낙태: 자기 몸의 수호신

이전의 어떤 시간과 장소에서도 나는 지금의 나처럼 존재할 수 없었을 것이다. 영국과 프랑스에서 17세기 이후 어떤 시대든, 나는 전업 작가가 될 수 있었을 것이다. 하지만 피임법이 도입될 때까지는 전업 작가의 삶과 성적으로 왕성한 여성으로서의 삶을 결합하지 못했을 것이다. —앤절라 카터[1]

우리는 모든 여성이 자기 몸의 수호신이 되는 세계를 상상할 필요가 있다. 그런 세계에서는 섹슈얼리티, 정치, 지성, 권력, 모성, 일, 공동체, 친밀감이 새로운 의미를 드러낼 것이다. 사고 자체가 완전히 바뀌게 될 것이다.
— 에이드리언 리치[2]

제니 오필의 말을 다르게 표현하자면, 글 쓰는 몸과 분리된 글쓰기란 없다. 창조성은 육체적 감각과 강렬한 감정 위에서 번창한다. 양육(mothering)은 임신과 출산에서 시작하지 않더라도(둘 다 필수적이거나 자연스럽게 주어지는 것은 아니다.) 부모와 아이 사이의 감각적이거나 위안을 주는 손길 속에서 시작된다. 부모마다 몸의 경험은 제각기 매우 다르고, 본질주의적 사고의 위험, 즉 엄마들을 그들의 몸으로 환원시키는 위험도 실재한다.

하지만 모든 엄마 작가·예술가들에 공통되는 하나의 이야기가 있다. 자신의 생식에 대한 통제권을 획득하는 영웅의 여정이 바로 그것이다. 재생산권(낙태 접근권, 피임법, 난임 치료와 의료 서비스)은 창조적 육아의 필수 요소다.

그러면 안 되었지만, 나는 양육에 관한 책이 비양육(not-mothering)에 관한 것이기도 하다는 걸 발견하고 놀랐다. 여전히 계획하지 않은 임신의 재앙(그리고 정도는 덜하지만, 임신하기 위한 분투)은 이 책을 관통하는 하나의 이야기다. 내가 이 책에 쓴 거의 모든 여성들이 피임 접근권을 확보하는 데 어려움을 겪었다. 거의 모두가 최소 한 번씩 우발적 임신을 겪었고, 거의 모두(앨리스 닐과 어슐러 르 귄, 오드리 로드와 수전 손태그, 앨리스 워커)가 한 번씩 낙태를 경험했다. 그들 모두가 달성 가능 여부와 무관하게 임신의 타이밍과 물질적 여건을 예술 활동의 필수 요소로 보았다. 20세기 이전에 대부분의 피임법(스펀지, 질외사정법)은 서툴고 역겨운 것은 물론이거니와 효과적이지 못했다.(전형적인 방법은 리졸 같은 가정용 소독 세제로 질을 닦아내는 것이었다.) 콘돔은 너무 비쌌다. D. H. 로런스가 1910년 동정을 잃었을 때, 그는 콘돔 한 상자를 사기 위해 교사로 일하고 받은 주급 40실링 중 5실링을 지불해야 했다.(오늘날로 치면 주당 800달러를 버는 사람이 100불을 줘야 콘돔 한 상자를 살 수 있는 셈이다.) 콘돔은 금기이기도 했다. 영국 대학에서는 남학생 기숙사 방에서 콘돔이 발견되면 퇴학당할 수도 있었다.[3] 생리주기 피임법조차 과학자들이 마침내 배란 시기를 발견해낸 1929년에야 겨우 선택지가 되었다.

하지만 대부분의 여성들에게는 성적 절제 또한 선택지가 아니었다. 20세기 여성들은 결혼을 통해 감정적·재정적 지원을 추구했다. 그들은 쾌락 그 자체를 위해, 혹은 자신이 그들의 남성 파트너만큼 강하고 담대하다는 걸 증명하기 위해, 혹은 다른 사람들이나 그들 자신에게 자신이 퀴어가 아님을 입증하기 위해 바람을 피웠다. 섹스가 그들의 창조성을 타오르도록 했기 때문에 그들은 섹스를 했다. 나오미 미치슨은 섹스가 "극도로 중요하며, 상상력의 연료이고, 통찰력에 총기와 활기를 더하는 것"이라고 생각했다.[4] 여성으로부터 애무를 받는 성관계의 쾌락을 발견하면서 수전 손태그는 "오르가슴은 집중한다. 나는 글을 쓰고 싶은 욕정을 느낀다."라고 일기에 썼다.[5]

엄마 작가들의 커리어가 1920년대에 번성한 건 우연이 아니다. 1920년대는 여성을 위한 최초의 효과적 피임법인 다이어프램♥과 자궁경부 캡♥♥이 영국과 미국에서 감당할 수 있는 가격에 이용 가능해진 시대다. 라텍스 콘돔의 발견은 콘돔 가격을 떨어뜨렸다. 미치슨은 다이어프램이 결혼 제도 안과 바깥 모두에서 섹스할 수 있도록 만들어줬다며 다자 연애 관계를 위해 공공연하게 다이어프램을 지지했다.

하지만 피임이 쉬웠다는 뜻은 아니다. 앨리스 닐이 1925년 결혼했을 때, 다이어프램은 뉴욕에서 들려오는 머나먼 풍문일 뿐이었고, 미국 우편을 통해 피임약을 보내는 것은 물론 심지어 피임법에 대한 정보를 건네주는 것조차 불법이었다. 메리 매카시는 1930년대를 배경으로 하는 장편소설 『그룹』에서 설령 페서리를 구했다 해도 미국의 부유한 젊은 여성에게조차 그걸 이용하는 게 얼마나 어려운지 유명하게 묘사했다. 비용, 불쾌한 착용감, 그리고 무엇보다도 실제 사용을 불가능하게 만드는 수치심과 프라이버시 결여가 문제였다.

회고록 『나의 속마음』에서 도리스 레싱은 남아프리카공화국의 케이프타운에서 한 젊은 백인 부부를 만났던 일을 묘사한다. 그들은 다이어프램을 쓰기 위해 세 명의 어린 자녀를 데리고 그 도시에 왔었다.

♥ 흔히 페서리라고 부르는 피임법으로, 질 속에 작은 덮개를 삽입해 정자들이 난자에 도달하지 못하도록 자궁경부를 막는다.

♥♥ 다이어프램과 동일한 방식의 피임법이지만, 덮개의 크기가 더 작고 모양이 다르다.

그녀는 부드러운 가루가 발라진 얇은 필름 봉지에서 페서리를 꺼내더니 말했다. "하지만 이것 좀 봐, 그냥 한번 보라고. 난 이걸 사용할 수가 없어." "하지만 여보, 우린 그걸 꼭 써야 돼." "젠장, 자기야, 내가 꼭 써야 된다는 말이겠지." "하지만 내가 콘돔을 사용하면, 당신은 바로 임신하잖아." "언제 당신이 콘돔을 쓰는데?" 그리고 그들은 깔깔대며 서로의 품으로 쓰러졌다.

빈트후크에 있는 그들의 집으로 돌아가기 전, 그녀는 임신했다.[6]

스무 살의 유부녀였던 앤절라 카터는 자궁경부 캡을 사용했지만, 그녀의 일기에 "플러그"를 사용하는 데서 생겨나는 기름기와 끈적거리는 손에 대해 불평했다.

어슐러 르 귄이 1953년 결혼했을 때 프랑스에서는 모든 형태의 피임이 불법이었다. 이 신혼부부에게 가장 소중한 결혼 선물은 미군이 발급한 콘돔 144개를 묶은 박스로, 독일 주둔 미군 부대에 복무 중인 친구가 박스 위에 온통 외설적인 코멘트를 적어 보내준 것이었다. 도리스 레싱은 그녀 자신을 위해 『금색 공책』에서 예찬했던 성적 자유를 확보하고자 1948년 난관결찰술♥을 받았다. 새롭고 논쟁적인 시술이었다.

♥ 여성의 난관을 묶는 피임 수술.

일부 남성과 여성들은 피임을 사랑의 진정한 표현에 대한 장벽으로 인식했다. 엘리자베스 스마트와 시인인 그녀의 연인은 "영겁이 침대로 들어올" 가능성이 없는 섹스는 이차원적이라고 믿었다.[7] 그들은 함께 네 명의 아이를 낳았다. 하지만 아이들을 키우는 건 엘리자베스만의 과업이었다.

불법 낙태는 필수적이지만 위험하고 두려운 의지처로 남아 있었다. 르 귄의 대학시절 남자친구는 그녀에게 콘돔 없이도 임신하지 않을 거라고 안심시켰고, 그녀는 그를 믿었다. 오드리 로드는 17세에 혼자 살면서 안 그러면 너무 외로울까 봐 남자친구와 이별의 섹스를 나눴다. 임신 공포는 수전 손태그를 너무나 겁먹게 만든 나머지 남편이 (임신 여부를 알려주려는) 의사의 전화를 받는 동안 방에서 뛰쳐 나갔다. 앨리스 워커는 그 외의 대안이라고는 자살밖에 없었기 때문에 불법 낙태를 선택했다.

의사들 사이에 널리 퍼진 견해는 여성들은 그들의 생식에 관한 한 신뢰할 수 없는 존재들이라는 것이다. 에이드리언 리치가 1958년 원치 않는 임신으로 셋째 아이를 낳고 난관결찰술을 받기로 결정했을 때, 그녀는 그녀의 건강 상태가 시술에 적합한지 판정하는 임무를 맡은, 회원 전원이 남성인 어느 내과의사협회에 남편이 공동 서명한 서류를 제출해야 했다.[8] 통상적 치료여야 마땅한 것을 받기 위해 장애를 사유로 들어야 한다는 점에 치를 떨면서, 그녀는 마지못해 자신의 류머티즘 관절염을 서류에 인용했다.

1960년 열여섯의 나이로 임신했던 영국의 비평가이자 작가 로나 세이지는 출산 후 주치의에게 피임에 관해 물었다. 그는 "이제 유부녀가 되었으니, 그건 남편이 알아서 할 겁니다."라고 답했다. 아직 십대였던 아기 아빠가 그녀보다 더 정보가 많았던 것도 아닌데 말이다. "어떤 경우든, 의사는 내가 화이트트래시♥라 생각하고 되돌아가 더 많은 아기들을 낳을 가능성이 농후하다고 생각했음에 틀림없었다. 그리고 어떤 면에서 그것이 더 상황(decorum)에 맞는 일이기도 했다. 나는 어느 정도는 색정광이고, 이쪽 저쪽 좋은 것만 다 가질 수는 없는 법이다."[9]

일부 내과의들은 피임이 아이를 갖고 싶은 여성들의 무의식적 갈망을 가로막으며, 모성본능의 더 깊은 작동을 방해한다고 믿었다. 1964년 계획에 없던 셋째 아이를 낳은 후 르 귄은 의사에게 보다 믿을 만한 피임법에 관해 상담했다. 깜짝 놀란 표정으로 거들먹거리며, 의사가 되물었다.

> "원하시는 게 뭡니까? 100퍼센트 확실성이요?"
> 나는 그를 바라보았고, "당연하죠."라고 말했다. "이 재수없는 자식아."라는 말은 하지 않았다.[10]

그 무렵엔 경구피임약이 미국(1960년)과 영국(1961년)에서 승인

♥ 미국 남부 지역의 가난하고 교육 수준이 낮은 백인들.

돼 이미 광범하게 사용되고 있었다. 낙태는 영국에서는 1967년, 미국에서는 1972년 합법화되었다. 34세의 싱글 여성이었던 앤절라 카터에게 합법적 낙태는 사무적인 결정이었다. 세 아이를 낳은 39세의 기혼 작가 페이 웰던이 "마지막 출산 후 6개월"이 지난 1971년 임신한 걸 알게 됐을 때, 합법적 낙태는 그녀에게 필수적 선택이었다. "주로 내 수입에 의존하는 여섯 명의 직계 가족, 내 언니의 생일날 태어날 예정인 배 속 아기, 아직도 내 머릿속에 생생한 언니의 죽음, 고아가 된 그녀의 세 아이들 역시 내가 책임져야 하지. 내 어머니까지."[11] 로드와 워커, 손태그에게 불법 낙태는 자기 삶을 되찾으려는 필사적 요구처럼 느껴지는 용기 있는 행동이었다. 피임 접근권을 넘어서, 재생산 정의(reproductive justice)와 관련된 여성들의 삶에는 더 광범위한 질문들이 있다. 아프리카계 페미니스트들이 처음 만들어낸 이 개념은 엄마와 아이들을 위한 의료 서비스 접근권을 포함한다. 앨리스 닐의 딸이 아기일 때 죽게 된 건 부분적으로 앨리스와 그녀의 남편이 의사에게 낼 돈이 없었기 때문이다. 재생산 정의는 아이들의 안전을 포함한다. 오드리 로드는 아들에게 경찰과 위험하게 맞닥뜨릴 경우 긴장을 낮추는 법을 가르치면서, 흑인 부모들이 자녀들에게 들려주는 "더 톡(the Talk)"♥ 대화를 가져야 했다.

재생산 정의는 아이를 양육할 권한을 포함한다. 1962년 손태그의 전남편은 그녀가 한 여성과 연애 중인 걸 알게 된 이후,

아들의 양육권을 빼어오기 위해 그녀의 섹슈얼리티를 이용하려고 했다. 재생산 정의는 "자격 없는" 유색인종 엄마라는 신화에 의문을 제기하고, 많은 창의적인 여성들의 선택을 제한하는 "시간 빈곤"과 시장주도적이고 자본주의적인 유급휴가 부족, 감당할 수 있는 비용의 보육시설과 공정한 노동시간을 다루는 것을 포함한다.

이 책이 하려는 이야기 중 하나는 어떻게 모성이 우발적 사고이자 의무에서 하나의 선택이 되었으며, 그것이 여성들의 삶에 얼마나 심오한 영향을 끼쳐왔는지에 관한 것이다. 여성 작가들의 커리어에 관해 읽을 때, 그들이 얼마나 적은 선택지를 갖고 있었는지 기억하는 것은 필수다. 앨리스 닐이 그녀의 첫 결혼에 관해 말했던 것처럼, "처음에 나는 아이들을 원치 않았다. 아이들은 그냥 생겼다."[12]

♥ 전통적으로 미국 흑인가정에서는 자녀들, 특히 아들이 십대가 되면, 경찰 등 공권력과 마주쳤을 때 적절하게 대처함으로써 위험에 빠지지 않는 법을 가르치는데, 이 대화를 '더 톡'이라고 부른다. 법 집행기관의 인종주의로 인해 부당하게 범죄 혐의자로 오인되는 일이 다른 인종에 비해 불균형적으로 많기 때문이다.

2장
모성 지대의 무법자
앨리스 닐 1900~1984

그 누구의 연인도 되지 말라;
기꺼이 따돌림 당하라. —앨리스 워커[1]

망가지지 않으려면 예술가로서 어느 정도는
스스로에게 반항심을 가져야 한다. —카밀 빌롭스[2]

모성의 이미지, 예술의 이미지, 성공의 이미지는 서로에게 골칫거리다. 그런가 하면 이들은 한데 섞여 화가이자 할머니이며 예술계 유명인사라는 의외의 연결고리를 만들어내기도 한다. 1977년, 회색 스웨이드 우주화를 신고 은색 라메(lamé) 자켓을 흔들며 레드 카펫 위에서 빙글빙글 돌던 77세의 화가 앨리스 닐의 눈은 "밍크 모자 아래에서 기쁨으로 반짝였다."[3] 《뉴욕 타임스》의 사진작가는 조각가 루이즈 니벨슨과 대화를 나누는 앨리스의 모습과 함께 자랑스럽게 엄마를 올려다보는 아들 리처드를 포착했다.

앨리스는 화가이자 엄마가 되기 위해 평생 다른 사람들의 기대를 저버리며 살아야 했다. 그녀는 유대감이 깊고 정이 넘치는 가족의 가장이자, 천재들에게 따라붙는 불편함을 감수하며 고집스럽게 자신만의 비전을 추구하던 예술가이기도 했다. 동시에 그는 능숙하고 독창적인 붓터치를 통해 날카롭고 불안한 드라마를 담아낸 초상화가로 잘 알려진, 끈질기고 난해한 괴물 같은 예술가였다. 한 비평가는 그를 '아줌마 영웅(auntie-hero)'[4]이라 부르기도 했다.

이루 말할 수 없이 복잡한 엄마 예술가의 자아에 대해 알아보려면, 앨리스의 초기작 「웰 베이비 클리닉」 같은 작품을 보면 된다. 1928년 뉴욕, 딸 이사베타의 탄생에 압도당한 앨리스는 자신의 불안한 심경을 진솔하게 묘사했다. 그녀는 앞으로 돈을 벌기 위해 남편과 무슨 일을 할 것인지, 그림을 그릴 시간은 어떻게 마련할 것인지, 이 결혼이 얼마나 많은 갈등을 견뎌낼 수 있을지 궁금했다. 앨리스는 새로 태어난 아기에 대해 노심초사하면서도 자기 자신에 대해 더 많이 걱정했다. 만약 자신에게 주어진 재능과 배짱이 충분치 않거나 짬이 부족해서 작업을 계속할 수 없다면 어떻게 될까?

이 작품은 여성들이 나란히 서서 아기 기저귀를 갈고 있는 산부인과 병동의 모습을 담고 있다. 티끌 하나 없이 깨끗한 제복을 입은 백인 간호사가 자신감 넘치는 자세로 아기를 품에 안고 있는 반면, 이제 막 엄마가 된 여성들은 백인 흑인 할 것 없이 간호사처럼 해보려고 안간힘을 쓴다. 그림의 오른쪽 가장자리에서 앨리스는 유령 같은 얼굴을 한 채 멍한 시선으로 아래를 내려다보고 있다. 바로 옆에 있는 한 여자는 미친 듯이 기뻐하는 표정으로 자신의 아기에게서 눈을 들어 올려다본다.("그 작은 고깃덩이에게 기저귀를 갈아주면서 어떻게 그런 행복감을 느낄 수 있는지 정말 궁금했어요."[5] 훗날 이 그림에 대해 설명하며 앨리스는 이렇게 덧붙였다.) 의사에게 아기를 보여주고 있는 또 다른 엄마는 젖가슴을 드러낸 채 고통으로 울부짖으며 입을 벌리고 있다. 간호사는 충만함과 모성으로 가득 찬 돌봄의 표상이지만, 나머지 여성들은 이제 막 엄마가 된 이들이 느끼는 여러 가지 다른 감정들—불안, 슬픔, 무력감—중 일부를 드러낸다. 앨리스는 자신을 둘러싼 여성들로부터 소외되어 있고, 그 누구도 앨리스에게 도움의 손길을 건네지 못한다. 모두들 자신만의 망상에 빠져 있거나 견디기 힘든 통증을 겪고 있기에 다른 여성들과 같은 편이 되어줄 수 없는 것이다.

아이를 잃은 후 자신의 예술을 되찾아 초상화가—화가의 표현에 따르면 "영혼의 수집가"—로 돌아온 앨리스는 다시 모성의 주제에 매달렸다. 그녀가 예민한 시선으로 묘사한 임신한 며

느리는 행복하다기보다 어딘지 어설프고 불안해 보인다. 엄마들과 아이들은 어색하게 떨어져 서 있고, 부모들은 버둥거리며 몸을 비트는 아기들을 붙들어 안고 있다. 앨리스는 행복에 겨운 모습으로 서로 부둥켜안고 있는 아이들과 여인들을 그린 인상파 화가 메리 카사트의 묘사에 양가성과 모순의 감정을 더했다.

앨리스의 모성은 예술가의 소명과 양육 사이에 얼마나 많은 갈등이 있을 수 있는지를 보여주었다. 한 젊은 예술가는 80세가 다 된 앨리스를 보고 "물방울무늬 드레스를 입고 할머니 스타일로 흐물흐물하게 꼬아 올린 머리를 한"[6] 나이든 여성에게서 느껴지는 강철 같은 결의에 감탄하며 이렇게 물었다. "화려한 패턴의 레이온 원피스에 가려진 가슴 속에 어떻게 군인의 심장이 뛰고 있단 말인가?"[7]

앨리스에게 그림은 피난처이자 자아에 대한 주장이었다. 1900년 1월 28일 새로운 세기의 시작과 함께(그녀는 이렇게 말하는 것을 좋아했다.) 펜실베이니아 철도회사 사무원의 다섯 자녀 중 넷째로 태어난 앨리스 하틀리 닐은 중하층 사람들이 거주하는 필라델피아 교외 콜윈에서 자랐다. 역시 앨리스라는 이름을 가진 그녀의 어머니는 총명한 여인이었으나 자신이 "기대하거나 희망했던 삶은 이런 것이 아니었다"며 인생에 대한 불만을 대놓고 드러냈다.[8] 자기 삶에 갇혔다고 느끼며 아이들에게 자살 충동을 털어놓은 여성들의 고통은 종종 이런 식의 표현으로 과소평가된다.

엘리너 먼로와의 인터뷰에서 앨리스는 자신이 감수성이 예민하고 두려움이 많은 아이였다고 고백했다. "다른 사람들이 너무나 크게 보였어요. 모든 이들이 나를 아래로 떨어뜨릴 수 있을 것 같았죠. 나는 그들이 원하는 작고 예쁜 소녀가 되기 위해 노력했고, 있는 그대로의 나 자신이 되지 않겠다고 결심했습니다."[9] 그녀는 자신의 감정 때문에 어머니를 괴롭힐 엄두가 나지 않았다. "엄마는 스스로를 우월한 존재로 여겼고, 지나치게 예민해서 그 어떤 것도 견딜 수 없었습니다. 저는 항상 엄마를 행복하게 해줘야 했어요."[10] 그림을 그릴 때야 그녀는 비로소 자기 자신이 될 수 있었다. "캔버스 앞에 앉는 순간, 저는 행복감을 느꼈습니다. 원하는 대로 할 수 있는 세상이 펼쳐졌기 때문이지요. 제게 그림은 유일하게 진정한 삶이었습니다."[11]

미술사학자 패트리샤 힐스와 나눈 일련의 인터뷰에서 팔십 대의 앨리스는 "무지몽매한" 작은 마을에서 느꼈던, 서사의 부재에 대해 여러 번 언급했다. 한때 과수원이었던 거리에는 여전히 몇 그루의 배나무가 서 있었고, 정원은 꽃들로 가득했다. "봄이 되면 정말 아름다웠지만, 그 풍경을 그릴 화가는 없었어요. 한 남자가 창가에 모습을 드러냈지만, 그 사실을 기록할 작가가 없었지요. 식료품상의 아내는 남편이 죽은 후 자살했지만, 그 이야기를 쓸 작가도 없었고요. 그곳에는 문화가 없었어요. 나는 그 작은 마을이 싫었습니다."[12]

미래에 대한 두려움과 (죄책감을 동반한) 가족 부양의 소망 때문에, 앨리스는 미술을 전공하는 대신 비서 학교로 진학했다. 동생을 대학에 보내기 위해 저축을 하고 있던 앨리스의 부모는 그녀를 위한 교육비를 따로 마련해주지 않았다. 부모님 집에서 살면서 타이피스트로 일하며 야간 미술 수업을 듣던 어느 날, 스물한 살의 앨리스는 계속 이렇게 산다면 그것이 곧 자신의 삶이 될 것이라는 사실을 깨달았다. 그녀는 그동안 저축한 돈을 가지고 펜실베이니아미술아카데미가 아닌 필라델피아여성디자인학교에 지원했다. 완고한 반(反)엘리트주의자였던 그녀는 예쁘장한 그림을 그리고 싶지 않았다. "나는 삶이 마네의 「풀밭 위의 점심 식사」라고 생각하지 않았습니다. 나는 르누아르처럼 행복하지 않았어요."[13]

1921년 학교의 복장 규정은 여학생들에게 여전히 치마와 장갑, 모자를 착용하도록 강요하고 있었지만, 앨리스는 남성 누드 모델을 그릴 수 있게 된 첫 세대의 여성 화가였다. 그림의 소재로 벗은 몸에 접근한다는 자체가 여성 예술가들에게는 승리의 행위였다. 훗날 앨리스는 임산부의 누드를 그리기 시작하면서 타인의 소유물을 탈취하는 것 같은 반항심을 느꼈다. 애쉬킨 화파♥의 지도자였던 로버트 헨리는 술집과 건설 현장, 거리에서 목격한 장면을 기록하도록 학생들을 격려했고, 학생들은 그의 가르침에 고무되었다. 평단의 유행이 바뀌어도 앨리스는 헨리의 철학을 충실하게 따랐다. "네가 느낀 것을 그려라. 네가 본 것을 그려라. 네게 진실로 다가온 것을 그려라."[14]

독신 여성이 남성에게 경제적으로 의존할 수밖에 없도록 구성된 사회에서, 1920년대의 독신 여성들은 자율성을 훼손하지 않고 남성의 애정과 관심, 돈을 얻을 수 있는 방법을 찾았다. 예술학교에서 한동안 앨리스는 크게 신경 쓰이지 않는 남자친구를 따라다녔다. 그가 경제적 도움을 주었기 때문이다. "그는 예술을 위한다며 내게 달러를 주곤 했다. 나는 그 지폐를 접어서 신발 속에 넣었는데, 발뒤꿈치로 느껴지는 지폐의 감촉 덕분에 힘 있는 사람이 된 듯한 기분이 들었다. 내게 돈이 있는 한 아무도 내가 학교를 그만두게 할 수 없었다."[15]

앨리스는 30달러 때문에 처음으로 사랑과 예술 사이에서 견딜 수 없는 갈등을 겪게 되었다. 1924년, 그녀는 그 돈으로 도시 외곽의 여름 예술 강좌 수업료를 지불했고, 그곳에서 운명적 연인인 카를로스 엔리케를 만났다. 쿠바계 설탕 농장 집안 출신인 카를로스는 낭만적이고 반항적이며 예술적 재능이 있는 남자였다. 그뿐 아니라 그에게는 매끈한 검은 머리 등 앨리스가 열망하던 성적 매력도 있었다. 분홍 뺨을 지닌 어여쁜 앨리스는 카를로스를 만난 후 "지금까지 지구상에 존재하던 동물들 중

♥ 20세기 초엽의 미국에서 일어난 미술운동으로 주로 뉴욕의 일상, 특히 빈민 지역을 그렸다. 주요 멤버로는 로버트 헨리, 잔 슬로운, 윌리엄 글라켄스, 조지 럭스, 애버릿 쉰이 있으며, 이들의 운동은 정치적 반항 정신의 상징으로 여겨졌다.

가장 억눌려온 동물"이 된 것 같았다.[16]

아바나로 돌아간 카를로스는 1년 동안 여러 통의(정열이 넘치고, 그림이 곁들여진) 연애편지를 보냈고, 다시 펜실베이니아로 돌아와 앨리스가 졸업을 며칠 앞둔 1925년 6월, 그녀와 함께 결혼식장으로 들어섰다. "글쎄, 어쩔 수 없었어요. 그와 결혼할 수밖에."[17] 훗날 앨리스는 그 시절을 이렇게 회고했다. 물론 앨리스가 이 책에 등장하는 여성들 중 결혼이 선택의 문제가 아니었다고 느낀 유일한 인물은 아니다. 하지만 실제로 카를로스와 함께 떠나기로 결정했을 때, 그녀는 당황하고 머뭇거리며 자제력을 잃었으나 이를 부정하며 두려움에 떨었다. 무엇보다 그녀는 엄마가 될 준비가 되어 있지 않았지만, 그렇다고 피임을 할 수는 없었다. 1926년 당시 앨리스가 페서리를 구할 수 있었다고 해도, 그들은 카를로스의 부모와 함께 살 계획이었고 그녀의 사생활 따위는 존재하지 않을 것이었다. 카를로스의 아버지는 "낙태에 100퍼센트 반대"하는 의사였고,[18] 그래서 가장 흔한 형태의 산아제한은 불가능했다.

이러한 상황에서 앨리스가 할 수 있는 일은 집을 떠나기를 거부하는 것뿐이었다. 카를로스가 앨리스의 본가에서 그녀를 기다리는 동안 앨리스는 매일 스튜디오로 나가 그림을 그렸다. 결국 그는 함께 떠나는 것을 포기하고 홀로 쿠바로 갔다. 결혼 8개월 만인 이듬해 2월 카를로스가 다시 미국으로 돌아오자 비로소 앨리스는 쿠바로 향했고, 새로운 곳에 도착한 지 몇 주 만에 임신을 했다.

아바나 생활 초기에, 결혼은 앨리스의 자율성을 그다지 위협하지 않는 것처럼 보였다. 엔리케 집안은 카를로스의 예술가 아내를 별로 좋아하지 않았지만, 앨리스는 대리석 바닥이 깔린 저택에서 하인들의 시중과 정원의 공작새, 오후 나절의 롤스로이스 드라이브와 함께하는 특권적인 삶을 양면적으로 즐겼다. 그녀는 열대의 빛과 색깔에 감탄했고, 쿠바의 언어와 문화를 좋아했으며, 자신을 환영해주는 카를로스의 보헤미안 친구들이 있는 활기찬 예술가 모임에서 활동했다. 카를로스와 함께 그린 작품들은 두 번의 중요한 그룹전에서 좋은 평가를 받았다.

불행하게도 새로운 생활과 작업 사이의 균형과 평등한 결혼생활은 1926년 12월 26일 그들의 딸 산티야나의 탄생과 함께 막을 내리게 되었다. 쿠바의 병원에서는 여덟 시간의 산고를 겪는 앨리스에게 마취 주사를 놓아주지 않았고,[19] 극심한 고통을 경험한 그녀는 평생 쿠바의 의사들을 용서할 수 없었다. 아이의 탄생 이후 앨리스에게 무슨 일이 일어났는지 확실하게 알 수는 없지만, 시부모는 그녀가 그림을 그만두고 아기를 돌보는 데 집중하도록 종용했을 것이다. 카를로스는 다른 여자들과 어울리기 시작했고, 앨리스는 질투심 많고 불만에 찬 시누이들과 함께 집에 덩그러니 남겨졌다. 1927년 5월, 그녀는 금으로 된 새장에서 도망쳐 산티야나와 함께 콜윈에 있는 친정집으로 돌아갔다. 몇 달 후 마지못해 따라온 카를로스와 함께 이들은 뉴욕으로 이주했다.

그들이 사는 곳이 어디였든, 평등한 가사노동을 논하기에는 너무 이른 시대였다. 카를로스는 육아를 도왔지만 집안일에는 손대지 않았다. 여성의 재능을 존중한다고 하는 남자들조차도 밥을 차리거나 자기 속옷을 직접 빠는 일은 없었다. 생활비가 없었던 앨리스와 카를로스는 누가 그림을 그릴지, 누가 낮에 나가서 일할지, 그동안 아기는 누가 돌볼지에 대해 말싸움을 벌였다. 12월에 앨리스와 산티야나는 심하게 앓았다. 아프고 겁이 났던 앨리스는 의사에게 전화하는 것을 미루었고, 결국 산티야나는 첫 번째 생일 직전에 디프테리아로 세상을 떠났다.

딸의 죽음으로 앨리스는 슬픔과 혼란에 빠졌다. 아이를 원하지 않았다는 사실은 그녀에게 더 큰 죄책감을 느끼게 했다. 그녀는 의사를 부르지 않은, 난방을 위해 5달러짜리 석유난로를 사지 않은 자신을 책망했다. "산티야나가 죽은 후 그저 미칠 지경이었다. 이미 덫에 걸려버린 상황이 되어 내가 할 수 있는 일이라고는 다시 임신하는 것밖에 없다고 생각했다."[20] 훗날 앨리스는 고백했다. 다시 임신을 했지만 상황은 더 악화되었다. 산티야나를 대신할 아기가 태어날 것이라는 예상은 그녀의 고통을 달래주거나 앨리스와 카를로스 사이의 그 어떤 것도 변화시키지 못했다.

훗날 두 딸을 잃은 후 앨리스는 아기 침대의 창살 사이에 목이 끼여 질식사한 아기의 뉴스를 읽고 침대에서 죽은 아기의 그림을 그렸다. 그녀는 이 그림의 제목을 「헛된 노력」이라고 붙였다. "아이를 가지기 위해 얼마나 많은 노력을 기울였는지 알 수 있습니다. 임신은 자신의 전부와도 같을 거예요. 아이를 잃는다는 건 비극 그 자체입니다. 모든 것, 전부를 잃는 비극 말이지요."[21]

두 번째 출산 예정일이 다가오면서 앨리스는 더 이상 우울함을 참을 수 없었다. 그녀는 좀처럼 자신의 재능을 의심하지 않았지만, 출산 2주 전 일기에는 카를로스에 대한 "질투의 불길에 휩싸였다"고 적었다. 그녀는 충분히 훌륭한 화가일까? 그의 작품을 대가로 그림을 그릴 자격이 있나? "카를로스의 작업이 끔찍할 정도로 영리했기 때문에, 나는 내가 그림을 계속 그리겠다고 고집을 부리고 그를 막아서는 것은 이기적이고 잘못된 일이라고 느끼게 되었다. 하지만 어리석음으로 점철된 길고 황량한 삶을 떠올리자 어쩌면 아무것도 못 할지 모른다는 두려움에 휩싸였다."[22]

며칠 후, 아이가 없던 작가 파냐 포스가 다녀가자 앨리스는 불안 발작을 일으켰다. "나는 침대에 누워 고통 속에서 울부짖으며 파괴되어 갔다. 방 전체가 검은 원을 그리며 나를 옥죄어 왔다. 나의 모든 꿈과 열망, 깨끗한 캔버스와 새로운 액자 틀, 오랫동안 머릿속에 간직해온 그림들과 이 집에서 해야 할 작업, 내 인생의 실패와 끔찍한 어리석음 등이 뒤섞여 퍼져나갔다."[23]

산티야나가 죽은 지 11개월이 지난 1928년 11월, 새로운 아기 이사베타가 태어났다. 이사베타가 태어난 지 몇 달 뒤 앨리스가 쓴 시는 출산 후 그녀가 느낀 자기상실(self-loss)과 더불어 새로 태어난 딸과 행복할 수 없으리라는 것을 말해준다.

납의 강 옆에 있는 나의 집
눈으로 여인상을 만든다.

검은 석탄으로 된
눈사람의 눈동자를 태워보지만
여전히 나는 따뜻하지 않다.

고통으로 굳어진 채
얼음 속에 얼어붙은
뜨거운 열대의 영혼[24]

1년 후, 앨리스는 훼방을 놓는 이사베타를 말려가며 산만한 분위기에서 작업을 하기 위해 자신이 고군분투하는 동안 아무렇지 않게 자기 이야기를 늘어놓고 있는 친구 파냐의 모습을 스케치했다. 눈치 없는 친구를 둔 초보 부모라면 누구나 익숙한 상황이지만, 우스꽝스러운 상황의 표면 아래에는 앨리스가 느낀 좌절감이 짙게 깔려 있다.

앨리스의 며느리 지니 닐은 카를로스의 누이들이 앨리스를 질투했다는 이야기를 앨리스에게 직접 전해 들은 적이 있다. 그래서 지니는 엔리케 집안 사람들을 의심한다. 앨리스가 그림을 그리는 데 집중한 나머지 아기였던 이사베타를 비상계단에 두고 왔다는 이야기를 훗날 이사베타 본인에게 전한 것이 이들이라고 말이다. 앨리스의 자녀들은 이 이야기가 완전히 날조된 것이라고 단언한다.[25] 확실한 것은 앨리스와 카를로스가 한정된 시간과 공간 속에서 일과 아기 사이의 균형을 찾고 있었으며 육아나 조력, 돈 등의 지원 없이는 그녀가 잠시도 혼자 있을 수 없었다는 사실이었다. 하지만 여전히 앨리스는 분열된 것은 세상이 아니라 자기 자신이라고 느꼈다. 앨리스는 훗날 이렇게 고백했다. "저는 항상 끔찍한 이분법의 세계에 빠져 있었습니다. 물론 이사베타를 사랑했습니다. 하지만 정말 그림이 그리고 싶었어요."[26]

앨리스가 돌봄과 작업이 어우러진 일상을 위한 선택을 이어가고 있는 동안, 여전히 산티야나를 잃은 슬픔과 우울에 빠져 있던 카를로스는 새로운 변화가 필요하다고 느꼈다. 그가 한 살 반이 된 이사베타를 데리고 먼저 아바나로 가 있으면, 휴식을 취한 앨리스가 합류해 세 가족이 함께 파리로 향하기로 계획을 세웠다. 몇 주간의 자유를 얻은 것에 감격한 앨리스는 밤낮으로 작업에 매달렸다. 그리고 얼마 지나지 않아 카를로스가 누이들에게 이사베타를 맡겨놓은 채 혼자 파리로 떠났다는 소식을 들었다.

카를로스의 도망에 충격을 받은 앨리스는 그대로 얼어붙었다. 엔리케가 사람들이 순순히 이사베타를 돌려줄 거라는 기대는 할 수 없었다. 다섯 자식을 위해 몇 년을 희생해온 앨리스의 엄마조차 도움을 주지 않았다. 앨리스의 선택에 대해 따로 왈가왈부하지는 않았지만, 어쩌면 앨리스의 엄마도 손녀딸이 고모들과 함께 있는 것이 더 나을 거라고 여겼을지 모른다. 앨리스는 자신의 예술에 빠져 스스로를 잃어버리고자 필사적으로 그림을 그렸다. "끔찍한 밤들이었다." 앨리스는 일기장에 이렇게 적었다.

> 이사베타가 죽는 꿈을 꿨는데, 꿈에서 죽은 이사베타를 산티야나 바로 옆에 묻었다. 방에서 혼자 울고 있는 내게 누군가가 다가왔다. 그는 묘를 옮기려고 땅을 파서 아기 관 두 개를 꺼냈는데, 관 안에서 아기들이 움직이는 걸 봤다고 했다.
>
> 이사베타는 살아 있을 때와 비슷한 모습이었다. 하지만 손과 팔이 미라처럼 갈라지고 말라붙어 있었다. 나는 아이의 팔이 떨어져나가는 것을 막아야 했다. 이사베타는 키가 컸는데, 여태껏 먹은 나이만큼 자란 거겠지. 손들이 다시 원래대로 돌아오기 시작했고, 아이가 다시 살아났어. 이 모든 꿈이 실제였다면 참 좋았을 텐데.[27]

그렇게 앨리스는 무너졌다. 몇 주 동안 침대에 누운 채 곧 죽을 것이라고 확신했다. 1930년 10월, 앨리스의 부모는 필라델피아의 한 병원에 딸을 입원시켰고, 의사들은 그녀의 병이 "보헤미아적 삶"에 의한 것이라 여기며 미술 작업을 금했다.[28] 그림을 그릴 수 없게 되자 앨리스의 상태는 더 악화되었다. 훗날 앨리스는 지니에게 이렇게 털어놓았다. "정신을 놓는 것을 낭만적으로 여기지 말거라. 인생에서 일어날 수 있는 가장 끔찍한 일이란다."

보다 못한 언니 릴리가 파리에 있는 제부에게 돈을 보내 얼른 돌아오라고 재촉했고, 1931년 1월 카를로스는 회한에 찬 표정으로 다시 모습을 드러내 그럴싸한 약속들을 늘어놓았다. 하지만 너무 늦었다. 남편과 함께 친정집으로 돌아온 앨리스는 오븐 속에 머리를 집어넣었다.(다음 날 아침 의식을 잃은 채 부엌 바닥에서 쓰러져 있는 앨리스를 남동생이 발견했는데, 처음 그는 누나가 아닌 엄마가 마침내 오랜 자살 계획을 실행에 옮긴 줄 알았다.) 다시 병원으로 가게 된 앨리스는 유리를 삼키려 했다. 간호사가 건네준 종이에 그림을 그릴 수 있게 된 후에야 비로소 그녀는 자신을 위해 싸우며 회복하기 시작했다.

결국 앨리스는 요양원으로 보내졌고, 요양하는 동안 작업을 해도 된다는 허락을 받았다. 절망에 휩싸인 채 그녀는 이렇게 적었다.

이것은 위대한 포기이다

내가 보고 느끼는 것들을 구체적 형태로 표현할 수 있을 만큼
정신적으로나 육체적으로 충분히 강해질 수 없다는 걸 이제는
잘 안다

아이들을 낳아 기르며
그림이 되고 화가가 되는
한 평범한 여성의 삶을 위한,
아아, 위대한 실험을 위한
이론으로 가득 찬 나였으나
지금은 아무런 힘이 없다

인생을 살 만하게 만들어주는
아이와 사랑, 인생과 이 빌어먹을 작업까지 전부 다 잃었다[29]

건강을 회복하기 위해 앨리스는 그간 그토록 두려워하던 선택을 하게 되었다. 1931년 9월 요양원에서 퇴원하며 치료사들의 판단이 옳았음을 인정해야 했다. 예술가는 엄마가 될 수 없다. 카를로스는 파리에, 이사베타는 쿠바에 머무는 동안 앨리스는 보헤미아적인 그리니치빌리지로 이주해 자신의 소명에 따라 삶을 꾸려나가기 시작했다.

이 책에 등장하는 모든 이들은 공통적으로 우울증과 실패의 시기를 겪었다. 그들은 결혼생활에 실패하거나 아이나 파트너 또는 가야 할 길을 잃었고, 자신 안의 무언가가 죽어가는 것을 경험했다. 황량한 나날들과 이어지는 어려운 선택 후에 그들은 다시 삶이 있는 땅으로 돌아가는 길을 찾아야 했지만 어떤 이들에게 그것은 느리고 고통스러운 여정이었다. 뉴욕에 도착해서도 앨리스는 여전히 슬픔에 젖어 있었다. 예술이라는 선택지를 골랐지만 곧 앨리스는 여성 예술가의 가능성이 여전히 얼마나 좁은 틀 안에 갇혀 있는지 느끼게 되었다. 언젠가 그녀는 이런 이야기를 한 적이 있다. "한 번이라도 내 자신이었던 적이 있었는지 모르겠어. 나 자신이긴 했지만, 사회 통념 속의 나 자신이었지."[30]

앨리스는 별다른 서사가 없는 그리니치빌리지 사람들을 화폭에 담음으로써 자기 자신이 된다는 것의 의미를 전달할 수 있음을 깨달았다. 대공황의 충격은 도처에 널려 있었고, 충격에 빠져 있던 앨리스는 사회적 불안을 평생의 주제로 삼았다. 그녀는 가난과 배척에 맞서 고군분투하는 뉴욕 시민들과 동료 환자들의 얼굴과 몸을 통해 "무너지고 있는 주변의 삶"에 대한 자신만의 "초감각"을 표현하고자 했다.[31] 여전히 사람들이 위협적으로 느껴졌지만, 앨리스는 초상 작업을 통해 고유한 방식으로 그들을 마주할 수 있었다.

앨리스는 친구 모임에서 만난 선원 케네스 둘리틀과 함께 살기 위해 뉴욕으로 왔다. 앨리스는 헌신적인 사회주의자였던 케네스를 통해 활동가 그룹이나 예술가 서클과 어울리며 노조 조직가, 사회주의자, 시인들을 그리기 시작했다. 동성애자들의 자기표현 욕구와 그것이 감추고 있는 감정에 대한 공감을 담은 초상화를 제작하기도 했다. 비평가 아나톨 브로야르는 섹슈얼리티, 감수성, 환경, 신념을 통해 전통 사회와 대립각을 세우는 이 동네 사람들을 "아방가르드의 고아들"이라고 불렀다.[32] 앨리스는 이들의 특이함을 그림으로 기록했다. 가난한 지식인 조 굴드에게서 은밀한 노출 성향을 발견한 앨리스는 사티로스의 광기 어린 미소와 세 쌍의 생식기—일반적인 위치에 달린 하나, 배꼽에 붙은 하나, 의자 아래로 덜렁거리는 하나—를 통해 전설적인 누드화를 탄생시켰다.

예술가는 무릇 창조적 인격뿐만 아니라 공적 자아, 즉 세상과 상호작용하기 위한 인격 역시 만들어야 한다. 앨리스는 다른 사람들이 어떻게 생각하는지 신경 쓰지 않으려 했지만, 끊임없이 논쟁에 시달려야 했다. 그녀의 남성 동료들은 여성들은 지나치게 신중하고 가정적이기 때문에 진짜 예술을 할 수 없다며 혐오감을 표출했다. 젊은 여성이 예술가로서의 일정한 신용을 얻으려면 남성 예술가처럼 창조적 허세를 부리며 살아야 했다. 앨리스는 일부러 터프하게 행동하고 주변에 속마음을 털어놓지 않음으로써 예술가의 자격을 증명했다.

그녀는 또한 다정함으로부터 자신을 지켜야 했다. 동네 남자들 대부분은 기댈 만한 상냥한 여자를 찾고 있었기 때문에 이들에게 착취당하지 않으려면 친절하지 않게 행동하는 것이 최선이었다. 인습과 의무, 자기희생은 베어내야 하는 잡초와도 같았고, 무례한 태도는 이를 해내기 위한 가장 확실한 방법이었다. 자유로운 영혼으로 유명했던 1910년대의 시인 에드나 세인트 빈센트 밀레이와 여동생 노르마는 자연스럽게 욕할 수 있을 때까지 양말을 꿰매면서 욕을 연습하곤 했다.("바늘을 꽂고, 젠장. 바늘을 빼내고, 제기랄. 다시 끼우고, 엿 먹어. 바느질을 계속하라고, 이 년아. 욕 뱉는 게 쉬워질 때까지."[33]) 앨리스는 거친 말을 쓰지는 않았지만, 동네에서 살아남기 위해 순진하고 천진한 우유 배달부 같은 외모와 어울리지 않는 예리한 말투와 가감 없는 태도를 장착해나갔다.(세월이 흐른 뒤에는 이웃집 할머니 같은 얼굴과 몸매가 되었다.)

팔십대가 된 앨리스가 자기 작품에 대해 강의하는 것을 들은 예술가 샐리 에코프는 앨리스의 언어가 유해지기는 했지만 솔직함은 여전했다고 회상한다.

> 1960년대에 제작된 누드 초상화 시리즈를 보여주면서 앨리스는 작업 중에 찾아온 전기 기술자 이야기를 했습니다. "이게 이 여자 보지로구만?" 그림 앞에 멈춰선 전기 기술자가 이렇게 물었대요. 그러자 강의실 뒤편에서 누군가가 질문을 던졌습니다. "정말 그 사람이 그런 단어를 썼나요?" 앨리스는 대답했지요.

"아뇨, 내가 쓴 단어입니다."[34]

앨리스는 자기 몸을 포함해 사람들의 몸에 대한 더 많은 진실을 그렸다. 케네스를 그린 수채 스케치 속에서 그는 의자에 웅크린 채 다리를 활짝 벌리고 앉아 악마 같은 매력적인 미소로 보는 이를 압도한다. 앨리스는 친구였던 존 로스차일드와 성적 관계를 맺으며 유머러스하고 에로틱한 드로잉 시리즈를 통해 이 관계를 기념하고자 했다.

대공황 시기의 가난과 고통을 목격하면서 앨리스의 사회주의자다운 동조(sympathies)는 더욱 깊어졌다. 헌신적인 활동가도 아니었고 관련 모임에 적극적으로 참여하지도 않았으나, 미국 공산당에서 발행하던 매체인《데일리 워커》는 그녀의 전시 리뷰를 실었고 앨리스도 잠시 공산당에 몸담았다. 앨리스는 예술을 통해 가난과 불의를 묘사하고자 했던 사회적 리얼리즘의 영향을 받아 거리 풍경, 시위 장면, 정치적 회합을 기록했고, 이를 자신의 "혁명적 그림들"이라 칭했다.[35]

앨리스가 상대해왔던 이들은 그녀로 하여금 자신의 생활방식이 딸을 키우기에 적절하지 않다고 여기게 했다. 어떤 공동체를 추구하느냐에 따라 엄마들은 선택되거나 따돌림을 당하기도 하고, 지지를 얻거나 검열을 당한다. 아바나에서 이사베타를 기르고 있던 카를로스의 누이들은 앨리스에게 적대적이었고, 뉴저지 교외에서 가족과 함께 살고 있던 언니 릴리조차 그녀의 라이프스타일을 못마땅하게 여겼다. 앨리스는 자신에 대한 주위의 반대 때문에 꾸준한 수입을 얻기 시작한 뒤에도 딸과의 재회를 바라지 못했다.

사회주의는 자본주의보다 엄마들에게 관대했다. 앨리스는 "사회주의적" 뉴딜 정책 덕에 10년간 돈 문제를 해결할 수 있었다. 공황기 동안 일자리를 창출하는 임무를 수행하던 공공사업진흥국은 1933년 예술가 고용 프로그램을 마련했다. 연방 예술 프로젝트는 공공건물을 위한 벽화를 디자인하거나 사진을 찍는, 혹은 앨리스처럼 6주에 한 번 그림을 제출하는 미국의 예술가 수천 명에게 생활비를 지불했다.[36] 그리니치빌리지의 사회적 리얼리즘 작가들이나 할렘 르네상스 시대의 유명인사들, 마크 로스코나 잭슨 폴록과 같은 미래 추상 회화의 슈퍼스타들 모두 이 프로젝트의 수혜자였다. 전후 뉴욕이 세계의 미술 수도로서 명성을 누릴 수 있었던 데에는 신진 예술가들에게 꾸준한 지원을 제공해준 이러한 프로젝트가 한몫했다.

앨리스는 프로젝트를 시작하며 한 달에 100달러가 조금 넘는 돈을 받았고, 10년 후 프로젝트가 종료될 즈음에는 월 90달러를 받았다. 연간 수입 1200달러는 딱 먹고살 만큼의 돈이었고, 1928년 버지니아 울프가 요구한 500파운드(당시 중산층 가정의 연간 수입에 해당하는 2500달러 정도)에는 훨씬 못 미치는 액수였다. 하지만 이 돈은 앨리스가 생애 처음으로 자신의 힘으로 번 돈이자 작업 시간에 대한 보장이었고, 자기 작품의 경제적 가치에 대한 증빙이기도 했다. 《뉴욕 타임스》는 1938년에 열린 앨리스의 첫 개인전을 "훌륭한" 데뷔라고 평했다.

수입이 생긴 앨리스는 남성에게 예속되지 않고 자유롭게 사랑을 찾아다닐 수 있었다. 모든 전업 예술가들과 작가들은 고독과 동지애 사이의 만족스러운 조합을 찾아야 하지만, 헌신적 협력 관계라고 해서 이러한 조합이 쉽게 얻어지는 것은 아니다. 앨리스는 스스로 절대 "문란한" 여자가 아니라고 했으나 살면서 만난 남자들에게 꾸준히 충실함을 보이지 않았다. 개방 연애(open partner) 관계는 그녀가 남자들에게 주고 싶은 것에 대한 경계를 설정하는 전략이었다. 또 남자들의 욕구가 아니라 사랑에 대한 본인의 능력과 욕망 사이의 관계 속에서 스스로를 정의하는 방법이기도 했다. 앨리스는 남자가 경력을 쌓는 데 얼마나 쉽게 여자가 동원되는지 너무나 잘 알고 있었다.[37]

앨리스가 원했던 것은 자유뿐 아니라 자신의 관점을 재정비하고 예술을 키워나가게 하는 무모한 사랑이었다. 그녀는 이런 사랑을 여러 차례 만났지만, 자신 역시 위험해지기 일쑤였다. 앨리스의 애정 생활에서 자아실현과 자해의 차이를 분간해내는 것은 쉽지 않다. 그녀가 예술 프로젝트에 참여한 첫 해인 1934년, 케네스와의 관계는 폭력으로 끝을 맺는다. 케네스는 마약에 손을 대기 시작했고, 앨리스는 자신의 작업에 관심을 보이는 사업가 존 로스차일드와 만나기 시작했다. 1934년 가을, 존은 자신의 아이를 임신한 앨리스에게 임신중절을 종용하며 돈을 건넸다. 앨리스와 존의 관계를 알게 된 케네스는 질투심에 불타 앨리스의 작품을 훼손했다. 작품 60여점이 칼에 찢겼고, 일상의 기록으로 간직하던 수채화와 드로잉 대부분이 파손되었다.

앨리스는 존의 아파트로 도망쳤지만, 존이 결혼을 요구하자 그 길로 나와 자신만의 공간을 마련했다. 얼마 지나지 않아 그녀는 카를로스를 떠올리게 하는 푸에르토리코 출신의 나이트클럽 가수 호세 산티아고 네그론과 사랑에 빠졌다. 호세는 앨리스보다 열 살 어린 유부남이었는데, 호세의 임신한 아내가 외도 사실을 알고 그를 집에서 쫓아냈다. 앨리스와 호세는 함께 파티를 열고, 춤을 추러 다니고, 밤늦게까지 밖을 돌아다녔다. 서른일곱의 나이에 호세의 아이를 임신한 앨리스는 아이를 낳아 기르기로 결심하지만 6개월 차에 유산을 하게 됐다. 그사이 호세는 자신의 아내에게 돌아가 "침몰하는 배에서 허둥지둥 도망치는 쥐새끼"마냥 다시 자기를 받아달라고 읍소했다.[38]

앨리스와 호세가 다시 합칠 일은 없어 보였다. 앨리스의 곁에는 존이 있었다. 앨리스는 파트너의 변심에도 변함없이 굳건한 모습을 보여주는 존과의 성적인 우정에 정착했다. 가끔 자신이 관심 있는 것은 그의 돈뿐이라고 이야기하기는 했지만, 사실 이것은 일종의 허세였다. 앨리스는 자신의 재능에 대한 존의 확신과 꾸준한 지지, 자신의 커리어에 도움이 되고자 하는 그의 의지에 의존했다.

호세와 보낸 모호한 시간들은 어쩌면 케네스 둘리틀과 함께 지내던 시기에 일어난 불안한 사건에 대한 반발이었는지도 모른다. 1934년 봄, 유럽에서 아바나로 돌아온 카를로스는 앨리스에게 다시 시작해보자는 뜻을 전한다. 그간의 모든 일에도 불구하고 여전히 그를 사랑하고 있던 앨리스는 가슴이 찢어지는 듯한 슬픔을 느꼈다. 카를로스는 뉴저지 해안가에 이사베타와 앨리스, 처부모가 함께 머물 집을 마련해 앨리스의 마음을 돌리고자 했다.

막 걸음마를 떼기 시작할 때 헤어졌던 이사베타는 이제 올리브색 피부와 엄마를 닮은 파란 눈을 가진 어여쁜 다섯 살 아이가 되어 있었다. 그해 여름 앨리스가 찍은 사진 속 벌거벗은 이사베타는 똑바로 선 채 양손을 엉덩이에 얹고, 당당한 시선과 자신감 넘치는 포즈로 카메라를 쳐다보고 있다. 앨리스는 딸아이의 건강하고 젊은 몸에 자부심을 느꼈는데, 이는 훗날 그녀가 아들들을 묘사하며 자세히 탐구하게 될 모성적 쾌락과 같은 감정이었다. 하지만 여기에는 앨리스의 희망 사항도 투사되어 있는 것 같다. 앨리스의 그림 속 아이들은 종종 연약하고, 겁에 질려 있으며, 안절부절못하는 호기심투성이로 그려지는 반면, 이사베타는 독립적이고 강인한 아이이자 어머니가 필요하지 않는 딸의 초상으로 묘사된다.

앨리스는 카를로스와 함께 돌아가지 않았지만, 그의 애정 어린 제안에 혼란스러움을 느끼며 적지 않은 상처를 받았다. 그해 가을 이사베타가 집으로 돌아간 후 케네스는 이사베타를 그린 작품을 포함한 앨리스의 그림들을 찢어버렸고, 그녀의 삶은 그간 잃어버린 결혼과 모성에 대한 의심과 고통이 외부로 터져 나오는 것처럼 폭발해버렸다. 카를로스의 뜻이었는지 엔리케 가족과 계속 연락을 주고받던 언니 릴리의 의중이었는지는 알 수 없지만, 그 후 2년간 이사베타는 앨리스에게 돌아오지 않았다.

카를로스는 아바나로 돌아오긴 했지만, 딸의 삶에서 중요한 위치를 차지하는 아버지는 아니었다. 그는 도시 외곽에 집과 작업실을 구해 그곳에 처박혀 그림을 그리거나 글을 쓰고, 예술과 문학과 관련된 쿠바의 모든 이들을 불러 모아 전설적인 파티를 열었다. 시인들이나 작곡가들과 어울려 작업을 하던 카를로스는 가장 친한 친구인 소설가 알레호 카르펜티에르의 부인과 눈이 맞아 사랑의 도피를 하기도 했다. 이사베타가 카를로스의 작업실에 방문할 수 있는 것은 일주일에 단 한 번뿐이었다. 이사베타가 '아빠'라고 불렀던 남자는 카를로스가 아니라 미혼이었던 삼촌 안토니오였는데, 불행히도 안토니오는 이사베타가 아홉 살일 때 파상풍 감염으로 갑자기 세상을 떠났다.

1939년 여름, 삼촌을 떠나보낸 직후 미국인 엄마에게 보내진 이사베타는 두 번 다시 쿠바로 돌아가지 않겠다고 선언했다.

다시 시작된 이사베타와의 생활에 대해 앨리스가 많은 이야기를 하지 않았기 때문에, 이들 사이에 무슨 일이 일어났는지는 분명하지 않다. 아마도 이사베타는 앨리스가 호세와의 사이에서 다시 임신한 데 분노했을 것이다. 앨리스에게는 딸과의 관계를 개선하는 데 필요한 재주와 인내심이 없었을 수도 있고, 딸의 요구를 들어줘야 한다는 필요 자체를 인정하고 싶지 않았을지도 모른다. 그녀는 밤낮없이 자식을 보호하는 엄마가 아니었고, 연인과 사이가 틀어질 만한 일이 벌어지면 더욱더 그런 모습을 보였다. 앨리스의 어린 시절 친구는 아마도 이 시기에 호세가 이사베타에게 성추행을 일삼았을 거라고 확신한다.

2년 후 이사베타는 앨리스에게 슬픈 크리스마스카드를 보냈다. "사랑하는 엄마, 왜 엄마는 답장을 보내주지 않나요? 엄마에게 카드를 쓰고 또 쓰지만 한 번도 답장을 못 받았어요. 사랑을 담아, 이사베타가."[39] 지니 닐은 앨리스가 이사베타에게 편지를 썼지만, 제대로 전달되지 않았을 것이라고 말한다. 그 후 모녀는 딱 한 번 재회하게 되고, 이들의 관계는 결코 회복되지 않았다. 보는 시각에 따라 여러 방향으로 해석할 수 있는 사연이지만, 이사베타는 자신을 이기적인 어머니가 추구한 커리어의 희생양이라고 여겼다.

1939년 9월에는 앨리스의 아들 리처드 닐이 태어났다. 그로부터 몇 달 후, 호세는 백화점에서 점원으로 일하던 미성년자와 함께 달아났다. 앨리스는 화가 났지만 그녀의 마음은 무너지지 않았고, 심지어 진심으로 놀라지도 않았다. 그녀는 곧 다른 남자와 사랑에 빠졌고, 그와의 사이에서 또 다른 아이를 가졌다.

드디어 앨리스는 가정을 꾸리게 되었다. 앨리스는 서른아홉과 마흔하나의 나이에 다시 아이들을 얻었다. 첫 아이와 달리

이 둘은 앨리스가 매우 원한 아이들이었고, 그간의 파트너들에게서 느끼지 못하던 가족에의 소속감을 선사해주었다. 예술가로서 기반을 다지며 안정적 수입을 얻게 된 앨리스는 편안하고 관습적인 여성의 삶을 살고자 하는 유혹을 철저하게 뒤로 한 채 스스로 만들어낸 유형의 가정에 전념할 준비가 돼 있었는데, 에이드리언 리치는 이를 "모성 제도의 무법자"라고 불렀다.[40]

1943년, 앨리스는 둘째 아들의 초상화를 그렸는데, 이 작품은 본인의 모성에 관한 자화상이기도 하다. 이제 앨리스는 이사베타와 함께 있을 때처럼 정신이 나가 있지 않고, 모든 상황은 물론 자신의 작업 역시 완벽하게 통제하고 있다. 「흔들목마를 탄 하틀리」에서 앨리스는 두 살배기 아들 하틀리가 집에서 노는 모습을 전경에 배치했다. 하틀리의 동그란 눈은 관객에게 고정되어 있는 것 같지만, 사실 아이가 보고 있는 것은 화장대 거울에 비친 엄마 앨리스다. 아이와 엄마 사이의 단결의 순간, 아이를 돌보는 엄마이자 작업을 하는 화가인 자신의 모습을 그려낸 것이다.

사십대에 접어들면서 자신의 길에 대해 더욱 확신을 가지게 된 앨리스는 엄마가 되는 동시에 자기 자신이 될 수 있었다. 그녀는 아이들과 함께 있는 것을 즐겼고 아이들에게 사랑을 줄 수 있다는 사실에 기뻐했다. 비록 늦은 시간까지 귀가하지 않는 습관이나 충동적 행동으로 동네에서는 따돌림을 당하는 엄마였지만 말이다.

예전에 비해 작업량이 줄어들었지만, 앨리스는 결코 일을 그만두지 않았다. "만약 여러분이 아이를 가지기로 결심하고 아이를 키우는 동안 그림을 포기한다면, 영원히 그림을 포기하게 되는 거예요. 그냥 그림 애호가가 되는 거죠. 끊임없이 그려야 합니다."[41] 앨리스 가족과 친하게 지내던 한 친구에 따르면, 앨리스는 두 가지 원칙을 기본으로 한 "자신만의 행동 규범"을 만들었다. "첫째, 그림을 그릴 수 있는 그녀의 자유. 둘째, 두 아들의 행복. 물론 첫 번째 원칙을 지키기 위해 그녀는 모든 것을 포기할 것이다. 두 번째 원칙은 우선순위가 밀리긴 하지만 첫 번째 원칙을 제외한 그 어떤 것보다 중요했다."[42]

1942년 예술 프로젝트가 끝나자 앨리스는 다시 가난해졌고, 주위의 도움에 의지해 살아야 했다. 그녀는 추수감사절 아침 싱크대에 놓인 칠면조를 그리겠답시고 잠시 요리를 멈추는 다소 희한한 엄마였다.[43] 번영과 확신의 시대라고 불린 1950년대에도 앨리스는 줄곧 초라한 옷을 입고 빈민가에서 살면서 미술 용품을 사는 데 모든 돈을 썼다. 두 아들이 엘리트 교육을 받아야 한다고 확신했던 그녀는 유치원 등록금을 마련하기 위해 미술 레슨을 했다. 훗날 앨리스의 아들들은 장학금을 받으며 어퍼이스트사이드의 사립학교를 다녔다. 사회주의자 친구들은 앨리스의 이런 행동을 비난했지만, 그녀는 개의치 않았다. 앨리스는 리처드에게 피아노 레슨을, 하틀리에게는 댄스 레슨을 시켰고, 아이들을 위해 콘서트와 발레 티켓을 사곤 했다. 어머니로서 느끼는 의무감과 만족감의 일부는 그녀가 어렸을 때부터 갈망해오던 문화를 두 아들에게 제공할 때 충족되었다. 앨리스는 대학에 진학한 아들들을 위해 오래전 갈고 닦은 비서로서의 실력을 발휘해 보고서를 대신 타이핑해주기도 했다.

아이들이 나이가 들어가면서 그녀는 동정심이 많고 수완이 좋으며 흥미를 불러일으키는 부모가 되었다. 앨리스의 집은 두 아들의 친구들이 모여 노는 아지트가 되었다. 하지만 어릴 적에는 이들도 충분히 보호받지 못하고 있다고 느낄 때가 있었다. 많은 이들이 앨리스의 아파트에 드나들었고, 거실을 지나는 길에 아이들의 방을 들락거리기도 했다. 한번은 앨리스가 각각 다섯 살, 세 살이던 아들들만 남겨두고 외출했을 때, 아이들은 앨리스가 모아온 음반들을 창문 밖으로 던져버렸다.

엄마가 된 이들이 자신의 소명의식을 다시 조율해야 해야 한다면, 그들의 자녀 역시 자신을 세상에 내놓은 이의 예술과 관계를 만들어가야 한다. 앨리스는 아들들의 선택을 존중했고, 아이들도 그림에 대한 엄마의 헌신을 존중했다. 하틀리 닐은 어머니가 이룬 업적이 자랑스러웠다고 회상한다. 하틀리는 "만약 어머니가 자기 시대의 여성상에 대한 패러다임에 만족했다면 아무것도 이루지 못했을 것"이라고 확신한다.[44] 리처드 닐 역시 "우리 모두는 각자 처한 상황이나 주변 사람들과 협상하며 살아

야 한다. 앨리스를 엄마로 둔 것은 선물과도 같은 일이었다."라고 이야기한다.[45]

미술계에서 한 걸음 벗어나면서 앨리스의 새로운 모성애가 본격적으로 솟아나기 시작했다. 리처드를 임신했을 때 앨리스와 호세는 그리니치빌리지를 떠나 북쪽으로 100블록 떨어진 곳으로 이사했다. 스패니시할렘이라 알려진 동네였다.(앨리스는 임신으로 배가 부푼 자신과 기타를 든 호세를 함께 그린 작품에 「이집트로의 도피」라는 제목을 붙였다.) 그들은 센트럴파크에서 조금 떨어진 108번가의 아파트에 자리를 잡았는데, 작업실의 두 배가량 넓은 방이 있는 아파트였다. 임대료 부담이 줄어든 데다 근처에 사는 호세의 어머니와 누이들이 가끔씩 리처드를 돌봐주었다. 이런 곳이라면 앞으로 20년은 거뜬히 살 수 있을 것 같았다. 앨리스는 푸에르토리코 이민자들의 커다란 공동체 속에서 편안함을 느꼈고, 주변의 훈계질로부터도 상대적으로 자유롭다고 생각했다. 앨리스는 종종 이웃들에게 그림을 위해 포즈를 취해달라고 부탁했는데, 흥미와 공감을 느끼며 이들의 모습을 화폭에 담은 그녀는 상징적 인물이 아닌 오롯한 개인으로 유색인종을 묘사한 몇 안 되는 백인 예술가였다.[46]

앨리스의 넷째이자 막내의 아버지인 샘 브로디는 앨리스가 공공사업진흥국에서 만난 사진작가이자 영화제작자, 사회주의자였다. 호세가 그랬던 것처럼 샘 역시 파트너가 있었지만, 그는 아내와 두 아이를 남겨두고 앨리스와 함께 이사했다. 존 로스차일드를 제외하면, 샘은 앨리스의 인생에서 그녀 곁에 가장 오래 머문 남자였다. 샘은 앨리스의 정치적 신념과 더불어 예술가의 사회적 책임에 대한 믿음을 공유했다. 추상화가 인기를 끌면서 구상화(具象畫)에 대한 관심이 시들해졌지만, 샘은 앨리스에게 본인만의 작업을 계속하도록 격려했다. 그들은 때때로 예술 프로젝트를 함께하거나 공동으로 도예 작업을 하기도 했다. 앨리스가 다세대 주택에 살고 싸구려 옷을 입는 것을 개의치 않았던 샘 덕분에 그녀는 모성애 속에 갇혀 느끼던 고립감에서 조금은 벗어날 수 있었다.

앨리스에게 그림은 말 그대로 온몸의 진이 빠지는 작업이었다. 초상화를 완성하고 나면 앨리스는 종종 "사람이 살지 않는 빈집처럼, 완전히 외톨이가 된 기분"이 든다고 말했다.[47] 하틀리는 그림을 그리고 난 후 침실에 뻗어 홀로 휴식을 취하던 어머니의 모습을 떠올린다.[48] 하지만 작업을 하지 않을 때면, 앨리스는 가족들과 함께 보내는 시간을 가장 좋아했다. 그녀는 특히 지적인 대화를 즐겼고, 샘과 함께 음악을 듣거나 책과 정치, 예술에 대해 토론하며 행복해했다.

하지만 그들의 관계는 동조적인 지지뿐 아니라 커다란 갈등으로 가득 차 있었다. 지니 닐은 고성을 지르며 앨리스와 싸우던 샘에게 조울증이 있었을 것이라고 생각한다. 샘은 경쟁심이 강하고 쉽게 화를 내는 성격이었다. 의붓아들인 리처드는 샘의 부정적 감정의 표적이 되었다. 리처드는 "공포에 떨게 만들던"

의붓아버지의 폭언을 이렇게 떠올렸다. "글자 공부를 하던 제게 이렇게 말했습니다. '글 읽는 법 배우기만 해봐라. 확 죽여버릴 테니까.'"[49]

앨리스와 두 아들 모두 샘과 리처드 사이의 충돌로 고통받았다. 1940년 작 「미노타우루스」에서 앨리스는 샘을 검은 마음을 가진 뿔이 달린 악마로 묘사했는데, 어린 아들 리처드는 그의 등 뒤에서 소리를 지르고 있다. 3년 후 제작된 「앨리스와 리처드」 속 그녀는 검은 동그라미 모양의 눈을 한 정신 나간 모습이지만, 아들을 꽉 붙잡고 안전하게 보호하려는 것처럼 보인다.

그럼에도 불구하고 샘이 자신과 자신의 일을 진지하게 받아들여줬기 때문에 앨리스는 샘을 내쫓지 못했다. 페미니즘이 본격적으로 등장하기 전, 여성 예술가가 하려는 일의 가치를 이해해주는 남자가 극히 드물었던 만큼 앨리스는 샘의 지지를 소중히 여겼다. "당연히 샘과 함께 지낼 수밖에 없었지." 나중에 앨리스는 친구에게 이렇게 털어놓았다. "스패니시할렘의 그 누구도 내가 무슨 일을 하고 있는지 알지 못했지만 샘은 잘 이해해주었거든."[50]

엄마들의 분노와 불행감이 얼마나 금기시되는가 고려해보면, 아마도 앨리스는 샘이 "괴물 같은" 부모가 되도록 내버려둠으로써 자기가 계속해서 자애로운 부모 쪽 역할을 맡으려고 한 것일 수도 있다. 아무리 봐도 앨리스는 자기 일과 관련된 현장에서든 샘과의 말싸움에서든 참는 사람은 아니었다. 샘이 떠난 지

한참이 지난 후에도, 가족 저녁 모임이 싸움으로 끝나거나 미술관 파티에서 앨리스가 부유한 후원자의 기분을 상하게 하는 일은 꽤나 자주 일어났다. 리처드는 이렇게 회상한다. "엄마는 일이 너무 잘 풀린다 싶으면 멍키 스패너를 던지는 스타일이었죠." 리처드의 딸 올리비아는 앨리스가 가족 저녁 모임에서도 사람들을 자극하는 것을 즐겼다고 기억한다. "할머니는 사람들이 싫어하는 것을 찾아낸 후 **이를 충분히 파고드는 게** 중요하다고 믿었지요."[51]

하틀리는 "어머니는 중산층 '부르주아' 계층의 아둔한 교류가 아닌 철저하게 주고받는 관계를 즐겼다."라고 말한다.[52] "감정적인 혼란을 겪으면서도 어떻게든 자기 자신을 위한 더 높은 차원의 현실을 찾아냈습니다. 정확히 어떻게 말해야 할지 모르겠지만, 어머니는 감정적인 스트레스와 지적인 농담을 통해 에너지를 얻었지요."[53]

앨리스의 아들들은 엄마의 직업을 존중했지만, 이사베타는 그렇지 못했다. 그들이 재회한 것은 이사베타가 열아홉 살이 되어서였는데, 그녀는 엄마에 대해 커다란 원한을 품고 있었다. 이사베타는 앨리스가 자신을 버렸다고, 화가로서 앨리스의 경력은 딸에 대해 충분히 신경 쓰지 않았다는 증거라고 믿도록 길러졌기 때문이다.

사랑을 갈망하던 외로운 이사베타는 열일곱 나이에 아바나의 부잣집 남자와 약혼했다. 결혼을 2주 앞두고 남자는 파혼했는데, 그의 어머니가 이사베타의 배경을 반대한 것이 분명했다. 이사베타는 무너져내렸다. 반발심에 휩싸인 그녀는 파블로 란셀라라는 농업 기술자와 결혼식을 올렸고, 신혼여행 중에 뉴저지에 있는 이모 릴리를 찾아간 후 뉴욕의 한 호텔에서 엄마와 만날 약속을 잡았다.

앨리스는 다시 이사베타를 만나 아들들에게 한 번도 만난 적이 없는 누나를 소개해준다는 사실에 상당히 설 지만 이들의 만남은 실패로 끝났다. 훗날 앨리스에게 이 이야기를 전해들은 며느리 낸시 닐은 이사베타가 엄마가 부끄럽다고 똑똑히 말했다고 믿고 있다. 이사베타는 엄마의 옷차림, 엄마의 모습, 엄마가 살아온 삶의 방식까지 모든 것이 부끄럽다고 말했다는 것이다. 만약 이사베타가 정말로 이렇게 말했다면, 혹은 자신을 버렸다고 비난했다면, 앨리스는 깊이 상처받았을 것이다. 앨리스의 또 다른 친척은 이들 모녀가 만나기 며칠 앞서 앨리스가 이사베타를 보기 위해 릴리의 집에 찾아갔다고 주장한다. 하지만 화가 난 이사베타는 앨리스에게 한 마디도 하지 않았다는 것이다.

엄마와 딸 둘 다 이 상황을 극복하지 못했다. 훗날 이사베타의 남편은 앨리스가 왜 딸을 떠날 수밖에 없었는지 이사베타가 이해하지 못했다고 앨리스의 전기 작가인 피비 호번에게 털어놓았다. 이사베타에게 중요한 것은 화가 앨리스 닐이 아니라 "그저 또 다른 엄마일 뿐이었다"는 것이다. 하지만 이사베타에게 필요한 것이 "화가가 아닌 엄마"였다면, 그것이야말로 앨리스가 절대

로 될 수 없는 존재였다.[54]

창조적인 삶에서 모성이 지닌 위험성은 처음 경력을 시작하던 순간을 버티게 해주었던 성공의 가속도가 줄어들면서 고립과 낙담이 시작될 수 있다는 것이다. 흔히 예술가들의 경력은 종종 천천히 성장한 뒤 늦게 성숙한다. 화가는 성공 여부를 전혀 예측하지 못한 채 작품 제작에 수 년을 투자해야 한다. 젊은 나이에 예술을 한다는 것은 영광스러운 일이지만, 성과 없이 중년이 된 예술가도 빛날 수 있을까? 신인도, 인정받는 작가도 아닌 사십대의 앨리스는 뉴욕의 예술 커뮤니티에서 한 발짝 떨어져서 자신의 경력이 정체되기 시작했음을 알아차렸다.

1944년이 되자 경고 신호가 울렸다. 연방정부가 예술 프로젝트를 통해 취득한 작품들을 통으로 묶어 파운드당 4센트에 팔고 있다는 《라이프》의 보도는 명백한 경고 시그널이었다. 기사에는 여러 점의 '버려진' 작품들을 담은 삽화가 곁들여졌는데, 그중 하나가 앨리스의 작품이었다. 그녀는 카날스트리트의 고물상으로부터 자신의 캔버스 몇 점을 돌려받는 데 성공했지만, 오늘날 미술 시장에서라면 수백만 달러에 거래되었을 예술 프로젝트 시기의 그림 대부분은 유실되거나 훼손되었다.

사회적 리얼리즘의 유행이 저물고 있었는데, 이는 보수적인 전후 시기 미국에서 공산주의와 관련된 모든 것이 의심받았기 때문이기도 했다. 1951년에 앨리스는 두 번의 개인전을 열었지만, 그해의 중요한 예술 행사로 꼽힌 전시회에는 참가하지 못했다. 폴록, 빌럼 더코닝, 일레인 더코닝, 프란츠 클라인, 조앤 미첼 등 추상표현주의 예술가들의 작품을 포함한 '9번가 전시'가 뉴욕을 완전히 휩쓸었고, 구상회화는 바깥으로 쓸려나갔다. 이때부터 1960년 사이에 앨리스가 참여한 전시는 단 한 건에 불과했다.

그럼에도 불구하고 그녀는 자신이 선택한 초상화에 전념했다.[55] 여성이 어떤 분야에서든 두각을 나타낼 수 있는 한 가지 방법은 비인기 분야를 택해 그것을 자신의 것으로 만드는 것이다. 그렇지 않으면 그녀는 다른 사람들과 경쟁하느라 너무 많은 에너지를 소모하게 된다. 혹은 진짜로 혁신적인 작업을 한다고 해도 자신이 선두가 아닌 주변부에 서 있음을 머잖아 알게 될 것이다. 1950년대 초상화의 낮은 지위는 앨리스에게 그 장르를 탐구하고 연마할 수 있는 특별한 자유를 보장해주었고, 그것은 다시 그녀의 재능과 독창성을 위한 여지를 마련해주었다.

앨리스는 모델들에게 남겨진 가난과 배척의 흔적을 보여주고 그들의 삶이 지닌 인간적이고 미적인 가치를 드러내며 각각의 인물들을 독특하고 유일한 이야기의 영웅으로 만들어주는 초상화 작업을 통해 계속해서 비판적인 관점을 견지할 수 있었다. 더 직접적인 정치적 발언은 안전하지 않던 시절이었다. 앨리스의 몇몇 좌파 친구들은 하원 반미활동조사위원회에 의해 박해를 받았고, 앨리스 역시 감시당하는 신세였다. 1950년대의 어느 날 리처드와 하틀리는 트렌치코트를 입은 두 명의 연방수사국 요원에게 문을 열어주었는데, 앨리스가 달려나와 재빠르게 그들을 쫓아냈다. 하틀리의 기억에 따르면, 앨리스는 "FBI 요원들을 그린 그림만 없네요. 옆방으로 들어가서 기다리시겠어요? 얼른 그려드릴게요."라고 말했고, 요원들은 얼굴을 붉힌 채 서둘러 집을 떠났다.[56]

1953년, 앨리스는 허약해진 노모를 모셔와 함께 살기 시작했다. 같은 해에 열네 살이 된 리처드는 집을 떠나 뉴햄프셔에 있는 진보적인 기숙학교로 진학했다. "리처드가 떠나는 것을 보고 있자니 정말 너무나 슬펐어. 미친 듯이 그 아이를 그리워하게 되겠지." 아들을 떠나보내며 앨리스는 친구 필립 보노스키에게 보낸 편지에 이렇게 썼다. "하지만 지금은 엄마가 편찮으셔서 상황이 매우 복잡해지고 있어. 격분한 늑대 '샘'도 여전하고 말이지."[57]

이듬해에 어머니가 돌아가시면서 앨리스는 상실감과 해방감을 나란히 느꼈는데, 훗날 "어머니가 돌아가시기 전까지는 내가 진짜 나인지를 의심했다."라고 말하기도 했다.[58] 그 즈음 서서히 아이들은 엄마 품을 떠나고 있었다. 하틀리가 리처드를 따라 기숙학교에 들어갔을 때 앨리스는 보노스키에게 쓴 편지에서 자신이 그리워하는 것은 두 아들만이 아닌 어머니로서 자신의 역할이기도 하다고 털어놓았다. "많은 부모들이 처음엔 아이들에게 저항하며 자신의 삶을 유지하려고 노력하지. 하지만 시간이 지나면서 점점 더 일반적인 '부모'가 되며 부모다움과 관계를 맺게 돼. 그러다 갑자기 눈앞에서 인생이 하품을 하면서 항상 두려워하던 크고 검은 구멍을 뚫어버리지."[59]

창작자 엄마들조차도 아이들이 품을 떠나면 자신을 잃게 될 수 있다. 매일매일 할 일로 가득 차 있던 현재 시제의 분주한 생활에서 꽉 막힌 그리움의 시간으로 빠져드는 것이다. 앨리스 역시 예술가로서가 아닌 개인적인 삶의 감정들 속에서 잠시 길을 잃었다. 샘은 다른 여자를 만나기 시작했고 앨리스는 자신의 나이를 실감하며 슬퍼했다. 1958년이 되자 샘은 집을 나갔고 그들은 더 이상 연인이 아닌 친구로 남았다.

1957년 카를로스가 56세의 나이로 알코올 중독으로 사망했다. 만약 앨리스가 생애 마지막 20년 동안 최고의 작품을 그리며 팔십대까지 살지 못하고 중년에 삶을 마감했다면 어땠을까? 작품의 완성도가 엄마 예술가들의 경력을 판단하는 데 영향을 미칠까? 지니 닐은 앨리스의 삶을 다룬 다큐멘터리에 출연해 이렇게 말했다. "유명해지는 것은 분명 그럴 만한 가치가 있었죠. 아주 조금만 삐끗했어도 앨리스는 그대로 잊혀졌을 거예요."[60]

하지만 창작의 황무지에서 살아남은 앨리스는 60세가 다 되어갈 즈음 다시 기세를 되찾았다. 샘이 떠난 해부터 앨리스는 상담을 받았는데, 젊은 남성 상담사는 자신을 믿고 작품을 보여달라고 했다. 그녀는 강연을 시작했고, 자기 작품의 슬라이드를 보여주며 모델 이야기를 통해 자신의 예술적 선택에 대해 설명했다. 돈을 벌기 시작했다는 것 못지않게 앨리스의 예술과 페르소나에 청중이 생겨났다는 점에서 강연은 성공적이었다. 앨리스는 아이들이 자라면서 마주하게 된 두려움에 맞섰고, 집안에서는 물론 공적 영역에서까지 성공한 예술가라면 반드시 하곤 하는 일들을 해나갔다.

그녀는 모든 화가가 속한 예술가 단체인 '클럽'에서 활동하기 위해 다시 그리니치빌리지를 드나들었다. 1959년에는 앨프리드 레슬리와 로버트 프랭크가 앨리스에게 시인 그레고리 코르소, 앨런 긴즈버그, 잭 케루악과 함께 단편 영화 「풀 마이 데이지」에 출연해달라고 요청했다. 따분하고 진부하기 그지없는 영화였지만, 비트 세대♥ 젊은 게이 남성들의 은신처 같은 엄마 역할은 앨리스에게 더할 나위 없이 어울리는 역할이었다. 편협하고 보수적이며 경계심이 가득하던 50년대가 지나고 60년대가 되자 여성 문제를 포함한 온갖 이슈가 터져 나왔고, 앨리스 닐의 작업 역시 새롭게 주목을 받게 되었다.

1962년, 앨리스는 영향력 있는 예술 잡지인 《아트뉴스》에 소개되었고, 이는 62세였던 그녀에게 중요한 돌파구가 되었다. 같은 해 런던에서는 도리스 레싱이 『금색 공책』을 펴냈는데, 이

♥ 1950년대 미국의 경제적 풍요 속에서 개개인이 거대한 사회의 부속품으로 전락하는 획일화에 대항하며 산업화 이전 시대를 동경하고 기성세대의 주류 가치관을 거부하던 작가들을 일컫는다.

는 치열하게 세 아이를 키우던 사십대 엄마의 대담한 문학적 성명과도 같은 작품이었다. 오리건주 포틀랜드에서는 어슐러 르 귄이 첫 과학소설을 출간했고, 잉글랜드 브리스톨에서는 22세의 "눈이 커다랗고 촌스러운 비트족"[61] 앤절라 카터가 잡지에 첫 소설을 기고했다. 뉴욕의 수전 손태그는 첫 에세이를 출간하고 첫 소설을 탈고했다. 손태그가 글을 쓰는 동안 그 옆에는 열 살 난 아들 데이비드가 타자를 치는 엄마 옆에서 대기하다 담배에 불을 붙여주곤 했다.[62]

아프리카계 여성들은 조금 다른 상황에 놓여 있었다. 그들에게는 맞서야 할 투쟁이 더 많이 남아 있었다. 그웬돌린 브룩스는 이미 이름난 시인이었지만 흑인이라는 이유로 강사 일을 얻지 못했고, 1963년이 돼서야 겨우 경제적 안정을 찾았다. 대학생이던 앨리스 워커는 레싱을 읽고 민권운동을 위해 행진에 나섰다. 1968년이 되어 워커는 오드리 로드와 마찬가지로 첫 시집을 출간했다. 블랙아트 운동♥에 영감을 받은 화가 페이스 링골드는 1967년에 첫 개인전을 열었다.(10년 후 앨리스는 페이스의 초상화를 제작하게 된다.) 1969년 앨리스는 흑인 예술가들에 대한 배제에 항의하기 위해 메트로폴리탄 미술관 앞에서 피켓 시위를 벌

♥ 흑인 예술 운동이라고도 하는 블랙아트 운동(Black Arts Movement, BAM)은 1960년대와 1970년대에 일어났던 흑인 작가 주도의 예술운동으로, 행동주의 예술을 표방하며 흑인 정체성에 대한 자부심을 담은 메시지를 전달코자 했다.

였고, 이듬해에는 앨리스 워커와 토니 모리슨이 각각 첫 소설을 출판했다. 토니 케이드 범배러가 엮은 획기적인 페미니스트 선집 『흑인 여성』에는 엄마 작가인 워커, 로드, 니키 조반니, 폴 마셜이 참여했다.

여성들에게 기회가 찾아오기 시작했고, 변화하는 흐름 앞에서 앨리스도 준비를 마쳤다.

나이든 여성은 젊은 여성에 비해 세상의 회의적 시선에 덜 위협받는다. 1960년대 팝아트(로이 릭턴스타인의 만화, 앤디 워홀의 실크스크린)의 영향으로 앨리스는 더 밝은 색과 더 유동적이고 자신만만한 선, 더 과감하고 터무니없는 주제를 선택했다. 1968년 앨리스는 말했다. "저는 바로 그 장면을 그리려고 노력합니다. 한 시대의 소용돌이는 당신이 어떤 상황에 처해 있고 무엇을 그리느냐의 문제입니다."[63] 예술가, 큐레이터, 수집가들은 '앨리스 닐 앞에 앉을 만큼 용감한가?'라는 질문에 도전하듯 앞다퉈 포즈를 취했다. 심지어 앤디 워홀은 앨리스의 초상화를 위해 윗옷을 벗고 총상 자국으로 가득 찬 배를 드러낸 채 눈을 감았다.

그녀 자신이 평범하지 않게 살아왔기 때문인지 몰라도, 닐은 성적 해방의 주제를 잘 다뤘다. 그녀는 게이들을 비롯해 관습적 성 역할을 따르지 않는 커플들을 그렸으며 존경받는 예술계 인사들에게 옷을 벗을 것을 제안했다. 존 페로라는 젊은 큐레이터가 남성 누드를 주제로 한 전시회 준비를 위해 앨리스를 찾아 왔을 때, 그녀는 그에게 직접 포즈를 취하도록 설득했다. 침대 위에 누워 있는, 햇볕에 그을린 털투성이 남성을 묘사한 닐의 그림은 마네의 「올랭피아」 못지않게 섹시하지만, 그림의 주제이자 동시에 비평가인 페로는 결과물을 평가하기 위해 눈을 돌릴 준비가 된 것처럼 보인다. 마치 협업을 하듯이 화가 앞에서 포즈를 취했던 그는 "앨리스와 나, 우리 둘 다 참 짓궂었다."라고 당시를 회상했다.[64]

제2물결 페미니스트들이 앨리스의 작품을 발견하고 기뻐하는 사이에, 앨리스도 여성 해방을 재빨리 받아들였다. 그녀는 뉴욕의 페미니스트 미술 연구소 이사로 일하면서 젊은 팬들로부터 종종 우정 어린 환대와 실질적인 도움을 받았다. 몇몇 동료 예술가들은 그녀의 페미니즘이 이기적이라고 생각했지만, 다른 예술가들은 "평범함에서 벗어난" 방식으로 남성을 다루는 여성이라며 칭송했다. 공중 화장실 출입이 페미니즘 이슈였던 시절, 앨리스는 한 학술대회에서 치마를 들어 올리고 바닥에 오줌을 누면서 급한 볼일 때문에 안절부절하는 상황을 즉석 시위로 전환시키기도 했다. 지니 닐은 이를 두고 다음과 같이 말했다. "어쩔 수 없는 상황이었으니 당황하지도 사과하지도 않았을 거예요."

자신의 예술이 여성만을 위한 것이 아니라고 주장하던 앨리스는 페미니스트 비평가들이 "자기 성기를 그리는 작가만을 존중”[65]한다고 투덜대며 이들이 여성 문제 외의 사회 정의에는 관심을 기울이지 않는다고 비판했다. 그럼에도 불구하고, 앨리스의 첫 주요 전시라 할 수 있는 회고전이 1974년 뉴욕 휘트니 미술관에서 열린 데에는 페미니스트 그룹들의 압력이 부분적으로 작용했다. 74세의 앨리스는 이 전시를 마친 후에야 진정으로 예술가가 된 것처럼 느꼈다고 털어놓았다.

1962년에 앨리스는 컬럼비아 대학교 근처 웨스트 107번가에 있는 크고 밝은 아파트로 이사했다. 하틀리는 컬럼비아 대학 학부생이었고, 리처드는 로스쿨에 재학 중이었다. 앨리스는 아들들과 계속 친밀한 관계를 유지했다. 1960년대에 앨리스의 학생이었던 지니는 말했다. “저는 항상 그들이 서로를 위한 트로이카라고 생각했어요. 세상에 자기들만 있는 것 같았어요. 앨리스의 두 아들은 자기가 무엇을 하든 엄마가 자신들을 지지할 거라고 느꼈지요.”

존 로스차일드의 도움으로 앨리스는 후원자를 찾았고, 정신분석가이자 자선가인 뮤리엘 가디너는 6000달러의 연금을 통해 그녀를 가난에서 구해주었다. 애정적 측면에서는 1970년부터 함께 살게 된 존이 있었다. 어린 자식들과 고립되어 생활하던 상태를 벗어나 이제 앨리스는 모든 가족 구성원이 지지하는 가모장이 되었고, 어쩔 수 없는 상황 때문이 아닌 예술적 주제로서 모성을 탐구하기 시작했다.

두 아들은 친구들을 데려와 자신들의 멋진 엄마를 소개해주었고, 앨리스는 젊은이들과 함께 어울리는 것이 즐겁다는 듯 장난기 어린 멋진 초상화들을 그렸다. 아들의 젊은 시절을 그린 초상화는 앨리스의 가장 감동적인 작품들 중 하나이다. 자부심과 염려로 빛나는 초상화 속 아들의 잘생긴 외모는 앨리스가 엄마로서 느끼는 관능적인 기쁨을 암시한다.

리처드는 변호사가 되었고, 하틀리는 의대에 진학했다. 독립 후에도 두 아들은 여전히 앨리스의 든든한 동맹군이었고, 이는 며느리들도 마찬가지였다. 버몬트의 농가로 이사한 지니와 하틀리는 앨리스에게 스튜디오를 지어줬는데, 생애 최초로 자기만의 작업 공간이 생긴 것이었다. 지니는 그녀를 위해 포즈를 취했고, 캔버스를 펴고 미술 용구를 건네주는 등 조수 역할을 톡톡히 했다. 훗날 지니는 앨리스의 예술적 유산에 대한 지칠 줄 모르는 옹호자가 되었다.

뉴욕에서 앨리스의 조수였던 낸시 그린은 리처드와 결혼한 후 임신과 모성에 대한 작업을 위해 모델이 되어주었다. 앨리스의 1967년 작 「엄마와 아이」에서 낸시는 첫 아기를 안고 관객과 앨리스에게 도움을 청하는 것처럼 보인다. 앨리스는 쌍둥이를 임신해 배가 부른 낸시, 쌍둥이와 함께 있는 낸시, 홀로 있는 낸시를 그렸는데, 작품들마다 각기 다른 자아와 의미가 담겨 있다.

앨리스의 임산부 초상화는 일부 관람객들을 놀라게 했다. 한 비평가는 임신한 낸시의 나체를 두고 "임신한 오달리스크의 끔찍한 모습"[66]이라고 비꼬기도 했다. 하지만 비욘세 놀스가 아름다운 임산부의 초상 사진 연작을 위해 포즈를 취하기 훨씬 전에, 앨리스는 출산이 예술적으로 표현될 가치가 있는 여성의 성적인 측면이라고 주장했다. "저는 임산부의 누드가 더없이 적절하다고 생각합니다. 옳지 못한 겸손함이나 두려움 때문에 그동안 드러내 보이지 않았지만, 우리네 삶의 기본이지요."[67]

비평가 메리 개러드에 따르면, 앨리스는 "임신 상태가 아닌 여성만 그린 작품은 여성을 성적인 대상으로 취급하는 하찮은 그림"이라고 여겼다.[68] 임신과 모성을 담은 초상화를 통해 앨리스는 어린 시절 꽃피는 배나무 아래에서 느꼈던 욕구를 충족시키고, 동시에 자신의 살아 있는 경험에 주목한다.

종종 그녀의 초상화에서는 부모와의 얽힘에 대한 감각이 반영된다. 1983년 작 「린다 노클린과 데이지」에서 페미니스트 미술평론가 노클린은 화가에 대한 궁금증으로 도저히 가만히 앉아 있지 못하는 그녀의 작은 딸이 몸을 앞으로 기울이는 동안 어떻게든 포즈를 취해보려고 애를 쓴다. 같은 상황에 처한 자신을 스케치한 적 있는 앨리스는 아이의 주의를 분산시키면서 동시에 다른 성인과도 상호작용을 시도하는 엄마를 알아본다.

물론 앨리스가 부모들에게 언제나 동정심을 느낀 것은 아니다. 미술계에 영향력이 있는 커플인 존 그룬과 제인 윌슨, 그리고 그들의 딸 줄리아의 초상을 그릴 때, 앨리스는 자신들에게 도취된 어른 둘과, 마치 한때 앨리스 본인이 그랬듯 주변으로 밀려난 여자아이 한 명을 그렸다. 훗날 줄리아 그룬은 다음과 같이 회상했다. "앨리스는 매우 온화해 보였고 멋진 할머니 같았지만, 그 속은 강철로 만들어진 것 같았습니다. 초상화는 너무 무섭고 지나치게 직접적이라는 생각이 들었어요. 하지만 그게 바로 앨리스를 위해 포즈를 취한 대가였지요. 속내를 다 들키고 마는 거죠."[69]

앨리스의 시선에는 여전히 한 가지 맹점이 있었다. 그녀는 큰 손녀들을 특히 예뻐했는데, 지니는 아마도 앨리스가 이사베타를 떠올렸기 때문이라고 여긴다. 이사베타는 쿠바 혁명이 일어나자 가족과 함께 미국으로 이주했지만 앨리스에게 연락을 취하지 않았고, 앨리스 역시 딸이 어디에 있는지 묻지 않았다.

아름답고 지적인 이사베타는 관습에 따라 전통적인 여성으로 성장했지만, 결혼 후 엄마로서는 그다지 행복을 느끼지 못했다. 이혼을 선택한 그녀는 아이들과 마이애미에 정착해 부동산 중개인으로 일했다. 엔리케가의 자산을 두고 미국으로 망명하는 것은 어려운 결정이었고, 아이들이 자라자 이사베타는 파티를 전전하며 유부남들과 관계를 맺었다. "항상 여행을 다녔고, 항상 바람을 피웠어요." 한 친구는 사십대의 이사베타에 대해 이렇게 말했다. "부르주아적인 삶을 원했지만, 동시에 믿을 수 없을 정도로 엉뚱한 성향이 있었지요."[70]

이사베타는 술을 많이 마시기 시작했고, 건강은 악화되었다. 1978년에 그녀는 처음이자 마지막으로 어머니와 만남을 시도했다. 앨리스는 강연을 위해 이사베타가 사는 도시에 왔고, 이사베타는 맨 앞줄에 앉았다. 백내장을 앓고 있던 데다가 이사베타가 마이애미에 살고 있는지 몰랐던 앨리스는 딸을 알아보지 못했다. 강연 후 열린 리셉션에서 이사베타는 자신과 너무 많이 닮은 딸을 여전히 알아보지 못한 앨리스를 스쳐 지나갔다. 너무 속상한 나머지 자기소개도 하지 못한 채 이사베타는 강연장을 떠나 집으로 향했다.

마이애미 강연이 있은 지 4년 후, 이사베타는 자살했다. 리처드가 앨리스에게 이 소식을 전했을 때, 앨리스는 전날 밤 딸의 꿈을 꿨다고 말했다.

창의성과 예술에 대한 가장 중요한 질문들은 동시에 가장 답하기 힘든 질문들이기도 하다. 앨리스의 모성이 그녀의 예술을 더 훌륭하게 만들었나? 많은 창작자 엄마들은 아이들과의 관계가 그들의 감수성을 심화시키고 한계를 넓히며 어슐러 르 귄의 표현대로 아이들과 "뼛속까지 더 가까워지게" 만들었다고 주장해 왔다.[71]

이러한 이야기가 앨리스에게 얼마나 적용되는지는 알 수 없지만, 무법자 같은 어머니의 시선은 임신과 가족을 주제로 한 빛나는 만년의 작품을 제작하는 데 확실한 도움을 주었다. 숨을 거두기 4년 전인 1980년에 그려진 나체 자화상은 어머니, 연인, 화가로서의 자신에 대한 최후의 웅장한 증언이 되었다. 80세였던 앨리스는 그녀의 모델들이 종종 포즈를 취하던 줄무늬 의자에 앉은 자신을 그렸다. 한쪽 손에는 처진 가슴과 배를 흉내 내듯이 흐물흐물하게 늘어진 하얀 헝겊을, 다른 손에는 붓을 든 앨리스는 강렬한 집중에서 나오는 권위의 표정을 보여주는 동시에 안경 너머로는 냉철한 눈빛을 통해 작업의 결과를 평가하고 있다. 어머니의 몸과 예술가의 통달을 모두 드러내는 작품이다.

이 무렵 앨리스는 자신과 자신의 예술에 대해 이렇게 썼다. "나중엔 사람들이 나를 어떻게 생각할까? 있잖아, 난 그림을 그려야만 했어. 안 그랬으면 도저히 살아낼 수 없었을 거야."[72]

3장
예술 괴물과 집안일: 시간이 없다는 문제

> 예술의 실천에는 영웅적인 측면이 있다. 그것은 외롭고 위험하며 무자비한 작업이다. 모든 예술가에게는 도덕적 지지나 연대, 인정이 필요하다. —어슐러 르 귄[1]

> 집안일은 귀찮은 일이다. 빌어먹을 시간 전부를 잡아먹는다. —미얼 래더먼 유켈리스[2]

만약 작가에게 고독과 끈기의 이미지가 있다면, 예술가의 이미지는 더 물리적인 경향이 있다. 작품에 대한 완전한 육체적 헌신의 이미지. 남성 창작자의 영웅적 위상은 돌봄 따위를 가볍게 거부하지만, 예술 행위는 집필에 비해 훨씬 더 많은 집중과 작업

시간, 헌신을 요구한다. 엄마 예술가들은 엄마 작가들보다 훨씬 더 많은 허가와 자율성을 필요로 했다.

남성 예술가의 권위는 방해받지 않을 권리와 동일시되었다. 1893년 비평가 월터 패터는 이렇게 썼다.

> 예술에서 남성다움이란 무엇인가. 내가 하고 있는 일에 대한 온전한 의식, 끈질긴 직관력과 목표의식, 구축의 정신, 일정 기준의 유지 등은 우리가 여성다움이라 부를 만한, 일관성 없이 산산조각 나 있는 어떤 것, 히스테릭한 태도로 무작위로 수행하는 작업과는 상반된 가치들이다. 거기에는 "나태"도, 자기 자신에 대한 여성적인 망각도 존재하지 않는다.[3]

시간과 집중력을 "쪼개어" 활용하면서, 여성 예술가들은 상황에 맞춰 작업을 했다. 세 쌍둥이를 포함한 네 명의 자녀를 둔 영국의 조각가 바버라 헵워스는 1930~1940년대에 "작업을 위한 삶을 살았고 아이들은 먼지와 진흙, 물감 속에서 자랐다."라고 회고한다.[4]

> 아이를 낳고 요리를 한다고 해서 여성 예술가가 불우해지는 것은 아니다. 풍요로운 삶을 통해 자양분을 얻을 수 있다. 매일 30분씩이라도 규칙적으로 작업을 할 수 있다면, 머릿속에서 이미지들이 자라날 것이다.[5]

그녀는 작업에 방해를 받는 현실과 실질적으로 타협해야 했다. "한창 작업 중일 때 오븐에서 탄 냄새가 나거나 아이들이 부르면, 다시 작업을 하러 돌아왔을 때 어디서 작업을 멈추었는지 알 수 있도록 음악이나 녹음이나 시로 정리를 해두곤 했어요."[6] 그러나 그녀는 덜 헌신적인 다른 여성들과도 다르게 살고자 했다.

> 가정이 제일 중요했지만, 제 작업도 항상 거기 있었습니다. "음, 이번 주나 다음 주, 그 다음 주에는 작업을 할 수 없겠지만, 어쩌면 6개월이나 1년 후쯤 되면 다시 할 수 있을 거야."라고 말하는 여자들에게 그다지 공감을 해본 적이 없어요. 전문 작가건 그렇지 않건 간에, 매일매일, 심지어 자정에도 일을 해야 한다는 것을 알게 되었지요.

1918년부터 1927년까지 작가 포드 매덕스 포드와 함께 살았던 호주계 영국인 화가 스텔라 보엔은 그런 여자였다. 그 시기 동안 그녀는 자신의 일을 할 수 없었다. 그녀는 1941년에 다음과 같이 썼다.

> 제 삶 전체가 절망적으로 제 그림을 방해했어요. 전혀 다른 역할에 필요한 기술을 배우고 있었기 때문입니다. 포드는 항상 제게 그림을 그리라고 재촉했지만, 남편과 딸 줄리를 위한 제 역할을 다하고 나면 창조적인 활력이라고는 전혀 얻을 수 없었

지요. 매일매일 허드렛일도 열심히 해야 했고요.

포드는 제 상황이 왜 어려운지 도통 이해하지 못했습니다. 작업에 대한 저의 의지가 부족하다고 생각했지요. 맞는 말이긴 했지만 제가 무슨 수를 써서라도 그것을 해내겠다는 의지가 있었다면, 제 삶이 완전히 다른 방향으로 향했을 것이라는 사실은 깨닫지 못했습니다. 저는 그가 매일 하는 일의 중압감 속에서 그를 돌봐야 했습니다. 그가 원할 때마다 그와 함께 걷고 이야기하며 상황에 맞게 행동해야 했지요. 예술을 추구한다는 것은 단순히 시간을 확보하는 것이 아니라, 예술을 이끌어낼 수 있는 자유로운 정신을 갖는 것의 문제입니다. 저는 사랑에 빠졌고, 행복했고, 가정생활에 몰두하고 있었지만, 독립적인 자아를 돌볼 수 있는 여유는 없었습니다.[7]

그레이스 하티건은 1941년 열아홉의 나이로 결혼했고 같은 해 아들을 낳았다. 1975년에 그녀는 말했다.

아들은 내 그림을 극구 반대했어요. 방과 후에 학교에 남아 있다가, 5시가 다 되어서야 데리러 온 저를 보고 "다 알아, 엄마 또 그림 그렸구나."라고 말하곤 했지요. 아들이 열두 살이 되고 전남편이 재혼하자, 저는 아들을 캘리포니아로 보냈습니다. 그 후로 아들을 본 적이 없어요. 매우 씁쓸한 관계지요.[8]

예술가들과 자녀들 사이에는 쓰라린 관계들이 많다. 캐밀 빌롭스는 1991년 다큐멘터리 「크리스타를 찾아서」에서 1961년 네 살배기 딸을 입양하면서 예술가로서 새로운 삶을 시작하고자 했던 자신의 결정을 돌아보았다. 영화 속에서 캐밀은 성인이 된 크리스타와 어른다운 관계를 맺으려 했지만, 집이나 마음을 딸에게 열어줄 수 없다는 것을 인정한다. "딸은 위협적인 방식으로 내 공간을 차지했습니다."[9]

예술가들은 그들의 성별이나 인종이 자신들이 말할 수 있는 것에 제한을 둔다고 느꼈다. 1970년대 초, 영화 제작자 캐슬린 콜린스는 어린 자녀들을 돌보며 이렇게 썼다.

> 남자는 어떤 종류의 제약을 거부함으로써 그들 자신이 되고, 여자는 그것을 수용함으로써 그들 자신이 된다. 여자들은 얽매여 있다. 여자들은 스스로에게 심각한 폭력을 가하지 않고는 위반할 수 없는 금기의 원심력을 받아들여야 한다. 우리는 삶에 얽매여 있다.[10]

위대한 화가이자 직물 예술가인 페이스 링골드는 다음과 같이 관찰했다.

> 시각 예술만큼 백인이나 남성이 아닌 사람들에게 폐쇄적인 창작 분야는 없습니다. 제가 예술가가 되기로 결심한 후 가장 먼

저 믿어야 했던 것은 흑인 여성인 제가 예술계에 침투할 수 있다는 것이었습니다. 제가 지닌 흑인다움이나 여성성, 인간성을 희생하지 않고도 말이지요.[11]

링골드는 패션 디자이너인 어머니를 도우며 자랐고, 1960~1970년대에 어머니와 두 딸을 협업 파트너로 둠으로써 자신의 작업과 관련된 실질적인 문제들을 해결했다.

그림 그리기는 완전히 자기도취적인 활동입니다. 하지만 여전히 여러분은 자신이 보는 것을 함께 보아줄 누군가가 필요합니다. 제게 그런 존재가 아무도 없다는 사실을 만회하기 위해 저는 제 가족, 어머니와 딸들을 제 일에 끌어들이려고 노력했습니다.[12]

화가이자 계모인 헬렌 프랭컨탈러는 시인 조지프 브로드스키의 말을 인용했는데, 그는 작가나 예술가는 "삶과 예술, 두 가지를 다 다루며 살아야 한다. 하지만 둘 다 성공할 수는 없다. 머지않아 여러분은 둘 중 하나를 가짜로 꾸며내야 한다는 사실을 깨닫게 될 것이다."라고 말했다.[13] 헬렌은 이 말에 동의하지 않았다.

동등한 사랑과 재능으로 "충만한 삶"의 진부한 클리셰를 처리하는 동시에 아름답고 독창적인 예술을 만들 수 없지만, 삶과 예술의 문제는 함께 닥칠 수 있다. 만약 당신이 예술과 삶의 틈새에 낀 채 고통의 손아귀에 잡혀 있다면, 해결할 수 없는 이 상황으로 인해 당신의 생존 자체가 위협받을 수도 있다. 둘 중 하나를 꾸며내는 대신, 예술에만 집중하든지 그냥 삶에 안주하려고 할 것이다. 여러분이 진짜 예술가라면 현실 안주는 불가능한 일이겠지만.[14]

1965년, 조각가 에바 헤세는 작업에 대한 방해를 언급하면서 여성은 예술적 영웅주의의 일종이라 할 수 있는 인내를 연습해야 한다고 말했다.

궁극적인 표현에 도달하기 위해서는 남성만이 누릴 수 있는 완전한 헌신이 필요하다. 방해받지 않는 단일한 목표 달성은 남성의 특권, 남성의 영역인 것 같다. 여자는 집안 청소부터 아름다움과 '젊음'을 유지하는 일, 아기를 갖는 일까지 모든 여성적 역할들로 인해 곁길로 새게 된다. 그녀에게는 성취할 '권리'가 있다는 확신도 부족하다. 또 자신의 업적이 가치가 있다는 믿음도 부족하다. 그녀는 아이디어를 최대한 끌어내는 데 필요한 확고한 의지를 가지고 있지 않다. 엄청난 힘과 용기가 필요하다.

예술가 미얼 래더먼 유켈리스는 다르게 생각했다. 1969년 아이가 태어난 후, 그녀는 청소를 예술 작업의 본질로 받아들이기로 결심했다. 전복의 정신으로, 그녀는 미술관 갤러리 바닥을 닦는 퍼포먼스를 했는데, 이러한 행위예술을 통해 가사노동을 보상받지 못한 다른 형태의 유지 보수 작업과 연결시켰다. 이후 그녀는 뉴욕시 위생과의 레지던스 예술가가 되었다. 작업을 위한 영감에 대해 설명하면서, 그녀는 이렇게 말했다.

> 나는 큰 위기를 겪었습니다. 아이가 생겼고, 가사노동자가 되었습니다. 나는 따로 떨어진 서로 다른 두 존재인 것처럼 느껴졌어요. 나는 아기를 사랑했습니다. 아기가 찾아준 수백만 개의 새로운 발견과 함께 세상을 다시 발견해나가는 것 같았지요. 아기의 눈을 통해 세상이 새롭게 보였습니다. 하지만 아기를 돌보는 일은 극도로 지루했어요. 지긋지긋했어요! 뇌가 "안녕히 계세요. 나는 이제 떠납니다. 나는 이런 일에 맞지 않아요. 자유를 찾아 갑니다."라고 말하는 듯 했습니다.
>
> 어느 날 밤, 나는 스스로에게 이렇게 말했습니다. "내 자유의 주체가 나라면, 이제 나는 집안일을 예술이라 칭하겠다." 내가 뭘 하고 있냐고요? 나는 예술이 자유라는 서구의 개념을 받아들이고, 예술이 반복적 체계라는 비서구의 개념을 받아들이고 있습니다. 그리고 그것을 예술이라고 말합니다. 사실 나는 이 개념들을 파괴하고 있어요. 그다지 바람직한 결합이 아니지요. 하지만 존경하는 마르셀 뒤샹 할아버지처럼 내게도 이러한 행위에 이름을 붙일 권리가 있다면, 나는 집안일을 골

라 그것을 예술이라고 부르겠습니다. 꼭 필요한 일을 예술이라고 부르는 것이지요.[15]

불안 지대 1:
성과 사랑

나는 이 책을 쓸 때 절대로 어머니들의 선택을 비판하지 않겠다는 결심을 단단히 한 터였다. 앨리스 닐이 아이들에게 편안하고 조용한 가정을 제공하지 못했다고 해서 그녀를 판단하고 싶지도 않았고, 도리스 레싱이 아이를 임신하고 있는 동안 아이의 아버지가 아닌 다른 남자와 잤다고 해서 충격을 받고 싶지도 않았다. 하지만 사실은 이랬다. 어머니들에 대해 생각하는 일은 안전하고 관습적인 삶을 향한 욕망을 일깨웠는데, 어머니들이 한 어떤 행동들은 나를 불편하게 했다. 나는 초연한 관점을 취할 수도 없었고, 내가 느낀 불편함이 반대와 통제로 나를 이끌지 않으리라 확신할 수도 없었다.

결국 나는 불확실한 지점들을 위해 어떤 여유 공간을 만들기로 결심했다. 그것이 바로 이 불안 지대다. 그리고 이 공간을 어머니들, 성, 그리고 관습적이지 않은 사랑에 대한 이야기로 시작하려고 한다.

모성적 양육의 신체적 즐거움은 아주 강렬한 경우들이 많다. 케이트 모지스는 이렇게 썼다. "연인들처럼 아이들도 당신의 몸으로 선물을 만들어 당신에게 선사할 수 있다. 모성적 양육의 에로틱한 광채, 자녀와 접촉할 때 발생하는 신체성(physicality)의 물결 위에 반짝이는 이 빛……. 당신이 엄마가 된 이후에도 에로틱한 것과 관능적인 것, 영적인 것과 육적인 것이 그렇게 깔끔하게 분리될 수 있을까?"[1]

루이스 어드리크는 아이를 돌보는 것이 "신체적인 정서의 즐거움"을 알려줬다고 쓴 바 있다. "종교적이고 확실한 기쁨이 나를 전적으로 사로잡아 생각 속 삶은 부수적인 공간에 불과한 것으로 보이기도 했다."[2]

하지만 여타 대부분의 쾌락과 성의 원천은 어머니들의 삶에서 검열당하고 삭제당하기 마련이다. 에이드리언 리치는 모성 제도가 여성들에게 "자애롭고 신성하고 순수하고 무성적이며 성장시키는" 존재가 되기를 강요한다고 썼다.[3] 완전히 무성적이지는 않더라도 최소한 단 한 명의 파트너와만 관계를 맺어야 한다는 제약을 느끼게 하기는 한다.(물론 우리 동시대의 어머니들에게는 다시 몸을 이전의 섹시한 몸으로 되돌려놓아야 한다는 압력이 있을 수도 있지만.)

시인 준 조던은 스폭 박사에게서 어머니는 매력적으로 보여도 안 된다고 배웠다. "미니스커트나 다른 자극적인 옷을 입어서는 안 된다. 그렇게 하면 아이들의 화를 돋울 것이기 때문이다. 특히 남자아이라면 더더욱 그렇다. 자손들에게 혹시라도 당신이 성적인 존재라고 여기도록 만들 어떤 구실이라도 제공한다면 당신의 정체성과 의미에 관한 그의 관념을 완전히 흩뜨려놓고 평정을 깨뜨리게 될 것이다."

아들 엄마로서 그녀는 무채색의 평범한 옷들만을 입으려고 노력했다고 한다. "그럼으로써 나 스스로를 윤기 없고 지루한 여성, 그러므로 달리 말하자면 뛰어난 여성 양육자로 증명할 수 있기를 바랐다." 하지만 얼마 안 가 그녀는 포기했다. 그녀의 양성애적이고 다자 연애적이고 갈망하고 모성적인 몸을 통제하려는 시도는 그녀의 "자기결정권"에 대한 공격이라고 결론 내리게 된 것이다.[4]

물론 이 책에 등장하는 어머니들 중 르 귄이나 워커, 카터 같은 몇몇은 생애의 특정 기간 혹은 전 생애에 걸쳐 일부일처제 관계를 더 선호하기는 했다. 또 어떤 이들은 다양한 이유로 진정성과 독립성을 추구하는 동안 일부일처제를 선택지에서 제외해버리기도 했다. 오드리 로드에게 게이 남성과의 개방혼(open marriage)은 레즈비언으로서 아이를 키울 수 있는 실용적인 해결책이 되기도 했다. 도리스 레싱의 작가 친구인 나오미 미치슨은 다자 연애를 선택하면서 결혼이라는 제도에 맞설 자유를 주장할 방법을 구했을 뿐 아니라 더 많은 사랑과 더 나은 섹스를 추구했다.

1897년에 태어난 나오미 홀데인은 1차 대전 중에 열여덟 살의 나이로 자기보다 단지 몇 살 더 많을 뿐인 군 장교 딕 미치슨과 결혼했다. 둘 중 누구도 섹스에 대해서 아는 바가 없었고, 첫 시도는 두 사람 모두를 실망시켰다. 나오미는 "나는 거의, 아니 전혀 즐겁지가 않았다."라고 썼다. "마지막 동작으로 인해 나는 몹시 안절부절하고 불편한 상태가 되었다. 스윈번이 말한 것과는 왜 이렇게 다른가? 도대체 장미꽃이 만발하는 황홀은 어디에 있는가? 남은 생애 내내 이와 같을까? 나는 열이 펄펄 나기 시작했다."[5] 1918년에는 『결혼 속의 사랑』이라는 책에 대한 이야기를 들었다. 산아제한 운동가인 마리 스토프스가 만든 새로운 섹스 매뉴얼이었다. 정보를 통해 나쁜 섹스를 좋은 섹스로 바꿀 수 있다는 발견에 눈이 번쩍 뜨였다. 나오미는 남편과 함께 새로운 기술을 배워나가며 섹스 자체를 추구할 만한 가치가 있는 프로젝트로 여기게 되었다.

딕이 전쟁에서 돌아오자 이들 부부는 일곱 아이 중 첫째를 낳게 되었다. 아들이 아기였을 때 나오미는 소설과 희극을 썼고 때로는 아기와 함께 런던 공원을 도는 동안 유아차에 올려둔 공책이 떨어지지 않게 조심조심 걷기도 했다. 아이를 간호하는 동안에는 리뷰를 할 소설을 읽었다. "책 내용이 별로면 나는 아기를 양 옆에 둔 채로 한 번에 두 아기에게 밥을 먹일 수 있었다."[6] 섹스와 임신은 그녀의 창조성에 불을 지폈고 미치슨가의 재산과 (그로 인해 가능했던) 하인들과 기숙학교들 덕분에 그녀는 글을 쓸 시간을 얻을 수 있었다. 그녀는 소설과 논픽션을 썼고 그중에는 1930년에 쓴, 대담하게도 "일시적인 혹은 반영구적인 연인들"을 잠재 독자로 언급한, 산아제한에 관한 팸플릿도 있다.[7]

그때 즈음 나오미와 딕은 결혼 밖의 섹스를 탐험해보기로 결정했다. 결혼을 남성이 여성을 사회적·경제적으로 소유하도록 승인해주는 제도라고 비판한 사회주의적 해석에 영향을 받아, 나오미는 다자 연애를 덜 독점적이고, 나아가 더 평등한 사랑의 방식으로 바라보게 되었다. 처음엔 딕이 부부의 가까운 친구였던(그리고 그 이후로도 계속 그랬던) 결혼 상태의 여성과 연인이 되었다. 얼마 지나지 않아 나오미가 시어도어 웨이드게리와 성적인 관계를 맺기 시작했다. 시어도어는 옥스퍼드의 고전 역사학자로, 고대 그리스와 로마를 배경으로 하는 나오미의 호평 받은 역사 소설들에 소재를 제공하기도 했다.

역설적으로 미치슨 부부의 사회주의적 관념은 다른 이들의 돌봄 노동에 의존하는 영국 상층계급 가족 구조에 의해 지탱되었다. 자기 아이들의 주양육자가 되지 않아도 되는 형편이었기 때문에 나오미는 남편이나 다른 파트너들과 자유롭게 여행을 다닐 수 있었던 것이다. 나오미가 다섯째 아이를 임신 중이던 때에 그녀와 딕 그리고 부부의 두 연인이 함께 그리스로 여행을 간 적도 있다. 훗날 나오미를 만나게 된 레싱은 미치슨 부부의 결혼을 "세련된 감각과 문명화된 행동의 총화"라고 이상화하기도 했고, 또 나오미의 "풍요로움"과 정직함에 찬사를 보내기도 했다.[8]

이런 개방혼에도 슬픔은 있었다. 웨이드게리가 다른 여성과 결혼하기 위해 이 관계를 떠났을 때 그 이별은 "그 뒤로도 오래도록 지속될 깊은 고통"을 주었다.[9] 그녀와 딕이 가까운 사이로 계속 지내기는 했지만 결국은 솔직함이 질투의 고통을 줄여주지는 못한다는 사실도 알게 되었다. "우리는 아마도 서로에게 너무 진실했던 것 같다. 사실 정말로 마음이 아팠던 것은 사소한 디테일들이었기 때문이다."[10] 미치슨은 이렇게 생각했다. 하지만 동시에 그녀는 그러한 감정의 전류들이 그녀 작업의 "물레방아를 돌려주었다"고 느끼기도 했다. 그녀는 다른 파트너들과 관계할 때 피임에 유의했는데, 그렇게 해서 남편과의 사이에서만 모든 아이를 임신하고 싶어했다. 하지만 그녀의 딸들은 훗날 "검열 없이 몇 명의 선택된 아버지들과 함께 아이를 가지면 좋겠다"라고 바랐다.[11]

부부가 아홉 살 큰아들 제프를 뇌수막염으로 여읜 가장 절망스럽던 시절, 나오미는 죄책감을 느꼈고 서클 내부의 사람들에게 비난받았다. 제프의 중이염이 심해졌는데도(이후에는 치명적이 되었다.) 집을 비운 적이 있었기 때문이다. 아이를 가질 수 없었던 그녀의 오빠와 올케는 특히나 더 비난했다.(사실 올케 샬롯 홀데인은 『모성과 그 적들』이라는 과학적 육아 개론서를 집필한 바 있다.)

하지만 그녀는 결혼생활에서 자신의 여러 선택을 후회하는 법이 없었다. 회고록에서 그녀는 사랑이 "나의 모든 능력을 날카롭게 해주고 강인하게 해주었다"고 썼다.[12] 동시에 자신의 글을 통해 다른 사람들에게는 다르게 살라고, 이전보다 더 많은 자유를 누리며 살라고 독려했다.

1950년대 그리니치빌리지에서 성적 실험이나 다수의 파트너를 갖는 일은 자기 자신이 되기 위해 필요한 일이었을 뿐 아니라 성혁명의 시작이자 게이 해방의 궐기라는 더 큰 프로젝트의 일부이기도 했다. 그 세대에서 시인 오드리 로드와 다이앤 디프리마는 섹스와 육아를 자기형성(self-making)이나 저항과 관련된 행위로 여겼다. 로드는 여성, 때로는 남성과의 모험을 자신과 다른 사람 사이의 거리를 좁혀주는 안전한 방법으로 보았다. 디프리마는 남성, 때로는 여성과의 모험을 자신을 너무 많이 포기하지 않고도 경험을 쌓을 수 있는 방법으로 보았다.

디프리마는 이탈리아 이민자 가정에서 난, 빨간 머리의 똑똑한 아이였고, 1950년대에 대학을 중퇴하고 비트 문학계로 진출한 로드의 고등학교 친구였다. 미치슨처럼 활기차고 모험심이 강했던 그녀는 당시의 시대적 분위기를 따라 성적 자유를 만끽했다. 게이 남성 친구들과 아파트를 공유하면서 주로 자신에게 요구를 일삼지 않는 파트너와 잤다.

그러다 스물두 살이 되자 아기를 원하기 시작했다. 그녀는 몸이 "자기만의 어젠다가 있었다"고 썼는데, 그 어젠다로 인해 그녀의 몸은 그녀의 시와 충돌할 수밖에 없는 길에 놓였다. "나의 육신은 꽃을 피우고 열매와 씨를 내기를 원했다. 그것을 좌절시키면 행복하게 살 수도 오래 살 수도 없다는 사실을 나는 확실히 알고 있었다."[13] 그녀는 파트너와의 사이에서 아이를 낳기를 원하지 않았다. 폭력적인 아버지에게 학대당한 유년기 경험으로 인해 그녀는 부성적 통제와 폭력을 원천봉쇄하기로 결심했다. "애초에 똑똑히 맹세하건대, 아무도 내게 아이를 이렇게 키워라 저렇게 키워라 할 수 없다. 아무도 나를, 내 몸과 내 사랑을 소유할 수 없다. 아무도 '무언가를 제공함으로써' 내게 이래라 저래라 할 권리를 살 수 없다."[14]

그녀는 아이 아버지에게 알리지 않은 채 임신해 1957년 스물세 살 나이로 딸 지니를 낳았다. 그녀는 즉흥적으로 가족을 만들어냈다. 그녀의 여자 친구들이 그녀를 지지했고, 부모님이 돌아왔고, 위층의 레즈비언 커플이 끼어들었고, 그녀의 게이 친구 프레디는 그녀가 "합법적이지 않은" 아기를 포기하라는 압력을 받지 않도록 병원에서 남편인 척해주었다.

엄마로서 그녀는 닐과 마찬가지로 새로운 역할의 "실용주의와 완고함"[15]에 보호받고 있다고 느꼈는데, 이 덕분에 자신의 예술을 망가뜨릴 위험을 감수하지 않을 수 있었다. 어느 날 밤 앨런 긴즈버그의 파티에서 다이앤은 베이비시터가 기다리고 있어서 떠나야 한다고 했다. 그러자 약에 취해 바닥에 널부러져 있던 잭 케루악이 **"디프리마, 베이비시터를 계속 신경 쓴다면 넌 절대 작가가 못 될 거야."**라고 목청을 높였다. 하지만 그녀는 자신이 그곳에 머물렀다면 작가가 되지 못했을 것을 확실히 알았다. 글을 쓰고 제 시간에 집에 돌아오려면 "보편적인 다른 영역에서 필요한 것과 똑같은 훈련", 즉 약속을 지키는 연습이 필요하기 때문이다.[16]

모험을 좋아하는 비트 시인들 사이에서조차도 섹스에 대한 불문율이 있었다. 다이앤은 유부남인 동료 시인(그리고 훗날 아미리 바라카라는 이름으로 알려지게 되는) 리로이 존스와 잠자리를 함께하기 시작하며 그중 하나를 깨뜨렸다. 다이앤의 친구였던 그의 아내 헤티는 개방혼에 동의한 적이 없었고, 이런 상황에 대해 "쿨"해지고자 애썼음에도 상처를 받았다.[17] 친구들은 이들의 만남을 인정하지 않았고, 다이앤의 어려운 상황은 뒤이은 임신으로 인해 더욱 악화되었다. 리로이는 다이앤의 선택과 다르게 낙태를 강요했다. 그녀는 이런 일을 겪으며 슬픔과 분노에 시달려 만신창이가 되었다. 1년 후 다시 임신한 그녀는 그의 의견을 무시하고 아이를 낳았다.

미치슨이 꿈꿔온 것처럼 다이앤은 네 명의 각기 다른 남자와 다섯 자녀를 낳았다. 리로이와 관계가 깨진 후 회복을 위해 연인이 된 백인 게이 남성에 대해 "그는 내가 결코 사랑에 빠지지 않을 남자임을 알고 있었기 때문에 결혼하기에 좋은 사람처럼 보였다."라고 말했다.[18] 필연적으로 모성은 때때로 그녀의 작업 시간을 희생시켰다. 1970년대 중반 로드에게 보낸 편지에서 그녀는 글을 쓸 시간에 대해 "아이들을 학교와 치과에 데려다주고, 세탁을 하고, 장을 보고, 쓰레기를 정리하는 날들이 커튼처럼 드리워진 상태에서 다음번 틈이 생기기를 기다리고" 있다고 썼다. "채워지지 않는 갈증과 물을 마실 시간이 없는 상태가 동시에 존재할 수 있는 것인지? 이게 다 무슨 일인지? 시간은 도대체 언제 폭발할까?"[19]

다이앤은 자신의 작업과 모성이 경험에 대한 개방성이라는 단일한 근원에서 비롯한다고 보았다. 그녀는 이를 "누군가에게 이용될 수 있는 상태로 존재하는 것, 일종의 훈련이나 영적 탐구로 볼 수 있는 여성적인 기술"이라고 설명했다. "누군가에게 이용될 수 있는 상태로 존재하면서도 어떻게든 내 갈 길을 가야 한다. 내 일과 내 삶, 그 모든 것의 한가운데서 스스로 정의내릴 수 있어야 한다."[20]

오드리 로드는 레즈비언 연시를 출판하는 것조차 급진적인 행동이었던 1950~1960년대에 섹슈얼리티와 육체적 쾌락이 자신과 예술의 중심임을 믿었다. 그는 에세이 「에로틱의 활용: 힘으로서의 에로틱」에 "우리의 에로틱한 지식은 우리 존재의 모든 측면을 면밀히 조사하는 렌즈가 된다."라고 썼다.[21] 그는 여성들로 하여금 에로틱을 탐험하도록 독려했다. 그때 에로틱이란 "우리의 가장 깊고 반합리적인 지식에서 솟아나는 힘"을 뜻했다.[22] 이는 개인적인 기쁨과 예술적 실천(agency)의 원천이자 아이들에게는 자유라는 선물의 원천이 될 것이었다.

오드리는 이십대에 사회주의자로서 처음으로 여러 파트너와 관계를 맺기 시작했다. 하지만 나중에는 성적 자유에 대한 이 같은 사회주의적 포용에서 쾌락을 권력의 원천으로 삼는 페미니즘으로 옮겨갔다. "우리가 하는 모든 일의 목표는 아이들과 우리 자신의 삶을 더 풍요로운 것, 가능성이 넘치는 것으로 만드는 것이다. 모든 노력으로 에로틱을 찬양하는 사이 내 작업은 의식적인 결정이 된다. 그토록 바랐던 침대가 된다. 나는 거기에 감사한 마음으로 들어가 누웠다가 힘이 넘치는 상태로 일어나 나올 것이다."[23]

로드가 옳다면, 섹스는 모성적 주체성과 분리된 것이 아니라 그것의 심장이다. 그것은 일부일처제 결혼으로 정착하든 다른 준비를 통해서든 영웅-어머니를 위한 자기인식의 형태인 셈이다. 만일 모성 속에서 나를 잃어버리고 싶은 유혹이 찾아온다면 로드가 말한 의미에서 이 에로틱한 힘은 당신을 다시 당신 자신으로 만들어줄 것이다. 로드는 계속해서 이렇게 썼다. "우리가 우리 안의 에로틱한 힘과 잘 접촉한 채로 내면에서 시작해 외부로 나가는 방식으로 살기 시작한다면 그제서야 우리는 가장 깊은 의미에서 우리 자신에게 책임을 지기 시작하는 셈이다. 우리는 자신의 가장 깊은 감정을 인식하기 시작한 후에야 필연적으로 고통과 자기부정에 자족하기를 포기하게 되기 때문이다."[24]

4장
양립할 수 없는 쾌락
도리스 레싱 1919~2013

페미니스트 작가의 진가를 보려면 그의 어머니가 어땠는지 살펴야 한다. 가부장제에 못을 박은 여성들은 권위주의적인 아버지를 둔 여성들이 아니라 모순 속에서 갈등하던 어머니를 둔 여성들이었다. 당신의 페미니즘은 남성보다 당신이 닮아가고 싶지 않은 여성의 모습, 즉 내면의 적을 더 많이 겨냥하고 있다. —로나 세이지[1]

어머니의 파괴적인 힘을 경험해본 여성은—그것이 정당하든 그렇지 않든 간에—어머니가 되면서 자신도 어떤 식으로든 파괴적인 존재가 될 가능성을 두려워할 수 있다. —에이드리언 리치[2]

모든 사람들이 도리스 레싱에 대해 알고 있는 한 가지는 레싱이 작가 경력을 위해 아이들을 버렸다는 것이다. 1943년, 공무원과 결혼해 세 살짜리 아들과 한 살짜리 딸을 둔 스물 셋의 레싱은 남로디지아의 식민지 솔즈베리(현재의 짐바브웨 하라레)에서 살았다. 레싱은 교외에 있는 자택 마당 잔디밭에서 이제 막 아장아장 걷는 아이들에게 이별을 통보했다. 그녀는 작가가 되기 위해서가 아니라(당시에 도리스는 자신이 작가가 될 줄 몰랐다.) 로디지아 버전의 아파르트헤이트인 '컬러바' 정책♥이 불러온 경제적 불평등과 인종주의에 맞서 싸우기 위해서 가는 것이라고 했다. 그녀는 아이들이 자신을 이해한다고, 혹은 지금은 아니더라도 언젠가는 이해할 거라고 생각했다. 게다가 자신의 어린 시절 경험 때문에 엄마라는 존재가 사라져야 아이들이 진정한 자기 자신이 될 수 있을 것이라고 믿었다.

이 장면은 레싱의 일과 삶에서 해방적 요소와 훼방적 요소를 모두 보여주는 듯하다. 이후 그녀는 재혼을 해서 셋째 아이를 낳은 후 이혼했고, 손위의 두 아이는 아프리카에 남겨둔 채 싱글맘이 되어 런던으로 이주했다. 도리스는 자신의 사랑, 모성, 정치에 대한 경험을 바탕으로 여성들의 삶에 존재하는 격차와 이음새를 드러낸 위대한 소설가가 되었다. 그녀는 『금색 공책』에서, 『폭력의 아이들』이라 명명한 자전 연작 소설에서, 여러 단편

♥ 흑인 차별 관습을 일컫는 말. 컬러 라인(color line)이라고도 한다.

소설과 희곡에서 "자연스럽게" 보이던 것들을 정치적 행동과 변화의 영역으로 끌어와 남성과 여성, 엄마와 아이들 사이의 관계가 겉보기만큼 고정된 것인지 질문을 던진다.

아이를 두고 떠나는 여성의 이미지는 금기시된 여느 발상처럼 매혹적이며 짜릿하다. 엄마들은 자유의 암시를 부러워하며 이런 일화에 대해 이야기를 주고받을지 모른다. 그러고는 "음, 적어도 난 **그렇게** 나쁜 엄마는 아니야."라고 생각하며 죄책감 어린 헌신의 마음으로 자녀들에게 돌아갈지도 모른다. 이런 일화는 엄마들로 하여금 자신의 모성에 대해 다시 생각해보게 하는 기회가 될 수도 있다. 그러나 도리스가 두 아이를 두고 떠나면서 결코 뒤돌아보지 않았다는 이야기는 다소 허구에 가깝다.

두고 온 아이들에 대한 미련의 증거는 도리스가 1945년과 1949년 사이에 쓴 100여 통의 편지에 잘 드러나 있다. 편지의 수신자는 2차 대전 말 비행 훈련을 위해 로디지아에 온 두 명의 영국 공군 사관생도, 존 화이트혼과 콜 맥도널드였다. 25세의 도리스는 솔직하고 유쾌한 여성이었고, 이미 이때부터 인물과 상황에 대한 예리한 관찰력을 보여주는데, 이는 이후 그녀의 글쓰기에 활력을 불어넣는 특징이기도 하다.

이 편지들은 그녀를 유능하고 연약한 동시에 자신감 넘치며 조심스러운 사람으로 묘사한다. 편지를 통해 우리는 그녀가 아이들을 매우 보고 싶어했으며 기쁨과 염려의 마음으로 아이들에 대해 생각하고 있었음을 알 수 있다. 편지에는 그녀가 아이들을 버리지 않았고, 오히려 그들과 더 많은 시간을 보내기 위해 전남편과 고통스럽게 말다툼을 이어갔다는 내용이 담겨 있다.

편지에 잘 나타나 있는 자애로운 모성은 도리스를 매혹하는 동시에 방어적으로 만들기도 한다. 도리스는 많은 아이들을 낳고 요리와 바느질을 하며 평화롭게 살고 싶다고 썼지만 막상 이러한 삶을 "지루해하면서 안절부절못하고 불행해하는" 경향이 있었고, 오히려 "신문사 운영이나 소설 쓰기, 사교 활동, 계급투쟁 가담" 등을 선호했다. 그리고 "이 두 가지 삶은 결코 서로 맞지 않는다는 것을 인정해야 했다."[3]

이 편지들은 자녀들과 관련된 여성의 법적 권리가 허락되지 않던 시기에 부적절한 결혼을 마감하고 자신의 선택과 씨름하던 한 여성의 모습을 보여준다. 몇 년 후에 쓰인 회고록에서 도리스는 자신의 복잡한 감정을 가볍게 다루고 넘어간다. 아마도 아이들의 사생활을 보호하기 위한 것으로 보인다. 하지만 편지와 회고록 모두에서 그녀는 '나쁜 엄마'라는 쉽지만 심각한 비난으로부터 자신을 유죄로 인정하지 않으려는 자부심과 반항심을 드러낸다.

레싱은 "우리는 필요할 때 부모를 반복되는 꿈마냥 사용한다. 그들은 우리의 사랑이나 증오를 위해 항상 그곳에 있다."라고 관찰했다.[4] 또 무엇이 자신의 부모를 남로디지아로 이끌었는지,

어머니가 자신에게 무엇을 원했는지, 엄마처럼 되지 않기 위해서 자신이 어떻게 애써왔는지 이해하려고 노력하면서 부모와의 관계를 소설과 회고록에서 반복적으로 다뤘다. 도리스의 모성과 글쓰기는 모두 자신의 어린 시절, 특히 자기애를 둘러싼 모녀간의 줄다리기, 자기결정권, 어머니가 지닌 권력의 한계에서 비롯되었다.

도리스의 부모는 둘 다 현실과는 거리가 먼 타입이었다. 가족 농장이 몰락하자, 그녀의 아버지는 적절한 퇴비의 조합이 세계 평화에 기여할 것이며 "보이지 않는 마법의 광선을 모으기 위해 직사광선에 충분히 노출된 물만 마셔야 한다."라는 의견을 담은 편지를 신문에 썼다.[5] 남편이 식구들을 아프리카로 데려가자 도리스의 어머니는 자신의 손아귀에서 빠져나간 모든 영국 중산층의 야심을 딸에게 비현실적으로 투영했다. 실화를 바탕으로 한 도리스의 소설은 부모의 환영으로부터 자신의 독자적인 정체성을 주장하기 위한 그녀의 오랜 투쟁을 부분적으로 반영하고 있다.

도리스는 1차 대전이 자신들에게 끼친 피해를 결혼과 출산으로 보상받을 수 있을 것이라고 생각했던 부모의 첫 번째 헛된 희망의 산물이었다. 그녀는 부모의 결혼식 아홉 달 후인 1919년 10월 22일, 이란 케르만샤에서 테일러라는 성(姓)을 달고 태어났다. 도리스의 부모는 런던의 한 병원에서 만났는데, 그곳에서 오른쪽 다리를 잃은 앨프리드 테일러는 셸 쇼크(shell shock)'와♥ 함께 파스샹달에서 동료들을 모두 잃은 슬픔으로부터 회복 중이었다. 에밀리 모드 맥비는 오늘날 PTSD(외상 후 스트레스 장애)라 불리는 증상을 겪고 있던 삼십대 간호사였다. 그녀는 끔찍한 부상을 입고 죽어가는 군인들을 돌보면서 전쟁 시기를 보냈다. 사망자 중에는 그녀가 사랑하던 의사도 있었다.

에밀리와 앨프리드는 서로 위안을 구했고, 결혼과 함께 과거를 지우기로 결심했다. 그들은 새로운 이름을 선택했다. 앨프리드는 『피터 팬』의 막냇동생을 따라 마이클이라는 이름을 골랐고, 에밀리는 모드가 되었다. 그들은 잉글랜드를 떠나 식민지 페르시아에서 다시 시작하기로 했고, 마이클은 그곳에 있는 한 영국 은행에서 행원 자리를 제안받았다.

그들은 케르만샤에서 안락한 생활을 했는데, 모드는 영국인 공동체에서의 파티, 하인과 정원이 딸린 집 등 식민지 거주 외국인들의 사치스러운 삶을 즐겼다. 하지만 마이클은 나무로 만든 의족을 한 신세였음에도 불구하고 항상 농부가 되고 싶어했다. 1924년 영국에 돌아온 그는 남로디지아의 새로운 식민지에서

♥ 1차 대전 당시, 영국의 심리학자 찰스 새뮤얼 마이어스가 만든 용어로, 전쟁 중에 많은 병사들이 고통을 겪은 외상 후 스트레스 장애의 한 유형이다. 융단폭격, 전투 등 격렬한 상황에서 느낀 공포로 인해 정상적인 생각이나 잠자기, 걷기, 말하기 등이 불가능해진 상태를 말하거나 혹은 다양한 무력감을 의미한다.

옥수수를 재배할 수 있다는 좋은 투자 계획에 대한 기사를 읽었다. 테일러 부부는 1000에이커(4제곱킬로미터)에 이르는 덤불에 대한 대가를 지불하고 아프리카로 이주할 계획을 세웠다. 부부는 자신들을 케냐에 정착한 영국인들처럼 부유한 농장주라고 여겼고, 모드는 기대감에 부푼 채 실크로 만든 이브닝드레스를 짐 가방에 넣었다.

영국령 남아프리카 회사에 진 빚에서 벗어날 가망이 전혀 없는 상황에서, 본국으로 돌아갈 생각이라고는 없는 남자와 결혼한 채 후미진 식민지의 외딴 시골 지역에 있는 진흙 벽 집에서 살고 있는 자신을 발견한 모드는 "잘못된 마음"을 먹고 1년 동안 침대에서 일어나기를 거부했다. 의무감에 정신을 가다듬은 그녀는 다시 삶을 지속하게 되었지만, 자기 자신, 곧 자신의 욕망, 그리고 현실에 대해 권리를 주장할 능력을 포기해야만 했다.

도리스는 세상의 인정을 받지 못했던 길 잃은 부모의 요구에 부응하기 위해 고군분투했다. 많은 20세기의 엄마 작가들이 비슷한 일을 겪었다. 특히 레싱의 엄마인 모드 테일러와 앤절라 카터의 엄마인 올리브 스토커는 외동딸에게 각자의 좌절된 포부를 투사해 성공을 독려하면서도, 딸의 외모를 판단하거나 딸의 몸을 감시하고 딸의 성공을 과대평가하며 숙녀답게 행동하도록 경고했다. 모드는 영리한 딸아이를 자랑스러워했지만 아이에 대한 소유욕이 강해서 딸이 자신의 희생에 대해 빚을 갚아주기를 원했다. 리베카 솔닛의 표현을 따르자면, "모두에게, 혹은 누군가에게 자신을 내어주고 딸에게서 자신을 되찾으려 했던 어머니에 대한" 끝나지 않는 이야기인 것이다.[6]

에너지가 넘치고 활동적이었던 도리스는 양육하기에 쉽지 않은 아이였을 것이다. 아기였을 때 도리스는 많이 울었다. 다섯 살 때, 혼자 배에 남겨진 것에 화가 난 도리스는 어머니의 옷을 잘라버렸다. 여덟 살 때는 성냥을 가지고 놀다가 창고를 불태우기도 했다. 도리스는 어머니가 자기 때문에 본인 인생이 불행해졌다고 비난하는 것이 싫었다. 어머니는 다른 농부의 아내들에게 도리스와 남동생 해리가 얼마나 짐처럼 느껴지는지 토로했다. 자신의 모든 재능은 써보지도 못한 채 시들었으며, 특히 까다롭고 장난이 심한 어린 딸이 자기 인생을 비참하게 만들었다는 것이다.[7]

이 감정적 결핍의 드라마에서 모드와 도리스는 거부하는 자와 거부당하는 자를 번갈아 연기했다. 레싱은 회고록에서 어머니가 뱃속의 아이를 아들이라 확신해 여자아이 이름을 생각해두지 않았고, 의사의 제안에 따라 그녀를 '도리스'라고 부르게 되었다고 썼다. 그러나 이것은 아이의 이름을 짓는 일을 낭만적으로 여기고 있었던 모드답지 않은 에피소드다. 게다가 도리스는 존 화이트혼에게 자신의 이름과 관련된 어머니의 좌절을 담은 또 다른 이야기를 들려주기도 했다.[8] 사실 모드는 바보 같고 별 것 없는 이름처럼 들리지 않는 진지한 여자아이 이름을 생각해내기 위해 오랫동안 고심을 거듭했다. 하지만 아홉 살이 된 도리스는 자신을 '티거'라고 부를 때만 대답하겠다고 선언했다. 영국에서 막 도착한 『곰돌이 푸』 그림책을 본 도리스는 통통 튀고, 다루기 어렵지만 사랑스러운 호랑이에게서 자신을 발견하고 직접 이름을 선택했다. 존에게 보낸 편지에서 그녀는 당시의 선택에 대해 다시 생각해봤다고 고백했지만, 스물아홉의 나이에 런던으로 이주할 때까지 도리스는 편지에 '티거'라고 서명했다.

그녀는 아버지로부터 영국 지배계급에 대한 불신과 로디지아의 야생적 아름다움에 대한 사랑을 흡수했다. 많은 식민지 유럽인들처럼 도리스는 자유롭게 이곳저곳을 돌아다닐 수 있는 자유를 포함해 본국에서보다 훨씬 더 많은 특권을 누렸다. 식민지의 자연이 도둑맞은 것이라는 사실을 이해하기에는 너무 어린 나이였고, 그저 자연과 사랑에 빠지기에 딱 알맞은 나이였다. 그녀는 혼자 혹은 남동생과 함께 야외에서 몇 시간을 보냈다. 처음에는 어머니가 잠자기 전 들려준 이야기에 등장한 도깨비와 요정들로 개미집을 채웠고, 나중에는 농장 주변의 벌판을 탐험하고, 작은 동물들을 사냥하고, 새들의 소리를 듣고, 피부로 직접 햇볕을 느끼며 매일매일을 보냈다. 모드가 피아노로 쇼팽을 연주하고 영국에 있는 친구들에게 편지를 쓰는 동안, 도리스는 탁 트인 시골이나 멀리 떨어진 언덕, 심지어는 우기가 되면 침대 밑에서 땅을 뚫고 올라온 나무가 싹을 틔우고 진흙 벽이 덤불 속으로 녹아들기 직전이 되곤 하는 그들의 즉흥적인 저택에 마음을 주었다. 상상력을 키우기에 충분히 넓었던 이 공간은 아버

지가 그녀에게 준 선물이었다.[9]

그러나 문화적인 면에서 로디지아의 보수적인 백인 사회는 도리스에게 뛰어난 소녀가 될 기회를 제공하지 않았다. 기숙학교로 보내진 도리스는 외로움을 느끼며 향수병에 걸렸고, 열네 살 때 결막염을 앓고 난 뒤 다시 학교로 돌아가기를 거부하면서 그녀의 공식적인 교육은 끝이 났다. 모드는 도리스가 영국에서 공부할 수 있는 장학금을 받기를 바랐는데, 어머니가 자신을 위해 짜놓은 계획을 그녀가 믿을 리도 없었지만 만일 그랬다 하더라도 부모의 고국은 "별처럼 멀게" 느껴졌다.[10]

그녀의 첫 번째 자전적 소설인 『마사 퀘스트』는 현관에 몸을 숙인 십대 소녀 마사가 퀘스트 부인을 노려보는 장면으로 시작된다. 마사는 급진적인 '성과학자' 해블록 엘리스의 책을 읽는다. 앨리스 닐이 마을에서 사랑과 반항을 배우는 동안 도리스는 멀리서 들려오는 같은 메시지의 메아리를 듣고 있었고, 훗날 그녀는 자신의 성적 반항이 "시대정신의 순수한 추출물"[11]이라고 말했다. 모드의 실망스러운 인생과 섹스 없는 결혼을 겨냥한 무기이기도 했다. 섹스 자체로는 여자의 문제를 해결할 수 없었지만, D. H. 로런스만 읽어서는 그 사실을 깨달을 수 없었다. 도리스는 파리의 보헤미안 생활에 대해 공상하며 집 주위를 서성거렸다. "나는 그렇게 되지 않을 것이다. 나는 결코 그들처럼 되지 않을 것이다."[12]

동시에 그녀는 자신의 부모가 열렬히 믿고 있는 인종적 우월성에 대한 주장을 비롯해 로디지아 백인 사회의 근본적인 기만을 깨닫기 시작했다. 하지만 자신과 같은 모습을 목격한 다른 이들과는 거의 만나지 못했다. 열일곱 살에 도리스는 타자를 독학으로 익혔고, 소설을 썼고, 다 쓴 소설을 찢었다. 열여덟 살이 된 그녀는 전화 교환원으로 취직해 솔즈베리의 셋방으로 이사했다. 돈도 없었고 교육도 받지 못했지만 그녀는 자신이 누구인지, 어떻게 살고 싶지 않은지에 대해서는 확실히 알고 있었다.

남로디지아의 수도는 2만 명이 채 안 되는 유럽인들로 이루어진 국경 도시였으며, 그 네 배에 달하는 아프리카인들이 인근 도시에서 유럽인들에게 필요한 서비스를 제공했다. 정착민 대부분은 교양 없는 술고래 남성들로, 젊은 여자들은 상대적으로 귀한 존재였다. 도리스는 자신을 "한 남자의 여자"라고 생각했고, 남자들은 "티거" 테일러처럼 매력적이고 활동적인 아가씨들을 마음껏 감상했다. 태어나서 처음으로 모임에 속하게 된 그녀는 술을 마시고, 춤을 추고, 늦게까지 밖을 돌아다녔다. 그녀는 몇 년간의 고독 끝에 찾아온 관심에 감격했다. 당시 그녀가 빛나는 경력을 갈망하고 있었는지는 알 수 없지만, 아직 시작할 준비가 되지 않았던 티거는 외로운 나머지 경력에 대한 결심을 놓아버렸다. 감탄스러우리만치 재미있는 도시는 "관목 숲에서 걸어 나온 야생적인 젊은 여성"[13]에게 너무나 유혹적이어서 이곳에 온 지 1년도 채 되지 않아 도리스는 여러 남자아이들과 시시덕거렸고, 그중 한 명과 결혼했다.

왜 지적이고 야심찬 도리스는 사랑하지 않는 남자와 결혼하고, 돌볼 준비가 되지 않은 두 아이를 갖는 잘못된 길을 택했을까? 도리스는 자서전에서 당시는 1939년이었고, 한창 전쟁 중이었기 때문에 젊은이들이 현재만을 생각하며 살아야 했다고 항변했다. 그녀는 술을 비난했고(젊은이들은 지나치게 많은 술을 마셔댔다.) 당시 유행하던 "그리움과 갈망과 욕망"[14]에 대한 섹시한 대중음악을 탓했다.(도리스는 1994년 출판한 첫 회고록의 제목을 콜 포터가 부른 야한 노래 「나의 속마음」에서 따왔다.) 도리스는 결혼한 것은 자신이 아니라 티거라고 강조했다.

위와 같은 말을 남긴 도리스는 자신의 감정에 대한 책임을 지지 않았다거나, "자신의 자유의지 범위 밖에서 자신의 행동에 대한 원인을 찾으려 한다"거나, "역사의 피해자"를 자처했다는 비난을 받는다.[15] 하지만 충동적인 결혼을 하는 영리한 젊은 여성은 세상에서 가장 오래된 이야기이다. 어린 시절부터 애정, 승인, 소속감을 찾아 헤매던 외로운 열아홉 살의 여성에게 결혼과 모성애 서사는 사랑과 성취, 성인의 특권과 성적 만족, 어머니로서의 행복과 해피엔딩을 약속하며 그녀를 기다리고 있었다.

티거와 프랭크 위즈덤은 공통점이 많은 것 같았다. 아내보다 10살 많은 프랭크는 "그저 그런 젊은 남자들 중 하나"였지만 진보적 사상을 가지고 있었고, 로디지아의 현실에 기꺼이 의문을 제기했다. 그 역시 다수 백인들의 흑인 탄압이 부당하다는 것을 직감하기 시작했다. 그는 "담보대출에서 정절에 이르기까지 '부르주아적'이라고 불릴 수 있는 모든 것들을 경멸한다고 주장했다."[16] 그는 그녀의 글쓰기를 지지했거나, 적어도 지지한다고 말했다.

자신의 정서적 욕구와 야망이 충돌했지만, 도리스는 그 갈등과 대면하고 싶어하지 않았다. 앨리스 닐과 마찬가지로, 그녀는 스스로 멈출 힘이 없다고 느끼며 결혼을 지속했다. "나에게 의지라고는 없는 것 같았다." 훗날 그녀는 이렇게 회상했다. "머리로는 내가 하는 일들을 분석할 수 있었지만 현실에서는 모두 속수무책이었다."[17] 아이를 갖지 않을 것이라고 선언한 지 한두 달 후, 그녀는 임신했다.

그녀는 항상 스스로를 다른 여자들과 다르다고 느꼈고, 『나의 속마음』에서 자신이 아기를 가질 수 있을 것이라고는 상상하지 못했다고 썼다. "어리고 튼튼한 육체와 그 안에 자리한 다른 존재에 대한 생각 사이에는 절대적인 장벽이 있다. 당신의 몸은 **당신 것**이지만, 당신의 몸이 얼마나 쉽게 임신할 수 있는지에 대해서는 **정말로 잘** 모른다."[18] 그녀와 프랭크 둘 다 낙태를 생각했지만 어디서 어떻게 해야 하는지는 알지 못했다. 프랭크는 요하네스버그행을 제안했고, 도리스는 1박 2일 일정으로 기차에 올랐다. 하지만 그녀에게 임신중절 수술을 해주겠다던 의사의 집에 도착했을 때 그 의사는 한창 파티 중이었고, 의사의 한 친구는 도리스에게 다시 생각해보라는 충고를 건넸다. "저 친구는 음주운전으로 의사 면허가 중지됐어. 만약 당신의 자궁을 소중하게 생각한다면, 그에게 감사한 마음으로 생각이 바뀌었다고 이야기하는 게 좋을 거야."[19]

도리스는 좀 더 전문적인 다른 의사를 찾아가 임신 18주째라고 말했고, 의사는 이렇게 늦게 찾아온 임산부에게는 중절 수술을 해주지 않는다며 도리스를 돌려보냈다. 이 말에 조금 안심이 된 그녀는 최선을 바라며 집으로 돌아갔다. 1939년 9월, 유럽에서는 전쟁이 일어났고, 10월이 되자 도리스는 스무 번째 생일을 맞았다. 1940년 2월에는 결혼 10개월 만에 아들 존 위즈덤을 낳았다. 그녀의 첫 아이는 피임 실패와 희망이라는 다산의 여신의 도움을 받아 세상에 나왔다.

8년 후, 도리스는 존 화이트혼에게 모성의 문제점이 일 자체가 아니라 일을 가능하게 하는 조건에 있다고 썼다. 그녀는 커리어와 자유를 약속받은 세대였지만, 첫 아기를 낳자 다시 "포로 상태"로 돌아갔다. 도리스의 영국인 조부모는 유모 손에 자랐지만 그녀는 자신의 손주들이 신뢰할 수 있는 탁아소에서 돌봄을 받기를 바랐다. 그러나 도리스는 자신과 같은 시대를 살아가는 여성들 중에 "아이를 원하지만 아이와 함께 오두막에 갇혀 지내야 하는 양육 방식 때문에 아이를 원망하는, 그렇다고 지독하게 불온한 것은 아닌" 여성은 만나지 못했다."[20] 도리스는 그녀의 아이를 사랑했지만 자신의 모성과는 좋은 관계를 유지하지 못했다. 독립심의 결여와 자아의 상실은 그녀가 견딜 수 있는 것 이상이었다. 그녀의 "가장 좋은 부분은" 첫 번째 결혼에 "꽁꽁 언 채로 갇히게 되었다".[21]

도리스는 진통이 심하지 않으리라고 확신했지만(그녀는 다른 여자들보다 더 튼튼했다.), 출산은 힘들었고 존은 쉬운 아기가 아니었다. 당당한 가장이었던 프랭크는 매일 아침 젊은 아내와 잠이 없는 활발한 아기를 남겨두고 관공서로 향했다. 어린 시절부터 존은 결코 얌전히 붙잡혀 있거나 가만히 있고 싶어하지 않았다. 도리스는 아들의 에너지에 감탄했고 그 속에서 "자신이 물려준 왕성한 기운"을 엿보았다.[22] 하지만 그녀 자신도 아들의 이 에너지 때문에 지쳐갔다. 몽환적인 지루함 속에서 그녀는 유아차를 밀고 "권태의 히말라야 산맥"을 넘어 동네 이곳저곳을 돌아다녔다.[23]

직장에서의 업무와 아버지가 되었다는 사실이 프랭크를 변화시킨 것 같았고, 도리스로 하여금 남들과 다른 삶을 살 수 있을 것이라고 꿈꾸게 했던 그의 모험심은 사그라들었다. 이제 그는 도리스에게 공무원 동료들의 아내인 다른 젊은 엄마들과 시간을 보내도록 권했다. 이런 인맥이 그의 경력에 도움이 되었기 때문이다. 도리스 또한 평범하면서도 특별한 어머니로서 새로운 경험을 되돌아보기 위해 양가적인 마음으로 젊은 엄마들과의 모임을 기다렸다. 그녀와 육아 동료들은 어린 아기를 돌보는 하루 속 느리게 흘러가는 시간들을 나누며 처음 마주하는 상황을 함께 탐험했다. 이 감정은 너무나 압도적이고, 원초적이며, 다른 누구에게도 설명할 수 없는 것이었다. "나는 지루했고 반항적이었다. 아침마다 열리는 다과회가 정말 싫었다." 훗날 도리스는 이렇게 회상했다. "나는 그들을 갈망하면서도, 그들을 갈망하는 나 자신이 싫었다."[24] 그녀가 결혼 전 자주 들락거리던 스포츠클럽에 다시 들어섰을 때, 옛 친구들은 그녀를 무시하며 그냥 지나쳤다. "18개월 전, 클럽에 있던 모든 남자들은 나와 다른 여자아이들을 두고 경쟁했지만 이제 나는 보이지 않는 존재가 되었다. 다시 찾은 날씬한 몸매와 여전히 소녀 같은 얼굴에도 불구하고, 마치 쉰 살이 된 것처럼 정중하게 대접받았다."[25] 이러한 소외와 배척은 도리스에게 새로운 관점을 선사해주었다. 스포츠클럽 베란다에서 그녀는 한 손에는 담배를 들고 다른 한 손으로 유아차를 흔들면서 젊은 식민지 사람들의 이야기에 귀를 기울이며 첫 소설에서 사용할 글감을 모았다. 일상에서 도리스는 글을 쓸 시간을 거의 확보할 수 없었다. 로디지아에 사는 가장 가난한 백인들을 제외한 모든 사람들의 집에서처럼 도리스의 집에도 하인들이 있었다. 그녀가 누리는 중산층의 안락함은 흑인 노동에 의존한 것이었다. 하지만 흑인 하인에게 자신의 아이를 돌봐달라고 부탁하는 것은 있을 수 없는 일이었고, 만약 그랬다면 엄청난 스캔들을 일으켰을 것이다.

도리스는 점심시간에 동료들을 집에 데려오는 것을 좋아하는 프랭크의 비위를 맞추지 않는 동시에 딸의 양육 방식을 비판하기 위해 찾아온 친정어머니 역시 막아내야 했다. 아무리 정신을 바짝 차려도 죄책감이나 과한 조치 없이 자신만의 경계를 정의하고 지켜내기란 쉽지 않았다. 그녀는 자기희생과 수동 공격 반응만 배우며 자랐기 때문이다. 『금색 공책』 속 그녀의 또 다른 자아인 애나는 자신의 시간과 관심에 대한 파트너의 권리 의식과, 자신의 욕구에 대해 권리를 주장하지 못하는 자신의 무능력을 언급한다. 하지만 이에 대해 어떤 해결책도 제시할 수 없기 때문에 애나는 불만과 더불어 살아가보려 노력한다. 이는 "우리 시대 여성들의 병"이며 "매일매일 여성들의 얼굴과 목소리에서 불의에 대한 원한이나 독극물 같은 감정들을 엿볼 수 있었다."[26]

스물한 살의 도리스는 자신의 어머니와 운명을 공유해야 한다는 위험한 사실을 깨달았다. 자신의 환상 속에서 그녀는 침착하고 따뜻한 양육자였지만, 두려움 속에서 그녀는 통제하고(제멋대로 하고) 괴로워하며 아이의 정신적인 건강을 해치는 존재였다. 하지만 환상도 두려움도 도리스의 고유한 능력과 욕망을 펼치게 해주지 못했고, 진정한 관계를 통해 아들과 함께 성장할 수 있도록 해주지도 못했다. 도리스의 두 번째 자전적 소설인 『올바른 결혼』에서 마사 퀘스트가 "자유로운 마사의 정신"이 "마사의 모성"으로부터 아이를 보호할 수 있을 만큼 충분히 강해지기를 희망하는 것과는 딴판이다.[27] 한편 모성 플롯은 여전히 그녀를 꼬드기고 있었다. 존이 생후 9개월이 되었을 때, 위즈덤 부부는 둘째를 갖기로 결정했다. 어쨌든 그녀는 다시 임신했고, 1941년 딸 진 위즈덤이 태어났다.

이대로 무너지는 것을 막기 위해 도리스는 지적인 생활에 매달렸다. 그녀는 마사 퀘스트처럼 "어둡고 맹목적인 모성의 바다 위에서 램프를 밝게 태우려고 노력했다. 그녀는 그대로 물속으로 가라앉지 **않으려**" 했다.[28] 그녀는 정원 풀밭에 담요를 깔고 앉아 아기들에게 시를 낭송해주었다. 공원에서 도리스는 느리게 흐르는 시간과 "마약처럼 풍성하고 나른한 우울함"[29]이 주는 황홀경에 빠진 채 머릿속으로 시를 썼다. 인종적 불의를 부드럽게 비판한 몇 편의 시가 프랭크를 화나게 했다. 그는 도리스와 컬러바 정책에 대한 혐오를 공유했지만, 이제 그에게는 진지하게 챙겨야 하는 경력이 있었고, 분리주의적인 식민지 사회는 자신들의 생각에 반대하는 이들을 호의적으로 보지 않았다. 그녀는 그에게서 점점 멀어지고 있었다. 그렇게 프랭크는 몇 주 동안 이어질 암울한 침묵에 빠져들기 시작했다.[30]

어느 순간 도리스는 자신이 부모처럼 착각 속에서 살아가면서 스스로를 속이고 있다는 것을 깨달았다. 또 로디지아 법에 따라 아내가 어떤 이유로든 남편을 떠날 경우, 아이들에 대한 양육권이 온전히 남편에게로 간다는 것을 알게 되었다.[31] 『나의 속마음』에 쓰인 것처럼 도리스는 아들보다 더 얌전하고 귀여운 어린 딸에게 무의식적으로 지나친 애착을 갖게 될 것을 두려워했다. 오빠에 비해 진은 더 확실하게 엄마를 원했다. "나는 내가 떠날 것을 알았기 때문에 스스로를 보호하고 있었다. 하지만 나는 내가 용서할 수 없는 잘못을 저지르고 두 아이를 남겨두고 떠날 것이라는 것은 알지 못했고, 이 이야기를 입 밖으로 꺼낼 수 없었다."[32] 그녀는 자신의 행동이 아이들을 해방시키는 것이라고 스스로를 설득하려 했지만, 당시 그녀가 실제로 그렇게 믿었다고 해도 얼마 지나지 않아 그것이 얼마나 미친 생각인지도 알게 되었을 것이다.[33]

그녀는 스스로에게 "이기적인" 글쓰기를 위해 떠난다고 말할 수 없었다. 도리스의 계획은 솔즈베리에 살면서 존과 진을 계속 만나고(그녀는 프랭크가 이 계획을 허락하기를 바랐다.) 로지디아의 정치적 변화를 위해 일하는 것이었다. 스물세 살의 도리스는 흑인과 유색인에 대한 여러 제한들, 즉 테일러가와 다른 사람들이 점유해버린 "장소들"에 대한 통행증 요구 및 통행 금지, 교육과 훈련에 대한 접근 기회 차단 등을 보고 충격을 받았다. 그녀는 구타, 살인, 굴욕을 목격했고 대영제국이 그녀의 아버지에게 어떤 짓을 했는지, 그가 군대에서 어떻게 쓰이고 망가졌는지, "남은 인생 동안 얼마나 철저하게 버려졌는지" 새로운 눈으로 바라보았다.[34] 한 지인이 그녀를 정치 모임에 초대했고, 티거 위즈덤은 로디지아의 작은 공산당 모임의 활동가가 되었다.

우리는 우리가 속한 문화에서 자발적으로 벗어나 있을 수 없다. 그 자리는 오직 미쳤거나 절망에 빠진 사람들을 위한 위치이다. 도리스가 처음으로 만난 사람들은 바로 이런 이들이었다.

이들은 여러 사상에 대해 토론하고, 백인 우월주의에 의문을 제기하고, 남성과 여성의 적절한 역할에 대해 토론하고, 변화를 상상하려고 노력했다. 이들은 정규 교육을 거의 받지 못한 도리스와 같은 사람들에게 필수적인 내용을 배우고 또 읽으면서 그녀에게 긴밀한 공동체, 자신의 능력에 대한 새로운 깨달음, 의미있는 프로젝트를 선사했다.

얼마 지나지 않아 그녀는 이렇게 고립된 집단의 효용을 의심하게 될 것이고, 조금 더 시간이 지나면 공산주의 이데올로기에 대한 그들의 맹목적인 이상화와 믿음이 얼마나 광기 어린 것이었는지 깨닫게 될 터였다. 하지만 당시에 도리스는 다른 사람들이 보지 못한 것을 볼 수 있다는 믿음, 즉 그녀의 부모, 남편, 로디지아의 백인들처럼 착각에 빠져 있지 않다는 믿음에 저항할 수 없었다.[35] 도리스는 불행한 관계에 놓여 있건, 아이들을 떠나려 하건, 선동가를 따르건, 사람들이 스스로에게 하는 거짓말에 대해 이야기하는 훌륭한 작가가 되었다. 그런 그녀에게 거짓말에 속는 것이 얼마나 쉬운지 가르쳐준 것은 그녀의 모성이었다.

종종 사람들은 도리스가 아이들을 로디지아에 남겨두고 곧장 런던으로 간 것처럼 이야기한다. 하지만 극적인 탈출은 결코 그녀의 계획이 아니었다. 그리니치빌리지의 앨리스와 마찬가지로, 그녀가 맨 처음 해야 했던 일은 다시 자기를 찾고, 숙고 끝에 앞으로 나아갈 길을 모색하는 것이었다. 그녀는 솔즈베리의 셋방으로 이사했고, 법률 사무소의 타이피스트 자리를 구했으며, 자신에게 필요하다고 느끼는 것, 즉 아이들과 함께 지낼 수 있는 집과 함께 "아이들을 떠난 것을 정당화할 수 있는 정체성"을 마련하는 일을 했다.[36]

또 그녀는 잃어버린 모성과 함께 떠나온 아이들을 그리워했고, 새로운 독립이 가지고 온 온갖 충격을 버텨내야 했다. 퇴근 후 도리스는 "분열로 가득 찬" 느낌을 받으면서도 시내를 분주히 돌아다니며 회의에 참석하고, 대의를 위한 유세에 참가했다. 앨리스처럼 도리스도 정신없이 일하며 하루하루를 보냈고, 끔찍한 꿈을 꾸었다. 잠결에 그녀는 구멍 속을 들여다보거나 농장에 있는 어린 시절의 집이 벌레에 의해 무너지고, 그 주변의 땅이 불에 타서 검게 변하는 꿈을 꾸었다. 도리스의 악몽은 "남겨두고 온 아이들과 친정 부모 때문에 그녀가 위험할 정도로 불행하다고 백 가지 방식으로 이야기하는 것 같았고, 그녀는 글을 쓸 시간을 갖고 싶었지만 언제 그런 짬이 날 수 있을지" 알 수 없었다.[37] 그녀는 프랭크에 대해 잘못 알고 있었다. 도리스가 떠난 후 처음 1년 동안 그는 그녀가 존과 진을 만나는 것을 허락하지 않았다.

그녀는 정치와 관련된 일을 하며 자아를 찾고 있었지만, 그녀의 삶에 생겨난 빈 공간을 채운 것은 정치뿐만이 아니었다. 도리스가 스트레스로 쓰러지자, 베를린에서 망명 온 고트프리트

레싱을 포함한 동지들이 그녀를 찾아왔다. 고트프리트는 소규모 공산주의 그룹의 지도자 중 한 명이었다. 그는 세련되고 분석적이며 냉담해 보였지만, 나중에 도리스가 평가했듯이 "부끄러움의 껍데기에서 벗어나기를 어려워하는 남자들은 병상의 아픈 소녀들에게 친절하게 구는 것을 즐기는 법이다."[38] 그는 아마도 그 그룹에서 도리스와 지적으로 동등했던 유일한 사람이었을 것이다.

훗날 그녀는 그를 사랑하지 않았고, 절대 그와 섹스를 할 수 없었다고 말했다.[39] 하지만 그녀는 프랭크를 떠난 지 몇 달 만에 고트프리트가 난민 캠프로 끌려가는 것을 막기 위해 결혼식을 올렸다. 도리스에 따르면, 이 결혼은 편의에 의한 결혼이었고, 편의의 대부분은 그의 것이었다. 하지만 도리스는 그를 좋아했고, 그의 지성에 감탄했다. 그는 아내의 정치적 행동을 인정했으며 아내가 자신에게 홍차를 가져다주는 일 따위는 기대하지 않았다. 아내의 독립을 허락하려는 그의 의지는 적어도 이론적으로는 부르주아 가족에 대한 마르크스주의자들의 반대와 성평등에 대한 헌신에서 비롯되었다. 『금색 공책』의 핵심 메시지인 '가정생활은 사회와 관련되며 모든 개인은 정치적'이라는 통찰은 도리스의 공산주의적 독서에 기원을 두고 있다. 고트프리트는 공산주의 원칙에 따라 마지못해 열린 관계에 대한 그녀의 요청에 동의했다. 그녀는 만족스럽지 않은 섹스는 하고 싶지 않았고, 성적 자유와 함께 따라오는 권력과 경계들을 포기하고 싶지 않았다.

도리스의 첫 번째 결혼이 가정의 행복이라는 그늘에 가려져 있었다면, 그녀의 두 번째 결혼은 정치적 헌신의 표지 아래 이루어졌다. 몇 년에 걸친 컬러바 정책에 대한 도전의 시간은 예상치 못한 힘든 싸움이었다. 도리스는 존 화이트혼에게 회의와 유세, 월간 《노동 포럼》에 기고한 칼럼들이 시간 낭비이자 에너지 낭비이며 결국 "솔즈베리의 얼간이들로 하여금 소시민적 자기만족에서 벗어나도록" 하지도 못하리라고 두려워하던 때가 있었다고 인정했다.[40] 그런가 하면 콜 맥도널드에게는 자신의 나라를 뒤덮고 있는 "우둔한 안개"[41]에 빨려 들어가지 않기 위해 싸웠노라고 털어놓았다. 하지만 곧 도리스는 주변 사람들이 겪는 고통을 보고, 더 열심히 일하기로 결심하고 돌아왔다.

로디지아에서 활동가로서 보낸 세월은 도리스에게 에너지와 자아 존중감, 모성 플롯에 대한 반대 입장을 남겼다. 1945년 콜에게 보낸 편지에 쓴 대로 그녀는 "평생 동안 의식적으로 반항하며 보내는 삶"을 결코 극복하지 못할 것이었다.[42] 이 예감은 틀리지 않았지만, 그녀의 반항심은 남성적인 전후 문학계에서 여성의 삶에 대한 진실을 말하면서 그녀만의 대담한 길을 개척해나가는 데 도움을 주었다.

솔즈베리에서 도리스는 점차 작가로서의 천직을 찾아가기 시작했다. 그녀는 소규모 좌파 신문에 기사를 썼고, 지역 잡지에 몇 편의 풍자 스케치를 실었으며, 소설을 쓰는 것에 대해 고민하기 시작했다. 고트프리트와 결혼한 지 1년쯤 지나, 도리스는 정치뿐만 아니라 글쓰기에 대해 이야기할 수 있는 친구들을 찾았고, 작가가 되려는 계획은 점점 더 현실성 있는 이야기가 되었다. 그 친구들 중 한 명이 존 화이트혼이었다.

영국 왕립 공군은 1940년부터 수천 명의 군인을 남로디지아에 파견해 급히 건설된 공군기지에서 비행 훈련을 받게 했다. 1944년 말, 도리스와 고트프리트는 화이트혼, 맥도널드, 레너드 스미스 등 3명의 영국 왕립 공군 생도와 함께 모임을 결성했다. 도리스는 스물다섯 살이었고, 스무 살 남짓한 생도들은 케임브리지 대학 재학생이었다. 이들은 도리스가 문학에 대한 열정을 공유하는 가까운 친구들이었다. 존에게 보낸 첫 편지에서 그녀는 사회 비평가로서의 프루스트에 대한 대화를 나누고, 고티에의 소설 속 남장을 한 모험가 모팽 양처럼 백마를 타고 달릴 수 있기를 바랐다. "나는 요즘 세기말적 감성이 담긴 나쁜 시들을 쓰고 있어. 참 재미있지."[43]

도리스에게 지적 공동체를 찾는 것은 정치적 공동체를 찾는 것만큼 큰 변화였다. 그들의 작은 그룹에서 그녀는 존과 가장 가까워졌지만, 그녀는 (자신이 동성애자라고 고백한 레너드를 포함한) 모두와 섹스를 하거나, 적어도 모두와 섹스를 하려고 시도했다. 그리고 그들과의 우정을 통해 "자유로운 여성", 자율적인 지식인이자 예술가로서 스스로를 다시 만들어나가기 시작했다. 이들은 솔즈베리로부터 약 60마일 떨어진 마체케에 있는 호텔로 주말여행을 다니곤 했다. 그곳에서 그들은 술을 마시고, 춤을 추고, 숙취에 뻗어버리고, 관목 숲을 산책하고, 이야기를 나누었다. 도리스에게 그들의 토론, 고요한 갈망, 개인적이고 집단적인 연결감은 정신과 육체를 합치시키는 계기가 되었다. 1944년 크리스마스 무렵 벌어진 사건도 그 흥분감에서 비롯되었다. 술과 춤으로 가득했던 어느 기나긴 밤 도리스와 존은 호텔에서 빠져나와 벌판으로 뛰어들어, 비에 젖은 키 큰 풀밭에서 사랑을 나누었다. 되돌아갈 길을 찾지 못한 그들은 툭 튀어나온 바위 언덕에 올라 어둠 속에서 함께 해가 뜨기를 기다렸다.

이토록 낭만적인 일을 처음 겪은 도리스는 그날 밤에 대한 자신의 감정을 소중히 여겼다. 『금색 공책』에는 소설적으로 극화된 이날 밤의 장면이 인상 깊게 등장한다. 하지만 그녀가 넋을 잃은 상태로 호텔로 돌아왔을 때, 고트프리트가 마음에 상처를 입은 채 자신을 기다리고 있었음을 알게 됐다. 그는 개방혼에 마지못해 동의했지만 진심으로 원한 건 아니었고, 그녀가 그렇게 공개적으로 개방혼을 실행에 옮겼다는 데 상처받았다. 부부 사이에 몇 주간의 혼란이 뒤따랐고, 도리스는 비밀리에 존에게 편지를 썼다. 그녀는 고트프리트를 불행하게 만들고 싶지 않다고 썼다. 그녀는 그를 사랑했고, 그는 "완벽한 남편"이었으며, 그녀는 그의 합리성과 친절한 마음을 존중했다. 하지만 거짓으로 그에게 끌리는 척할 수는 없었고, 개방혼을 포기하고 싶지도 않았다.

존이 솔즈베리로부터 멀리 떨어진 곳에 발령 받으면서 상황은 저절로 해결되었다. 도리스는 존에게 계속 편지를 썼다. 그녀는 어쩔 수 없었다. 그녀는 "피비린내 나는 곳에서 사람들은 이야기가 통하는 사람과 사랑에 빠지기 마련"이라고 말했다.[44] 편지에서 도리스는 자신의 지적·감정적 독립성을 주장하며 주변에서 관찰한 것들을 바탕으로 자기만의 문학적 목소리를 내고자 한다. 고트프리트에 대한 그녀의 칭찬에도 불구하고, 그녀가 다른 곳을 바라본 이유는 한 가지가 아니었다. 도리스는 작가로서의 자신을 진지하게 생각하기 시작했고, 고트프리트에게는 자신의 예술에 대해 말할 수 없었다.

몇 달 뒤 그녀는 자신의 작업에 대해 알리면서 소설의 초안을 집필하기 시작했고, 이 결정은 그녀의 남편으로부터 그녀를 훨씬 더 멀어지게 했다. 고트프리트는 도리스의 정치적 성향을 존중했지만, 혁명에 도움이 되지 않는 글은 가치가 없다고 생각했다. 욕조에 누워 시를 읽는 것이 어떻게 계급투쟁을 진전시킬 수 있을까? 그가 물었다. 그녀의 2류 소네트가 누구에게 도움이 될까? 도리스는 모르겠다고 답했지만 이 질문들이 그녀를 멈춰 세우지는 못했다.[45] 그녀는 콜과 이런 대화를 나눴다. "레닌이 버지니아 울프를 좋아했을 것 같아? 내 질문에 고트프리트는 아니라고 단호하게 말했어."[46]

이런 유의 농담을 할 수는 있었지만, 도리스는 곧 자신이 독자적인 생각을 할 수 없게 만드는 결혼에 또다시 갇히게 되었음을 깨달았다. 그녀는 존에게 말했다. "고트프리트가 '우리 같은 관계에서 결혼의 테두리를 넘어 사랑을 찾는 건 배신'이라더라. 글쎄, 나는 그 생각에 동의해. 하지만 그가 그렇게 말했다는 자체가 무섭고 소름이 끼치더라. 왜냐면 나야말로 내가 하는 모든 생각의 절반만큼도 그에게 말할 수가 없거든. 반대할 게 뻔하니 말이야."[47]

그녀의 고백들 중 일부는 매우 진지하지만, 도리스는 가십 역시 좋아했다. 그녀의 편지들을 통해 우리는 그녀가 동조적인 동시에 예리한 관찰자였음을 알 수 있다. 그녀는 그녀 자신과 다른 사람들의 삶에서 소설을 위한 자료를 수집했고, 일상의 통속적 코미디에 정치와 예술을 섞은 유머감각을 작품에 활용했다. "나는 저주, 두통, 우울함, 그리고 차가운 발을 달고 살아.(결혼하고도 뜨겁게 데워진 물병을 안고 잘 수 있을까? 고트프리트가 너무 계집애 같다고 할 게 뻔한데.)"[48] 자신의 몸에 대한 문제를 시작으로, 여성들의 고민에 대한 열린(수용적인) 태도를 미리 연습하고 있었던 셈이다.

편지에서 펼쳐진 또 다른 드라마는 도리스가 두고 온 아들 딸과 더 많은 시간을 보내기 위해 프랭크와 벌였던 논쟁이다. 그들이 헤어진 지 2년 후, 프랭크는 그녀의 정치적 견해, "보헤미안적" 생활방식, 특히 그녀의 재혼에 대해 일장연설을 늘어놓더니, 주말에는 종종 아이들을 데려갈 수 있도록 허락하기 시작했다. 프랭크도 다른 여성과 결혼해 이 여인이 도리스의 아이들을 키우고 있다는 사실은 우리의 요점에서 벗어난다. 1945년 3월, 도리스는 프랭크에게 전화를 걸어 부활절에 아이들을 볼 수 있는지 물어봤다가 겪은 일을 존에게 설명했다.[49] 프랭크는 그녀를 직접 보고 싶다고 말했고, 길거리에서 만난 전 남편은 그녀에게 이혼 후 아이들을 "방임"한 것에 대해 훈계를 늘어놓았다.

나. 아이들을 만나는 것을 당신이 금지했기 때문에 아이들을 방임하는 것 외에 할 수 있는 일이 없었어.

그 사람. 여전히 감정이 메말랐군.

나. 당신과 결혼하거나 결혼 상태를 유지하는 것 외에는 아무것도 할 수 없었어.

그 사람. 정확해.

이후 도리스는 프랭크의 사무실에서 이야기를 나눴고, 한 시간 동안 이어진 논쟁과 질책 뒤 그녀가 거의 자포자기 상태에 이르렀을 때, 갑자기 그가 주말에는 아이들을 만날 수 있게 해주겠다고 말했다. 그녀는 존에게 "나는 완전히 무너졌지만, 괜찮아." 라고 썼다. 같은 편지에서 도리스는 아이들을 어떻게 돌보는지, 아이들이 무엇을 먹고 싶어하는지, 아이들에게 무엇을 입혀야 하는지 거의 아는 게 없었다고 덧붙였다. 그녀가 아들에게 마체케에 같이 가고 싶은지 묻자, "아들은 한참동안 나를 배려하는 눈빛으로 바라보더니, '내가 왜 거기 가야하는지 모르겠어요,

왜죠?'라고 되물"었다고도 썼다.

만약 도리스가 아들의 냉정함에 마음이 상했다면 이렇게 이야기하지는 않았을 것이다. 그녀는 존 화이트혼에게 보낸 다른 편지에서 아들의 독립심에 대해 감탄했다.(열여덟 살이 된 존 위즈덤이 영국에 있는 도리스를 보러 온 이후 이들은 죽 좋은 관계를 지속했다.) 1947년 봄, 부활절을 맞아 다시 아이들을 만난 그녀는 아이들의 명민함과 딸의 아름다움에 대해 극찬하는 글을 썼다. 아들 존은 여전히 자신에게 거리를 두었지만 자신은 그것을 존중한다고도 썼다. 그녀는 다섯 살짜리 딸 진을 사랑했다. "애정 많고 예민한 아이였어. 딸과 함께할 수 있다면 좋겠지만, 그럴 수는 없지. 그게 다야."[50]

도리스의 편지에서 프랭크 위즈덤은 지루함과 괴롭힘의 상징으로 계속 등장한다. 아이들로부터 거리를 두고 살아가는 고통은 깊었다. 1946년 초, 그녀는 콜에게 쓴 편지에서 프랭크의 일상적인 모습과 지속적으로 꿈에 나타나는 모습을 조화시킬 수 없다고 썼다.[51] 낮에는 그토록 볼품없고 평범한 사람이 밤이 되면 그렇게나 위협적인 존재가 되었다.

1945년 7월, 도리스는 콜에게 남아프리카에 대한 풍자 소설의 초고를 끝냈다고 말했다. "언젠가 당신은 나를 '소설가 티거'라고 부를 수 있을 거야. '**물론** 나는 그녀를 **매우** 잘 알고 있지!'라고 이야기할 수도 있을 거고."[52] 유럽에서의 전쟁이 끝난 후 로디지아에 거주하던 민간인들은 다시 해외여행을 할 수 있게 되었고, 그녀는 영국으로 이주하는 것에 대해 고트프리트와 의논했다. 비록 여전히 자신의 소명에 대한 생각과 감정적 욕구, 좌절된 모성은 상충되고 있었지만, '소설가'로서 그녀의 비전은 점점 더 분명해지고 있었다. 콜과 공통으로 알던 친구가 임신한 이야기를 언급하면서 도리스는 질투를 느낀다고 말했다. "아기를 낳는 것과 소설을 쓰는 것 중 어느 것이 더 만족스럽다고 딱 잘라 말할 수는 없어. 게다가 불행하게도 이 둘은 결코 양립할 수 없지."[53]

결국 타협을 봐야 했다. 1949년, 첫 소설 원고를 챙긴 도리스는 셋째 아들 피터의 손을 잡고 영국으로 향했다.

모성이라는 정체성은 항상 진행 중인 작업이다. 시간이 지남에 따라 부모-자녀 관계는 물론이고 엄마들과 그들 자아 사이의 관계도 극적으로 변한다. 도리스는 성인이 된 자신의 모든 아이들과 소식을 주고받고 왕래하기도 했지만, 가장 자주 의미가 달라졌던 것은 함께 살았던 피터와의 관계였다. 피터는 행복한 아기였고, 엄마의 문학 경력과 함께 성장했으며, 어른이 되어 정신질환을 앓게 되자 엄마에게 걱정거리를 안겨준 만큼 더 친밀한 아들이 되었다. 아이들에게 피해를 주는 것에 대한 두려움으로 두 자녀와 헤어진 도리스가 피터를 평생 가까이 한 것은 아마도 죄책감 때문이었을 것이다.

도리스와 피터의 수수께끼 같은 관계는 도리스가 피터를 임신했을 때부터 시작된다. 『나의 속마음』에서 그녀는 자신의 세 번째 임신을 "효용(실용성)과 상식"[54]을 기반으로 내려진 부부의 의도적인 결정으로 묘사한다. 도리스와 고트프리트 둘 다 아이를 원했고, 영국 여권을 발급받기까지는 시간이 좀 걸릴 예정이었기 때문에 솔즈버리에 머물며 결혼을 유지해야 했다. 아이를 낳지 않을 이유가 없지 않은가? 앞으로 계속 결혼이 유지되지 않는다 해도, 그들은 친구로 남아 양육의 의무를 공유할 수 있을 것이었다.

당시 도리스는 영국 공군 친구들에게 세 번째 임신은 사고였다고 했다. 그녀는 콜에게 "새로운 형태의 피임"[55] 실험의 실패에 대해 언급했다. 콜은 존에게 도리스의 편지를 전했고, 도리스는 존을 위해 이런 거짓말을 했을지도 모른다. 여전히 존과 함께 하는 미래를 꿈꾸던 도리스는 존에게 임신한 아이가 그의 아이였으면 좋겠다고 말하기도 했고, 더 일찍 고트프리트를 떠나지 않은 것을 후회하기도 했다. "이제 나는 절대 혼자가 될 수 없고, 둘로 나뉘게 될 거야."[56] 하지만 도리스가 새로운 임신에 대해 완전히 불행하게만 느낀 것은 아니다. 그녀는 여전히 아들과 딸을 끔찍하게 그리워했고, 새로운 아기가 상실감을 덜어주기를 희망했다.

임신 초기 도리스는 자유롭게 휴식을 취했다. 케이프타운에서 몇 달을 보낼 계획을 세운 그녀는 1946년 초 남아프리카

공화국 공산당 기관지인 《가디언》에서 비서로 일하며 당을 위한 유세에 나섰다. 고트프리트, 아기와 함께하는 저녁에 대한 미래를 꿈꾸면서 도리스는 그레구아르 분자이어라는 이름의 보헤미안 화가와 관계를 가지기 시작했다. 그는 별거 중인 아내, 자기 아이를 임신 중인 정부, 그리고 적어도 한 명의 다른 애인이 있는 남자였다. 사랑받는 동시에 버려질 수 있었던 그와 도리스는 우호적인 관계를 즐겼다.(물론 당시 도리스는 그레구아르의 임신한 정부에 대해서는 알지 못했다. 나중에 솔즈베리에 있는 집으로 돌아가서야 그녀는 그에게 편지를 써서 정부에게 더 많은 신경을 쓸 것을 당부했다.) 고트프리트와 달리, 그레구아르는 이미 모유를 만들고 있는 도리스의 가슴과 불러오는 배를 보고 "관능적인 기쁨"[57]을 느꼈고, 도리스는 존에게 그레구아르와의 관계를 숨김없이 이야기했다.

고트프리트에게 돌아온 도리스는 그에게도 이 이야기를 털어놓았다. 그녀의 스물일곱 번째 생일 직전, 아들 피터가 태어날 때까지 그들의 결혼은 긴장된 상태로 계속되었다. 육아가 이들 부부를 하나로 만들었다. 고트프리트는 어린 아들을 돌보는 것을 즐겼고, 그의 지지 덕분에 도리스는 자신을 잃지 않고 새로운 아기를 사랑할 수 있었다. 하지만 출산과 육아는 긴장을 가져오기도 했다. 피터가 태어난 직후 싸우던 와중에 고트프리트는 도리스가 결코 좋은 엄마가 될 수 없기 때문에 자신이 피터의 양육권을 갖길 원한다고 말했다.[58] 물론 그는 나중에 자신의 행동에 대해 사과했고, 그녀는 기꺼이 자신이 당한 모욕을 눈감아 주었지만, 피터에 대한 권리를 주장하려는 그의 시도는 용서할 수 없었다. 무슨 일이 일어나든, 그녀는 이 아이를 빼앗기지 않기로 했다.

한편 모드는 이것이 딸의 무책임함을 보여주는 새로운 증거라고 생각하며 소름 끼쳐했고 마이클조차도 "왜 아이를 둘이나 버린 다음 또 다른 아이를 낳는 거지?"라고 물었다.[59] 도리스의 아버지는 불치병에 걸려 있었는데, 어린 시절의 무한한 잠재력을 잃고 "2류"로 보이는 그의 두 자녀와 자신의 삶에 실망한 상태였다. 한번은 존과 진이 놀던 것을 지켜보던 마이클이 도리스에게 돌아서며 말했다. "그래, 너도 그랬어, 정말 사랑스러운 작은 아이였는데, 네가 어떻게 변했는지 보렴. 다 의미 없단다."[60]

당연히 프랭크는 도리스의 영국행에 동의하지 않았고, 존과 진에게 그의 생각을 말했다. 피터가 한 살쯤 되었을 때, 아침 식탁 너머로 여섯 살짜리 진은 도리스에게 새로운 아기도 버리고 떠날 것인지 물었다. 도리스가 "너희들을 버린 것이 아니"라고 부인했지만, 존은 "아빠가 그렇게 말했어요."라고 답했다. 도리스는 "한 덩이의 스테이크처럼 온몸을 얻어맞은 기분"이 들었다.[61]

하지만 피터가 한 살이 되던 해부터 매일 오후 탁아소에 아기를 맡길 수 있었고, 헌신적인 파트너와 미래에 대한 계획을 나눈 덕에 도리스는 삶과 돌봄 사이에서 균형을 찾을 수 있었다.

피터는 순한 아기였고, 이 아기와 함께 그녀는 부모가 받을 수 있는 큰 보상 중 하나인 부모와 아기 사이의 편안한 친밀감, 그녀가 "어른과 아이 사이에서만 가능한, 숨 쉬는 것만큼 쉽지만 신뢰가 넘친"다고 묘사한 감정을 즐겼다.[62]

도리스는 이전에 써둔 풍자 소설을 더 어둡고 진지한 톤으로 고쳐 썼다. 공군 친구 레너드 스미스는 초고를 읽고 멀리 영국에서 격려를 보냈다. 그녀는 "개인적인 생활을 위한 습관을 기르고, 가능할 때마다 글을 쓰고, 점점 더 자기만의 생각을 하고, 더 자기비판적으로 행동"해나갔다.[63] 유부남과의 불륜으로 인해 임신에 대한 갑작스러운 갈망이 다시금 일어나자, 그녀는 나팔관을 묶어버림으로써 이러한 충동으로부터 자신을 보호했다. 1949년 초 도리스가 영국으로 떠날 때, 이미 그녀는 『풀잎은 노래한다』를 출판해줄 출판사와 판권 계약을 맺은 상태였다.

처음으로 출판된 도리스의 책은 인종주의적 편견에 중독된 사회에 대한 긴장감 넘치는 친밀한 드라마였고, 영국 식민지 내 아프리카인들에 대한 대우를 폭로한 작품이라는 찬사를 받게 될 터였다. 하지만 도리스는 절망에 빠진 농장주의 아내 메리 터너의 캐릭터를 만들기 위해 그녀가 싫어하거나 외면하고자 했던 여러 유형의 여성들을 한데 모았다. 다시 말해 유능한 회사원, "여자들의 고민을 들어주는 여자", 충동적인 신부, 섹스에 관심 없는 척하는 내숭쟁이, 여자라면 응당 어떻게 행동해야 하는지에 관한 오랜 환영의 피해자. 그리고 도리스는 메리를 죽였다.

1949년 4월 케이프타운에서 배를 타고 런던으로 떠난 이 여성은 환상의 희생자가 되는 것을 거부하고자 하는 정치적이고 개인적인 관습에 얼마간 물들어 있었다. 10년치 소설과 에세이 자료를 얻은 그녀는 북쪽으로 가서 여성 작가의 창조적·정치적·성적 생활을 주장하게 된다.

문학 명사 도리스 레싱이 등장하는 유명한 동영상은 2007년에 찍힌 것이다. 87세의 백발 여성이 조심스럽게 택시에서 내린다. 양파와 아티초크를 든 중년 남자가 그 뒤를 따른다. 도리스가 왜 자신의 집 앞에 카메라들이 나와 있냐고 묻자, 한 기자가 그녀에게 노벨상 수상 소식을 전한다. 그녀는 "오, 맙소사!"라고 외치고 나서, 쇼핑백을 내려놓고 적당한 말을 생각하기 시작한다. "나는 유럽의 모든 문학상을 탔습니다. 모두 치열한 상이었지요." 점점 밝아지는 얼굴로 도리스가 덧붙인다. "상들을 싹쓸이 하게 되다니 정말 기쁘군요."

공적인 생활에서 성공을 거두거나, 좋은 책의 작가가 되고, 부모가 되거나 진정한 사랑을 찾는 것은 제각기 별개의 과업이다. 원고 더미를 가지고 회색빛의 전후 런던에 도착한 순간부터 도리스는 새로운 정체성과 타협해야 했을 뿐만 아니라 공인이 된다는 것을 받아들여야 했다. 그녀는 과거 자신의 삶을 작품 소재로 바꾸기 시작했고, 아프리카 배경과 함께 그간 면밀하게 관찰한 것들을 단편소설뿐만 아니라 『마사 퀘스트』 시리즈의 글감으로 사용했다. 훗날 도리스는 이러한 시도는 자기규정(self-definition)을 위한 부분적인 노력이었다고 썼다. "새로운 사람을 만날 때마다 나의 어린 시절에 대해 더 명확하게 파악할 수 있었지만, 사람들이 무심코 던진 말을 통해 내가 몇 년 동안 당연하게 여겼던 것들에 대한 의문이 생기기도 했고, 혼란스럽기도 했다. 나는 '내가 누구인지' 확실히 알고 있었지만, 나를 사회적 존재로 규정하는 방법은 알지 못했다."[64]

직업적 글쓰기를 시작하던 초기, 도리스는 사회적 성공과 문학적 성공 모두를 손에 쥐게 되었다. 한창 일을 하던 1960년대에 도리스는 당시 십대였던 작가 제니 디스키와 함께 살았다. 피터는 기숙학교에 들어가 있었고, 도리스는 하루 종일 자유로웠으며, 디스키는 도리스가 엄청난 기세로 초고를 타이핑할 때 "몇 시간 동안 계속해서 산탄총 소리가 났다"고 회상했다.[65] 도리스는 책이 완성될 때까지 집필에만 집중했고, 책이 마무리되고 나서야 친구들을 만나 가십거리와 정치 이야기를 나누었다. 가십과 정치 이야기 모두 존 화이트혼에게 쓰는 편지만큼이나 도리스에게 중요한 것들이었다.

도리스는 런던에 도착한 지 몇 주 만에 그간 하던 집안일들을 그만두었다. 가족의 비서 노릇이나 피터를 돌보는 일이 자기만의 시간을 뺏는다는 것을 깨달았기 때문이다. 소설, 단편집, 논픽션, 시집, 희곡 등 거의 1년에 한 권 꼴로 책을 출간함으로써 그녀는 자신과 아들을 부양할 수 있었다. 그녀는 "글을 쓰게 만드는 평평하고 따분한 상태"[67]를 즐기면서 집안을 돌보고 싶은 일상적인 충동을 억누르며 폭발적인 집중력으로 일하는 법을 깨쳤다.[68] 이런 식으로 도리스는 아이의 학교 시간표, 끼니, 잠과 함께 톱니바퀴처럼 돌아가는 시간들을 이용했다. 『금색 공책』의 애나와 마찬가지로 "엄마로서 해야 하는 통제와 훈육"[69]은 도리스에게도 버거운 것이었지만, 피터가 학교에서 돌아오면 그녀는 하던 일을 제쳐두고 아들과 시간을 보냈다. 피터가 좀 더 자라자, 글을 쓰는 동안 가끔 피터를 친구들에게 보내거나 돈을 받고 아이들을 돌봐주는 지인들에게 아이를 부탁하곤 했다. 몇 년 동안 도리스와 함께 집을 쓰던 미혼모 친구 조앤 로드커는 도리스가 외출하는 저녁이면 종종 피터를 돌보아주었다. 후에 그녀는 그들의 모성적 호혜 관계야말로 "당시 내 인생에서 가장 중요한 것"이었다고 말한 바 있다.[70]

도리스의 전투력과 정치적 본능은 그녀가 변두리에서 탈출하는 데 도움을 주었고, 1950년대에 이러한 능력은 성공의 필수 요인이었다. 그녀는 인종, 어머니와의 갈등(페미니즘이 대두되기 이전의 과감한 주제), 모순에 빠진 모성과 같은 민감한 주제들을 두려워하지 않았다. 노벨상 수상 이후 찍힌 동영상이 보여주듯이, 자신의 성공을 인정하는 것을 부끄러워하지도 않았다. 우두머리 수컷들의 오만은 1950년대 예술계에 만연한 '스타일'이었다. 이에 대해 도리스는 퉁명스럽고 논쟁적이며 대중적인 자세로 동시대의 "성난 젊은이들"♥과 대등한 입장을 취하면서도 자신만의 경계선을 유지했다. 이 책에 등장하는 몇몇 여성들은 논쟁을 유발하거나(르 귄, 로드), 무례한 발언을 일삼고(닐, 카터), 심지어 폭언을 던지는(손태그) 것으로 명성을 떨쳤다. 제니 디스키는 "도리스에게 혼쭐난"[71] 가까운 이들의 경험이 차고 넘친다고 회고했다.

한 세대 뒤 카터가 그랬듯, 도리스는 아웃사이더로서 자신의 지위가 그녀를 "눈치가 없을 정도로 개방적이고, 솔직하며, 정직하게"[72] 만들었다고 강조했다. 존 화이트혼은 도리스가 실크드레스를 입은 18세기 프랑스 문단의 여인이었어야 했다고 놀렸다. 이에 그녀는 실크드레스는 좋지만 살롱 여주인은 별로라고 답했다. "실크 반바지를 벗어던지는 건 정말 재미있겠지만, 살롱 여주인은 못할 것 같아. 예의범절을 못 배웠거든."[73]

이혼 후 따로 살게 되었지만, 고트프리트 레싱은 도리스가 런던에 도착한 직후부터 피터의 양육권을 그녀와 공유했다. 그녀는 이러한 합리적인 합의가 지속될 수 있을 것이라고 생각했지만, 독일 출신의 빨갱이 난민은 전후 영국에서 취업이 쉽지 않다는 현실을 깨달은 고트프리트는 전 부인의 반발에도 불구하

♥ 1950년대에 기성 사회의 질서와 제도, 기계 문명의 비정성, 문화 풍토의 보수성을 날카롭게 비판한 영국의 젊은 작가들을 이르는 말. 1956년 존 오즈번의 희곡 「분노로 돌아보라」에서 유래하며, 킹즐리 에이미스, 존 웨인 등이 대표적이다.

고 동독으로 떠났다. 그는 이상주의적인 새 공산주의 정부에 곧 자리를 잡았고, 이듬해 피터는 베를린에서 아버지와 함께 여름을 보냈다. 그러나 얼마 지나지 않아 동독 정부는 서방과의 개인적인 관계를 단절시키기 시작했고 고트프리트는 영국에 거주하는 아들과 모든 접촉을 중단하라는 지시를 받았다. 도리스는 두 번 다시 고트프리트를 보지 못했다.

이제 피터는 존과 진처럼 부모를 잃었다. 그는 아버지가 보고 싶어서 울었고, 도리스는 "엄마뿐만이 아니라 아빠라는 불가능한 존재가 되려고 노력해야 하는 상황" 앞에서 좌절했다.[74] 그녀는 죄책감을 느꼈다. 아버지가 없다는 것은 아들에게 바람직하지 않게 여겨졌고, 자녀 양육에 관한 다른 모든 실패와 마찬가지로 모든 것은 어머니의 잘못으로 여겨졌다.

도리스는 런던에 가면 다시 결혼을 하고, 마침내 진정한 사랑을 찾을 것이라고 기대했다. 하지만 동시에 그녀는 한 남자에게 속하게 되는 것을 꺼려했는데, 이러한 딜레마는 가질 수 없는 남자들과 관계를 맺음으로써 해결되었다.(도리스는 존 화이트혼과의 우정을 이어갔지만, 이들은 불륜 관계가 아니었다.) 런던에 온 지 얼마 되지 않아 그녀는 유부남이자 아이가 있는 체코 난민 출신 정신분석가를 만나 인생의 사랑을 찾았다고 느꼈다. 하지만 그는 결혼이 젊은 시절의 실수였으며 자신은 도덕적으로 자유롭다고 주장했다. 그와 헤어졌을 때, 도리스는 망연자실했다. 그 후 그녀는 "도망치고 싶은 짜증스러운 욕구"를 느끼게 하는 친

절한 남자들과 관계를 맺었다.[75]

어린 아이들을 돌보는 생활은 심리적 안정감과 견고함을 느끼게 해주지만, 아이들이 자라나면서 몸과 마음을 바쳐 꾸준히 챙겨야 하는 일들은 서서히 줄어들기 마련이다. 자신의 요구에 따라 열두 살의 피터가 기숙학교에 입학하게 되자(피터는 학교에서는 불행했고 집에서는 억울해하는 아이였다.) 도리스는 비틀거리며 길을 잃었다. "피터는 내 인생에서 변함없는 유일한 존재였고, 인생의 무게중심과도 같은 아이였다.(물론 이것이 그가 나에게서 떠나야만 했던 이유이다. 그 아이에게 좋은 영향을 줄 리 없기 때문이다.) 하지만 아이는 지금 여기에 없다."[76]

비슷한 시기 도리스는 또 다른 상실을 겪었다. 1956년, 영국으로 돌아온 그녀는 로디지아 정부가 자신의 입국을 금지했음을 알게 되었다. 더 이상 자신의 고향이나 두고 온 아이들을 찾아갈 엄두조차 못 내게 하는 조치였다. 이듬해, 모드 테일러가 갑작스럽게 사망했고, 도리스는 어머니에 대한 죄책감과 함께 어머니 없는 자신에 대한 슬픔에 휩싸였다. 그녀는 "차갑고 깊은 물속에 빠진 것처럼, 으슬으슬 반쯤 얼어버린 회색빛 세상"이라고 썼다.[77] 그사이 그녀는 공산당 측이 당원들에게 거짓말을 해왔다는 사실을 깨닫고 당을 떠났다. 그녀는 소련의 이상화된 국가 비전에 충실한 당원이었지만, 당이 스탈린의 범죄를 고의적으로 은폐했음을 알게 되자, 당에 대한 신뢰를 접었다. 이 믿음의 상실은 자신의 행동주의는 물론 자기 자신에 대한 회의로 이어졌다.

도리스는 제멋대로인 젊은 미국인 클랜시 시걸과 새로운 사랑을 시작했다. 이 관계는 그녀에게 새로운 창조의 에너지를 선사했지만 동시에 그가 그녀의 사랑을 이용했다는 사실은 그녀를 비참하게 만들었다.(그녀는 그에게 보내는 편지에서 "나는 당신의 어머니도 아니고, 상담사도 아니고, 고해 신부도 아니야."라고 썼다. 이 세 가지 역할을 수행하느라 많은 시간을 쏟아부었으면서 말이다.[78]) 『금색 공책』에서 묘사한 것과 같은 "자유로운 여성"의 상태도 일, 정치, 사랑, 육아와 같은 일상이 만들어내는 불협화음으로 인한 영혼의 균열을 막아주지 못했다. 자신에게 무슨 일이 일어나고 있는지 설명할 언어(이야기)가 없었기 때문에 그녀는 자신이 미쳐가고 있다고 생각했다.

도리스는 엄마이자 연인, 작가의 자아를 지닌 자신의 이야기를 만들어내지 못하는 무능함과 이에 대한 혼란스러움을 재료 삼아 새로운 소설을 집필했다. 그녀는 어떤 것들이 서로 관련되어 있는지 명확하게 파악할 수 없었고, 그래서 자신의 용기만을 믿고 모든 것을 내던졌다. 그 결과, 그녀의 대표작이자 지저분하며 급진적인 장편소설 『금색 공책』이 탄생했다.

이 소설의 중심인물인 애나 울프는 다른 사람들의 기대를 중심으로 짜여진 삶을 살아온 작가이자 미혼모로, 자신의 경험을 한데 모으기 위해 공책에 글을 써내려 간다. 1962년 이 책이 출판되었을 때, 여성 남성 할 것 없이 많은 독자들은 그간 자신이 스스로의 감정적이고 지적인 능력에 기대지 않고 다른 사람들이 기대하는 바를 따르면서 애나처럼 살아왔음을 깨달았다. 레싱은 그간 조각조각 나 있던 여성의 삶에 대해 다소 어색하고 비관습적이며 말해지지 않는 편이 더 나았을 것들에 대해 목소리를 냈고, 곧 자신이 젊은 세대를 위해 발언한 셈임을 알게 되었다.

도리스는 페미니스트들의 대의를 받아들이지 않아 많은 젊은 여성들을 좌절시켰지만, 『금색 공책』은 훌륭한 페미니즘 소설이라는 호평을 받았다. 그녀는 때때로 『금색 공책』에 대한 여성들의 칭찬이 남성들로 하여금 이 작품에 쉽게 접근하지 못하게 만들었다며 불만을 드러냈다. 앨리스와 마찬가지로, 도리스 역시 페미니스트로서가 아닌 사회주의적 통찰력에 대한 공로를 인정받기 바랐다. 그녀는 페미니즘의 교조적 측면과 감정적으로 진실을 말하는 방식을 경계했다. 비록 이것이 그녀의 특기이기도 했지만 말이다. 1973년 작 『어둠이 오기 전의 여름』은 중산층 가정의 아내이자 엄마가 자녀들의 독립 이후 새로운 자신을 찾아 떠나는 여성주의적 작품이다. 도리스는 모성이라는 정체성이 일생 동안 지속되는 동시에 끊임없이 변화하며 다양한 형태의 모성이 존재할 수 있음을 인식했다.

레싱의 소설, 특히 꿈 이야기를 다룬 『생존자의 회고록』(1974)에서 반복되는 줄거리 하나는 자신의 아이가 아닌 건네받는 아이를 돌보아야 하는 한 여성에 관한 것이다. 1963년, 도리스는『금색 공책』을 통해 번 돈으로 집을 샀고, 피터는 엄마에게 기숙학교 동창 중 한 명인 15세의 작가 지망생 제니퍼에 대한 편지를 썼다. 학교에서 퇴학당한 제니퍼는 자살을 시도했는데 이혼한 부모 둘 다 집을 마련해줄 만큼 안정되지 않았기 때문에 정신병원에 들어가 있었다. 마침 예상치 못한 수입과 남는 방이 있었던 도리스는 충동적으로 제니퍼에게 머무를 집과 재정적 지원을 제공했다. 제니퍼(훗날의 제니 디스키)가 열여덟 살이 될 때까지 도리스는 그녀와 함께 살았고, 학비까지 지원해주며 작가가 된다는 것은 힘든 일이라는 것과 그럼에도 "계속해서 써내려가는 것"을 의미한다고 가르쳤다.[79]

제니는 도리스가 어머니와 한바탕 전쟁을 치를 때와 같은 나이였다. 아마도 도리스가 그녀를 데려간 것은 이를 자기 자신을 구하기 위한 방책으로 여겼기 때문일 것이다. 하지만 그렇다고 도리스가 십대 청소년을 감정적으로 책임질 준비가 되어 있었던 것은 전혀 아니었다.[80] 이는 옛 연인이나 어렸던 두 아이의 요구에 하루 종일 응대하던 것 이상으로 벅찬 일이었기 때문이다. 그녀의 두 번째 회고록『그늘 속을 걷다』는 자신이 지지하는 상대가 아프리카 이민자건, 공산당 동지건, 연인이건 간에 상관없이, 감정노동에 의한 소모의 기록으로 읽힌다. 그녀는 다른 사람들의 요구와 자신의 고유한 감수성을 분명하게 구분했다. 제니에게 자신이 기대한 바를 솔직히 말하지 못한 도리스는 시간이 흘러 둘 사이 관계의 규칙을 분명하게 추측할 수 없게 되자

화를 냈다. 두 사람의 관계에 대한 애매한 제목의 회고록 『감사』에서 제니는 도리스가 자신에게 보여준 환대는 불확실한 것이었다고 썼다. 만약 도리스가 그녀에게 실망하고 다시 그녀를 떠나보냈다면?(그나저나 제니는 도리스를 뭐라고 불러야 했을까? 양어머니? 제니와 도리스는 서로를 뭐라고 불러야 할지 전혀 알지 못했다.) 하지만 도리스는 제니의 이런 고백을 감정적인 협박으로 여기고 그녀를 비난하는 맹렬한 편지로 응답했다.

그 편지를 읽는 일은 디스키에게도 "파괴적인" 경험이었다. 제니와 도리스는 평생 교류하며 서로를 돌봤지만, 제니는 관계 초기의 포기 심리를 극복하지 못했다. 도리스는 분명 "관대하고 긍정적인 일"을 했지만, "감정 문제가 고개를 들자마자 얼어붙어 적절하게 대응할 수 없었다. 이번 일은 분명 그런 류의 일이었다. 물론 도리스는 대부분의 사람들에게 문제가 되는 것은 지나치게 감정적인 태도라고 말할 것이다. 그렇기 때문에 그녀와 함께 살면서, 나는 감정적이 되어서는 안 된다는 것을 배워야 했다. 열다섯 살에게는 좀 어려운 일이었다."

우울증에 시달리던 제니가 찾아간 상담사는 도리스에게 전화를 걸어 "제니의 문제는 당신이 그녀를 전적으로 도맡는 바람에 제니가 다른 일반적인 가정에서처럼 비판적인 태도를 가지고 무언가가 잘못되었다고 이야기할 수 없었다는 것"이라고 말했다. 곧바로 도리스는 제니에게 돌아서서 "너는 그렇게 느끼지 않지?"라고 물었다. 물론 디스키에 따르면 이 이야기는 "철저하게 조작된 것"이다.[81] 제니는 서로에 대한 충성심으로 도리스에게 묶여 있었고, 사실 이들은 서로 비슷한 사람들이었다. 두 사람 모두 격렬하고 정직하게 글을 썼으며 디스키의 딸 클로이가 애정 어린 말로 표현했듯이 "필요할 때는 독립적이고 단호하며 무자비해졌다".[82]

시간이 흐름에 따라 도리스는 헤어진 두 아이들과 더 가까워졌다. 1958년쯤 존은 캐나다로 임업 공부를 하러 가는 길에 런던에 들러 며칠을 보냈다. 그와 도리스는 거의 10년 동안 아무 연락도 주고받지 않았다. 그녀는 "그 아이는 나에 대해 좋은 말을 들은 적이 없었고, 나에게 편지를 쓰는 일은 금지당했다."라고 회상했다. "문제가 있는 어머니를 다시 보기로 결심하기란 결코 쉽지 않았을 것이다."[82] 하지만 그녀는 회고록에 그들이 잘 지냈다고 썼다.(도리스에 따르면, 그가 자신에게 던진 가장 못된 말은 이랬다. "엄마가 왜 아버지를 떠나야 했는지는 이해하지만, 그렇다고 내가 엄마를 원망하지 않는다는 건 아니에요."[83]) 책이 팔리면서 인세가 들어오기 시작하자 그녀는 큰 아들을 위해 로디지아의 커피 농장을 사주었고, 존은 그곳에서 죽을 때까지 살았다. 로디지아가 짐바브웨가 되어 다시 외국인들의 입국이 허용된 1980년 이후 도리스는 아들을 방문했다.

딸 진 역시 도리스를 만나러 런던에 왔지만, 제니의 회고에 따르면 도리스는 글쓰기를 쉴 수 없다며 제니를 시켜서 진에게 런던 구경을 시켜주었다. 어쩌면 그것은 견딜 수 없는 긴장감이 감도는 만남에 대처하는 도리스의 방책이었을지도 모른다.[84](그럼에도 불구하고 디스키는 이렇게 덧붙인다. "자신의 행동이나 말이 타인에게 얼마나 고통스럽고 재앙적일 수 있는지 도리스가 알고 있었는지 모르겠다."[85]) 나중에 도리스는 진과 그녀의 두 딸을 만나기 위해 남아프리카에 가기도 했다. 도리스의 추도식에서 진은 엄마를 향한 애틋한 기억을 드러냈다.

생의 마지막 40년 동안 도리스는 피터와 함께 살았다. 청소년기부터 피터는 정신병을 앓기 시작했다. 도리스는 아들의 치료법을 찾는 일에 적극적으로 나서지 않았지만(아마도 조현병 같은 병이 여전히 나쁜 엄마들 탓인 것처럼 여겨지던 시대였기 때문일 것이다.) 피터에게 옆집을 얻어주며 아들을 자신의 곁에 두었다. 한번은 인터뷰를 위해 도리스의 집으로 찾아온 기자가 엄마를 위해 공공도서관에서 두 팔 가득 과학소설 책을 빌려오는 피터와 마주치기도 했다.[86] 어떤 사람은 피터가 "머리에 보온용 티코지(tea cozy)를 쓰고 인사를 건네러" 왔지만 이를 가벼운 농담으로 받아들이기도 했다. 엄마와 아들은 "메마르고 아이러니한 유머 감각을 공유했다. 그들은 「이상한 커플」에 나오는 콤비 코미디언들 같았다."[87]

도리스의 친구인 소설가 마거릿 드래블은 피터에 대해 참담함을 느꼈다. 그녀는 자신의 친구에 대해 "60년이 넘는 세월 동안 특이할 정도로 강렬한 어머니와 아들 관계에 갇혀 있었으며 진단되지 않은 기이한 능력과 무한한 재능을 가진 아들과 결혼했다."라고 썼다.[88] 노벨상 수상 발표 직후 찍힌 인터뷰 영상에서, 도리스의 뒤에서 한쪽 팔에 붕대를 두른 채 아티초크를 들고 있는 이가 피터다. 그들은 당뇨병에 걸린 피터의 진료를 받고 병원에서 집으로 돌아오는 길이었다. 피터는 2013년 말 67세의 나이로 사망했다. 이후 도리스의 건강도 급속도로 악화되었고, 아들이 떠난 지 불과 몇 주 만에 그녀도 세상을 떠났다.

자신의 모성이 좌절하고 방해받고 버려지고 재창조된 덕분에 레싱은 어머니로서의 삶을 가장 위대한 작품의 주제 중 하나로 만들 수 있었다. 실패한 결혼과 육아에 대해 공개적으로 말할 수 있던 여성이 거의 없던 시대에 레싱은 문학적 초상화 속에 여러 모순된 감정들을 겹겹이 쌓아올려 모성이 주는 만족감, 유혹, 좌절, 죄책감, 분노를 묘사했다. 자전적 폭로가 들어간 초기 작품에서부터 에로틱한 어머니와 아들 간의 유대가 나타난 『할머니들』(2003)이나 아들의 극단적 요구가 행복한 가정을 분열시키는 『다섯째 아이』(1988)의 처참한 모성애에 이르기까지 양가적 사랑은 도리스 작품의 주요 주제 중 하나이다. 그간 상상도 못하던 것들에 대해 이야기했더니 결국 다른 모든 이들이 생각해오던 것이었다는 진리를 일찌감치 깨달은 그녀는 불편한 주제를 공론화하며 경력을 쌓아나갔다. 어쩌면 여전히 그녀가 여론에 의해 모범적인 엄마들의 안정적인 서클 바깥에 놓이게 되는 것은 피할 수 없는 일일지도 모른다.

그녀의 동시대인 중에는 자유를 향한 성적 반항의 길을 따라 도리스보다 한 발짝 더 나아간 사람들이 있었다. 1960년대 초, 선배 작가 엘리자베스 스마트가 도리스를 찾아왔다. 그녀는 활기차고 멋진 런던의 인기 잡지 《퀸》에 서평 칼럼을 쓰는 매력적인 소호의 문인이었다. 그녀와의 만남 이후 도리스는 그간 늦은 밤 펼쳐지는 혹독한 보헤미안들의 세상과 조우하지 못하도록 저녁마다 집에 머물게 한 모성에 감사함을 느꼈다. 도리스는 "엘리자베스는 점심을 먹으러 왔다. 대낮부터 저녁 7시까지 술을 마시며 야생적이고 재치 있는 말투로 자신과 다른 여성의 삶에 대해 이야기했다. 소호의 쾌락 전도사 같은 모습은 결코 아니었다."[89]

엘리자베스 스마트는 자유와 권위를 낭만적인 반항이나 자기파괴적인 열정과 혼동했다. 그 결과 그녀는 훌륭한 책 한 권과 네 명의 아이들을 남긴 채 저렇게 살면 안 된다는, 다른 여성들의 본보기가 되었다.

불안 지대 2:
만날 수 없는 뮤즈

작가이자 엄마로서 엘리자베스 스마트의 경력은 1937년 런던의 한 서점에서, 혹은 1940년 캘리포니아에서 한 남자가 버스에서 내리면서 시작되었다. 혹은 오타와에서 사교계 데뷔를 앞둔 스물두 살의 스마트가 1936년 일기에 "나는 시인과 결혼해야 한다. 그게 유일한 방법이다. 왜 나는 아는 시인이 한 명도 없을까?"[1], "아니, 결혼을 해서 내 인생을 종쳐야 해?"[2]라고 적은 것이 그 시작일 수도 있다.

그도 아니라면, 모든 것은 1913년 엘리자베스가 캐나다의 숨 막히는 상류층 가정에서 태어났을 때로 거슬러 올라간다. 사회적 야심으로 가득하고 감정적 학대를 일삼은 어머니와 변호사 아버지는 글을 쓰겠다는 딸의 장단을 맞춰주긴 했지만, 딸의 높은 지성이나 지나친 상상력을 마땅찮아 했으며 궁극적으로 글쓰기가 좋은 결혼의 기회를 해칠 것이라고 믿었다. 엘리자베스는 속물적인 분위기의 학교에서 교육을 받았고, 그곳에서 "내가 아는 모든 것과 배움에 대한 광기 어린 기쁨을 덮어두어야" 했다.[3] 그녀가 가족의 여름 별장 주변의 숲을 탐험하면서 자연 세계의 의미를 추적했을 때, 그녀의 어머니는 딸에게 "그렇게 숲에서 혼자 돌아다니는 모습을 사람들이 보면 너를 이상한 애라고 생각할 것"이라고 경고했다.[4]

자신의 이름을 알릴 책의 초고를 완성했을 때, 엘리자베스는 첫 아이를 임신한 상태였다. 미혼이었던 그녀는 가족에게 자신의 상태를 숨기고 브리티시컬럼비아주의 한 어촌에 머물렀다. 애인이었던 영국 시인 조지 바커는 그녀를 그곳에 내버려두고 자신의 남자친구와 함께 떠났지만, 시인은 거부할 수 없을 만큼 섹시한 뮤즈이자 글쓰기 파트너였기 때문에 그녀는 모든 것을 용서했다. 엘리자베스는 배 속에서 자라는 아이를 통해 그와 연결되어 있다는 느낌과 함께 "내 자신의 목소리를 듣기 위해 필요한 침묵의 시작"[5]을 경험하면서 에로틱한 강박에 대한 소설 『그랜드센트럴역에 주저앉아 울다』를 썼다. 여성의 섹슈얼리티가 처한 원초적이고 모호한 상태들을 마주하면서 그녀는 전에 없던, 그리고 다시없을 것 같은 강렬함을 느꼈다.

사랑의 추구는 스마트 작품의 위대한 주제였다. 그것은 열정, 관대함, 비통함 속에서 자신을 찾고, 또 잃고 싶은 낭만적인 소망이었다. 그녀는 작품과 삶을 통해 섹슈얼리티와 창조성 사이를 생생하게 연결했는데, 이는 남성 시인들은 편하게 가정해왔으나 그녀 세대의 여성들은 차마 주장하지 못하던 것이었다. 그러나 스마트가 승인받지 않은(illicit) 사랑으로 얻은 독립은 모성에 대한 그녀의 희생적 태도로 인해 부분적으로 실패로 돌아갔다. 그녀의 문학적 경력은 만날 수 없는 뮤즈에 대한 헌신으로 시작되었고 그녀는 이로 인해 어려움을 겪었다.

젊은 시절 엘리자베스는 참을성이 없고 낭만적이었으며 타고난 재능으로 가득 차 있었으나 훈련과 자신감이 부족했다. 그녀의 어린 시절은 금박으로 장식된 새장이었고, 그녀의 아름다움은 그녀의 지성과 어울리지 않았다. 그녀는 글과 몸 중에서 선택해야 한다고 생각했다.

나는 시인이 될 것이라고 말했다
하지만 그 말을 입 밖으로 내뱉었을 때 나는 느꼈다
동그랗고 부드러운 내 가슴
방황하고 흔들리는 내 마음
놀랍도록 따뜻한 사랑으로
세속의 세상으로 돌아가리[6]

생의 마지막까지 그녀는 만약 자신의 진실을 다 털어놓는다면 "모두에게 절연당하고 버림받게 될 것"이라며 두려움을 느꼈다.[7] 멕시코 여행에서 엘리자베스는 프랑스 시인 알리스 팔렌과 레즈비언 관계를 맺었는데, 이는 그녀의 예술적 활력을 부채질하고 초기 작품에 영감을 주었다. 그러나 이미 런던의 서점에서 조지의 시를 발견한 그녀는 운명적으로 그의 아내가 되겠다는 생각에 빠져 있었다.

지금에야 만천하가 알고 있지만, 조지는 각기 다른 파트너들 사이에서 적어도 열다섯 명의 아이들을 두게 될 매력적인 거짓말쟁이 술꾼이었다. 스마트의 전기를 읽는 독자라면 큰소리로 외치고 싶어질 것이다. "정신 차려, 엘리자베스! 자신을 속이지 마!" 그러나 캘리포니아 몬테레이에서 마침내 조지와 그의 아내 제시카를 만났을 때, 엘리자베스는 그를 자신의 운명이라 주장했다. 조지는 제시카를 버렸고, 둘은 길을 떠났다. 그들은 침대에서 글을 쓰고, 서로의 일기장에 흔적을 남기고, 서로의 문장을 다듬으며 서로를 칭찬했다. 그들은 함께 미국 전역을 누볐는데, 잠깐 동안의 헤어짐(엘리자베스가 여권 문제로 사흘 동안 애리조나 감옥에 갇혀 있는 동안, 조지는 이 상황을 피하기 위해 모습을 드러내지 않았다.), 조지의 남성편력, 그리고 그에 대한 엘리자베스의 집착은 모두 『그랜드센트럴역에 주저앉아 울다』 속에 녹아들어 있다.

『길 위에서』보다 10년 앞서 출간된 이 여성 로드 소설에서 두 연인은 남자의 아내, 여자의 부모, 규범, 때로는 서로에게서 도망친다. 느슨하게 연결된 장면에서 익명의 화자는 강렬한 감정으로 그녀의 기쁨을 묘사한다. "나는 아무것도 한 게 없는데 갑자기 매우 풍요로워졌고 엄청난 짐을 짊어지게 되었다. 사막을 건넌 후에. 그러니까 나는 아무것도 아니라고, 아무것도 누릴 자격이 없다고 말하도록 배운 후에."[8] 그녀는 애인에게 자신이 그의 운명이라고 주장한다. "당신을 파멸로 이끌기 위해 세이렌이 부르는 유혹의 노래는 오랜 기다림 끝에 당신을 환영하는 필연적인 목소리이다. 난 오직 당신을 위해 만들어졌다."[9]

사랑은 화자로 하여금 자기 자신의 모습을 발견하게 한다. 마찬가지로 임신도 그렇게 한다. 그녀의 몸속에 자리 잡은 아이는 "온 바다에서 유일한 운명의 섬" 같았다. "스스로를 나 자신의 중심에 고정시키는 단 하나의 초점"이었다.[10] 출산을 고대하던 엘리자베스는 자기변신(self-transformation) 외에는 아무것도 고려하지 않았다. "고통, 내 아들을 내게로 데려다줄 고통이여, 거들먹거리는 주부의 본성을 통과하여 나에게 진실을 주거나, 아니면 그 어떤 것도 주지 말지어다."[11]

조지는 "결연히 스스로의 삶에 발을 들여놓는 살인적인 행위"를 직면하도록 할 만큼[12] 그녀를 용감하게 만들었다. 하지만 연인이라는 존재가 그렇듯이, 한 번 발견된 자아 역시 다시 상실될 수 있다. 1941년 조지와 엘리자베스의 딸 조지나 바커가 태어났을 때, 조지는 엘리자베스와 아기를 남겨두고 아내 제시카에게 돌아갔다. 1년 반 동안 대륙을 횡단한 추격과 도망이 반복되었고, 1943년 또 다시 임신을 한 엘리자베스는 조지가 따라오기를 바라며 영국으로 이주했다. 당시 조지는 쌍둥이를 임신한 제시카와 뉴욕에 살고 있었다. 이후 조지 역시 영국으로 돌아왔지만, 제시카가 그들의 관계를 끝낼 때까지 조지는 몇 년 동안 두 여자 사이를 왔다갔다하며 둘 모두에게 약속을 남발했다.

조지는 돈이나 안정감을 제공해주지 않았지만, 감정적 강렬함이라는 영양분으로 엘리자베스를 채워주었다. 엘리자베스에게 창조적 에너지를 준 사랑, 아이들, 우정, 부르주아 생활로부터의 자유와 같은 것들은, 앨리스의 경우와 달리, 동시에 창조라는 고된 노동으로부터 그녀를 멀리 떼어놓았다. 엘리자베스는 부모에게 받은 예금으로 한동안 코츠월즈에서 살았고, 보헤미안적 가난은 그녀에게 살아 있다는 느낌을 주었다. 하지만 어린 아이들을 돌봐야 했던 그녀에게는 글을 쓸 시간도, 사생활도 없었다. 그녀는 일기장에 "그가 더 많은 아이를 원하는 것만큼 바람직한 일도 없지."라고 썼지만,[13] 그의 집필 시간을 자신의 작업보다 우선시했다. 그녀는 친구에게 갓난 아들이 울어 "조지의 신경에 거슬리게" 하고 싶지 않다며 "살인 충동과 무력감"을 동시에 느낀다고 말했다.[14] 이런 종류의 자포자기(self-abdication)는 매일의 육아가 야기하는 방해 공작에 그녀를 취약하게 만들었을 뿐만 아니라 그녀로 하여금 오랜 기간 동안 글을 거의 쓰지 못하게 했다.

그녀가 아이를 갖는 데는 그럴 만한 이유가 있었다. 그녀는 임신이 그녀에게 가져다준 육체에 대한 즉각적인 인식을 사랑했고, 세상에 새로운 생명을 가져다준 놀라운 경험은 자신을 신처럼 느끼게 했다. 엘리자베스는 임신과 출산을 섹슈얼리티의 중심으로 여겼다. 애정 어린 보살핌과 자녀에 대한 친밀감이 어머니에 대한 거부감의 상처를 치유하는 데 도움이 되었을지도 모른다. 하지만 육아는 글쓰기에 대한 두려움에 직면하지 않는 방법이 될 수도 있다. 창조적 고독의 불안한 측면에 대해 에이드리언 리치는 "공백은 창조의 모체이다. 하지만 여성들에게 공백은 애정결핍이나 불임과 동일시되어 왔다. 세상은 우리의 '공허함'을 아이들로 채우도록 촉구했다. 내면의 어두운 중심을 찾아 내려가면 안 되는 것으로 여겨져왔다."라고 썼다.[15]

『그랜드센트럴역에 주저앉아 울다』는 그녀의 셋째 아이가 태어난 직후인 1945년에 출간되었다. 작가가 심혈을 기울인 이 작품은 평론가들로부터 "미래가 촉망된다."라는 평가를 받으며 조용히 팔려나갔다. 딸의 작품이 일으킨 스캔들에 충격을 받은 엘리자베스의 어머니는 오타와에서 판매 중인 딸의 책을 전부 사들여 불태웠다. 몇 년 후 엘리자베스가 잠시 다른 남자에게로 관심을 돌리자 조지는 그녀를 이기적인 가정 파괴자로 묘사하고 모성에 대한 기쁨을 무효화시킨 그녀의 책에 대한 잔인한 답장 같은 작품을 썼다. 조지의 소설 『죽은 갈매기』의 화자는 애인의 임신을 보면서 이렇게 비웃는다. "아이를 통한 그녀의 성취가 너무 완벽해서 다른 모든 것이 잊힐 것 같다. 나는 여성의 정신적 의식이 낮은 수준에 머물러 있다고 의심하지 않을 수 없다."[16]

1946년, 엘리자베스는 그와 헤어지며 이런 글을 썼다.

나는 치우친 사랑에서 아름다움을 보지 못한다. 진심으로, 분노에 차서가 아니라 슬픔에 빠져서 하는 말이다. 나는 이제 더 이상 **견딜 수 없기 때문에** 당신을 원하지 않는다. 몇 주, 아니 몇 달 동안 혼자 있다는 건 외로움의 문제다. 당신이 다른 사람과 섹스하고 나서 한숨 돌릴 때 쓴, 당신이 섹스하고 싶은 건 나라고 휘갈긴 엽서를 받는 것도 외로움의 문제다. 단순한 불성실함의 문제가 아니다.

나는 당신과 섹스를 했지만 사랑을 잃었다. 내 자궁은 날 갈기갈기 찢지 않겠지만, 내 심장은 확실히 나를 찢어버릴 것이다. 잘 가. 엘리자베스가.[17]

하지만 1947년, 생활비를 절약하기 위해 아일랜드 서부의 한 마을로 이사한 엘리자베스는 조지와의 사이에서 네 번째 아이를 낳았다. 친구에게 쓴 편지에서 그녀는 딸 로즈의 탄생이 자신을 "대천사"처럼 느껴지게 만들었다고 썼다. "아기를 낳은 후에 젊음, 활력, 제정신, 가능성과 진취성이 **돌아오는** 방식은 정말 대단해. 다시 무언가를 느낀다는 것이 너무 어색하달까."[18] 하지만 그 모성의 숭고함은 진부함과 결부되어 있었고, 그녀의 예금은 더 이상 아이들을 먹여 살리기에 충분하지 않았다. 조지가 돌아와 그녀의 음식을 다 먹어치우고, 그녀의 돈을 모조리 탕진하고 도망간 후, 그녀는 불륜을 끝내고 영국으로 돌아가 일자리를 얻었다.

엘리자베스는 자신이 운명을 받아들였고, 기쁨을 누렸고, 이제는 힘든 일과 외로움 속에서 그 대가를 치르는 여인이라고 생각했다. 인생에 대한 비싼 수업료는 그녀를 씁쓸하게 만들었지만, 여전히 그녀는 그것이 공정한 거래가 아니었다는 것을 깨닫지 못했다. 그녀의 모성에 초점을 맞춘 전기 작가 킴 에클린은 엘리자베스가 아이들을 부양하는 동안 분노로 불타올랐다고 믿는다. 하지만 그녀는 충족되지 않은 욕구를 통해 규정되었다. 비평가 앤 케마는 엘리자베스의 성적 반란을 거식증에 비유하는데, 이는 "무익하고 고통스러운 극단주의자의 자세로 반란군을 얼어붙게 하는" 변덕스러운 자기부정이다.[19]

구직 활동을 하던 엘리자베스는 자신의 부르주아적 성장 환경이 돈벌이가 되는 글쓰기 기술을 제공해줬음을 역설적으로 깨달았다. 그녀는 잡지《하우스 앤드 가든》에 특집 기사를 쓰기 시작했고, 여성들에게 개방된 극소수의 돈 되는 분야였던 광고계에 발을 들였다. 패션의 본질(사랑받고자 하는 갈망을 감추고 있는 근심 없는 열정)에 대한 깊은 지식이 있었던 덕에 그녀의 패션 광고는 전설이 되었고, 몇 년 지나지 않아 엘리자베스는 영국에서 가장 높은 보수를 받는 여성 카피라이터가 되었다.

그녀는 시골집을 구해 아이들을 그곳에 정착시켰는데, 이름이 둘 다 로버트인 게이 화가 커플이 친절하고 자상한 태도로 아이들을 성심껏 돌봐주었다. 하지만 주말이 되면 런던의 아파트에서 돌아온 엘리자베스와 그녀를 보러 놀러온 친구들이 흥청망청 술을 마셔댔고 집은 엉망이 되었다. 광란의 주말이 지나면 아이들은 부서진 가구나 창밖으로 던져진 이불을 발견하곤 했다. 결국 엘리자베스는 여섯 살 때부터 아이들을 기숙학교로 보냈다.

엘리자베스는 끊임없이 담배를 피우고 잡지의 접착용 본드 냄새를 킁킁거리거나 그녀가 "찬란한 알약"[20]이라 부르던 것에 기대어 직장 생활을 버텼다. 저녁에는 글을 쓰는 대신 소호에서 주로 남성들과 술을 마시며, 여성들은 진짜 예술을 할 수 없다는 시인과 화가들의 의견을 들었다. 자신의 불행에도 불구하고, 그녀는 "그들에게 무언가를 주고, 공감해주고, 그들을 즐겁게 해주려고" 노력했다. "그들의 욕구가 나의 욕구보다 더 대단한가 보다 생각해본다. 나는 고통받는다. 하지만 나는 내 방식대로 일을 꾸려갈 용기가 없다."[21]

소호는 조지가 사람들을 즐겁게 해주던 동네였다. 그가 한때 그녀를 위해 열어주었던 문이 더 이상 그녀의 천재성을 인정하거나 섬기는 곳으로 통하지 않았음에도 불구하고, 엘리자베스는 여전히 그와의 우정을 원했다. 다른 남자들을 만나기도 했지만, 조지의 질투심을 피해야 해서 오래 이어가지는 못했다. 그녀는 여자들과도 극비리에 성관계를 가졌다. 훗날 털어놓은 대로, "연애, 아이들, 생계, 친구들과 술에 매여" 이 시기를 보냈다. "너무 많은 것들을 위해 너무나 몰아붙였다. 증오로부터 필사적이었던 침묵의 세월."[22]

1950년대 후반에 엘리자베스와 함께 작업을 했던 페이 웰던은 "그 당시에는 잘못 행동하는 사람들과 더 이상 어울리지 않는 것이 제대로 된 대처법이라는 생각을 하지 못했다."라고 회상한다. "그 '사랑'은 빠질 가치가 없는 함정이었다. 여성들이 할 수 있었던 것이라고는 여전히 더 많은 사랑을 느끼고, 더 많은 아기를 낳고, 더 많은 시를 쓰고, 마조히즘에 더 깊이 빠져드는 것이었다."[23]

시대가 변했다. 엘리자베스는《퀸》에 글을 쓰기 시작했고, 자신의 책 칼럼에서 "여성들이 목소리를 내는 것, 여성들이 감히 자신에 대해 진실을 말하는 것, 가장 내밀한 경험에 대해 바로 숨김없이 말하는 것"을 보고 얼마나 감격했는지 강조하면서 여성 작가들을 칭찬했다.[24] 그녀가 쉰세 살이 되던 1966년,『그랜드센트럴역에 주저앉아 울다』는 비판적이고 대중적인 찬사를 받으며 복간되었다. 아이들은 독립적이었고, 엘리자베스는 소설을 다시 쓸 수 있을 만한 보조금을 받았다.

그 즈음 딸 로즈가 곤경에 처했다. 지적이고 예민했던 그녀는 로제티♥ 그림에 나올 법한 연약한 미인으로, 열여섯에 집을 떠날 때까지 학교를 들락날락했다. 1년 후, 그녀는 첫 아기를 가졌고, 얼마 지나지 않아 헤로인을 시작했다. 모든 것이 요동치는

♥ 라파엘 전파를 대표하는 화가 단테 가브리엘 로세티(1828~1882)는 신화와 성서, 문학 작품에서 얻은 소재를 신비하고 멜랑콜리한 분위기의 젊은 여성의 모습으로 표현했다.

1960년대 중반이었다. 엘리자베스가 로즈의 두 아이를 돌보는 동안, 그녀는 재활원에 입퇴원하길 반복했고, 서른다섯의 나이에 간 기능 부전으로 사망했다.

시간은 종종 창작하는 엄마의 편이다. 시간이 흐르면서 엄마 작가들은 자신의 자리를 되찾거나, 다시 찾아온 흐름을 타거나, 아이들이 집을 떠난 후에 경력을 재개할 수도 있다. 하지만 엘리자베스는 너무 오래 기다렸고, 술을 너무 많이 마셨고, 알약이 주는 짧은 순간의 흥분에 지나치게 의존하느라 자신을 위한 시간은 거의 갖지 못했다. 그녀는 첫 소설을 출간한 지 30년이 지난 1978년, 또 다른 소설 『사기꾼과 악당에 대한 추정』을 출간했다. "사랑의 취약한 지위"[25]에 대해 절레절레 고개를 저으며 시인들과 어울리던 자신의 삶을 돌아본 작품이다. 그녀는 모성에 대한 진실의 파편들, 특히 친어머니와의 관계에 대해 썼지만, 쓰이지 못한 세계로 들어가는 것을 두려워했다.[26] 1986년, 엘리자베스는 예전의 기운을 되찾지 못한 채 세상을 떠났다.

엘리자베스보다 거의 30살이나 어렸던 앤절라 카터는 1970년대에 한 파티에서 엘리자베스를 만났고, 레싱이 그랬던 것처럼 그녀가 술을 마시고 여자들의 운명에 대해 한탄하는 것을 목격했다. 엘리자베스가 "자초한 상처"라고 여긴 것에 대해 불안감을 느낀 카터는 엘리자베스가 써내려 간 여성들의 고통에 대한 서사를 거부하고 대안을 고민하게 되는 쪽으로 영감을 받았다. 앤절라는 친구 로나 세이지에게 그 파티에 대한 이야기를 하면서 "내 딸 중 그 누구도 『그랜드센트럴역에 주저앉아 울다』 같은 책을 써야 하는 일이 없기를 바라. 『그랜드센트럴역에서 그 자식의 불알을 떼버리다』라면 몰라도."라고 덧붙였다.[27] 비슷한 시기에 웰던은 남성이 여성의 마음을 이용하는 것이 부당하다는 것을 깨닫고 여성의 각성과 복수에 대한 서사를 구상하기 시작했다.

모든 엄마 작가들이 창조적 자유를 얻기 위해 관습을 깨야 할 필요는 없었다. 어슐러 르 귄은 스스로를 희생하지 않았고, 비록 비통함을 맛보긴 했으나 사랑 때문에 고통받고자 하는 유혹에 전혀 빠지지 않았다. 대신 그녀는 자신의 글을 진정으로 지지해주고 그녀가 일할 수 있도록 양육을 분담하는 남자와 결혼했다. 만약 그녀가 20세기 중반에 이러한 일에 대해 썼다면, 아마 과학소설처럼 들렸을 것이다.

5장
책 대 아기:
시 쓰기는 집안일이다

'모성'과 '지성'을 함께 묶어 생각하는 것은 이 각각의 정체성이 지닌 철저함에는 물론, 양립 불가능한 것으로 여겨지는 두 가지 정체성의 모순적인 결합 모두에 도전함으로써 오랜 전통을 뒤흔들 것을 요구한다. —게일 와이스[1]

당신은 남자와 책 중에서 선택해야 했다. 성(姓)은 여자들의 뇌리를 사로잡고, 당신의 성은 남자들의 부속물이라기보다 **당신 자신에 더 가깝기** 때문이다. 당신이 곧 당신의 성**이다.** 다른 일을 할 만한 충분한 에너지와 침착함, 그리고 두뇌를 가지고 싶다면, 성 없이 견뎌야 한다. —로나 세이지[2]

20세기 중반, 교육받은 여성들은 마음만 먹으면 글을 쓸 수 있다는 말을 들었지만, 거기에는 함정이 있었다. 정신적인 삶을 추구하기 위해 그들은 사랑과 가족에 대한 모든 권리를 포기해야 했다. 이것은 자원에의 접근을 다루는 실질적 문제로 제시되지 않았다. 모성은 지식인의 힘이나 예술가의 자율성과 도덕적으로 대립했다.

여성은 자기만의 시간과 정신적 능력을 가질 권리가 없다는 생각은 예술 자체만큼이나 오래되었다. 시인 로버트 사우디는 샬럿 브론테에게 다음과 같이 말했다.

> 문학은 여성의 일이 될 수 없다. 그리고 그렇게 되어서도 안 된다. 여성이 자신에게 주어진 의무를 적절하게 수행할수록 문학을 통해 성취와 즐거움을 느낄 여유는 줄어들 것이다.

1862년 시인이자 엄마였던 엘리자베스 배럿 브라우닝의 작품에 대한 또 다른 평론은 이 주제를 더 확장시켰다.

> 가정과 결혼관계를 통해 여성의 가장 위대하고 풍요로운 본성이 펼쳐질 수 있는지는 매우 의심스럽다. 동시에 여성이 예술이나 문학에서 충만감으로 꽃을 피우거나 결실을 맺을 수 있을지도 매우 의심스럽다. 가장 풍요로운 어머니의 마음은 악보 마디와 음표로 표현할 수 없는 종류의 것이다. 어머니는 이미 다

른 음악에 마음을 빼앗겼기 때문이다.[3]

심리학은 여성의 본성에 대한 이러한 판단에 20세기 과학의 지위를 부여한다.

프로이트는 지적 능력이 떨어지는 여성에 대한 생물학적·심리학적 설명과 함께 정신적·도덕적 처방에도 관심을 가진다. 이것들이 여성의 성기능 수행을 방해하기 때문이다. 여성들에게 성적인 부분과 지적인 부분은 양립할 수 없다고 비난한 프로이트는 이 두 가지가 기본적으로 상반된 성질을 지닌다는 주장을 다시 한 번 드러냈다.[4]

1950년대 수전 손태그가 남편 이름으로 출판될 위의 글들을 썼을 때, 그녀는 이미 학위를 가진 아이 엄마였다. 십대 시절에 그녀의 의붓아버지는 프로이트의 견해를 쉬운 말로 바꾸어 말했는데, 독서를 멈추지 않는다면 결코 남편감을 찾을 수 없을 거란 얘기였다. 손태그는 부분적으로 그가 틀렸다는 것을 증명하기 위해 결혼했다. 하지만 이혼 후에도 그녀는 여전히 자신의 지성과 육체가 충돌하고 있다고 느꼈다.

내 활력이 어디로 가면 좋을까? 책 혹은 섹스? 야망 또는 사랑? 불안이나 관능? 둘 다 가질 수는 없으니.[5]

작가로서의 정신과 아이의 존재가 상호 배타적이라는 두려움과 더불어 이 둘이 충돌하는 상황이 지닌 도덕적·사회적 함의에 가장 많이 애를 먹은 것은 1930년대에 태어난 손태그 세대였다. 특히 대학에 다니는 백인 여성들에게 이는 자명한 사실이었다. "상아탑"은 외롭고 영웅적인 지식인이라는 낭만적인 관점에 기대고 있었다.

> 1950년대 고학력 여성의 심신 문제는 혹독한 갈등 중 하나였다. 그 당시 사회는 여성의 육체에 성관계와 출산을 요구했는데, 이는 곧 정신의 죽음을 의미했다. 나의 지도 교수였던 헬렌 가드너는 여성 학자들이 더 높은 성취를 이루기 위해서는 육체를 부정하고 수녀와 같은 삶을 살아야 한다고 진심으로 믿었다. —A. S. 바이엇[6]

> 1950년대에는 미국 여성 작가들이 개인적 생활과 글쓰기를 통해 여성의 지성, 학구적 성향, 박학다식함과 타고난 문학적 소양을 여성적이지 못한, 기형적인 어떤 것으로 묘사했다. 그들의 여주인공들은 자신들의 지적 오만함에 대한 무자비한 벌을 받는다. —일레인 쇼월터[7]

> 이십대였을 때[1950년대에] 나는 시를 쓸 수 있는 자아를 구별해내려고 하는, 여성적인 시도를 하고 있었다. 만약 여러분이

여성이라면, 어떤 의미에서는 그러한 자아를 부정하려는 또 다른 내면의 존재가 나타날 것이다. 사실 나는 몇 년 동안 그것에 대해 분열된 감정을 가지고 있었고, 엄청난 공격성, 자존심, 내 자신에 대한 감각을 고백하고 싶지 않았기 때문에 도저히 쓸 수 없는 시들도 많이 있었다. —에이드리언 리치[8]

만약 여러분이 여성 작가라면, 언제 어디서든 이런 질문을 받게 될 것이다. "스스로를 작가라고 여기는 게 먼저인가요, 여성이라고 생각하는 게 먼저인가요?" 조심하라. 이런 질문을 하는 사람은 글쓰기와 여자를 둘 다 싫어하고 두려워한다. —마거릿 애트우드[9]

흑인 여성들 또한 책과 아기 사이의 분열을 목격했다. 손태그와 마찬가지로, 그웬돌린 브룩스가 쓴 자전적 소설 속 여주인공 모드 마사 역시 독서가 그녀의 결혼 기회를 망칠 것이라는 가족들의 경고를 받았다. 하지만 동시에 교육 수준과 상관없이 밖에서 일하는 엄마는 당연한 것으로 여겨졌다.

흑인 여성들은 가정과 모험을 결합할 수 있는 것처럼 보인다. 그들은 백인 여성들처럼 특정 영역에서 갈등을 겪지 않는다. 그들에게 가정과 사회는 둘 다 안전한 항구이자 배이고, 여관이자 산책로이다. —토니 모리슨[10]

1970년대와 1980년대에 흑인 여성들은 그들의 창조성이 그들의 나머지 인생과 분리되지 않았다고 주장했다.

> 흑인 미학, 페미니즘 미학에서 예술과 시의 본질은 한 사람의 일상적 삶과 그 표현, 소통과 감정 공유 및 자기 발전에의 욕구이다. —오드리 로드[11]

> 전통적으로 "여성의 일"이라고 불려온 것은 다음 세대를 키워내고, 집안 살림을 유지하고, 사람들이 계속 살아갈 수 있는 방법을 제공하는 것을 포함한다. 내가 하는 작업 역시 여성의 전통적 노동과 비슷한 목적을 가지고 있다. 단지 형태만 다를 뿐이다. —준 조던

간단히 말해 알렉시스 드 보가 조던과의 인터뷰를 요약하며 이야기한 대로, "시 쓰기는 집안일이다."[12]

흑인 여성은 백인 여성처럼 집에 머물러야 하는 사회적 압박에서 벗어나 있었지만, 그들이 받을 수 있었던 물질적 자원과 예술적 지원은 백인 여성에 비해 충분치 않았다. 그러한 상황에서 그들은 육아에서 기쁨과 즐거움을 찾으려고 애썼다. 작가이자 영화 제작자인 캐슬린 콜린스는 딸에게 다음과 같이 말했다.

> 훌륭한 돌봄을 제공하는 좋은 양육자가 되는 것 말고는 아이

> 를 사랑하는 나 자신에게 허할 수 있는 것이 없었다. 문자 그대로 사랑을 쏟고 마음을 걸어 잠갔다. 내가 감당할 수 있는 모든 사랑, 내가 제공할 수 있는 모든 사랑이었다. 그렇게 나는 내 삶을 살아가면서 이겨내고, 버텨내고, 무너지지 않으려고 노력했다.[13]

하지만 모리슨은 자신을 위해 자기만의 일이 필요하다고 말했다.

> 좋은 딸, 좋은 엄마, 좋은 아내, 좋은 애인, 좋은 선생님 등 무엇이 되든 간에 내 모든 삶은 다른 누군가를 위해 무언가를 하는 것이다. 나 자신을 위해 하는 유일한 일은 글쓰기다. 아무것도 대답할 필요가 없는 진짜 자유로운 세계이다.[14]

가장 자기파괴적인 좌절은, 예술적 비전이나 개인적 고통을 이해하도록 독려받았지만 시대 분위기상 결코 그럴 수 없었던 똑똑한 여성들의 몫이었다. 실비아 플라스의 친구 페이 웰던은 실비아 플라스에게 일어난 비극이 좋은 사례라고 지적했다. 웰던의 여동생이자 시인 제인 역시 실비아 플라스와 똑같이 "섬뜩한 무한을 향한 직통 라인"을 가지고 있었다.

> 내 동생의 문제는 어떤 일이 있어도 도달해야 하는 무언가가 저 너머 어딘가에 있다고 생각한 데 있었다. 그것을 붙잡으려고

> 애쓰는 일은 한 여자를 감정적으로 연약하고 절망적으로 만들었다. 지금에야 "창의성"을 탐나는 능력으로 여기지만, 이전의 우리는 우리 자신에 대한 모호하고 고통스러운 신비와 함께 외따로 남겨졌다. 우리에게는 무엇이 잘못됐는지 설명할 만한 언어가 없었다. 예술가를 움직이는 동력은 섹스만큼이나 강력한 충동이다. 만약 세상으로부터 거부당한다면, 시대가 자신에게 등을 돌린다면, 자신을 표현해낼 단어를 찾지 못한다면, 자신의 이야기를 들어줄 사람을 찾지 못한 채 자신의 내면에서 혼란과 비참함만을 발견하게 된다면, 이것은 한 여성을 미치게 하기에 충분한 조건이다.[15]

앨리스 워커에 따르면, 천재성이라는 것 자체가 부정되었던 지난 세대 아프리카계 여성들은 "샘솟는 창조성으로 인해 피를 철철 흘리지만 무감각한 광기로 내몰렸고, 이 광기는 그들이 달아날 길을 막아버렸다".[16]

지금도 작가들은 선택을 거부함으로써 느끼게 될 죄책감과 함께 선택에의 강요를 담은 메시지를 듣는다.

> 글쓰기는 권위, 즉 우리가 말하는 것이 중요하다는 믿음에 달려 있다. 하지만 나는 형편없는 초고의 모든 단락과 아이들의 요구를 양손에 들고 경중을 따져야 했다. 내 문장들은 그다지 중요하게 여겨지지 않았다. 어떤 두려움이 밀려와 내가 그토록

의지해오던 욕망을 의심하게 만들었다. 엄마인 채로 글을 쓸 수는 없었다. —헤더 아벨[17]

하지만 창조력과 육아(child-rearing)가 서로 시너지를 내게 된다면 어떨까?

엄마가 되면 작품을 만들어내려는 실존적 욕구가 없어질 것이라고 모든 이들이 말했지만, 실은 그 반대였다. 이렇게 생명력이 넘치는 기분은 처음이었고, 출산과 육아는 나를 작가로 다시 태어나게 했다. 동시에 내가 쓸 수 없을 것 같은 이야기에 대한 끊임없는 경고를 통해 내가 저항하고 초월하기 위해 노력할 무언가가 있다고 느꼈다. —케이트 잠브레노[18]

어느 날 내가 아기를 안고 젖을 먹이고 있을 때, 문득 토마스 만에서 제임스 조이스에 이르는 많은 남성 작가들이 그토록 갈망하며 묘사하던 마음 상태, 즉 깨달음의 신비, 거대한 바다 같은 일체감, 위대한 합일감에 도달하게 되었다. 또한 자아의식과 더불어 죽음의 순간처럼 일시적으로 자아가 지워지는 느낌도 받을 수 있었다. 가장 감동적인 문학 작품 중 일부는, 어쩌면 스스로 아기를 돌보는 여성이 되고 싶고 싶다는 사실을 깨닫지 못했던 남성들에 의해 씌어진 것일지도 모른다. —루이스 어드리크[19]

모성에 대한 상상은 모든 권력관계, 모든 심오한 관계를 상상하는 일에 대한 문을 열어준다. 모성은 나에게 생각을 빼앗기는커녕, 새롭고 놀라운 생각거리들과 더불어 성찰의 고됨을 버텨낼 동기를 주었다. —제인 스마일리[20]

예술은 이런 종류의 강화된 삶의 경험에 관한 것이어야 한다. 이는 아이들을 키우는 일이 당신에게 제공해주는 것이기도 하다. 모든 것이 고조되고, 경험의 범위는 확 넓어진다. 당신의 마음은 훨씬 더 열리게 된다. 예술가의 경험이 무엇인지에 대해 생각해볼 수 있는 모든 것들은 아이를 키운다는 일 속에 구체화되어 있다. —저스틴 컬랜드[21]

'양육'은 퀴어한 것이다. 이성애자로 정체화하지 않는 사람들이 아이를 낳거나 입양해 부모가 될 때뿐만 아니라, 자신을 변화시키는 창조력과 더불어 우리가 서로 관계를 맺는 다양한 방식을 인정한다면, 언제 어디서나 그렇다. 우리는 결코 살아남을 운명이 아니었지만 바로 여기에서 사랑으로 가득한 세상을 만들고 있기 때문이다. —알렉시스 폴린 검스[22]

첫 아이를 임신했을 때를 기억한다. 도서전에 참가 중이었는데, 이름 모를 내 또래의 한 작가가 맞은편에 앉아 "세상에, 아기를 가졌군요?"라고 말했다. 남성 작가였다. 그는 "시간을 많이 빽기겠네요. 뒤처지는 것에 대해 걱정해야겠어요."라고 말했다. 당시 나는 임신 7개월이었다. 나는 "그래요, 그런 것 같아요."라고 대꾸한 다음, "이제 곧 마흔이 되고 또 쉰이 되는 당신은 인간적인 경험의 절대적 부족에 대해 걱정을 해야겠고요."라고 덧붙였다. 그러자 그의 얼굴이 갑자기 창백하게 변했다. —제이디 스미스[23]

몇몇 작가들은 가능성을 실험해보기로 했다. 1976년, 삼십대 중반의 딸을 둔 마거릿 애트우드는 이렇게 말했다.

나는 여성 작가들은 당연히 예술에 헌신해야 하고, 작품과 아이 둘 다를 가질 수 없다는 모든 사회학자와 문인들의 말을 듣고 자라온 세대다. 정말 지옥 같은 이야기라고 생각했다. 왜 그래야 하는지 알 수 없었기 때문이다. 낮에 일이 있으면 밤에 글을 쓰면 되지 않나. 결국 얼마나 그것을 하고 싶은지에 대한 문제이다.[24]

1950년대에 다이앤 디 프리마가 미혼모로서 아이를 갖기로 결정했을 때, 그녀는 가장 좋아하는 시인 키츠의 영혼과 열띤 논쟁을 벌였다.

그는 나에게, 본인이 예전부터 자주 들어왔던 대로 여자들은 예술을 제대로 하지 않는다고, 예술 말고도 너무 많은 다른 것을 원한다고, 그 어떤 여자도 그가 하고 싶은 일을 해내지 못했다고, 앞으로 적어도 수백 년, 아니 수천 년 동안은 그럴 것이라고 말했다. 나도 성공하지 못할 거라고 말이다.

나는 그에게 이미 위험을 알고 있지만 시도해봐야 한다고 말했다. 내가 가장 사랑하는 한 가지를 위험에 빠뜨리고 있다는 사실만 자명할 뿐, 나머지 일들이 잘될지는 나도 알 수 없었다. 상황이 긴급하니 길게 설명할 수도 없었다. 우리는 작별을 고했고, 나는 그를 다시 볼 수 있을지 확신할 수 없다는 것을 알고 있었다. 언젠가 내가 그를 다시 만나게 된다면, 내가 여전히 시인일지도 확신할 수 없었다. 하지만 내가 시도조차 하지 않는다면, 나는 저주받을 것이다.[25]

애트우드처럼 남편과 함께 육아를 했던 어슐러 르 귄은 죽은 시인이 아니라 어린 시절의 가장 친한 친구에게 이 딜레마에 대해 한탄했던 일을 떠올린다. 그리고 그 친구에게서 더 고무적인 대답이 돌아왔던 일도.

나는 열일곱, 열여덟 살 때부터 아이를 가지는 것에 대해 생각해왔다. 그런데 어느 순간부터 당시 젊은이들이 하던 대로, "음, 나는 결혼할 수 없을 것 같아. 글을 쓰면서 가족에게도 잘하는 건 불가능할 테니까."라고 말하기 시작했다.

그런 내게 진은 "왜? 대체 왜 안 된다는 거야?"라고 반문했다. 진의 삼촌은 존 스타인벡이었는데, 삼촌을 통해 그것이 불가능하다는 것을 보았음에도 그녀는 설득당하지 않았다. 그녀는 그냥 그걸 믿지 않았다.[26]

6장
행복한 가족이 지루할 거라는 편견
어슐러 르 귄 1929~2018

예술은 두 가지이다. 길을 찾는 것과 자유를 찾는 것.
—앨리스 닐[1]

1964년의 어느 날, 서른네 살의 여성과 그 가족이 1년간 남편의 특별 연구년을 보내러 캘리포니아 외곽에 있는 집으로 이사했다. 두 딸은 학교에 다니고 있었지만 아들은 아직 아기였다. 그래서 그 여성에게는 온종일 자기 시간이라고는 없었다. 집 근처에는 유아차를 밀면서 걸을 수 있는 인도도 없었다. 시내버스도 물론 없었다. 게다가 그녀는 운전도 못했다. 자신의 고향 오리건 주 포틀랜드에서도 그녀의 활동 반경은 열다섯 블록 아래에 있는 세이프웨이 슈퍼마켓으로 제한되어 있었다. 그녀는 장바구니를 들고 유아차를 겨우 밀면서 그곳에 다녀올 수 있었다. 일회용 기저귀도 아직 없던 때라 아기를 데리고 외출하기 어려웠다. 어느 여름날 그녀와 남편은 미국 횡단 여행을 하던 도중 깨끗한 세탁물을 다 써버리고 말았다. 그래서 그들은 축축하게 젖은 천 기저귀를 항복의 백기마냥 차창에 매달아 바람에 말려가며 텍사스를 내달렸다.

그녀는 마지막 임신 기간 동안 우울증과 절망감에 시달렸다. 엄마로서 그다지 행복하지 않았다. 가족들과 함께 있는 시간에조차 마치 혼자 버려진 것만 같았다. 글도 계속 쓰고 있었다. 그래서 셋째 아이를 원하지 않았고, 아기가 생기면 작가로서의 커리어가 끝나버리지 않을까 두려웠다. 마침내 자신의 작품을 읽어주는 독자층을 찾은 시기였기 때문이다. 막상 아이를 출산하고 나니 우울증은 좀 나아졌다. 아기는 더없이 사랑스러웠다. 하지만 부모가 된 모든 사람이 느끼는 그 절망감을 피할 수는 없었다. 하루에 자신을 위한 시간이 거의 없고, 앞으로도 영영 그럴 것만 같은 기분 말이다.

월세 집에서 매일 밤 남편이 아이들을 재우는 동안, 그녀는 그때까지 썼던 것과는 사뭇 다른 소설을 써내려 가고 있었다. 낮이면 그녀는 불안과 폐소 공포증에 시달렸고, 밤이면 낯선 행성을 헤매는 청년의 탐험을 뒤쫓았다. 그 청년의 모험에 대해 꿈꾸다 보면 그녀의 마음은 한결 가벼워지곤 했다. 그녀가 원래 가지고 있었던 드높은 문학적 야망을 다 내려놓고 진정으로 스스로 즐길 수 있는 시간이었기 때문이다. 날아다니는 거대한 고양이의 등을 타고 네 개의 달을 가진 행성 곳곳을 탐험하는 여행이라니. 이는 자신의 집에서 벗어날 수 있는 유일한 방법이었다. 일상으로부터 이렇게 상상적 거리를 두는 것은 그녀를 자유롭게 해주었고, 그녀가 필요로 하던 "창작(창조)의 불꽃"을 마음껏 불태울 수 있게 해주었다.[2]

남편은 그녀의 재능에 대한 확고한 신념이 있었기 때문에 자신에게 관심을 가져달라고 요구하지 않았고 그녀의 시간을 충분히 존중해주었다. 아내에게는 글쓰기와 육아 모두가 정신적 균형 감각을 준다는 사실을 그는 잘 알고 있었다. 이들 부부가 캘리포니아 교외에서 보낸 1년이 거의 끝나갈 즈음인 1965년 여름, 그녀의 첫 번째 과학소설 『로캐넌의 세계』 출간이 결정되었다.

어슐러 르 귄은 육아와 글쓰기를 서로 동떨어진 별개의 사유 영역으로 다루었다. 그녀는 일상생활에 "매여 있는" 바로 그 순간에 상상의 영역에서 자신의 자유를 찾았다. 앨리스 닐과 도리스 레싱은 자신의 모성성을 글쓰기의 소재로 사용했지만, 어슐러 르 귄은 두 영역이 우연히 같은 시간과 장소를 차지하게 되었을 뿐인 두 가지 별개의 프로젝트라고 생각했다. 그녀는 가정에서 안전을 누렸지만, 동시에 작품 속 낯선 세계로 여행함으로써 자신만의 세계를 소유했다. 그곳은 자신이 새로이 창조한 세상이었고, 그녀의 여행은 그곳에서 살아가는 남성 주인공들의 낯선 세상 탐험기였다. 긍지에 찬 그녀는 영웅들의 행동에 대한 야심찬 글을 써내려 갔다. 또 자신의 소설에서는 남성이 됨으로써 모성성을 개인적 자아에만 한정시켰다.

레싱과 닐이 전통적 결혼관계 바깥에서 아이를 키우느라 모성 플롯을 탈피한 데 반해, 르 귄은 모성 내부에 자기만의 공간을 마련했다. 레싱과 마찬가지로 르 귄도 아이들이 집을 떠나자 어머니로서의 자신을 잃어버렸다는 생각에 어머니 이야기와 작가 이야기를 하나의 서사에 녹여내고자 했다. 하지만 어머니 주인공을 보기 힘든 장르에 어머니로서 자신의 경험을 어떻게 녹여내야 할지 오랫동안 알지 못했다. 그녀는 어떻게 어머니를 영웅으로 만들어야 할지도 알지 못했다.

1930년대 말, 캘리포니아주 버클리에 있는 높다란 집에서 고독을 찾는 소녀가 다락 창문을 통해 밖으로 나와 지붕으로 기어올라갔다. 지붕의 붉은 널빤지를 통해 높이 기어 올라가면 자신만의 올림포스산 꼭대기에 이를 수 있었다. 그곳에서 그녀는 푸르고 거친 만 너머에 보이는 샌프란시스코를 마음껏 응시할 수 있었다. 바다 위 언덕에 열을 지어 늘어서 있는 하얀 저택들도 볼 수 있었다. 그 도시는 그녀에게 낯설었다. 집을 떠나 새로운 곳을 가본 적이 거의 없었기 때문이다. 하지만 그 멋진 광경은 오롯이 자신만의 것이었다. 그리고 그곳 너머에는 '파라론'이라는 마술 같은 이름을 가진 섬들이 있다는 것도 알고 있었다. 그

녀는 그곳을 "사람들이 갈 수 있는 가장 먼 서쪽에 있는 외로운 장소"라고 상상했다.[3]

집에서는 아버지가 연구를 하고 있었다. 인류학 교수의 고유한 영역, 즉 신화, 마법, 노래, 문화적 패턴 같은 것을 끊임없이 생각하면서 말이다. 어머니는 "아버지를 귀찮게 하지 말아라. 지금 연구하고 계셔."라고 말하곤 했다. 하지만 한 시간 정도 지나면 아버지가 밖으로 나와서 놀아줄 것도 알고 있었다. 아버지는 그녀에게 풍요로운 가정생활 한가운데서 글을 써내려 가는 작가의 본보기가 되었다. 또 자기 마음속에 진정한 자신만의 방(혹은 비상계단의 아기)이 있어야 한다는 믿음도 아버지에게서 물려받았다. "네게 필요한 건 네가 하는 일이 정말로 중요하고 가치 있다는 신념이란다. 그 신념이 너를 둘러싸고 신성한 공간을 만들어줄 거야."[4]

어슐러 크로버는 1929년 10월 21일에 태어났다. 네 아이 중 막내이자 독녀였다. 또래 아이들과 달리 창작을 하려는 어슐러의 꿈은 부모의 요구와 상충되지 않았다. 그래서 자신을 특이한 존재로 느끼지도 않았다. 크로버 가문에는 학자와 작가들이 많았고, 그들은 모두 이야기를 읽고 쓰고 기록하고 새로 만들어내는 일에 즐겁게 몰두했다. 어슐러는 저명한 인류학자인 아버지 앨프리드 크로버를 통해 개척자의 어린 시절과 캘리포니아 원주민에 대한 고모할머니 베치의 이야기를 들으며 자랐다. 어슐러는 그 이야기들과 자신이 읽은 책을 모두 스펀지처럼 흡수했다.

어린이용 명작 소설뿐만 아니라 고대 스칸디나비아 신화, 아일랜드 민속동화, 어릴 때 혼자 품었던 환상까지 모두 생생했다. 아버지의 서재에는 낭만주의 시선뿐만 아니라 『도덕경』 같은 동양 철학 서적도 있었다. 어슐러는 오빠 칼과 함께 과학소설도 탐독하곤 했다. 그녀는 가정의 분위기에 반대해서 작가가 되려고 한 것이 아니라 가정의 분위기 한가운데서 작가의 꿈을 꾸었던 것이다.

어슐러의 어머니인 시어도라 크라코 크로버는 '크라키'('라'를 길게 발음했다.)라고도 불렸는데, 자녀들이 집에서 독립할 때까지는 글을 쓰지 않았다. 하지만 활발하게 지적 활동을 했으며 예술가와 학자들과도 친밀한 관계를 유지했다. 크라키의 고모이자 '베치'라고 불리는 엘리자베스 벅이 그들과 함께 살면서 아이들을 돌봐주었다. 크라키는 자녀들의 정서적 생활에 민감해서 아이들에게 공감을 많이 해주었다. 반면 앨프리드는 저녁식사 자리에 앉아 아이들에게 철학적 질문을 던지거나 퍼즐 문제를 내곤 했고, 요즘 뭘 읽고 있는지에 대해서도 종종 물어보았다. "우리는 모두 수다쟁이들이었고, 길게 이야기하며 논쟁하길 좋아했죠. 대화할 때면 항상 아이들이 책임 있는 역할을 하도록 격려받았어요." 어슐러는 막내였기 때문에 대화에 끼어들기 힘들었지만 그래도 이렇게 회상한다. "항상 사람들이 많이 있어서 모두 나보다 목소리가 컸지만 그래도 나는 무슨 말이든 꼭 했죠."[5] 결국 어슐러도 자신만의 입장을 가지고 논쟁하는 법을 터득하게 된다.

어슐러는 아주 어릴 때부터 글을 쓰기 시작했다. ("내가 원해서 글을 쓴 건 아니었어요. 그냥 글이 써진 거죠. 내가 피아노 치기를 원해서 피아노를 치지 않았듯이 말이에요.") 어슐러의 부모는 어슐러만큼이나 작가라는 소명을 진지하게 인정해주었고, 어슐러에게 격려와 지원을 아끼지 않았다. 어슐러가 십대가 되었을 때 아버지는 어슐러에게 오빠들처럼 학계로 진출하는 것이 어떻겠냐고 물었다. 그러면 경제적으로도 수월하게 독립할 수 있었기 때문이었다. 어슐러가 이십대가 되자 아버지는 어슐러의 에이전트로서 그녀가 쓴 시편들을 잡지사에 보내주기도 했다. 또 아버지와 어머니는 늘 어슐러의 첫 번째 독자가 되어주었다. 어슐러의 부모는 그녀를 정서적으로 지지해주었을 뿐만 아니라 그녀가 세상에서 인정받도록 적극적으로 도와주었다. 말하자면 에이드리언 리치의 폭군 같은 아버지나 실비아 플라스의 의도만 좋았던 어머니의 노력과는 달랐던 것이다.

하지만 어슐러는 열정적인 가정 분위기에서 조화를 유지하기 쉽지 않다는 사실도 배웠다. 『안나 카레리나』는 "모든 행복한 가정은 비슷하다."라는 문장으로 시작되지만, 어슐러는 자신의 유년기와 양육의 경험을 되돌아보면서 그 문장에 반대한다. "흥미로운 가정은 불행한 가정뿐이라고? 말도 안 된다. 톨스토이는 틀렸다. 불행한 가정이야말로 정말 똑같다. 물론 모든 사람이 항상 '행복'하다는 걸 의미하지는 않더라도, 소위 행복한 가정이란 매력적인 것임에 분명하다. 행복한 가정은 권력과 통제와 사랑과 반감과 좌절이 계속되는 상호작용의 공간이다. 정말로 끝이 없다."

크로버 집안의 막내로 사는 건 때로 버거웠지만, 학구적 분위기를 높이 평가하지 않고 남들과의 차이를 존중해주지 않는 세상에서 어슐러의 집은 어슐러가 자신을 인정받을 수 있는 안전한 섬과 같았다. 집 밖에서 그녀는 "청소년의 사회적 규범이라는 시베리아로 유배된 것처럼" 느꼈다고 한다.[6] 버클리 고등학교의 아이들은 모두 스포츠와 인기에만 몰두하는 것처럼 보였다. 패션에 대한 여자아이들의 기준은 엄격했다. 모두 긴 치마를 입고 "보비 양말"이라고 불리는 소녀용 짧은 양말을 신어야 했고, 자신의 미래에 대한 큰 기대도 없었다. 어슐러는 십대를 회상하면서, 자신이 가진 재능을 어떻게 발휘할지 고민이 전혀 없는 사람들 사이에서 학창시절을 보내야 하는 외로움과 혼란스러움, 고통에 대해 이야기한다. "그냥 엉망진창인 곳에 내던져진 기분이었다. 왜 그래야 하는지, 뭘 해야 하는지 아무도 내게 알려주지 않았다."

어슐러는 도서관에서 피난처를 찾았다. 그곳에서 그녀는 브론테 자매와 투르게네프, 디킨스, 셸리의 작품을 만났다. 외국어 서가에는 거의 사람이 없었기 때문에 어슐러는 프랑스어로 된 책을 읽기 시작했고, 『시라노 드 베르주라크』와 보들레르를 읽으면서 사춘기 감성에 젖어 소리 죽여 흐느끼기도 했다. 1940년대의 캘리포니아는 어슐러에게 촌스럽게만 느껴졌다. 로스앤젤레스에서 닥치는 대로 고전 작품들을 읽어내던 또 다른 조숙한 십대 소녀 수전 손태그에게도 마찬가지였다. 그들에게 유럽은 지성인에게 약속된 천국의 땅처럼 느껴졌다. 어슐러는 『전쟁과 평화』의 안드레이 공작과 사랑에 빠졌고, 열세 살에는 로런스 올리비에가 연기한 미스터 다시의 사진을 도서관 책에서 몰래 잘라내 집으로 가져와 은밀히 보는 기쁨을 누리기도 했다. 어슐러는 현실에서 짝사랑으로 가슴앓이를 하다가 결국 거부당하고 외로운 생활을 했다고 한다. 수년이 지나서 어슐러는 『아투안의 무덤』에서 십대 소녀의 정서적 각성에 대해 다루면서, 자신의 여주인공을 사막 한가운데 있는 지하 미로를 관장하는 대무녀(priestess)로 만들었다.

어슐러는 자신의 십대 시절이 "균형이 맞지 않아 아슬아슬하고" 불행한 상태였다고 말한다. "나는 높이 매달린 전기줄 위를 걷고 있는 것 같았다. 발이 미끄러지면 끝이다. 나는 죽는다." '균형'이라는 모티프는 청소년기에 대한 르 귄의 위대한 작품인 『어스시 연대기』에서 핵심적 비유로 기능한다. 어스시 연작의 첫 작품 『어스시의 마법사』에서 마법의 능력을 가진 고독한 십대 주인공에게 가장 중요한 교훈은 힘의 균형을 선택할 때만이 진정한 마법사가 될 수 있다는 가르침이다. 어스시의 마법학교와 해리 포터의 호그와트 사이에는 유사점이 거의 없다. 하지만 자부심에 가득 찬 촌스러운 소년인 게드와 캘리포니아 출신으로 1947년에 래드클리프 대학으로 온 청바지 차림의 어슐러 크로버 사이에는 분명 유사점이 존재한다. 모든 책을 읽고 온갖 사상을 섭렵했음에도 단 한 번도 캘리포니아를 벗어난 적이 없었던, 그리고 스스로를 시인으로 증명해보이기 위해 열정으로 활활 불타고 있던 어슐러 크로버 말이다.

래드클리프 대학에서 만난 친구인 진 테일러는 훗날 어슐러의 오빠와 결혼하게 되는 인물로, 둘이 농담을 하고 언어유희를 하면서 친해지기 전까지 어슐러가 그녀에게 "조금 무서운" 사람이었다고 회상한다. "물론 어슐러가 의도한 건 아니지만, 어쨌든 나한테는 그렇게 보였다. 어슐러는 엄청나게 똑똑해서 대화가 어느 방향으로 가든 늘 우리를 앞서 있는 경우가 많았다. 어슐러의 짤막하지만 날카로운 한마디는 우리를 놀라게 하곤 했다."[7]

새로 간행된 래드클리프 문학 저널《시그니처》의 투고물들을 읽기 위해 친구 한 명과 함께 가입 신청을 했을 때, 어슐러는 자신이 문학계의 문화와 맞지 않는다는 사실을 깨닫게 되었다. 그 잡지의 학부생 기고자들로는 에드워드 고레이, 해럴드 브로드키, 에이드리언 리치 등이 있었다. 하지만 편집자들은 어슐러의 작품은 받아들이지 않았다. 어슐러는 그들이 "배타적이고 적대적"이라고 느꼈다. "우리가 제출한 작품들에 대한 그 사람들의 코멘트는 깜짝 놀랄 만큼 무례했고 경멸로 가득했다. 그래서 우리는 그곳을 빠져나와서 다시 원래의 은둔생활로 되돌아갔다."

래드클리프는 종합대학인 하버드의 여학생들을 위한 칼리지였고, 독립된 캠퍼스와 독자적 지위를 가지고 있었으나 하버드보다 한수 아래로 취급받았다. 그곳은 뛰어난 교육을 제공했음에도 학생들에게 공부는 어머니가 되기 위한 준비과정이라고 인식시켰다. 어슐러가 1학년이 되었을 때 학장은 학생들에게 "우리는 우아하게 사는 법을 배우기 위해 여기에 있다."라고 말했다.[8] 어슐러는 그런 분위기를 완전히 무시하고 곧바로 도서관으로 향했다. 하지만 어슐러의 동기였던 에이드리언 리치는 자신이 대학을 다니는 동안 "단 한 번도 여성이 강단에 서거나 학생들 앞에 선 모습을 본 적이 없다."라고 회상했다.[9] 공부하는 여성은 진지하게 받아들여지지 않았던 것이다. 영문학과는 특히 성차별적 태도로 유명했다. 어슐러가 래드클리프를 떠난 지 4년 뒤, 어느 하버드 대학 영문학과 교수는 당시 대학원생이던 수전 손태그에게 여학생에게는 대학원 공부가 필요 없다고 말했다. 손태그는 곧바로 철학과로 전과했다. 어슐러는 불문학을 전공했다.

공부를 먼저 하고 아이는 나중에 가지라는 메시지를 강화하기 위해서 당시 미국 여대들은 재학생들의 섹슈얼리티를 통제하려 했다. 래드클리프 대학에서는 11시까지로 통금시간이 정해져 있었다. 남자 대학생들은 시간에 관계없이 자기 기숙사를 드나들 수 있었는데 말이다. 통금시간 즈음이면 기숙사 현관 앞에는 헤어지기 싫은 연인들이 포옹하면서 시간을 끄는 장면이 종종 포착되곤 했는데, 사람들은 이를 "현관 애정행각"이라고도 불렀다. 어슐러는 대학 시절 대부분을 "밤 10시 30분에서 11시 사이에 현관에서 다른 모든 학생들이 연인과 키스를 나누는 소리를 들으면서 외롭고 쓸쓸하게 앉아 있곤" 했다.[10]

그동안 어슐러는 예술적으로 재능이 있으나 남들에게 인정받지 못하는 청년이 등장하는 소설들을 써내려 갔다. 그러다가 그녀는 졸업 학년에 실제로 자신의 주인공과 비슷한 남자를 만나게 된다. 그는 수학을 전공하는 대학원생이자 재능 있는 뮤지션인 노먼이었다. 어슐러는 친구들의 만류와 경고에도 불구하고 그에게 한눈에 빠졌다. 친구 진 테일러는 어슐러에게 말했다. 그 사람은 뉴욕 출신이고, 네가 그 남자가 겸손하다고 생각하는 부분은 사실 그 사람의 오만이라고. 하지만 어슐러의 귀에는 그런 말이 들리지 않았다. 그해 가을 어슐러는 노먼 가족의 여름별장으로 가서 처음으로 남자와 잤다.

하지만 성에 대해 열려 있던 크로버 부부도 딸에게 임신에 대해서는 한 번도 가르쳐준 적이 없었다. 게다가 노먼은 하룻밤에 두 번 사랑을 나눌 경우에 두 번째는 콘돔을 쓰지 않아도 된다고 생각했다. 어슐러는 크리스마스에 맨해튼에서(아버지 앨프리드는 컬럼비아 대학에서 강의하고 있었다.) 부모와 함께 지내던 도중 임신 사실을 알게 된다. 어슐러는 결혼을 기대하며 노먼을 찾아갔다. 결혼은 래드클리프 대학을 떠나는 것을 의미하기도 했다. 왜냐하면 그 학교는 학생들의 결혼을 허락하지 않았기 때문이었다. 하지만 임신 사실이 알려지면 어슐러는 어쨌든 퇴학당할 것이었다.

그러나 노먼은 어슐러의 말을 듣자마자 그 자리에서 결별을 선언했다. 그는 정착하고 싶지 않다고 했다. 게다가 유대교 신앙을 가지지 않은 사람과는 결혼하고 싶지 않다고도 했다. 집으로 돌아간 어슐러는 몇 날 며칠을 슬피 울었다. 하지만 부모에게는 무슨 일인지 알리지 않았다. 결국 부모는 무엇이 문제인지를 추측해냈고, 정 아기를 원한다면 어슐러가 학위를 따지 못하더라도 아기 키우는 것을 도와주겠다고 했다. 하지만 만약 아기를 원하지 않는다면 낙태를 도와주기로 했다. 어슐러는 낙태가 도덕적이지 못하다는 점 때문에 걱정했지만, 아버지는 설령 그렇더라도 아무도 원하지 않는 아이를 세상에 태어나게 하기 위해 "너의 공부, 너의 재능, 네가 앞으로 가지게 될 다른 아이들 모두를 희생하는 것"보다는 낙태가 '차악'이 될 것이라고 대답해주었다.[11]

법을 잘 지키면서 살던 크로버 부부는 지인들에게 조심스럽게 낙태할 방법을 알아보았고, 로어이스트사이드에 산다는 의사의 전화번호를 얻어냈다. 그는 현금으로 1000달러를 받는다고 했다. 그 돈은 래드클리프 대학의 1년치 학비, 방세, 식비였다. 크로버 부부는 기꺼이 그 돈을 지불할 용의가 있었다. 어머니는 어슐러와 함께 택시를 타고 의사를 찾아갔다. 사무실은 깨끗했고 절차는 전문적이었으며 한 번도 "낙태"라는 단어는 회자되지 않았다. 어슐러는 충격과 비참의 상태로 래드클리프 대학으로 돌아가 프랑스 르네상스 시에 대한 졸업논문을 마쳤고 대학원에도 지원했다. 그리고 그녀는 다시는 오만한 남자에게 빠지지 않기로 했다. 아니, 다시는 하버드 대학생을 사귀지 않을 것이었다.

어슐러에게 졸업 선물을 하고 기분 전환을 해주기 위해 크로버 부부는 1951년 여름에 어슐러와 오빠 칼을 유럽 여행에 보내주었다. 크로버의 아이들은 도시와 교회와 성을 여행했고, 어슐러는 '오르시니아'라고 이름 지은 상상 속 동부유럽 국가를 배경으로 한 역사소설을 쓰기 시작했다.

1930년대에 출생해 1950년대에 성년이 된 미국 작가들(에이드리언 리치, 오드리 로드, 토니 모리슨, 실비아 플라스)은 자신들이 선구자가 없는 불확실하고 실험적인 길로 나가고 있다고 느꼈다. 미국 문학은 여전히 헤밍웨이, 포크너, 리처드 라이트의 마술에 걸려 있었다. 리얼리즘과 남성성이 지배하고 있었고, 유희나 환상을 위한 공간은 거의 없었다. "나는 비평적으로 승인된 문화와는 다른 길로 나아가고 있었다." 어슐러는 창작의 초기 시절을 회상하면서 이렇게 말한다. "나는 노먼 메일러나 솔 벨로가 절대 되지 못할 거라는 걸 알았다. 동료 작가들이 누군지도 몰랐다. 내가 쓰고 싶어하는 글을 누군가가 쓰고 있을 것 같지 않았기 때문이다."

하지만 어슐러는 자기 안에 꺼내야만 하는 뭔가가 있다는 걸 알고 있었다. 그리고 할 수만 있다면 그 길을 가야 한다고 확신했다. 1952년 봄 어느 날, 어슐러는 뉴욕 컬럼비아 대학교에서 중세 프랑스 시를 공부하다가 갑자기 문이 열리면서 미지의 세계로 내딛는 환상을 본다. 그리고 어슐러는 작가로서의 소명을 받아들이고 자신의 직관을 신뢰하기로 결심한다. 어슐러의 삶에서 대전환이 일어난 순간이었다. 몇 년 후 어슐러는 "문이 열리는 환상"에 대해 회상하면서 이렇게 쓴다. "나는 그 거대한 바람이 나를 어디로 데려가는지 묻지 않았다. 바람이 부는 한, 그리고 내가 능력이 되는 한, 결과가 어떻게 되든 나는 그것을 받아들일 것이었고, 나의 자유와 필연성과 나만의 것을 온전히 느끼고 만들어나갈 것이었다."[12]

"자유"는 그녀에게 강력한 단어였다. 제2물결 페미니즘이 시작되기 전이었고, 정치 참여는 창조적 여성들에게 힘을 부여해주는 것처럼 보였다. 도리스 레싱이나 오드리 로드처럼 활동가로서의 배경을 가지고 있던 저술가들은 순전히 감정적이거나 지적인 삶의 감각을 가지려고 했던 스마트나 손태그와 같은 작가·예술가들보다 자신의 상황을 더 잘 이해하고 있었다. 어슐러는 정치 활동을 하지는 않았지만 철의 장막이 드리우고 있던 동유럽과 미국에서 벌어지는 지적 억압에 대해 우려하고 있었다. 역사가와 결혼한 뒤엔 프랑스 혁명에 매혹되었고, 정치적 자유를 향한 19세기의 운동에도 관심을 가졌다. 어슐러는 이렇게 쓰고 있다. "나는 내 삶에서 필요한 무언가를 찾고 있었다. 모든 문이 눈앞에서 닫히고 더 폐쇄적이고 숨 막히는 공간으로 변해가는 사회에서 우리는 늘 생각하면서 존재해야만 했다. 여기에서 나가게 해줘. 숨 좀 쉬게 해줘. 나는 이렇게 생각하곤 했다."

1954년에서 1956년까지 결혼 후 2년 동안 어슐러는 남편 찰스의 고향인 조지아에 살았다. 어슐러는 인종차별에 대해 알고는 있었지만 조지아에서 매일 직접 목격하면서 더욱 그 문제에 불편함을 느끼게 되었다. 미국 정치에 대해 어떻게 글을 써야 하는지 알지 못했던 어슐러는 대신 오르시니아에서 1820년대에 어느 청년이 평등과 자유사상이라는 이상을 위해 싸우는 소설을 열심히 써나갔다. 1830년대에 실패한 유럽의 혁명에 대해 읽고 쓰는 일은 그녀에게 "내가 필요로 했던, 늘 간절히 필요해 마지 않았던 거리감"을 주었다고 그녀는 쓰고 있다. "나 자신과 실제 일어나고 있는 무자비한 날것의 현실 사이에는 거리가 필요했다. 나는 그 현실을 다룰 수 없었다. 내 눈앞에서 그 일이 벌어질 때 나는 제대로 쳐다볼 수조차 없었다."

"작지만 냉혹한"[13] 리얼리즘 대신 존재하지 않는 나라에 대해 써내려 가기 시작하자 어슐러의 상상력은 마침내 꽃을 피우기 시작했다. 어슐러는 여전히 남성들에 대해서 글을 쓰고 있었지만, 소설 속에서 남자가 된다는 것은 여러 이점이 있었다. 그것은 그녀가 글과 개인적 자아를 철저히 분리시킬 수 있도록 해주었다. 아이들과 함께 있을 때 어슐러는 어머니였고, 어머니의 정체성과 관심사를 가지고 있었다. 소설을 쓸 때 어슐러는 고독하고 고립되어 있지만 자기 자신을 탐색하고 배워나가는 사람들에 대해서 쓸 수 있었다.

그러나 허구 속에서 남자가 된다는 것은 또한 여성만의 오롯한 자유가 어떠해야 하는지를 제대로 상상할 수 없다는 걸 의미하기도 했다. 어슐러는 자신이 꿈꿔왔던 강력한 운명을 여성들, 특히 어머니들에게 어떻게 부여해줘야 하는지 알지 못했다.

1953년, 프랑스 문학을 연구하는 한 대학원생이 바다를 건너는 '퀸메리호' 갑판에 서 있었다. 선실에는 그녀가 앞으로도 결코 끝내지 못할 박사 논문을 위한 메모로 가득한 노트가 있었다. 르아브르항에 다다를 즈음에는 오랜 마음의 방황이 끝날 것이기 때문이었다. 그녀는 풀브라이트 장학금을 받고 프랑스에서 1년 동안 15세기 무명 시인 장 르메르 드 벨주를 연구하기 위해 프랑스로 왔다. 게다가 미국에서의 연구 생활이 지겨워 떠나 있고 싶기도 했었다. 마중 나온 오빠 칼은 그녀가 혼자 서 있는 모습이 슬프고 나약해 보인다고 생각했다. 실제로도 그랬다. 하지만 바로 그날 밤에 그녀는 사랑에 빠지게 된다.

찰스 르 귄은 프랑스혁명에 대해 논문을 쓰고 있는, 부드럽고 멜로디가 흐르는 조지아주 특유의 목소리를 가진 잘생긴 풀

브라이트 장학생이었다. 어슐러는 찰스의 "낯선" 억양에 매료되었다. 찰스는 어슐러가 "지나치게 도도해보이지만 수줍음이 많다"고 생각했다.[14] 그들은 처음의 잘못된 인상을 극복하고 나서부터는 서로 떨어질 수 없는 사이가 되었다. 그들은 두 명의 새로운 풀브라이트 장학생 친구들과 파리의 카르티에라탱에 있는 다른 호텔로 이사를 갔다. 어슐러와 룸메이트가 한 층을 쓰고 찰스와 다른 친구는 다른 층을 썼지만 아래층 복도에 있는 화장실은 공유하는 식이었다. 그들은 함께 연극을 보고 콘서트를 가고 박물관을 다니면서 파리의 낭만을 즐겼다. 숙소에 돌아오면 네 친구들은 모여서 게임을 하거나 오페라에서 본 장면 그대로 옷을 차려입고 연극을 하면서 함께 환상을 공유했다. 몇 주가 지난 뒤 어슐러와 찰스는 콘서트를 보고 숙소로 돌아오는 길에 튈르리 정원의 아치 아래 멈춰섰다. 그리고 찰스가 어슐러에게 프러포즈를 했다.

찰스와 깊은 사랑에 빠진 어슐러는 둘이 함께 꾸려나갈 가족에 대한 그림을 그리기 시작했다. 엑상프로방스에서 보낸 편지에서 어슐러는 친구네 집을 방문한 이야기를 한다. "친구의 작은 딸이 정원에서 고양이와 놀고 있는 장면을 보니 리만의 정원에서 우리의 작은 아이가 작은 고양이와 놀고 있는 어느 가을날 오후의 풍경이 머릿속에 그려졌어. 그리고 계속해서 내 마음에 끈질기게 남아 있어. 찰스, 나는 너무 부르주아적인 것 같아."[15]

어슐러는 또 찰스와 함께 책에 올라타서 하늘을 나는 꿈을 꾸었다고도 한다. 꿈속에서 어슐러는 하향풍이 불까 봐 걱정하고 있었지만 찰스는 확고했다. 어슐러가 계속해서 "웃느라 고도를 놓치고 있었"지만 찰스는 비행을 조종하는 것에 능했다. 찰스는 꿈에서 어려운 일이 아니라고 했다. "그냥 책 앞표지 위에 서프보드를 타는 것처럼 붙어 서서 독수리처럼 손을 펼치고 발은 책의 가장자리에 단단히 붙이고 짧게 발을 구른 다음 활짝! 하고 미끄러져 날아가는 거야. 책은 균형을 위한 존재야."[16]

외딴 섬 같은 가족 안에서 자란 아이는 아이를 낳고 키우는 것을 일종의 피난처로 생각하게 된다. 어슐러와 찰스가 1953년 12월에 파리에서 결혼했을 때 둘은 모두 아이를 간절히 원했다. 하지만 찰스는 여전히 무일푼의 대학원생이었고, 어슐러는 뜻하지 않은 임신을 두 번 다시 겪고 싶지 않았다. 처음에는 결혼 선물로 받은 피임기구가 있었고, 나중에 어슐러의 어머니는 다른 피임기구를 보내주기까지 했다. 어슐러 또한 말 못할 비밀을 안고 결혼생활을 시작했다. 찰스의 기분을 해치고 싶지 않았던 어슐러는 임신중절을 했다는 사실을 말하지 않았던 것이다. 그녀는 30년 동안 여기에 대해서 침묵을 지킨다.

자신만의 야망에 휘둘리지 않는 어슐러 세대의 여성들이 빠지기 쉬운 한 가지 덫은, 아주 성공했지만 손이 많이 가는 남자와 결혼해서 성공에 대한 대리만족을 추구하는 것이었다. 하지만 어슐러는 찰스에게서 자신을 완전하게 해주는 재능과 관심사를 가진 남자를 발견했다. 그리고 자신이 책을 타고 활강할 수 있게 해줄 그 남자와 결혼했다. 농부의 가정에서 태어난 찰스는 강인한 여성들의 손에서 자라났기 때문에 남성적인 척할 필요를 전혀 느끼지 않았다. 찰스는 가정적이어서 아이를 키우고 케이크를 굽는 일을 즐거워했다. 어슐러는 걱정이 많고 논쟁을 즐겼지만 찰스는 침착하고 평온했다. 그들은 역사와 문학에 대한 애정을 공유했고 자신들에게 부과되는 관습을 조용히 무시했다.

어슐러는 래드클리프 대학의 동기였던 에이드리언 리치의 성공을 부러워했다. 그녀는 대학을 졸업하기도 전에 출간한 두 권의 시선이 평단의 찬사를 받았다. 리치는 하버드 대학을 나온 경제학자와 결혼했고, 남편이 세 아이의 육아를 도와주기는 했다. 하지만 1950년대가 되자 리치의 글쓰기는 그저 "일종의 사치이자 나의 특이한 부분"에 불과하게 되었고, 가족 중 "진짜 일을 하는 사람"은 남편이 되었다.[17] 어슐러는 리치의 남편과는 다른 타입의 남성을 만났기 때문에 자신만의 영역을 유지할 수 있었고, 둘 사이에 평등한 역할을 주장할 수 있었다. 야심찼던 하버드생 남자친구를 떠올리면서 어슐러는 자신이 그와 엮이는 운명을 피할 수 있었던 게 얼마나 행운이었는지를 새삼 깨닫곤 했다.

어슐러는 찰스와 결혼하자마자 자신의 학문적 미래를 과감하게 버렸다. "나는 찰스와 함께 국립도서관에 가서 장 르메르의 책을 읽으며 놀기는 했다. 나는 오래된 책의 언어와 그 모든 걸 사랑한다. 하지만 나는 그렇게 심각하지는 않았다. 찰스는 진짜 연구라는 걸 하고 있었고 논문을 차곡차곡 쌓아가고 있었다. 나는 드디어 자유로워진 것이다." 어슐러는 르메르를 다시 미래의 연구자들의 열정적 선택을 기다리는 무명 시인으로 되돌렸다. 그리고 자신만의 시를 쓰고 허구의 세계를 구축하는 데 몰입했다.

결혼 후 몇 년간 어슐러가 출판사에 보낸 소설은 격려를 담고 있으나 출간은 거절하는 편지와 함께 되돌아왔다. 하지만 찰스와 찰스의 부모님은 그녀의 작품을 읽고 그녀의 재능에 탄복했다. 3년 후 겨울, 너무 추워서 서재에 있던 책들이 벽에 다 얼어붙어버린 아이다호주 모스코에서 어슐러는 첫 아이 엘리자베스를 가지게 된다. 그리고 어슐러는 계속 글을 썼다.

아이가 갓 태어나 이제는 되돌아갈 수 없는 강을 건너버린 젊은 부모들이 처음에 하는 일은 다 똑같다. 어슐러와 찰스는 아이들을 씻기고 기저귀를 갈았다. 그들은 고양이만큼 자그마하고 눈이 잘 보이지 않으며 몸을 끊임없이 비틀어대는 그 작은 피조물을 씻기고 먹이고 입히고 데리고 다니고 무한한 애정을 담아 바라보는 법을 배워야 했다. 그들은 바야흐로 느리게 흐르는 시간과 고조된 감정 상태의 세상으로 들어섰다. 그들의 마음은 사랑과 좌절과 분노와 기쁨으로 팽팽하게 긴장되어 아름다운 가락을 내는 현악기와도 같았다. 그들은 마음이 나약해지다가도 그 새로운 신체적 친밀함과 애착에 무한한 기쁨을 느끼며 아이와 하나가 되어갔다. 어슐러는 육아를 "온몸으로 생각하는 일"이라고 불렀다. 아무런 도움도 받지 못한다면 갓난아이를 키우는 일은 지옥이 될 수 있다. 하지만 둘이 함께 육아를 분담한다면 천상의 순간들이 펼쳐지게 될 것이다.

엄마가 된다는 것은 어슐러를 삶으로부터 밀어내는 것이 아니라 오히려 삶 한가운데에 자리잡게 했다. 아마도 어슐러와 찰스가 함께 아이를 키우는 순간을 즐겼기 때문일 것이다. 어슐러는 세 아이들이 "찰스 없이는 제대로 기저귀도 못 차고" 있을 거라고 친구에게 보내는 편지에 썼다. "내가 지금도 생생하게 기억하는 순간이 있어. 내가 태어난 지 1주일밖에 안 된 조그만 엘리자베스 앞에서 다 큰 햄스터 크기만 한 천을 들고 이리저리 접으려고 허둥거리고 있으니까 찰스가 와서 '이렇게 하면 될 것 같아.' 하면서 금방 접더라구. 찰스가 하니까 정말로 제대로 되더라." 그리고 찰스는 무척 기뻐하면서 갓 태어난 딸을 바라보았는데, 둘이 서로를 바라보는 모습이 마치 성모와 예수가 서로 바라보는 모습을 그린 르네상스 시대의 그림 같았다고 한다. 둘은 "똑같은 온전한 애정과 충족감을 느끼면서" 서로를 응시하고 있었다.[18]

찰스가 당연하다는 듯이 육아를 분담한 덕분에 어슐러는 창작 활동을 계속할 수 있었다. 도리스 레싱의 "히말라야산처럼 거대한 권태로움"이나 에이드리언 리치의 끝 모를 좌절감을 어슐러는 느낄 필요가 없었다. 어슐러는 나중에 이렇게 회상한다.

> 찰스는 하루 종일 일하느라 집에 없었지만 나는 그에게 의지할 수 있었다. 왜냐하면 찰스가 여기에 있으면 그는 **정말로 온전히 여기에** 있었기 때문이다. 그래서 나는 육아를 혼자 떠맡는 여성들의 절망감을 느끼지 않았다. 남편이 있는 여성조차도, 그리고 심지어 지금 이 시대에도 여성들은 절망하고 있다.
>
> 한 사람이 두 가지 일을 풀타임으로 하는 것은 불가능하다. 글을 쓴다는 것은 풀타임으로 해야 하는 일이다. 육아도 마찬가지다. 하지만 두 사람이라면 세 가지 일을 풀타임으로 할 수 있다. 나는 글을 많이 썼지만 그건 찰스가 나와 함께했기 때문에 가능했다. 물론 늘 그랬던 건 아니고 우리도 서로에게 화를 많이 내기도 했다. 하지만 대체적으로 우리는 함께했다.
>
> 그리고 아이들이 커서 저녁에 제대로 잠들고 밤에 깨지 않게 되자 나는 젊은 에너지로 위층으로 올라가서 저녁 8시부터 자정까지 글을 썼다. 내가 선택한 시간이었던 것은 아니지만 아무튼 내게는 시간이 있었고 그래서 제법 많은 글을 쓸 수 있었다.

어슐러는 또한 아이들이 지나치게 손이 많이 가지 않았다는 것과 집중하는 재능을 가졌다는 점에서 운도 따라주었다고 생각했다. 그녀는 아버지처럼 서재문을 닫지는 않았다. "왜냐하면 나는 아버지가 아니고 어머니이니까." 하지만 그녀는 글을 쓰기 시작하면 다른 어떤 것에 대해서도 생각하지 않았다.

또 가족과 글쓰기라는 소명이 서로 완전히 다른 영역에 속한 것이었기 때문에 "글쓰기에 대해서나 아이에 대해서 다른 많은 여성들이 가지곤 하는 죄책감을 나는 갖지 않았다. 그것도 나에게는 순전히 은총이었다고 생각한다."

그래서 엘리자베스가 어느 정도 자라자 어슐러는 다시 작품 활동을 하면서 스물일곱 살의 젊은 에너지에 가득 차 자신의 시를 아버지에게 보냈다. 아버지는 그중에서 좋은 작품을 골라서 작은 문학 잡지사에 투고했다. 1958년에 어슐러는 공산주의자 마녀사냥꾼에 사로잡힌 어느 샌프란시스코의 가족에 대한 현대적 소설을 완성했다. 호턴미플린 출판사에서 J. R. R. 톨킨을 담당하던 편집자는 출간을 거절했지만, 훗날 어슐러의 후기 작품에서 두드러지게 드러날 특징들을 미리 간파하고 칭찬하면서 작품들을 계속 보내라고 격려했다. "문체가 훌륭하고 사람들의 도덕적 관계에 대한 심오한 인식이 있군요."[19] 어슐러는 편집자의 칭찬에 고무되었지만 책상 서랍에 쌓여가는 자신의 작품을 보며 갈수록 절망에 빠졌다. "글은 내가 세상에 존재하는 가장 내재적인 방식이자 아내나 어머니라는 사회적 존재가 아니라 개인으로서 나의 존재를 유일하게 정당화해주는 것이었다. 그래서 몇 편의 시 외에 출판된 작품이 없다는 사실은 갈수록 나를 고통스럽게 했다. 그러다 보니 내가 타고난 작가인데도 그 사실을 확인해주는 곳이 아무 데도 없다는 모순적 상황이 몹시 고통스러웠다.”

1958년에 어슐러는 또 임신을 했으나 12주 만에 유산하게 된다. 이는 “끔찍하고도 너무나 절망적인” 경험이었다. 처음에 피가 비치고 배가 아프더니 “그냥 그게 끝이었다. 아이는 살지 못했다. 그냥 그렇게 아이를 잃었다. 너무 아무렇지도 않게, 너무나 아무렇지도 않게 그렇게 아이를 잃었다.”라고 어슐러는 회상한다. 그 후 어슐러와 찰스는 “새로운 시작”을 하는 기분으로 집의 가구를 모두 재배치했고, 엘리자베스가 두 살이 되는 1959년 여름에 어슐러는 다시 임신하게 된다.

그해는 작가로서 어슐러의 정체성에 연달아 변화가 일어나는 시기였다. 찰스는 남부에서 벗어나기 위해 아이다호주의 교수직을 수락했다. 그들은 찰스의 부모님과 조지아주의 아름다운 자연을 사랑했지만, 인종차별이 만연하고 그것을 지지하는 편협한 사람들이 있는 곳에서 살고 싶지 않았다. 게다가 아이다호 주립대도 나름의 방식으로 편협했다. 그래서 어슐러는 서부 해안이 그리워졌다. 찰스는 다시 이직을 알아보았고, 포틀랜드주 도심에 새로 설립된 대학에 고용되었다. 1959년 10월, 캠퍼스와 멀지 않은 곳에 있는 작은 셋집에서 그들은 함께 어슐러의 서른 번째 생일을 축하했다. 그리고 2주 뒤 둘째 딸 캐럴라인이 태어났다.

몇 달 후에 르 귄 부부는 공업지구 위쪽 언덕에 있는 커다란 빅토리아풍의 집으로 이사한다. 그 집에서는 산을 조망할 수 있었고, 책상을 두 개나 놓아도 될 만큼 넉넉한 크기의 다락방이 있었다. 찰스의 동료들은 찰스에게 그곳 동네 이웃들이 "서로에게 그다지 친근하게 굴지 않는다"고 말했는데,[20] 그것도 그들에게는 일종의 장점으로 받아들여졌다. 그곳은 그 후 60년간 그들의 집이 된다.

어슐러가 31세였던 1960년 10월, 아버지가 갑작스럽게 84세를 일기로 심장마비로 세상을 떠난다. "아버지의 죽음은 내게 순수하고 단순하며 거대한 상실이었다."라고 어슐러는 나중에 쓰고 있다. "삶은 그런 거대한 상실로 인해 크게 상처 입는다." 어머니가 된다는 것은 그녀에게 좋은 점이었지만 더 이상 아버지의 딸로 살 수 없다는 것은 지극히 고통스러운 일이었다.

어슐러의 어머니인 시어도라 크로버의 예술이 꽃피기 시작하고 있었다. 시어도라는 남편의 노트 여백에 그린 그림을 모아 캘리포니아 원주민들의 이야기를 그린 『먼 곳의 고래』를 출간했다. 그러고 나서 남편에게 인디언족에 대한 이야기를 해주었던 야히족 최후의 생존자에 대한 책도 썼다. 1961년에 출간된 『두 세상에 사는 이시』라는 책은 아메리카 원주민의 문화와 그들의 임박한 멸종에 대한 계시적 작품으로 즉각 성공을 거두게 된다.

어머니 크라키가 글을 쓰고 출판을 계속하면서 어머니와 딸은 문학적 동료가 된다. 어슐러는 자신의 원고와 한창 자라고 있는 두 딸에 대한 이야기를 어머니에게 보냈으며 "글을 쓴다는 것의 즐거움과 고통에 대해, 그 지적 흥분에 대해 동료의 감정으로 함께 나누었다."[21] 『두 세상에 사는 이시』가 출간된 지 얼마 지 않아 크라키는 어슐러가 출판사에서 또 출간을 거절당했다는 이야기를 듣고 울음을 터뜨린다. 그녀는 자신의 커리어가 아니라 딸의 커리어가 중요하다며 울었다. 물론 진심은 아니었을 거라고 어슐러는 생각했다. 하지만 어쨌건 어머니의 작가적 연대에 어슐러는 감동했다.

이때쯤에 어슐러의 친구가 과학소설 잡지를 빌려준다. 어슐러는 그 장르를 한참 읽지 않았던 차였다. 그리고 1961년에 어슐러의 소설 두 편이 동시에 출간 승인을 받는다. 오르시니아를 배경으로 어느 예술가의 신성한 의무를 그린 어슐러의 소설은 그다지 인세를 많이 주지 않는 작은 문예지에 실렸다. 또 다른 소설은《판타스틱》이라는 잡지에 10달러에 팔렸다. 편집자는 어슐러의 글을 더 많이 읽고 싶어했다. 판매된 작품은 「파리에서 보낸 4월」이라는 단편소설로, 어느 2류 학자가 르네상스에 대한 연구를 버리고 비 오는 어느 날 다락방에서 마법의 힘으로 자신에게 열린 새로운 세계에 발을 내딛게 되는 이야기이다.

마법은 그간 어슐러의 작품에 존재하지 않았던 요소였다. 환상은 어슐러의 상상력에 풍부한 공간을 마련해주었다. 또 과학소설이라는 장르는 어슐러에게 정치에 대해 이야기할 수 있는 맥락과 권위를 제공해준 동시에 정치로부터 거리를 둘 수 있게도 해주었다. 당시 과학소설은 주로 남성 작가들이 썼지만, 동료 작가와 애독자들은 서로 활발하게 교류했다. 따라서 규모는 작지만 포용적이고 열려 있는 장르였다.

과학소설은 또한 독자들이 당시 생소했던 존재와 개념들에 공감할 수 있도록 해주는 장르이기도 했다. 쿠바의 미사일 위기가 있던 1962~1963년 사이에 찰스는 애틀랜타에 있는 에머리 대학교에 임용돼 르 귄 부부는 다시 조지아주로 이사하게 되었다. 에머리 대학교는 백인 전용 대학이었다. 역사적인 흑인 대학이었던 스펠먼 대학에서는 앨리스 워커가 민권운동 시위를 벌이고 있었다. 자신의 딸들을 흑백분리 학교에 보내야 한다는 사실은 어슐러에게 극심한 인종주의적 맥락에 노출되게 만들었다. 어슐러는 그해에 일기를 거의 쓰지 않았으나 1963년 봄에 이렇게 쓰고 있다.

> 내가 원하는 것과 내 나라 사람들이 원하는 것 사이의 거대한 간극은 왜 이렇게 갈수록 가슴 아픈 상처가 되는 걸까? 차별의 틈이 이제는 거대한 심연이 되어버렸기 때문일까? 하지만 동시에 이 모든 반예술적이고 사이비 예술적인 사상과 감정들, 이 모든 분쟁들은 나의 아이들과 내가 살고 있는 곳을 통해 그 간극을 넘어 우리를 포위하려고 한다. 증오와 분쟁의 열기 때문이고, 그리고 내가 정부를 두려워하기 때문이기도 하다. 나는 우리 정부를 신뢰하기보다 마치 타국 정부인 양 두려워하고 있

다. 이제 들어가는 것 말고는 갈 곳이 아무 데도 없기 때문이다.[22]

어슐러가 "들어간다"고 말한 것이 자신의 상상력 속으로 침잠한다는 의미라면, 그녀가 들어간 곳은 어슐러의 피난처라는 뜻이기도 하지만 인종과 차이에 대해 그녀가 마음 놓고 생각할 수 있는 곳이라는 의미이기도 하다. 어린 시절 유럽중심주의와 결별한 어슐러는 자신의 등장인물들에게 검고 어두운 피부색을 주었다. 그래서 독자들이 자신의 주인공들을 유색인종으로 상상하도록 한다. 거의 모든 과학소설의 등장인물들이 백인이던 시대에 어슐러의 그러한 설정은 실로 중대한 영향을 미치게 된다. 특히 젊은 유색인종 과학소설의 작가와 독자 세대에 그러했다.

과학소설 세계에 우연히 발을 들이게 된 어슐러는 그 장르를 더 많이 써내려 가기 시작했다. 1963년 말 즈음에는 몇 편의 단편을 《판타스틱》에 보내기도 했다. 하지만 자신의 커리어가 막 앞으로 나아가기 시작한 바로 그때, 그녀는 피임에 실패해 다시 임신했다는 사실을 알아차린다. 당시 두 딸은 각각 여섯 살, 네 살이었다. 1~2년만 기다리면 둘 다 학교에 갈 것이었다. 자신만의 시간을 다시 찾고 싶었던 어슐러는 또다시 육아를 하고 싶지 않았다. 하지만 낙태는 더더욱 하려고 하지 않았다. 낙태는 여전히 불법이었을 뿐만 아니라 자신이 불행하다고 해서 아이를 지우는 것이 정당화되는 것도 아니었기 때문이다. 하지만 몇 달 동안 어슐러는 의기소침했다. 자신감을 되찾으려 했던 공간이 다시금 자신의 통제를 벗어난 곳이 되어버렸다.

어슐러는 둘째 캐럴라인의 출산에 대해서도 여전히 씁쓸한 마음이었다. 어슐러는 자연분만을 원했지만 병원에 도착하자 의사들은 모두 자연분만을 도와주려고 하지 않았다. 찰스도 어슐러를 도울 수가 없었다. 병실에 들어갈 수가 없었기 때문이다. 그래서 어슐러 혼자서 진통을 비롯한 모든 과정을 견뎌야 했다. 어슐러는 하혈을 하고 있었기 때문에 공포에 질려 있었으나 어느 누구도 왜 그녀가 하혈하는지를 알려주지 않았다. "나는 내가 소리를 지르며 울부짖을 수 있을 거라고 생각했지만 그렇지 않았다. '누가 날 좀 도와줘요, 무서워요!'라고 소리치고 싶었지만 아무에게도 말을 할 수가 없었다. 정말이지 아무 말도 나오지 않았다."

1964년 6월 찰스의 생일에 아들 테오가 태어나자 어슐러의 우울감은 극에 달했다. "거기에 작고 비틀어진 남자아이가 있었다. 그 아기는 내가 낳은 아이들 중에 제일 컸지만 그래도 3킬로그램밖에 되지 않았다. 그래, 좋아. 한번 키워보지, 뭐. 나는 혼잣말을 했다." 어슐러는 다른 두 아이에게 그러했듯 셋째 아이도 정말 사랑했지만 이후 몇 년간 다시 우울한 시간을 보낼 수밖에 없었다. "내가 견뎌야만 하는 어두운 터널 같은 시간이었다. 그리고 그 시간을 견뎌내는 것을 엄청난 승리라거나 해방이라고 할 수는 없을 것이다. 그런 시간을 보내는 데는 늘 득과 실이 있기 마련이다."

모성적 자아와 다시 한 번 힘겹게 마주한 어슐러의 글은 빛과 그림자를 동시에 품은 강력한 힘을 얻게 된다. 모성성은 어슐러의 글을 더 부드럽게 만들어준 것이 아니라 오히려 그 반대였다.(딸 엘리자베스의 다섯 번째 생일파티를 계획하는 때에 나온 어슐러의 폭력적 소설에 대해 코멘트하면서 어슐러는 "한 사람이 그렇게 여러 행성에서 살 수 있다는 게 참 우습지 않은가?"라고 말한 바 있다.) 하지만 아이러니하게도 어슐러의 모성적 경험은 그녀의 글에서 남성적 관점을 통해 각인되어 있다. 어슐러는 자신의 우울을 어스시 연작인 『머나먼 바다』에 투영했다. 마법사 게드를 빛이 없는 침묵의 지하세계로 보내 자신만의 황폐한 히말라야인 고통의 산을 가로질러 되돌아오게 한 것이다. 이후에 어슐러는 그 세계에 존재하는 여성 인물에 대해 쓰고 싶었지만 그럴 수가 없었다. 어스시에서 성인 여성은 무엇을 하고 사는지 알 수 없었던 것이다. 하지만 당분간은 그녀의 전략은 효과가 있었다. 테오를 키우는 동안 어슐러는 작가로서 전성기를 맞게 된다.

어슐러는 1968년에 『어스시의 마법사』를, 1969년에는 『어둠의 왼손』을, 1971년에는 『하늘의 물레』, 어스시 연작 두 권과 단편소설집을, 그리고 1974년에는 『빼앗긴 자들』을 연달아 출간하며 일약 성공을 거두고 유명세를 타게 된다. 그리고 어슐러는 자신의 커져가는 문학적 명성과 지극히 현실적이고 코믹한 개인적 자아 사이의 균형을 유지한다. 친구들에게 보내는 편지를 보면 어슐러는 고양이들과 아이들과 지내면서도 이야기를 구상하느라 바쁜 자신의 일상을 자세히 묘사한다. 1977년에는 이렇게 말한다. "열일곱 살인 캐럴라인이 지하실에서 크리스마스 캐럴을 부르면서 튀어나오면 열두 살짜리 남동생이 캐럴라인을 걷어차며 '캐럴을 부를 거면 꺼져버려!' 하고 소리 지르는 식이지."[23] "나는 아이들이 뛰어다니는 걸 눈을 껌뻑거리면서 멍하게 보고 있다가 '잠깐만 있어, 이 문장만 끝내자.'라고 중얼거리고, 네 시간쯤 지나 저녁밥을 하러 흐리멍덩하게 부엌으로 가지."[24] 어슐러 내면의 "부르주아"는 자신의 가정생활을 몹시 즐기고 있었지만, 자신이 어머니로서나 미국 서부해안의 작가로서나 과학소설가로 진지하게 느껴지지 않을 때면 매우 방어적이 되기도 했다. 어슐러가 "포틀랜드에 사는 주부"라고 자칭하는 것은 그녀가 울분에 빠져 있음을 의미했다.

1960년대는 앤절라 카터나 오드리 로드 같은 젊은 작가들에게 중요한 시기였지만 어슐러에게는 삶을 바꿔놓을 만큼 중요한 때는 아니었다. 그럼에도 그 시대는 어슐러의 작품에서 유의미한 맥락을 형성한다. 1960년대에 과학소설은 순문학만큼이나 성숙하고 있었고, 어슐러의 생각들은 해방을 향한 그녀의 정치적 성향과 더불어 변화에 열려 있는 독자층을 만나게 된다. 어슐러는 자신이 어디로 향하고 있는지 불분명했지만, 자신이 과학소설이라는 장르가 가진 정치적이고 철학적이며 문학적인 지평을 확장하며 그 장르를 이끌고 있음을 발견하게 된다. 『빼앗긴 자들』은 무정부주의 사회에 대한 중요한 사고실험이라고 할 수 있다. 이 사회에서는 일과 육아가 모두 공동체 안에서 자발적으로 행해진다. 「오멜라스를 떠나는 사람들」이라는 단편소설은 독자들에게 타인에 대한 배제에 기초해서 만들어진 사회를 과연 받아들일 수 있겠는지 묻고 있다. 『어둠의 왼손』은 인간 거주자들이 고정된 성별을 가지고 있지 않은 세상에서 일어나는 일들을 그린다. 그곳에서 사람들은 한 달에 한 번 정해진 짧은 기간 동안만 사랑을 나눌 수 있으며 이 기간에 그들은 여성이 될 수도 있고 남성이 될 수도 있다. 그래서 아이를 임신할 수도 있고 아이의 아버지가 될 수도 있다. 무엇보다도 이 설정이야말로 사생활에서는 엄마가 되고 글을 쓸 때에는 남자가 되는 어슐러 자신의 전략을 보여주는 공간처럼 보인다.

1960년대에 르 귄 부부는 말 그대로 '머리를 풀어 내리고'♥ 있었다. 찰스는 머리를 어깨 길이로 길렀기 때문이다. 1970년에 학생들이 포틀랜드 시내의 파크 블록에 바리케이드를 치고 전쟁에 반대하는 자유지대를 만들었을 때 찰스도 그들과 함께 그곳에 있었다. 어슐러는 핵실험에 반대하는 시위를 했으며, 반

♥ '머리를 풀어 내린다'는 표현은 비유적으로 '경계심을 풀고 스스럼없이 대한다'는 의미를 지니지만, 여기에서는 말 그대로 머리를 길러서 풀어내리고 다녔다는 뜻이다.

전을 주장하는 후보 진영에 자원봉사를 하고 앨런 긴즈버그가 포틀랜드 주립대학교에 연설하러 왔을 때 함께 콩가 라인댄스를 추기도 했다. 어슐러가 《플레이보이》에 단편소설을 싣고 2000달러를 받자(이 잡지는 작가가 여성임을 숨기기 위해 작가명을 'U. K. 르 귄'으로 표기하기를 고집했다.), 찰스는 스테이션왜건 가족차량을 폭스바겐 미니버스로 바꾼다. 어슐러는 마약과도 거리를 유지했다.("내 의식은 굳이 확장될 필요가 **없다.** 오히려 정반대다."라고 그녀는 언급했다.[25]) 하지만 그 시대 "젊은이들의 정치적 동요"는 즐거운 마음으로 받아들였다.

테오가 유치원에 다니기 시작하자 어슐러는 "공기를 마시면서 걸어다녔다. 나는 아침에 걷길 좋아하는 사람이다. 이제야 나의 아침을 되찾은 것이다. 내 글이 속속들이 아이들이 원하는 것에 달려 있었던 시기가 이제는 정말로 끝났다." 어슐러는 9시부터 3시까지 글을 쓰는 일상의 리듬을 정착시켰다. 엄청난 에너지와 집중력과 다급함으로 어슐러는 많은 글을 써내려 가기 시작했다. 그러고 나서 쇼핑도 하고 집안일도 하고 요리도 했다. 하지만 어슐러는 운전을 하지 않았기 때문에 아이들을 음악수업에 데려다주는 일에 얽매이지 않았다. 그건 찰스가 할 일이었다. 다른 엄마들이 학교 활동에 더 참여하기를 원했다면, 어슐러는 전혀 그럴 필요성을 느끼지 못했다. 어슐러의 정신은 모계 부족에 있지 않았던 것이다.

어슐러는 또한 대화를 하거나 공적인 역할을 맡으라는 권유에도 저항했다. 부분적으로는 자신의 내성적 성향 때문이기도 했지만 자신이 어렵게 이룩한 생활의 균형이 흔들릴까 두려워서이기도 했다. 자신의 출판 에이전트인 버지니아 키드에게 좌담회를 거절하는 편지를 쓰면서 어슐러는 이렇게 덧붙인다. "나는 가족에 대한 의무와 나 자신의 심리적 황무지와 심연 사이에 난 아주 좁디좁은 길을 걷고 있어요. 내가 가족이나 나 자신에 너무 치우치지 않는 이상, 모든 것은 순조롭게 되고 책도 그럭저럭 나오고 서로 안전하게 협력하게 되지요."[26]

어슐러는 여전히 풀타임으로 글을 쓰지는 못하고 있었다. 특히 아이들이 집에만 있는 여름방학이 오면 그랬다. 어슐러는 여름이면 겪는 "이도저도 못하는 상황"에 대해 때로는 초조함을 느꼈다.[27] 그래서 다시 책상 앞에 앉아 몇 시간이고 글을 쓸 수 있는 계절이 오는 9월을 사랑했다. 어슐러는 보통 가을에 작품의 아이디어를 구상하기 시작해 봄에 소설의 초안을 끝냈다. 글을 쓰고 있지 않을 때에는 쉽사리 우울해지곤 했다. 1971년 3월에는 친구 작가인 엘리너 캐머런에게 자신이 시작했던 책이 궁지에 빠져서 당분간 무엇을 써야할지 모르겠다고 불평하고 있다. "아, 슬프도다, 이런 망할! 제기랄! 불쌍한 내 가족! 난 언어를 쏟아낼 때면 고독하지만 그러지 못하면 그저 불평불만에 가득한 **나쁜** 사람이 돼."[28]

한편으로 어슐러는 타인에 의해 자신의 자유가 제한된다고 느꼈다. "나는 제인 오스틴이나 엘리자베스 개스켈, 마거릿 올리펀트, 매들린 스토처럼 자신의 삶을 통제할 수 없었던 여성 작가들과 동질감을 느낀다. 온갖 가사가 자기 주변을 둘러싼 가운데 거실이나 부엌 한 구석에서 작업해야 했던 작가들 말이다. 나는 늘 집안의 한쪽 구석 자리를 차지할 수 있다. 오스틴도 그랬을 것이다. 일곱 살 이하의 아이들을 키울 때 **시간**이라는 것은 내가 통제할 수 있는 무엇이 아니다. 통제할 수 없다는 것이 그 자체로 중요하겠는가? 그런 삶을 살 수 있겠는가? 여기에 대해서는 아직 많이 씌어지지 않았다."

그러나 다른 한편으로 어슐러는 글은 고립된 상태에서 써야 한다는 생각을 거부한다. "몇몇 남성 작가들이 다른 사람들에게서 스스로를 지켜내는 수준을 보면 늘 놀랍다는 생각이 든다. 내게는 그것이 올바르게 보이지 않는다. 그래, 글 쓸 시간이 필요하지. 그 시간은 소중하고 얻기 쉽지 않지. 하지만 다른 사람들에게 헌신할 시간을 포기하고 글 쓸 시간을 얻는다? 그건 그냥 말이 안 된다."[29]

육아는 언제든 돌아갈 수 있는 장소를 제공함으로써 자신이 마음껏 상상적 모험을 할 수 있도록 해준다고 어슐러는 한때 말한 바 있다. "예술가는 자신이 창조한 개인적 세계로 들어갈 수 있지만 다시 현실로 돌아오는 길을 찾는 것은 쉽지 않을 수 있다. 그 때문에 나는 내가 가정을 꾸리고 집안일을 한다는 사실에 늘 감사하게 된다. 안 할 수는 없는 그 시시한 일상적 일들이 내 삶에 균형을 잡게 한다."

1968~1969년, 그리고 1975~1976년에 찰스는 안식년을 지내게 되어 르 귄 가족은 런던에서 시간을 보내게 된다. 이 기간에 어슐러는 창작 활동을 할 기회를 완전히 잃어버린다. 처음 런던에 갔을 때 어슐러는 새로운 소설을 쓰기 위해 기록해놓은 노트가 들어 있는 여행가방을 잃어버린다. 어슐러의 아이들은 그 가방을 찾을 때까지 어슐러가 얼마나 비참해했는지를 생생히 기억한다. 그해 중편소설 『세상을 가리키는 말은 숲』을 쓰는 데 집중할 시간은 충분했지만 여전히 신경 써야 할 일들도 많았다. 아이들을 새 학교에 넣고, 낯선 곳에서 식료품 쇼핑을 하고, 주말이면 여행을 다니고, 그 와중에 자기 책상은 없는 상황은 어슐러를 작가로서의 자아로부터 분산시켰다. 그래서 "소설은 쓰이지 않았다. 분명 내가 필요로 하는 일종의 뿌리 깊은 연결고리를 갖지 못했기 때문이었다."

어슐러는 시간이 될 때 아이들과 함께 보내는 것을 즐겼다. 음악에 재능을 보이는 엘리자베스, 뛰어난 독서가이자 말(馬)을 사랑하는 캐럴라인, 조숙한 테오 모두 사랑스러웠다. 특히 테오는 여섯 살의 나이에 이미 하얀 셔츠에 넥타이를 갖춰 입는 패션을 좋아했고, 아홉 살에는 집을 나서며 "당분간 안녕히 계세요, 친애하는 과잉보호 어머니!" 하고 인사하곤 했다.[30] 테오는 어슐러를 보호하려고 했다. 어슐러는 여전히 불안해하는 엄마였고, 테오는 어린아이였지만 엄마에게 걱정하지 말라고 말하면서 엄마를 편안하게 해주려고 했다. 엄마와 아들은 그렇게 가까운 사이를 유지했다.

문제가 있다면 르 귄 가문에서 평범하기란 어렵다는 사실이었을 것이다. 어슐러는 창작 활동을 위한 안전한 공간으로서 크로버 가족의 분위기를 자신의 가정에도 만들고 싶어했다. 하지만 르 귄 가족은 크로버 가족과는 사뭇 다른 기질을 가지고 있었다. 일단 찰스부터가 논쟁이나 목소리를 높이는 것 자체를 싫어했다. 엘리자베스는 특히 예술에 헌신해야 한다는 엄마의 열정적 신념에 부담을 느꼈다. 엘리자베스는 한 번에 몇 시간씩 첼로 연습을 하며 첼리스트로서의 경력을 쌓고자 했지만, 마음 깊은 곳에서는 그것이 진정한 자신의 소명인지에 대한 의심을 품고 있었다. 엘리자베스는 나중에 음악학 박사학위를 따며, 캐럴라인과 함께 르 귄 집안의 전문 업종이라고 할 수 있는 학계로 진출한다.

나중에 어슐러는 배우자 선택 때문에 딸들과 갈등을 겪는다. "캐럴라인이 결혼할 즈음에 엄마는 나를 얼마간 멀리했죠." 엘리자베스는 회상한다. "우리는 늘 사이가 좋았기 때문에 그 유대감을 깨야 했을 때 너무 힘들었죠. 나 또한 그저 자리에 앉아서, '그래, 엄마도 **그래야만** 하겠지.' 하고 생각했죠. 이제는 그저 기다릴 수밖에 없었어요. 언젠가 다시 서서히 그 애정 어린 관계를 회복할 수 있기를 바랄 뿐이었죠. 정말 오래 걸렸어요."

어슐러는 아이들이 크면서 자신의 역할이 사라지고 아이들과 보내는 시간이 없어지는 것에 고통을 느꼈다. 큰 딸인 엘리자베스에 대해서는 "말 그대로 신체적으로 연결되어 있는 듯한 느낌"이었다고 회상한다. "어떤 의미에서는 탯줄로 이어져 있는 것 같았어요. 엘리자베스가 열두세 살이 되자 집을 떠나 외박을 하곤 했어요. 정말 힘들었죠." 엘리자베스가 열일곱의 나이에 대학을 가자 마흔다섯의 어슐러는 정말로 슬퍼한다. 혁명적인 동시성 이론을 연구하는 물리학자인 셰백에 대한 소설인 『빼앗긴 자들』 초판본이 1974년 5월 어슐러에게 도착한다. 어슐러는 보통 자신의 소설을 아이들과 비교하는 것을 싫어했지만, 이제는 에이전트인 버지니아 키드에게 이렇게 불평하고 있다. "내 아이들은 모두 다 커서 집을 떠나고 있어요. 오늘은 셰백이, 한 달 뒤에는 엘리자베스가 떠나죠. 게다가 갱년기도 오고, 당황스럽고 떨리고 혼란스럽네요."[31]

10여 년 동안 어슐러는 글쓰기와 육아라는 긴급하고도 양립하기 어려운 두 과제에 사로잡혀 있었다. "내가 사십대였을 때 가끔씩 내가 거대한 흐름의 한가운데 있는 것처럼 느껴졌다. 나를 어딘가로 데려가는 삶이라는 흐름이었다. 내가 할 수 있는 것이라고는 최대한 머리를 수면 위로 내밀고 있으려고 노력하는 것뿐이었다." 창작 활동이 가장 왕성했던 시기인 1971년에 어슐러는 친구에게 자신이 너무 빨리 작업하고 있는 것 같다고 편지를 쓴다. "이제 9시에서 3시까지 놀랄 만큼 긴 작업시간을 갖게 되었어. 난 책상으로 달려가서 일을 시작하지. 한 시간 낮잠을 자려고 할 때처럼 열정적으로 서둘러서 말이야. 이건 어떤 면에서는 좋은 습관인 것 같지만 다른 면에서는 나쁜 것 같아. 끝내야 한다는 강박은 끝내는 것에 대한 강박적 거부만큼이나 안 좋은 것 같아."[32]

하지만 『빼앗긴 자들』을 쓴 뒤 어슐러는 창작의 원천이 다 고갈됐다고 불평한다. 처음에는 작품을 탈고한 뒤 찾아오는 우울감 때문이라고 생각했다. 다 쏟아낸 뒤 새로운 작품의 아이디어가 떠오르지 않는 공허한 상태 말이다. 어슐러는 독일 화가 케테 콜비츠의 말을 인용한다. 케테 콜비츠는 아이들이 모두 떠난 뒤 자신이 "소가 풀을 뜯는 것처럼" 꾸준하고 헌신적으로 작업할 수 있을 것이라 생각했지만 막상 "그 어떤 것에도 감각을 느낄 수 없었고 아무 데도 열정적으로 몰입할 수 없었다."라고 한다.[33]

어슐러는 어머니가 그리웠다. 어머니는 이제 더 이상 충실한 작가 동지가 아니었다. 1969년에 크라키는 72세의 나이에 재혼한다. 새 남편인 존 퀸은 29세였다. 그는 잘 생겼고 양성애자였으며 크로버 자녀들 눈에는 어머니의 돈을 좇아 결혼한 것처럼 보였다. 하지만 크라키는 그래도 상관없다고 생각하는 것 같았다. 어슐러의 작가 친구인 할란 엘리슨은 1970년대 초에 아크 스트리트에 있는 어슐러의 어머니 집에 저녁을 먹으러 갔던 때를 기억한다. 어슐러의 아름다운 어머니와 금발의 남편은 그때 막 침대에서 빠져나온 모습으로 계단을 내려왔다고 한다. 존은 탈진한 것처럼 보였다. "마치 그녀가 그를 거칠게 몰아붙여 땀에 젖게 한 것 같았다. 그녀의 모습은 **빛나고** 있었다. 완벽히 반짝이는 모습이었다."[34] 할란은 어슐러에게 자신이 느낀 게 맞는지를 물었다. 왜냐하면 그녀의 모습이 너무나 행복해 보였기 때문이었다. 그러나 크라키는 그러면서도 여전히 가까운 가족이라는 이상에 매달리고 있었기 때문에 자녀들은 일종의 배신감을 느꼈다.

어슐러의 작품에서 가장 큰 문제는 비평가들이나 독자들이나 심지어 자기 자신조차 페미니즘을 반영해 여성의 입장에서 글을 쓰라는 압박감이 커져가고 있다는 사실이었다. 자신의 경험을 가지고 글을 쓰라는 것이 페미니스트들이 요구하는 사항이었다. 도리스 레싱의 『금색 공책』처럼 개인적 경험을 날것으로 보여주고 이야기하는 소설을 쓰라는 것이었다.[35] 하지만 어슐러에게 그런 요구는 어슐러가 유지해온 글쓰기와 육아의 분리를 해체하라는 뜻으로 다가왔다. 그 분리는 어슐러로 하여금 간접적으로 진실을 말할 수 있게 했으며 일과 생활의 균형을 생산적으로 유지할 수 있게 했었다.

아이러니하게도 어슐러가 작품에 페미니즘을 받아들이는 것이 그토록 힘들었던 이유는 부분적으로 그녀의 아버지와 오빠들, 남편 찰스로부터 변함없이 받았던 정신적 지지 때문이었다. 몇몇 페미니스트들은 특히 시몬 드 보부아르의 영향을 받아 모성성을 여성에 대한 억압의 원천으로 생각했다. 슐라미스 파이어스톤은 『성의 변증법』에서 전통적 가족 형태가 억압적 제도라고 주장한 사회주의자들의 견해에 동의한다. 하지만 거기에서 더 나아가 "임신은 야만적이다."라고 주장하면서,[36] 이상적으로 말하자면 아기들은 유리병에서 잉태돼 공동체에서 양육돼야 한다고 주장했다. 레이첼 블로 듀플레시스는 "가부장제하의 모성성은 자아의 죽음을 의미한다. 어머니는 스스로 착취당하도록 용인했다는 점에서 죄가 있다. 전통적 육아를 즐기는 모든 여성은 스스로에게 거짓말을 하고 있는 것이다."라고 주장했다.[37]

이런 주장은 어슐러를 불편하게 했고 스스로에 대해 의심을 품게 만들었다. 어느 페미니스트 학자가 주장했듯이 여성의 글이 "아이가 없는 공간"에서만 가능하다면, "아이들로 가득 차 있는 공간에서 계속 글을 써온 자신은 잘못되었음"에 틀림없을 것이다.[38] 이 점은 어슐러로 하여금 여성주의 운동에 대해서도 경계하도록 만들었다. 페미니스트들은 모성성을 "뇌가 없는 예속상태의 전형적 패러다임"으로 간주하는 듯했다.[39] "이는 세 아이를 키우면서 어머니가 된다는 것을 공포스럽지만 힘을 북돋으며 강력한 지적 노동을 요구하는 일로 생각하는 나 같은 여성에게 그 어떤 연대감이나 자기확신을 주지 못한다."

제2물결 페미니즘이 밀어닥치는 동안, 여성이 삶을 구성하는 기초적인 정서적 전략(엘리자베스 스마트의 자기부정이나 도리스 레싱의 전략적 불륜)은 무너졌고, 장르소설의 전통적 줄거리도 해체됐다. 어슐러는 그에 대한 상실감을 느꼈고, 새롭게 장르소설적 줄거리를 발명해야 한다는 사실에 당황했다. 1977년 어슐러는 버지니아 키드에게 이제 다시는 남성의 시선으로 글을 쓸 수 없을 것 같지만 이제 어디로 가야 할지도 모르겠다고 말한다. "지금껏 다른 언어를 쓰는 다른 나라에 있던 내가 다시 글을 쓰는 법을 발견해야 한다는 것에는 의심의 여지가 없어요. 하지만 나는 이 새로운 언어를 아직 말할 수 없군요. 정말 미칠 것 같아요, 버지니아. 예전의 언어를 어떻게 쓰는지 나는 잘 **알고** 있고 그렇게 여태껏 작업을 해왔지만, 이제는 이 모든 걸 버리고 모두 다시 시작해야 하다니요! 하지만 선택의 여지가 없군요."[40]

어슐러는 다른 곳에서 이렇게 썼다. 익숙하지 않은 진실을 이야기한다는 것은 "마치 모국에서 외국인이 된 것 같은 느낌이다. 눈에 보이는 광경에 놀라워하기도 하고 심란해하기도 하며, 익숙한 방식에 대한 확신도 없고, 말에 권위를 실을 수도 없다."[41] 그러나 몇 년 후 어슐러는 남성의 관점으로는 계속 글을 쓸 수 없었을 것이라고 이야기한다. "아마도 계속된 시도 끝에 여성으로서 글 쓰는 법을 익히지 못했다면 나는 글쓰기를 그만두었을지도 모른다."[42]

1978년 크리스마스에 크라키는 어슐러에게 전화를 걸어 백혈병 말기라고 알렸다. 그리고 6개월 후 82세의 나이로 세상을 떠났다. 어슐러는 애통해하면서 어머니가 마지막까지 자신을 버렸다고 생각하며 분노했다. 어슐러는 이 회의와 상실의 시기를 "어둡고 힘든 공간"으로 생각하게 되었다.[43]

어슐러는 고독한 남성 영웅을 중심으로 하는 자신의 내러티

브에 대해 질문함으로써 자기 길을 찾아갔다. 그러나 그 주인공들을 여성으로 대체하는 것은 그녀에게 만족스럽지 못했다. 대신 어슐러는 공동체와 가족관계를 새로운 소설의 모델로 삼으려 했다. 이 관계에서 "영웅과 전사란, 청소년이 책임감 있는 인간이 돼가는 과정에서 통과해야만 하는 단계가 된다. 부모와 자식의 관계는 아이의 시선으로만 보이는 게 아니라 어머니의 경험이라는 현실을 포함한다."라고 어슐러는 썼다.[44] 그녀는 오리건 해안을 배경으로 여성들의 삶을 현실적으로 다루는 일련의 단편소설을 썼다. 어슐러는 전원이 여성으로 구성된 남극 원정대에 대한 유쾌하고 재기 넘치는 단편소설 「정복하지 않은 사람들」을 통해 집단적 영웅주의를 실험한다. 그리고 어스시 이야기로 돌아가 그곳 여성들이 어떻게 살았는지를 돌아보는 작품도 쓴다.

판타지 문학의 전통에 어머니의 경험을 되찾아주기 위해 어슐러는 "바깥과 아래에서부터", 즉 이전에는 목소리를 부여받지 못한 사람들의 관점에서 여성의 경험을 검토하기로 한다. "마법을 할 수 없는 사람들, 빛나는 지팡이나 검을 갖지 못한 사람들 말이다. 그들은 여성들, 아이들, 가난한 사람들, 늙은 사람들, 힘없는 사람들이다. 영웅이 아닌 사람들, 평범한 사람들, 곧 나와 같은 사람들이다."[45] 그러나 "영웅" 이야기를 버림으로써 어슐러는 이야기의 진행 과정 속에서 행위성이나 자기인식을 획득하게 되는, 넓은 의미의 중심인물로서의 주인공도 버리게 된다. 그녀는 육아가 "힘을 주는 동시에 강렬하게 요구하는 것"이라는 사실을 알고 있었음에도 어스시의 여성들을 육아로 인해 힘을 얻은 존재로 묘사하지는 않았다. 그녀는 모성성과 마법을 결합하지 않기로 한 것이다.

어슐러 본인은 대중 앞에 나서기로 결심했다. 활동 범위를 넓혀 시와 리얼리즘 소설, 새로운 오르시니아 이야기와 에세이를 출간하는 작가가 되었고, 이는 어슐러에게 새로운 독자층을 안겨주었다. 활동 초반에는 낭독회를 불편해했으나, 이제는 자신의 내향성을 극복하고 낭독회와 대담회에도 나서기 시작한다. 또 워크숍에서 가르치는 일이 창작에도 영감을 준다는 사실을 발견한다. 어슐러는 서평을 쓰며 어릴 때 가족 안에서 배웠던 논쟁술을 십분 활용하기 시작한다. 어슐러는 특히 리얼리즘 장르에 대해 비판적이었다. 그녀는 이를 "교외의 망가진 가족을 그리는 소설"이라고 부르면서 "만일 가족이 그렇게 도망치고 싶고 분노를 쏟아내고 싶은 망가진 것이라고 한다면, 우리는 소설이 필요한 커다란 이유 하나를 잃어버리고 있는 것"이라고 말한다.

2014년 전미도서재단은 어슐러에게 평생공로상을 수여하는데, 수상 연설에서 그녀는 출판사 관계자들을 향해 책을 상품으로 다룬다고 꾸짖는다. "우리는 자본주의에서 살고 있고 그 힘을 피할 수는 없어 보입니다. 하지만 왕의 신적 권리 또한 그러했지요. 인간들만이 인간의 권력을 저지하고 바꿀 수 있습니다. 그 저항과 변화는 대부분 예술에서 시작됩니다. 거의 대부분은 우리의 예술, 즉 언어의 예술에서 시작되지요."[46]

그러나 여전히 어슐러에게는 남성의 관점에서 육아를 생각하는 것이 더 쉬웠던 것으로 보인다. 1993년에 어슐러는 행성 O를 배경으로 하는 『또 다른 이야기, 혹은 내해의 어부』를 쓴다. 이 소설에서 결혼은 두 남성과 두 여성으로 이루어진다. 이야기는 어느 남성이 시간의 물리학자가 되기 위해 비혼을 결심하는 것으로 시작된다. 그는 동시성 이론을 탐구하며 순간이동의 가능성을 연구한다. 그는 자신의 연구에 인생을 바치며 고독하게 살아간다. 어느 날 그는 자신이 직접 실험 대상이 되기로 한다. 그러나 공간으로의 순간이동이 아니라 시간을 거슬러 순간이동을 한 자신을 발견하게 된다. 돌아가는 길을 찾을 수 없었던 그는 자신이 가지지 못했던 다른 삶을 살아보기로 하고, 결혼해 가정에 헌신하기로 결심한다. 시간이 부모로서 통제할 수 없는 것이라면, 시간을 거스르는 여행이 그 문제에 대한 답이 될 수 있다. 주인공은 두 연속되는 이야기를 살아봄으로써 노동과 육아의 수수께끼를 해결하는 것이다. 그리고 그 각각의 이야기는 "서로 완전히 다르지만 완벽하게 진실"하다.[47]

1987년, 오십대에 접어든 어느 여성이 대학의 강단에 서서 청중들의 관심을 한 몸에 받고 있다. 그녀는 여전히 오리건주의 언덕에 있는 집에 살며 계속 글을 쓰고 있었다. 그러나 이제 그녀는 강의나 연설을 하느라 미국 전역을 여행한다. 아이들은 모두 집을 떠났고 큰 딸이 출산을 하며 이제 할머니가 되었다. "포틀랜드에 사는 주부"라는 어슐러의 가면은 수많은 책을 출간하고 많은 상을 받고 명예학위까지 받으면서 서서히 쓸모가 없어졌다. 게다가 이제는 강연자로도 자주 초청받고 있었다. 육십대가 다가오면서 어슐러는 공적 영역에서도 편안함을 느끼게 되었다.

그 후로도 어슐러는 페미니즘에 대해 자주 이야기했다. 몇 해 전에는 어느 낙태권 단체의 좌담회에 참석해 30년간의 침묵을 깨고 자신의 낙태 경험을 공개적으로 이야기했다. 그보다 앞서서는 남편에게도 그 사실을 처음으로 털어놓았다.

오늘날 어슐러는 '여자 어부의 딸'이라고 불리는 대담을 진행하고 있다. 이는 어머니이자 작가인 사람들, 창작과 출산 중 하나를 고를 것을 거부한 사람들에 대한 이야기이다. 어슐러는 경고한다. "약 20년간 매시간, 매일, 아이들의 행복과 글의 완성도를 위해 책임감 있게 살려고 노력한다는 건 정말로 너무나 힘든 일입니다."[48] 그러나 그녀는 그것이 불가능한 것은 아니라고 말한다.

작가의 통제하에 남아야 하는 것은 시간이나 장소가 아니라 가능한 시간 동안의 창작 활동이라고 어슐러는 결론 짓는다. 작가는 자신만의 방을 가질 필요도, 배우자의 선의를 가질 필요도 없다. 물론 둘 다 있다면 도움은 될 것이다. 작가에게 필요한 것은 펜과 종이, 그리고 자기 자신이다. 즉 "자신이, 그리고 오직 자신만이, 그 펜을 잡을 수 있고 종이 위에 쓰는 것에 대해 책임이 있다."라는 인식이다.[49] "다시 말해 자신이 자유롭다는 인식입니다. 완전히 자유롭지는 않지요. 결코 완전히 자유로울 수는 없을 것입니다. 아마도 아주 불완전하게만 그렇지요. 오로지 하나의 행위에서만, 자신이 움켜잡을 수 있는 짧은 순간에 책상에 앉아서 글을 쓰면서 정신의 호수에서 물고기를 낚는 여성이 될 때에만 자유롭습니다. 하지만 이 행위 속에서 우리는 책임 있는 존재입니다. 이 행위 속에서 우리는 자율적입니다. 이 행위 속에서 우리는 진정으로 자유롭습니다."

불안 지대 3:
유령들

> 모성애 앞에서는 원대한 야망이나 절박함, 개인적 우상, 욕구는 모두 꿈결 같은 한때가 돼버린다. 하지만 그것은 계속해서 그녀를 사로잡고 현실 속으로 끈질기게 출몰한다. ―루이스 어드리크[1]

1940년대 후반, 삼십대의 프랑스계 미국인 조각가 루이스 부르주아는 미술계의 인정을 받으며 세 아들을 키우고 있었다. 이 시기 그녀는 「팜므 메종」이라는 연작을 선보였다. 이 제목은 말 그대로 '집사람' 혹은 '주부'를 뜻한다. 각각의 작품은 벌거벗은 여성의 상반신과 하반신이 마치 신화 속 괴물처럼 집과 융합돼 있음을 보여준다. 집이 여성의 정신을 차지해버리고 몸은 무방비로 노출되도록 버려둔 것 같다. 당시 큐레이터들은 루이스 부르주아에 대한 관심을 서서히 잃어가고 있었다. 그래서 조각가로서 자신의 커리어가 무너지고 있는 것 같았다. 루이스는 정서적이고 강도 높은 자신의 예술을 가정생활과 결합해보려고 애썼지만 잘 되지 않았다. "나는 아내이자 어머니로서 존재했다. 나는 내 가족이 무서웠다. 그들의 기대에 부응하지 못할까 봐 두려웠다."[2]

루이스에게 극도로 애증의 대상이었던 아버지가 1951년에 사망하면서 그녀는 말 그대로 "균형을 잃어버린다".[3] 현기증이 발작적으로 일어나면서 아예 제대로 서 있을 수가 없게 된 것이었다. 우울감은 분노로 변했다. 루이스는 가족에게 비난을 퍼부었고, 그러고 나면 어머니로서도 실패했다는 사실에 더 자괴감을 느끼기 일쑤였다. 어느 동료 작가가 자신을 "주부"라고 부르자 루이스는 일기에 분노를 쏟아낸다. "나는 이 세상의 모가지를 비틀어버릴 수 있을 것 같다."[4] 어떤 날엔 루이스가 작업실에 있는 것을 다 부숴버릴까 봐 아들이 작업실 문 앞을 막고 서 있기도 했다. 루이스의 남편은 루이스가 작업할 수 있도록 아이들을 돌보려고 노력했다. 그럼에도 루이스는 불안 장애 때문에 거의 10년 동안 작품 활동을 하지 못했다. "나는 미술계가 남성들의 영역이라고 느끼고 있었고, 마치 내가 그들의 영토를 침범하는 듯 느꼈다. 그래서 작품은 완성됐음에도 감춰져 있었다."[5]

때로 창작자 엄마들은 일상적 육아의 요구를 감당해내느라 침묵기에 빠지곤 한다. 다이앤 디 프리마는 이를 "커튼처럼 드리워진 상태에서 다음번 틈이 생기기를 기다"린다고 표현했다. 예술가는 영감이 오는 것을 기다리면서 좌정해 있기도 한다. 하지만 육아를 영웅의 여정이라고 한다면, 그 주인공은 숲에서 길을 잃기도 하고 "컴컴하고 고된 장소"에 무심코 들어서서 대낮의 빛으로 돌아오지 못하기도 하며 어느 성에 들어갔다가 낯선 그림자들에게 둘러싸이기도 한다. 1950년대의 어머니들은 집과 그곳에 있는 유령 같은 존재들을 우울이나 자기상실(self-loss), 정신의 죽음, 창조적 침묵에 대한 비유로 사용했다.

엄마 작가들은 2차 대전 직후 체제 순응의 시대에 가장 극심한 고통을 겪었다. 그들은 자신만의 예술적 관심을 포기하고 주부로서의 역할에 "부응해야" 한다는 압박을 갈수록 크게 느꼈다. 반면에 그들의 커리어는 배타적이고 타자화하는 분위기 때문에 제대로 나아가지 못했다. 이런 변화는 특히 1910년대에 출생한 여성들에게 가장 가혹했다. 자신의 창조성이 가장 무르익어가는 시기에 강제로 침묵해야 했기 때문이다. 집에만 있어야 하는 작가들은 완벽한 결혼 생활을 영위하고 있는 것처럼 보인다. 하지만 도리스 레싱의 단편 「19호실로 가다」에 등장하는, 공허감을 채우지 못해 집안을 배회하는 고립된 주인공처럼 집안에서 길을 잃고 헤맸다.

루이스 부르주아, 셜리 잭슨, 그웬돌린 브룩스는 모두 가정생활에 갇힌 삶을 '유령 들린 집'으로 묘사했다. 모성적 판단 때문에 좌절하고, 외부의 기대들 때문에 진정한 자아를 부정하고 "유령이 되어버린" 그들의 삶을 묘사한 것이다. 그들의 어머니 유령은 수동적이고 불운하며 회한에 차 있고 위험하다. 하지만 그 모두는 상실된 자율성, 상실된 상상력, 상실된 욕망에 대한 상상의 산물이다.

셜리 잭슨은 네 아이를 키우면서 작품 활동도 활발히 하는, 성공한 작가처럼 보였다. 작품에 대한 아이디어는 가사일로 바쁜 와중에도 끊임없이 솟아났다. 셜리의 유명한 단편소설인 「제비뽑기」는 그녀가 장봐온 것들을 정리하면서 떠오른 아이디어를 아들은 유치원에 가 있고 딸은 어린이 놀이터에서 놀고 있던 몇 시간 동안 써내려 간 것이었다. 하지만 엄마 작가가 된다는 것은 셜리를 "특이한" 존재로 만들었고, 그래서 공격에 취약하게 노출되게 했다. 「제비뽑기」는 작은 마을의 무감각해진 증오에 대한 이야기로, 이 증오는 고립된 작은 동네에 살던 셜리가 마주한 것과도 같았다. 셜리는 특히 아이들이 다니는 학교에서 다른 어머니들로부터 그런 증오를 경험했다. 엄마들은 끼리끼리 뭉쳐 다니면서 셜리의 아이들이 따돌림을 당할 때는 눈길을 돌려 못 본 척하다가도 아이들의 머리가 제대로 빗질돼 있지 않다면서 뒤에서는 맹렬하게 흉을 보곤 했다.

1916년에 출생한 셜리 잭슨은 매사에 비판적인 어머니 밑에서 컸다. 어머니는 셜리가 매력적으로 보이기를 원했고 좋은 남편을 만나 아이들을 예쁘게 꽃단장하며 키우기를 원했다. 그러면서도 그녀는 동시에 딸의 재능을 폄하하기 일쑤였다. 이는 엘리자베스 스마트의 경우처럼 셜리를 혼란과 반항, 애정결핍에 빠뜨렸고, 이상적인 여성상에 순응하면서 정체성을 상실하는 상태에 오히려 이끌리도록 만들었다. 언젠가 셜리는 안전한 1인칭 복수형인 '우리'를 사용해 이렇게 말했다. 우리 모두는 "다른 누군가가 되어 다른 사람들이 우리에게 원하는 것을 하게 되지 않을지" 하는 공포에 사로잡힌다. "우리의 정신을 파먹고 사는 죄책감에 사로잡힌 양심 때문이다."[6]

셜리 잭슨의 남편인 스탠리 하이먼은 당초 셜리의 편이었다. 네트워크가 넓었던 비평가이자 학자인 그는 집이 활발한 지적 교류의 공간이 되도록 도왔다. 물론 그러기 위해 술도 많이 마셨다. 그러나 남편은 자신의 명성이 아내의 명성에 못 미치자 질투심에 사로잡힌다. 그래서 집에서 폭군이자 아무 쓸모가 없는 사람이 된다. 셜리는 가끔 도우미를 부르기도 했지만 거의 혼자 아이들을 키우고 요리를 했다. 그러나 남편은 심지어 자기 손으로 커피 한잔 내리려 하지 않고 부엌에는 얼씬도 하지 않았다. 그는 또한 성적 학대자이기도 했다. 그들의 친구는 그가 마치 그녀를 "깔아뭉개듯"[7] 덮치곤 했다고 말한다. 그리고 그는 수시로 바람을 피면서 아내가 그걸 일부러 알아차리도록 했다. 셜리는 그런 개방혼을 원한 것이 아니었고 사랑 때문에 고통받고 싶지도 않았다. 하지만 남편에 맞설 만큼 강인하지도 못했다. 대신 셜리는 남편에게 보내지도 못할 고통의 편지를 썼고, 절망과 자기혐오에 빠져 몇 번이나 정신이 무너져내렸다. 가족에게서 아무런 지지를 받지 못한 그녀는 때로 자신이 미쳐버릴까 두려웠다.

셜리가 이런 심리적 발작 상태에 대처한 한 가지 방법은 그 상황을 코미디로 바꾸는 것이었다. 육아에 대한 셜리의 베스트셀러인 『야만인들 사이에서 살기』에서 그녀는 아이를 낳으러 갔던 경험을 묘사한다. 분만이란 자기 자신을 집중해서 보살펴야 하는 신체적으로 중요한 사건인데도 남편과 아이들은 그녀에게 자신들을 돌봐달라고 기대한다. 셜리는 그 와중에 아침을 만들어주고는 택시를 타고 혼자 병원으로 간다.(셜리는 운전을 못했다.) 이 모든 과정이 고통스럽지만 자포자기한 웃음으로 표현된다.

그녀의 자기상실(erasure)은 병원에 가서도 계속되는데, 안내 데스크의 직원은 그녀에게 이름과 직업을 물어본다.

> "작가예요." 내가 말했다.
> "주부라고요." 그녀가 말했다.
> "작가라고요." 내가 말했다.
> "그럼 일단 주부라고 써놓을게요." 그녀가 말했다.[8]

잭슨의 작품에는 상실된 여성 자아의 유령들이 살고 있다. 넓은 의미에서 그녀가 처한 상황에 대한 비유로 읽히는 1959년의 소설 『힐 하우스의 유령』에서도 그렇다. 주인공은 아픈 어머니의 병간호를 위해 사랑과 결혼을 희생한 아이 없는 여성이다. 어머니가 죽자 그녀는 스스로를 위해 살리라 결심하고 힐 하우스라는 저택을 피난처로 삼는다. 하지만 그 집은 그녀를 끊임없이 정서적으로 괴롭히며, 그녀를 유혹하고 덫에 빠뜨리면서 루이스 부르주아의 「팜므 메종」처럼 그녀를 바꿔놓으려고 한다. 그리고 그녀가 "기대에 부응하지 못했다"라면서 분노를 토한다.

시인 그웬돌린 브룩스의 소설 『모드 마사』에서 주인공 모드 마사 브라운은 칙칙한 원룸 아파트에 거주한다. 이는 시카고의 공동주택에 대한 현실적 묘사인 동시에 결혼과 가사일로 자존감이 사라져버린 젊은 흑인 여성의 시각에서 본 삶의 비유이기도 하다. 인종, 계급, 집안일, 그리고 초월에 대한 열망을 다룬 이 자전적 소설에서 모드 마사의 집은 단지 심리적 힘 때문이 아니라 현실의 경제적·사회적 차원에서 벌어지는 백인 우월주의의 압박으로 인해 더더욱 비참해진다.

1917년에 태어난 그웬돌린은 셜리 잭슨처럼 너무 똑똑하고 너무 부끄럼이 많은 반면, 그다지 예쁘지 못한 소녀였다. 유일한 소설인 『모드 마사』는 그녀가 유년기에 겪었던 차별과 배제의 고통을 생생하게 기록하고 있다. 작품 활동 초반에 그웬돌린은 자신이 책이 출간될 가능성이 너무나 희박해보인 나머지, 후세에 자신을 이해해주는 독자를 만나 제대로 읽히고 평가받을 때까지 자신의 원고를 공개하지 않고 묻어버릴까 고민할 정도였다.

그러나 흑인의 저항은 지적으로 뛰어난 흑인 소녀들을 가족과 공동체가 적극 격려해주는 방향으로 이끌기도 했다. 그래서 셜리 잭슨의 어머니는 딸을 티 나지 않게 깎아내리려고 혈안이 돼 있던 반면에 그웬돌린의 부모는 늘 딸의 편을 들어주었고 딸의 재능을 일찍 알아보았다. 그웬돌린은 또한 '시카고 르네상스'♥ 시기에 여러 인종이 뒤섞인 작가 공동체에서 활동하며 다른 시인들과 생산적 관계를 맺기도 했다. 1938년 그웬돌린은 동갑내기 헨리 블레이클리 주니어와 결혼해서 1940년에 아들을 낳았다. 헨리도 시인이었지만 그웬이 훨씬 더 재능이 있다는 것을 깨닫고는 그녀에게 글을 쓸 시간을 주기 위해 본인은 수리공, 공장노동자, 트럭 운전사로 일했다.

흑백의 경계가 나뉘어 실질적인 인종 분리 정책이 횡행하고 있던 시카고라는 도시에서 흑인들은 빈민 구역 바깥에 거주할 수 없었다. 그래서 블레이클리 가족은 비좁고 물이 새는 아파트를 전전해야만 했다. 이 음울한 상황은 그들의 결혼생활을 힘들게 했고, 그웬으로 하여금 "잿빛이 되어가는 것 같은 우울함"을 느끼게 했다.[9] 그러던 어느 날 그웬이 전기세를 내지 못해 집에 전기가 끊겨 아홉 살짜리 아이를 데리고 영화관에 가려고 하던 바로 그때, 최근 출간한 시선집으로 퓰리처상을 받게 되었다는 놀라운 전화를 받는다. 그웬이 서른세 살의 일이다.

그때 상금으로 받은 500달러가 그들에게 희망을 주었다.

♥ '시카고 르네상스'란 '할렘 르네상스'라고도 불리는데, 흑인 지식인들과 작가들이 할렘을 중심으로 1930년대부터 1950년대까지 활발하게 예술문화 활동을 하면서 얻은 명칭이다.

1년 뒤인 1951년에는 첫 아들이 태어난 지 11년 만에 딸 노라가 태어난다. 하지만 "작은 부엌과 책으로 가득한 작은 거실이 있는, 나무 프레임이 둘러져 있는 작은 집"을 마련하기 위해서는 1953년까지 기다려야 했다.[10]

그웬돌린 브룩스의 겸손한 주인공인 모드 마사는 아름다움을 은밀히 사랑하지만 자신을 둘러싼 추악한 환경으로 인해 고통받는다. 집은 타인들의 흔적으로 가득하다. 양파를 튀기는 냄새가 공중을 떠다니고 복도에는 쓰레기가 익어가고 있으며 사람들은 공동 화장실에서 어정거리기 일쑤이고 부엌에는 시도 때도 없이 바퀴벌레가 튀어나온다. 모드 마사의 문화적 관심사는 남편의 무감각과 상상력 부족으로 인해 늘 무시된다. 어떤 장면에서는 남편이 침실 잠자리 테크닉을 읽고 있는데 그녀는 『인간의 굴레』를 읽는 코믹한 상황이 그려진다. 남편은 그러다가 책을 쥐고 입을 벌리고 잠이 든다. "남편이 쥐고 있는 『기혼자를 위한 잠자리 테크닉』은 마룻바닥에 떨어지기 일보 직전이다. 하지만 그녀는 손을 뻗어 책을 잡지 않고 그냥 내버려두었다."[11]

모드 마사가 진정으로 각성해 스스로를 되찾기 시작하는 것은 바로 어머니로서이다. 그녀는 아이가 처음 울음을 터뜨리는 것을 보고 기뻐 웃는다. 그리고 "모드 마사 브라운 필립스의 일부가 자신만의 목소리로 자기주장을 하는 것을 들으면서" 즐거워한다.[12] 모드가 마침내 분노를 터뜨리게 되는 것은 바로 아이를 위해서이다. 모드가 크리스마스에 딸을 데리고 백화점에

갔을 때 그곳의 백인 산타클로스가 딸을 냉랭하게 대한 것이다. 모드 마사는 그 산타클로스에게 살해 욕구를 느낀다. 그래서 "지갑에서 손질용 가위를 꺼내 내 딸을 무시하는 그 눈을 푹, 푹, 푹 쑤시고" 싶어한다. 이 장면에 코미디의 요소는 전무하다. 이 사건은 모드 마사를 "자신이 해결할 수도, 무시할 수도 없는" 증오에 맞서게 한다. "이렇게 그녀 안에는 좌절된 증오의 찌꺼기가 살아 있었다. 눈도 없고 미소도 없는 순수한 증오였다. 목소리도 거의 없었는데, 이 점이 특히 마음에 들지 않았다. 그녀를 가장 허기지게 만든 결핍이었기 때문이다."[13]

메리 헬렌 워싱턴에 따르면, 1953년에 이 책이 출간되자 평론가들은 "어느 성격 나쁜 검둥이 소녀"의 초상이라고 비평했다고 한다. "그들은 이 소설을 비통함, 분노, 자기혐오, 억압된 분노에서 오는 침묵에 대한 작품으로 읽지 않았다. 평론가들이 '이국적 서정성'이라고 본 것은 사실상 분노 때문에 말 그대로 말문이 막혀버린 어느 여성의 툭툭 끊기는 중얼거림이었다."[14]

셜리 잭슨의 주인공과 달리 모드 마사는 최소한 자신의 고유한 감정에 대해 인식하고 있었다. 그러나 기회의 박탈과 방편(agency)의 부재에서 오는 그녀의 외로움과 좌절은 독자가 볼 수 없었던 유령이었다. 여전히 브룩스는 자신의 주인공이 삭제되게 내버려두지 않겠다고 확고하게 결심한다. 그 시대의 여성 작가들은 질문을 던지는 독립적 여성 인물을 너무 문제시하는 분위기 때문에 이런 인물을 작품 속에서 종종 없애곤 했다. 그러나 모드 마사는 자신만의 의미있는 삶을 고집스럽게 추구해나간다.

브룩스는 모드 마사의 남편이 화재로 사망한 후 그녀가 새로운 자유를 향한 기대를 품고 살아가는 후속편을 쓰려고 기획한다. 그러나 하퍼스에서 브룩스를 담당한 백인 편집자 엘리자베스 로런스는 이런 전개를 불편해했다.(로런스는 그웬이 시를 출판하는 것에 대해서도 부정적으로 반응했는데, 그웬의 시가 백인들에 대해 너무 비판적이고 편집자 자신이 아프리카계 미국인의 현실에 대해 갖고 있는 협소한 개념과 그웬의 시가 부합하지 않았기 때문이다.) 편집자는 그웬의 제안을 거절하면서 전작과 어떻게 연결될지가 불분명하다고 말했다. 하지만 브룩스는 비교적 금방 자신의 목소리를 되찾았다. 1955년 미국에서 발생한 어느 끔찍한 사건을 통해서였다. 시카고 출신의 흑인 소년 에밋 틸♥이 백인들에게 잔인하게 살해되는 사건이 일어나자 브룩스는 자신의 작품을 통틀어 가장 충격적인 시들을 써내려 간다. 대표적으로 토니 모리슨의 『빌러비드』처럼 아프리카계 미국인 작가이자 어머니들의 작품을 보면, 살해당한 아이들은 오랫동안 유령 같은 존재임을 알 수 있다.[15]

1960년대 초반, 브룩스는 흑인 청년들의 이른 죽음에 대한 논평이라고 할 수 있는 「우린 완전 쿨하지」와 같은 유명한 시들을 발표했다. 급진적인 블랙아트 운동은 그녀의 작품에 다시 생

♥ 1955년 미시시피에서 백인 여성에게 휘파람을 불었다는 이유로 백인들에게 잔인하게 살해된 14세 흑인 소년.

기를 불어넣었고, 그녀는 백인 독자층에 호소하려 노력하기보다 흑인 독자층에 초점을 맞추기 시작했다. 브룩스는 하퍼스와 이별하며 흑인 소유의 출판사로 이적했고, 1968년에 아들이 장성하고 딸이 십대가 되자 남편을 떠난다.

"결혼은 어렵고 고된 상태이다. 특히 당신이 여성이라면 당신은 자아를 계속해서 제쳐둬야 한다. 나도 결혼생활 동안 계속 그랬지만 이제 다시는 못하겠다."라고 그녀는 말한다.[16] 그웬과 헨리는 5년의 별거 후 재결합한다. 부분적으로는 헨리가 그웬의 정치적 견해를 받아들였기 때문이었다. 그 뒤로 발표한 시들에서 그녀는 언어의 소리와 리듬의 완벽한 구사를 통해 분노와 절박함을 전달했다. 그녀는 이렇게 쓴다. "언어는 놀라운 일들을 해낸다. 언어는 쾅쾅 두들길 수도 있고, 가르릉 울릴 수도 있다. 언어는 재촉할 수도, 구워삶을 수도, 채찍질할 수도, 낑낑거릴 수도 있다. 언어는 노래할 수도, 대꾸할 수도, 상처를 입힐 수도 있다."[17]

그웬의 커리어가 다시 살아나기 시작했던 1960년대 초반, 셜리 잭슨은 여전히 집에 틀어박혀 있었다. 그녀는 남편을 떠나는 것이 두려웠고, 아이들이 성장하면서 자신을 점점 더 필요로 하지 않게 돼 엄마의 역할을 잃어버릴까 봐 우울해했다. 결국 셜리는 광장공포증이 생기고 더 이상 글을 쓸 수 없는 상태가 된다. 그녀는 글쓰기를 집안일과 불안으로부터의 탈출구로 생각해왔다. "뭐든 그걸 글로 써버리면 아무것도 당신을 해칠 수 없다."[18] 그러나 이제 셜리는 신체적으로뿐만 아니라 정신적으로도 집안에 갇혀버렸다.

셜리는 술을 과하게 마셨고 약을 계속 먹고 있었다. 여기에는 원래 살을 빼려고 처방받은 진정제와 암페타민도 포함돼 있었다.(셜리는 자신의 몸과 좋은 관계를 맺지 못했다. 셜리의 외모는 늘 어머니에게 비판받곤 했기 때문이다.) 속도감은 글을 쓰는 데 유용했지만 불쾌감과 불안 발작의 원인이 되기도 했다. 셜리는 남편의 외도를 알아채고는 아이들이 공포에 질릴 정도로 발작을 했다. 막내 배리는 그런 엄마를 보고 흐느꼈다. "난 엄마가 미치는 게 싫어! 난 엄마가 그냥 다른 엄마들 같았으면 좋겠어!"[19]

다시 열심히 글을 쓰고 치료를 받으면서 셜리는 출판 에이전시와 계약하게 되고, 새로운 모험을 향해 집을 떠나는 여성에 대한 소설을 쓰기 시작했다. 그러나 그러던 1965년 어느 날 딸이 낮잠을 자고 있는 엄마를 깨우러 갔을 때 셜리는 죽어 있었다. 마흔여덟의 나이에 셜리는 심장마비로 사망했다. 새롭게 시작하기엔 너무 늦었다.

똑같이 마흔여덟의 나이에 루이스 부르주아도 절망의 나락에 떨어진다. 아들들은 거의 다 자랐다. 1959년에 그녀는 이렇게 쓰고 있다.

> 나는 아내로서 실패했지
> 여자로도

엄마로도
잡, 아니 안주인으로도
예술가로도
사업가로도
이제 내 나이는 47이고—
친구로도—
딸로도
자매로도—
난 실패하지 않았어
진리를 찾는 사람으로서
썰물이 다 빠져나간 상태지[20]

비슷한 시기에 그녀는 출처가 불분명한 곳에서 이렇게 쓰고 있다. "내가 다시 버림받는다면 나는 집에 불을 지르고 말 것이다."[21]

그러나 여성이 예술가로서 자기 자리를 획득하려면 그녀가 한때 말했듯 자기가 "세상에 없어지지 않으리라는 것을 계속해서 증명"해야 한다.[22] 그녀는 한 번도 창작을 완전히 그만둔 적이 없다. 그렇게 오십대가 되자 그녀의 인내심은 보상받기 시작했다. 루이스는 신체의 일부를 조각했는데 특히 성적인 부분을 작품화했다. 실물보다 더 큰 남근을 제작해 「필레트」, 즉 '어린 소녀'라는 이름을 붙였다. 로버트 메이플소프가 촬영한 사진에서 그녀는 그 작품을 팔에 끼고 장난기 머금은 미소를 짓고 있다. 그녀는 게이 섹슈얼리티를 다루는 사진작가라면 큰 남근을 가진 사람들을 촬영하길 좋아하겠다고 생각해서 촬영장에 그 작품을 챙겨왔다고 말했다.

루이스가 61세였던 1973년에 남편이 사망하고, 그 후 그녀의 커리어는 활개를 펴기 시작한다. 이는 여성이 자신만의 창조적 사고를 시작하려면 아무리 선한 의도를 가졌더라도 가부장제의 대표자는 길을 비켜줘야 한다는 뜻처럼 보인다. 다음해 루이스는「아버지의 파괴」라는 설치 작품을 통해 자신을 업신여겼던 아버지와 자신의 뇌를 갉아먹었던 가족이라는 이상 모두에 대한 예술적 복수를 감행한다. 그 작품에서 라텍스와 석고의 추상적 덩어리들은 가부장제 가족 드라마를 표상한다. "저녁식사 자리에서 아버지는 끊임없이 자신을 내세우고 과시했다. 아버지가 뻐길수록 우리는 더 작아지는 것 같았다. 어느 날 갑자기 끔찍한 긴장 상황이 생겼고, 우리는 아버지를 붙들었다. 내 형제자매와 어머니, 이렇게 세 명이서 아버지를 붙잡아 식탁 위에 올려놓고 팔과 다리를 뜯어냈다. 우리는 그를 먹어치웠다."[23]

루이스는 퍼포먼스에서 가슴에 대는 턱받이를 만들어 둘렀다. 루이스는 직조공이었던 어머니를 기리며「마망」, 즉 '엄마'라는 제목의 거대한 거미 조각상을 만들기 시작했다. 스스로를 수호자라고 주장하는 이 공포스러운 형상들은 아이를 먹이고 보호하는 육아의 개념에 자신의 분노를 결합한 듯하다. 루이스는 더 큰 작업실로 옮겨서 거대한 재활용품 조각들을 작품으로 콜라주할 수 있게 된다. 그리고 그녀는 이후 40년간 자신의 커리어를 도와주게 될 제리 고로보이라는 조수를 채용했다. 자신의 공포를 작품에 쏟아붓는 것은 실생활에서 공포를 누그러뜨릴 수 있도록 도와주었다. 그녀는 계속해서 불안과 죄의식, 분노의 발작을 일으켰지만, 이 모든 상황을 예술의 추진력이자 주제로 사용할 수 있었다. 다행히 시간은 루이스의 편이었다. 그녀는 70세의 나이에 본격적인 작품 활동 궤도에 올랐고, 98세로 사망할 때까지 끊임없이 뛰어난 예술작품을 창작해냈다.

때로 아이들이 집을 떠나고 배우자와 이별하거나 배우자가 사망하면, 마치 깊은 수원에서 샘이 솟아오르듯이 모든 에너지와 창작 기술과 통찰력과 인내심이 되살아나고, 가사에 들어가던 모든 시간이 자아로 되돌아와, 유령이 된 것 같았던 창조력이 새로운 생명을 부여받아 활기를 띠기 시작하곤 한다. 62세에 작가로서 커리어를 시작했던 어슐러 르 귄의 어머니인 시어도라 크로버의 경우가 그랬다. 60세에 소설을 출간하기 시작해 결국 당대 영국의 가장 위대한 소설가 중 한 명이 된 퍼넬러피 피츠제럴드의 경우도 그랬다. 그녀 또한 팜므 메종, 즉 집사람이었는데, 부르주아의 작품들에서 상징적으로 표현되던 것이 그녀에게는 실제 현실로 일어남으로써 그녀는 작가적 소명을 회복할 수 있었다. 그녀의 집이 실제로 산산조각 난 것이다.

불안 지대 4:
뒤늦은 성공

언젠가 작가가 될 퍼넬러피 피츠제럴드와 성공하지 못한 변호사인 남편 데즈먼드는 1960년의 어느 날 파산을 하고 핏대를 세우며 싸운 끝에 세 아이를 데리고 그들이 찾을 수 있는 가장 싼 집으로 이사를 간다. 템스강 위에 버려져 있던, 한때 석탄을 날랐던 바지선에 들어가 살기로 한 것이다. 조류가 빠져나가면 그레이스호는 살짝 기울어진 채로 진흙 위에 서 있었다. 조수가 들어오면 배는 물에 떠 있었고, 그렇게 배에 물이 차면 퍼내야 했다. 배 안에 있는 조리실에서 퍼넬러피는 가족들에게 감자튀김과 달걀 프라이, 튀긴 빵과 통조림 스튜를 먹였다. 상습적으로 음주를 하던 데즈먼드는 어느 날 밤 외출 후 돌아오는 길에 배 건널판에서 발을 헛디뎌 머리를 부딪히고 물에 빠졌다. 퍼넬러피가 그 소리를 듣지 못했다면 그는 아마 익사했을 것이었다. 그리고 어느 날 아침에 일어나 보니 두 딸의 침실 바닥이 온통 물에 젖어 있었다. 그들이 학교에서 돌아와 보니 그레이스호는 파도에 떠내려가 버렸고, 그들의 살림살이는 몽땅 사라졌다.

퍼넬러피 녹스는 1916년에 지적으로 대단한 성공을 거둔 집안에서 태어났다. 가문에는 지식인들과 (대부분 남성인) 크게 성공한 사람들이 많았다. 그중에는 당시 영향력 있던 유머 잡지인 《펀치》의 편집인이었던, 퍼넬러피의 무서운 아버지도 있었다. 퍼넬러피 자신도 문학적 야망을 품고 있었고, 가문의 전통을 따라 옥스퍼드 대학에 입학해 학계와 사교계의 스타가 되었다. 퍼넬러피는 가족으로부터 확고한 자존감과 창조적 삶을 추구할 수 있는 축복을 선사받은 반면, 혼란스러운 전후 시대에 성공을 하기 위해 필요한 정서적·실천적 기술은 습득하지 못했다. 그녀의 유년 시절은 특권으로 가득했기 때문이다.

성인이 되자 퍼넬러피의 자신감에 큰 타격을 주는 일들이 일어났다. 그녀가 옥스퍼드에 입학하자마자 어머니가 사망한다. 그리고 전쟁이 일어났을 때 그녀는 애국심에 가득 차 BBC에 지원했는데, 거기서 자신의 상사와 관계를 갖게 된다. 퍼넬러피의 전기를 쓴 허마이오니 리는 퍼넬러피의 짝사랑이었다고 말하지만, 퍼넬러피의 소설을 보면 그 관계는 자신을 나약하게 만드는 정서적 착취 상태로 그려지고 있다. 퍼넬러피는 보상심리로 옥스퍼드 대학 동기이자 아일랜드 근위대에 새로 장교로 임명된 데즈먼드 피츠제럴드와 결혼한다.

퍼넬러피가 어떤 글을 쓰고자 했는지는 알 수 없다. 그녀가 썼던 글도 그레이스호와 함께 사라졌기 때문이었다. 그러나 분명 그들의 결혼생활은 서로 예측하지 못했던 방식으로 그녀의 문학적 야망을 정서적으로나 실질적으로 좌절시켰다. 데즈먼드는 리비아 트리폴리, 이탈리아 안치오와 몬테카시노에서 복무했다가 무공훈장을 받으며 전역했다. 하지만 훈장과 함께 가지고 온 것은 심각한 외상 후 스트레스 장애였다. 남편은 한밤중 악몽으로 비명을 지르며 깨어나고 낮에는 술로 연명했다. 퍼넬러피는 그런 남자를 보살펴야 하는 입장이 되었다. 임신은 그들 모두에게 또 다른 트라우마가 되었다. 그녀는 결국 그들이 원해 마지않던 건강한 세 아이를 갖게 되지만, 그 과정에서 유산을 반복했을 뿐 아니라 처음 가졌던 아이는 선천적 심질환으로 죽고 말았다.

전역한 남성을 보살피기 위해 일을 포기해야 하는, 여성들에게 닥친 갑작스러운 전후 상황은 그녀에게 심각한 타격을 주었다. 원래 변호사가 되었어야 할 데즈먼드는 작은 문예지의 편집자가 되었고, 퍼넬러피는 본인이 했으면 더 잘했을 텐데도 데즈먼드를 다독여가며 잡지 일을 도왔다. 그들은 햄스테드에서 분수에 넘치게 살았지만 잡지는 폐간된다. 동료 작가들과의 파티도 끝났다. 집은 넘어갔고 가구는 경매에 부쳐졌다. 마지막으로 데즈먼드는 음주 때문에 변호사 자격증도 박탈당한다.

퍼넬러피가 힘든 일상을 감당하는 게 너무 서툴렀던 것인지 데즈먼드가 사회적으로 실패하는 걸 막아주고 싶었던 것인지, 혹은 헌신과 자기희생이라는 감정에 대한 우회적 저항으로서 아예 대처를 거부한 것인지는 알 수 없다. 퍼넬러피는 우왕좌왕하긴 했지만 애정으로 아이들을 돌보았고, 아이들이 좋은 교육을 받을 수 있도록 최선을 다했다. 아이들이 어렸을 때는 BBC에서 프리랜서로 서평이나 아동 교육 프로그램의 대본을 썼고, 「여성의 시간」이라는 유명 프로그램에서 '사서가 된다는 것에 대해'와 같은 주제로 특집 대본도 썼다. 그러나 퍼넬러피 자신의 '여성의 시간'은 늘 마감에 쫓기느라 고군분투했다. 결국 BBC의 일거리도 더 이상 들어오지 않아, 1950년대 후반에는 농장 소녀에 대한 소설을 어린이 잡지에 연재했다. 한번은 몰랐던 유산을 상속받으려 멕시코에 큰아이를 데려갔으나 결국 물거품이 되었다고 한다. 그녀는 경제적 파산의 길로 서서히 미끄러져 들어가고 있었고, 우울과 현실부정, 자아상실로 보이는 수동적 상태에 오랫동안 빠지게 된다. 엄마로서의 삶과 작가로서의 삶 사이에서 이도저도 못하는 상태에 고착된 여성은 자신이 진정 무엇을 원하는지 깨달을 수 없게 된다. 바지선에서 사는 것처럼 정처 없이 "떠내려가는" 우유부단한 상태에 빠지는 것이다.

1977년에 출간된 퍼넬러피의 두 번째 소설 『서점』은 어머니와 딸의 슬픔과 분노에 대한 파편적인 유령 이야기이다. 아이가 없는 중년 과부와 열 살 된 소녀가 친해지는데, 유령이 집을 난폭하게 습격해 그들이 반 시간 동안 누린 행복에 대해 일종의 대가를 요구한다. 과부는 아이에게 신경 쓰지 말라고 용감하게 이야기하면서 자신의 집에서 쫓겨나지 않겠다고 결심한다. 하지만 공포에 질린 아이는 말한다. "저건 우리가 가버리기를 원하지 않아요. 우리가 여기 있으면서 고통받기를 원해요."[1]

그레이스호의 침몰은 어느 정도는 필요했던 가부장제의 실종을 상징하는 것으로 보인다. 퍼넬러피가 타고났던 출신 계급의 관습과 그녀가 희망을 두었던 희생적 결혼의 이상도 모두 그와 함께 사라졌다.(『서점』에서 퍼넬러피의 화자는 이렇게 말한다. "가끔 남자와 여자는 서로에게 꼭 맞는 짝이 아닌 것 같단 말이지."[2]) 배가 떠내려간 후 비로소 퍼넬러피는 정신을 차리고 자신이 생각하기에 '규범적인' 생활로부터 벗어나 살기 시작한 것이다.

피츠제럴드 가족은 공공주택으로 이주한다. 런던 서부의 특색은 없지만 안락한 사회주택이었다. 아이들은 사립학교를 다니다 부모처럼 옥스퍼드 대학에 진학했다. 데즈먼드는 더 이상 사회의 기대에 부담을 느끼지 않게 되었고 술도 끊고 여행사 직원으로 일하기 시작했고, 가사도 분담하고 세탁실로 몸소 가서 다림질까지 하기에 이른다. 퍼넬러피는 거실 소파에서 잠을 잤지만, 그래도 여전히 그를 사랑한다고 말했다. 아마도 부분적으로는 그의 생활력 부재를 이야기로 풀 수 있어서이기도 했고, 또 부분적으로는 앨리스 닐이 샘 브로디를 사랑했던 것과 같은 이유에서이기도 했을 것이다. "데즈먼드는 늘 내가 하는 모든 것은 다 옳다고 생각했다."[3]

그 즈음 퍼넬러피는 가족을 먹여 살리기 위해서 중학교에서 아이들을 가르치는 일을 시작했다. (입시에 필요한) A 레벨 테스트를 통과하기 위해 도움이 필요한 학생들을 가르치는 일이었다. 쉰 살의 퍼넬러피는 학생들에게 비현실적인 인물로 비쳤다. 그도 그럴 것이 아버지의 헐렁하고 낡은 홈메이드 트위드 재킷을 구깃구깃한 채로 아무렇게나 걸치고 다니는 괴상한 모습이었기 때문이다. "나는 티백으로 염색도 해보려 했지. 그래봤자 큰 차이도 없더구나." 퍼넬러피는 딸에게 울적한 마음을 토로했다.[4] 그녀는 자신이 존재감도 없고 잘 가르치지도 못한다고 생각했다.(그녀의 사위는 장모가 "예술적 올바름에 대한 지독한 자의식 속에서만 자기확신을 느끼는 분이었다."라고 말했다.[5]) 퍼넬러피는 자기 학생들이 에세이를 제대로 썼는지 살펴보려는 시늉도 하지 않았다. 그래서 심약한 학생들은 잘 이끌었지만 어리석은 아이들 때문에 사서 고생하지는 않았다. 그녀는 훨씬 어린 동료 교사 A. S. 바이엇과 사사건건 부딪혔고 사소한 부분에 대해서도 화를 내곤 했다. 아마도 암묵적인 경쟁 관계였기 때문일 것이다. 바이엇은 퍼넬러피가 좋은 선생님이었다고 회상한다. 하지만 이 책에 실린 모든 여성 예술가에게 똑같이 해당하는 말을 퍼넬러피에 대해서도 남겼다. 퍼넬러피는 천재였지만 "천재는 친절한 사람은 아닌" 것이다.[6]

아이들이 집을 떠나자 퍼넬러피의 오래된 야심이 다시 깨어나기 시작했다. 오십대에 퍼넬러피는 데즈먼드를 조수로 삼아

두 권의 논픽션 저서를 완성했다. 하나는 예술가 에드워드 번 존스에 대한 전기였고, 다른 하나는 자신의 아버지와 형제들에 대한 책이었다. 그들의 천재적인 삶은 퍼넬러피의 삶에 늘 그림자를 드리웠다. 그러나 그녀는 "다른 사람을 돕고자 하는 마음은 너무나 위험해서 완전히 끊지 않고서는 치료할 방법이 없는 마약과도 같다."라고 쓴 적이 있다.[7] 데즈먼드는 오십대 후반에 암이 발병했다. 퍼넬러피는 남편을 치료하면서 "남편이 아플 때마다 그를 즐겁게 해주기 위해" 코믹 스릴러물을 쓰기 시작했다.[8] 데즈먼드는 1976년에 사망했고, 퍼넬러피의 첫 소설책은 이듬해에 출간됐다. 남편이 사망하고 아이들이 모두 각자의 가정에 정착하자 퍼넬러피는 자신만의 기반을 갖게 된다. 1년 뒤에는 독창적이고 뛰어난 두 번째 소설 『서점』을 출간한다. 그러고 나서 퍼넬러피는 템즈강의 정박소를 배경으로 불운한 인물들의 이야기를 그리는 『떠내려가다』를 출간한다. 1979년 『떠내려가다』는 부커상을 수상했다.

실패는 퍼넬러피 피츠제럴드의 주요 주제가 되었다. 그녀의 주인공들은 패배로 고통받고 그들의 계획은 좌절되지만, 그럼에도 그들은 자신의 고결함(이자 엉뚱함)을 유지하면서 쉽게 불행에 굴복하지 않는다. 퍼넬러피는 노년이 돼서도 여전히 기이하게 차려입은 옷 안에 숨어 있었다. 되는 대로 옷을 입었지만 날카로운 말을 뱉곤 하는 퍼넬러피를 관찰한 어느 친구는 이렇게 쓴다. "늙은 퍼넬러피는 날카로운 칼처럼 예리하지만 그렇게 보이지 않으려고 갖은 노력을 다하는 것 같다."[9] 다른 사람을 도우려는 퍼넬러피의 병은 이제 완치된 것처럼 보인다. 하지만 아내이자 어머니로서는 결코 허락되지 않았던, 타고난 총명함과 독창성을 숨기려는 버릇은 고치지 못했다.

7장
엄마, 시인, 전사
오드리 로드 1934~1992

엄마는 내가 아는 가장 흥미롭고 혼란스러운 단 하나의 단어다. 흑인 다음으로. —알렉시스 폴린 검스[1]

백인 아버지들은 우리에게 말했다. "나는 생각한다, 고로 존재한다." 우리 각자의 내면에 있는 (시인이기도 한) 흑인 엄마는 우리의 꿈에서 속삭인다. "나는 느낀다, 고로 자유로울 수 있다." —오드리 로드[2]

1962년 첫 아이를 임신했을 때, 오드리 로드는 새로운 생명을 만드는 마법 같은 기분에 몹시 기뻤다. 뉴욕 교외 마운트버넌에 살며 도서관 사서 일을 하러 출근했다가, 변호사 남편이 있는 집으로 퇴근해 자신의 시 작업을 했다. 그리고 여름에 "활짝 피어 올라 겨울바람에 무거워지고 있는" 배 속 아기를 느꼈다.[3] 그녀는 자신의 딸(딸일 거라고 확신했다.)이 어떻게 자기 몸 안에서 자라나고 있을지 생각했다. 두 손이 생겨나고, 이빨이 나올 준비를 하며, 머리카락은 곱슬거리기 시작하고 있겠지.

오드리와 에드는 당시로는 앞서간 부모들이었다. 그들은 출산 강좌를 함께 들었고 에드가 반드시 분만실에 함께 있기로 했다. 나중에 오드리는 아기가 신생아실이 아니라 엄마와 함께 있어야 한다고 우겼다. 육아에 적극적인 파트너와 함께하며 원하는 바를 선택할 수 있었던 덕분에, 그녀는 자신의 욕구를 밀쳐놓지 않은 채 임신과 아기의 탄생을 즐길 수 있었다.

그녀의 임신은 우연이 아니었다. 그녀는 아이들을 원했기 때문에 결혼했다. 하지만 그녀와 에드는 자신들의 결혼을 직접 디자인했다. 가정의 따스함과 친밀함을 추구한 흑인 레즈비언과 백인 게이 남성 사이의 다자 연애적 결합이었다. 남성과 여성의 부부생활만이 유일하게 안전한 선택지였던 시대에, 그들은 지인들 또한 하고 있던 일들을 했다. 동성애자의 라이프스타일을 유지하는 한편, 집을 공유하고 자식들을 낳아 기르는 일 말이다.

오드리는 낭만적 심장을 가진 냉정한 뉴요커였다. 인종과 젠더 정의에 관해 쓴 선지자적 시인이자 회고록 작가, 에세이스트였고, 배앓이를 하는 아기 걱정으로 마루를 왔다갔다할 때는 이미 그 리스트에 "엄마"를 추가하는 법을 알아가고 있는 지성인이자 몽상가, 연인, 활동가였다. 자신이 사랑하는 사람들이 성공하도록 돕는 데서 힘을 얻는 애정 넘치는 사람이었던 그는 딸 베스와 연년생 아들 조너선을 키우면서 권능감(empowerment)을 느꼈다.

그녀는 자신이 "젖먹이 엄마로서 안전한 고치 안에 싸여" 있다고 생각하는 한편, 글쓰기에 관해서는 조급한 마음을 키우고 있었다.[4] 베스가 태어난 스물아홉 살에는 자기 시들을 출판해줄 출판사를 찾기 시작했다. 퍼넬러피 피츠제럴드와 달리, 그녀는 때를 기다리며 기회를 노리지 않았다. "내 몸 안의 무엇인가가 / 인내를 가르친다 / 그건 미덕이 아니라는 걸"이라고 그녀는 썼다.[5] 그녀는 불확실성과 자기발견에 많은 시간을 썼고, 마침내 자신의 직업적 소명을 찾자, 딸 베스가 회고하길, "집에 불이라도 난 것처럼" 인생을 꾸려갔다.[6]

인생을 되돌아보며 오드리는 두 아이를 키운 것을 자기상실의 상태라고 부르지 않았다. 그것은 오히려

> 자기소유(self-possession, 평정심)를 향한 길고 때때로 몹시 고된 여정이었다. 내가 이전에 할 수 있으리라고 생각했던 것—이해에 있어서나, 흔한 사건들을 새로운 관점으로 보는 것에서나, 나 자신의 지각을 믿는 것에서나—을 훨씬 넘어서는 능력의 신장은 감미로웠다. 그것은 흥분되는 여정이었다. 거리에서 들려오는 아이들의 웃음소리와 잠잘 때 아이들의 몸이 보여주는 그

사랑스러운 아름다움에도 나는 회유되었다.[7]

그녀는 아프리카계 미국인 엄마로서 흑인들이 모성의 황홀을 누리는 것을 지지하지 않는 지배적 문화에 맞서 아이들을 양육하는 한편, 레즈비언 엄마로서 배척당할 위험이 있다는 것도 알고 있었다. 모성이라는 게 무엇보다도 상실된, 혹은 보이지 않는 주체 위치라면, 그에 더해 흑인, 퀴어 모성은 비가시성의 교차로에 놓인 것이다. 그런 상황에서 엄마가 된다는 것은 문학 연구자이자 여성학자인 알렉시스 폴린 검스의 말처럼 전혀 규범적이지 않다. 대신 그것은 퀴어적 행위다. "그 행위 속에서 퀴어란 우리의 몸이 외부 세계에 의해 어떻게 해석되는가와 우리가 우리 안에서 어떻게 느끼는가 사이의 폭력적 분리 상태를 의미하며, '나는 존재하지 않도록 되어 있'지만, 존재하는 것을 뜻한다."[8] 오드리는 "다른 인종과 결혼한 흑인 레즈비언 엄마"로서 자신에게, "내가 누구여야 하는가에 대해 안일한 편견을 지닌 사람의 기분을 상하도록 만드는" 부분이 있다고 말했다.[9] 그녀의 역습은 자녀들에게 그들 자신이라는 선물을 주는 한편 모성을 안전과 도전 모두를 위한 장소로 재정의하기 위한 것이었다.

임신에 관한 그녀의 시 「이제 나는 아이와 영원히 함께하므로」는 1963년 3월 태어난 그녀의 딸 엘리자베스 로드롤린스의 탄생으로 끝을 맺는다.

봄이 오기 하루 전 나는 너를 낳았지
맹렬한 피스톤처럼 내 머리는 울렸어
내 다리는 우뚝 선 탑이었고 그 사이로
새로운 세계가 지나가고 있었지

그때 이후
나는 오직 알아볼 수 있었지
질주하는 시간 속의 실 한 올을
너, 자아들 사이로 흐르는
너를 향하여[10]

오드리는 엄마가 되기 전 학생이자 활동가였고, 뉴욕 레즈비언 바 일대의 귀여운 젊은이였다. 그녀에겐 유혹의 재능과 다른 게이 소녀들이 황홀하다고 부른 눈부신 미소가 있었다.[11] 친구들은 그녀를 강렬한 존재감을 내뿜는, 섹시하고, 무슨 일을 하든 생명력으로 가득한 사람으로 보았다. 글쓰기든 가십이든 연애든 마찬가지였다. 게이바에서 블루스를 출 때, 그녀는 자기 자신이 "또래 집단이나 특정 범주(category)에 속하지 않은 채" 살게 되리라는 걸 알았다.[12]

모성과 커리어를 향한 자기 길을 찾으려면, 우선 자신을 먼저 찾아야만 했다. 앨리스 닐은 화가들 사이에서 가정을 꾸렸고, 도리스 레싱은 정치에서 집을 찾았다. 하지만 1950년대에 흑인 레즈비언 시인이 된다는 건 또 다른 차원에서 어려운 일이었다. 오드리는 동성 애인과 함께 살며 용감하게 둘의 이름 모두를 우편함에 써놓았던 그리니치빌리지에서 그런 탐험을 했다. 젊은 흑인의 재능을 양성하고 그녀에게 자신의 인종적 정체성을 정의할 공간을 선사했던 할렘 작가 조합에서도 탐험은 이뤄졌다. 그녀는 20대 초반 혼자 멕시코에 갔다가 연상의 여인과 로맨스를 맺게 되면서 자신에 대한 중요한 단서를 찾았다.

열네 살 여름, 오드리는 옷을 입어보듯 다른 자아들을 몸에 걸쳐 보곤 했다. 가장 친한 친구 제니와 한껏 차려입고서 보헤미안인 척 굴며 그리니치빌리지 주변을 배회했다. 몸에 딱 붙는 치마를 입고 하이힐을 신은 채 자기들 딴엔 외설적이라고 여겨지는 말들을 내뱉으며, 괜찮게 차려입은 남자들을 좇아 5번가를 걸어 내려가기도 했다. 때로는 집 근처에 머물며, 손을 잡고 그냥 할렘 주변을 돌아다녔다. 자기들이 품은 감정이 우정인지 사랑인지 알지 못한 채.

땋은 머리에 두꺼운 안경을 낀 꼬마 소녀였을 때부터 시는 오드리의 일부였고, 오드리의 부모는 사람들 앞에서 그녀 얘기를 꺼내며 딸 자랑을 하길 즐겼다. 그러면 그녀는 시를 암송하는 퍼포먼스를 해야 했다. 월터 드 라 메어의 「듣는 자들」을 낭송하거나 에드나 세인트 빈센트 밀레이를 로맨스와 교활한 위트를 섞어 암송하곤 했다. 그녀는 스스로의 생각을 제대로 표현하지 못한다고 느꼈기 때문에(다섯 살이 돼서야 말문이 트였다.) 다른 사람들의 말을 이용해 의사소통했다. 누군가 그녀에게 그녀 자신에 대해 물으면, 그녀는 "시를 암송하곤 했다. 그러면 그 시 어딘가에 그 느낌, 정보의 가장 중요한 조각이 있었다." 그녀는 결국 "나를 대신해 말해줄 다른 시들을 찾을 수 없을 때, 달리 말할 수 없는 것들을 말하기 위해" 글쓰기를 시작했다.[13]

어떤 면에서 오드리의 글쓰기(그녀의 경험을 표현할 말들의 탐색)와 그녀의 가족 만들기는 자신의 부모가 했던 자기 재발명(self-reinvention)의 여정을 이어가는 것처럼 보인다. 바이런 로드와 린다 로드 부부가 1924년 서인도제도의 그레나다를 떠나 뉴욕에 도착했을 때, 오드리의 아버지는 아버지로서 자신에게 주어진 첫 번째 책무를 저버린 참이었다. 그에겐 오드리와 그녀의 자매들에게 결코 그 존재를 언급하지 않았던 다른 여자에게서 태어난 쌍둥이 딸이 있었다. 그는 자기 이름 역시 버리고 왔다. 출신에 대한 자부심과 야망 및 자기창조 사이에 균형을 취하면서, 이민 서류에 적힌 필라비우스 발고벤 로드라는 이름 대신 미국에선 프레드릭 바이런이 되기로 했다.[14]

린다 벨마 로드는 자기 가족들이 살고 있는 그레나다의 작은 섬 카리아쿠에 대해 꿈꾸기를 한 번도 멈춘 적이 없었다. 그녀는 남편과 방언을 사용해 대화했는데, 오드리는 그걸 그들만의 "비밀스러운 시"라고 생각했다.[15] 가족의 말에 따르면, 린다의 아버지는 바다에서 실종된 포르투갈 백인 어부였다고 한다. 린다는 처음 뉴욕에 왔을 때, 레스토랑 일자리를 얻기 위해 남들이 자신을 백인으로 여기도록 내버려뒀다가 이후 속인 게 들통나 해고됐다.

로드 부부는 할렘에서 아파트 건물을 관리하고 부동산을 매매하며 함께 사업을 일궜다. 뉴욕이 흑인들의 성공을 막기 위해 둘러쳐놓은 장벽들을 힘껏 밀어붙이며, 긴 노동시간을 마다하지 않았다. 그들은 딸들에게 백인도, 아프리카계 미국인도 믿지 말라고 가르치며 낯선 세계에서 자기 가정을 유일하게 안전한 장소인, 하나의 섬으로 만들었다. 오드리가 부모로부터 들은 메시지는 혼란스러운 것이었지만, 자신들이 특별한 존재라는 의식을 흡수했다. "너는 로드 집안사람이야. 이 세상 어떤 누구보다 특별하고 특이하다는 얘기지. 하지만 너는 우리랑 같은 종류의 로드는 아니야. 도대체 넌 언제 철 들어서 행동거지를 똑바로 할래?"[16]

오드리는 자신이 있을 곳이 아닌 데 있다는 느낌 속에서 성장했다. 마치 그녀 스스로 자기 이름에서 빼버린 y자의 길게 구부러진 꼬리처럼. 다시 생각해보면 이상한 일이었다. 1934년 2월 18일, 오드리(Audrey) 제럴딘 로드로 태어난 그녀는 이제 막 쓰는 법을 배우고 있을 때 스스로 오드리(Audre)로 이름을 바꾸고 "AUDRELORDE라는 이름의 가지런함"을[17] 무척 마음에 들어했다. 행동거지가 더 얌전했던 그녀의 두 언니는 주로 부모가 직장에 나가 일하는 동안 동생을 보살폈는데, 동생을 항상 "일을 벌이는 제멋대로인 꼬마 소녀"로 보았다. 반면 오드리 자신은 자기가 근시안적이고 서툴며, 가장 못생기고 가장 사랑받지 못하는 아이라고 느꼈다.[18]

우리가 가장 사랑하는 사람들은 세계의 광포와 거부로부터 우리를 보호해준다. 하지만 가족은 분노가 가장 맹렬하게 불타오르고, 뻥 터져 화염이 돼버리길 기다리는 기름 범벅의 걸레처럼 모욕과 두려움이 쌓이는 곳이기도 하다.[19] 다른 사람들이 보기엔 충분한 성취를 이룬 듯한 하루가 파트너에게 분노로 으르렁거리며 끝날 수도 있다. 아이들을 보호하거나 돕지 못하는 무력감은 아이들에 대한 적대적 행동으로 표출될 수도 있다. 로드 자매는 고통받았을 뿐 아니라 가난과 차별의 결과로 징벌을 받았다. 오드리는 자신의 재능에 대한 부모의 애정과 인정을 갈구했다. 하지만 어머니는 집에 늦게 들어오는 것부터 상점에서 1페니짜리 동전 하나를 잃어버린 것까지 사소한 잘못들을 이유로 그녀를 때렸다. 위안을 구하고자 하는 그녀의 시도도 거칠긴 했다. 오드리는 자전소설 『자미』에 이렇게 썼다. "그녀의 모진 성격이 마치 내게 강인함을 부여할 수 있을 것처럼. 흡사 진실의 불길 속에서, 그녀가 보았듯이, 내가 마침내 고통에 내성이 생긴 그녀 자신의 복제품으로 벼려질 수 있는 것처럼."[20]

비단 로드 가족만은 아니었다. 다이앤 디 프리마 역시 브루클린의 이탈리아계 이민자 가정에서 자라며 부모의 두려움에서 비롯된 폭력을 온몸으로 느끼곤 했다. 이 두 친구가 엄마가 됐을 때, 오드리는 엄격하고 다이앤은 더 여유로웠지만, 둘 다 자신의 아이들을 타인과 자신의 분노로부터 보호하는 데 있어서는 늘 경계심을 늦추지 않았다.

린다 로드는 또 편견과 가난을 거짓말과 은폐로 극복하려 노력했다. 장갑 살 돈이 없었을 때, 그녀는 딸들에게 자기는 장갑 끼는 것을 싫어한다고 말했다. 백인들이 그들에게 침을 뱉으면, 그저 바람이 잘못된 방향으로 불었던 것인 양 굴었다. "그녀는 그런 방어책들을 사용해야만 했다. 그 방어책 덕분에 살아남았지만, 또 그것들 때문에 조금은 죽기도 했다."[21] 오드리는 그런 것들로 죽지 않겠노라 애쓰며 훗날 이렇게 썼다. 모두가 백인 카톨릭 신자인 학교에서 자기는 친구가 한 명도 없다고 오드리가 불평했을 때, 그녀의 엄마는 쏘아붙였다. "넌 친구가 필요 없잖니."[22]

오드리가 이런 메시지들을 머릿속에서 지우는 데는 오랜 시간이 걸렸다. 부모의 못마땅해하는 태도에 대해서, 나중에 오드리는 심리상담가에게 이런 편지를 썼다. "나는 **항상 두려웠어요.** 권력이 우리를 있는 그대로 좋아하지 않으면, 그들은 우리를 다치게 하기 때문이죠. 때리거나요. 그도 아니면, 우리를 사랑하지 않죠. 그러니까 그들이 원하는 사람이 되거나, 아니면 그런 사람인 척하면서 숨어야 해요. 나는 후자를 선택했어요."[23]

그녀는 숨고 싶은 유혹을 느꼈을지도 모른다. 하지만 일평생

용감하게 그에 맞서 싸웠다. 두려움을 알면서도 목소리 내는 법을 배웠다. 거짓말에 속으면서도, 자기 자신에 관해 진실을 이야기하려 노력했다. 혼자라고 느끼면서도 자기 주변에 조력자들을 두었고, 친밀한 우정 관계들을 유지했으며, 자기 삶에서 기쁨을 누리는 걸 잊지 않았다. 그녀가 가장 많이 인용되는 논평에 썼듯이, "스스로 나 자신을 정의하지 않는다면, 나는 다른 사람들이 나에 대해 갖고 있는 환상들 속으로 짓이겨져 산 채로 잡아먹히고 말 것이다."[24]

오드리는 엄격한 입학시험을 통과하고 뉴욕시의 엘리트 여학교인 헌터 고등학교의 한 줌도 안 되는 흑인 여학생이 된 후, 자신의 다른 점을 정의하는 법을 배우기 시작했다. 또 다른 흑인 학생이자 9학년 때 오드리의 옷 갈아입기 놀이 파트너였던 제너비브 존슨, 일명 제니는 재능 있는 댄서였고, 그녀의 홀어머니는 딸의 예술적 야망을 한껏 격려해주었다. 제니 외에 가장 친한 친구들과 조력자들은 오드리 말고는 모두가 백인인 헌터 고등학교의 소녀 무리였다. 불복종과 사회적 거부를 명예의 훈장으로 여기던 아이들이었다. 그들은 자신들을 "낙인찍힌 자들(the Branded)"이라고 부르며 스스로 작가로 선포했고, 깃털이 달린 컬러 잉크로 시를 썼다. 산 자가 죽은 이들과 혼령의 교류를 시도하는 교령회를 열어 자기들의 뮤즈가 되어달라며 낭만주의 시인들의 영혼을 소환하기도 했다. 어슐러 르 귄처럼 오드리도 교내 문예지로부터 게재를 거부당했다.(그 편집자가 퇴짜를 놓았던 러브 소네트 한 편이 《세븐틴》♥에 실렸을 때 불명예를 씻었다고 느끼긴 했지만.) "낙인찍힌 자들"은 오드리에게 아웃사이더가 되는 법을 가르쳐줬다. 그들은 다 같이 모여 "무슨 말인지 모르겠는 시를 썼고, 우리들의 이상함을 채무불이행의 전리품처럼 소중히 여겼으며, 그 과정에서 고통과 거부당하는 것은 아프다는 걸 배웠다. 하지만 그것들이 치명적이지는 않다는 것, 오히려 아무것도 느끼지 않는 것이 아픈 것보다 더 나쁘다는 것을 알게 됐다."[25]

친구들은 그녀를 위풍당당하고 기지가 넘치면서도 안경 너머로 침착한, 무언가 말하기 전에 상황을 먼저 통제하려는 소녀라고 생각했다. "낙인찍힌 자들"의 또 다른 시인 지망생이었던 다이앤 디 프리마는 오드리를 "맹렬하고, 그 당시에는 종종 무슨 생각을 하는지 알 수 없던" 친구로 떠올렸다. "그녀는 자신의 두 눈과 침묵으로 우리를 가늠하곤 했다. 그건 일종의 이해이자 일종의 경멸이었다."[26] 다이앤은 백인 친구들의 집에 가서 그 부모들로부터 환영받지 못하는 게 오드리에게 얼마나 큰 고통이었는지, 자신이 다른 사람들과 다르게 생각한다는 느낌이 얼마나 불안정한 것이었는지 알지 못했다. 그녀는 논리적으로 "한 걸음씩" 생각하는 게 아니라 "혼돈 속에서 솟아오르는 거품들처럼" 생각하기 때문에 그것들을 "언어로 고정시켜야만" 했다. 그래서 "모든 것이 다른 굴곡과 다른 높낮이를 지닌 한 편의 시가 되도

♥ 미국 10대 소녀들을 위한 패션지.

록" 했다.[27]

무슨 생각을 하는지 알 수 없게 만드는 그녀의 방어벽 내부에서, 오드리는 낭만주의자였다. 라틴어 숙제와 영어 선생님 미리엄 버스타인을 향한 사랑의 고백 사이에서, 그녀는 사랑과 죽음, 나무 요정 드라이어드 떼가 춤추는 초록 잎과 땅거미가 진 계곡에 관한 시들로 공책을 가득 채웠다. 과학소설 독자였던 그녀는 지각을 가진 광년(light year)이 단지 빛을 운반하는 것 이상으로, 존재로부터 더 많은 것을 원하는 이야기의 초고를 쓰기도 했다.[28] 결말에서 광년이 마침내 지구의 표면에 닿았을 때, 그것은 유성이 스스로를 태우는 영광의 불길 속에서 소멸한다.

더 많은 것을 원한다는 건 더 취약하다는 뜻이기도 하다. 그녀의 친구 제니는 열다섯 살 때 자기 엄마와 큰 언쟁을 벌이고, 카리스마 넘치지만 신뢰하기 어려운 아버지 집으로 거처를 옮겼다. 머지않아, 오드리가 알아내지는 못했지만 상상할 수는 있는 이유로, 제니는 자살했다. 친구의 병원 침대 옆에 오드리가 앉아 있었지만 친구는 쥐약을 삼켰고, 의사들은 그녀를 살릴 수 없었다. 오드리는 일기에 "나는 그녀를 너무 사랑했다. 그래서 그녀를 말릴 수가 없었다."라고 썼다.[29]

그 이후 제니의 기일을 매년 달력에 표시하면서 오드리는 자신의 친구를 깊이, 그리고 오래 애도했다. 그녀의 첫 책은 「메모리얼 II」라는 시로 시작하는데, 화자의 눈으로 본 제너비브를 상상하는 시다. 흑인 동성애자의 삶은 위험에 노출돼 있고, 오드리는 남들을 보호할 수 있을 때 자신이 가장 강하다고 느꼈다. 그럴 수 없을 땐 그들이 슬퍼하도록 도왔다. 몇 년 후 다이앤의 가장 친한 게이 친구인 프레디 허코가 자살했을 때, 다이앤이 전화를 건 사람은 바로 오드리였다. 오드리는 어린아이들을 키우고 일하느라 바빴지만, 다이앤의 고통을 잘 알기에 그녀를 자신의 커다란 차에 태운 후 센트럴파크로 데리고 가 그녀가 실컷 울도록 어깨를 내어주었다.

취약성은 오드리로 하여금 협력자들을 찾도록 가르쳤다. 특히 이 무렵 오드리는 믿고 의지할 가족이 없었다. 헌터 고등학교의 많은 친구들처럼 오드리도 대학에 진학해 집을 떠나고 싶었다. 예술적 학풍의 명문대 세라로런스 칼리지에 전액 장학금을 받고 합격한 상태였다. 부모는 그녀에게 백인 중산층 학생들이 다니는 학교에 진학하라고 권했지만, 그건 오드리를 자신들로부터 멀리 떼어놓아야 한다는 걸 뜻했고, 이 논리적 단계에 이르자 그들은 딸을 떠나보내려 들지 않았다. 오드리의 아버지 바이런은 건강 상태가 심각해 2년 안에 뇌졸중으로 죽을지도 모르는 상태였다. 가족들은 모두 겁을 먹고 있었다. 하지만 오드리는 부모의 집에서 버림받은 느낌이었다. 아무런 할 이야기가 없는 기분이었다.

부모와의 긴장 관계가 견딜 수 없을 때면, 브루클린에 방을 구하도록 도와준 "낙인찍힌 자들" 친구들에 의존했다. 헌터를 졸업하고 한 달 후에는 간호조무사 일을 구했다. 현재는 끔찍하지만 미래는 희망적이라고 느끼며 홀로서기를 감행했다. 오드리의 자존심 강하며 엄격한 부모는 오랜 시간 그녀를 찾지 않았다. 그것은 오드리에게 상처가 됐다. 하지만 그녀는 자신이 더 이상 집에 속해 있는 사람이 아니라는 걸 알았다.

1951년은 어떤 여자라도 자기 자신의 이야기를 주장하려면 엄청난 상상력이 필요했던 때다. 어린 시절의 트라우마를 지닌 가난한 흑인 레즈비언 여성은 더 말할 것도 없다. 그냥 혼자 살아가는 것 자체가 특이한 일이었다. 오드리 세대의 여성들 대부분에게는 대학과 결혼만이 독립의 유일한 선택지였기 때문이다. 오드리는 이후 10년을 "모든 것이 희미하고, 둘러보면 믿을 만한 것은 거의 없으며, 우리 같은 사람은 찾아보기 힘든 전쟁의 시기"로 보냈다. "우리는 여성으로 정체화한 여성들이며, 세상과 맞서는 것은 바로 우리들이었다." 그녀는 "나는 운이 좋았다고 여긴다. 그 시기를 살아남은 우리 모두는 행운과 사랑을 통해 그럴 수 있었다. 둘 중 하나도 제대로 못 가진 사람들이 정말 많았다."라고 썼다.[30]

처음에 자신이 여자를 사랑한다는 것을 알게 됐지만 뭘 어찌 해야 할지 알 수 없었을 때, 오드리는 노동청소년연맹을 통해 만난 자기 또래의 유대인 소년과 사귀었다. 그녀는 게리를 깊이 사랑했다. 혹은 게리라는 관념을 사랑했는지도 몰랐다. 게리가 원했기 때문에 그와 자고 나서 오드리는 일기장에 "침대에서 일어난 그들 사이의 오해"에 대해 슬퍼하며 다음과 같이 썼다. "나는 그를 매우 사랑한다. 하지만 그럴 수 없다. 우리 관계의 성적인 면에 그저 순응하는 것을 도저히 받아들일 수 없다."[31] 그해 가을, 게리는 그녀 삶의 빈자리로 들어오는 대신 이별을 택했다. 이별은 오드리를 비참하게 만들었고, 당시엔 아직 알지 못했지만, 아마도 게리가 아버지일 아이를 임신한 상태였다.[32]

오드리는 겁에 질렸지만 단호한 마음으로 의사의 진료실에서 나왔다. "나는 알았다. 난 아이를 가질 수 없다는 걸. 내가 알았던 그 어떤 것보다 훨씬 더 정신이 번쩍 들도록 확실하게 그걸 알고 있었다."[33] 친구의 친구가 낙태 과정에서 사망했던 일이 있었기에, 그녀는 "수술대 위에 누워, 자궁을 향해 뻗은 의사의 손이 늑대처럼 날카로운 태아의 이빨에 물어뜯기는" 악몽에 시달렸다.[34] 그녀는 어슐러 르 귄이 한 해 전 수술을 받았던 뉴욕의 안전하고 값비싼 의사를 찾아갈 돈이 없었다. 하지만 그녀의 2주치 봉급에 달하는 40달러에 기꺼이 유산을 유도해줄 간호사를 마침내 찾았다. 고통스럽고 피투성이에 공포스럽기 그지없는 낙태 과정을 겪은 것은 그녀를 용감하고 독립적으로 만들어줬다. "집을 떠나온 것 그 이상으로, 이 행위는 안전장치에서 자기보호로 그 의미가 바뀌었다."[35]

그 후 1년 반 동안 오드리는 다양한 그룹의 친구들을 한데 모았고, 상담치료를 받으러 다녔으며, 코네티컷으로 이주해 공장 일자리를 얻었고, 첫 번째 동성 연인을 만났다. 상담은 그녀의 자기발견에 중요한 부분이었을 것이다. 하지만 출발이 좋지는 않았다. 심리분석가가 그녀에게 "동성애에 연루되지 말라."라고 충고하자, 그녀는 첫 번째 심리분석가와의 상담을 그만두었다.[36] 분석가의 충고와 반대로 "멋지게 뚱뚱하고"[37] 달콤하게 유혹하는 진저와 사랑을 나누는 것은 "마치 나를 위해 마련된 기쁨 속에 집으로 돌아오는 것 같았고, 어떻게 내가 이렇게 되리라는 걸 모른 채 살아올 수 있었는지 의아할 뿐이었다."[38]

1954년 멕시코 쿠에르나바카에서 그녀는 조국의 박해를 피해 도망쳐온 미국인 그룹의 일원인 또 다른 연상의 여인을 만났다. 그녀는 오드리가 자신의 성 정체성을 인정하고 주장할 수 있도록 도왔다. 언론인 유도라 개릿은 사랑하는 것뿐 아니라 사랑의 행위를 받는 방법, 스스로를 레즈비언이라 부르고 그것에 자긍심을 느끼는 법, "사랑하고 살아가며 그 이야기를 솜씨 좋게 하는 법"을 오드리에게 가르쳤다.[39]

그녀는 공동체와 그것을 찾는 법에 대해 더 많이 알게 된 채 뉴욕으로 돌아왔다. 스스로를 먹여 살릴, 삶과 일에 대한 수완도 더 많아진 채였다. 이제 스무 살이 되어 다시 어머니와 자매들과 연락하게 된 오드리는 포기했던 학업을 다시 시작하기로 결심했다. 다이앤은 대학을 중퇴한 후 타이피스트 겸 프리랜서 초상화 모델로 일했다. 하지만 오드리는 혼란스러운 삶을 원치 않았다. 운에 인생을 맡기는 건 그녀로선 가질 수 없는 특권이었다. 그녀는 헌터 고등학교가 속한 대학인 헌터 칼리지에서 수업을 듣기 시작했다.

그녀가 학생회장인 블랜치 위젠 쿡을 만나고, 구애하고, 평생의 협력자들을 발견한 건 바로 거기서였다. '민주 사회를 위한 학생들'의 공동 창립자이자 훗날 일리노어 루즈벨트의 역사학자이자 전기 작가가 된 블랜치는 오드리의 지성과 용기, 익살에 끌렸다. 그녀는 언젠가 그들의 우정에 대해 "우리는 종종 매우 격렬한 언쟁을 벌였다. 하지만 언제나 최고로 격렬한 언쟁이었다. 우리가 재밌게 놀 때면, 그것은 늘 최고의 재미였다."[40]

오드리가 여자친구 매리언과 아파트를 공유하고 있던 1950년대의 두 해 동안, 그들은 "영원한 사랑의 서약"을 했다.[41] 하지만 그들의 욕구는 서로가 줄 수 있는 것보다 훨씬 더 컸다. 오드리는 『자미』에 이렇게 썼다. "우리는 각기 너무 오랫동안 사랑에 굶주려 있어서 일단 사랑을 찾기만 하면 그 사랑이 전능할 것이라고 믿고 싶었다. 이제 막 생겨나고 있던 내 고통과 분노에 사랑이 언어를 부여할 수 있을 거라고 믿고 싶었다. 그것이 우리의 글쓰기를 자유롭게 하고, 인종주의를 치유하며, 호모포비아와 사춘기의 여드름을 끝낼 수 있으리라 믿고 싶었다."[42]

그 후 매리언과 헤어졌을 때 그녀의 상실감은 훨씬 더 컸다. 1958년 일기에 그녀는 버려졌다는, 가다듬지 않은 날것의 감정을 쏟아냈다.

> 물웅덩이에 나를 몰아넣고 익사할 때까지 울고 싶다. 이전의 그 긴 세월, 내 안에는 때때로 바람이 비명을 지르고 울부짖으며 먹이를 찾아 헤매는 어둡고 텅 빈 동굴이 있었다. 때때로 모든 것을 목 졸라 침묵하게 만드는 어떤 진공. 하지만 이 동굴은 정의를 제대로 내릴 수 없어 끝장낼 수도 없었다. 이제는 그게 뭔지 알 수 있으므로 끝낼 수 있다. 그것의 이름은 외로움이며, 그것은 끝없는 죽음이다.[43]

그녀는 자신을 추슬렀지만, 외로움은 하나의 위협으로 남아 있었다. 오드리는 일기에 사랑을 나누는 행위를 하나의 방어책이자 자기 방식으로 플레이하는 "안전 게임"으로 묘사했다. 그 게임은 "흔히 자신이 받지 못한 부분에서는 거저 주지만 더 본질적인 자아에 이르는 문은 꽉 붙잡고 있는" 방식으로 진행됐다.[44] 그녀는 많은 여성들에게 첫 번째 연인이었다. 오드리의 전기 작가인 알렉시스 드 보에 따르면, 오드리는 그녀를 만나기 전 진실로 사랑받고 있다는 느낌을 가져본 적 없는 사람들을 종종 사랑했다.[45]

여행하고 실험하고 가슴 아픈 이별을 하고 자신을 성찰하던 이 세월 동안, 오드리는 훗날 자신의 에세이를 통찰로 불타오르게 할 자기인식을 얻게 됐다. 그녀는 오직 자기 자신에게 더 진실함으로써만 두려움을 줄일 수 있다고 보았다. 결국 스스로를 설득함으로써 숨고 싶은 자신의 충동에 맞설 수 있다는 것을 배운 것이다. "강해질 수 있는 유일한 방법은 힘을 요구하는 일들을 하는 것이다. 나 자신이 될 수 있는 유일한 방법은 나 자신이 되도록 요구하는 일을 하는 것이다. 나 자신을 느끼는 것. 나의 이미지가 아니라 나 자신을."[46]

스스로 벌어먹고 살 수 있다는 생각은 그녀에게 유력감(sense of strength)을 주었다. 1961년이 될 때까지 그녀는 영문학 학사학위를 받고, 컬럼비아 대학교에서 문헌정보학 석사학위를 받았으며, 이후 마운트버논의 도서관에 일자리를 얻었다. 그녀는 커다란 욕조가 있는("의심이 피어오를 땐 목욕을 하라."라고 그녀는 한때 조언했다.[47]) 안락한 아파트로 이사를 하고, 자신의 새로운 자립을 만끽했다. 그리고 얼마 지나지 않아 에드 롤린스를 만났다.

전통 있는 뉴잉글랜드 가정 출신의 변호사 겸 지역 사회 조직가인 에드윈 애슐리 롤린스는 당시 27세였던 오드리보다 세 살 많은 30세로, 정치 문제에 진지하고 함께 어울리기 재미있는 사람이었다. 블랜치의 회고에 따르면, 그는 수트를 입거나 케네디 대통령의 선거 캠프에서 자원봉사를 할 때는 매우 프로페셔널해 보였지만, 망토를 입으면 화려하고 "매우 게이 같았다". 오드리는 그를 부드럽고 다정하며 자신과 같은 아웃사이더로 보았다. 두 사람은 공통의 친구들을 통해 서로 알게 되었는데, 그 친구들은 정치적으로 매우 활발하게 활동하고 전통적인 성 역할을 넘어서려고 노력했다. 오드리와 에드를 서로에게 소개했던 유부녀 친구는 그들 둘 모두와 잠자리를 같이 하는 사이였고, 그 당시 오드리는 몇몇 여성들뿐 아니라 적어도 또 다른 한 명의 남성과 친밀한 우정 관계를 맺고 있었다. 하지만 오드리는 혼자 사는 것에 질렸고, 에드 역시 가정을 원했다.[48]

결혼식에서 오드리는 자신의 서클에 있던 모든 사람이 생업과 연인, 예술, 행동주의를 결합하기 위해 사용했던 암페타민 덕분에 얻게 된 가느다란 허리를 뽐내며, 흰색과 노란색으로 만들어진 몸에 꼭 붙는 중국 청삼을 입었다.(오드리는 암페타민을 오래 복용하지는 않았고, 결국 자신의 큰 체격을 억압하려는 시도를 중단했다.) 모든 것이 그녀가 바라던 방식으로 이루어진 것은 아니었다. 본인도 혼혈인 린다 로드는 오드리가 백인 남자와 결혼하는 것에 개의치 않았지만, 에드의 전 가족은 반대의 의미로 결혼식에 불참했다. 하지만 질투심으로 에드를 "멋이나 부리는 가식적인 사람"이라고 험담했던 오드리의 옛 동성 연인 매리언을 빼면,[49] 그녀의 친구들 모두 오드리의 결혼을 기뻐해주었고, 파티는 아주 즐거웠다고 블랜치는 회고했다. "우리 모두 진심으로 축하하고 있었다."[50]

그것은 자신이 "가장 멀리 떨어진 곳에" 있다고 곧잘 느끼며, "극단적인 것들이 유지하기 힘들고 때로는 고통스러움에도 불구하고 평온하게 중간에 그은 직선을 따라 운용되는 계획보다 왜 항상 더 편안하게 느껴지는지" 의아해하던 여성을 위한 결혼식이었다.[51]

1963년 8월, 베스가 5개월이 되었을 때, 오드리는 젖을 뗐다. 그 결과 오드리와 에드는 베스를 오드리의 언니 필리스에게 맡기고 워싱턴 행진♥에 참가할 수 있었다. 부부는 그들의 램블러 자동차에 다른 두 친구를 태워 달리다가 블랜치가 대학원을 다니고 있던 볼티모어에 들러 그녀를 픽업했다. 활동가들로 자동차 한 대를 꽉 채운 채 수도를 향해 달린 것이다. 오드리의 정신은 마틴 루서 킹 주니어의 '나에겐 꿈이 있습니다' 연설이나 그날 예정된 다른 연사들의 연설에만 쏠려 있지 않았다. "아기에 대한 걱정을 멈출 수는 없었지만, 나는 더위와 군중 속에서 아기를 데려오지 않은 것이 그렇게 기쁠 수가 없었다. 우리가 아기를 다른 사람에게 맡긴 건 이번이 처음이었고, 유방은 아팠다." 그녀는 회고록 초고에 이렇게 썼다. 게다가 그녀는 커피를 나눠주는 텐트에서 일을 거드느라 너무 바빠 많은 것을 보고 듣지 못했다. 좀 더 좋은 조망권을 확보하려고 나무 위에 올랐던 19세의 앨리스 워커와는 달랐다. 그녀는 워싱턴 DC에서 시위를 벌이는 것에 회의적이었다. 흔치 않은 가족 여행으로 이곳에 처음 왔었을 때, 로드 가족은 피부색 때문에 레스토랑 입장을 거부당한 적이

♥ 아프리카계 미국인들의 사회·경제적 권리를 옹호하기 위해 1963년 8월 28일 워싱턴 DC에서 열린 대규모 시위. 존 F 케네디 대통령이 흑백분리를 금지하는 민권법안을 의회에 제출한 후 남부 초선 의원들이 이에 반대하자, 민권운동 지도자들이 법안 통과를 위해 조직했다.

있었다. 하지만 그런 그녀조차 결국 감동하고 말았다. "형제애의 마지막 헐떡임이 우리를 압도하는 동안, 우리 모두 다른 흑인들, 낯모르는 백인들과 손을 잡고 워싱턴 기념비 수영장에서 발을 씻었다. 그리고 우리는 무지개처럼 빛났다."[52]

부모로서 더 강해지고 보다 큰 목적의식을 갖게 됐다고 느끼는 동시에 오드리는 자신의 삶이 "시적 흥분"으로부터 거부당하고 있다고 느꼈다.[53] 모성과 결혼, 정치 참여가 자신의 관심 전면을 장악하고 있는 탓이었다. 시간이 부족했던 그녀는 베스의 기저귀 가방에 넣어둔 종이 조각들에 이미지와 구절들을 적어놓았다. 완성된 시들은 아프리카계 미국인 시 선집과 주류 잡지 《니그로 다이제스트》에 수록돼 출판됐다. 1964년에는 시인 랭스턴 휴즈가 『새로운 니그로 시인들의 미국』이라는 선집에 그녀를 포함시켰고, 이는 그녀의 커리어에 중요한 도약의 발판이 되었는데, 특히 《타임》이 그녀를 뽑아 상찬한 이후엔 더욱 그랬다.

오드리가 관찰한 바는 이랬다. "한 시인, 특히 흑인 여성 시인을 범주화하거나 한정하면 다루기가 더 쉬웠다. 그녀가 사람들의 기대를 충족시켜줄 수 있기 때문이다. 하지만 나는 언제나 범주화될 수 없다고 느껴왔다."[54] 삶에서처럼 문학에서도, 그것이 흑인 주류 문학이든 혼혈 비트 문학계든, 백인 페미니스트들의 학문적 서클이든 급진적 블랙아트 운동이든, 그녀는 결코 하나의 집단에 온전히 들어맞지 않았다. 그웬돌린 브룩스는 오드리에게 블랙아트 운동과 관계된 브로드사이드 프레스에서 책을 출판하라고 권했고, 그녀는 거기서 두 권의 책을 펴냈다. 하지만 출판사 측에서 그녀가 레즈비언 시 두 편을 포함시킨 것을 못마땅해하자 오드리는 이곳을 떠나고 만다. 많은 위대한 작가들처럼 그녀도 자신에게 필요한 독자들을 자기 작품을 통해 창출해내야 했다.

그녀가 속할 수 있는 그룹은 그녀 스스로 만든 엄마들의 커뮤니티와 그녀의 모성을 지지해준 친구들의 커뮤니티였다. 오드리는 사회학자 패트리샤 힐 콜린스가 '아더마더스(othermothers, 자기 자식이 아닌 아이를 키우는 사람)'라고 부른, 아이들을 키우기 위해 서로 돕는 친구들, 이웃들, 동족—특히 아프리카계 미국인 커뮤니티들—들로 자신을 둘러쌌다. 블랜치는 아이를 갖고 싶어 했고, 그런 희망에서 짧은 결혼생활을 하기도 했다. 일이 제대로 풀리지는 않았지만, 그녀와 평생의 파트너였던 극작가 클레어 로스는 대모가 되어 오드리의 가족과 명절을 기념하는 걸 좋아했고, 여름이면 오드리와 아이들을 데리고 해변으로 놀러 갔다. 친구이자 연인이었던 욜란다 리오스는 결혼해서 자기 아이들이 있었는데, 로드와 롤린스 부부의 아래층으로 이사 와서 섹스와 공감뿐 아니라 육아도 오드리와 공유했다. 또 다른 이웃인 엘리자베스 메이뱅크는 오드리의 생명을 구해준 베이비시터였고, 가끔 오드리와 에드 둘 다 일하고 있을 때면 가사도우미가 되기도 했다.

오드리는 항상 친구들의 육아를 응원했는데, 특히 딸을 입양했던 시인 팻 카터와 그녀의 파트너 같은 레즈비언 커플들에게 그랬다. 가족 지원을 받기 어려워 보인다는 이유로 그들의 입양이 난관에 봉착했을 때, 이 두 여성은 레즈비언 아더마더스로 이뤄진 전체 커뮤니티로 법정을 가득 메웠다.[55] 오드리는 자신의 젊은 친구인 미혼의 스코틀랜드 시인 재키 케이가 아이를 가진 걸 알게 되자 아기 이름으로 은행 계좌를 열라며 영국 출판사로부터 받은 소액의 파운드화 수표를 동봉해 보내면서 임신 상태를 즐기라고 조언했다.

다이앤 디 프리마는 부모로서도, 친구로서도 협력자가 되어주었다. 다이앤이 뉴욕과 서부를 쉴 새 없이 오가는 동안, 그녀와 오드리는 편지와 사진, 물려 입힐 옷 박스를 주고받았다. 오드리는 다이앤과 아이들이 조부모를 만나러 동부를 방문하면 그녀의 아이들이 잘 지내는지 안부를 묻기 위해 연락하곤 했다. 빵을 굽고, 구슬을 꿰고, 장신구를 만들고, 점성학과 역경을 공부하던 오드리의 히피 같은 면모를 다이앤은 장려했다. 그들은 1970년대 페미니즘에 부응해 시편을 주고받았는데, 이들 작품은 훗날 다이앤의 강력한 여신 연작 시집 『로바』와 서아프리카 여성 신들의 관능적이고 영적인 기도들을 담은 오드리의 시집 『블랙 유니콘』이 되었다.

1968년 한 해 동안 다이앤은 오드리의 첫 책을 출판했고, 오드리는 다이앤이 네 번째 아이를 출산하는 걸 도왔다. 오드리가 말했듯, 다이앤이 산파가 되어달라고 부탁했을 때, 그녀는 의

학 편람에서 '가정 분만' 항목을 찾아 읽었다. "권장하지 않음." 하지만 단념하지 않고 때가 왔을 때, 은색 부적을 몸에 두른 채 다이앤과 그녀의 파트너, 아이들이 머무는 호텔로 차를 몰았다. 그리고 여러 소설에서 읽었던 분만 장면들을 떠올렸다. "너한테 끓인 물은 필요 없다는 걸 알아. 정말 필요한 건 살균된 가위들이지. 그때그때 상황을 봐가면서 한번 해볼게." 다이앤의 분만은 순조로웠다. 다이앤의 딸 타라의 최초의 순간에 함께한다는 기쁨은 오드리에게 생의 가장 심오한 미스터리와 연결돼 있다는 느낌을 선사했다. "아기들이 태어날 때, 그들은 마치 다른 세계에서 온 것 같다. 인간과 비슷하지만 아직 인간은 아닌 듯하다. 아기들은 너무나 아름답고, 너무나 완벽하게 자기 자신들이다. 그것을 바라보고 그것의 일부가 되는 것은 너무도 경이로운 일이며, 신비하고 영적이며 에로틱하고 힘을 북돋운다."[56]

에드는 오드리의 글쓰기를 격려하는 헌신적인 아버지였지만, 오드리의 희망과 달리 안정적인 생계 부양자는 아닌 것으로 판명됐다. 그는 신경질적이고 우울증에 취약했다. 딸 베스는 훗날 아버지가 (진단은 받지 않았지만) 양극성 장애였을지도 모른다고 생각했다. 에드는 아버지가 된 해에 법률사무소에서 해고됐고, 프리랜서가 되어 끊임없이 일했지만 늘 고통스러웠다. 케네디 대통령의 암살은 그를 더 깊이 우울하게 만들었다. 1963년 크리스마스 다음날, 그는 불붙은 담배를 아기 방 서랍장에 놔둔 채 오드리와 그녀의 어머니를 만나러 갔다가 아파트를 심각하게 훼손시킨 화재를 일으켰다. 그들이 새로운 집을 구했을 때, 오드리는 다시 임신한 상태였다.

만약 당신이 두 아이를 돌보면서 글쓰기를 해보려고 한다면, 파트너의 일이든 아이나 당신의 건강 상태든 어떤 문제가 생겼을 때 손써볼 여지가 별로 없다. 로드와 롤린스 부부의 아들 조너선은 1964년 8월 31일 태어났다. 그들은 맨해튼 140번가와 리버사이드 드라이브가 만나는 신축 고층 주상복합 아파트 20층에 자리 잡았다. 하지만 불운은 계속됐다. 조너선이 10개월, 엘리자베스가 두 살일 때, 오드리는 경미한 교통사고로 몇 달 동안이나 그녀에게 영향을 끼친 목 부상을 입었다. 아이들을 들어올리는 것조차 할 수 없을 지경이었다. 에드는 아이들을 그녀의 무릎 위에 앉혀 놓았다. 그녀가 회복하자, 에드는 생활비를 댈 만큼 충분히 돈을 못 벌고 있다고 털어놓았다. 가족을 먹여 살리기 위해 오드리는 간호학교 도서관 사서로 취업해 오후 4시부터 자정까지 일하는 조에 들어갔다.

저녁마다 일하면서 가계를 일구고 친구와 연인들의 모임을 유지하는 가운데 어머니의 부동산 사업까지 돕느라 그녀에겐 잘 시간조차 주어지지 않았다. 그녀는 이 생활을 유지하기 위해 암페타민을 복용하기 시작했다. 글쓰기는 온전히 그녀의 투지에 의해서만 가능했다. 조너선은 오드리가 출근할 때마다 울곤 했는데, 그럴 때마다 아이를 두고 떠나야만 하는 "고통과 분노"가 그녀를 가득 채웠다.[57] 그녀는 무책임하다며 에드를 비난했다. 하지만 에드가 책임을 덜 질수록 오드리는 점점 더 통제적이 되었다. 그녀는 에드가 자신의 감정에 대해 이야기하길 바랐지만, 에드는 남자가 말로 의사소통해야 한다고는 생각하지 않았다. 오드리는 그가 저녁마다 어디에 가는지 알고 싶었다. 그녀가 그랬고 그도 그래야 한다고 생각했던 것처럼 연인들을 집으로 데려오는 대신, 하룻밤을 보낼 상대를 찾아다닌다고 에드를 의심했다. 그녀는 그가 걱정됐다. 그는 자신이 게이임을 받아들이기 어렵다는 걸 알게 됐고, 오드리는 그에게 심리상담을 권했다. 하지만 속도가 그녀를 짜증스럽게 만들었다. 그녀는 그에게 소리를 질렀고 때때로 그를 때리기까지 했다.

1967년 오드리가 33세였을 때, 시티 칼리지에 다니는 학생 하나가 그녀에게 수업 과제로 인터뷰를 요청했다. 인터뷰 후 완성된 보고서에서 그는 이렇게 묻고 있었다. "그토록 이른 나이에 전도유망했던 이 시인은 왜 글쓰기를 멈췄는가?"[58] 그의 전제는 오드리를 슬프게, 그 다음엔 분노하게, 그 다음엔 그녀의 커리어를 다시 이어가도록 준비하게 만들었다. 그녀는 스스로를 추스르고, 자신을 작가로서 진지하게 여기기 시작했다. 각각 4세와 3세인 아이들은 어퍼이스트사이드(수전 손태그와 페이스 링골드의 아이들이 이곳에서 고등학교를 다니고 있었다.)에 있는 진보적인 뉴 링컨 스쿨의 어린이집에 보냈다. 다이앤은 그녀에게 책상을 하나

주었는데, 오드리는 이 책상을 침실에 두었다. 책상이 침실을 가득 채운 모습을 보니 기분이 좋았다. 에드는 오드리가 글을 쓰도록 주말에 세 시간씩 아이들을 데리고 나가는 데 동의했다. 그녀도 아이들의 소음을 꺼버리고 "일 속에 완전히 잠겨 있는 귀중한 순간들"을 음미하면서 아이들이 근처에서 놀고 있을 때 일하는 법을 익혔다.[59]

그해 겨울 오드리는 작은 출판사를 차린 다이앤으로부터 전화를 한 통 받았다. 다이앤이 말하길 새로운 정부기관인 국가예술기금위원회(NEA)로부터 보조금을 받았는데, 바로 지금이야말로 오드리의 책을 출판할 때라는 것이었다. 오드리가 직접 편찬한 시를 묶은 『최초의 도시들』의 수록작들은 그녀의 커리어 내내 반복될 주제들을 다룬다. 부모와의 관계, 자식들과의 관계, 인종적 정체성, 육체적이고 낭만적인 사랑에서의 쾌락. 미국의 많은 흑인 작가와 과학소설가들처럼, 그녀는 스스로를 희망과 변화의 미래시제로 글을 쓰는 사람이라고 여겼다.

> 우리의 내적 비전을 시작하는 것, 전에는 없던 비전들의 창조를 시작하는 것은 우리의 시 속에서 가능하다. 시는 사치품이 아니다. 우리의 시와 꿈은 우리를 확장시키고, 우리의 지식이 우리가 이해할 수 있는 것을 넘어서게 만들며, 혼돈에 형태를 부여해 그제서야 우리가 주의를 기울일 수 있게 해준다. 저 너머에 있는 것은 우리의 시 속에서 실제가 된다고 나는 생각한

다. 우리의 꿈속에서 그런 것처럼.[60]

사적 영역에서 공적 영역으로 이동하는 게 오드리에게 쉽지는 않았다. 그녀는 여전히 수줍고 자기 생각을 제대로 표현하지 못한다고 느꼈기 때문이다.[61] "누군가 시인으로서의 내게 반응한다는 생각은 나한텐 너무 무서웠다."[62] 그러나 예기치 않게 기회가 왔을 때, 그녀는 그것을 잡아챘다. 국가예술기금위원회는 역사적으로 흑인들이 많이 다니는 대학들에 입주 작가 지원금을 막 주기 시작한 차였다. 오드리가 1968년 1월 다이앤에게 원고를 보내자마자, 그녀는 한 달 뒤 미시시피주 잭슨에 있는 투갈루 대학에서 시작하는 5주짜리 레지던시를 제안받았다.

그녀의 최초 반응은 위험들을 떠올린 것이었다. 그녀에게 미시시피는 에밋 틸이었다. 메드가 데버스는 잭슨의 자기 집 바깥에서 총에 맞아 죽었다. 패니 루 헤이머는 선거에 출마했다는 이유로 죽기 직전까지 구타당했다. 1968년 2월 8일, 사우스캐롤라이나주 오렌지버그 경찰은 역사적으로 흑인 대학인 사우스캐롤라이나 주립대학에서 민권운동 시위대에 총격을 가해, 학생 세 명을 죽이고 스물여덟 명을 다치게 했다.[63] 육체적 두려움은 그렇다 치고, 가르치는 일 자체가 그녀에게 작가로서 너무 위험하게 느껴졌다. 제대로 하려면 부분적으로나마 그녀가 어떤 삶을 살아왔는지 학생들에게 공개해야만 했다.

아이들과 그렇게 오래 떨어져 있는 것도 마땅치 않았다. 하지만 에드는 자기가 아이들을 잘 돌볼 거라며 오드리에게 기회를 잡으라고 설득했다. 이미 그녀는 "매일 밤 도서관에 출근하러 나갈 때마다 조너선이 소리를 지르며 우는 소리를 들어야" 했기 때문에 좋아하는 일을 하는 편이 낫겠다고 결정했다.[64]

투갈루에서 그녀가 진행한 '시 창작 워크숍'에는 한 명 빼고 모두 흑인 학생들이었다. 그들 대부분은 민권운동과 블랙파워♥에 헌신적이었다. 학생들은 그녀의 짧은 아프로 스타일♥♥에 깊은 인상을 받았지만—그들은 자연모를 가진 선생님을 본 적이 없었다—그녀의 파트너가 백인이라는 점은 탐탁지 않았다. 그들은 그걸 흑인에 대한 배신이라고 보았다. 에드와 잘 지내고 있지 못했기 때문에 오드리 본인의 감정도 양가적이었다. 하지만 남들이 그녀를 불편해할 때, 그녀는 자기 삶을 드러내기에 가장 안전하다고 느꼈고, 관계 자체는 아니더라도 "그것을 검토하고 시도해볼 권리"는 주장하고 싶었다.[65] 학생들의 도전을 견디는 것은 그녀가 사랑에 관한 자신의 선택을 옹호하기에 충분히 강인하다는 것을 그녀 자신에게 보여주었다.

시인으로서 오드리에게 워크숍은 자신과의 새로운 조우였다. 가르치는 일은 오드리가 자신의 작품에 대해 형식적 용어들

♥ 1960~1970년대 흑인의 인권 및 정치력 신장을 꾀하는 급진적 흑인 학생 운동.

♥♥ 흑인들의 둥근 곱슬머리 스타일.

로 생각해보도록 떠밀었고, 그 대가로 그녀가 "시인 의식, 시인됨의 의식"이라고 부른 소명의식을 주었다.[66] 그것은 그녀의 글쓰기가 어떻게 자신과 세계를 다루고 변화시킬 수 있는지, "시인이 된다는 건 내 모든 다른 부분들을 과거의 나였던 모든 것과 모든 방식으로 연결시키는 것이며 그것이 내가 해야만 하는 작업"임을 그녀에게 드러내 보였다. 강사 생활은 오드리에게 다음과 같은 사실을 깨우쳐주기도 했다. "내가 누군가에게 줘야 하는 가장 좋은 것은 나 자신의 틀을 깨는 데서 생겨난다. 그렇지 않으면 그건 생겨나지 않는다. 그것이 내가 아는 가장 무거운 힘에 닻을 내리고 있지 않다면, 당신은 그걸 길에서 주워도 좋고, 울워스 슈퍼마켓에서 집어와도 좋다. 그게 바로 나다."

오드리는 야망으로 충만하고 위기에 잘 대처하려는 열망으로 충만해진 채 집으로 돌아왔다. 책이 막 출간되자(초판은 그녀가 투갈루에 가 있는 동안 도착해 있었다.) 그녀는 낭독회 요청을 받기 시작했다. 또 시티 칼리지가 개설한 혁신적이고 이상적인 SEEK(Search for Education, Elevation, and Knowledge) 프로그램에서 문법과 작문을 가르치는 일로 첫 교사직을 얻었는데, SEEK는 직계 가족 중 대졸자가 없는 1세대 학생들이 대학에 다닐 수 있도록 돕는 프로그램이다. 오드리는 그때부터 계속 시립대학(City University) 시스템 내에서 학생들을 가르쳤으며 1980년대에는 모교인 헌터 칼리지에 자리 잡았다.

교직은 그녀에게 소득과 공적 존재감을 주었을 뿐 아니라

인종과 차이에 관한 사유를 가다듬을 수 있도록 도왔다. 특히 존제이 형사사법대학에서 경찰관들을 위한 '제도적 인종주의' 강좌를 개설했을 때 그랬다. SEEK 프로그램을 통해 그녀는 토니 케이드 뱀버라, 준 조던, 에이드리언 리치 같은 다른 작가들을 알게 되었다. 오드리는 특히 에이드리언과 친해져 그녀에게 협력자가 돼줄 것을 요청하는 한편, 그래놀라 레시피나 민간요법을 공유하기도 했다. 그들의 우정에서 오드리가 가장 좋아했던 것은 "음식과 농담, 놀리기, 음악, 즐거움"이었다.[67]

하지만 투갈루로의 여행에서 비롯된 가장 큰 변화는 오드리가 사랑에 빠졌다는 것이다. 방문교수로 온 프랜시스 클레이턴을 우편물 수령 대기줄에서 보았을 때, 아마도 그녀는 프랜시스의 전문가적 외양 이면에 무엇이 있는지 궁금했을 것이다. 아니면 자신의 미소에 버금가는 그녀의 눈부신 미소에 끌렸는지도 모른다. 어느 날 오드리는 프랜시스에게 수업 시간에 자기에게 홀딱 반해 있는 것 같은 여학생에 관해 말하며 어떻게 해야 좋을지 모르겠다고 물었다. 프랜시스는 답했다. "나한테 물어볼 질문이 아닌 것 같네요. 나도 당신한테 그런 감정들을 갖고 있거든요."[68]

프랜시스는 로드아일랜드주 프로비던스에 있는 브라운 대학에서 온 실험심리학자였는데, 그 학기엔 투갈루에서 학생들을 가르치고 있었다. 그녀는 가난한 집에서 자란 백인 여성으로 학계에서 출세한 인물이었다. 마흔한 살에 미혼이었고, 민권운동에 헌신적이었으며, 오드리가 장차 되려고 채비 중인 사람—흑인, 레즈비언, 페미니스트, 엄마, 시인, 전사—을 알아보고 아꼈다.

모든 낡은 사회적 관습이 해체되고 있던 1968년은 앤절라 카터에게 "원년(Year One)"처럼 느껴졌다. 오드리는 누군가의 노고가 실패로 돌아갔고 그 대가가 무엇인지 알 만큼 충분히 나이를 먹은 상태였다. 그해 봄 마틴 루서 킹 주니어의 피살은 오드리에게 새로운 긴박감, "삶은 짧으며 우리가 해야 하는 일은 바로 지금 끝내야" 한다는 감각을 일깨워주었다.[69] 그녀는 프랜시스와 파트너가 되어 함께 살아가는 걸 고려하기 시작했다.

에드는 그녀가 자기 곁에 머물길 원했다. 프로비던스에 있던 프랜시스는 독점 관계를 원했다. 2년 동안 오드리는 오락가락하다 1970년 여름 마침내 에드에게 집에서 나가줄 것을 요구했다. 결별은 모두에게 힘들었지만, 아무런 경고도 듣지 못했던 두 아이 베스와 조너선, 그리고 가족을 몹시 그리워한 에드에게 특히 그랬다. 처음에 오드리는 그들의 낡은 아파트에 아이들과 함께 머물렀다. 그녀 자신을 위한 시간을 원했고, 메이뱅크 부인에게 아이들 돌봄을 맡길 수 있었기 때문이다. 블랜치는 어려운 시절에도 오드리가 쉽게 분별을 잃지 않았다고 회고했다. 대신 "그녀는 마음을 가다듬고 자기에게 주어진 선택지들에 맞섰으며 삶은 투쟁임을 납득"했다.[70] 오드리가 프랜시스와 함께 사는 일에 헌신했을 때, 그녀는 훗날 "내 삶에서 가장 혼란스러울 뿐 아

니라 가장 창조적인 시절"이라고 불렀던 시기로 들어서고 있었다.[71]

1970년대에 찍은 가족사진을 보면, 오드리와 프랜시스는 한 쌍의 빛나는 커플이다. 튼튼한 체격에 실용적인 스웨트셔츠를 입고, 공식적 행사가 있는 날엔 구슬 장식으로 꾸몄다. 콴자♥나 크리스마스, 동지와 하지 같은 명절이면 아이들이나 친구들과 포즈를 취했다. 그들은 둘이서만 사진을 찍기도 했는데, 프랜시스는 오드리의 눈을 응시하고, 오드리는 프랜시스에게 환한 미소를 보내고 있다. 그들은 이 사진들을 새 집의 커피 테이블 위에 올려두었다. 새 집은 돌출된 퇴창과 집 뒤의 정원용 부지, 네 식구가 함께 지낼 충분한 공간이 있는 층고가 높고 오래된 멋진 집이었다.

그들은 글자 그대로 섬에 살았다. 프랜시스는 넓은 공간과 나무가 늘어선 거리를 원했고, 1972년 그들은 맨해튼까지 페리를 타고 다녀야 하는, 뉴욕의 5개 자치구 중 가장 외곽의 교외인 스테이튼아일랜드에 집을 샀다. 돌 수집을 즐겼던 오드리와 프랜시스는 돌을 반질반질하게 만들어주는 기계인 록 텀블러를

♥ 아프리카계 미국인들이 12월 26일부터 1월 1일 사이에 여는 문화 축제.

사서 부엌에 두었고, 냉장고에는 해야 할 가사일의 목록을 붙여 두었으며(프랜시스는 정리정돈을 좋아했다.) 오드리가 동료 작가나 많은 친구들과 연락하기 위해 사용했던 전화기도 부엌에 설치했다. 오드리는 커피와 《뉴욕 타임스》, 아이들이 보지 않을 때면 프랜시스가 해주는 키스로 하루를 시작하길 좋아했다. 그러곤 욜란다와 블랜치에게 각각 한 통씩 안부 전화를 걸었다. 친구들로부터의 지지는 오드리가 성차별주의, 동성애 혐오, 그녀가 "백인 인종주의의 일상적 왜소화(trivialization)"[72]♥라고 부른 것에 대항하는 방책이었다. 블랜치는 이렇게 회고했다. "어떤 것도 그녀를 막을 수 없었을 것이다. 하지만 값비싼 대가가 따랐다. 이런 상황들을 정면으로 마주하기 위해선 불굴의 의지와 정서적 힘(empowerment)이 필요했다."[73]

오드리는 가정생활에서도 충만하다고 느꼈다. 그녀와 프랜시스는 그들의 퀴어 가정을 최대한 평범하게 만드는 걸 즐겼다. 때때로 그들은 너무 평범하게 행동해서 아이들을 짜증나게 만들었다. 오드리는 열다섯 살의 베스가 다음과 같이 불평했던 걸 기억했다. "엄마는 레즈비언이라는 이유만으로 자기가 다른 사람들이랑 다르다고 생각하는 것 같은데, 전혀 아니거든요. 엄마는 그냥 다른 부모들이랑 똑같다구요."[74] 베스는 오드리와 프랜시스를 "위선자"라고 비난했던 걸 떠올렸다. "세상은 그들을 혁

♥ 백인들이 인종주의가 별로 심각한 문제가 아닌 것처럼 구는 태도.

명가라고 생각했다. 나는 그들이 오지와 해리엇♥이라고 생각했다. 혹은 해리엇과 해리엇이라고."[75]

30대 후반과 40대 초반, 오드리는 곁에 프랜시스를 둔 채 자기 삶의 다른 측면들을 형성하고 돌보는 데 몰두했다. 교직과 시, 가사일과 사랑이 그것이었다. 훗날 그녀는 레즈비언 육아에 관한 한 에세이에서 "두 아이를 함께 키우는 것, 네 명의 각기 다른 인종으로 이뤄진 가족 안에서 복잡한 관계의 균형을 잡는 것은 내 자아와 내 능력, 내 진짜 의제들을 위한 더없이 소중한 측량법을 내게 가르쳤다. 그것은 차이와 권력, 삶의 목적에 관해 만질 수 있고, 때로는 고통스러운 교훈들을 내게 주었다."라고 지난날을 회고했다.[76]

오드리의 자녀들은 그녀에게 연결감과 기쁨을 주었다. 1973년 쓴 시 초고에 그녀는 다음과 같이 썼다.

내가 만일 나를 기억한다면 기억하는 거지
내 몸에서 나온 아이들을
내가 사랑해온 몸들을[77]

그녀는 까다로운 엄마였을 것이다. 가정에는 계속해서 새로

♥ 오지 넬슨과 그의 아내 해리엇을 중심으로 완벽하고 유쾌한 미국 가정생활을 그린 1950년대 TV 코미디 시리즈.

생겨나는 식사 준비와 빨래라는 현실이 있고, 오드리와 프랜시스는 일하는 부모로서 베스와 조너선이 집안 정리, 청소기 밀기, 잔디 깎기 등 대부분의 자기 친구들이 하는 것보다 더 많은 가사일을 하길 기대했다. 오드리는 또 아이들이 좋은 성적을 받고, 표준 영어로 말하고, 여행 중에도 일기를 쓰길 원했으며(오드리는 그 대가로 아이들에게 용돈을 주었다.), 추수감사절에는 불우한 아이들에 대해 생각해보기를 바랐다. 그녀는 자녀들이 흑인 정체성을 의식하도록 격려했고, 젠더적 편견이 아이들을 정의하도록 허락하지 않았다. 오드리는 자신이 결여했다고 느꼈던 것을 아이들이 갖길 원했다. 그것은 인종차별적이고 성차별적인 세상을 헤쳐나가도록 도와줄 지식과 기술이었다.

오드리는 육체적으로 다정다감한 엄마였다. 직관과 공감 능력은 그녀를 수완 좋은 엄마로 만들어주었고, 그녀는 자신이 받지 못했던 인정과 독립심을 아이들에게 주는 것을 좋아했다. 그녀는 여전히 시 구절로 사고했다. 베스는 이렇게 기억한다. "내가 수학 때문에 끙끙댈 때, 엄마는 밀레이의 「오직 유클리드만이 벌거벗은 아름다움을 보았네」를 인용했다. 중학교 때 나를 놀리는 여자애들 때문에 큰 곤경을 겪었을 때는 안경 너머로 나를 바라보면서 '난 아무도 아니야! 넌 누구니?(I'm nobody! Who are you?)'♥라고 낭송했다."[78]

♥ 에밀리 디킨스의 짧은 서정시.

"나는 육아의 가장 어려운 점 중 하나는 아이를 부모의 확장된 자아로 보는 게 아니라 진심으로 아이가 자유롭길 바라며, 그에 걸맞게 행동하는 것이라고 생각한다. 부모는 더 이상 돌봄을 필요로 하지 않을 때까지 아이들을 돌보고 그들에게 줄 수 있는 모든 것을 주는 사람들이다. 이것이 처음부터 부모됨에 대한 내 엄마의 접근법이었다."[79]

오드리가 이 모든 프로젝트를 한꺼번에 잘 성사시키는 데는 한계가 있었다. 글쓰기와 육아는 때때로 각자의 길을 갔고, 두 이야기는 하나의 내러티브가 되길 거부했다. 1974년 오드리가 가족들을 서아프리카로 데려갔을 때, 이 여행은 그녀를 시적 영감과 대인관계의 짜증으로 가득 채웠다. 가나와 토고, 다호메이(현재 지명은 베냉 공화국)로 떠난 5주간의 여행에서 오드리는 아이들에게 여행 경험으로부터 배우라고 조언하면서 그녀의 조상들과 연결점을 찾고 있었다. 하지만 아이들은 버스 안에서 지루해졌고, 프랜시스는 아이들에게 똑바로 행동하라고 잔소리를 해댔으며, 오드리는 그들의 대립되는 욕구와 그녀 자신의 욕구 사이에서 갈갈이 찢긴 채, 모든 사람에게 성질을 잔뜩 내고 있었다. 하지만 그녀의 시적 상상력에 이 여행은 하나의 계시였다. 특히 왕이 한때 전설적 여전사 부대의 호위를 받았던 다호메이가 그랬다. 다호메이의 퀴다 요새에서 오드리는 요루바족과 폰족, 다호메이의 여신들을 모신 만신전과 맞닥뜨리게 됐는데, 이후 자신의 영적 수행에 이 신들을 포함시켰을 뿐 아니라 1979년 발표한 시집 『블랙 유니콘』에 아프리카계 미국인 페미니즘 신화로 공들여 형상화했다.

모든 가정에는, 특히 다인종의 혼합 가정에는, 미진한 부분이 있게 마련이다. 아이들의 삶에 산발적으로 남아 있는 에드가 그중 하나였다. 한번은 오드리가 부적격 엄마라며 그녀에게 양육권 소송을 걸겠다고 위협했다. 다행히 끝까지 밀고 나가지는 않았다. 대신 오드리는 양육비가 밀린 그를 법정에 데려가야 했는데, 이후 에드는 아이들이 청소년이 될 때까지 4년간 한 번도 전화를 걸지도, 만나지도 않았다.

오드리는 레즈비언 동반자 관계 속에서 아이들을 키우는 것에 관한 글을 쓰면서 에드를 이야기에서 배제했다. 하나 이상의 가정에서 아이들을 돌보는 복수의 부모들이라는 개념은 아직 당도하지 않은 것이었고, 오드리는 그날이 더 빨리 오도록 하는 데는 명백히 관심이 없었다. 하지만 아이들은 자기 관점이 있었고, 에드의 역할을 주장했다. 특히 열여섯 살이 된 조너선은 두 엄마들과 싸운 후 1년간 아빠와 살기 위해 집을 떠났다.

에드는 부모 중 누구도 다른 주로 옮겨 살 수 없도록 하는 양육권 합의를 이미 요구한 바 있었다. 그것은 프랜시스가 오드리와 함께 살기 위해 브라운 대학의 정년이 보장된 교수 자리를 버리고 뉴욕으로 이주해야 한다는 걸 뜻했다. 프랜시스는 뉴욕에서 그녀의 수준에 걸맞은 일자리를 찾을 수 없었는데, 이는 부분적으로 예비 고용주들에게 여자와 함께 살기 위해 이곳으로 왔다고 말할 수는 없었기 때문이었다. 프랜시스가 다시 발판을 마련할 때까지는 몇 년이나 걸렸다. 궁극적으로 그녀는 연구직을 포기하고 심리치료사로 개업하기 위해 재교육을 받았다.

프랜시스는 오드리의 커리어를 위해 헌신했다. 가사일을 도맡아준 것은 오드리에게 시인으로서, 선생으로서, 그리고 성공한 예술가와 작가들이 결국 되기 마련인 공인(公人)으로서 성장할 공간을 만들어주었다. 아이를 가지겠다는 계획은 세워본 적 없지만, 프랜시스는 매일의 엄마 노릇을 오드리보다 더 많이 했고, 오드리와의 관계가 끝난 후에도 의붓자녀들과 가까운 사이로 남았다. 오드리처럼 프랜시스도 모성을 삶의 기쁨 중 하나로 경험했다.[80]

오드리가 날마다 겪는 인종차별의 스트레스를 집으로 가지고 오지 않기란 힘든 일이었다. 그녀는 자기 엄마의 체벌을 잊지 않았고, 결코 아이들을 육체적으로 훈육하지 않았다. 하지만 아이들에게 엄격했고, "격렬하게 화를" 내곤 했다.[81] 베스는 이렇게 회고한다. "엄마는 치열하게 우리를 끌어안았다. 치열하게 요리해 우릴 먹였고, 그렇다, 치열하게 성질을 냈다."[82]

자신의 분노를 솔직하게 다루는 것은 오드리의 육아에서 중요한 부분이었고, 그건 그녀가 에이드리언 리치와 공유하는 것이었다. 『더 이상 어머니는 없다』에서 에이드리언 리치는 다른 사람을 위해 너무 많은 것을 해야 할 때 그녀 안에서 터져나오는 좌절과 분노에 대해 썼다. 한번은 남편과 세 아들이 부르면 언제고 달려가야 하는 모성적 이상과 본인을 비교하며 단 한 번이라도 자신의 욕구를 등한시하지 않아도 되는 상황을 바라는 자신을 "괴물-반여성"처럼 느꼈다. 리치가 1950년대에 쓴 일기에는 감정을 통제하기 위한 투쟁에 대한 내용이 있다. "폭력은 안으로 삭이고 오직 돌봄만을 명시적으로 드러내는 법을 어떻게 배워야 할까?"[83]

에이드리언이 자신의 분노를 이상의 위반으로 두려워한 반면, 오드리는 이미 알려진 하나의 위험으로 그것에 접근했다. 오드리는 이렇게 썼다. "미국의 모든 흑인 여성은 표현되지 않지만 아주 오래된 분노의 드넓은 곡선 어딘가쯤에 살고 있다. 흑인 여성으로서 내가 느끼는 분노는 내 핵심부에 녹아 있는 연못이자 가장 맹렬하게 지키고 있는 비밀이다."[84] 그녀의 전략은 자신의 감정을 자기 자신과 가족으로부터 외부로 돌리기 위해 글쓰기와 정치적 조직화를 이용하는 것이었다. "내가 배워야 했던 건 억제가 아니라 내 분노를 행동의 연료로 사용하는 방법이었다."[85]

그녀는 분노를 시에도 쏟아부었다. 인간을 희생시키는 인종주의에 대한 슬픔과 분개는 그녀가 아이들을 키우던 시절에 쓴 작품에 언제나 드러나 있었다. 그녀의 가장 유명한 시이자 대중 앞에서도 종종 낭송했던 작품인 「권력」은 1973년 뉴욕 백인 경찰관이 클리퍼드 글로버라는 열 살짜리 소년을 총으로 쏴 죽게 한 사건을 접하고 쓰였다. 오드리는 분노로 메스꺼워져 길가에 차를 세운 후 그 차 안에서 이 시의 초고를 썼다. 「제거된 아이들을 위한 여자/만가」는 글로버를 위해 쓴 또 한 편의 시인데, 글로버는 조너선보다 한 살 더 많았다. 이 시에서 오드리는 백인 우월주의 아래 놓인 흑인 엄마들을 위해 잔인한 "노력의 허무함"(앨리스 닐의 문구)에 도전했다.

사람을 죽이려 드는 보도 위에서
나는 등이 굽었네
영원히
피를 닦느라
그건 분명히
너일 거야[86]

변화를 위한 작업에 자신의 감정을 쏟아부으며 오드리는 점차 흑인이자 레즈비언으로 사는 것, 그 둘이 어떻게 교차하는지, 그녀의 위치가 어떻게 가시화될 수 있는지에 관해 더 많이 말하고 쓰게 되었다. 페미니즘의 얼리어답터인 그녀는 젠더에 관한 생각을 재고하도록 흑인 남성들을 압박하는 한편, 대학 교육을 받은 백인 페미니스트들이 간과한 인종, 계급, 섹슈얼리티에 관한 맹점을 지적했다. 그들의 자매애가 자기 집을 청소해주고 그들의 자녀들을 돌보는 여성들에게까지 확장될 수 있는가? 유색인종 여성이 그들의 조직 내에서 동등한 목소리를 낼 수 있는가?

오드리의 아들이 환영받고 있는가?(그녀와 프랜시스는 어느 페미니스트 행사의 주최 측이 열한 살의 조너선을 행사에 데려오지 못하도록 하자 참석하길 거부한 적이 있다.) 그녀의 가장 유명한 진술 중 하나인 "주인의 도구로는 결코 주인의 집을 해체할 수 없다."라는 말에서 볼 수 있듯,[87] 로드는 더 넓은 페미니즘을 요구하고 있었다. 교차성이 사고의 견고한 패턴을 가로막을 때면, 오드리는 일생에 걸쳐 줄곧 모순적인 상태를 고찰하며 차이를 포용해줄 해방적인 힘을 기꺼이 찾고자 했다.

1970년대가 계속되면서, 오드리는 흑인 페미니스트 그룹 '보스턴 컴바히강 집단'이 조직한 칩거 생활에 여러 차례 참여하며 흑인 레즈비언 활동가들과 긴밀히 교류했다. 이 단체의 이름은 남북전쟁 당시 해리엇 터브먼이 벌인 전설적인 컴바히강 습격 작전을 기리기 위한 것이었다. 집단의 공동 창립자인 바버라 스미스와 함께 오드리는 '키친 테이블: 유색인종 여성 출판'의 설립을 도왔다. 이 출판사의 책들엔 유명 페미니스트 앤솔로지인 『홈 걸스』와 『내 등이라 불리는 이 다리』♥가 포함돼 있다.

하지만 불가피한 이해 충돌과 성격 차이를 동반하는 집단행동은 그녀의 독립 정신에 온전히 들어맞지 않았다.(우연의 일치인

♥ This Bridge Called My Back. 흑인 레즈비언 시인 도나 케이트 러신이 교차성에 관해 쓴 시 「교량 시」에서 따온 제목. 남성과 여성, 흑인과 백인 등 모든 것을 연결하고 통역해야 하는 유색인 여성의 피로와 지긋지긋함을 토로하고 있다.

지는 몰라도 그녀와 앨리스 닐, 앨리스 워커 모두 물병자리였다.) 오드리는 젊은 여성들에게 멘토가 되거나 또래들에게 잔소리꾼 노릇을 할 때 가장 자기답다고 느꼈다. 1980년대, 베스와 조너선이 대학에 진학하자 그녀는 유럽으로 정기 여행을 다니기 시작했다. 거기서 서독, 네덜란드, 영국의 아프리카 디아스포라 출신 페미니스트 및 레즈비언들과 교제하기 시작했고, 그녀가 탁월하게 해낼 수 있는 하나의 역할을 찾았다. 그들을 고취하고 지지해주는 일이었다. 인류학자이자 교수인 글로리아 베커는 네덜란드 흑인 레즈비언 그룹 '시스터 아웃사이더'의 일원이었는데, 이 단체의 명칭은 오드리의 영향력 있는 에세이 선집에서 따온 것이었다. 그들의 초대로 오드리가 암스테르담에 갔을 때, 베커는 오드리의 강렬함과 집중력에 대해, "그녀가 얼마나 원기왕성하며 기쁨으로 충만한지"에 대해 감탄했다. "그녀는 누군가를 마주치면 지체 없이, 마치 '내게 당신 얘기를 해봐요. 낭비할 시간이 없어요.'라고 말하듯, 자신이 그 사람에 대해 정말로 알고 싶어한다는 느낌을 주었다."[88]

영국 공동체 '셰바 페미니스트 출판'의 일원이던 재키 케이는 오드리가 자신의 정체성들을 대담하게 끌어안았다는 데 끌렸다. 역시 레즈비언이자 시인이었던 그녀는 그 덕분에 혼자라는 느낌을 덜 받을 수 있었다. "나중에 우리가 좋은 친구가 됐을 때, 그녀는 모순처럼 보이는 것들을 끌어안는 데에 어떤 힘이 있는지, 어떻게 남들과 다르다는 걸 두려워하지 않을 수 있는지 내게 가르쳐주었다."[89] 오드리의 "다중의 복합적 자아"에 대한 믿음은 글래스고 출신으로 흑인과 스코틀랜드인의 정체성을 동시에 느꼈던 케이에게 해방감을 주었다. 오드리는 케이에게 아무것도 선택할 필요가 없다고 주장했다.[90] 공동체의 또 다른 멤버였던 프라티바 파르마는 그들이 "오드리의 정직성과 여성—특히 유색인종 레즈비언—의 힘을 강화하려는 급진적 의지를 얼마나 걸신들린 듯 빨아들이고 깊이 흡수했는지" 회고했다.[91]

임자 있는 사람으로 취급받지 않기 위해 오드리가 여러 상대와 동침할 필요까진 없었을지 모르지만, 그녀는 프랜시스와 단혼 관계를 맺지 않는 쪽을 택했다. 그녀에게 유혹은 여전히 자신이 가치 있고 안전하다고 느끼는 한 방법이었다. 아마도 그녀가 원했던 자아와 가정을 꾸리는 데 너무 많은 노력을 쏟아 부은 나머지, 자신 역시 그들에게 속박돼 있다고 느꼈을 것이다. 프랜시스가 단혼 관계를 요구해 오드리 역시 이에 동의한 바 있지만, 그녀는 욜란다 리오스와의 밀회를 지속했고 낭독회와 컨퍼런스로 출장이 있을 때마다 그녀와 바람을 피웠다. 연인들은 새로운 아이디어를 가져다줬다. 1977년 나이지리아 정부가 주최한 전설적인 흑인 문화예술 축제 FESTAC에 참가한 뒤, 오드리는 또 다른 참여자인 흑인 여성 화가 밀드레드 톰슨과 장거리 연애를 시작했다. 톰슨은 물리학, 수학, 우주의 초월적 존재들에 대한 자신의 해석에 기반해 추상 작품을 만드는 화가였는데, 오드리가 신화와 환상에 대해 느끼는 감정의 진가를 알아봤을 뿐 아니라 그녀의 생각 역시 오드리에게 공명을 불러일으켰다. 톰슨은 오드리에게 보낸 수많은 연애편지 중 하나에서 "당신은 내가 정말로 사랑하고 존경하고 그 일부가 되고 싶으며 애착을 느끼고 동일시하는 그 모든 것"이라고 썼다.[92]

프랜시스와의 파트너 관계는 악화됐고, 함께 산 지 7년 만인 1985년 둘은 결별했다. 그때 오드리는 이미 그녀의 말년 파트너가 된 여성, 글로리아 조지프와 연애 중이었다. 글로리아는 카리브해에서 태어난 흑인 교수로, 오드리의 엄마가 늘 그리워했던 세계의 일부인 카리브해 세인트크로이섬에서 오드리와 가정을 꾸렸다. 오드리와 프랜시스의 결별은 부분적으로 아이들이 장성해 집을 떠난 데 영향을 받았을 것이다. 베스는 하버드로 떠나 이후 의학 대학원에 진학했으며, 조너선은 배서 대학에서 공부한 후 해군 정보장교가 되었다. 그들은 커플로서 아이들을 키웠고, 이제 그들의 공동 프로젝트를 상실해가고 있었다. 오드리는 조너선이 대학에 간 여름, 프랜시스가 그들 삶에서 아이들을 키웠던 부분을 지워버리고 싶어한다고 비난하며 싸움을 걸었다. 하지만 그건 빈 둥지에서 느끼는 자신의 슬픔을 표현하는 오드리의 방식이었을 것이다.

어떤 경우든, 그녀의 섹슈얼리티는 그녀와 불가분의 관계에 있었다. 재키 케이는 그녀가 뉴욕을 방문했을 때, 오드리가 그녀를 뒤뜰로 데리고 나갔던 일을 기억했다. 거기엔 그녀와 프랜시스가 심은 검정 무화과나무 한 그루가 있었다. 오드리는 케이에게 무화과 열매를 맛본 적 있는지 물었다. “없다고요? 그럼 당신은 헛살았네요.” 그러곤 무화과 껍질을 벗겨 케이에게 그걸 먹였다. “그녀의 정원에 있는 무화과나무 곁에 선 채로.”[93]

오른쪽 가슴에 생긴 혹은 자가진단을 하다가 발견했다. 1977년이었고, 오드리는 43세였다. 조직검사 결과가 양성으로 나오자 그녀는 안도했다. 동시에 그걸 암이라고 믿은 자신과 그녀를 불안하게 만들었던 의사들, 자신의 취약성을 직면하게 만든 상황에 격분했다. 1년 후인 1978년 9월, 두 번째 혹이 만져졌다. 악성이었다.

“각각의 여성은 유방암이 그녀의 삶에 가져오는 위기에 하나의 전체 패턴으로 대응한다. 그 패턴은 그녀가 누구이며 어떤 삶을 살았는지를 보여주는 디자인이다.”라고 오드리는 썼다.[94] 질병에 대한 개인적 글쓰기가 매우 새로운 것이던 시대에 오드리는 치료에 관한 일기를 씀으로써 자신의 암과 유방절제술에 맞섰고, 이를 『암 일기』라는 제목으로 출판했다. 그녀는 육체적 고통과 자신을 움켜쥔 슬픔과 우울, 그리고 “마치 다시는 날지 못하게 된 땅벌처럼 나는 존재하면 안 된다.”라는 말로 자신의 두려움을 묘사했다.[95]

동시에 그녀는 할 수 있을 때 최대한 자신의 작업을 해야 한다는 맹렬한 욕구를 느꼈다. 글쓰기는 구명줄처럼 느껴졌고, 불안하고 우울한 상태에서 두 명의 반항하는 청소년과 집을 공유할 수 있을 것 같지 않았다. 여름이 다가옴에 따라, 그녀는 누군가에게 전화를 걸어 부탁했다. 어느 날 아침, 열여섯 살의 베스에게 돌아서며 오드리는 말했다. "너 샌프란시스코에 가야겠다. 다이앤한테 얘기해뒀어. 와서 같이 지내도 괜찮대."[96]

베스는 저항하고 불평했지만, 마침내 서부로 날아가 그녀를 환영해주는 다이앤의 아파트로 갔다. 훨씬 더 집처럼 느껴지는 곳이었지만, 다른 종류의 "혁명과 격식도 뒤섞여" 있었다.[97] 향과 책의 따스하고 익숙한 냄새가 풍겨왔지만, 옷을 입는 것이 선택사항이었고 아무도 싱크대 안에 더러운 접시를 놔뒀다고 소리 지르지 않았다. 다이앤의 도움으로 오드리는 베스에게 또 다른 관점을 선물하는 중이었다.

그 관점은 베스로 하여금 자신의 엄마를 다시 보게 만들었고, 자녀로서 부모가 하는 일과 관계를 맺을 수 있도록 해줬다. 베스는 엄마의 사무실에서 문서를 철하는 일을 도우며 "시가 그녀라는 사람의 일부일 뿐 아니라 엄마로서 그녀의 일부"라는 걸 알고 있었지만,[98] 오드리의 문학적 중요성을 알아본 적은 한 번도 없었다. 이제 베스는 다이앤의 책장에서 읽을거리를 찾으며 오드리의 책들을 발견해 게걸스럽게 읽어나갔다. 그녀는 왜 자기 엄마가 다른 엄마들처럼 한 번도 도시락을 싸준 적이 없는지, "왜 우리는 집에서 그런 종류의 서비스를 받지 못했는지" 깨닫게 됐다.[99] "엄마에겐 튀겨야 할 더 큰 생선들이 있었던 것이다.” 베스는 엄마의 직업적 소명을 받아들이는 법을 배웠다. 베스는 말했다. “재능은 자기가 할 수 있는 일을 한다. 천재성은 자기가 해야만 하는 일을 한다.”[100]

암이 오드리에게 끼친 영향 중 하나는 그녀에게 용기를 주었다는 것이다. 죽음 앞에서는 더 이상 자신이 누구인지를 숨길 이유가 없었다. 첫 번째 암 투병기에 따르면 그녀는 레즈비언 글쓰기에 관한 학술적 토론회에 참가하도록 예정돼 있었다. 토론회 제목은 ‘침묵을 언어와 행동으로 바꾸기’였다. 동명의 제목으로 출판된 그녀의 발표는 가장 널리 인용되는 그녀의 작품 중 하나가 되었다.

언젠가는 죽을 수밖에 없다는 운명을 직시하며 오드리는 이렇게 말했다. “나는 믿게 되었다. 상처 입고 오해받을 위험이 있더라도 내게 가장 중요한 것을 말해야만 한다는 사실을. 이런 말하기는 다른 어떤 효과를 뛰어넘어 내게 유익하다는 것을. 내가 가장 후회했던 것은 나의 침묵들이었다. 내가 나 자신에 대해 말한 적이 있든 없든, 조만간 나는 죽을 것이다. 나의 침묵들은 나를 보호하지 못했다. 당신의 침묵도 당신을 보호하지 못할 것이다.”

그녀는 “언젠가 말해야겠다고 계획을 세우거나 다른 누군가의 말을 들으며 기다리고 있는 동안, 내가 말해질 필요가 있는 것들을 말했는지, 혹은 작은 침묵들로 나 자신을 그저 배반했는지와 상관없이” 죽음, 즉 “최후의 침묵”이 지금 자신을 향해 다가오고 있을지도 모른다고 말했다. 오드리는 유일한 해답이 자기 자신이 되는 것뿐이라고 생각했다. "자신의 일을 하고 있는 한 흑인 여성 전사 시인이 당신에게 묻습니다. 당신은 당신의 일을 하고 있습니까?"[101]

이 무렵 오드리는 그녀의 위대한 시 「생존을 위해 이어가는 기도」의 초고를 썼다. 이 시에서 그녀는 아이들의 미래 때문에 부모들이 꾸는 꿈을 죽음으로 몰아넣어선 안 된다고 주장했다. 시의 마지막 행들은 다음과 같다.

그러니 말하는 게 더 낫다
우리는 결코 살아남지 못할 운명이었다는 걸
기억하면서[102]

블랜치와의 라디오 인터뷰에서 오드리는 "생존을 위해 이어가는 기도"에 관해 말하며 "생존"이라는 단어로 그녀가 말하고자 한 것은 단지 존재한다는 게 아니라고 덧붙였다. 1992년 58세를 일기로 암으로 사망하기 10년 전이었다. "생존이 함축하는 의미는 기쁨과 기동성, 효율성이죠. 그리고 효율성은 항상 상대적입니다. 그러니까 우리 중 누구도 지구를 자전축에서 단 1밀리미터도 움직이지 못할 거라는 말입니다. 하지만 우리가 행할 필요가 있는 일을 하고 있다면, 그때 우리는 우리 자신을 초월해 지속되는 무언가를 남기게 될 거예요. 그것이 생존입니다."[103]

불안 지대 5:
지금 여기에 존재하지 않기

여성 작가가 빠지는 가장 위험한 함정 중 하나는 작품으로 존경받는 것에 더해 자기 자신으로 사랑받고 싶다는, 위대한 예술가일 뿐 아니라 아름다운 사람이 되고 싶다는 욕구다. —앤절라 카터[1]

어른들은 아이들의 삶에, 다른 상황에서라면 상상도 할 수 없고 말도 안 되게 폭압적인 힘을 발휘한다. 하지만 우리는 대개 이 권력을 의문을 제기할 수 없는 성스러운 권리로, 우리가 영혼을 위해 천사와 씨름할 수 있는 것과 달리 어떻게도 겨룰 수 없는 권리로 대한다. —준 조던[2]

왼쪽 가슴의 혹이 의사의 검진 중 발견된다. 1975년, 42세의 수전 손태그는 암 4기 진단을 받는다. 유방 절제술 이후에도 몇 차례 수술을 더 받고, 30개월간 항암치료에 들어간다. 오드리처럼 그녀도 질병에 관한 글쓰기의 선구자가 된다. 오드리와 달리, 그녀는 자신에 대한 언급 없이 『은유로서의 질병』이라는 암에 관한 책을 한 권 쓴다. 오드리와 달리, 그녀는 죽음에 대해 승리를 선포한다.

그녀는 자신이 죽을 운명이라고 해서 자기 자신에 대해 정직해야 한다거나 자아를 완성해야 한다고 생각하지 않는다. 오히려 자신의 취약성을 부인한다. 이것은 그녀의 두려움이 그녀에게 요구한 대가이며 그녀는 반복해서 그 대가를 지불한다.

1962년 2월, 29세의 수전은 자신이 가진 가장 얌전하고 전문가처럼 보이는 옷을 입고 맨해튼 법정에 출두한다. 목까지 단추를 채우는 하이 네크라인에 립스틱, 스타킹, 실용적인 하이힐 차림이다. 그녀의 전남편은 수전이 어느 여성과 연인 관계임을 알게 됐고, 단독 양육권을 위한 소송을 제기했다. 그녀는 법원이 아홉 살 난 아들을 자신과 떼어놓지 못하도록 설득하기 위해 이런 옷차림을 했다. 그녀는 레즈비언인 동시에 엄마로 살아갈 수 없다. 선택을 해야만 한다.

아들을 지키기 위한 대가는 자신의 일부를 포기하는 것이다. 그녀는 그 값을 치른다. 생의 마지막까지, 그녀는 자신이 여성을 사랑한다는 것에 대해 거짓말을 할 것이다.

1962년 수전은 일기에 자신이 책과 섹스, 야망과 사랑 중 하나를 선택해야 한다고 쓴다. 양쪽 모두에 자신의 모든 에너지를 쏟아부을 수는 없기 때문이다. 1978년 한 인터뷰에서는 자신의 이혼을 언급하며 "살다 보면 언젠가 삶과 프로젝트 중 하나를 선택해야 하는 때가 온다."라고 말한다.[3] 하지만 오드리라면 그녀에게 둘 다 가능하다고 말했을 것이다. 다른 누군가는 틀림없이 이건 그저 "책 대 아기"라는, 예술적 배제를 위해 지어낸 거짓말을 고급스럽게 표현한 것뿐이라고 그녀에게 말했을 것이다.

달라지는 나이에 따라, 다른 많은 거래들에서, 수전은 자신을 화폐처럼 이용한다. 1939년 여섯 살이 되던 해, 수전의 아버지는 사망한다. 그녀가 침대 위에 꿇어앉은 채 숨을 쌕쌕거리며 끔찍한 천식 발작을 일으키자, 겁먹은 엄마는 방에서 나가버린다. 엄마를 곁에 두려면, 그녀는 자신의 질병과 취약성을 부인해야 한다.

자신의 질병과 죽음을 가지고 협상하는 버릇은 그녀의 어린 시절에 시작됐다.

열한 살에는 스스로에게 약속한다. "나는 인기 많은 사람이 될 거야." 그녀는 필요한 단계들을 밟는다.[4]

열다섯 살에는 일기에 이렇게 쓴다. "내게 레즈비언 성향(내가 이 단어를 얼마나 마지못해 쓰는지)이 있는 것 같다. 내가 가장 급박하게 느끼는 그 모든 것은 **육체적 사랑**과 정신적 동지애라는 몹시 고뇌에 찬 욕구다."[5] 그 직후, 그녀는 퀴어 작가인 여자 주인공이 금욕주의와 비밀 유지, 눈부신 재능으로 성공할 것을 조언받는 래드클리프 홀의 1928년 소설 『고독의 우물』을 읽는다. "작품은 너의 유일한 무기다. 네 작품을 통해 그렇게 할 수 있을 때, 세상이 너를 존경하게 만들어라."[6]

스물여섯의 수전은 일기에서 홀의 말들을 모방한다. "글을 쓰려는 내 욕망은 나의 동성애와 연결돼 있다. 사회가 내게 맞서 갖고 있는 무기에 필적하기 위해 내겐 무기로서의 정체성이 필요하다. 내가 퀴어라고 느끼는 게 얼마나 죄책감 드는 일인지를 나는 이제 막 인식해가고 있다."[7]

대학 2학년이던 열일곱에는 사회학과 교수와 대화를 나눈다. 그는 깡마른 체격에 머리가 벗겨지고 있는 친절한 사람이다. 그녀는 자신의 섹슈얼리티가 두렵다. 지적 대화에 굶주려 있다. 어린 시절로부터 벗어나고 싶다. 그는 그녀가 자기가 결혼하고 싶은 여자라고 말한다. 그녀는 너무 놀란 나머지 승낙해버린다. "그녀를 여자라고 부른 사람은 이전에 아무도 없었기 때문이다."[8]

1951년 1월 3일 결혼식 날, 수전은 일기에 쓴다. "나는 자기를 파괴하려는 내 의지에 대한 온전한 의식+두려움 속에서 필립과 결혼한다."[9] 결혼식 후, 수전과 엄마, 의붓아버지, 여동생, 새 신랑은 로스앤젤레스 교외에 있기 때문에(그곳은 문화도 없고 이야깃거리도 없어 장차 그녀가 탈출을 시도하게 될 곳이다.) 함께 햄버거를 사 먹으러 나간다. 엄마는 수전이 대학교수와 결혼해 자랑스럽다. 비록 그가 스물여덟 살이고, 수전은 겨우 열일곱살이지만.

몇 달 후, 피임 실패가 수전의 선택지를 좁힌다. 돈도 부족하고 어느 의사를 찾아가야 할지도 모른 채, 그녀는 엄마에게 도움을 요청하기 위해 집으로 전화를 건다. 밀드레드 손태그의 엄마는 밀드레드가 열네 살 때 죽었다. 가족들은 식중독이라고 주장하지만, 수전의 일기는 섹스와 할머니의 죽음 사이의 연관성을 암시한다. 원치 않는 임신? 치명적인 낙태? 이것 때문에 밀드레드가 툭하면 부인하는 버릇을 갖게 된 걸까?(밀드레드가 수전에게 수전의 아버지가 죽었다는 말을 하기까지는 6개월이나 걸렸다.)[10] 수전이 돈이 필요한 이유를 말하자, 그녀는 전화를 끊어버린 후 방에서 나가버린다. 불법 낙태 시술자는 마취 없이 작업하며 수전의 비명 소리를 덮어버리기 위해 라디오를 크게 틀어놓는다. 반 년도 지나지 않아 수전은 다시 임신한다.

소녀로서 수전은 자기 엄마의 모성을 재창조하는 공상을 즐긴다. 오직 더 나은 쪽으로만. "나는 아들을 낳을 거야. **진짜** 엄마가 될 거야. 이것은 내가 진정한 어른다움을 갖춘 채 어린 시절에서 벗어나기 위한 환상이다. 자유. 나는 나 자신인 동시에 엄마(**좋은** 엄마)이며, 만족하는 예쁜 아이다."[11]

1952년 9월, 몇 달간 아니라고 부인한 끝에 열아홉 살의 수전은 복통으로 한밤중 잠에서 깨 자신이 침대를 흠뻑 적시고 있다는 걸 알아차린다. 필립은 그녀에게 양수가 터졌으며 분만이 시작됐다고 설명한다. 분만 후 그녀의 어린 시절 보모인 로즈 맥널티가 돌봄을 돕기 위해 방문한다. 수전은 약 50년 후 이렇게 말할 것이다. "데이비드와 내가 판박이인 이유는 우리가 같은 엄마에게서 자랐기 때문이다."[12] 데이비드는 분유병을 물고 있다. "아기에게 젖을 먹인다는 생각은 내게 떠오르지도 않았다."[13]

로즈가 데이비드를 돌보고, 수전은 모성을 이끌어내기 위해 1년간 집에 머문다. 그녀는 데이비드를 사랑한다. 한 친구는 훗날 수전의 전기 작가 벤저민 모저에게 아들이 "수전의 삶의 중심"이라고 말할 것이다.[14] 그녀는 엄마와 아기 사이의 친밀감을 좋아한다. 많은 부모들처럼 아기에 대한 갈망을 결코 멈추지 못할 것이다. 사십대가 돼서는 귀여운 아기들을 보며 "아기들을 유괴하고 싶다."라는 농담을 하게 될 것이다.

그녀의 지성 역시 주의를 요구한다. 손태그는 어느 자전적인 글에서 "스스로 감금됐다고 느끼는—아내이자 엄마로서의—역할을 회피하는 데 온 에너지를 집중"하는 어떤 여자를 묘사한다. "끊임없이 그 역할을 하고 있으면서도 말이다."[15]

데이비드와 함께 있으면, 손태그는 다른 누구와 함께 있을 때도 느끼지 못했던 참된 감정을 느낄 수 있었던 것 같다. 아니면 적어도 그녀의 일기 속 매우 논쟁적인 몇몇 구절들이 그런 해석을 가능케 한다. "나는 데이비드에 관한 꿈을 꾼 적이 거의 없고, 그 아이에 대한 생각도 많이 하지 않는다. 아이는 내 환상-생활에 좀체 침입하지 않는다. 아이와 함께 있을 때면 나는 완전히, 양가적 감정 없이 아이에게 푹 빠져 있다. 하지만 밖에 나가면, 누군가 그를 잘 돌보고 있다는 걸 아는 한, 아이는 급속히 내게서 사라진다. 아이는 내가 사랑했던 모든 사람 가운데 사랑의 **심리적**(mental) 대상과 가장 거리가 먼 동시에 가장 강렬하게 현실적(real)이다."[16]

이 말은 엄마 작가가 추구할 만한 건강한 관계, 즉 비상계단 관계처럼 들린다. 아이가 곁에 없다고 걱정하기보다 아이가 곁에 있을 때 사랑해줄 에너지를 비축해두는 편이 더 낫다. 하지만 그녀가 이 글을 쓴 것은 옥스퍼드와 파리에 머무느라 1년간 아이와 떨어져 지낸 시기이다. 영국박물관에 다녀온 후 그녀는 일기에 이런 메모를 남겼다. "데이비드에게 엘긴 마블스♥에 관한 편지를 썼다." 데이비드는 다섯 살이었다.[17]

데이비드가 태어나고 몇 달이 지난 1953년 1월, 수전은 자신이 여자들과 섹스하는 꿈을 몇 차례 꾸고 이를 일기에 기록한다. 그 꿈들은 수전의 천재성을 인정받는 동시에 자기 자신으로서 소중히 대접받는 환상에서 절정에 이른다. 그것은 많은 사람들이 그녀를 좋아하는 동시에 한 사람에게 이해받고 사랑받을 수 있다는 환상이다. "나는 행사용 예복 같은 걸 입고 무대 한쪽에 서 있었다. 엄청난 관중이 나를 기다렸지만, 나는 용감하게도 내 손날로 태평하게 그녀의 손을 만지고 있었다."

이 꿈에서 그녀는 평범한 역할이 적용되지 않는 하나의 예외이자 위대한 여성이다. 이 꿈에서 그녀는 사랑과 인정, 사적인 것

♥ 영국 외교관 토머스 엘긴이 고대 그리스 문화의 정수라 불리는 파르테논 신전에서 떼어간 대리석 조각들. 현재 영국박물관에 소장돼 있다.

과 공적인 것, 자아와 일 사이에서 하나만 선택할 필요가 없다.

깨어 있는 동안 수전은 자신의 결혼 상태에 굴복한 채 눈물을 흘리며 쓴다. "나는 그런 사람이 되기 위해 분투한다—내 감정을 스스로의 통제하에 두는 사람."[18]

수전은 '엄마'라는 단어를 좋아하지 않는다. 자신의 장성한 아들에 대해 "난 차라리 아들이 나를—오, 모르겠네요—그냥 얼빠진 큰누나처럼 여겼으면 좋겠어요."라고 말하며, 그녀 역시 아들을 "오히려 내 형제이자 가장 친한 친구"로 생각한다고 주장한다.[19] 이 단어들은 친밀한 관계를 암시하지만, 더 책임감 있거나 아낌없이 주는 어른의 모습을 드러내지는 않는다. 그것은 한 엄마가 아들의 욕구와 자신의 욕구 사이에서 하나를 선택할 필요가 없는 그런 관계를 암시한다.

데이비드가 거의 두 살일 때, 수전은 임신 공포를 겪는다. 이젠 그녀가 방에서 나갈 차례다. 필립이 의사의 전화를 받는 동안, 그녀는 데이비드의 침대에 숨어 귀를 막고 있다. 검사 결과는 음성이지만, 그들은 더 이상 성관계를 하지 않는다. "P와 나는 이중 피임+다시 섹스 하기에 대해 자주 얘기하곤 했다. 하지만 그 문제에 관해 무언가를 **실행할** 기미조차 없었다. 그냥 말뿐이었다. 우린 알고 있었던 게 틀림없다."[20]

대신 그녀는 부부 침대를 책상으로 사용한다. 지푸라기에서 금을 짜내며 필립의 노트 더미를 프로이트 사상에 관한 중요한 평가 작업으로 변화시키는 중이다. 마침내 그녀가 죄책감 속에서 필립을 떠날 때, 그녀는 자신의 지적 만이인 그들의 책♥에 필립이 단독 저자로 이름을 올리도록 내버려둔다.

1957년, 그녀는 여전히 필립과 결혼한 상태로 영국 유학을 위한 장학금을 신청한다. 그녀는 일기에 "옥스퍼드에 장학금을 받고 갈 수 있다면 얼마나 좋을까! 그러면 적어도 내가 국내 무대라는 깃털 둥지 바깥에서 뭐가 될 수 있기나 한지 알게 될 텐데."[21]

필립은 그녀와 옥스퍼드에 함께 갈 계획이다. 하지만 그때 스탠퍼드 대학교의 명망 있는 특별 연구원 자리를 제안받는다.(찰스 르 귄이 훗날 같은 자리를 제안받게 된다.) 그는 수전에게 교육과 모성 중 하나를 택하라며 장학금을 포기하고 자기와 함께 가자고 요구한다. 1957년 9월, 데이비드의 다섯 살 생일 직후, 필립과 로즈, 데이비드는 캘리포니아로 간다. 수전은 옥스퍼드로 간다.

♥ 필립 리프의 이름으로 1959년 발간된 『프로이트: 도덕주의자의 마음』. 초기 판본의 서문에는 공동 저자인 손태그의 이름이 '특별 감사'에 올라 있지만, 필립의 단독 저자권(authorship)이 합의 조건 중 하나였던 이혼 후에는 서문에서도 손태그의 이름이 사라진다.

집에서 멀리 떨어져 있어도, 그녀는 매기 넬슨이 "한 편에는 여성성과 재생산, 정상성을 두고 다른 한 편엔 섹슈얼리티와 퀴어적 저항을 둔 지겨운 이항법"[22]이라고 부른 것으로부터 벗어날 수가 없다.

어느 날 저녁, 그녀는 주디스 그로스먼이라는 연하의 미국 여학생을 방으로 초대한다. 그로스먼은 그녀가 우정 이상의 것을 찾고 있다고 믿는다. 그러나 수전이 그녀에게 데이비드의 사진을 보여주며 얼마나 아이를 그리워하고 있는지 말하자, 그녀는 수전이 결국 이성애자임에 틀림없다고 추측한다. "어떤 경우든 엄마라는 건, 그 당시 내 이해로는, 성적 존재가 될 수 없는 사람이었다."[23]

주디스가 떠나고, 수전은 필립에게 편지를 쓴다. 매일 저녁이면 푸른색 우표가 인쇄된 또 다른 항공 우편용 엽서를 꺼낸다. 그런 날이면 그녀는 "난 홀로 떨어져 있는 사람처럼 느껴지지 않았다."라고 말할 것이다.[24] 오드리와 달리, 그녀는 자기 자신을 정의내리는 걸 좋아하지 않는다. 정직성이란 그녀에게 체념처럼 느껴진다. "모든 것은 원래 있던 그대로 있어야"[25] 한다는 느낌을 준다.

수전 스스로 느끼기에도 종종 자신이 성적으로 불가능한 존재가 된 것만 같다. 그녀는 일기에 다음과 같이 쓴다.

> 나는 섹스와 일, 엄마가 되는 것 등등에 한결같이(혹은 전혀) 헌신할 수 없다. 왜냐하면 내가 만일 그렇게 할 경우, 나는 나 자신을 어른이라고 불러야 할 것이기 때문이다.
>
> 하지만 난 진정으로 아이였던 적도 없다.[26]

그럼에도 1957년 12월, 그녀는 10대 시절 여자친구였던 해리엇 소머스와 재회하기 위해 옥스퍼드를 버리고 파리로 떠난다. 해리엇은 수전을 덜 사랑하고, 수전에게 못되게 군다. 수전은 그걸 받아들인다. 그녀는 동등한 애정에 서툴다. 그녀는 이해받는 동시에 사랑받는 법을 어린 시절에 전혀 배우지 못했다. 하지만 파리에는 외국인 작가와 지식인들의 게이 커뮤니티가 있다. 그녀는 "고향에 온 건—나한테 관심 있는 남자들 대신 여자들이 있다는 건—좋은 일"이라고 쓴다.[27]

이듬해 여름 집으로 돌아가, 수전은 필립에게 이혼하고 싶다고 말한다.

1959년 1월, 수전은 데이비드를 데리고 뉴욕행 비행기에서 내린다. 로즈는 사라지고, 다시는 언급되지 않는다. "증발한 연기처럼, 내 실패한 결혼은 더 이상 거기에 없었다. 내 불행한 어린 시절도 마법에 닿은 것처럼 사라져버렸다."라고 그녀는 쓴다. 그녀는 다시 시작하는 것이, 선택 이전의 시간으로 되돌아온 것이 너무 좋다. 데이비드에 관해선 "언제나, 거기엔 상쾌한 시작이 있었다. 제 1막처럼."이라고 쓴다.[28]

뉴욕에서 그녀는 선택할 필요가 없다. 음악이든, 영화든, 미술이든, 최초의 "해프닝",♥ 게이 연인들과 이성애자 연인들까지. 그녀는 속도를 내고, 어디에나 가고, 모든 것을 한다. 그녀는 자유와 지성과 성적인 것이 자기 시대의 과제임을 깨닫는다. 그녀는 저속한 취향에 맞서 고급문화를 옹호하는, 문지기 같은 구식 비평가가 되길 거부한다. 1950년대에 가장 유행하던 비평적 평가는 "저속함(vulgar)"이었고, 이는 모든 종류의 경험들—여성, 동성애, 모성—을 쓰레기 같고, 육체적이며, 가정사일 뿐인 데다 불순한 것으로 배제했다. 수전은 이 모든 것을 자기 글 안에 들여놓는다.

몇 년 후, 30대 초반이 된 수전은 하나의 문화 현상으로 유명해진다. 그녀는 사진발이 잘 받고, 카리스마 넘치며, 스타성을 지닌 천재 여성이다.

♥ 1950대 말과 1960년대 초 앨런 캐프로가 주도해 뉴욕에서 일어난 행위예술로, 손태그는 「해프닝, 급진적 병치의 예술」이라는 비평문을 썼다.

해방이 한 세대를 유혹한다면, 어떻게 그 자유를 책임감 있는 육아와 결합하느냐는 그 세대의 딜레마가 된다. 여전히 수전과 데이비드는 서로에게 구조를 부여한다. "먹기, 숙제, 목욕, 양치질, 방, 이야기, 침대"라는 일상의 메트로놈이 바로 그 구조다.[29] 이 시절, 육아는 수전에게 안정감과 따스함을 준다. 매력 넘치는 수전의 초상을 찍기 위해 집에 찾아오는 사진가들은 그녀와 똑같이 사진발이 잘 받는 어린 아들을 사진 속에 포함시키기 좋아한다. 그리고 그녀는 진실한 애정으로 아들을 바라본다.

수전은 엄마들의 커뮤니티를 무시한다. 그녀는 데이비드를 데리고 파티에 가며, 아이는 깔아놓은 코트 위에서 잠든다.

수전의 1999년 소설 『인 아메리카』의 화자는 어느 "남자아이가 집에 있는 침대 이불 속에 폭 파묻혀 있는 대신 다른 여자 무릎 위에서 웅크린 채 눈을 비비고 있는 걸" 주목한다. "그는 아마 외아들인 게 틀림없고, 아이 엄마는 오늘 밤 아들을 가까이 두고 싶었던 게 분명하다. 비록 그 엄마가 아이에게 주의를 기울이는 모습은 내가 이 테이블에 앉아 있는 두 시간 동안 본 적이 없지만."[30]

10년이 흐르자, 그녀는 더 이상 작가 지망생이 아닌 문학계 명사가 된다. 판돈은 올라간다. 그녀는 진정한 천재성의 대가가 외로움이라는 사실이 두렵다. 이미 그녀는 (데이비드를 제외한) 인간적 만족을 포기해왔다.[31]

그녀는 쓴다. "나는 내 **강점**(내 정신, 내 눈, 내 지적 열정)을 타인들로부터의 영원한 고립, 분리로 경험해왔다."[32] 하지만 글쓰기로 그녀는 팬들의 존경을 받는다. 그녀는 자기 자신으로 사랑받기 위해서는 대중의 사랑을 포기해야만 한다는 두려움을 느낀다. 그녀는 이 대가를 기꺼이 치르려 하지 않는다. 차라리 대중을 갖는 편이 낫다.

1967년 그녀는 쓴다.

> 누군가 나를 이해해주리라고 희망하는 걸 내가 언제 포기했던가? 그들은 나를 이해할 수 **없다고** 확신하면서, 나는 숨기 시작했던 게 틀림없다. 그들에게 나는 항상(?) "너무 과도하다"는 이 느낌—다른 행성에서 온 피조물처럼—그래서 나 자신을 축소하려고 노력했고, 그 결과, 나는 그들에게 이해 가능한(사랑스러운) 사람이 될 수 있었다. 나는 우선 내 섹슈얼리티를 포기했다. 나는 가장 일상적인 범주에서 나 자신, 내 감정에 접근하기를 포기했다. 나는 자신감을 포기했다. 나는 내 몸에 대해

소상히 알기를 포기했다.[33]

자신의 진정한 자아가 될 수 없어서, 그녀는 다른 어느 때보다도 "안전한 곳, 피난처, 벽"으로서 데이비드가 필요하다.[34]

열일곱 살의 데이비드는

내가 무조건적으로, 의심 없이 사랑할 수 있는 사람이다—왜냐면 나는 그 관계가 진정한 것임을 알기 때문이다(사회가 그것을 보장한다+내가 그것을 해낸다)—왜냐면 내가 그를 **선택했고,** 그가 나를 사랑하기 때문이다(나는 한 번도 그것을 의심해본 적 없다)—온 마음을 다 바친 내 단 하나의 사랑, 관용, 돌봄의 경험—

—내 어른됨의 보장—내가 내 유치함을 경험할 때조차, 나는 엄마이기 때문에 내가 어른이란 걸 안다.

—질서, 구조, 자기파괴의 어떤 경향에 대한 제한.

—곁에 있으면 느껴지는 끝없는 기쁨—동반자, 친구, 형제를 갖는 것.(나쁜 면: 보호자, 세상에 대한 방패)[35]

데이비드가 집을 떠나면, 수전은 유럽으로 가 아름답고도 머리가 텅 빈 공작부인들과 사랑에 빠지고, 상실의 기술을 연습한다.

그녀는 자신을 연인들과 타인들에게 양도하면서, 아들로부터는 자기 자신을 되찾기 위해 노력하며 여생을 보낼 것이다.

70대 중반 암에 걸린 이후, 데이비드는 수전과 함께 산다. 그의 여자친구 시그리드 누네즈도 함께 들어와 산다. 수전과 데이비드는 싸운다. 그들은 화해한다. 그녀는 자신의 저서를 내준 출판사에 데이비드의 일자리를 마련한 다음, 그가 자신의 편집자가 돼야 한다고 주장한다. 그녀는 그가 실수할 때마다 그에게 소리를 지른다. 그가 움츠러들면, 그녀는 아이가 예뻐 죽는 엄마로 되돌아온다. 그녀는 그가 떠나길 원치 않는다. 그녀는 혼자 있고 싶지 않다.

속도는 수전을 성질 고약한 여자로 만든다. 암은 그녀를 분노하게 만든다. 시그리드 누네즈는 수전의 우울증이 "가장 어두운 분노"의 형태로 나타났다고 떠올린다. "세상 돌아가는 일이 마음에 들지 않으면, 그녀는 마구 후려갈겼다. 그녀의 측근 무리에는 언제나 적어도 한 명의 희생양—젊은이든 아가씨든—이 있었고, 그녀는 공격하고 또 공격하고 또 공격하곤 했다."[36]

오드리 로드: "상처받는 것보다 화내는 게 훨씬 더 쉽다. 갈망하는 것보다 격분하는 게 훨씬 더 쉽다."[37]

그녀는 일상생활이 불가능할 정도의 극심한 우울증에 빠지고, 치료를 받으러 간다.

"왜 당신은 아들에게서 아버지를 만들어내려 했나요?" 상담사가 묻는다.

누네즈: "수전은 처음 이 말을 들었을 때 충격을 받았다고 했어요. 그녀는 상담사가 **어디서 그런 생각**을 떠올리게 됐는지 알지 못했거든요! 하지만 그 말이 자신의 뇌리를 내리쳤다고 그러더군요. 그녀는 정말 **그랬었던** 거예요. 그러곤 우리 둘 다 울기 시작했죠."[38]

수전은 페미니즘을 받아들인다. 그런 다음 개인적인 것으로부터 글을 써야 한다는 페미니즘의 주장에 좌절해 그것을 폐기한다. 그녀는《뉴욕 리뷰 오브 북스》의 서신 칼럼에서 에이드리언 리치와 이것에 대해 논쟁한다. 페미니즘은 제한적인가, 필수적인가? 수전은 페미니즘이 독단적일 수 있다는 점을 지적하고, 에이드리언 리치는 (『더 이상 어머니는 없다』를 통해 모성을 이론화하는 과정에서) 비판적 사고가 자기 자신의 삶의 조건으로부터 분리되면 무언가를 놓치는 법이라고 말한다.

이후 그들은 수전의 아파트에서 만나 사랑을 나눈다.[39]

1980년대 수전은 몇몇 프로젝트들을 시작하지만 만족하지 못하고, 그것들을 완성하지 못하며, 새 출발할 방법을 찾지 못한다. 그녀는 고통받지만 변화하지 못하는 사람들의 긴 중년기에 들어간다.

1993년 희곡 「앨리스 인 베드」의 도입부에서 수전은 창조성이 요구하는 "자기중심성과 공격성"에 대해 쓴다. 하지만 이것은 스스로 경계선을 그어놓고 억지를 부리는 것이 아닐까? 르 귄은 자신을 한쪽에 치워 놓은 채 일한다고 말한다. "자아(ego)가 길을 비켜주고, 이야기가 스스로 말한다."[40] 수전조차도 글쓰기가 자아(ego)라는 것을 진짜로 믿지는 않는다. "내가 내 책들을 만든다는 말은 아주 사소한 의미에서만 맞다고 느껴진다. 진실은 문학이 나를 통해 내 책들을 만든다는 것이다."[41]

1986년 밀드레드 손태그가 죽는다. 1987년 엄마의 생일—"그녀의 첫 번째 비생일(non-birthday)"—에 손태그는 자신의 외로움을 아들에게 투사한다.

> 수십 년 동안 D의 엄마로 산 것은 내 정체성을 더 크게 만들어주었다—나는 어른이었고, 강했다. 나는 좋았고. 사랑받았다.
>
> 온전히 긍정적으로

이제는 부정적이다.

그와 함께 있으면 내 정체성을 박탈당하는 기분이다.

작가가 아니다—

그저 그의 엄마지

그리고 그의 라이벌

그리고 나는 사랑받지 못한다.[42]

수전의 소설들은 엇갈린 평가에도 상을 받는다. 그녀는, 후기 에세이에서는 더 끈질기게 느껴지긴 하지만, 언제나 천재일 것이다. 그녀는 자신의 관심을 끄는 사람들과 친구가 된 다음 그들이 자신에 대해 어떤 주장을 제기하기 전에 그들을 버린다. 그녀의 단편소설 몇 편은 훌륭하고 웃기며 진실하다. 온전히 자기 자신이 아닐 때 장편소설은 계속 써나가기 어렵다. 하지만 단편소설에서는 진정한 자아가 한 순간이나마 스스로 모습을 드러내 보일 수 있다.

수전의 아이디어들은 많은 사람들에게 영감을 불어넣는다. 하지만 그녀가 게이임을 부인할 때, 그녀의 추종자들은 가까이서 종종 실망하거나 버려졌다고 느낀다. 1980년, 언론인 린지 반 겔더가 수전에게 직접적으로 레즈비언인지 묻는다. "그녀는 자신이 어떻게 남자를 찾고 있었는지에 관해 스펙터클 넘치는 허튼소리를 정교하게 둘러댔다. 아마도 그렇고 그런 시시한 소리로 사적 홍보를 시도한 것일 테다. 끝장나게 위선적이었다. 그녀가 죽은 후, 그녀의 대담성과 지적 정직성을 언급한 모든 부고 기사에 난 눈알을 굴렸다."[43]

수전은 사진작가 애니 리버비츠와 함께 말년을 보낸다. 모든 사람이 그 둘이 커플임을 알고 있을 때조차, 커밍아웃이 과거보다 훨씬 더 안전해졌음에도 그녀는 그 사실을 부인한다.

애니가 아이를 갖고 싶다고 말하자 수전은 질투한다. 어쨌든 2001년 애니는 아기를 갖고, 수전이 탯줄을 자르게 한다. 이제 68세인 수전은 유아독존을 버리고 애니의 딸을 사랑한다. 애니는 자신이 찍은 두 사람의 사진들을 바라보며 스스로에게 묻는다. "어느 쪽이 아이지?"[44]

수전이 젊은 여성이었을 때, 그녀가 가장 좋아했던 소설 중 하나는 퍼트리샤 하이스미스의 『소금의 값』♥이었다. 두 여성이 사랑

♥ 케이트 블란챗과 루니 마라가 출연한 영화 「캐롤」의 원작 소설.

에 빠져 길을 나서는 이야기다. 이들이 공개적으로 벌인 로맨스의 대가는 두 여성 중 한 명인 이혼녀 캐럴이 아이의 양육권을 박탈당하는 것이다. 하지만 하이스미스는 "숨기려는 욕구 속에서, 사람들은 인간성뿐 아니라 심장의 자연스러운 따스함도 숨기게 된다."라고 믿었다.[45]

2004년 수전이 다시 암 진단을 받을 때, 그녀는 자신이 죽어가고 있음을 믿기 거부한다. 생애 최후의 날들을 향해가면서, 그녀는 새로운 시작에 관해 말한다. 병원에서 나가면, 그녀는 새로운 사람들을 만날 것이다. 다른 방식으로 글을 쓸 것이다. 왜냐면 그녀는 자신이 죽어가고 있다는 걸 인정하지 않을 거니까. 데이비드는 엄마에게 그것에 관해 말할 수 없어서, 임종을 지키고 있음에도, 그들은 서로에게 작별인사를 하지 못한다.

1977년, 자신의 도덕률을 정면으로 마주하면서 오드리는 쓴다. "무엇보다도 우리는 가시성을 두려워하는 것 같다. 하지만 그것 없이 우리는 진짜로 살아갈 수 없다."[46]

8장
여성의 자유란 무엇인가
앨리스 워커 1944~

나는 나의 진정한 어머니가 되어줄 흑인 여성을 찾아 헤맸다. 가장 부드러운 겨울날 우리가 삼킨 거짓말이 어떻게 더 단련되고 탐구되고 버려질 수 있는지 말해줄 수 있는 여성. 나를 자랑스러운 동시에 사랑스러운 존재라고 인정해줄 수 있는 여성은 어디에 있는가? —오드리 로드[1]

언제나 우리 자신이 아닌 다른 사람들을 위한다는 뜻의 이 사랑은 어떤 종류의 사랑인가? —에이드리언 리치[2]

한 사람이 표상하는 모든 것, 혹은 그의 생김새 전부가 지배 문화에 의해 전략적으로 폄훼되거나 착취될 때, 영웅적인 삶이 어떻게 가능할까? —캐럴 쿠퍼[3]

1970년, 미시시피주 잭슨의 평범한 집에서 젊은 작가가 홀로 방에 앉아 뮤즈를 찾고 있다. 그 방은 그녀 자신의 것이고, 그녀는 스스로를 기쁘게 하기 위해 손수 짠 천과 예술품을 걸고 생기 넘치는 꽃을 책상 위에 놓아 방을 꾸몄다. 그녀는 자신이 진지한 작업을 하고 있음을 스스로에게 상기시키는 동시에 우울증을 예방하고 세상의 요구를 차단하기 위해 그 공간을 아름답게 만들었다.

글은 그녀의 재능과 야망의 흐름에 따라 흘러가고 있다. 그녀는 민권운동의 성공에 힘을 얻었고, 미국 북부에서 몇 년을 보낸 후 고향인 남부로 돌아오면서 용기를 얻었다. 그녀는 남부 흑인 여성의 경험에서 비롯된 시, 단편소설, 그리고 두 번째 소설에 대한 아이디어로 충만하다고 느낀다. 글쓰기는 스스로를 돌보는 행위로, 어린 시절의 상처를 치유하는 데 도움을 주었다.

창작하는 엄마들 대부분은 임시 공간에서 작업했다. 닐은 거실에서, 르 귄은 다락방에서, 로드는 침실에서, 손태그는 침대에서 글을 썼다. 하지만 앨리스 워커는 이른 아침 폭발적인 집중력을 활용해 글을 쓰는 데 능숙하지 않다. 자신의 경험을 스스로에게 드러내는 책, 자기가 읽고 싶은 책을 쓰기 위해 그녀는 기나긴 개인 시간이 필요하다. 숙고하고 꿈을 꾸기 위한 시간. 현재 그녀와 남편은 일주일에 세 번의 오후에만 베이비시터를 고용할 여유가 있다. 그 역시 그녀만큼 아기를 사랑하지만, 자유롭지 못한 그녀를 남겨두고 매일 민권운동 변호사로서 일하기 위해 집을 나선다.

워커의 글쓰기 작업이 끊기는 건 아기 때문만이 아니다. 남편의 일과 그녀의 작업, 그리고 다인종 부부로서의 존재는 모두 기성 사회에 도전장을 내미는 것이었고, 워커는 쉽게 궁지에 몰렸다. 만약 그녀가 타자기를 치는 동안 전화벨이 울린다면, 아마도 그건 친구의 안부 전화거나 혹은 모르는 이의 협박 전화일 것이다. 우편함에는 출판사의 서신, 친구들의 편지와 함께 낯선 사람들이 보낸 욕설이 담겨 있다. 남편 멜빈이 출장을 떠날 때마다 그녀는 그가 무사히 집으로 돌아오지 못할까 봐 걱정했다. 아침에 남편이 집을 나선 후 절망감이 파고들 때면, 앨리스는 울음을 터뜨리기 시작했다.

"갑작스레 분열된 존재가 되는 것이 매우 힘들다는 것을 알게 되었다."[4] 앨리스는 엄마 노릇을 시작한 첫 해를 회고하며 이렇게 말했다. 스물여섯 살의 그녀는 이미 재능과 확신으로 가득 찬 등단 시인이자 소설가였다. 하지만 1969년 11월 딸 리베카가 태어나자 다시 예전의 자신을 떠올리게 되기까지 오랜 시간이 걸렸다. 아기가 태어난 그해에 그녀는 "아기의 비명 같은 울음소리가 담기지 않은" 것은 아무것도 쓰지 못한 것 같았다.[5]

20년 후 『컬러 퍼플』과 『내 동반자(Familiar)의 신전』을 통해 대담한 문학 명사가 된 앨리스는 많은 이들의 사랑을 받았고, 사람들은 그녀의 지혜와 기쁨을 보고 감탄을 금치 못했다. 알렉시스 드 보는 마흔다섯의 앨리스를 이렇게 묘사했다. "그녀는 방 안으로 걸어 들어가지 않는다. 여신처럼 빛나는 그녀는 미끄러져 들어간다. 역사의 지혜와 부족의 이야기를 품은 채 유혹적인 땅의 은총을 발산하고 있다."[6]

하지만 이러한 행복은 쉽게 얻어진 것이 아니었다. 1944년 2월 9일, 손태그와 로드보다 10년 늦게 태어난 앨리스는 급변하는 세상에서 자랐고, 더 빨리 그 변화를 받아들이느라 최선을 다했다. 로드가 조심스럽게 앞으로 발을 내딛으면서도 뒤를 돌아보아야 했다면, 앨리스는 녹록지 않은 어머니의 길을 가는 것을 결코 두려워하지 않았다.

1949년, 다섯 살의 앨리스는 남매들과 조지아주 이튼턴에서 박람회를 구경했다. 날이 어두워지자 집으로 돌아갈 채비를 하던 언니와 오빠들은 막내가 사라졌다는 사실을 깨닫고 패닉에 빠진다. 다 같이 박람회장 곳곳을 뒤지던 중 맏이가 고개를 들어 관람차 꼭대기에 혼자 있는 막내를 발견한다. 소녀는 백인 직원에게 티켓 없이 관람차를 태워달라고 졸랐고, 관람차에 올라 다리를 앞뒤로 흔들며 경치를 즐겼다.

앨리스는 한때 "누구에게도 사랑스럽지 말라."라고 썼지만, 어린 시절의 그녀는 모두의 사랑을 독차지했다. 일곱 명의 남매들은 그녀를 사랑했고, 어릴 적 친구 도리스 리드에 따르면 그녀는 "바위도 매혹시킬 수 있을 만큼 사랑스러웠다".[7] 앨리스가 한

때 조라 닐 허스턴에 대해 썼듯이, 그녀 역시 "온 우주에서 가장 자연스러운 자유 물질로 만들어진 존재"였다.[8] 그녀는 처음부터 자신의 삶의 주인공이 되기로 결심했고, 카뮈의 실존주의적 충고에 따라 살았다. "자유롭지 못한 세상을 다루는 유일한 방법은 당신의 존재 자체가 저항이 되도록 절대적으로 자유로워지는 것이다."

흑인 부모들은 충분한 지원을 받지 못하고 흑인 자녀들은 충분한 사랑을 받지 못했던 차별적 시대 및 지역에서 제약을 거부하는 것은 쉽게 고수할 수 있는 입장이 아니었다. 앨리스의 예민한 아버지 윌리 리 워커는 소작농으로 일하며 가족들을 무너진 오두막집에서 허름한 판잣집으로 데려갔고, 자신을 저지하기 위해 설계된 소작 시스템 속에서 승리하기 위해 투쟁했다. 앨리스의 어머니 미니 루 그랜트 워커 역시 지혜와 강인함을 지닌 여성이었지만, 이는 자식들을 향한 사랑이라기보다 인내심에 가까운 강점이었다. 많은 아프리카계 미국인 여성들처럼 유능하고 근면한 워커 부인에겐 강한 공동체 의식이 있었다. 그녀는 백인 가족을 위해 요리와 청소를 하는 동시에 가난한 자신의 가정에서도 모성애를 발휘하며 이중의 교대 근무를 수행했다. 아이들만 집에 남겨두고 일을 하러 다닌 엄마였지만, 앨리스는 감히 "불평 따위"를 할 수 없었다. "그럼에도 나는 모든 힘을 다해 엄마를 그리워했다."[9]

이튼턴의 흑인 거주 구역에는 앨리스로 하여금 자신의 존재를 인정하고 배움을 지속하도록 격려해주는 아더마더스(othermothers)의 긴밀한 공동체가 형성돼 있었다. 그녀는 "당신이 무언가를 하고 있다는 것을 **알아차리고** '맙소사, 대단해, 넌 달라, 그게 무엇이든.'이라고 말해주는 한 사람, 적어도 내가 누구인지 알아주는 한 사람만 있으면 충분했다."라고 회고했다.[10] 앨리스의 뛰어난 재능은 초등학교만 겨우 나온 자신의 부모님으로부터 그녀를 분리시켰다. "내가 가족 속으로 그냥 떨어진 것뿐이라는 생각을 하곤 했다. 누구에 의해, 무엇에 의해 그렇게 되었는지 몰랐기에 나는 너무 외로웠고, 이방인이 되지 않기 위해 글을 쓰기 시작했다."[11]

앨리스는 문화적으로 풍요로운 이튼턴의 흑인 공동체에 속하기를 좋아했지만, 때때로 그것이 또 다른 제약이 된다는 것을 깨달았다. 새로운 자신을 시도하며 뉴욕을 돌아다닌 오드리와 달리 앨리스에게는 갈 곳이 없었고, 그녀에게는 훨씬 적은 자유만이 허용되었다. 유년 시절 앨리스는 "개인주의적으로 행동하는 사람을 거의 보지 못했고, 그런 행동을 자기확인이라기보다 공동체에 대한 거부"로 이해했다.[12]

차이에 대한 그녀의 남다른 감각은 그녀가 여덟 살 때 겪은 두 번의 폭력에서 비롯되었다. 그녀는 비비탄 총을 가지고 놀던 두 오빠들과 함께 있다가 눈에 총알을 맞았고, 아버지는 충격과 고통 속에 쓰러져 있던 딸을 병원으로 데려갈 차를 구하기 위해 큰길로 걸어 나갔다. 백인 운전자 하나가 차를 세웠지만, 병원으로 데려가야 할 부상자가 흑인 소녀라는 말을 듣자 그대로 차를 몰고 떠났다.

가정 폭력과 인종주의적 폭력이라는 이중의 패턴은 앨리스의 세계에서 너무 흔했다. 그리고 그런 패턴이 흑인의 몸에 입히는 피해도 마찬가지로 흔했다. 앨리스는 현관에 누워 시야가 흐릿해지는 것을 느꼈다. 이 사고는 그녀의 "방황하는 눈"에 수년간 수줍음과 수치심을 가져다줄 하얀 흉터를 남겼다.

앨리스의 부모가 겨우 돈을 마련해 뒤늦게 찾아간 의사는 돈만 받고 아무것도 해줄 게 없다고 퉁명스럽게 말했다. 심지어 그 의사는 태평스럽게 한쪽 눈이 실명하면 다른 쪽 눈도 시력을 잃게 될 거라고 말했다. 이런 냉담함을 경험한 후로 앨리스는 의사를 불신하게 됐다. 새로운 학교에서 그녀가 놀림과 괴롭힘을 당하자 부모는 앨리스를 조부모 집으로 보냈는데, 그녀는 이런 결정을 한 아버지가 자신을 버렸다고 느꼈다. 앨리스는 걸핏하면 찾아오는 자살 충동을 막기 위해 이튼턴 주변 숲에서 아름다움과 고독을 추구하고 시를 읽고 썼다.

나중에 앨리스는 어린 딸의 말을 통해 치유를 찾았다. 아름다움에 관한 에세이에서 그녀는 자신이 그토록 강렬하게 인식하고 있던 상처를 세 살짜리 리베카가 처음으로 알아차려 주었다고 썼다. 리베카는 교육용 TV 프로그램인 「빅 블루 마블」을 보고 있었는데, 이 프로그램은 우주에서 본 지구 사진과 함께 시작되었다. 아이는 엄마를 바라보다가 이 사진과 비슷해 보이는 것을 발견하고 자세히 들여다보았다. "아이는 그 자그마한 두 손을 옴폭 모아 엄마가 아이에게 하듯 내 얼굴을 감싸 쥐었다. '엄마, 엄마 눈 속에는 **세계**가 들어 있어.'"[13]

앨리스는 딸이 자신의 상처를 완전하고 가치 있는 것으로 다시금 정의내린 것에 대해 큰 기쁨을 느꼈다. 동시에 딸의 손길을 묘사하면서 '엄마가 하듯'이라는 표현을 사용한 것은 자신의 부모가 자신에게 해줄 수 없었던 것을 리베카가 자신에게 해주기를 바란다는 무의식적 바람을 암시한다.

대학 2학년을 마치고 난 어느 여름날, 앨리스는 문자 그대로 위험을 무릅썼다. 1963년 워싱턴 시위를 구경하던 그녀는 마틴 루서 킹 주니어의 조지아 억양이 섞인 목소리가 미국의 수도에 울려 퍼지는 광경을 보기 위해 나무 위로 올라간 것이다. 오드리가 커피를 따르는 동안, 조지아의 붉은 토양에 대한 정의와 자유를 요구하는 마틴 루서 킹의 목소리가 "미시시피의 모든 언덕과 두둑, 모든 산 중턱에" 울려 퍼지는 소리를 듣던 앨리스는 영혼이 들뜨는 듯했다. 앨리스에게 그의 연설은 모든 시민의 권리와 함께 그녀의 고향인 남부를 그녀에게 되돌려주는 것처럼 느껴졌다.

1960년대가 되자 영국과 미국에서 앤절라 카터나 로나 세이지처럼 그간 고등교육에서 제외된 사람들에게 기회의 문이 열리기 시작했다. 그러나 미국 남부에서는 여전히 학교를 폐쇄적 공간으로 유지하고자 애쓰는 사람들이 많았다. 1961년 1월 앨리스는 거실 텔레비전을 통해 흑인 학생 해밀턴 홈스와 샬레인 헌터가 조지아 대학교에 도착하는 장면을 보았다. 이들의 입학에 반대한 1000명 이상의 조지아 백인들은 폭동을 일으켜 헌터의 기숙사 창문을 향해 벽돌과 병을 던졌다.[14] 열일곱 살의 앨리스는 육체적으로 그렇게 씩씩하지 않았는데, 무엇보다 그녀는 문제없는 나머지 한쪽 눈의 시력마저 잃게 될 것을 두려워했다. 하지만 그녀는 뉴스 속 흑인 학생들이 노래하고, 기도하고, 시민권을 위해 행진하는 것을 보고 흥분에 빠졌다. 그해 가을, 장학금을 받은 앨리스는 애틀랜타의 유서 깊은 흑인 여자 대학인 스펠먼 칼리지로 가는 버스에 올랐다.

그녀는 어머니가 가정부 월급으로 사준 타자기를 챙겼고, 버스가 떠나는 순간 모자를 손에 들고 길가에 선 채 자신을 배웅해주는 아버지를 보았다. 버스 뒤쪽으로 가라는♥ 운전기사의 말에 순순히 응했지만, 버스 뒷자리는 왜 그녀가 집을 떠나야만 했는지를 상기시켜주었다. 그 버스는 그녀를 집과 타지, 소속감

♥ 흑백분리와 인종차별을 위해 만들어진 짐 크로 법(Jim Crow Law)에는 시내버스 이용에 관한 사항까지 포함돼 있었다. 이에 따르면 백인은 앞좌석에, 흑인은 뒷좌석에만 앉을 수 있었다. 흑인은 앞문으로 승차해 차비만 낸 뒤 하차했다가 뒷문으로 다시 승차해야 했다.

과 변화, 사랑과 자유 사이에 흐르는 긴장의 장, 작가이자 젊은 엄마로서 자신을 새롭게 만들어가야 하는 곳으로 데려갔다.

스웨터에 스커트를 받쳐 입고 부풀린 머리를 한 채 대학에 입학한 앨리스는 앳된 얼굴의 학생이었고, 빠르게 친구를 사귀었다. 이웃의 남학교인 모어하우스 칼리지에도 앨리스의 숭배자들이 생겨났다. 하지만 그녀의 독립적인 정신은 신중한 스펠먼 칼리지의 집행부와 대립각을 세우게 되었다. 당시 스펠먼은 10년 전의 래드클리프보다 훨씬 더 편협한 성 역할을 고수하는 보수적인 교육기관이었다. 학교를 설립한 부유한 백인 후원자들에게 여전히 크게 의존하고 있던 스펠먼의 졸업생 명단에는 인상적 행보를 보인 여성들이 가득했지만, 학교의 주된 목적은 학생들로 하여금 인종차별적인 남부에서 중산층 가정을 꾸리도록 하는 것이었다. 앨리스가 입학하기 1년 전 스펠먼 칼리지를 졸업한 민권운동 변호사 메리언 라이트 에덜먼은 “모어하우스 출신 남성과 결혼해 가정을 꾸리는 것을 장려하고, 소란을 피우지 않는 얌전한 젊은 여성”을 양성하는 “안정된” 기관이었다고 모교를 회상했다.[15] 래드클리프와 마찬가지로 스펠먼에도 복장 규정과 통금시간, 일주일에 여섯 번에 달하는 의무 채플 수업, 게다가 잠들지 않고 시를 읽는 앨리스를 질책하는 “소등” 규칙이 있었다. 앨리스는 시민권을 위해 시위를 하던 학생들이 애틀랜타 경찰에 구타당하고 수감되는 동안 이런 제약을 받으며 지내느라 견디기 어려운 인지 부조화에 시달렸다.

스펠먼 칼리지는 집을 떠난 앨리스가 도달한 첫 번째 단계였고, 때 이른 결혼생활과 비슷하게 실제로 지켜줄 수 있는 것보다 더 많은 자유를 약속했다. 작가 지망생이었던 앨리스에게는 그녀의 과거를 보여줄 다른 흑인 작가들과 그녀의 미래를 향한 길을 가리켜줄 정치 사상가들이 필요했다. 하지만 스펠먼은 학생들을 헤밍웨이와 오스틴, 디킨스 쪽으로 몰았다. 앨리스는 톨스토이와 도리스 레싱을 사랑했지만, 오드리와 달리 키츠나 밀레이를 자기 작업에 녹여낼 수 있을 것 같지는 않았다. 앨리스는 프랑스어 수업을 좋아했지만, 미국 남부에서 자유롭게 살 수 있는 날이 오기 전에 해외에서 행복하게 지낼 수는 없다고 말하며 프랑스 유학 장학금을 거절했다.

자신을 조교로 고용해준 연상의 학교 관계자가 자신을 더듬고 괴롭히기 시작하자, 그녀는 통금시간이나 캠퍼스 주변의 높은 담장을 여성에게 강제되는 2등 시민의 징표로 인식했다. "아마도 이것이 내 안의 페미니즘이 탄생하게 된 여러 계기 중 하나일 것이다."[16] 그녀는 나중에 이렇게 회고했다. 결국 스펠먼은 그녀에게 "창문을 상상할 수는 있지만 창문을 열고 밖으로 나갈 엄두는 내지 못하게 했던 어떤 한계"로 여겨졌다.[17]

2학년 때 앨리스는 인근에 있는 애틀랜타 대학의 잔디밭에서서 학우인 존 루이스와 줄리언 본드의 시민권에 대한 연설을 듣고, 용기를 나누기 위해 손을 맞잡은 시위대와 함께 난생 처음 「우리는 승리하리라」를 불렀던 순간을 기억하고 있었다. 앨리스가 따르던 교수이자 그녀의 글을 칭찬해주던 젊은 좌파 역사학자 하워드 진은 시위대를 지지했고, 그해 여름 스펠먼 칼리지는 그를 해고했다. 앨리스는 그 소식을 듣자마자 그에게 편지를 썼고, 너무 화가 나서 겨우 편지를 끝낼 수 있었다고 말했다. 편지 말미에 그녀는 이렇게 덧붙였다. "'정신을 좀 차리고' 나면 다시 교수님께 편지를 쓸 수 있을 것 같습니다.(턱을 당겨 미소를 짓고, 당당하게 가슴을 펴고요!)"[18]

앨리스가 분노와 실망에 대처하는 하나의 방법은 그것을 밖으로 내보이는 것이 아니라 안으로 삼키는 것이었다. 앨리스 닐과 언뜻 비슷하면서도 조금은 달랐던 이런 태도는 모두의 기대를 저버리는 것이었다. 1963년 여름, 그녀는 보스턴에서 동생 빌의 가족과 함께 살며 조던마시 백화점에서 일했고, 북부 출신으로 모어하우스 대학에 온 백인 교환학생 데이비드 드모스와 만났다. 여름의 끝자락에 데이비드는 그녀와 함께 워싱턴 행진에 나갔고, 그 후 그녀는 그를 이튼턴으로 데려왔다. 그곳에서 그들은 손을 잡고 법원과 남부연합 기념관을 지나 함께 큰길을 걸어 내려감으로써 모두를 경악하게 했다. 워커 가족은 화가 났고, 앨리스의 친구들은 충격을 받았다. 빌 워커는 그때를 이렇게 회상했다. "마을 전체를 날려버릴 만한 큰 사건이었다. 이튼턴은 앨리스가 요구하는 자유와 수용을 흑인들에게 허락할 준비가 되어 있지 않았다. 그래서 앨리스는 그들의 얼굴에 자신의 요구를 문질러버린 듯하다."[19]

1963년 애틀랜타에서 어슐러 르 귄은 "들어가는 것 말고는 갈 곳이 아무 데도 없기 때문이다."라고 썼다. 선생들도 앨리스가 이렇게 "들어가" 있기를, 다시 말해 책 속에 파묻혀 지내며 말썽을 일으키지 않기를 바랐지만, 앨리스는 거부했다. 그해 겨울, 그녀는 오드리가 몹시도 가고 싶어했던 뉴욕 근교의 여자대학, 세라로런스 칼리지로 편입했다.

여기서 앨리스는 홀로 숙고하기 위해 다른 것들로부터 거리를 두기 시작했다. 세라로런스에서도 그녀는 예외적 존재이자 1월에 전학을 오면서도 겨울 코트조차 챙겨 오지 못한 추운 땅의 이방인이었다. 하지만 바로 그곳에서 그녀는 자신에게 필요한 것들을 발견했다. "내 마음대로 오가고, 천천히 책을 읽고, 나만의 길을 가고, 내 멋대로 입고, 내가 옳다고 생각하는 대로 사생활을 꾸릴 수 있는 자유."[20]

순수한 자유는 좀처럼 오래 지속되지 않는다. 엄마가 되면 더더욱 그렇다. 임신을 하게 되자, 앨리스의 자유는 일시적이지만 급격하게 위협받았다. 그녀는 케냐에서 자원봉사를 하며 4학년 여름을 보냈고, 우연히도 그곳에서 데이비드 드모스와 마주쳐 아주 즐거운 시간을 보냈다. 다시 학교로 돌아온 후 자신에게 무슨 일이 일어났는지 깨달았을 때, 앨리스는 허탈해졌다. 기숙사 방에 누워 잠을 이루지도, 일어나지도 못한 채 토하는 것 말고는 뭘 어떻게 해야 할지 몰랐다. 큰언니 마미(Mamie)는 전화로 그녀에게 "헤픈 년"이라고 했다. 아이를 가질 수 없었던 다른 언니 루스는 앨리스에게 아기를 달라고 간청했다. 데이비드는 청혼했다.[21] "나 아니면 그것"[22]이라고 느낀 앨리스는 자살 계획을 세우기 시작했다.

마침내 한 친구가 낙태 수술을 해줄 의사를 찾았다. 어퍼이스트사이드라는 소재지에 걸맞게 2000달러에 달하는 수술비를 지불해야 했다. 이에 앨리스의 친구들은 비상금을 헐어주었고, 데이비드도 돈을 보탰다. 그녀가 마취에서 깨어나자 함께 병원에 와주었던 백인 친구가 빨간 장미를 들고 그녀 곁에 서 있었다. 스물한 살의 앨리스는 이 친구가 자신의 존재를 되돌려주는 것 같은 기분이 들었다.

오드리와 마찬가지로 앨리스 역시 인생의 전환점이자 자신의 자긍심을 표명하는 선언으로서 낙태를 경험했다. 단편 「낙태」에서 낙태를 경험한 한 여대생은 이 사건에 "진정한 어른의 시간을 소환하며 독자적인 삶의 방향을 포착하는 모든 흔적"이 있다고 말한다.[23] 죽을 수도 있었지만 살아 있다는 상황은 앨리스에게 새로운 절박감과 사명감을 가져다주었다. 그녀는 그해 가을에 끊임없이 글을 썼다. 1966년 1월에 앨리스가 학교를 졸업하자, 스펠먼 재학 시절 거절한 유학 장학금을 제안했던 주식중개회사 상속인 찰스 메릴은 그녀가 글을 쓸 수 있도록 2000달러의 개인 장학금을 지급했다. 얼마 지나지 않아, 앨리스의 첫 번째 시집 출간이 결정됐다.

세라로런스 칼리지는 앨리스에게 자유를 주었지만, 그녀는

1967년 처음으로 발표한 사적인 에세이에서 인간성에 대한 동등하고 근본적인 믿음을 준 것은 민권운동이었다고 썼다. 백인들의 세상에서 투명인간으로 살아야 했던 부모의 모습은 그녀가 살아갈 미래가 아닐 것이다. 십대 시절 거실 TV에서 킹을 처음 본 이후 앨리스는 "내가 존재하게 되는 그 순간까지 싸우고, 발로 차고, 금식을 하고, 기도하고, 저주하고 울었다. 꼭 다시 태어난 것 같았다."[24]

시간과 지원의 올바른 균형은 결코(특히 결혼한 여성들이) 쉽게 얻을 수 없는 것이다. 하지만 앨리스는 이상적인 남자를 찾은 것 같았다. 1966년 여름 시민권을 위해 자원봉사를 하러 미시시피로 간 그녀는 그곳에서 멜 리벤텔을 만났다. 전미흑인지위향상협회(NAACP)의 법률 보호 기금 마련을 위한 그녀의 첫 임무 중 하나는 투표를 시도했다는 이유로 집에서 쫓겨난 사람들을 브루클린에서 온 유대인 법대생 멜과 함께 인터뷰하는 것이었다. 앨리스는 북부 출신의 백인 활동가들에게 회의적이었다. 아무렇지 않게 자행되는 수많은 인종차별을 처음 목격하고 충격을 받는 이들의 모습은 순진해 보이기까지 했다. 한편 그녀는 그가 귀엽다고 생각하기도 했다. 백인 주민들의 위협이 이어지자 그들은 안전을 위해 모텔 방을 함께 쓰기로 했고, 뇌우가 치자 멜은 침대 머리맡에 성경을 펴고 큰 소리로 「아가서」를 낭독했다.

앨리스의 정치적 열정과 문학에 대한 감정을 모두 공유한 멜은 그녀의 첫 애인이 되었다. 그녀는 그에게 자신의 첫 번째 책이 될 시를 보여줬다. 훗날 그가 말하길 "앨리스에게 반한 것은 그녀를 처음 본 날이었지만, 사랑에 빠진 것은 『한때』를 읽었을 때였다."[25] 그해 가을 그는 로스쿨을 마치기 위해 뉴욕으로 돌아갔고, 그녀는 워싱턴스퀘어에 있는 그의 작은 아파트로 가서 침대 커버로 덮인 테이블 위에 타자기를 놓았다. 멜은 이튼턴의 공공 수영장에서 쫓겨난 앨리스의 어린 시절을 보상하기라도 하듯 그녀에게 수영과 운전을 가르쳐줬다.

그들이 함께 있는 것을 본 친구들은 그들의 사랑이 앨리스의 글쓰기를 방해할까 봐 걱정했다. 멜의 확신에 찬 동료애 덕에 그녀는 어느 때보다 격렬하게 글을 쓸 수 있었다. 멜은 그녀의 작품을 비판하고, 또 칭찬했다. 그해 겨울 앨리스가 뉴햄프셔주의 맥도웰 작가 레지던시 입주자로 선정되자, 그는 그녀와 함께하기 위해 매주 차를 몰고 뉴햄프셔주로 올라왔다. 그녀의 작품 낭독회에 참석한 그는 "가장 빛나는 광채를 띠며" 청중석에 앉아 있었다. 앨리스는 이런 굳건한 신뢰를 받는 것은 처음이었다고 회고했다.[26]

1967년 봄 멜이 학교를 졸업하자, 두 사람은 함께 잭슨으로 돌아갔다. 하지만 앨리스는 멜의 여자친구, 즉 백인의 정부(情婦)로 사는 흑인 여자처럼 대접받고 싶지 않았다. 어쨌든 그들의 결혼은 인종차별에 대항하는 만족스러운 도전이 될 것이었다. 인종 간 결혼은 여전히 남부 전역에서 불법이었다.[27] 사랑과 의기양양함, 모험심과 가능성을 느낀 앨리스는 멜에게 청혼했고, 그는 승낙했다. 가정을 꾸리는 것에 대한 이야기도 나눴지만, 당분간은 두 사람으로만 이루어진, 선택된 공동체로 지내기로 했다.

커다란 선언은 작은 세상들을 뒤엎는다. 백인을 위협적인 존재로만 알았던 앨리스의 부모는 그녀를 걱정하며 두려워했고, 멜의 어머니는 다시는 아들을 보고 싶지 않다고 말했다.[28] 그럼에도 그들은 희망에 가득 차 잭슨으로 돌아갔고, 앨리스는 다시 남부 사람들 사이로 비집고 들어갈 준비가 되었다고 느꼈다. "첫 2년은 모든 게 내가 쓰던 시, 이야기, 소설, 에세이 속으로 열정적으로 녹아들던 시기였다. 남부에서 보낸 어린 시절 동안 이해되지 않았던 어떤 미스터리가 나를 껴안기 위해 끊임없이 모습을 드러냈다. 그렇게 나는 미시시피에서 어른이 되었다."[29]

앨리스는 잭슨 주립대학교에서 시인 마거릿 워커[30]가 담당한 아프리카계 미국 문학 강의를 청강했고, 그곳에서 문학적 조상인 진 투머, 랠프 엘리슨, 제임스 볼드윈을 발견했다. 얼마 지나지 않아 그녀는 웰즐리 칼리지에서 담당할 수업을 위해 흑인 여성 작가들을 찾아 나섰다. 그곳에서 그녀는 그웬돌린 브룩스의 『모드 마사』, 토니 모리슨이 1970년에 발표한 데뷔작 『가장 푸른 눈』을 비롯해 넬라 라슨, 앤 페트리, 폴 마셜의 작품을 가르쳤다. 앨리스는 사람들 기억에서 잊혀졌던 조라 닐 허스턴의 작품을 발굴해 많은 사람들에게 알리기도 했는데, 허스턴은 아프리카계 미국인들의 남부를 칭송하며 그들의 슬픔뿐 아니라 기쁨 역시 증언할 방법을 찾아 헤매던 앨리스에게 큰 영향을 주었다.

당시 잭슨은 인구 약 15만 명의 도시였고, 그중 3분의 1은 흑인이었다. 앨리스는 그곳에서 민권운동을 통해 자신의 공동체를 발견했고, 헤드스타트 프로그램♥에서 흑인 역사를 가르치며 공동체 활동에 꾸준히 관여했다. 그녀는 멜과 외출할 때면 쏟아지는 무례한 시선을 등지고 크게 부풀린 아프로 스타일의 머리를 한 채 사람들을 놀래키기를 즐겼다. 심지어 그와 함께 길을 걷거나 영화를 보러 가는 것조차 폭력에 대항하는 공개적 사랑의 시위이자 희망의 표현처럼 느꼈다.

아기를 갖기로 한 그들의 선택 역시 사랑에서 비롯되었지만, 2년 뒤 딸 리베카가 생기자 앨리스의 기분은 완전히 바뀌었다. 앨리스가 잭슨에 도착한 지 1년이 되던 1968년 4월 4일, 마틴 루서 킹 주니어가 39세의 나이로 살해당했다. 오드리는 듀크 엘링턴과 투갈루 합창단의 자선 콘서트가 열리던 뉴욕 카네기 홀에서 그 소식을 들었다. 객석과 무대에 있던 모두가 눈물을 흘렸다. 잭슨에 머물던 임신 초기의 앨리스는 "내 세상의 마지막

♥ 취학 전 빈곤아동을 대상으로 하는 보육 프로그램. 언어, 보건, 정서 등 다방면에 걸친 포괄적 서비스를 제공해 빈곤의 악순환을 끊겠다는 취지로 만들어졌다. 1964년 존슨 행정부에서 시작할 당시에는 빈곤에 대한 '예방접종'의 성격이 있었다.

빛이 꺼진 듯한" 기분을 느꼈다.[31] 그녀는 멜과 함께 애틀랜타로 가서 킹의 장례 행렬에 동참했고, 1주 뒤 유산을 하자 그녀의 분노와 절망은 완전해졌다. "나는 신경조차 쓰지 않았다. 킹이 죽음을 맞아야만 하는 세상이라면 아무도 살 자격이 없다고 생각했다. 심지어 내 아이조차도."[32]

앨리스는 다시 임신을 위해 노력하면서 한 해의 대부분을 보냈다. 동시에 자신의 감정을 억제하기 위해 글을 썼다. 킹의 암살은 그녀에게 비폭력 저항의 가치에 의문을 갖게 했다. "글을 쓰지 않을 때면, 나는 폭탄을 만들어서 던질 생각을 했다. 총을 쏴대는 인종주의자들을 향해서. 그렇게 나 자신을 없애버리려 했던 것이다."[33] 엄마가 되고 싶은 마음만으로 아기를 바란 것은 아니었다. 그녀는 간절히 아기를 원했는데, 그래야 멜이 베트남전 징집을 피할 수 있었기 때문이다. 그녀는 그러면서도 자신의 글이 살아남지 못할까 봐 걱정하기도 했다. "임신과 출산으로 인해 압도당하거나 부러져버릴까 봐 두려웠다. 아이를 돌보느라 글의 질이 떨어지고, 아이를 가져서 더 이상 좋은 글이 나올 수 없을 거라 생각했다."[34]

마침내 임신에 성공한 앨리스는 메스꺼움과 우울증으로 비참하게 고통받았다. 멜은 그녀를 위한 멕시코 여행 경비를 마련하기 위해 빨간색 폭스바겐 비틀을 팔았지만, 그의 기대와 달리 멕시코 여행은 그녀를 달래주지 못했다. 임신과 출산의 경험, 다시 말해 몸이 통제할 수 없는 일에 대한 체험, 바람과 염려를 무시하는 의료진, 온갖 모욕과 두려움 등은 어렵게 얻은 자율성을 향한 위협처럼 느껴질 수 있다. 이런 심리적 위협은 분만 사흘 전 앨리스가 첫 소설 원고를 끝내는 데 도움이 되었다.

앨리스의 소설 데뷔작 『그레인지 코플랜드의 세 번째 인생』에 나오는 출산과 육아에 대한 암울한 시각은 이런 걱정이 반영된 것으로 보인다. 임신은 또한 자신의 원가족을 돌아보는 시간이 될 수 있다. 누가 나를 키웠나? 내 삶을 강타하는 변화에서 살아남을 수 있도록 그들이 내게 준 선물은 무엇인가? 『그레인지 코플랜드의 세 번째 인생』은 부모 세대의 조지아 농촌을 억압과 빈곤, 가정폭력이 어우러져 어머니들을 취약하게 만드는 시공간으로 묘사한다.

이 소설은 부분적으로 앨리스가 어린 시절에 겪은 또 다른 폭력의 장면에서 발전했다. 앨리스의 언니 루스는 십대였던 앨리스를 자신이 일하는 장례식장에 데려가 남편이 쏜 총에 맞아 죽은 여성의 시신을 보여줬다. 학교 친구의 어머니였던 그 여성은 열심히 일하고 고통받았던 "강인한" 흑인 여성이었다. 그리고 지금 그녀는 산산조각 난 얼굴을 한 채 탁자 위에 누워 있다. 그녀의 얼굴을 차마 쳐다볼 수 없었던 앨리스는 낡아 빠진 밑창을 신문지로 때워 넣은 여자의 망가진 신발만 계속 쳐다보았다.[35]

소설의 주인공은 소작 제도에 의해 노동을 착취당하며 자의식이 침식된다. 땅주인을 두려워하는 이 소작농은 좌절과 수치에 사로잡힌 채 아내와 아이에 대한 감정을 분출한 다음, 북으로 향하는 절망적인 여정에서 처자식을 버린다. 버려진 아내는 자살을 택하고, 버려진 아들은 자라서 그의 아버지처럼 냉혹한 남자가 된다. 워커는 남성들의 폭력과 억압이 어떻게 절망에서 기인하는지를 보여주지만, 그들이 비열함을 쏟아내는 표적이 여성과 아이들이라는 사실도 분명히 드러내며 모성을 치명적 함정으로 묘사한다.

선택되지 않은 모성은 앨리스가 『컬러 퍼플』을 포함한 초기 소설 세 편에서 공통적으로 다룬 주제이다. 그레인지의 아들 브라운필드 코플랜드는 멤이라는 여성과 모욕적인 결혼을 하게 되는데, 임신은 그가 그녀의 자존심을 무너뜨리기 위해 사용하는 도구이다.

> 임신 초기의 아침 입덧은 좋은 징조였다. 그녀의 몸은 그가 할 수 없는 일들을 그녀에게 시킬 것이다. 그녀는 속이 메슥거리고, 이빨과 발이 쑤시고, 다리가 붓고, 정맥과 머리가 터져서, 혹은 갇혀버린 자신의 암울하고 아찔한 현실과 아이들의 절망 때문에 그에게 저항할 수 없었다. 그는 그녀가 전에 짐작조차 하지 못했던 수준으로 그녀를 다시 비참하게 만들었다.[36]

또 다른 장면에서는 물에 빠진 임신한 백인 여성이 그레인지가 내민 갈색 손을 거부하고 익사하는 이야기가 등장한다. "그녀의 부른 배는 그녀 자신의 무덤"이었다.[37]

브라운필드가 멤을 죽이긴 했지만, 앨리스는 여전히 희망적으로 소설을 마무리한다. 브라운필드와 멤의 딸 루스는 자신의 행동에 책임을 지기 위해 집으로 돌아온 현명한 그레인지 코플랜드에게 구조돼 길러진다. 자신의 '세 번째 인생'에서 루스를 돌보는 것은 그레인지가 "무감각"에서 스스로 깨어나도록 돕는다.[38] 루스는 비폭력에 대한 헌신과 함께 민권운동에서 삶의 목적을 찾는다. 엄마가 된 루스는 이제 안전할 것이라는 희망을 느낄 수 있는데, 그녀가 영혼을 공격하는 인종주의에 저항하도록 해줄 자기애를 배우고 있기 때문이다.

낙태 후 새로운 삶이 그랬던 것처럼 엄마로서의 삶도 붉은 장미와 함께 시작되었다. 리베카가 태어난 후 멜이 병실로 거대한 장미 꽃다발을 가져온 것이다. 인종주의를 철폐한 지 얼마 되지 않은 병원의 의료진들은 멜의 선물을 보고 크게 놀랐다. 1969년 미시시피주 잭슨에서 흑인 여성과 자식을 가진 백인 남성은 멜 외에 더 있을지도 모르지만, 아마 멜처럼 꽃다발을 품에 안고 기쁨에 겨워 활짝 웃지는 않았을 것이다.

다른 상황이었다면 앨리스는 기꺼이 입장 표명을 했을지도 모른다. 그러나 그녀의 진통은 무시무시했다. 훗날 앨리스는 그곳에서 "각자 자신의 내밀한 지옥에 떨어져 복도를 비명으로 채우던" 많은 흑인 여성들을 기억했다.[39] 백인 여성이었던 산부인과 담당의는 "냉정하고 퉁명스럽게"[40] 행동했는데, 분명 아기가 태어나는 순간을 함께하기 위해 뉴올리언스에서 재판을 하다가 집으로 달려온 백인 남성과 앨리스의 결혼을 못마땅하게 여긴 것이 틀림없었다.

앨리스는 딸 리베카를 보고 황홀해했다. 아기의 눈은 낯선 이가 아니라 "우리가 우연히 머물게 된 방으로 돌아온 오래된 지인"의 눈 같았다.[41] 하지만 그녀는 책과 아기를 모두 가질 수 있을지 여전히 고민했다. "아기 주위에 웅크린 채 사랑보다 더 많은 분노와 보호 본능을 느끼며" 그녀가 필요로 했던 것은 "그 경험을 믿을 수 있는 용기"였으며 그녀는 "엄마 작가의 삶은 더 위대하거나 더 보잘것없는 삶이라기보다 단순히 다르거나 독특한 삶일지도 모른다."라는 결론을 내렸다.[42]

2013년 프라티바 파르마가 연출한 다큐멘터리에서 앨리스는 "나는 엄마가 되는 것이 좋았다. 우리가 얼마나 아기를 사랑하는지에 대해 멜과 나는 매우 기분 좋게 놀랐다. 리베카에게 완벽하게 헌신하는 첫 해를 보냈다."[43] 그럼에도 자신을 잃어버리고 있다는 느낌을 주지 않는 모성의 정체성을 형성하기란 앨리스에게 여전히 어려웠던 것 같다. 그녀의 어머니가 했던 일은 그녀의 일과 같지 않았고, 그렇다고 전통적인 중산층 주부 모델을 따를 수도 없었다. 맞벌이를 하는 두 사람의 지적인 결혼, 둘 모두의 욕구를 충족시키는 결혼, 글 쓰는 여자의 결혼이라는 것은 미시시피에서 시기상조였다. 워커 부인은 딸에게 공감할 수 없었다. 어떻게 아기 하나가 엄마에게 방해가 된다는 거지? 앨리스의 흑인 이웃들 역시 그녀를 못마땅하게 여겼다. 그들은 집 밖에서 일하는 엄마는 이해할 수 있었지만, 책상 앞에 앉기 위해 베이비시터가 필요한 엄마는 이해할 수 없었다. 멜은 "인종주의와 무지라는 용들을 처단하기 위해" 일터로 나갔고,[44] 앨리스가 홀로 히말라야를 등반하도록 내버려두었다.

새롭게 아버지가 된 이들 또한 그들의 정체성을 찾아 나서는데, 때때로 그들의 선택은 자신들을 돌봄으로부터 멀어지게 한다. 멜은 아내와 딸을 대신해 두 배로 민권운동에 헌신하기 시작했고, 종종 중요한 사건들을 맡아 밤늦게까지 일했다. 앨리스는 외로웠다. 그리고 그의 관심을 원한다는 사실에 죄책감도 느꼈다. 그녀는 고독과 교제의 적절한 배합 비율을 알지 못했다.(당시에는 고독과 교제 둘 다 너무 부족했다.) 초보 엄마를 엄습한 상대적 고립감과 이동의 제약은 앨리스에게 밀실 공포를 가져다줬을 뿐만 아니라 "프로젝트와 작품들 사이에 외롭게 감금"되었다는 생각이 들게 했다.[45] "침묵을 향한 비명으로 가득 찬 날들"이 이어지는 것 같았다. 문제는 다른 사람들이 멜을 필요로 한다는 것이었다. "어떻게 나보다 더 그가 필요하다고 말할 수 있지?"[46]

만약 멜이 육아에 대해 더 많은 것을 앨리스와 공유했다면, 그녀는 고립감을 덜 느꼈을지도 모른다. 만약 미국이 덜 인종주의적이었다면, 그녀는 우울감을 덜 느꼈을지도 모른다. 그녀는 "'타인'에 대한 충성심과 나 자신에 대한 충성심 사이에서 해묵은 갈등이 다시 불거지고 있음을 느꼈다."[47]

맨 처음 장미꽃이 있었다. 하지만 장미꽃이 아무리 많아도 충분하다고 느낄 수 없는 상황이었다.

갓난아기의 엄마는 전에 없던 방식으로 그녀의 몸과 만난다. 강력하게 새로 만들어진 동시에 새로운 위험에 처한 몸과 더불어, 자신이나 아이의 편이 될 수 없는 사회 질서를 마주한다. 카뮈는 사회적 억압에 대한 대응은 개인의 자유라고 말했지만, 어떻게 부모가 "절대적으로 자유로워질 수 있겠는가?" 모성애에 대한 획기적이리만치 솔직한 에세이로 여러 차례 재수록되기도 한 「자기만의 **한** 아이」에서 앨리스는 솔직한 태도로 이 갈등을 다룬다. 그녀는 어머니로서의 기쁨과 자부심에 대해, "삶에서 매우 의미있는(누군가는 **불가피하다고** 표현할 수도 있는) 탈선"을 하는 쾌감에 대해 쓰고 있다. 그녀는 또한 "아이들이 행복해질 준비가 되지 않은" 사회, 그녀 또는 그녀 아이의 가치를 인정해주지 않는 사회가 내보이는 모성에 대한 강렬한 양면성을 중요하게 지적한다.[48]

아이가 있는 여성은 임신, 출산, 육아와 관련해 자신을 함부로 판단하거나 무시한 적이 있는 사람, 혹은 꼭 필요한 도움을 거절한 사람에 대해 특별한 원한을 간직한다. 「자기만의 **한** 아이」에는 두 살배기 아기와 함께 북부의 낯선 도시에서 끙끙 앓던 앨리스가 외롭고 비참한 기분으로 친구가 소개해준 저명한 소아과 의사에게 전화를 걸었던 일화가 등장한다. 친구가 알려 준 번호는 의사의 자택 전화번호였고, 의사는 앨리스의 전화에 무례하게 응대한다. 다음 날 진료실을 찾은 앨리스에게 의사는 냉담한 태도를 보인다. 과거의 경험은 그녀로 하여금 의사에 대한 불신을 심어주었고, 자신의 고통에 무관심한 백인 의사가 보여준 인종주의적 태도에 그녀는 격분했다. 자신뿐 아니라 아기의 필요까지 겹쳐 있어 인종주의에 두 배로 취약해져 있었기 때문이다.

여기에 더해 앨리스는 흑인 여성들의 관심사와 필요에 눈감는 백인 페미니스트들이나 정치적으로 페미니즘의 자리를 부정하는 흑인 민족주의자들과의 연대를 추구한 것이 얼마나 헛되었는지에 대해서도 언급한다. 서둘러 둘째를 낳으라는 어머니의 조언도 마음이 아프다. 마치 모성 수호 경찰의 방문 같은 느낌이다.(에세이의 제목은 엄마의 조언에 대한 앨리스의 대답이기도 하다.[49]) 「자기만의 **한** 아이」는 교차성에 대한 선언이기도 하다. 유색인종 여성에게 가족과 자기 자신을 보살필 만한 자원을 허락하지 않는, 모성의 세계에서 마주하는 억압을 고발한다.

"짓밟히지 않고 꽃피우는 나의 존재를 거부하는 이 세상에서 내 아이의 삶을 긍정하고, 이런 긍정을 통해 내 자신에 대한 근본적인 수용과 확신을 추구하기 위해 나는 수많은 갈등과 투쟁을 감내해야 했고, 가끔은 처절히 패배하기도 했습니다."[50] 충분한 자원이 있다면, 돌봄은 창조적인 삶의 격렬함으로부터 벗어난 피난처가 될 수도 있다. 하지만 앨리스에게는 창조적인 삶이 피난처**였다.** 글쓰기는 그녀의 저항 행위이자 치유 수단이었다. 돌봄이 글쓰기를 방해한다면, 그녀는 어떻게 해야 할 것인가?

앨리스는 딸과의 관계를 통해 필요한 확신을 찾았고, 자신은 리베카의 어머니가 아니라 동지라고 주장했다. 리베카가 아홉 살이었을 때 쓴 「자기만의 **한** 아이」에서 그녀는 자랑스럽게 썼다. "아이와 저, 우리는 함께입니다. 우리는 엄마와 아이입니다. 하지만 사실 우리는 우리의 온 존재를 부정하는 모든 것에 저항하는 **자매**입니다."[51]

미시시피에 오래 머물수록 앨리스는 더 우울해졌다. 리베카가 태어난 해인 1970년, 켄트주에서 총격 사건이 일어난 직후인 5월에, 시위대를 향해 발포한 경찰에 의해 잭슨 주립대학교 재학생 두 명이 사망하고 열두 명이 부상을 입었다. 앨리스가 마거릿 워커에게 수업을 듣던 학교의 학생들이었다. 잭슨 시절에 대해 앨리스는 훗날 이렇게 썼다. "(나를 포함해) 모든 운동가들은, 자신의 생명, 원칙, 혹은 아이들을 위험에 빠뜨릴 수밖에 없었고, 그래서 타격을 입곤 했다."[52] 자신의 고민 위에 감정노동이라는 추가 부담을 짊어지고 종종 다른 사람들에게 위로와 위안을 건네주는 이들은 흑인 여성들이었다.

평화롭고 포용적인 민권운동이 전투적인 블랙파워 운동에게 자리를 내주면서 앨리스는 당시 "올바른" 생각이라고 불렸던 것에 순응해야 한다는 거센 압박을 느꼈다. 독창성은 사람들을 화나게 한다. 심지어 교차적 성격이 담긴 독창성은 온갖 이유에서 사람들을 화나게 하는 것처럼 보인다. 혹독한 시기를 보내던 오드리 로드는 이렇게 말했다. "진공 상태에서 일하면서 아이들을 키우는 것 같다는 느낌을 자주 받았고, 모든 것이 내 자신의 잘못이라고 느꼈다. 내 다양한 정체성 중 하나를 부정하거나 선택하지 않는다면 내 일과 흑인다움은 용납될 수 없었을 것이다."[53]

앨리스 역시 공동체로부터 소외감을 느꼈는데, 특히 그녀가 속한 모든 공동체가 그녀의 가장 가까운 동지인 남편을 문제 삼는 것처럼 보였기 때문이다. 그녀의 결혼생활 초기에도 앨리스의 친구 일부는 그녀가 "흑인 남성을 거절했다"거나[54] 적과의 동침을 선택했다며 비난했다. 이제 모든 블랙파워 운동이 그녀의 결혼을 반대하는 것처럼 보였다. 블랙아트 운동에 속해 있던 시인 니키 조반니는 리베카 또래인 어린 아들을 데리고 앨리스와 멜을 만나기 위해 잭슨을 방문했다. 조반니는 생산적인 엄마 작가 연대를 제안하기는커녕 어떻게 죽이고 싶은 사람과 잠자리에 들 수 있는지 따져 물으며 앨리스에게 상처를 주었다.[55]

멜은 자신의 존재가 청중을 얼어붙게 한다는 것을 깨닫고 앨리스의 낭독회에 더 이상 참석하지 않았다. 준 조던에 따르면

1970년 세라로런스 칼리지에서 앨리스를 연사로 초대했을 때, 흑인 학생 단체는 행사 전체를 보이콧하겠다는 입장을 표명했다. 언제나처럼 앨리스는 사람들의 예상에서 빗나가는 반응을 보였다. 앨리스는 세라로런스에서 교편을 잡고 있던 조던의 전투적이고 시크한 차림(커다랗게 부풀린 아프로 스타일 머리, 트렌치코트, 부츠, 밤낮으로 끼고 있던 어두운 선글라스)과 대비되는 "멋지고 평범하며 수수한 원피스"를 입고 연설을 했다.[56] 그녀는 청중들에게 화를 잘 내는 것이 중요하다고 부드러운 어조로 충고했다. 2년 후, 그녀는 다른 단체의 학생들에게 "당신에게 침묵을 요구하는 사람은 당신 편이 아니다."라고 말해줬다.[57]

곧 앨리스는 한 여성운동가에 대해 민권운동이 끼친 정신적 피해에 대한 새로운 소설인 『메리디언』을 쓰기 시작했다. 어떤 현명한 페미니스트는 변화change는 시간이 걸리지 않지만 저항resistance은 시간이 걸린다고 이야기한 바 있다.[58] 앨리스는 서서히 투쟁에 지쳐가기 시작했다. 그녀는 자신이 충분히 잘할 수 없는 것을 싫어했다. 흑인의 경험에 대해 생각하고 글을 쓰는 데 깊이 전념하면서 "인종의 감옥에 갇혀 있는 것에 지쳤다. 모든 것의 중심에 인종 문제가 놓여 있는 상황이 너무 지겹다. 내 정신은 인종이라는 조건만으로 제한되거나 정의되는 것을 거부한다."라고 썼다.[59]

도리스 레싱은 회고록에서 만약 자신이 차별적이었던 솔즈베리에서 첫 번째 결혼생활을 계속했다면 예전 상태 그대로 살았을지도 모른다고 추측하며 이렇게 말했다. "나는 살아남지 못했을 것이다. 신경쇠약이 내가 받았을 고통 중 가장 사소한 것이었겠지. 몇 년 동안이나 내 스스로와 대립하며 나 자신이 속한 세계를 증오하며 살아야 했을 것이다."[60] 앨리스 역시 잭슨에 대해 비슷하게 생각하기 시작했다. 그녀는 1971년 여름 친구에게 보내는 편지에서 멜이 계속 잭슨에 머물고 싶어한다고 썼다. "하지만 내가 하고 싶은 일을 하지 못하면서 계속 여기에 있어야 한다면 나는 아마 얇은 입술을 한 불만투성이 여편네가 돼버릴 거야."[61] 1971년 9월, 그녀는 마지못해 멜을 남겨둔 채 래드클리프의 연구 장학금을 받아 리베카와 함께 케임브리지에서 1년을 보냈다.

1년으로 예정되었던 장학 프로그램은 한 해 더 연장되었고, 더 많은 재정적 지원, 줄어든 스트레스, 더 많은 창의적인 커뮤니티와 에이전시와의 교류, 풍부한 돌봄 서비스 덕에 앨리스의 커리어는 말 그대로 활짝 피어났다. 1970년대 초반 흑인 여성의 예술 활동과 글쓰기가 활발하게 이루어지기 시작했고, 얼마 지나지 않아 앨리스는 흑인 경험에 기반을 둔 교차적 페미니즘인 '우머니즘'을 주창하게 된다.

앨리스는 래드클리프에서의 시간 중 일부를 흑인 여성들의 글을 탐구하고 가르치는 데 썼다. 그녀는 1974년에 출간될 『혁명하는 페튜니아』에 수록될 시를 썼고, 1973년에 발표할 두 번째 소설 『사랑과 고뇌』의 단초가 될 단편들을 썼다. 어머니의 정원에 있던 꽃들의 아름다움을 통해 자신이 물려받은 개별 흑인 여성의 예술적 유산을 주창한 에세이 『우리 어머니들의 정원을 찾아서』에 대한 강연 역시 1973년 래드클리프 대학에서 진행됐다.

당시 객석에 앉아 있던 잡지 편집자 마르시아 앤 길레스피는 전기 작가 에블린 C. 화이트에게 이렇게 말했다. "앨리스는 모든 조상을 소환해 그동안 흑인 여성들이 이루지 못한 것에 대해 우리가 집단적 애도를 할 수 있게 해준 것 같았다. 앨리스의 강연이 끝날 무렵, 방 여기저기에서 우리의 자매들이 흐느끼는 소리를 들을 수 있었다."[62] 하지만 앨리스의 어머니 미니 루 워커가 그녀의 재능을 활용할 만한 기회를 가지지 못했던 것은 일부분 그녀의 아이들 때문이었는데, 이것이 앨리스가 모성에 대해 느낀 또 다른 복잡한 면모이다. 앨리스는 단편 「매일의 쓸모」에서 교육을 받기 위해 집을 떠나 어머니의 전통과 단절되는 한 여성에 대해 썼다. 문화적으로는 풍요로웠으나 지적인 분위기는 아니었던 가정에서 나고 자란 워커와 카터 모두 자기변신은 이득만큼 손실도 가져온다는 것을 알게 되었다.

1974년, 래드클리프 대학을 떠나 미시시피로 잠시 돌아온 앨리스에게 글로리아 스타이넘은 잡지 《미즈》에서 소설과 시를 편집해달라고 부탁했다. 앨리스는 멜을 설득해 뉴욕으로 이주하도록 했다. 뉴욕에서 그녀는 동료 작가들과 함께하는 공동체를 찾았다. 앨리스가 뉴욕에 도착하기 직전에 『혁명하는 페튜니아』는 전미도서상 시 부문 후보에 올랐다. 최종 후보 열한 명에는 에이드리언 리치와 오드리 로드를 포함한 여성 작가가 세 명 더 있었다. 네 명 중 수상이 가장 유력했던 리치는 다른 후보들에게 전화를 걸어 그들 중 한 명이 상을 받는다면 모두가 공동으로 상을 받아야 하지 않겠냐고 제안했다. 오드리와 앨리스는 동의했지만, 엘리너 러먼은 반대했다. 4월 18일, 전미문학상은 앨런 긴즈버그와 『난파선 속으로 잠수하기』를 쓴 리치에게 공동으로 수여됐다. 워커는 시상식 자리에 함께하지 않았지만, 리치와 로드는 함께 무대에 올랐다. 리치는 세 사람이 함께 쓴 "가부장적 경쟁의 조건을 거부"하고 "목소리를 잃어버려 여전히 들리지 않는 모든 여성의 이름으로" 상을 수락한다는 강력한 성명을 낭독했다.[63]

워커는 "아직까지 나는 이것이 우리 모두의 승리를 의미한다고 느낀다."라고 썼다.[64]

《미즈》에서도 앨리스는 민감한 행보를 택했다. 1975년 그녀는 앤 앨런 쇼클리의 인종 간 레즈비언 관계에 대한 소설인 『러빙 허』에 대해 호의적 서평을 썼다. 일부 주류 페미니스트, 그중에서도 가장 악명 높았던 베티 프리던은 레즈비언을 위협적 존재로 보았다. 앨리스가 공개적으로 양성애자임을 드러내기까지 앞으로 15년이 더 걸릴 것이지만, 이미 그녀는 흑인 레즈비언들을 위해 커져가는 자신의 영향력을 발휘하고 있었다.

멜은 앨리스의 창조적 파트너였고, 그녀를 이해해주는 남자였다. 이제 앨리스는 여성들 사이에서 연대와 이해를 찾았다. 십대 아들을 둔 뉴욕의 미혼모 준 조던과 앨리스는 브루클린에 있는 조던의 집에서 비공식적으로 만났던 작가들의 후원회를 조직했다. 그들은 스스로를 '자매들'이라 불렀다. 이 모임에는 토니 모리슨, 극작가 엔토자케 샹게, 음식 작가 버타 메이 그로즈베너 등이 함께했다. 1985년, 모리슨은 지난 시절을 돌이켜보며 흑인 여성 공동체를 찬양했다.

> 우리 중 얼마나 많은 사람이 구타를 당하고, 또 얼마나 많은 사람이 투사가 되었는가. 나는 우리의 발끝을 갈아치운 진보에 주목한다. 나는 우리가 의미를 부여한 새로운 형태의 개인적 관계를 살핀다. 당신이 "아니오" 또는 "예", 또는 "이도 저도 아닌 것"이라고 말할 때 당신은 스스로 변하고 있다. 당신 곁에는 당신처럼 훌륭한 동지들이 있다.[65]

"당신처럼"이라는 표현에 의문을 표했을지도 모르지만, 여성 공동체를 구현케 해준 동시에 가까운 관계에서 선을 그을 수 있는 용기를 전해준 새로운 페미니즘에 대한 앨리스의 이해는 진심이었다. 『그레인지 코플랜드』에서 여성들 간의 연대는 크게 강조되지 않았지만, 몇 년 후 『컬러 퍼플』의 주요 주제가 될 것이었다.

오드리는 "나 자신을 돌보는 것은 방종이 아니라 자기보호이자 정치적 전투 행위"라고 주장했다.[66] 1970년대만 하더라도 '교차성', '자기 돌봄', '감정노동' 같은 단어는 아직 만들어지지 않았지만, 이 세 가지 모두 앨리스가 1976년에 출간한 강렬한 분위기의 두 번째 소설 『메리디언』의 주제다. 레싱의 소설 『마사 퀘스트』처럼 메리디언은 투쟁 활동을 통해 자신을 정의하는 한 여성의 정치적 각성을 다룬다. 『금색 공책』과 마찬가지로 정치적 변화와 개인적 변화의 관계에 대해 고민하는 여성, 하나의 운동이 무너질 때 조직원들에게 일어나는 일을 살핀다.

십대의 메리디언 힐은 마사 퀘스트와 같이 임신과 결혼을 겪으며 잠의 상태에 빠져 있었지만, 모성이 자신의 어머니를 삼켜버린 것처럼 "자신의 새로운 자아를 산산조각 낼 것"이 두려워 남편과 아들을 떠난다.[67] 모성을 사적이고 심리적인 문제로 보는 마사와 달리, 메리디언은 자신의 인종적 역사의 맥락에서 모성을 바라본다. 메리디언은 사회 제도가 흑인 여성들에게 "어머니와 아이를 위한다는 미명하에 항상 강요해온 공포와 좁은 시야"를 거부하겠다고 말한다.[68] 하지만 동시에 그녀는 자식들을 기르고 키울 권리를 헛되이 갈망해온 노예 여성 세대들을 배신하는 것처럼 느낀다. 죄책감에 시달리는 그녀는 자기희생적인 어머니를 두고 "모성의 역사에 걸맞은 가치 있는 존재이지만, 스스로를 선례도, 다른 구성원도 없는 그저 그런 소수자에 속한다고 여기는 존재"라고 말한다.[69]

모성애에서 벗어나는 여정에서 그녀는 마취 없이 낙태를 하고, 의사가 섹스를 대가로 난관결찰술을 제안하자 분노와 괴로움으로 "내 신경을 곤두서게 하는 모든 것을 뿌리째 태워버리"라고 답한다.[70] 마치 자신의 모성이 더 관대해질 때까지 모성에 대한 모든 생각을 거부하는 것 같다. 이후 메리디언의 연인이었던 트루먼은 그녀의 백인 친구 린과 결혼을 선택하지만, 인종 간 결혼에 가해지는 비난에 대한 위안을 얻기 위해 다시 메리디언에게 돌아온다. 트루먼이 메리디언에게 린의 편을 든다고 비난하자, 그녀는 이렇게 소리친다. "린의 편을 든다고? 이미 모두가 그 애 편인데? 나는 내 편을 들려고 노력하는 거야. 내 편은 어디에 **있지**?"[71]

『메리디언』은 대의명분을 위해 모든 에너지를 쏟고, 고칠 수 없을 것 같은 많은 불의를 목격하고, 흑인 남성이나 백인 여성 모두와 연대할 수 없었던 흑인 여성운동가들이 지불한 육체와 영혼의 대가에 대해 다룬다. 클라이맥스 장면에서 메리디언은 저수지에서 익사한 다섯 살 소년의 시신을 들고 시청으로 가서, 부패한 그의 시신을 시장 책상 위에 눕힌다. 이것은 모성에서 우러난 일이지만, 혼자 남은 그녀는 생존자의 죄책감으로 비틀거린다. 대의에 대한 헌신은 여성이 겪어야 하는 또 다른 여성적 자기희생이 될 수 있다. 확실히 앨리스는 소설을 쓰면서 내면의 감정들과 씨름하고 있었다. "그녀는 삶을 경외했다. 삶은 (기왕이면 자신의 죽음이 **아닌** 다른 이의) 죽음을 걸고 끝까지 싸울지언정

아주 작은 조각도 포기하지 **않고** 계속 이어졌기 때문이다."[72]라고 마무리되는 『메리디언』은 앨리스 스스로를 위한 작업이었다.

『메리디언』은 흑인의 고통뿐 아니라 기쁨을 중요하게 드러낸다는 점에서 앨리스의 세 번째 소설 『컬러 퍼플』을 위한 길을 닦는 데 도움을 주었다. 하지만 메리디언처럼 그녀도 결국 혼자였다. 뉴욕 정착 초기 멜과 앨리스는 브루클린에 있는 허름한 집에서 딸에게 성별 구분이 없는 조립식 장난감인 '이렉터(Erector)' 세트와 책을 함께 건네며 딸이 원하는 무엇이든 될 수 있도록 격려하는 세련된 젊은 부부였다. 하지만 시간과 관심에 굶주렸던 그들의 결혼은 1976년에 끝났다. 가족을 포함한 모든 이들의 비난은 결혼생활에 큰 부담을 주었고, 열심히 일하는 멜의 습관 역시 결혼생활에 방해가 되기는 마찬가지였다. 리베카는 멜이 너무 피곤해서 앨리스와 함께 식물원에 갈 수 없겠다는 말로 벌어지게 된 부모의 격한 싸움을 기억한다. 대도시의 인파, 여유 공간의 부족 등으로 스트레스를 받은 앨리스는 사무실로 가는 길에 불안 발작을 일으키기 시작했다. 로버타 플랙의 히트곡 「킬링 미 소프틀리」가 그들의 결별곡이 되었다. 앨리스는 친구에게 온몸이 찢어지는 것 같은 고통을 느꼈다고 썼다. "솔직히 나는 결혼에 적합하지 않다고 생각해. 문제는 멜이 훌륭한 사람이라는 것이고, 그를 떠난다면 내가 할 수 있는 최대한으로 상황 대처 능력을 키워야 한다는 것이지. 우리 예쁜 리베카의 행복도 챙겨야 하고."[73] 슬픔에 잠긴 앨리스는 여섯 살짜리 리베카에게로 향했다. 둘은 매일 밤 함께 잠자리에 들어 꼭 껴안은 채 눈물을 흘렸다. 새로 구한 아파트로 이사 온 앨리스는 어느 날 밤 리베카에게 자신의 장례식을 위한 지시 사항을 일러두기 시작했다. "파티를 해야 해. 많은 사람들이 와서 춤을 추겠지. 절대 나를 크고 못생긴 관에 넣지 말거라."[74] 리베카는 조심스럽게 "모-옷-생-기-인-과-아-안"이라고 적었다. 훗날 리베카는 이렇게 말했다. "엄마가 나를 믿어준다는 사실에 자부심이 느껴지기도 했지만 엄마가 자신의 죽음에 대해 이야기하는 것을 듣고 있자니 무서웠다. 엄마의 이야기를 들으며 나는 계속 생각했다. '엄마가 죽으면 나는?'"[75]

수전 손태그처럼 앨리스에게는 도움이 필요했다. 앨리스는 리베카에게 자신들은 모녀라기보다 자매에 가깝다고 말했다.[76] 이런 감정적 의존은 리베카의 자부심과 부담의 원천이 되었다. "엄마가 그런 말을 할 때마다 힘이 솟았다. 마치 실제의 나보다 훨씬 더 현명한 어른이 된 것처럼 느껴졌다. 강함은 약함을 허용하지 않았다."[77] 페미니스트 정신분석학자인 로지카 파커는 자신의 욕구를 제쳐놓아야 했던 어머니들이 딸의 욕구를 "자신의 욕구와 연결시켜 일관되지 않은"[78] 방향으로 딸의 욕구에 반응할 수 있다고 설명한다. 인터뷰어였던 알렉시스 드 보에게 열아홉 살의 리베카는 엄마의 부재 속에 자란 앨리스가 자신과의 관계에서도 거의 같은 방식으로 행동했다고 털어놓았다. "엄마가 보기에 문제없는 아이가 되기 위해 스스로에게 많은 압박을 주었다. 엄마는 마음 편히 일하러 갈 수 있었고, 나는 언제나 엄마를 방해하면 안 된다는 생각을 스스로에게 주입했다."[79] 한편 앨리스와 멜은 공동 양육권이라는 새로운 육아 계획에 대해 논의했다. 이전 세대에는 부모가 이혼을 하면 한 사람이 이혼 후에 사라지거나 축출되었다. 그러나 1970년대에 접어들어 미국과 유럽의 이혼율이 높아지자 더 많은 부모가 따로 살면서도 함께 아이들을 키우는 편을 택했다.

문제는 어디서 어떻게 리베카를 키우느냐였다. 멜은 백인 유대인 여성과 사귀기 시작했고, 워싱턴 DC에 일자리를 얻었다. 앨리스는 캘리포니아에 사는 모어하우스 칼리지 졸업생이자 잡지 편집자인 로버트 앨런과 조심스럽게 만남을 시작했다. 앨리스는 그와 함께 캘리포니아에서 살 생각이었기 때문에 리베카는 워싱턴에서 아빠와 새엄마와 함께 2년 동안 살다가 고등학교를 마칠 때까지 2년마다 거주지를 바꾸게 되었다. "우리의 의도는 리베카에게 가능한 한 많은 안정감을 제공해줌으로써 우리 둘 모두와 함께 성장하도록 하는 것이었다." 훗날 앨리스는 이렇게 말했다. "이 결정은 완전한 사랑을 기반으로 이루어졌다."[80]

그럼에도 앨리스에게는 분명 트라우마가 남았을 것이다. 모성의 분노뿐만 아니라 고통의 외침을 담은 「자기만의 **한** 아이」는 1979년 8월 앨리스가 딸과 떨어져 살던 시기에 《미즈》에 실렸다. 리베카 역시 새로운 상황에 대처하는 데 애를 먹었다. 자신의 두 가지 정체성이 동시에 존재하던 혼혈 가정 대신에 리베카는 두 명의 백인 부모와 함께 살아야 했고, 다음 2년은 두 명의 흑인 부모와 함께 나라 반대편 바닷가에서 지내야 했다. 이것은 그녀에게 "깨진 거울 조각 같은" 느낌을 주었다.[81] 2001년 리베카는 변화무쌍한 자아에 대한 회고록 『흑인, 백인, 유대인』에서 워싱턴에서 지내는 동안 엄마의 존재, 엄마와의 육체적 교감, 자신의 피부색에 대한 확신을 주는 엄마의 갈색 피부를 그리워했다고 썼다. 멜의 표현대로 리베카의 부모는 딸에게 "세상을 가로막지 않는"[82] 사랑을 주었지만, 그들의 혼혈 아이는 스스로를 인종 간 화해의 실패한 실험으로 여겼다.

앨리스에게 딸에 대한 사랑이란 어머니로서가 아니라 그녀 자신의 삶이 제공해준 협소한 가능성으로부터 자신의 아이를 자유롭게 하려는 것이었다. 그러나 리베카에게 그 자유는 때때로 "위압적이고" 안전하지 않게 느껴졌다. 그녀는 이렇게 썼다. "부모님은 나를 꼭 붙잡는 대신, 내가 원하는 곳으로 갈 수 있도록 격려를 해주었다. 그들은 나를 감싸지도, 보호하지도, 경계하지도, 보살피지도 않았다. 물론 나를 먹이고, 쓰다듬고, 나에 대해 감탄하고, 내 성장을 기대하기도 했지만, 홀로 남겨지기 일쑤였던 나는 나를 둘러싼 세계와 그 속에서 나의 위치를 스스로 발견하게 되었다."[83] 아버지 집에서 나와 어머니 집으로 이사한 지 얼마 되지 않은 열세 살의 리베카는 당시 만나던 남자친구와 첫 섹스를 했다. 피임약을 먹었음에도 임신을 하게 된 열네 살의 리베카는 앨리스의 손을 잡고 낙태 수술을 받았고, 엄마와 딸은 병원에서 나와 영화를 보러 갔다. 앨리스는 이토록 이른 나이의 리베카로 하여금 섹스를 하게 만든 외로움에 대해서는 전혀 눈치채지 못한 엄마로 묘사된다.

다시 리베카와 떨어져 지내게 되면서 1987년 샌프란시스코로 이사한 앨리스는 이후 2년 동안 작가로서 크게 성장했다. 구겐하임 재단으로부터 창작 지원금을 받은 그녀는 시내의 아파트와 캘리포니아주 분빌의 주택을 오가면서 쉬고, 생각하고, 소설 속 등장인물들과 대화를 나누고, 새로운 소설에 대해 구상하며 한 해를 보냈다. 앨리스는 강제로 하게 된 결혼에 갇힌 채 무력하게 성적 학대를 당하던 남부 출신의 흑인 여성이 남편의 정부와 사랑에 빠지고, 자신을 주장하는 법을 배우는 주인공의 여정을 드러내고 싶었다.

이 소설을 쓰기 위해 앨리스에게는 리베카가 필요했을 수도 있다. 신학기가 시작되면서 다시 엄마와 함께 지내기 위해 리베카가 찾아오기 전까지 앨리스는 그 작품을 시작할 준비가 되지 않았다고 느꼈기 때문이다. 딸이 돌아오자 맹렬한 기세로 글을 써대던 앨리스는 이듬해 여름 리베카가 방학 캠프로 떠나던 날 책을 마무리했다. 그녀는 셀리, 슈그, 미스터 같은 등장인물이 그녀뿐만 아니라 그녀의 딸과도 의사소통을 한다고 생각했다. "리베카는 셀리에게 용기를 줬고(그 아이가 **언제나** 내게 용기를 주는 것처럼), 리베카를 너무 좋아하게 된 셀리는 리베카가 학교에서 돌아오는 3시 30분이 돼서야 우리 집을 찾아왔다. 집으로 돌아온 리베카는 자신을 필요로 하고 있는 엄마를 껴안아 준 다음, 셀리에게도 포옹을 해줬다."[84]

앨리스는 셀리가 잃어버린 아이들을 어떻게 그녀에게 다시 데려오는지 파악하는 것이 가장 어려운 부분이었다고 털어놓은 바 있다. 하지만 셀리가 슈그의 도움으로 자신의 몸과 재능을 소중히 여기는 방식을 깨치자, 아이들은 창의적이고 관능적인 자기 자신이자 엄마가 될 준비를 마친 그녀에게로 자연스럽게 돌아온다.

책이 나오자 앨리스는 이렇게 말했다. "내 작품 중 가장 만족스럽다. 나는 여기까지 오기 위해 그동안 다른 글을 써야 했던 것 같다."[85] 소설의 주인공들은 앨리스에게 희망과 즐거움, 모성의 기쁨을 선사해주었다.

천으로 만든 접이식 의자에 앉은 한 어머니가 딸이 영화 촬영을 돕는 모습을 지켜보고 있다. 열다섯 살의 아이는 드레드 머리를 휘날리며 메가폰을 손에 들고 벨트에 무전기를 찬 채 영화 세트장을 가로질러 성큼성큼 걸어간다. 어머니는 딸의 자신감과 독립심, 자신이 딸에게 줄 수 있는 특별한 기회를 자랑스러워한다. 앨리스가 다른 일정으로 촬영장에 오지 못할 때면 오프라 윈프리가 그녀의 딸을 돌본다.

신비주의에 빠져들기 시작한 작가는 촬영장의 비공식 대화

코치이자 상담사 역할을 하면서 출연진과 제작진들에게 타로를 봐준다. 좌절감이 밀려올 때면 앨리스는 명상을 통해 스트레스를 푼다.

앨리스는 영화 「컬러 퍼플」 촬영장에서 리베카가 아름다움과 능력으로 자신을 놀라게 했다고 회상했다. "나는 부쩍 자란 딸의 단순명료함, 명랑함, 거칠 것 없는 태도를 사랑했다. 나 없이 지내고 싶지 않다는 것을 알았지만, 이제 리베카는 그럴 수 있다. 그녀는 이미 자기 자신이 되었다."[86] 감탄스럽기 그지없는 딸에 대한 초상이지만, 딸 이사베타를 어머니가 필요 없는 소녀로 묘사한 앨리스 닐이 떠오르는 장면이기도 하다.

『컬러 퍼플』은 앨리스를 문단의 스타로 만들어주었다. 이 책은 베스트셀러가 되었고, 출간 이후 최소 600만 부가 팔렸고, 전미도서상을 수상했고, 퓰리처상 소설 부문을 수상했다. 앨리스는 퓰리처상을 수상한 두 번째 흑인 여성이 되었다. 그웬돌린 브룩스는 동지가 생겨서 기쁘다고 말했다.

공적인 자아가 생기는 것과 유명인사가 되는 것은 별개의 일이다. 『컬러 퍼플』이 출간되자, 카리스마 넘치는 앨리스는 드 보의 말마따나 "여신" 같은 명성을 얻었다. 드 보는 이 책과 더불어 동명의 1985년 작 영화가 이룬 성공이 "흑인 공동체 내부에 남북전쟁 때만큼이나 심각한 전선을" 그었다고 썼다.[87] 하지만 앨리스는 또다시 공동체의 신뢰를 저버렸다는 비난을 받았다. "내가 남자, 특히 흑인 남성을 싫어한다고들 이야기해댔다. 평등과 관용에 대한 나의 생각이 흑인 사회에 해를 끼치고 있으며 심지어 흑인 공동체를 파괴한다는 이야기도 들렸다."[88] 스티븐 스필버그가 감독한 동명의 영화가 개봉됐을 때, 아프리카계 미국인 단체들은 이 영화를 보이콧했다. 비록 대중 앞에서는 강인함을 유지하고 있었지만, 이런 공격들은 앨리스에게 보이지 않는 상처를 입혔다.

그녀는 라임병으로 고통받고 있었고, 일종의 뇌졸중으로 병상에 누워 있는 어머니를 걱정했다. 하지만 일련의 나쁜 일을 겪으며 앨리스는 "강한 존재"가 되려고 노력하도록 스스로를 내버려뒀다.[89] 부인에 대한 질투심에 사로잡혀 자신이 무시당한다고 느낀 로버트는 1990년에 바람을 피웠다. 결혼은 파경으로 치달았고, 앨리스는 로버트의 음주 문제, "대부분의 시간을 나만의 공간에서 보내야 하는 나의 필요, 창조적이고/이거나 우울하고 절망적인 나의 시간들" 때문에 그들의 관계가 "복잡해졌다"고 썼다. "특히 우리의 성적 관계가 소원해졌다. 신성한 육체적 연결이 사라지자 나는 서서히 굶주림을 느꼈다."[90] 앨리스는 남성과 여성 모두와 관계를 맺었는데, 그들 중 몇몇은 트레이시 채프먼과 같은 유명인사들이었다. 앨리스는 재혼을 하지 않았고, 한 파트너와 오래 함께하지 않았다.

앨리스는 폭넓은 스케일의 판타지 소설 『내 동반자의 신전』으로 성공을 이어나갔다.(어슐러 르 귄은 이 "놀랍고 압도적인" 작품이 풍부한 주제 의식을 지녔다고 평했다. "100가지 주제 의식과 이야깃거리가 작품 전체에 결쳐 휘돌며 시공간의 소용돌이를 일으킨다."[91]) 리베카는 학업을 위해 예일로 떠났다. 스물두 살의 리베카는《미즈》를 통해 페미니즘 "제3의 물결"을 선언하고 이 운동의 지도자 중 하나가 되었다, 나아가 호평을 받는 작가이자 강사로 활동했고, 인종과 여성 문제, 경제적 정의를 위해 싸우는 운동가가 되었다. 어머니가 물려준 개방적 태도로 개인 생활을 이어가면서 리베카 역시 자신의 어린 시절과 모성에 대한 회고록을 썼다.

성인이 되면서 리베카는 어머니의 직업적 소명에 대해 더 양가적인 감정을 가지게 되었다며 어머니의 우선순위에서 밀려났다고 느낀 자신의 생각을 공공연하게 말하고 다녔다. 서른네 살의 리베카가 임신을 하자, 모녀 사이에는 팽팽한 긴장감이 나돌았다.『아기에 대한 사랑: 평생의 양가감정 끝에 모성을 택하다』에서 리베카는 성공적 커리어의 한가운데서 의도적으로 모성의 세계로 들어서는 것은 어려운 일이었다고 썼다. 그녀 또래의 여성들 역시 앨리스가 품었던 질문을 여전히 하고 있었다. "아기를 키우면서 살아남을 수 있을까? 저항할 수 없을 만큼 압도당한 채로 몸과 마음, **선택권을** 잃고 갇혀버리게 되는 건 아닐까?"[92]

그런 두려움은 리베카가 어린 아들을 키우며 느낀, 삶에 변화를 불러오는 기쁨을 통해서, 또 그녀가 "확실한 소속감을 느낄 수 있었던 최초의 공동체"[93]라 부른 집단 모성의 세계에 편입되었다는 만족감을 통해서 거짓임이 드러났다. 모성애는 그녀로 하여금 스스로의 중심에 발을 들여놓을 수 있도록 사랑과 우정의 유대관계를 재정비해주었다. 그녀는 "연약하고 무방비 상태인 내 아이가 관계 문제로 불안정해진 엄마의 모습을 보면 어쩌나 하는 생각은 예전의 나라면 할 수 없었던 방식으로 나 자신을 지켜내도록 했다."라고 덧붙였다.[94] 나중에 화해하긴 했지만, 리베카의 "딸다움으로부터의 극적이고 결정적인 이탈"[95]로 인해 앨리스와 리베카는 몇 년 동안 대화를 주고받지 않았다.

앨리스는 「자기만의 **한** 아이」에서 리베카의 출생에 대해 이렇게 썼다. "겪어보지 않으면 이해하기 힘든 경험과 나 자신의 삶에 대한 깊은 헌신으로 나를 이끌었다. 딸의 탄생은 이전과 상당히 다른 각도에서 세상을 보게 해주고, 기존의 삶을 멀리 넘어서는 새로운 기준으로 세상을 판단하게 해준 선물이었다."[96]

이곳까지 오기 위해 앨리스는 모성에 대한 모호한 신화를 거부해야 했다. 그리고 그녀가 강조하며 덧붙인 것처럼 우리는 모성과 **"여전히 일정한 거리를 둬야" 한다.**

9장
책상 위의 아기: 동시에 여러 일을 하기

육체적 관계와 환경의 변화는 가장 혁명적인 개혁가들조차 예측할 수 없을 정도로 정신적·감정적 상태를 변화시킨다. —도리스 레싱[1]

모성 제도를 파괴하자는 것은 모성 자체를 없애자는 것이 아니다. 어렵지만 자유롭게 선택된 다른 작업들과 마찬가지로, 생명의 창조와 돌봄의 행위를 결정과 투쟁, 놀라움과 상상력, 의식과 지성의 영역에 풀어놓자는 것이다. —에이드리언 리치[2]

1960년 5월, 17세의 고등학생이었던 로나 세이지는 대입 시험 준비를 위해 잉글랜드 슈롭셔의 산부인과 병동에서 탈출했다.

간호사들이 "우리는 아기들에게 책을 먹이지 않는다."라며 독서를 금지했기 때문에 그녀는 갓 태어난 딸을 자신의 어머니에게 건네야 했다.[3] 라틴어 문법 규칙을 머릿속으로 복기하면서 대입 시험을 치른 로나의 앞섶은 흘러나온 모유로 젖었다. 그럼에도 그녀는 "내 삶을 위해 무엇인가를 끼적이면서 극강의 행복감에 사로잡혔다."[4]

로나가 다닌 고등학교의 교장은 그녀의 성적이 아무리 좋아도 행실에 문제가 있기 때문에 어떤 대학에서도 그녀를 뽑지 않을 것이라고 말했다. 하지만 하층계급에서 보낸 유년 시절에 대해 회고하는 『나쁜 피』에서 로나는 어른들의 불신이 자신의 가치를 깨닫게 해주었다고 썼다. 그들의 불신은 "내가 **의미있는** 존재여야 한다는 확신에 기름을 부었다."[5]

1960년 즈음 성년이 된 엄마 작가들은 책과 아기 중 하나를 선택하기를 거부하고, 어머니의 마조히즘과 죄책감에 대한 부담에서 벗어나 모성 플롯(mothering plot)을 다시 써내려 갔다. 그들은 남편으로부터, 동조적인 선생님들로부터, 그리고 결국 그들을 하나로 묶을 여성운동으로부터 지지를 받았다. 로나 세이지는 "아기를 낳는 것은 그에 따른 신화적 부담을 지는 것에 비하면 훨씬 쉬웠다."라고 말하며 하층계급의 십대 엄마의 분수를 알아야 한다고 생각하는 모든 사람에 맞서 싸울 준비를 했다. "나는 사람들 대부분의 추측에 맞서는 길을 가야 했고, 내 편이 돼줄 친구들을 손꼽아 세면서 세상과 맞서 싸워야 했다."[6]

같은 해, 스물세 살의 A. S. 바이엇은 양손으로 아기와 소설책 한 권을 들고 있었다. 그녀가 원했던 것은 고등 교육과 아이들, 지성과 사랑, 삶의 재미였다. 그래서 대학원 지도교수였던 옥스퍼드 돈 헬렌 가드너를 찾아가 결혼을 하겠다고 말했다. 가드너는 결혼이 그녀의 마음을 망칠 뿐만 아니라 수입도 잃게 할 것이라고 충고했다. 기혼 여성은 장학금을 놓치고, 기혼 남성은 장학금을 더 많이 받는 일이 비일비재했기 때문이다.

바이엇은 경제학자였던 남자친구와 황김에 결혼했다. 르 귄과 마찬가지로 그녀 역시 논문을 포기한 것을 후회하지 않았다. "나는 학자보다 작가가 되고 싶었고, 그런 결정을 내리도록 하는 어떤 강요가 필요한 상황이었다."[7] 그녀는 케임브리지 대학 졸업 직후 결혼해 네 아이를 낳은 뒤 우울하고 괴로운 유령이 되어 집안을 떠돌게 된 어머니처럼 자신도 스스로를 잃게 될까 두려워했다. "어머니에게 극히 중요한 어떤 것이 주방에서 산산조각 나버렸다는 것"을 알고 있었던 바이엇 자매들은 "부엌에 갇히지 않겠다"는 결심을 공유했다.[8]

2년에 걸쳐 두 아이를 낳은 바이엇의 모성은 모성혐오(matrophobia, 엄마가 되는 것에 대한 두려움을 표현한 에이드리언 리치의 용어)와 강한 사명감이 엉킨 것이었다. "첫 번째 아이는 완전한 사고였다."라고 훗날 바이엇은 회고했다. "첫 딸이 태어났을 때, 아주 잠깐 동안 딸을 (내 이름을 따) 안토니아라고 불렀다. 이제 책을 쓰지 않을 테니 아기가 내 이름을 가져가는 것이 더 낫겠다고 생각했기 때문이다. 하지만 얼마 후 나는 다시 책을 쓰기로 결심했고, 책상 위에 아기를 올려두고 작은 플라스틱 의자에 앉아 글을 썼다. 우리는 두 가지 일에 동시에 완전히 집중하는 방법을 배워야 한다."[9]

케임브리지 학생이었던 바이엇은 비트겐슈타인 연구의 권위자였던 철학과 교수 엘리자베스 앤스컴의 강의를 들었다. 일곱 아이의 어머니이기도 했던 앤스컴은 지나치게 깊은 생각에 잠기는 바람에 블레츨리역 승장강에 잠든 아기를 내버려둔 채 환승기차를 탔다. 비상계단에 놓인 아기가 그렇듯, 책상 위에 올려둔 아기의 더 극단적인 버전인 블레츨리역에 남겨진 아기는 무언가에 집중한 어머니가 자기 아이에 대해 까맣게 잊는 것, 일을 끝낼 수 있도록 어떤 존재에 대해 완전히 망각하는 상태가 가능하다는 것을 말해준다.

비혼모가 되기로 선택한 여성에 관한 마거릿 드래블의 1965년 소설 『맷돌』에서처럼 아기들은 글자 그대로 책을 먹기도 한다. 아기는 엄마의 룸메이트가 쓰는 방으로 기어들어가 집필 중인 소설의 몇 페이지를 씹는다.(녹음테이프와 재집필을 통해 원고는 살려냈지만 혹평을 피할 수는 없었다.) 하지만 아기들은 책을 만들기도 한다. 『맷돌』은 돌봄 서사를 영웅의 여정이자 말할 가치가 있는 이야기로 전환하면서 유령의 신분으로부터 모성을 회복시켰다. 부치 에메치타의 1974년 작 『2등 시민』 역시 같은 일을 해냈다. 이 자전적 소설의 주인공은 주어진 역할(충실한 아내, 순종적인 이민자)을 거부하고 자신의 서사에 모성을 녹여낸다. 에메치타는 자신의 다섯 아이를 위해 무언가가 되기로 결심했고, 앨리스 워커는 에메치타가 "아이들의 존재에도 불구하고 작가가 된 게 아니라 아이들의 존재 덕분에 작가가 되었다고" 찬사를 담아 말했다.[10]

모성이 한 작가를 침묵하게 할 수 있다면, 때로는 아이를 잃는 고통도 작가를 침묵하게 할 수 있다. 1972년, 공원에서 집으로 걸어가던 바이엇의 아들 찰스는 보도로 돌진한 음주 운전자의 차에 치였다. 이제 막 열한 살이 된 참이었다. 며칠 전만 해도 바이엇의 뺨에는 버스에 올라 자신의 어깨에 머리를 기대고 잠든 아들의 따스한 입김이 느껴졌지만, 이제 그 아이는 세상에서 사라졌다.

막내를 임신한 채 아들의 학비를 마련하기 위해 유니버시티 칼리지 런던에서 교편을 잡고 있던 바이엇은 그 후 11년 동안 글을 거의 쓰지 않고 지냈다. 그녀의 단편 「7월의 유령」에 등장하는 엄마는 유령을 보기에는 지나치게 이성적이지만, 아이의 유령에게 사로잡히고 싶어한다. 그 편이 더 견딜 만하기 때문이다. "바보처럼 들리겠지만, 아이가 죽은 후 품었던 최고의 희망은 내가 충분히 미쳐버렸으면 하는 것이었다. 아이가 학교에서 집으로 돌아와 우편함을 덜컹거리는 것을 매일 가만히 기다리는 대신 아이가 집으로 들어오는 것을 환상으로라도 보거나 들을 수 있도록 말이다. 사람들이 아이가 죽었다고 말했을 때, 나 역시 그가 **죽었다고** 생각했지만 이 생각은 영원히 반복될 것이다."[11]

교장의 경고에도 로나는 대학에 입학했다. 임신 사실을 알게 된 그녀와 남자친구 빅터 세이지는 결혼 후 몇 달 동안 로나의 부모님 집에서 함께 살면서 대입을 준비했고, 정신적인 삶을 살겠다는 서로의 별난 결심을 지지했다. 졸업식 연설에서 교장은 여학생들에게 "착하고 상냥한 하녀가 되어 누군가가 영리해질 수 있도록" 하라는 주제를 확실하게 전달했지만 로나가 상을 받기 위해 연단에 오르자 동창생들은 열띤 환호를 보냈다.

로나와 빅터는 함께 대학에 지원했고, 기혼 상태였던 로나는 옥스브리지의 모든 여자 대학에서 즉시 입학을 거절당했다. 스물셋이 되면 "성숙한 학생" 유부녀로서 학교에 입학할 수 있는 조건이 있었지만, 그렇게 오래 기다리다가는 학자가 될 결심을 잊게 될까 두려웠다. 마침내 더럼 대학교는 시대의 변화에 따라 기혼 학생들의 입학 금지를 철회했다. 딸을 부모에게 맡기고 학업을 이어가는 로나와 빅터는 다른 학생들의 눈에 상당한 "괴짜"처럼 보였다. 두 사람 다 영어 과목 수석으로 학교를 졸업하자 이를 신선하게 여긴 《데일리 메일》은 그들의 사진을 실었고, 네 살짜리 샤론은 젊은 부모의 품에 안겨 입술을 쭉 내밀었다. 그들은 둘 다 새로 생긴 이스트 앵글리아 대학에서 교편을 잡았고, 샤론을 데려와 함께 살게 되었다.

비록 그들의 성생활은 계획되지 않은 임신의 여파에서 결코 회복되지 않았고, 두 사람은 결국 헤어져서 좋은 친구 사이로 남게 되었지만, 로나는 뛰어난 학자이자 페미니스트 비평가로 성장하면서 그들은 서로의 경력에 자양분을 제공했다. 자신의 일과 삶을 향한 멈추지 않은 열정을 지녔던 로나에 대해 딸 샤론은 최신 유행에 따라 멋지게 쫙 빼입고 학부모 상담에 모습을 드러내는 그런 종류의 젊은 엄마였다고 회상한다. 하지만 동시에 로나는 "항상 딸의 편이 돼준" 엄마이기도 했다.[12]

이 모든 여성들은 1983년 43세에 첫 아기를 낳은 앤절라 카터의 친구가 돼 그녀를 지지해주고 함께 길을 닦았다. 성 혁명과 페미니즘 혁명 덕에 엄마들을 비롯한 다양한 사람들의 공동체가 앤절라 주위로 모여들었다. 어떤 이들은 결혼을 하지 않았고, 어떤 이들은 동성 파트너와 함께했고, 어떤 이들은 결혼은 했지만 아이를 낳지 않았고, 어떤 이들은 비혼모가 되는 길을 선택했다. 이들은 앤절라에게 어떻게 유아어를 사용하고 아기를 트림시켜야 하는지 보여주길 즐겼다. 또 아이를 키우건 키우지 않건 자신과 앤절라에 대해 저마다의 방식으로 만족감을 느꼈다.

10장
나만의 고유한 이야기
앤절라 카터 1940~1992

> 모든 시대가 변화의 시대이긴 하지만, 우리 시대는 거대하고 급격한 윤리적·정신적 변형의 시대다. 전형은 성공을 가로막는 장애가 되고, 크고 단순한 것들은 복잡해지며, 혼돈이야말로 명쾌한 것이 되고 있다. 그리고 지금 우리 모두가 사실로 알고 있는 것들은 예전에 몇몇 사람들이 생각해낸 것임이 드러나고 있다. —어슐러 르 귄[1]

앤절라 카터가 52세를 일기로 죽은 후, 친구 로나 세이지는 말했다. "그녀는 (관습적 의미에서) 잘못된 순서로 인생을 살았다." 결혼하고 아이를 낳은 다음 커리어를 시작하는 대신, 결혼하고 소설을 출판해 상을 탄 후 일본에 있는 연인과 함께 살기 위해 남편을 떠났다가 다시 집으로 돌아와 어린 남자와 연애를 시작해

43세에 첫 아이를 낳았다. 세이지는 덧붙였다. "지금은 여자의 삶이 취할 수 있는 형태가 과거보다 훨씬 더 다양하다. 아니면 그 선택지들이 더 교묘해져서 당신은 당신 자신만의 버전을 조립해야 하는 **형벌을 선고받았다.**"[2]

하지만 1960년대에 성년이 된 카터에게 자기발명(self-invention)이란 도전이자 행운이었기에 그것을 최대한 활용했다. 그녀의 장편과 단편 소설들은 연극성과 대담성, 유희로 가득 차 있고, 남자와 여자가 어떻게 함께 살 수 있는가를 상상하는 데 기여했다. 어쨌든 그녀의 가족이 노동계급을 벗어나는 데는 한 세대 이상의 열렬한 자기변신이 요구됐다. 언젠가 그녀는 자신이 읽고 쓸 수 있었던 것은 그저 "20세기의 우연"일 뿐이라고 주장했다.[3]

앤절라 카터는 열다섯 살이나 어린 파트너와 아기를 키우는, 머리가 희끗희끗한 작가인 자신에 대해 사람들이 어떻게 생각할지 종종 걱정했다. 아들 알렉스를 임신한 동안에는 친구들이 실수로 인한 임신으로 지레 짐작하도록 내버려둘 때가 많았다. 자신의 모성적 욕망을 실토하고 싶지 않았기 때문이다. 그녀는 종종 엄마 작가로서 겪는 모순을 도전적으로 강조했다. 아기가 낮잠을 자는 동안 카터를 인터뷰하러 사우스런던의 자택으로 한 기자가 찾아 왔을 때, 그녀는 까만색의 긴 가죽 부츠에 검정 점프 수트를 입고 현관으로 나왔다. 그리곤 옷에 묻은 얼룩들을 가리키며 알렉스에게 점심을 먹이다 생긴 것이라고 알려줬다. 알렉스를 데리고 버스를 탈 때면 자신을 '애기 엄마(Mum)'라고 부르는 런던의 버스 기사들에게 발끈했다. 자신을 일개 "보통명사"로 축소하고 개성을 부정한 탓이다.[4] 산부인과 의사의 무례에 맞선 카터의 투쟁은 그녀가 쓴 가장 훌륭한 에세이 한 편의 주제가 되기도 했다. 단지 하나의 사물적 존재(thing)가 되는 걸 그녀는 결코 원치 않았다.

스스로가 놀랄 정도로 자기 방식대로 엄마가 될 수 있었던 덕분에 그녀는 모성을 즐길 수 있었다. 그녀는 일기에 썼다. "자식의 아름다움은 내가 최근에야 가담하게 된 음모다."[5] 그녀는 자신이 남들과 다르다는 강렬한 느낌을 갖고 있었고, '너는 이런 사람이야.'라고 남들이 말하는 것 이상의 존재가 되고자 했다. 그것을 평범한 가정생활과 결합하는 것은 불가능하다고 그녀는 오랫동안 생각했다. 파트너와 함께 자신의 방식으로 모성을 정의하는 일을 해내게 될 때까지는.

아이를 갖느냐 마느냐는 앤절라가 오랫동안 생각하고 미뤄온 질문이었다. 그것은 그녀의 사적인 글쓰기에 때로는 갈망으로, 때로는 (특히 우둔한 엄마들에 대한) 역겨움으로 불쑥불쑥 등장한다. 그리고 마흔이 되던 해 그녀의 마음은 온통 그 질문으로 가득 차 있었다. 특별한 계획이 있어서는 아니었다. 오히려 그녀는 미국 로드아일랜드 프로비던스에 있는 브라운 대학이 제안한 1년짜리 강사 자리를 받아들여 런던을 떠났고, 이는 자립을 위한 노력처럼 보였다. 그녀는 파트너 마크 피어스와 함께 사는 집의 담보 대출금을 갚기 위해 그 일자리를 받아들였다. 둘은 함께 있을 때 행복했지만, 앤절라는 아직 헌신할 준비가 돼 있지 않아 보였다.

자신을 옥죄는 첫 결혼으로부터 떠나온 이래, 여행은 오랜 세월 동안 그녀에게 경계선을 설정하고 관습적인 삶을 거부하는 한 방법이었다. 방콕, 타슈켄트, 바르샤바에 다녀왔고, 시베리아 횡단철도를 타고 러시아도 둘러봤다. 반문화가 절정이었던 1969년에는 그레이하운드 버스를 타고 미국을 가로질렀다.(캘리포니아의 자립 공동체 한 곳을 방문하고서, 그녀는 그곳이 그다지 세련되지 못하다고 선포했다. 염소만 너무 많고, 섹스는 별로 없었다.[6]) 삼십대 초반 일본에서 보낸 두 해는 그녀에게서 많은 것들을 생성해냈다. 그 공간에서 그녀는 결혼의 족쇄로부터 자신을 해방시키고, 남성과 여성에 대한 어떤 관점을 가질 수 있었을 뿐 아니라 자신의 안전지대에서 행복하게 빠져나올 수 있었다.

하지만 그동안 살아온 삶을 송두리째 내던지는 일이었던 일본행 이후, 이제 그녀의 성향은 (집으로 보낸 첫 편지들에 기술돼 있듯) 좀 더 가정적으로 변했다. 마크와 주고받은 서신들은 그녀가 얼마나 그와 삶을 공유하고 싶어하는지 프로비던스에 오기 전까지는 스스로도 과소평가해왔다는 인상을 준다. 어떤 면에서는 마크가 거기 없어서 기뻤다. 밤에 자유롭게 일할 수 있었으니까. 그녀는 밤에 일하는 걸 좋아한 반면, 마크는 질색했다. 하지만 그녀는 그가 편지를 안 보낸다고 불평했고, 전화기를 사자마자("점원은 내게 부엌이랑 욕실, 침실 확장을 권했지만 내가 순식간에 사로잡힌 건 미키 마우스 전화기였어."[7]) 통화요금 고지서가 잔뜩 쌓이기 시작했다. "월요일에 우리가 통화했을 때처럼 내게 관심을 갖고 호의를 보이는 사람들이 부엌에 북적대고 있으면 내가 그 말을 쓰거나 하는 데 서툰 거 알지? 하지만 **정말로** 당신을 사랑해. 어떤 의미에서 난 항상 당신과 함께 있고, 당신은 나와 함께 있다고 생각해."[8] 그녀는 마크에게 보내는 편지에 이렇게 썼다. 한 달 후에는 "난 자주 성적 허기에 사로잡혀. 정말? 정말. 당신 아닌 그 누구도 그걸 채워줄 순 없어."라고 쓰기도 했다.[9]

한편 그녀는 미국의 상업성과 고속도로(그녀는 운전을 하지는 않았다.)가 탐탁찮았다. 1년에 6000달러에 달하는 브라운 대학의 비싼 학비에 분개했고, 그런 특권을 누리는 아이들한테 고분고분할 생각은 전혀 없었다. 앨리스 닐처럼 예민하고 얼굴이 두껍지 못했던 그녀는 성난 사람처럼 행동함으로써 자신을 보호하고 권위를 행사하는 법을 배웠다. 강의 첫 날, 그녀는 닥터마틴 신발을 신고 흰머리를 헝클어뜨린 채 당시의 안티패션 룩으로 강의실에 도착했다. 학생들 중 한 명이었던 소설가 릭 무디는 이렇게 말한다.

카터는 수강 희망생의 숫자를 14명으로 줄이는 임무를 수행 중이었다. 강의실에는 30명쯤 있었고, 그녀는 그냥 우리 앞에 서서 질문을 받으려고 했다. 뒷자리에 있던 어떤 젊은 남학생이 매우 거만하게 손을 들더니 기를 죽이려는 듯 회의적 태도로 질문했다. "저기, 어떤 작품을 쓰시는 분인가요?"

답변하기 전 그녀는 고개를 옆으로 기울이더니 한두 번인가 "음……." 하고 말했다. 그리고선 답했다. "내 작품은 강철 칼날로 어떤 남자의 자지 밑동을 잘라버리는 얘기지."

쉬는 시간이 되자 강의실은 텅 비었고, 확실치는 않지만 열네 명쯤 돌아왔다. 어쩌면 열한 명이나 열둘 밖에 안 됐는지도 모르고.[10]

유머러스한 충격 요법은 앤절라의 전매특허였다. 그녀를 브라운 대학으로 초청한 친구이자 작가였던 로버트 쿠버에 따르면, 그녀는 도전받는다고 느끼면 "더 이상의 언급조차 불가능하게 만드는 이런 말들을 서슴지 않고" 했다.[11] 학기 후반 무디가 캠퍼스에서 열린 카터의 낭독회에 참석했을 때, 강의실은 그녀의 발치에 앉은 젊은 여성들로 꽉 차 있었다. 동화를 주제로 쓴 그녀의 소설집 『피로 물든 방』은 전년도에 출판돼 호평을 받았다. 앤절라는 작가로서 힘든 변화의 시간을 겪었고, 이제 막 역량을 발휘하기 시작한 참이었다.

그녀는 장차 엄마가 되는 일에 확신이 없었다. 마크에게 보낸 편지를 보면, 그녀는 계속 그 질문 주변을 맴돌고 있었다. 그해 가을, 어느 잡지의 청탁으로 그녀는 자신보다 나이가 많은 소설가이자 비평가인 엘리자베스 하드윅을 인터뷰하러 뉴욕행 기차에 올라탔다. 매력적이고 설득력 있는 하드윅은 자신이 마흔 살에야 외동인 아이를 임신했고, 시인 로버트 로웰과의 결혼으로 이루게 된 문인 부부의 반쪽 역할을 하게 되었다고 설명했다. 얘기가 사랑으로 인한 여성의 고통이라는 구닥다리 방향으로 흐르긴 했지만, 그녀는 앤절라에게 아이를 갖는 게 가능하고 아직 너무 늦은 건 아니라고 분명하게 설득했다.

이 얘길 2주 후에 마크에게 전하며 앤절라는 걱정했다. 그녀의 생리주기가 짧아진 것이다.♥ "당연히 나는 이렇게 생각했지. 이건 큰 변화야! 큰 변화의 첫 번째 신호라고!" 그녀는 브라운 대학의 "여성 생물학자"에게 상담을 받았는데, 그녀는 앤절라가 완경을 맞기엔 너무 젊다고 안심시켰다. "그렇다고 위로가 되진 않아. 당신이 더 이상 날 사랑하지 않을 거라거나 그런 일이 벌어질 거라고 생각하지도 않고. 하지만 여자의 인생에서 그 변화[완경]에는 매정한 특징이 있는 게 사실이야. 그걸 재촉받고 싶진 않아."[12] 다음 편지에서도 그녀는 여전히 속을 끓이고 있었는데, 이번엔 자신의 성적 매력에 대해서였다. "당신이 다시 날 만나게 될 때, 나는 약간 할머니가 돼 있을 거야. 그러면 당신은 어떤 금발 애랑 꺼져버리겠지. 아마도 샤론이랑."[13] 샤론 세이지는 로나

♥ 생리주기가 짧아지는 건 완경기의 대표적 전조 증상 중 하나다.

의 딸로 당시 스무 살이었다.

나이는 마크와 앤절라 사이의 수많은 차이점 중 하나였다. 그들이 처음 만났을 때, 그녀는 서른넷이었고 여섯 편의 장편소설을 출판한 상태였다. 그는 열아홉 살이었고 길 건너편 집을 개조해주는 건축 인부였다. 앤절라는 그에게 자기 집의 망가진 파이프를 봐달라고 부탁했다. 1년 후 그녀는 친구 플러 애드콕에게 보낸 편지에 다음과 같이 썼다. "그는 우리 집 고치는 걸 도와주러 왔어. 페인트칠이랑 다른 몇 가지 작업을 하느라 작년 이 무렵 2주간 매일 왔지. 그리곤 그냥 떠나질 않았지."[14] 그는 친한 친구들에게, 심지어는 최근 연하남과 결혼한 로나에게도 마크와의 관계에 대해 말하길 꺼렸다. 앤절라가 프로비던스에 왔을 때, 그녀와 마크는 6년째 사귀는 중이었지만, 그녀는 한 편집자에게 보낸 편지에 자택 우편물은 (아마도 마크를 의미할) "건물 관리인"이 처리하고 있다고 썼다.[15]

하지만 크리스마스를 맞아 마크가 프로비던스로 왔을 때, 로버트 쿠버는 앤절라가 얼마나 행복해하는지 보았다. 그들은 차를 한 대 빌려 함께 여행하고, 잉여 군수품 판매점에서 커플룩의 오버코트를 사 입었다. 그들 사이에 뭔가 달라진 것이 감지됐다. 혹은 해소된 건지도 몰랐다. "그때 이후 그들은 한 쌍이었다."[16] 그들은 런던 주변을 돌아다니며 계속 그 커플룩 코트를 입고 다녔다. 그것은 그들의 애정에 대한 상징적인, 그러나 한편으로 진심 어린 선언이었다. 가정이라는 개념 전체에 대한 그녀의 합당한 불신에도 그들은 앤절라가 아이를 키우면서 일할 수 있는 균형점을 함께 찾아냈다.

앤절라는 이쪽도 저쪽도 아닌 세계에서 성장했다. "사회적으로 뿌리를 내리지 못한 채 위와 아래, 옆으로 이동하던 가족"의 아이였다.[17] 그녀의 가족은 모드와 마이클 테일러처럼 그들 자신의 삶에 대해 제대로 작동하지도 않는 재발명(reinvention)을 하느라 여념이 없었다. 앤절라 올리브 스토커는 2차 대전 초기인 1940년 5월 7일에 태어났다. 그리고 곧 엄마와 열한 살 많은 오빠, 외할머니와 함께 런던에서 할머니가 몇 해 전 떠났던 사우스요크셔의 탄광촌으로 피난을 갔다. 그들은 거기서 D. H. 로런스의 소설에 나올 것 같은 테라스하우스♥에 살았는데, 정원 가장 안쪽에 공용 변소가 있어서 밤에는 방에서 요강을 사용했다. "여왕이 언제 중국을 통치했지?" 그녀의 엄마는 "딸을 경이로운 언어적 변형의 세계로 이끌면서" 농담하길 좋아했다.[18] 동화를 들려주길 좋아했던 할머니는 「빨간 모자」에 나오는 늑대처럼 앤절라를 덮친 후 간지럼을 태우곤 했다. 할머니는 앤절라에게 역할 놀이와 자기 재발명의 가능성들에 대해 최초로 단서를 제공한 사람이었다.

♥ 비슷한 집을 다닥다닥 옆으로 붙여 지은 공동주택.

전쟁이 끝날 무렵 그들은 사우스런던 밸럼의 집으로 돌아왔다. 그곳은 템스 강변 빈민가의 "예측 가능"하고 "지저분하게 적절"하며 상상력이 메마른, 다소 보잘것없는 곳이었다.[19] 앤절라의 스코틀랜드인 아버지 휴 스토커는 1차 대전에 참전한 후 런던으로 돌아와 신문사들이 모여 있던 플리트가에서 편집자로 취직했다. 그녀의 엄마 올리브 파딩은 사우스런던 내에서도 거칠고 다채로운 노동계급이 주로 살던 배터시에서 자랐고, 결혼 전에는 점원으로 일했다. 휴와 올리브는 1927년 결혼해서 지하철역을 이용하기 편리하다는 이유로 밸럼에 신접살림을 차렸다. 휴는 3시부터 자정까지 일하는 근무조였고, 밸럼역을 지나가는 노던선 열차는 그보다 더 늦은 시간까지 운행했다. 앤절라는 자기 가족이 아버지의 시간에 맞춰 그들만의 세상에서 살아갔다고 묘사한다. 학교에서 돌아오면 "꿈같은 시간이 나를 휘감았다. 일요일 오후가 영원히 반복되었다. 시계가 소용없는 시간."[20]

아버지에 대한 어느 에세이에서 앤절라는 그를 따분한 세상에서 과장된 제스처에 가치를 두는 괴짜처럼 그렸다. 그녀는 아버지가 울워스 슈퍼마켓에서 플라스틱으로 만든 잉꼬새를 사와서는 부엌 천장의 낡은 가스 장치에 붙여 놓은 일을 회상했다. 셰익스피어 애호가인 엄마는 이 모습을 보더니 비꼬듯 셰익스피어를 인용했다. "나이는 당신을 시들게 하지 못하고 아무리 많이 봐도 당신의 무한한 다채로움은 질리지 않을 거요."[21]♥

앤절라는 훗날 사우스런던에 자기 집을 소유하게 되자 진짜

새 몇 마리를 키우며 집 밖으로 새들이 드나들 수 있도록 했다. 새들의 선명한 깃털은 자주색과 노란색, 주황색인 벽들과 조화를 이뤘다. 새들은 그녀에게 상상력의 자유, 관능적 쾌락, 힘들고 메마른 전후 시절의 영국 전반과 밸럼이 특히 결여하고 있던 모든 것에 대한 상징이 되었다. 플러 애드콕이 쓴 일기에 따르면, 그녀는 1970년 초반 앤절라와 함께 노스런던의 술집에 다니며 야외 잔디밭에 앉아 동식물을, 즉 호두나무와 아이들을 구경하곤 했다. "앤절라는 거기에 새들도 있어야 한다고 생각했다. 걸어다니는 새나 큰부리새(투칸) 말이다. '여긴 서비스가 엉망일 뿐 아니라 망할 큰부리새도 없잖아.'"[22]

앤절라의 엄마는 딸이 자기보다 더 많은 것을 갖길 원했고, 이걸 앤절라의 몸과 마음에 대한 소유욕으로 표현했다. 앤절라의 삼촌들은 모두 대학에 진학했고, 그녀의 엄마는 능히 그 이상을 해낼 수 있을 만큼 똑똑했다. 하지만 대학에 가는 대신 결혼을 해서, 로나 세이지가 "조신한 소녀로 키워져 추방된 후 가사일 속에 고립된 여자들"[23]이라고 명명한 20세기 중반의 엄마들(midcentury mothers) 중 하나가 되었다. 한편 올리브는 앤절라가 조숙해지도록 부추겼다. "나는 늘 뭔가를 끼적거렸다. 내가 글자를 배운 직후부터 엄마는 이런 행동을 아이가 할 법한 완벽하게 정상적인 활동으로 여겼기 때문이다."[24] 또 다른 한편으로

♥ 셰익스피어의 『안토니우스와 클레오파트라』 중.

올리브는 과잉보호하는 엄마였다.[25] 앤절라가 십대 초반을 훌쩍 넘길 때까지 그녀는 딸이 욕조에서 미끄러져 익사할까 봐 욕실 문을 열어놓은 채 목욕하게 했다. 특히 앤절라의 오빠 휴가 옥스퍼드 대학에 다니기 위해 집을 떠난 뒤 딸의 옷과 건강에 대해 안달복달했다. 딸에 대한 자신의 사랑을 초콜릿과 아이스크림으로 보여주는 바람에 앤절라는 학교에서 뚱뚱하다는 낙인이 찍혀버렸다.

"난 그들이 내 피를 원한다고 생각했다." 그녀는 훗날 자신의 부모에 대해 이렇게 말했다. "난 그들이 나에게 뭘 원하는지도 몰랐고, 내가 나 자신을 위해 뭘 원하고 있는지도 몰랐다."[26] 17세가 되자, 엄마는 남자들의 눈길을 끌지 말라고 경고하느라 바빴다. 하지만 그건 딸이 그토록 갈망했으나 갖지 못한 것이었다. 앤절라는 살을 빼기로 결심했다. 훗날 거식증에 관한 최초의 책들이 출판됐을 때는 자기가 극단적 다이어트의 원인이자 결과인, 육체로부터의 소외 상태에 있었음을 인식하게 됐다. 위험할 정도로 말랐다가 회복됐고, 감량한 체중을 유지하기 위해 흡연을 시작한 뒤로는 어떤 의미에선 자기 몸을 전장(戰場)으로 사용하는 데서 결코 회복하지 못했다.

여전히 평균보다 키가 컸던 그녀는 자신의 차별점을 부각시키는 옷을 입었다. 비트족 패션인 한편 여성성에 대한 패러디이기도 한, 섹시하고 아주 별난 옷들을 입기 시작한 것이다. 그녀는 관습적 매력을 갖춤으로써 엄마에게 반항했다. 하지만 그것은 자신의 몸에 대한 일련의 기대를 다른 기대와 교환하는 것을 뜻했으며 아이러니와 연극성은 그녀의 몸을 자기 자신의 것으로 만들려는 시도의 일부였다. 그녀는 자신의 옷을 "사회적 모욕 혹은 시각적 욕설의 다소 의식적인 형태"로 보았다.[27] 자신이 어떤 존재가 되고 싶은지에 대해 생각해볼 수 있는 공간을 만들어준, 순응에 대한 적대적 거부였다. 그녀는 첫 장편소설 『그림자 춤』에서 여성 중심인물을 불가능한 여성적 미모의 이미지로 만든 뒤 괴물로 변신시켜 죽여버림으로써 미의 전통적 기준에 복수한다.

그녀는 다른 여러 방식으로 반항하면서 "오, 좋아라, 여기 좆 같은 칠면조가 나오네!"라고 감탄한 후 더 이상 크리스마스 만찬을 같이 하지 않는 그런 종류의 딸이 되었다.[28] 하지만 도리스 레싱에게 그랬던 것처럼 앤절라가 치른 엄마와의 전쟁에서도 가장 큰 피해는 그녀의 교육이었다. 교육 접근권을 확대하는 새 법률하에서 앤절라는 로나처럼 장학금을 받고 학업적으로 까다로운 그래머스쿨에 다녔다. 교사들은 앤절라에게 옥스퍼드 대학에 진학하라고 권했다. 올리브는 허락했다. 하지만 딸이 합격하면 자기도 그곳으로 이사를 갈 거라고 선언했다. 앤절라는 스스로를 보호하기 위해 지원을 포기했다.

대신 아버지의 도움으로 사우스런던의 《크로이던 애드버타이저》 기자가 되었다. 편집국에서는 엉거주춤한 장신의 몸으로 까만 스타킹에 챙 넓은 모자를 착용하는 그녀의 스타일을 유쾌하게 용인했고, 그녀는 음반평을 써도 된다고 허락받았다. 한 동료는 앤절라가 "쿠엔틴 크리스프♥와 못된 서쪽 마녀♥♥를 합쳐놓은 것처럼 옷을 입는다."라고 했다.[29] 1년 후 첫 남편 폴 카터를 만났을 때, 그녀의 스타일은 사우스런던으로부터의 탈출이자 결혼의 요구에 맞서 자아를 보존하는 방책이 되었다.

앤절라와 폴은 폴이 주말마다 일했던 좁고 어두운 레코드 가게에서 서로를 찾아냈다. 그는 낮에는 산업 화학자로 일하는 27세의 재즈와 포크 음악 팬이었다. 1959년 여름, 그들은 도시를 탐험하고 "베네치아식 블라인드 틈으로 햇빛이 새어드는 가게에서 몇 시간이나 키스를 하고" 서로를 알아가며 주말을 보냈다. 앤절라는 그들의 애무가 "마치 한밤중에 절벽 위에서 천둥과 번개가 내려치는 세상의 종말 직전에 벌어지는 것처럼 필사적인 데가 있었다."라고 묘사했다.[30] 그녀에게 실망스러운 게 하나 있다면 폴이 약혼 전까지는 동침하지 않으려고 한다는 점이었다.

폴은 조용하고, 심지어 앤절라보다 더 수줍음을 많이 타는 성격이었지만, 그의 취미들은 밸럼에서는 만날 수 없었던 흥분되는 변화였다. 그들은 밴드 음악을 듣고 프랑스 영화를 보러 다

♥ 영국 재담가.

♥♥ 『오즈의 마법사』 등장인물.

냈으며, 도리스 레싱이 후기 공산주의자였던 시절 공동으로 조직했던 핵무기 반대 올더매스턴 가두행진에 사흘간 함께 참여하기도 했다. 가두행진은 폴의 열정적 취미인 포크 음악의 부흥으로 이어졌다. 후에 폴은 전통 가수와 음악가들의 음악을 녹음했고, 그들의 펍 공연을 개최하기도 했다. 공연차 방문한 음악가들은 종종 카터 부부의 집 마루에서 자고 갔다.

스무 살에 앤절라는 부모의 반대를 무릅쓰고 폴과 결혼했다. 하지만 함께 살기 시작하자마자, 폴은 본업을 그만두거나 해고됐다. 그의 재능 중에 회복탄력성은 없는 것 같았다. 그는 우울증에 빠졌고, 앤절라가《애드버타이저》에서 받는 월급으로 두 사람을 먹여 살렸다. 그녀는 이미 장편소설 하나를 시작한 상태였다. 친구들은 크로이던에 있는 이 부부의 아파트에 갔다가 그녀의 타자기에서 원고 페이지들을 보았다. 하지만 폴은 너무 우울해서 그녀의 글쓰기를 격려할 수 없었는데, 특히 글쓰기가 그녀의 집안일을 방해할 때 그랬다. 앤절라는 그에 대한 걱정과 짜증 사이를 오갔다. 하지만 남성 자아에 대한 여성의 자비심이 늘 이겼고, 그녀는 결혼생활의 대부분을 그의 기분이 나아지게 만들려고 애쓰는 데 보냈다. 아내들이 딸들만큼이나 자율성 없는 존재라는 건 그렇고 그런 낡은 발견이었다. 아내들의 실망이 스스로 공모자가 되어 자초한 것이라는 점만 빼면 말이다. 앤절라는 일기에 "그건 하나 빼고 모든 다리를 다 불태워버리는 내 전형적인 행동 방식 중 하나였다."라고 적었다.[31]

폴이 브리스톨 기술대학 화학과에 강사 자리를 찾고서야 앤절라는 신문사 일을 그만둘 수 있었다. 부부는 1961년 여름 브리스톨로 이사했다. 그 무렵, 앤절라는 생리를 한 번 걸렀다.[32] 거짓 경보였다. 하지만 향후 수년간 스트레스를 일으키는 변화, 즉 이사, 결별, 탈고로 이어지는 시기에 그녀가 겪었던 몇 차례의 "상상 임신" 중 첫 번째 사건이었다. 그녀가 언제인가 썼듯, 월경은 한 달에 한 번 종을 울리는 자궁 시계다. 그러니까 늦은 월경은 신체의 시간 재설정인지도 몰랐다.

폴이 아이들을 원했다면, 앤절라는 생각해볼 것도 없이 아이들을 낳았을지 모른다. 하지만 그는 원치 않았고, 결혼생활 내내 앤절라는 복잡한 감정으로 피임을 했다. 그녀가 아이를 가장 원했던 때는 폴을 보호하고 싶다는 모성적 감정이 들거나 그에게 사랑받지 못한다고 느끼는 순간들이었다. 한때 그녀는 "내가 아이를 갖도록 그가 놔둔다면 얼마나 좋을까. 얼마나 좋을까."라고 일기에 썼다.[33] 동시에 젊은 엄마들은 따분한 사람들이라고 생각했고, 그들을 둘러싼 사회적 승인의 분위기에 분개하기도 했다. 22세에 그녀는 경멸조로 다음과 같이 썼다. "박수갈채 속에서 많은 아이들을 낳고 또 낳는 것은 삶(Laïfe)을 철회하는 가장 궁극적인 방법이라고 생각한다."[34]

사우스런던을 벗어나자(자기 자신을 또 다른 문맥 속에서 바라보자) 앤절라는 작가로서 자신의 소명을 분명히 분별해낼 수 있었다.

그녀는 브리스톨로 이사한 후 일기를 쓰기 시작했는데, 이 일기는 게걸스러운 독서로부터 발췌한 문장들과 사람과 장소에 대한 그녀의 근접 관찰이 결합된 일련의 노트 중 첫 번째 것이다. 그녀는 브리스톨을 탐험하며 가파른 거리에서 안개와 빛이 만들어내는 효과들에 주목했고, 부랑자들부터 어느 청년에 이르기까지 거리의 점유자들을 묘사하는 연습을 했다. 청년의 아직 다 여물지 않은 얼굴은 "마치 압력이 엄지손가락 지문을 남기기라도 할 것처럼 거의 굳지 않은 밀랍 같아 보였다."[35] 그녀는 자신의 몸에 대해서도 썼다. 감기에 걸렸을 때든 폴과 불을 켜놓고 사랑을 나누고 있을 때든. (쾌락과 통증, 냄새와 악취, 임신 중 느낀 것들을 포함해) 몸과 몸의 감각은 온갖 장소와 함께 그녀가 일기를 쓸 때 가장 좋아했던 주제에 속한다. 마치 몸에도 탐험과 거주권 요구의 필요가 있다는 듯이 말이다. 그녀는 자신의 재료들을 모으고 있었고, 자기가 가진 메타포의 재능을 행사하고, 자기만의 관점을 갖는 법을 배우고 있었다.

브리스톨에서 그녀는 결국 대학에 진학하게 되었다. 처음엔 현지 언론사 기자직에 지원했다 떨어지고 집에 머물며 장편소설을 썼다. 하지만 진척 상황이 만족스럽지 않았다. 브리스톨에 온 지 몇 달 지났을 무렵 건축사학자인 외삼촌이 그녀의 집에 놀러 왔는데, 사는 형편을 둘러보더니 브리스톨 대학에 지원해 보라고 권했다.

이후 3년간 그녀는 중세 문학을 공부하고(중세 문학과 포크 음악의 관계에 관해 논문을 썼다.) 포프와 스위프트 같은 18세기 풍자 작가들, 디네센, 퍼뱅크, 프랑스 초현실주의자 같은 20세기 작가들, 철학과 문학 비평에서 영감을 찾으면서 쉬지 않고 다방면에 걸쳐 책을 읽었다. 그녀가 환상주의자, 댄디, 공연가, 기꺼이 소속의 법칙들을 다시 쓰려는 사람이면 누구나와 친밀감을 가졌던 건 놀랍지 않다. 초창기 글쓰기에는 그녀가 훗날 "남장여자의 요소"[36]라고 불렀던 게 있는데, 이는 종종 남성의 시점을 취했다. 하지만 새로운 가능성들에 의해 촉발돼, 학위를 받자마자 그녀는 소설 쓰기를 재개했으며 26세의 나이에 첫 장편소설을 출판했다.

대부분의 브리스톨 학생들이 깔끔한 치마와 스웨터를 입던 (미국에선 앨리스 워커 같은 여학생이 스펠먼 칼리지에 막 입학할) 시절, 앤절라는 청바지와 하이탑, 추레한 중고 모피 코트로 특징지어지는, 에드워드 고리의 삽화에 나올 것 같은 병적인 스타일의 옷을 입기 시작했다. 아이러니에 관한 인용구를 늘어놓을 때 입고 돌아다닌 그녀의 최신 버전 패션이었다. 머리는 헤나로 물들이고, 다리털도 밀지 않았으며, 앞니가 빠졌을 때는 의치를 끼워 넣기까지 한참이나 늑장을 부렸다. 브리스톨에서 그녀를 알았던 사람들은 그녀가 학생식당에서 찻주전자를 몇 개나 비우도록 사람들한테 웃긴 얘기를 해주던 모습이나 담배 연기를 내뿜으며 정치 얘기와 가십을 떠들던 그녀의 낄낄거리는 웃음소리가 식당을 가로지르며 메아리쳤던 것을 기억했다. 그녀가 말하는 방식은 한 친구가 표현한 것처럼 "망설임과 단도직입적 자기 확신", 자기 재능에 대한 자신감과 어색함의 "이상한 혼합물"이었다.[37] 몇 년 후 그녀가 쓴 단편소설에서는 자전적 인물이 사색에 잠기며 다음과 같이 털어놓는다. "난 항상 알맞은 외모로 꾸미기 위해 내 마음 속 장난감 옷장을 뒤지고 있었다. 이는 나를 부단히 방어하는 방식이었다. 그 당시 난 현실에 너무 가까이 다가가도록 나를 내버려두면 늘 상당한 고통을 받곤 했기 때문이다."[38]

하지만 집에서 그녀는 가정생활의 현실이라는 수렁에 빠져 있었다. 큰 방 두 개와 앤절라가 작업실로 썼던 작은 방이 있는 카터 부부의 아파트는 클리프턴의 조지 양식 주택이었는데, 이웃들과 목욕탕을 함께 쓰고, 뜨거운 물은 나오지 않는 곳이었다. 난방용 석탄 난로가 있어서 석탄을 끌어다놓고 재를 내다버려야 했는데, 이건 앤절라가 특히 분통을 터뜨린 일이었다. 하지만 폴은 앤절라가 이 일을 할 거라고 기대했고, 그녀가 글쓰기에 너무 빠져 있어 집 청소를 안 하면 불평했다. 오드리처럼 앤절라도 애써 작업 공간을 마련하고, 일기에 다음과 같이 적었다. "제자리에 놓여 있는 내 사랑스러운 괴물 책상. 그는 바로크 스타일이 아니라고 그걸 싫어한다. 또 내가 서랍장을 책들로 가득 채웠다고 화를 낸다. 어쩔 수 없지, 뭐. 책들은 계속 거기 있을 거다."[39]

도리스 레싱은 첫 결혼 당시 자신에 대해 "남을 기쁘게 해주려는 여자들의 본능은 남자들을 헷갈리게 한다. 그러나 그건 여자도 헷갈리게 한다."라고 썼다.[40] 앤절라는 폴을 사랑했고, 그를 염려했으며, 그와 사랑을 나누는 걸 즐겼다.(훗날 비교 대상이 될 다른 연인들을 사귀고 난 후에는 자신의 "욕망"이 필요로 했던 건 종종 "누군가 자신을 애지중지해주고 관심을 보여주는 것"이었다고 일기에 회고했다.[41]) 막연하지만 직관적으로, 그녀는 자신이 이 결혼에 걸맞기엔 너무 커버렸다는 걸 알게 되었다. 폴은 앤절라가 "거대한 아기 같은 샐쭉거림"이라고 불렀던 태도로 앤절라의 자립에 반응했는데, 앤절라는 눈물과 (공책에 은밀하게 써놓기론) 짜증으로 그걸 받아주었다. 한번은 앤절라가 공용 변기 시트 위에 뭘 너무 많이 흘려 놓는다고 이웃들이 폴에게 불평했다. 앤절라는 부당하다고 생각했다. 여자의 몸은 원래 뭘 흘리니까. 하지만 폴의 침묵과 수치심이 그녀를 울리고 말았다. "난 죽을 만큼 불행해. 집으로 돌아가고 싶어."[42]

이야기의 이 시점에서 우리는 이 결혼이 어떻게 흘러갔는지 알고 있다. 앤절라가 결혼했다고 글을 쓸 수 없던 건 아니다. 폴과 함께 산 9년 동안 그녀는 학위를 땄고, 네 권의 장편소설을 펴냈다. 그녀의 집중력은 어마어마했고, 작업할 자기 방이 따로 있었으며, 그녀의 시간은 대체로 그녀 자신의 것이었다. 하지만 그녀가 관계에 쏟아부은 감정노동은 화답받지 못했다. 오히려 폴은 점점 커지는 그녀의 성공에 괴로워했다. 그녀가 대학에서 친구들을 사귀기 시작하자, 폴은 심각한 우울증에 빠졌다.

1966년 그녀의 첫 책 『그림자 춤』이 나오자, 그는 몇 주 동안 티나게 부루퉁했다.

그녀는 여전히 탐색하며 성장하고 있는 반면, 폴은 자신을 만족시켜준 삶에 안주해 있다고 앤절라는 느꼈다. "아니, 도대체 내가 왜 결혼을 했을까?"라고 그녀는 일기에 적었다. "나는 계속 나아가고 싶다. 폴을 떠나서가 아니라 폴과 함께. 하지만 그는 나처럼 발이 가볍지 않지."[43] 처음으로 자신이 그들의 감정적 불평등에 공모하고 있다는 데 생각이 미쳤다. "그를 돕기 위해 내가 노력하고 성장할 때, 변화에 굴복할 때, 그냥 넘어가고 다정하게 행동하고 좋은 아내가 해야 하는 모든 일을 할 때, 내 좆 같은 이해심과 친절한 가슴으로 나는 매일매일 모든 방면에서 나 자신을 가둘 더 좋고 튼튼한 우리를 짓는 셈이지."[44]

글쓰기에 대한 그녀의 야망과 자신감에도 불구하고, 앤절라의 결혼 이야기에는 여성적 피학성의 흔적이 있다. 이에 대한 앤절라의 분노는 그녀의 소설에서 가정과 여성성이 폭력적 결말을 맺는 경향을 통해 드러난다. 그녀는 초기 장편 중 최고작이자 경이롭게 이상한 소설인 『마법 장난감 가게』(1967)에서 말 못하는 엄마와 제멋대로 구는 성난 아버지가 등장하는 가부장적 인형극으로 한 가족에 대한 상상도를 만들어낸다. 그러고는 불을 질러 집을 다 무너뜨림으로써 십대 소녀 주인공을 해방시킨다.

앤절라가 훗날에 남긴 기록에 따르면, 그녀가 처음으로 자기 삶이 여자다움과 계급에 관한 사회적 허구에 의해 형성된 것이며 스스로의 선택으로 그 허구들을 바꿀 수 있음을 의식한 건 1968년의 히피스러운 여름이었다. 그해 그녀는 서머싯몸상을 받았는데, 함께 받은 상금으로 여행 경비가 생겼다. 영국 젊은이들이 인도에 가기 위해 히치하이킹을 하거나 암스테르담의 공원에서 노숙을 하던 시절, 앤절라는 한 번도 영국 제도를 떠나본 일이 없었다. 그녀는 세계를 돌아다니기로 결심했다. 1969년 여행 준비를 하면서 그녀는 빅토리아 시대 탐험가 이사벨라 버드의 말을 일기에 베껴 썼다. "여행가들은 가장 완벽한 예절로 가장 부적절한 짓들을 할 특권이 있다."

1969년 가을 앤절라는 책을 읽고 주변 광경을 관찰하며 도쿄의 커피하우스에 앉아 있었다. 6주간의 체류를 계획하고 일본에 와 3주를 보낸 참이었고, 카페 후게츠도♥의 국제적 분위기를 즐기고 있었다. 후게츠도는 유럽에서 온 배낭여행자들이 편지를 쓰고, 화장실에서 속옷을 물로 헹구며, 나팔바지에 홀치기 염색을 한 상의를 입은 일본인 히피들과 어울리는 곳이었다. 나중에 거주를 위해 도쿄로 돌아왔을 때는 이곳에서 그녀에게 쪽지를 건네준, 빳빳한 흰 셔츠를 입은 "단정한" 회사원을 만나기도 했다. 쪽지에는 "저는 마조히스트입니다. 당신의 기꺼운 노예

♥ 일본 유명 양과점 풍월당.

가 되게 해주세요. 당신의 친절에 미리 감사드리며."라고 쓰여 있었다.[45] 스스로 느끼는 만큼 남들에게도 특별해 보인다는 데 앤절라는 만족했을 것이다. 자신의 큰 키와 피부색이 오인할 수 없이 외국인임을 나타내는 이 낯선 환경에서 그녀는 마음이 편안했다.

바로 그날, 아라키 소조라는 젊은 일본 남자가, 그녀가 기억하기로 "대단히 국제적인 작업남의 미소"[46]를 띠고 그녀의 테이블로 다가왔을 때, 그녀는 무슨 일이 벌어지길 기다리고 있었다. 그는 그녀에게 자신이 24세이며 소설을 쓰기 위해 대학을 중퇴했다고 말했다. 잠시 후 그들은 그날 밤을 함께 보내기 위해 "러브호텔"로 갔다. 첫 시도는 서툴렀다. 하지만 다음날 그들의 섹스는 앤절라에게 하나의 계시였다. 2주 후 도쿄를 떠날 때, 그녀는 다시 돌아오기로 결심했다. 그녀에겐 결혼을 끝낼 계획이 필요했고, 그녀는 소조와 일본에, 그리고 사랑을 찾아 지구 반 바퀴를 돌아 떠나가는 사람으로서의 자기 이미지에 홀딱 반해 있었다.

도쿄로 돌아오기까지는 6개월이 걸렸다. 먼저 홍콩과 태국을 거쳐 영국으로 돌아갔는데, 가는 길에 폴에게 편지로 이별을 통보했다. 그는 엄청난 충격을 받았고(그런 일이 벌어질 거라곤 상상도 못했다.) 그녀가 자기를 버렸다는 생각을 결코 극복하지 못했다.[47] 그를 위로하고 싶은 생각이 간절했지만, 그녀의 연민이 그녀를 무자비하게 만들었다. 그녀는 그를 만나길 거부했다.

앤절라의 엄마는 격분했다. 바보 같은 결혼을 한 건 앤절라였기 때문에 그 결혼을 견뎌내야만 한다는 논리였다. 그러고는 폐색전으로 쓰러져 병원으로 후송됐다. 앤절라는 엄마를 면회하러 가 화해를 시도했지만, 엄마는 벽 쪽으로 얼굴을 돌려버렸다. 얼마 지나지 않아 그녀는 64세를 일기로 숨졌다. 몇 달 동안 앤절라는 아버지와 함께 밸럼에 머물며 그의 말동무가 돼줬고, 엄마 없이 자기는 어떤 사람인가 알아가고 있었다. 어쨌든 일본으로 갈 비자를 기다리는 동안 살 곳이 따로 없었다. 자기연민에 빠져 "집은 다른 누구도 당신을 받아들이지 않을 때 당신이 가는 곳"이라고 쓰기도 했다.[48] 하지만 그녀는 자기만의 삶 한복판으로 걸어 들어갈 준비를 하고 있었다. 그녀는 한 친구에게 자기가 소조에게 보낸 편지에 흥미로운 프로이트적 말실수를 했던 일을 들려주었다. "나는 편지에 썼지. '난 내가 당신 것이라고 느껴.' 하지만 다시 읽어보다가, 실제로는 '난 내가 내 것이라고 느껴.'라고 써놓은 걸 알아차린 거야."[49]

1970년 4월 앤절라는 마침내 도쿄로 날아가 거의 곧장 소조와 침대로 직행했다. 그녀는 일기에 다음과 같이 썼다. "오직 열정으로만 버티며 우린 안전장치도 없이 욕망이라는 팽팽한 줄 위에 올라타 사랑이라는 2회전 공중제비를 넘는 중이다."[50] 그녀가 소조와 누렸던 성적 쾌락은 강렬했다. 하지만 일기나 편지에는 그가 술에 취해 새벽 5시에 집에 오거나 다른 여자의 립스틱 자국을 팬티에 묻혀 온다고 썼다. 그의 외도에 상처받았지만,

흔한 이유들로 그걸 받아들였다. 한편으로는 자기부정 때문이었고, 다른 한편으로는 그게 그녀에게 자립심을 주었기 때문이다. 그건 그녀에게 사랑을 하나의 입장으로 탐험할 수 있는, 사랑을 가지고 놀지만 그것에 진심일 수 있는, 여성으로서 가정적인 삶을 살아야 한다는 의무를 뒷전으로 밀어놓을 수 있는 여유를 주었다.

소조와 앤절라는 집주인이 외국인에게도 기꺼이 세를 주려는 아파트 하나를 겨우 구했다. 아파트는 작은 목조주택들이 늘어선, 사생활이 거의 보장되지 않는 거리에 있었다. "벽이 너무 얇아서 우린 이웃들이 트림하는 소리를 들을 수 있고, 그들의 프라이팬에서 저녁으로 먹을 생선이 지글거리는 소리도 들린다."[51] 그들은 "놀라우리만치 가장 번듯한 집들이 모여 있는 그곳에서, 오직 열정이라는 가구만 구비된 방에 살고 있는" 이상한 커플이었다.[52] 다른 주민들은 특히 앤절라를 의심스러운 눈초리로 보았다. 그게 자신이 "유색인으로 간주되는, 고통스럽지만 계몽적인 경험"이라는 걸 그녀는 알게 되었다.[53]

그녀의 특권이 미치는 범위 안에서, 그녀가 지닌 외래성은 계급과 여성성이라는 영국적 범주에서 빠져나와 자기 자신을 다시 마주하도록 도왔다. 하지만 신주쿠에 드나들던 삐딱하고 국제적인 히피 무리에서 벗어나면, 그녀가 현지인들과 잘 어울려 지낸다는 건 상상하기도 어려운 일이었다. 소조의 인종화한 눈길이 지닌 거리두기 효과에 매료된 채, 그녀는 자기 자신을 오리엔탈리즘의 용어로 묘사했다. "난 한 번도 그렇게 절대적으로 신비스러운 타자가 돼본 적이 없었다. 나는 일종의 불사조, 기막히게 멋진 야수가 되었다. 난 기이한 보석이었다. 그는 내가 설명할 길 없이 이국적이라고 생각하는 것 같다. 하지만 나는 내가 종종 여장남자처럼 느껴졌다." 일본 여성 의류의 작은 사이즈는 그녀가 글룸달클리치♥만큼 비대하게 느껴지도록 만들었지만,[54] 그녀는 자신의 육체성을 받아들이는 법을 배우고 있었다. 그녀는 또 일본 문화의 남성 쇼비니즘적인 면들을 예의주시하고 있었다. 그것은 그녀에게 새로운 것이었기 때문에 친숙한 자기 안의 성차별주의보다 더 쉽게 눈에 보였다. 그녀는 푸코와 바르트를 읽고 육체란 겉보기처럼 자연스러운 것이 아니며 "우리의 몸은 역사로부터 우리에게 온다."라는 것을 직감하기 시작했다.[55] 그녀는 페미니즘으로 가는 자신의 길을 발견하고 있었는데, 그것은 부분적으로 한때 자신에게 생경하게 보였던 야망과 욕구들을 새로운 눈으로 봄으로써 가능한 것이었다.

도쿄에서의 첫 해가 끝나갈 무렵, 그녀와 소조는 겨울을 지내러 해변가의 한 집으로 거처를 옮겼다. 거기서 두 사람은 각자 글쓰기에 전념하고 집안일을 공유했는데, 이 동등한 파트너십은 이 몇 달을 그들이 함께 보낸 가장 행복한 시간으로 만들어줬다. 그러나 그녀가 소조로부터 배운 가장 큰 교훈은 그들이

♥ 『걸리버 여행기』에 나오는 거인국의 신장 12미터 소녀.

사귀는 동안이 아니라 예기치 못한 관계의 종착역에서 나왔다. 1971년 4월 앤절라는 다섯 번째 소설 『사랑』의 홍보 업무차 영국에 갔다. 그녀는 7월 비행기로 모스크바와 하바롭스크를 거쳐 시베리아 횡단열차를 타고 나홋카로 간 후 도착까지 이틀이 걸리는 요코하마 페리에 올라탔다. 그녀가 돌아가는 길이라고 편지로 알렸음에도 소조는 부두에 마중 나오지 않았다.

앤절라는 기차를 타고 도쿄로 갔지만, 그를 찾을 수 없었다. 엄청난 충격을 받은 채 그녀는 고통으로 울면서 거리를 찾아 헤맸다. 그러면서도 버림받은 여자 역할을 하고 있는 자기 자신을 보는 게 당혹스러웠다. 단편 「육체와 거울」에 이 장면을 묘사하며 자신을 "로맨틱한 희생자가 아닌 도시를 배회하는 여자 주인공으로 3인칭 단수 시점을 사용해" 그려냈다.[56] 그녀는 가슴앓이가 자기 인생에 지불해야 하는 비용이라고 믿으며 자신을 엘리자베스 스마트의 『그랜드센트럴역에 주저앉아 울다』 같은 고통스러운 사랑의 드라마 속 주인공이라고 여겼다. 그런데 그때 낯선 젊은 남자가 옆으로 와서 만일 연인을 찾지 못한다면 차라리 자기와 함께 침대로 가는 게 낫지 않겠냐고 제안했다. 이 이야기에서 그녀는 그 남자를 따라가 천장이 거울로 된 호텔 방에서 엄청난 섹스를 한다. 그러고선 쾌락을 요구하고 자기희생은 거부하며 거울 속 자신을 보면서 갑자기 웃음을 터트린다.

감정의 원천이 그녀의 연인이 아니라 그녀 자신이라는 사실을 이 일을 통해 알게 된 것은, 소조를 잃은 것만큼이나 고통스러웠다. 그녀는 자기가 소조를 "낭만주의 예술작품처럼, 내 안의 유령에 상응하는 대상인 양" 오직 자기 자신과의 관계 속에서만 창조해낸 것이 아닌지 의심하기 시작했다.[57] 고통의 윤리적 우위를 거부하면서, 그녀는 자신이 정말로 무엇을 원하는지, 여성이 진정으로 원하는 것이 무엇인지를 발견하기 시작했다. 몇 년 후 『빨간 모자』 개정판에서 주인공 소녀는 하룻밤의 쾌락을 위해 늑대와 동침한다. "그녀는 자신이 그 누구의 고기도 아니라는 걸 알았다."[58]

그녀는 "19세에 해야 했던 방식으로 나 자신을 존재론적으로 정립할 필요"를 느끼며 혼자 일본에 머물렀다. 그리고 몇 달 후 어느 영국인 친구를 통해 그녀가 주도권을 쥐고 주역을 맡은 새로운 관계를 시작했다. 고만수는 열아홉 살, 앤절라는 서른 한 살이었는데, 그는 자신이 "정신적으로 불안하다"고 앤절라에게 털어놓았다. 그러나 그녀는 그의 부드러움을 사랑했다. 그가 앤절라의 집에서 함께 살며 집안일을 맡아 하기 시작한 후, 그녀는 친구에게 보내는 편지에 그가 그녀 안의 모성적인 어떤 것을, 나아가 "통제하고 싶은 욕구"를 끌어냈다고 썼다. 그녀는 또 지적하기를, 만일 그녀가 만수만큼 어린 소녀와 사귀는 자기 또래의 남자였다면(그 시대엔 그럴 법하게도) 누구도 반대하지 않았을 거라고 했다.[59]

그녀는 이번 연애를 오래 지속할 생각이 없었다. 1972년 1월, 그녀는 자신이 임신했다고 생각하고, 이것이 또 다른 거짓

경보였다는 걸 알게 되기 전까지 낙태할 곳을 알아보고 있었다.(이 일은 고만수의 기분을 상하게 했다.) 그리고 얼마 지나지 않아, 비자가 만료됨에 따라 그녀는 영국으로 돌아가기로 결심했다. 다듬어야 할 세부적인 문제들이 남아 있기는 했지만, 그녀는 어느 정도의 침착성(self-possession)을 가지고 고향으로 돌아갔다. 이 침착함은 훗날 그녀의 글쓰기와 마크와의 관계, 자기 자신을 잃지 않고도 엄마가 될 수 있으리라는 깨달음에 도움을 줄 것이었다.

하지만 앤절라가 막상 영국에 돌아오자, 그녀는 길을 잃고 혼자가 된 기분이었다. 커리어를 재구축해야 한다는 기대에 압도되는 것 같았다. 일본으로 떠날 때는 호평받는 작가였지만, 2년 후 돌아와 보니 무일푼이 된 채 작가로서의 동력을 잃어버린 상태였다. 그녀가 일본에서 썼던 초현실주의 장편소설 『호프만 박사의 지옥의 욕망 기계』는 그녀가 진지한 문학계의 위상을 노리며 던진 승부수였다. 책은 서평을 띄우기 위해 영국에서 출판됐지만, 광범위한 독자를 확보하지 못했다. 처음엔 미국에서 출판하려고 했지만 출판사를 찾는 데 실패했고, 이는 앤절라에게 재정적 재앙을 의미했다. 그녀는 친구에게 보내는 편지에 "이건 더 이상 내가 글쓰기로 생계를 유지할 수 없다는 걸 뜻해. 맹렬히 다시 원점으로 돌아왔단 얘기지."라고 썼다.[60]

그녀는 파티에서 만난 시인 플러 애드콕의 노스런던에 있는 집에 방 하나를 빌려 살며 브리스톨의 옛 친구인 한 남성과 가까워졌다. 그는 그녀가 글쓰기에 관해 이야기를 나눌 수 있는, 그녀의 말에 따르면 "소설을 진실의 수단으로 진지하게 받아들이는, 내가 만난 적 있는 몇 안 되는 사람 중 하나"였다.[61] 하지만 그 역시 폭력적 기질이 있었다. 한번은 분노 발작으로 그녀가 있는 쪽으로 타자기를 집어 던지기도 했다.[62] 그에게서 벗어나기 위해 그녀는 배스에 있는 게이 친구의 집으로 이사했다. 배스는 건강한 음식과 뉴에이지 서점들로 가득한 포스트 히피 시대의 오아시스로, 또 다른 재발명을 하기에 안전한 장소처럼 보였음에 틀림없다.

아버지의 도움으로 그녀는 여러 단편과 새 장편소설을 작업하며 혼자 살 작은 집을 그곳에 샀다. 하지만 "사람을 피폐하게 하는" 스트레스 속에서 담보 대출금을 꼬박꼬박 갚는 건 고사하고, 가끔은 난방비를 낼 형편도 안 됐다.[63] 그녀는 돈을 벌기 위해 잡지에 서평이나 기행문, 문화와 정치에 대한 재기 넘치고도 예리한 시선이 담긴 원고 등을 기고했다.

그러는 동안 제2물결 페미니즘이 탄력을 받고 있었다. 스스로 벌어먹고 사는 싱글 여성으로서의 처지가 성 역할에 대한 반감과 결합해 그녀를 개심자로 만들어주었다. 배스에서 보낸 첫 해인 1973년, 영국의 새 페미니즘 잡지 《스페어 립》♥에 그녀는 몇 편의 기사를 썼다. 첫 기사는 영국 화가 이블린 윌리엄스에 관한 것이었는데, 그녀는 기사에서 윌리엄스의 그로테스크한 밀랍인형은 "아이의 외로움, 엄마의 외로움, 엄마와 아이라는 폐쇄적인 단위의 외로움"을 전달하는 것이라고 해석했다.[64]

《스페어 립》의 편집자 로지 보이콧을 통해 그녀는 당시 페미니스트 출판사 '비라고(Virago, 말참견을 잘하는 여자)'의 설립을 준비하던 카먼 칼릴을 만났다. 그녀의 새 에이전트 데버라 로저스와도 계약했는데, 로저스는 미완성 장편을 골란츠 출판사의 편집자 리즈 콜더에게 판매했다. 앤절라의 분석적 천재성과 부적절한 웃음에 대한 애정을 공유하는 친구 로나도 같은 에이전트와 계약했다. 앤절라와 가장 친한 친구들은 종종 신분 상승이나 국제적인 신분 이동을 이뤘고, 그녀처럼 자기 자신을 발명하거나 상상하는 인물들이었다. 뉴질랜드에서 성장한 애드콕, 레바논계 호주인인 칼릴, 훗날 친구가 된 살만 루슈디, 가즈오 이시구로, 캐릴 필립스 등이 그들이다. 앤절라의 미국인 친구 로버트 쿠버는 대체로 그녀가 "어떤 아웃사이더성을 즐겼다. 자신이 어디에 흡수되지 않았다고 느끼면 기뻐했다."라고 표현했다.[65]

이때까지 그녀의 소설은 공격적이었지만, 아이러니하고 자기 은폐적이기도 했다. 이후 몇 년간 그녀는 자신의 뮤즈에 대한 페미니즘의 요구와 씨름하면서 여성과 육체에 관한 생각을 언어

♥ 1971년 발행인들이 중국 식당에서 돼지갈비를 시켜 먹으며 창간을 준비한 데서 붙은 이름.

화하는 데 공을 들였다. 성차별적 환상에 대해 반어적으로 비판하긴 했지만, 대안을 상상하면 다음 단계는 더 어려웠다. 여전히 희생적인 이타심이라는 괴물과 싸우면서 그녀는 다음과 같이 썼다. "처녀의 순수성을 구원하려는 신화부터 치유하고 받아들이는 엄마라는 신화에 이르기까지 여성에 대한 모든 신화적 버전들은 위안을 주기 위한 터무니없는 말들로, 삶의 진짜 조건을 은폐한다."[66]

그녀는 일본에서 보낸 시간에 대한 자전적 서사와 『피로 물든 방』이 드러낸 것들의 전조가 되는 고딕풍의 이야기들을 결합해 『불꽃놀이』라는 얇은 단편집을 출판했다. 그리고 남성과 여성이 선택되거나 폐기될 수 있는 구성물로 등장하는, 세계 종말 이후의 성 역할에 대한 풍자인 차기 장편소설 『새로운 이브의 열정』(1977)을 쓰는 데 매진했다. 이 책은 그녀에게 길을 터주었던 것으로 보인다. 그 길을 건넌 후 그녀는 초기작에 빈번히 드러나는 남장여자와 여성적 차별성에 대한 그녀의 공포 모두를 폐기했다.

그녀는 다음 장편 『피로 물든 방』에 착수하며 자신과 자기 세대가 섹슈얼리티와 운명에 대해 더 큰 힘을 가진 세계사적으로 새로운 세대라는 느낌을 활용했다. 동화들을 다시 쓰기도 했는데, 소녀들과 여성들을 적극적이고 욕망하는 영웅들로 만듦으로써 원작에 잠재된 성적 내용, 이를테면 그 모든 게걸스러운 늑대들과 인간과 야수 사이의 에로틱한 변신 등을 끌어내기 위해서였다. 그녀는 표제작에서 여성의 순수성이 지닌 위험을 강조하기 위해 푸른 수염 신화를 이용했다. 그러고는 십대인 아내를 구조하는 사람이 그녀의 오빠들이 아니라 머리를 휘날리며, 권총을 돌리며, 말을 타고 딸을 구하러 오는 엄마가 되도록 했다. 「호랑이의 신부」에서는 포식자와 결혼한 소녀가 "그의 식욕이 나의 멸종일 필요는 없는 성적 파트너십 속에서" 자신이 양이라기보다는 오히려 육식성임을 깨닫는다.[67]

한동안 그녀와 플러는 서로 의견을 주고받으며, 굳이 성가시게 남자와 같이 살 가치는 없다는 데 뜻을 모았다. 그럼에도 1974년 여름, 가볍게 알고 지내던 남자("길 건너편에서 온 털이 북실북실한 웨일스 출신의 짐승"이라고 일기에 적어놓았다.)와 하룻밤을 보낸 후, 그녀는 처음으로 자신이 34세의 나이에 진짜로 임신했다는 걸 알게 됐다. 그녀는 아이를 낙태했지만(1967년 이래 영국에서는 합법이었다.) 임신이 가져다준 육체적·정신적 경험에 매료됐다. 그녀는 일기에 그 느낌을 다음과 같이 묘사했다.

> 이상한 고립감이었다. 모호한 상태의 마법. 나의 자아, 혹은 나 자신이 아닌 것처럼 느껴졌다. 나는 나 자신으로부터 낯설어졌을 뿐 아니라 증진된 느낌을 받았다. 의지와 달리 나는 점점 느려졌고, 마치 물속에서 걷는 것처럼 꿈꾸는 듯한 느림의 상태에 있는 듯했다. 강렬한 무기력. 이 무기력의 초점은 내 배 속에 있는 그것에 맞춰져 있었다. 너무도 부정할 수 없이, 심지어

> 대체할 수도 없이 거기에 있는 그것(혹은 그 존재)은 바람에 날아온 씨앗처럼, 아주 편하게 거기 머무르고 있었다. 위험. 위험 속에서 수태한 채, 나는 나를 이 수동적인 보관용기로, 내 뱃속을 따뜻한 대기실로 바꿔버린 자연의, 이제 완전히 내 통제를 벗어난 과정들의 도구가 돼버렸다. 내 안에서, 두껍고 따뜻한 고요의 눈발 아래서 (내가 원하지 않았지만 나도 모르게 진정되고 말았던) 무슨 일인가 일어나고 있었다. 엄청난 양의 비밀스러운 활동이 벌어지고 있었다. 내게 이보다 낯선 것은 없었고, 나는 홀린 것 같았다. 가끔은 내가 임신 중이라는 사실에 감탄했다. 나는 내 자신의 느림과 내가 볼 수 있는 내 몸의 변화들이 아주 마음에 들었다.

그녀는 또한 배 속 아기를 보호하려는 자신에 대해 몹시 놀랐다. "외로운 아이라도 된 양, 눈에 보이지 않는 동반자를 발명하도록 시킨 게 고작 신진대사 과정의 신선한 호르몬 주입이라면, 그럼 난 누구지? 정체성이란 건 부서지기 쉽지 않은가?" 모성에 대한 감상과 통제의 층위들을 정당하게 경계하며 그녀는 덧붙였다. "너무 많은 신비화가 진정한 신비를 감추고 있는 영토들은 언제나 탐험하기가 어렵다."[68]

몇 달 후, 그녀가 오랜 시간 책상에 앉아 일하고 있을 때, 한 건

축 인부가 그녀의 집 건너편 주택에서 작업을 시작했다. 창문으로 그녀를 바라보면서, 그는 그녀의 독립성과 집중력에 매혹됐다. 어느 날 그녀가 배관 쪽에 도움을 청하기 위해 그에게 다가갔고, 곧 그녀와 마크는 침대 위에서 사랑을 나누고 있었다.

그해 초 앤절라는 일본에 갔다가 고만수가 2년 전 그녀와의 이별에 적의를 품고, 상당히 많이 변해 있다는 걸 알게 됐다. 마크는 고만수가 앤절라와 사귈 때와 같은 나이였고, 그래서 그녀는 마크와 너무 깊게 엮이고 싶지는 않았다. 그녀의 일기에 따르면, 두 번째 사랑을 나눌 때 그녀는 다정한 분위기 속에서 불쑥 그에게 사랑한다고 말하고 말았다. "제정신이 들자 나는 '그 말을 하려던 게 아니었다.'고 말했다. '왜?' 나는 몇 번이고 얼굴을 파묻은 후 가까스로 말했다. '왜냐면 사실이 아니니까.'"[69]

그때는 그게 사실이 아니었을지 몰라도, 이내 사실이 되었다. 친구들에게는 연애의 가능성을 일축했는데, 아마도 마크의 창조성과 독창성이 표준적인 지성의 틀에 맞지 않았던 것이 한 이유였을 것이다.(물론 그녀 역시 그 틀에는 맞지 않았고, 이는 그 둘의 결속을 강화한 한 원인이었음에 틀림없다.) 몇 달 후 앤절라를 방문하기 위해 배스에 왔던 플러는 마크가 그녀의 집 대문에 페인트칠을 하고 있는 것밖에 보지 못했다. "그가 단지 도움을 주는, 아마도 그녀에게 홀딱 반한 젊은 이웃 이상이라는 생각은 내게 떠오른 적이 없었다."[70] 앤절라의 친구 크리스틴 다운턴은 앤절라가 얼버무리는 것은 민감한 주제를 회피하는 그녀의 방식이라고 생각했다. "삶에 대해 조금은 놀라고 당황한 듯한 방식"이었는데, 크리스틴에 따르면 그것은 극적인 것을 좋아하는 그녀의 취향과 일종의 방어기제 두 측면을 모두 지니고 있었다. 그것은 "그녀가 거기 가고 싶어하지 않는다는 걸 알려주는 깃발" 같은 것이었다.[71] 사실 크리스틴은 앤절라와 마크의 관계는 처음부터 안정적이고 만족스러운 것이었다고 생각했다.

그들의 서로에 대한 헌신은 앤절라가 런던으로 이사하기로 결정했을 때 첫 시험대에 오르게 됐다. 배스 대학 경제학과 강사였던 크리스틴은 수도에 새 일자리를 잡았고, 1976년 두 여성은 함께 집을 사기로 약속했다. 그들은 사우스런던의 밸럼에서 멀지 않은 클래펌에서 마음에 드는 집을 찾았고, 제일 위층은 앤절라가, 아래 두 층은 크리스틴이 사용하기로 했다. 집은 손을 좀 볼 필요가 있었는데, 이는 앤절라가 마크를 초대해 그녀와 함께 런던으로 와 살도록 할 좋은 명분이 되었다. 마크는 집을 고쳐주는 대신 소유권을 부여받는 조건으로 클래펌의 집을 수리하기 시작했고, 앤절라는 이제 더 많은 대출금을 떠안은 채 재정적으로 그 둘을 먹여 살려야 했다. 1976년 그녀는 문예창작 프로그램에서 첫 일자리를 얻었다. 이 글쓰기 강사 일은 향후 몇 년간 그녀가 그녀의 "소년들(boys)"인 마크와 알렉스[앤절라의 아들]를 위해 돈을 벌어야 할 때면 몇 차례 하곤 했던 일이다.

마크가 그녀에게 어떤 의미인지, 어떤 의미이길 그녀가 원하고 있는지, 이제는 마음을 정해야만 했다. 처음 만났을 때부터 지금까지 그저 그와 즐기는 관계일 뿐이라고 생각했을 때, 그녀는 일기에 어느 친구가 해준 연애 조언을 다음과 같이 적어놓았다. "누구든 연애가 얼마나 지속될지 반드시 계산해봐야 한다. 그게 하룻밤이든, 일주일이든, 1년이든, 평생이든."[72]

4년 후 프로비던스에서 그녀와 마크는 마음을 정했고, 41세의 나이에 앤절라는 임신했다. 1982년 봄, 암스테르담에 방문했을 때, 그녀는 그 도시에 대한 메모들("훅 끼치는 상한 청어 냄새, 자유롭게 움직이는 단단하고 잘생긴 남자들")에다 그녀가 느꼈던 변화들(메스꺼움, 그녀 몸의 형태와 체취 변화, 그녀의 걱정, 그녀의 희망)에 대한 또 다른 선명한 묘사를 결합해 적어놓았다. "바라건대 여행하는 것이 도착하는 것보다 낫기를. 임신의 경험은 은혜로운 상태다. 하지만 그 다음엔 뭐가 오지?"

한 달 후 그녀는 "우리는 도착하지 못했다."라고 적었다. 라일락꽃이 "외음부 같은 연보라 빛을 띠며" 만개하는 봄의 한복판에서 임신은 약 12주 만에 끝나버렸다. 열흘 후 그녀는 반복되는 요통, 메스꺼움, 이상하게 콸콸 쏟아지는 검붉은 피 등의 증상을 보고했다. 그리고 덧붙였다. "마크가 그보다 더 아름답고 사랑스러워 보인 적은 없었다. 나는 숨이 멎었다. 마치 사랑에 충격 받은 것처럼, 그를 잃을지도 모른다는 생각에 얼어붙은 것처럼."[73]

이듬해 봄 그녀는 다시 임신했다. 이번에는 어떤 메모도 쓰지 않았으나 임신은 지속됐다. 그녀는 늘 그랬듯 플러에게 중요한 얘기는 생략한 채 경미한 건강 문제가 좀 있다고만 말했다. "'자궁이 좀 그래.'라고 그녀가 말하길래 나는 생각했다. '아, 그렇군. 월경과 관련된 문제인가 보네.' 묻고 싶진 않았다. 하지만 자궁에 있었던 건 아기였다."[74]

그녀는 크리스틴 다운턴에게도 전혀 말하지 않았다. 크리스틴은 그 무렵 자기 집을 사서 나갔고, 어느 날 친구인 앤절라를 보러 그녀의 집에 들렀다. 앤절라는 문을 빼꼼 열더니 "바깥을 슬쩍 내다보았다. 그건 이상했다. 전혀 앤절라답지 않았다. 그러고는 몰래 빠져나오듯" 거대한 배를 이끌고서 바깥으로 나왔다. "그녀는 소리 내 웃고 있었고, 당황한 듯 보였다. 하지만 자신의 진정한 선택에 완벽하게 편안해 보였다."[75] 앤절라는 새 가정을 꾸릴 준비를 하고 있었다. 그 가정에서 그녀는 걸쭉한 입담에, 이국적인 새들을 키우는 눈부신 모습으로 주연을 맡을 터였다.

자신이 남과 다르다는 것을 기쁘게 받아들이는 모든 엄마들은 굳이 그들에게 주제넘은 짓을 하고 있다고 알려주려는 모성 수호 경찰을 만나게 마련이다. 앤절라는 임신 38주에 국경수비대처럼 구는 산부인과 의사와 특히 불쾌한 언쟁을 벌였다. 1983년 11월이었다. 그녀의 장편소설 『서커스의 밤』이 막 출간될 참이었다. 그녀가 감독 닐 조던과 함께 대본을 쓴 영화 「늑대의 혈족」은 제작 중이었다. 부커상 심사위원으로 심사를 막 마친 참이기도 했다. 축하 행사 다음날, 고혈압 증상으로 그녀는 사우스런던 여성 병원에 입원했다.

거기서 그녀는 농담을 하는 실수를 저질렀다. 의사가 그녀에게 기분이 어떤지 물었을 때 "괜찮아요."라고 말하는 게 지겨워 "조금 불안하네요. 출산 자체보다는 앞으로 20~30년에 대해서요."라고 답했다.

"옷은 위로 젖혀지고, 팬티는 아래로 끌어내려져서, 상처받기 쉽고 무력한 상태로 품위 없이 반듯하게 누워" 있는데,[76] 의사가 앤절라에게 아직 너무 늦은 건 아니니 아기에 관해 마음을 바꿔도 된다고 알려주었다. "여자 의사가 내 배를 눌렀다. 나는 움직일 수 없었다. 의사는 말했다. '물론 낙태를 하지 **않은** 건 당연히 해야 될 옳은 일을 하신 거예요. 하지만 지금이야말로 입양을 고려해볼 때죠. 진지하게 한번 생각해보시길 권합니다.'" 의사는 마크와 이 문제를 상의해보라고 조언했다. "그분이 그냥 내연남이라는 건 알지만요."

의사가 자리를 뜬 후, 앤절라는 통곡하고 분노했다. 마치 그녀와 마크가 자신이 아는 세상에서 가장 헌신적인 커플이 아니기라도 한 것처럼. 자기가 생애의 절반을 모성에 대해 고민하며 보낸 사람이 아니기라도 한 것처럼. "그 생각을 할 때마다 혈관을 따라 아드레날린이 치솟아." 앤절라는 산부인과 병동 침대에 누워 로나에게 편지를 썼다. "이 여자를 **죽여버리고** 싶어. 그 여자 내장들을 다 끄집어내고 싶다고."[77] 그녀는 자신이 상대적 특권을 누리고 있다고 말했다. "청하지도 않은 이런 조언을 백인 중산층 산모한테 할 정도면 흑인 프롤레타리아 산모는 얼마나 편하게 학대하듯 대하겠어?"[78]

이 병원은 그녀에게 씻지 않은 손으로 환부를 만져 생기는 박테리아 감염인 산욕열까지 앓게 함으로써 모욕에 더해 부상까지 안겼다. 과거에는 수많은 여성이 산욕열로 분만 중 사망했다. 그녀는 회복됐지만 "20세기보다 19세기 문학 작품에 나오는 여성처럼 분만을 견딘 것 같았다."[79] 몇 주 후, 그녀는 이 경험에 대해 글쓰기로 복수했다. 「산부인과 병동에서 보내는 메모」라는 제목의 글이었다. 그녀는 엄마들과 출산에 대해 짜증나는 가정을 하는 사람들의 "산후 처단자 명단"을 통째로 갖고 있다고 주장했다.("그 사건[출산] 이후에는 누구에게나 1년짜리 정당방위 살인이 허용되지 않습니까?"[80]) 만세! 드디어 모성 분노의 영토에 입성한 것이다. 하지만 출산에 대한 부정적 감정이라는 특권은 페미니즘과 함께 온 변화들 중 하나였다. 그것은 앤절라 같은 여자들에게 말로 맞받아치면서 모성적 삶에 시동을 걸 수 있도록 허락해 주었다.

앤절라가 자기 삶의 방식을 만들어내려고 오랫동안 고투한 이야기 후에 그녀의 모성에 대해 이야기하려니, 거의 안티클라이막스처럼 느껴지기도 한다. 사랑을 사랑했던 사람이었다는 점에서 예측 가능하게도, 그녀는 자기 아이에게 홀딱 빠져버린 것이다. 이때까지도 앤절라는 모성을 또 하나의 역설적인 정체성으로 취급하려 애썼다. 그때까지만 해도 너무 작고 연약한 무언가를 실제 돌보는 것은 앤절라에게 너무 어려웠다. 크리스틴의 회상에 따르면, 앤절라는 자신의 갓 태어난 아들을 자기가 부숴버릴까 봐 두려워하는 것 같았다. 그녀는 모유수유를 꽤 빨리 포기했는데, 부분적으로는 마크가 알렉스의 주 양육자가 됐고, "아기와의 유대감(bond)"이라는 표현이 앤절라를 짜증나게 했기 때문이다. "오히려 속박(bondage)이겠지." 그녀는 신경질적으로 쏘아붙였다.[81] 그녀와 마크는 알렉스가 잠들 때까지 아기 침대 옆에 서서 내려다보는 아이에게 홀딱 반한 부모였지만, 그녀는 이내 업무에 복귀했다. 알렉스가 3세 3개월이 되었을 때 그녀는 애들레이드 대학의 상주 작가로 두 달을 보내기 위해 가족과 함께 호주에 갔다. 그녀가 교내 작업실에서 글을 쓰는 동안, 마크는 전업 아빠로서 아이와 함께 차로 학교 식물원 주변을 돌아다니며 점심을 함께 먹기 위해 앤절라를 기다리곤 했다.

나중엔 앤절라가 요리를 맡고, 청소 도우미가 집안일을 도우며, 마크가 돌봄의 일상을 책임지는 루틴이 자리잡았다.(앤절라는 아기 기저귀를 갈아주는 남자들은 섹시하지 않다는 통념을 못 참았으며 "한 남자가 싱크대 앞에 서서 설거지에 열중해 있을 때보다 더 에로틱한 것은 **아무것도** 없다."라고 주장했다.[82]) 그녀는 모성 공동체에 의존하기도 했다. 작디작은 알렉스 주변에서 허둥대는 행동은 종종 플러나 로나처럼 좀 더 경험 많은 친구들이 나서서 도와주도록 만드는 한 방법이었을 것이다.

친구들은 차례차례 자기들의 능숙함을 뽐내기를 즐겼다. 앤절라가 양육이라는 일상적 과업과 자신을 분리하는 모습에 플러가 충격을 받은 적도 있기는 했지만 말이다. 알렉스의 말이 늦어지자, 한 언어치료사가 앤절라에게 엄마가 아이에게 말을 충분히 많이 하지 않는다고 지적했다. 친구들에게 이 얘기를 전하면서 앤절라는 덧붙였다. "도대체 아기들한테 **무슨 말**을 한다는 거야?"

플러는 이렇게 생각했다. "글쎄, 우리 모두는 사람들이 아기들한테 무슨 말을 하는지 안다. 사람들은 말한다. '자, 어서, 일어날 시간이야. 여기에다 발 넣어. 이제 우리 간다. 여기 저녁밥이야.' 우린 그냥 아기들한테 중얼중얼 말한다. 하지만 앤절라는 아기들이 완벽하게 지적인 존재들이고, 이 모든 중계방송이 필요치 않다고 생각하는 게 분명했다. 아마도 그녀는 아기를 일종의 열등한 종으로 여길 생각 자체를 하지 않았던 것 같다. 그녀가 생각하기로 아기는 동등한 존재이기 때문이다."[83]

그러나 창작의 차원에서 앤절라는 자신의 아기를 비상계단에 방치해두는 데 곤란을 겪었던 것 같다. 원래 그녀는 늘 자신의 픽션에서 분노, 매혹, 소외 같은 지배적인 감정 상태들에 의존했으며, 어둡고 누군가를 살해하는 이야기를 쓰는 걸 두려워하지 않았다. 그렇지만 모성적 행복은 그녀가 다루기 힘든 제재였다. 친구 페이 웰던은 앤절라가 자신이 억누르기 시작했다고 고백했던 걸 기억한다. "자신의 마음이 이런(어둡고 누군가를 죽이는) 것들을 곱씹어 생각하도록 내버려두는 건 너무 무섭다거나 어떤 식으로든 아기에게 해를 입힌다고 앤절라는 느끼는 것 같았다." 웰던은 이렇게 덧붙인다. "나는 완전히 이해했다. 그건 불운같이 느껴졌을 것이다." 그녀의 후기작에는 "초창기 글쓰기와 같은 차가운 힘"이 없다.[84]

친구 마거릿 애트우드는 앤절라가 자신과 이 문제를 논의한 적은 없지만, 만일 그녀가 일시적으로나마 그런 식으로 느꼈다고 해도 놀라운 일은 아니라고 말했다. "대부분의 여성들은 아기를 낳은 직후에 그런 식으로 느낀다."[85] 앤절라의 커리어에서 이 시기는 일종의 중지, 자신을 다시 추스르기 위한 대기 시간처럼 느껴진다. 그녀는 우울증의 시기를 겪었고, 파트너와의 관계에 대해 불안해했으며, 사십대 중반에 홍조와 불면 같은 완경기 증상을 겪었을 땐 "강렬하고 비참한 고립감, 사랑받지 못하는 느낌, 제법 맹목적인 자기연민"의 감정을 일기에 기록했다.[86] 육체적 상태에 대한 그녀의 메모들은 그녀가 노화의 징조를 인식하며 자신을 괴물처럼 새롭게 감각하게 됐음을 암시한다. 1988년 그녀는 공책 하나를 "내 불쾌한 시절의 일기"라고 부르며 끝마쳤다.[87] 아마도 오드리처럼 자기 자신이 되기 위해 너무 열심히 노력한 나머지 그녀는 지치고 한계에 부딪힌 채, 그녀 자신이라는 아름다운 궁전에 갇힌 것처럼 느꼈던 것 같다.

그녀의 저널리즘은 여전히 신랄하고 정치적으로 예리했다. 종교적 근본주의자들이 친구 살만 루슈디에게 살해 위협을 가했을 때, 그녀는 루슈디의 평생지기로 뉴욕에서 그를 옹호하던 수전 손태그, 또 루슈디의 책을 좋아하지는 않지만 그의 편이라고 했던 도리스 레싱과 함께 루슈디 곁에 서 있었다.[88] 1991년 제1차 걸프 전쟁이 발발하자 (분노한) 그녀는 친구 수재너 클랩의 자동응답기에 온전히 욕설로 가득한 3분짜리 메시지를 남겨놓았다.[89] 애트우드는 그녀가 "요정 대모"[90]의 분위기를 풍겼다고 했지만, 세이지는 그녀를 끝까지 "할머니의 옷을 입은 늑대"라고 불렀다.[91]

앞으로 더 많은 변화들이 기다리고 있었을지도 모르지만, 앤절라는 시간을 거의 다 써버렸다. 알렉스를 임신하기 전 그녀는 심각한 흡연자였다. 너무 담배를 많이 피워서 한 하우스메이트는 그녀가 글을 쓰는 동안 담배 연기가 하얀 줄기를 이루며 방안 열쇠 구멍으로도 빠져나왔다고 회고했다. 어린 시절에는 산업 도시 요크셔의 오염된 공기와 런던의 치명적인 스모그도 일부 들이마시며 자랐다. 1990년 기침 증세가 시작됐고, 몇 달 후 폐암 진단을 받았다. 1992년 2월 남편(마크가 부권을 확보할 수 있도록 그들은 마침내 결혼했다.)과 7세 아들을 남긴 채 앤절라는 사망했다.

그녀의 마지막 장편소설 『현명한 아이들』은 사망 1년 전 출간됐다. 셰익스피어풍의 쌍둥이 여러 쌍과 자기 자식임을 인정하지 않는 아버지들, 그리고 엄마 대신 아이들을 키워주는 할머니 챈스에 관한 환상적이고 극적인 희극이다. 할머니 챈스는 업둥이들을 받아들여 기쁘게 선택된 가족을 꾸린다. "엄마란 엄마 일을 하는 사람"[92]이라는 게 이 가족의 가훈이다. 가족이란 몸이나 생물학, 사회적 관습이 아니라 누가 그 일을 하러 나서느냐의 문제인 것이다.

소설의 결말부에서 흥청망청한 생일 파티가 열리는 동안, 노라 챈스는 옛사랑과 짝을 이루는데, 그가 그녀와 그녀의 쌍둥이 여동생 도라에게 기적의 선물을 안겨준다. 바로 그들이 직접 키울 쌍둥이 아기들이다. 챈스 자매는 얼마 전 75세가 된 참이지만, 개의치 않는다. 파티에서 떠날 때, 그들은 뒤늦은 모성이라는 정규직을 수행하기 위해 최소 20년은 더 살기 위한 계획을 세운다.

돌봄 노동은 시간을 변화시킨다. 인간을 과거와 미래에 연결시키고, 우리를 현재에 묶어두며, 동시성을 요구하고, 자아의 순간들을 허용할 뿐 아니라, 우리를 노스탤지어와 미래성에 위탁하면서 말이다. 카터의 소설은 노라 챈스가 새로운 시작을 위해 젖병과 분유를 사러 24시간 약국으로 향하면서 다음과 같은 문장으로 끝난다. "이런 영예로운 멈춤은, 진실로 말하건대, 불협화음을 내지만 상호보완적인 우리 삶의 서사 속에서 때때로 일어난다. 만일 당신이 거기서 이야기를 멈추기로 선택한다면, 그렇게 멈춰선 채 더 멀리 나아가길 거부한다면, 당신은 그걸 해피엔딩이라고 불러도 좋다."[93]

결론
시간과 이야기

협조적인 파트너를 찾아라. 스스로의 힘으로 해내라. 아이를 먼저 낳고 그 후에 경력을 쌓아라. 경력을 먼저 쌓은 뒤에 아이를 가져라. 돈을 벌어라. 복지 제도를 활용하라. 아이는 하나만, 아니 셋 정도, 뭐 일곱 정도 낳아라. 닫힌 문 뒤에서 작업을 하고, 거실에서 그림을 그리고, 책상 위에 아기를 올려두고 글을 써라.

"어떻게 하면 자신의 적성과 관점, 자립성과 생각을 포기하지 않고 아이를 키울 수 있을까?" 이 질문의 답은 하나가 될 수 없다. 이 책에 등장하는 여성들을 보면, 어느 정도 '무법자 같은 모성'이나 함께 같은 길을 걷는 친구들이 도움이 된다는 것을 알 수 있다.

하지만 이 책의 여성들에게 꼭 필요한 것이 두 가지 있었다. 물론 그중 하나는 시간이다. 작업할 시간이 필요했던 그들은 매일 하루를 공정하게 나누어 쓰고, 잔인하기 그지없는 자본주의의 '시간과 돈의 방정식'을 푸는 방법을 깨쳐야 했다. 그들은 통찰의 순간을 위해 살았고, 실패의 순간으로부터 배웠으며, 생산적 긴장 속에서 돌봄과 창의성을 간신히 붙잡고 있는 시계를 흘깃거렸다.

어머니의 시간은 앨리스 닐과 앤절라 카터의 경우처럼 "지연된" 모성의 시간이며, 르 귄의 경우처럼 작가이자 어머니라는 동시적 존재의 시간이고, 바이엇의 경우처럼 끝나지 않은 연속적 슬픔의 시간이자 로드의 경우처럼 미래 시제로 된 변화의 시간이기도 하다. 앨리스 워커의 어머니를 그녀의 아이들과 정원으로부터 멀어지게 한 것은 착취적이기까지 한 시간 빈곤이다. 정체된 커리어의 일시적 밑바닥. 빠른 속도로 흐르는 암페타민의 시간. 아이들이 집을 떠나 독립하면 곧장 풀려버리는 시간의 매듭.

어머니의 시간은 바바라 헵워스에게 "마음속에 이미지들이 자라나도록" 해주었던 매일매일의 30분, 기저귀 가방에 담긴 로드의 시 조각, 자신만의 순간을 위해 헤어짐을 감내했던 디 프리마의 "시간의 장막" 안에 새겨진 시간이다. 퍼넬러피 피츠제럴드의 인내와 앨리스 닐의 끈기의 시간이다. 정부의 예술 프로젝트가 닐에게 선사해준 시간이며 구겐하임 보조금이 앨리스 워커에게 제공해준 1년이기도 하다. 이 보조금 덕에 워커는 『컬러 퍼플』에 나오는 인물들을 구체적으로 구상할 수 있었다. 글을 쓰기 위해 아이들이 잠에서 깨기 전에 일어나야 했던 토니 모리슨의, 혹은 항상 엄마를 따라 일어나는 아이들 때문에 도저히 새벽 작업을 할 수 없었던 르 귄의 시간이다. 헤티 존스는 글을 쓰기에 너무나 꼬여 있는 자신의 감정을 털어놓기 위해 러시아 시인 마리나 츠베타예바의 말을 인용한다. "어머니의 시간은 시간이 필요하다는 것을 느낄 시간이지, 생각할 시간이 아니다."[1]

시간과 더불어 창작자 엄마가 가져야 할 두 번째는 자기(self)이다. 자신에게 예술을 창조할 권리가 있다는 확신과 자기 둘레의 경계선이 필요하다. 자기 존재의 조각을 여기저기 거저 줄 필요는 없다.

선의의 비판자를 자처하는 작가 클레어 데더러는 창조적 작업은 "작은 이기심"의 연속이라고 말한다. "가족을 앞에 두고 문을 닫는 이기심, 새로운 세상을 만들기 위해 현실 세계를 잊는 이기심, 무표정한 익명의 연인인 독자를 위해 최선을 다하는 이기심, 단순히 할 말을 하는 데서 솟는 이기심."[2]

데더러가 묘사하는 것은 자기 자신과 다른 사람들이 위태롭게 매달려 있는 순간들, 아기가 비상계단에 놓여 있는 시간들이다.

얼마간 내가 마음속으로 모성적 자아에게 부여한 하나의 형상은 바바라 헵워스의 작품, 특히 그녀가 「두 개의 형태」라고 이름 붙인 일련의 작은 돌 조각품에서 비롯되었다. 그중 하나는 그녀의 세 쌍둥이가 세 살이 되던 해인 1937년에 만들어진 것으로, 하나의 형상이 나머지보다 약간 큰 두 개의 흰 대리석이 서 있는 형태로 구성돼 있다. 이들은 완벽하게 매끄럽고, 본 모습 그대로 자족하는 모양새로 나란히 서 있지만 서로가 맞닿아 있진 않다. 이 형상들은 다른 이들과 친해지고 싶은 인간의 열망으로 가득 차 있지만, 동시에 여전히 차갑고 둥근 고독 속에 갇힌 것처럼 보인다.

나는 이 형상들이 필연적 공허함, 에이드리언 리치가 예술의 "크리애트릭스(creatrix, creative+matrix), 예술의 매트릭스"라고 부른 "빈 공간"을 포함한다고 생각한다. 르 귄은 그 공간을 물을 운반하는 항아리처럼 진리를 담을 수 있는 용기이자 잠재력으로 묘사했다. 헵워스의 가장 아름다운 조각품 중 일부는 둥글고 속이 빈 형태에 팽팽한 철사가 달려 있는데, 이 작품들 또한 모성적인 것으로, 강렬한 감정, 강렬한 통제, 그리고 견딜 수 없는 침해 가능성(availability)에 대해 말하는 것 같다.

헵워스의 전시를 보러 가는 길에 내 친구 닌케는 어머니의 일기는 어머니가 남긴 전부지만 그걸 읽지는 않는다고 말했다. "나는 항상 어머니가 자신의 일부를 비밀에 부치셨다고 생각해. 그 일기들은 우리에게 속하지 않은 어머니의 어떤 일부분을 위한 것이라고."

한때 나는 엄마 노릇은 너무 광범위한 데다가 여러 경험으로 가득 차 있기 때문에 독립적(self-contained)이기는커녕 이야기들로 가득 찬 그릇(container)처럼 보인다고 생각했다. 르 귄은 『소설의 운반가방론(The Carrier Bag Theory of Fiction)』에서 전형적 영웅은 목표를 향해 '서사의 화살'을 따라가는 '사냥꾼'이라고 쓰고 있다. 이것은 창조적인 삶의 이야기이다. 자신만의 기술을 배우고, 장애물을 극복하고, 시도하고, 실패하고, 더 잘 실패하고, 성공하는 이 모든 일들은 그리스인들이 카이로스라고 불렀던 운명과 변화의 시간, 날아가는 화살의 시간에서 일어난다.

이 이야기에서 제외된 사람들은 유용한 것들을 찾아 집으로 가져오기 위해 화살보다 훨씬 더 오래된 발명품인 가방이나 그물을 사용하는 수집 채렵인이다. 운반가방은 크로노스에서 일어나는 모성 서사(marternal story)의 형상일 수도 있고, 만성적 시간, 신체, 성, 자아, 시간 자체와는 관련 없는 숙고를 낳는 시간일 수도 있다. 나는 내가 관찰한 것들과 여러 일화를 비롯해 눈에 띄는 모든 유용한 것들을 수집해 이 책을 어머니들의 생각과 경험, 기쁨과 고통, 자기상실과 자기형성의 운반가방으로 만들기 위해 노력했다.

하지만 결국 나는 조형된 자아(sculpted self)도, 온갖 것이 담긴 큰 자루 같은 것도 옳지 않다고 생각한다. 어머니의 서사에도 카이로스가 필요하고, 이동이 필요하고, 주인공이 필요하다.

영웅의 여정을 통해 모성을 바라보게 되면서 어머니를 주인공으로 한 이야기를 쓴 누군가가 있는지 궁금해졌다. 성장과 변화의 운명적 시기에 아이를 보살피면서 자기 삶의 오디세이를 항해하는(혹은 전쟁터에서 싸우는) 사람들 말이다.

그러고 나서 나는 어머니를 주인공으로 한 아주 오래된 이야기들을 이미 알고 있다는 것을 깨달았다. "영원히 행복하게 살았답니다."라는 문장 뒤로 이어지는 이야기의 후반부를 다시 보기 전까지 이 이야기들이 사춘기와 결혼에 대한 것이라고 생각했지만 말이다.

그중 하나는 이런 이야기이다.

> 완수할 수 없는 과업이 주어지자, 방앗간 주인의 딸은 도깨비와의 거래를 통해 스스로 목숨을 구하고, 왕과 결혼한다. 남편의 성에서 그녀는 자신을 잃지 않기 위해 강해져야 했다. 결혼 1년 후, 그녀를 도왔던 작은 도깨비가 찾아와 그녀의 첫째 아기를 대가로 요구한다. 그녀는 풍부한 지략을 이용해 숲에서 도깨비의 이름을 알아냈고, 자신의 이름을 대면 아기를 빼앗지 않겠다는 도깨비의 수수께끼를 풀어 아기와 모성 모두를 지켜낸다.

앨리스 닐, 도리스 레싱, 수전 손태그는 「룸펠슈틸츠헨」에 나오는 방앗간 주인의 딸이다. 이들은 모두 금인 줄 알았지만 실상은 지푸라기였던 결혼생활을 했고, 적성에 맞는 직업과 아이 모두를 갖게 될 만큼 강인해지기 전에 아이를 낳았다. 그들은 집을 떠나서 세상과 그들 자신, 그리고 결혼이라는 거래의 그늘에 대해 더 많은 깨달음을 얻어야 했다. 닐과 레싱의 경우에는 너무 늦게 평정심을 갖게 된 탓에 먼저 낳은 아이들과는 함께할 수 없었다.

> 소녀는 사악한 계모로부터 도망쳐 장애물을 극복하고 왕과 결혼한다. 그러나 그녀가 아이를 낳은 후, 유모로 변장한 계모가 왕궁으로 쫓아와 애꾸눈의 의붓언니 대신 그녀를 살해한다. 젊은 어머니는 왕이 그녀를 알아볼 때까지 아기를 돌보며 밤마다 유령처럼 성을 배회한다. 왕이 그녀를 진정한 왕비로 지명하자, 그녀는 다시 살아난다.

「오누이」 속 소녀는 딸을 갉아먹는 어머니 때문에 고통받은 엘리자베스 스마트이자 셜리 잭슨이고, 본인부터 갉아먹힌 어머니에게 인정받지 못한 수전 손태그이자 앨리스 워커이다.(엘런 스타이버는 의붓언니를 유년기 트라우마를 상징하는 인물로 읽어낸다. 의붓언니는 세계에서 진짜 자신의 위치를 빼앗아간 "반쯤 눈먼 사기꾼"이기 때문이다.) 이들은 자신을 알아보고 모성으로부터 자신을 잃지 않도록 도와줄 파트너를 찾았지만, 유령 상태에서 돌아오기 위해서는 앨리스와 앤절라 카터가 깨달았듯이 스스로를 인식하고 인정해야 한다.

아버지는 소녀의 손을 잘랐다.(악마와의 약속 때문이기도 하고, 근친상간이라고도 하고, 손을 자른 이유는 판본에 따라 다르다.) 그녀는 집을 떠나 숲속을 헤매다 왕실의 과수원으로 들어간다. 그곳에서 왕자는 그녀가 야생동물처럼 땅 위에 웅크리고 과일을 먹고 있는 것을 발견한다. 그녀의 아름다움을 알아챈 그는 그녀와 결혼하고, 그녀는 아이를 낳는다.

그 후 남편은 여행을 떠나고, 왕자의 가족은 그녀를 다시 떠나보내기 위해 계략을 꾸민다. 팔 없는 여인은 갓난아기를 등에 업은 채 숲으로 돌아간다. 자신을 찾아 길을 떠난 여인의 손이 다시 자라난다. 어떤 판본에서는 천사가 다시 손을 만들어주기도 하고, 다른 판본에서는 물에 빠진 아기를 구하려고 팔을 뻗자 손이 자라나기도 한다. 남편은 오랜 추적 끝에 그녀를 되찾아 집으로 데려오고, 그녀는 모성애와 권력을 되찾는다.

「팔 없는 아가씨」는 모든 엄마 작가·예술가를 위한 이야기이다. 이 책의 모든 여성은 어느 순간 숲에서 길을 잃었고, 힘을 되찾는 법을 배워야 했다. 아이를 돌보거나 자신의 뮤즈를 받아들이면서 말이다. 미도리 스나이더는 팔 없는 아가씨의 아이가 여성의 창의성을 상징할 수 있다고 썼다. 사용법을 익혀야 하는 재능, 그런 재능을 받아들이는 소명 말이다. 하지만 내가 보기엔 그것은 재능과 소명 모두를 의미하는 동시에 자신을 잃지 않으면서 배워가야 하는 돌봄을 뜻하기도 한다. 숲으로의 도피는 어머니가 위기에 처하거나 예술적 영감이 필요하거나 스스로를 기억해내고 싶을 때마다 반복될 수 있는 일이다. 아이를 등에 업고 자신의 삶을 손에 쥔 채 숲에서 빠져나올 때마다 대리인과 권위, 자아를 얻고 또 되찾아가는 엄마 영웅의 여정이다.

이 책을 쓰는 데 시간이 너무 많이 걸렸다. 아이들이 초등학교에 다닐 때 이 책에 대해 생각하기 시작했는데, 책을 마치고 보니 둘 다 대학생이 돼 있었다. 길고 느린 팬데믹 시대가 아이들의 인생 계획을 바꾸었고, 여전히 아이들은 집 안팎을 오가며 살고 있다. 그들의 팔다리는 더 이상 옷소매 바깥으로 자라나지 않는다. 그들의 몸에서 일어난 점진적 성장의 흔적은 여전히 부엌 벽에 수직을 따라 연필로 기록돼 있지만.

최근에 딸이 내게 진통을 몇 시간이나 했는지 물었다. 나는 어떻게 대답해야 할지 알 수 없었다. 열한 시간 동안 기다리다 양수가 터지며 그간의 시간들을 깨고 모든 것이 한꺼번에 일어난 한 시간을 더해 열두 시간이라 답해야 할까? 왜 출산은 서사 속 단계가 아닌 시간으로 측정되는 걸까? 완전히 압도당한 채로 무릎을 꼭 모으고 힘주기를 거부하면서 마주한 절벽에 대해 이야기해줘야 할까?

진통이 밀려오자 마감 전날 밤 스트레스에 못 이겨 남편에게 악다구니를 썼을 때처럼 고함을 지르긴 했지만, 나는 책 쓰는 것을 출산에 비유하는 것에 동의하지 않는다. 하지만 여전히 시작 지점에서 마무리를 짓는 것이 옳다고 느낀다. 결국 아기와 책은 둘 다 예정일을 넘기고서야 내 인생에 나타났다. 끝까지 내가 내려놓지 못한 여러 의문을 넘어 이 책이 끝나간다. 내 딸아이는 어느 비 내리던 화요일 오후에 태어났다. 산파는 부드러운 목소리로 아이 아빠를 불렀다. "이리 오세요. 시간이 됐어요."

주석

서문 양육과 창조성이 만나는 자리

1. Lisa Baraitser, "Communality across Time: Responding to Encounters with *Maternal Encounters: The Ethics of Interruption*," Studies in Gender and Sexuality 13, no. 2 (2012): 117, https://doi.org/10.1080/15240657.2012.682932.

2. Ruhl, "'Little Labors,' by Rivka Galchen," *New York Times*, May 15, 2016.

3. Mary Oliver, "On Power and Time," *Upstream: Selected Essays* (New York: Penguin Press, 2016), epub에 수록.

4. Stein, Showalter, *A Jury of Her Peers*, 251에서 인용.

5. Rich, "When We Dead Awaken: Writing as Re-Vision" (1971), *On Lies, Secrets, and Silence*, 43에 수록.

6. Walker, "One Child of One's Own," 381.

7. Tillie Olsen, *Silences* (New York: Delta, 1979), 30에서 인용.

8. Ibid., 19.

9. Susan Sontag, *Alice in Bed* (New York: Farrar, Straus & Giroux, 1993), 113.

10. Neel, *Alice Neel*, directed by Andrew Neel, 2007에 수록.

11. Mary Catherine Bateson, *Composing a Life* (New York: Atlantic Monthly

Press, 1989), 168.

12. Megan O'Grady, "Scenes from a Marriage: Jenny Offill on Modern Motherhood," *Vogue*, January 28, 2014.

13. Olsen, *Silences*, 19.

14. Baraitser, "Book Review: The Theorist's Mother," *Feminist Review* 108, no. 1 (2014): e10, https://doi.org/10.1057/fr.2014.25.

15. Baraitser, *Maternal Encounters, 93. Feminism, Psychoanalysis, and Maternal Subjectivity* (New York: Routledge, 2012)에 수록. 앨리슨 스톤은 모성적 주체성이 몸에서, 양육자가 자신의 어머니에게서 경험했던 신체적 관계에서 만들어진다고 주장한다. "이런 주체성의 위치는 양육자 본인이 과거에 경험한 모성적 몸 안에 스스로를 데려갈 수 있는지에 달려 있는데, 여기에 성공할 경우 양육자는 이 관계들에 서사를 부여하고 의미를 부여할 수 있게 된다."(147) 나는 이것이 모성적인 창조성을 유아의 관점에서만 바라보게 만드는, 너무 협소하고 고정된 논의라고 생각한다.

16. Philip Rieff, *Freud: The Mind of the Moralist* (New York: Anchor, 1961), 192에서 인용. 리프나 손태그는 이에 대해 프로이트가 "개인으로서의 여성은 [그녀의 성적인 기능과 별개로] 인간 존재로 보아야 한다고 인정"했음을 재빨리 덧붙였다.

17. Solomon, Transition to Motherhood, 6에서 인용.

18. Baraitser, *Maternal Encounters, 4*. 모성에 대해 사유할 때 정신분석의 한계에 대해 유용한 논점들을 제공하는 자료로는 다음을 보라. *Hirsch, The Mother-Daughter Plot*, 167-76. 위니콧이 모성성을 넘어서는 내면세계를 복원하기 위해 애쓴 건 사실이지만 사실 이조차 엄마들이 인간이라는 것을 수긍하는 정도에 불과하다.

19. Nelson, *Argonauts*, 52.

20. Ibid., 45.

21. Ruhl, *100 Essays I Don't Have Time to Write*, 154-55.

22. Cusk, *A Life's Work*, 3.

23. Manguso, *Ongoingness*, Scribd.

24. Kristeva, "Stabat Mater," 145.

25. Kristeva, "Stabat Mater," 134. 버레이처는 크리스테바의 에세이에 대한 비평가 재클린 로즈의 논평에 주목한다. "[크리스테바의 에세이는] 재앙을 무의식이

존재한다는 단순한 사실에 기대 설명하려고 한다. 그러니까 지식에는 한계가 있는데, 이 한계에 대해 우리가 붙인 이름이 바로 엄마라고 말이다." 엄마들에 대해 생각한다는 것은 "그렇다면 지식에 끝까지 저항하며 남아 있는 어떤 잔재들에 폭력을 가하는" 것이 된다. Baraitser, *Maternal Encounters*, 5.

26. Le Guin, "Earthsea Revisioned" (1992), *The Books of Earthsea: The Complete Illustrated Edition* (New York: Saga Press, 2018), 987에 수록.

27. Erdrich, *The Blue Jay's Dance*, 4.

28. Cusk, *A Life's Work*, 56.

29. O'Grady, "Scenes from a Marriage."

30. Brooks, Jackson, *A Surprised Queenhood in the New Black Sun*, 69에서 인용.

31. Baraitser, *Maternal Encounters*, 15.

32. Ibid., 49.

33. Ibid., 154.

34. bid., 157.

35. O'Grady, "Scenes from a Marriage."

36. Manguso, *Ongoingness*, Scribd.

37. Ruhl, *100 Essays*, 4.

38. Rich, "When We Dead Awaken."

39. Ruhl, *100 Essays*, 153.

40. @NatashaRandall, Twitter, May 24, 2021, https://www.twitter.com/NatashaRandall/status/1396767423441907717.

41. Le Guin과 James Tiptree Jr.가 주고받은 편지. (Alice Sheldon), Tiptree and Le Guin Papers, both University of Oregon Special Collections and University Archives.

42. Enright, *Making Babies*, 47.

43. McClain, "As a Black Mother, My Parenting Is Always Political," *Nation*, April 15, 2019.

44. Jill Johnston, *Lesbian Nation* (New York: Touchstone, 1974), 70. 존스턴은 계속해서 이렇게 썼다. "사실 나는 달리 할 수 있는 것이 없음을 깨달은 후에 가장 먼저 만나게 된, 잘생기고 똑똑하고 건강한 남자를 선택한 것뿐이었다.

4년이 흐르고 두 아이가 태어난 후에야 나는 이것이 해결책이 되기를 바라느니 홀로 풍선을 타고 대서양을 횡단하는 것이 낫겠다고 생각했다."

45. Rich, *Of Woman Born*, 5.

46. Bill Moyers, "A Conversation with Toni Morrison," 1989, Danille Taylor-Guthrie, ed., *Conversations with Toni Morrison* (Jackson: University Press of Mississippi, 1994), 270-71에 수록.

47. Gumbs, "m/other ourselves," Gumbs et al., *Revolutionary Mothering*, 21에 수록.

48. Eriksen, "My Son Runs in Riots," Gumbs et al., *Revolutionary Mothering*, 79에 수록.

49. Gloria Naylor, "A Conversation: Gloria Naylor and Toni Morrison" (1985), Taylor-Guthrie, *Conversations with Toni Morrison*, 198에 수록.

50. Enright, *Making Babies*, 177-78.

51. Erdrich, *The Blue Jay's Dance*, 143.

52. Nemser, *Art Talk*, 125.

53. Ellen Willis, "Coming Down Again" (1989), *No More Nice Girls: Countercultural Essays* (Middletown, CT: Wesleyan University Press, 1992), 256에 수록.

54. Rich, *Of Woman Born*, 224.

55. Lamott, *Operating Instructions* (New York: Ballantine, 1993), 37.

56. Solomon, *Transition to Motherhood*, 53.

57. Baraitser, *Maternal Encounters*, 3.

58. Cavarero, *Relating Narratives*, 71.

59. Carter, *The Sadeian Woman*, 12.

60. Rich, "Motherhood: The Contemporary Emergency and the Quantum Leap" (1978), *On Lies, Secrets, and Silence*, 259에 수록.

61. Rich, *Of Woman Born*, 223.

62. Ibid., 257.

63. Fowler, "The Motherhood Statement," 28.

64. Parker, *Mother Love, Mother Hate: The Power of Maternal Ambivalence*, 30.

65. Ellen Willis, "Feminism's Big Idea," *Women's Review of Books* 24,

no. 2 (March-April 2007): 4.

66. Jennifer C. Nash, "The Political Life of Black Motherhood," *Feminist Studies* 44, no. 3 (2018): 701. 검스는 백인우월주의가 "가난하고 인종화된 엄마들이 경험하는 가난과 인종주의의 병리학적 원인이 이들 본인에게 있다고 지목하며 흑인의 삶을 소모하는 일을 정당화하는 전지구적인 빈곤의 희생양으로 이 여성들을 프레임화한다."라고 지적한다. Gumbs, "We Can Learn to Mother Ourselves," 186,

https://dukespace.lib.duke.edu/dspace/handle/10161/2398.

67. Barbara Weekley Barr, Janet Byrne, *A Genius for Living: A Biography of Frieda Lawrence* (New York: Bloomsbury, 1995), 393에서 인용.

68. Morrison이 Kim Echlin에게 보낸 편지, Echlin, *Elizabeth Smart: A Fugue Essay on Women and Creativity*, 206에 수록.

69. White, *Alice Walker*, 372.

1장 피임과 낙태: 자기 몸의 수호신

1. Carter, "Notes from the Front Line" (1983), *Shaking a Leg*, 40에 수록.

2. Rich, *Of Woman Born*, 292.

3. 실제로 윌리엄 엠프슨은 이런 일을 겪었다. 케임브리지에서 교수직을 잃었을 뿐 아니라 도시에서 쫓겨난 것이다.

4. Mitchison, *You May Well Ask*, 70.

5. Sontag, *Reborn*, 218, 11/19/59. 더 최근에는 세실리 브라운이 화가로서 자신의 경험에 대해 이렇게 말했다. "욕망은 그 자체로 내게 원동력이다. 욕망은 그림을 그리는 일을 추동하기도 한다. 현실 세계에서 회화 작업과 가장 유사한 것은 섹스다." Rachel Cusk, "Can a Woman Who Is an Artist Ever Just Be an Artist?," *New York Times*, November 7, 2019.

6. Lessing, *Under My Skin*, 249.

7. Sullivan, *By Heart*, 217.

8. Rich, *Of Woman Born*, 10.

9. Sage, *Bad Blood*, 270.

10. Le Guin, 저자의 인터뷰, April 2010.

11. Weldon, *Mantrapped* (New York: Grove Press, 2004), 137.

12. Hills, *Alice Neel*, 21.

2장 모성 지대의 무법자: 앨리스 닐

이 장을 쓰기 위해 필수적이었던 자료는 Phoebe Hoban의 전기 *Alice Neel: The Art of Not Sitting Pretty*이다. Patricia Hills의 *Alice Neel* 역시 도움이 되었다. 지니 닐은 앨리스에 대한 기억을 아낌없이 제공했으며, 특별한 언급이 없는 한 그녀의 인용문은 우리의 대화에서 발췌한 것이다. Alix Kates Shulman은 앨리스와 페미니즘의 관계에 대해 이야기해주었다. 연방 예술 프로젝트에 대한 자세한 내용은 Jed Perl의 *New Art City: Manhattan at Mid-Century*를 참조하였다. 그리니치빌리지에 대한 배경은 Ross Wetzsteon의 훌륭한 저서인 *Republic of Dreams: Greenwich Village: The American Bohemia, 1910-1960*에서 가져왔다.

1. Walker, "Be Nobody's Darling," *Her Blue Body Everything We Know*, 193에 수록.

2. Billops, Lynda Jones, "Dream On, Dreamer," *Village Voice*, September 6, 1994에 수록. Terri Francis, "Thinking through Camille Billops," *Another Gaze*, October 4, 2019에서 인용.

3. Enid Nemy, "On a Night for Artists, Glitter Bows to Talent," *New York Times*, December 9, 1977.

4. Jerry Saltz, "Where Are All the Women?," *New York*, November 5, 2007.

5. Hills, *Alice Neel*, 23.

6. Sally Eckhoff, *F*ck Art (Let's Dance)* (New York: Water Street Press, 2013), 71.

7. Ibid., 251.

8. Hoban, *Alice Neel*, 15.

9. Munro, *Originals*, 121.

10. Hoban, *Alice Neel*, 15, Munro의 인터뷰 녹취에서 발췌.

11. Hills, *Alice Neel*, 11.

12. Hoban, *Alice Neel*, 13. Hills, *Alice Neel*, 12.

13. Ibid., 13.

14. Hoban, Alice Neel, 24.

15. Ibid., 28. 여성 예술가들은 남성에게 재정적으로 의존하는 데 매우 냉소적이었다. 앨리스는 전기 작가 로리 라일에게 1930년대 어느 날 조각가 루이스 네벨슨을 만났던 일화를 들려주었다. 남편과 별거 중이었던 네벨슨은 앨리스와 마찬가지로 연방 예술 프로젝트에 고용돼 있었다. 그녀는 한 남성으로부터 옷을 선물 받았는데, 앨리스가 어떻게 그렇게 옷을 잘 입느냐고 묻자 "화대지, 화대."라고 답했다. Lisle, *Louise Nevelson* (New York: Washington Square, 1990), 126.

16. Hills, *Alice Neel*, 17.

17. Hoban, *Alice Neel*, 38.

18. Hills, *Alice Neel*, 21.

19. Munro, *Originals*, 125.

20. Hills, *Alice Neel*, 21.

21. Munro, *Originals*, 125.

22. Hoban, *Alice Neel*, 65.

23. Ibid., 65.

24. Ibid., 68.

25. Ginny Neel, 저자의 인터뷰, October 2021. Hoban, *Alice Neel*, 72를 보라.

26. Hills, *Alice Neel*, 29.

27. Hoban, *Alice Neel*, 71.

28. Munro, *Originals*, 125.

29. Hills, *Alice Neel*, 41.

30. Nemser, *Art Talk*, 123.

31. Nemser, *Art Talk*, 117.

32. Anatole Broyard, "Growing Up Irrational," *New York Times*, April 19, 1979, Henry Louis Gates Jr., "White Like Me," *New Yorker*, June 17, 1996에서 인용.

33. Nancy Milford, *Savage Beauty: The Life of Edna St. Vincent Millay* (New York: Random House, 2002), 163.

34. Eckhoff, *F*ck Art*, 71.

35. Hills, *Alice Neel*, 53.

36. Hoban, *Alice Neel*, 106-7. 미국 노동통계국에 따르면 대공황 당시 뉴욕시의 가계 중간 소득은 연간 1700달러였다. "100 Years of U.S. Consumer Spending," Report 991, May 2006, https://stats.bls.gov/opub/uscs/1934-36.pdf.

37. 1933년 3월, 필라델피아에서 열린 어느 그룹전에서 앨리스의 작품은 전도유망하던 또 다른 화가 엘시 드리그스의 작품과 함께 찬사를 받았다. 얼마 후 드리그스는 동료 예술가와 결혼해 딸을 낳은 후 남편의 경력에 전념했고 30년 동안 자기 작품은 거의 선보이지 않았다.

38. Hoban, *Alice Neel*, 136.

39. Ibid., 356.

40. Rich, *Of Woman Born*, 193.

41. Nemser, *Art Talk*, 125.

42. Hoban, *Alice Neel*, 227-28.

43. 1977년 뉴욕현대미술관에서 *Artists' Cookbook*을 발간했을 때 앨리스는 자신만의 소고기 조리법을 공개했다.

44. Hartley Neel, *Alice Neel*, directed by Andrew Neel, 2007.

45. Hoban, *Alice Neel*, 167.

46. 예를 들어 앨리스는 *The Black Boys* (1967)에 자신의 두 형제 제프와 토비 닐을 그려 넣었는데, 그림 속에서 이들은 앨리스가 관찰하는 시선에 반응하며 자기만의 삶이 시작되기를 기다리는 10대 초반의 모습을 하고 있다. 몇 년 후 이 그림을 다시 본 제프 닐은 앨리스가 "업타운의 두 빈민가 아이들을 바라보며 우리 안의 아름다움을 끌어냈다."라고 말했다. John Leland, "Two Brothers Posed for a Portrait. One Lived to See It in the Met," *New York Times*, April 2, 2021.

47. Hills, *Alice Neel*, 152.

48. Ginny Neel, 저자의 인터뷰, June 2021.

49. Hoban, *Alice Neel*, 166.

50. Ibid., 248.

51. Ibid., 208.

52. Ibid.

53. Ibid., 162.

54. Ibid., 315.

55. 사실주의는 닐의 작품에 구조와 견고함을 부여했지만, 추상표현주의가 보여주는 극도의 자유로움은 막상 추상표현주의를 훈련하고 있던 작가들에게는 버거운 것이었다. 추상표현주의 화가들의 알코올 중독(폴록, 빌럼 더 코닝, 일레인 더 코닝, 프란츠 클라인, 조앤 미첼) 및 우울증(미첼, 마크 로스코, 아실 고키) 발병률은 화가들 일반의 기준으로도 높은 편이었던 걸로 보인다.

56. Hoban, *Alice Neel*, 225. FBI의 한 정보원은 "그녀의 여동생이나 처제라고 믿었던 사람"이었다.

57. Ibid., 220.

58. Munro, *Originals*, 121.

59. Hoban, *Alice Neel*, 221.

60. Ginny Neel, *Alice Neel*, directed by Andrew Neel, 2007.

61. Carter, Lorna Sage, "The Savage Sideshow," *New Review*, July 1977, 54에서 인용.

62. Nunez, *Sempre Susan*, 104.

63. Hoban, *Alice Neel*, 391.

64. Ibid., 283.

65. Ibid., 282.

66. Ibid., 284.

67. Hills, *Alice Neel*, 162.

68. Hoban, *Alice Neel*, 269.

69. Hilton Als, "Alice Neel's Eye." *New Yorker*, July 3, 2000, 27.

70. Marisa Diaz, Hoban, *Alice Neel*, 358에 수록.

71. Le Guin, 저자의 인터뷰, May 2010.

72. Hoban, *Alice Neel*, 318.

3장 예술 괴물과 집안일: 시간이 없다는 문제

1. Le Guin, "The Fisherwoman's Daughter," *Dancing at the Edge of the World*, 224에 수록.

2. Mierle Laderman Ukeles, *Manifesto for Maintenance Art, 1969!* *Proposal for an Exhibition*: "*CARE*," (October 1969),

https://feldmangallery.com/exhibition/manifesto-for-maintenance-art-1969.

3. Pater, *Plato and Platonism* (Project Gutenberg, 2003; first published 1910).

4. Nemser, *Art Talk*, 14.

5. Fiona MacCarthy, "Touchy Feely," *Guardian*, May 17, 2003.

6. Nemser, *Art Talk*, 14-15.

7. Stella Bowen, *Drawn from Life* (1941), *Germaine Greer, The Obstacle Race: The Fortunes of Women Painters and Their Work* (New York: Farrar, Straus & Giroux, 1979), 53에서 인용.

8. Nemser, *Art Talk*, 153.

9. Sasha Bonét, "The Artist Who Gave Up Her Daughter," *Topic*, May 2019.

10. Collins, *Notes from a Black Woman's Diary*, 47.

11. Michelle Elligott, "Faith Ringgold's Long Fight," *MoMA Magazine*, June 30, 2020.

12. Ringgold, *We Flew Over the Bridge*, 196.

13. Mary Gabriel, *Ninth Street Women* (Boston: Little, Brown, 2018), 526.

14. Randy Rosen and Catherine C. Brawer, *Making Their Mark: Women Artists Move into the Mainstream, 1970-85* (New York: Abbeville Press, 1989), 14.

15. "Mierle Laderman Ukeles Talks about Maintenance Art," *Artforum*, September 19, 2016,

https://www.artforum.com/video/mierle-laderman-ukeles-talks-about-maintenance-art-63533.

불안 지대 1: 성과 사랑

나오미 미치슨에 관한 이야기는 Jenni Calder의 전기 *The Burning Glass*와 Lesley A. Hall의 연구서 *Naomi Mitchison*을 참고했다. Alexis Pauline Gumbs의 학위논문 *We Can Learn to Mother Ourselves*에서 준 조던의 이야기를 알게 되었다.

1. Kate Moses, "A Mother's Body," *Mothers Who Think: Tales of Real-*

Life Parenthood, ed. Camille Peri and Kate Moses (New York: Washington Square, 2000), 176-77에 수록.

2. Erdrich, *The Blue Jay's Dance*, 64.

3. Rich, *Of Woman Born*, 15.

4. Jordan, "A New Politics of Sexuality" (1991), *Technical Difficulties: Selected Political Essays* (London: Virago, 1992), 155-56에 수록.

5. Mitchison, *You May Well Ask*, 69.

6. Ibid., 168.

7. Hall, *Naomi Mitchison*, 54.

8. Lessing, *Walking in the Shade*, 126-27.

9. Mitchison, *You May Well Ask*, 73.

10. Ibid., 71.

11. Ibid., 73.

12. Ibid., 74.

13. Di Prima, *Recollections of My Life as a Woman*, 156.

14. Ibid., 157.

15. Ibid., 207.

16. Ibid., 202. 비트족이 모두 이런 건 아니었다. 다이앤의 딸 도미니크는 앨런 긴즈버그가 다이앤이 독서를 할 수 있도록 도미니크를 돌봐주겠다고 제안한 일을 기억하고 있었다. "Beat Poet Diane di Prima Taught Her Kids to Question Authority and Believe in Their Own Creativity," *As It Happens*, CBC Radio, October 27, 2020.

17. Jones, *How I Became Hettie Jones* (Boston: Dutton, 1990). 이 훌륭한 회고록에서 존스는 디 프리마가 의식적으로 피하고자 노력했던, 가정생활이라는 진흙탕에 대해 쓴 적이 있다. "나는 우리 식구들의 삶에 대해 **신경 쓰지** 않는다. 이것을 어떻게 말로 번역할 수 있을까? 부름과 응답, 더러움과 청소, 아픈 것과 낫는 것, 잠드는 것과 잠이 깨는 것의 패턴을 유지한다는 것. 여기서 매력적인 부분은 오로지 욕구뿐이다. 욕구는 욕망이라는 온실 뒤편에 있는 웅덩이일 뿐이다. 생존에 필수적인 것을 어찌 욕망할 수 있겠는가?"(182)

18. Di Prima, David Meltzer의 인터뷰. (1999), *San Francisco Beat: Talking with the Poets*, ed. David Meltzer (San Francisco: City Lights Books, 2001), 12.

19. Di Prima가 Lorde에게 보낸 편지, Box 2 f39, Audre Lorde Papers, Spelman College Archives.

20. Di Prima, *Recollections*, 226.

21. Lorde, "Uses of the Erotic: The Erotic as Power" (1978), *Sister Outsider*, 57에 수록.

22. Ibid., 53.

23. Ibid., 55.

24. Ibid., 58.

4장 양립할 수 없는 쾌락: 도리스 레싱

레싱의 어린 시절과 부모에 대한 글을 쓸 때는 주로 그녀의 회고록 *Under My Skin*와 *Alfred and Emily*에 의지했다. 레싱은 *Walking in the Shade*에서 런던 시절에 대해 썼다. 화이트혼의 편지는 이스트 앵글리아 대학교의 영국 현대 글쓰기 아카이브(BACW)에 있는 도리스 레싱 아카이브에 보관돼 있다. 아키비스트 브리짓 길리스에게 감사의 마음을 표한다.

1. Sage, "Death of the Author," 238.

2. Rich, *Of Woman Born*, 155.

3. Lessing이 Coll MacDonald에게 보낸 편지, November 21, 1945, Doris Lessing Archive.

4. Lessing, "My Father" (1963), *A Small Personal Voice: Essays, Reviews, Interviews* (New York: Vintage, 1975), 83에 수록.

5. Lessing, *In Pursuit of the English* (Hertfordshire, UK: Granada, 1981; first published 1960), 6.

6. Rebecca Solnit, *The Faraway Nearby* (New York: Penguin, 2013), 20.

7. Lessing, *Under My Skin*, 30.

8. Lessing이 Whitehorn에게 보낸 편지, January 24, 1945.

9. 앤절라 카터와 레싱을 두루 꿰뚫어본 비평가 로나 세이지는 레싱의 삶과 소설에 대해 이렇게 썼다. "남자 주인공의 오래된 모험 이야기가 (일상의 먹고사는 문제 등을 여성에게 떠맡기고) '꿈'을 향해가기 시작할 때, 딸에게는 새롭고도 문제적인 상상력의 지평이 열린다." Sage, *Doris Lessing* (London: Methuen, 1983), 22.

10. Lessing, *Under My Skin*, 203.

11. Ibid., 188.

12. Ibid., 120.

13. Lessing, Sue Lawley의 인터뷰, *Desert Island Discs*, BBC Radio 4, November 21, 1993, https://www.bbc.co.uk/programmes/p0093wn3.

14. Ibid.

15. Claudia Roth Pierpont, *Passionate Minds* (New York: Vintage, 2001), 229-30. 레싱의 비공인 전기를 집필한 캐럴 클라인도 이런 시각을 견지한다.

16. Lessing, *Under My Skin*, 403.

17. Lessing, *Walking in the Shade*, 286.

18. Lessing, *Under My Skin*, 206-7.

19. Ibid., 211.

20. Lessing이 Whitehorn에게 보낸 편지, October 10, 1947.

21. Lessing, *Under My Skin*, 262.

22. Ibid., 239.

23. Ibid., 185.

24. Ibid., 233. 쥘리아 크리스테바는 이러한 갈망에 대한 그럴듯한 설명 한 가지를 제시한다. 모성의 "정체성에 대한 근본적인 도전은 일종의 제도화되고 사회화된 선천적 정신병인 완전무결성, 즉 나르시시즘적 완전함에 대한 환상을 동반한다." Kristeva, 1986, Solomon, *Transition to Motherhood*에서 인용.

25. Ibid., 229.

26. Lessing, *Golden Notebook*, 318.

27. Lessing, *A Proper Marriage*, 148.

28. Ibid., 168.

29. Lessing, *Under My Skin*, 185.

30. Lessing이 Whitehorn에게 보낸 편지, February 21, 1945.

31. 작가 뮤리얼 스파크는 전쟁이 진행되던 무렵 남로디지아에서 이혼했는데, 남편은 정신 질환을 앓느라 아들을 돌볼 수 없었음에도 양육권을 가져갔다. 결국 스파크는 아이를 스코틀랜드로 데려가 자신의 부모에게 맡겨 키울 수 있었다. 이들의 모자 관계는 이와 또 별개의 이야기다.

32. Lessing, Under My Skin, 261.

33. *A Proper Marriage*에서 마사는 어린 딸을 떠나며 "내가 널 자유롭게

해줄게."(70)라고 말한다. 하지만 차기작 *Landlocked*(1965)에서는 이 말을 되돌아보며 도대체 자신이 무슨 생각을 하고 있었는지 의아해한다. "그녀는 어떻게 그것을 말하고 생각하고 느낄 수 있었을까요?" *The Four-Gated City*(1969)에서도 마사는 같은 고백을 한다. "나는 미쳤어. [……] 지금 생각해보면 정말 터무니없는 일이었어요." 그리고 그녀는 울기 시작한다. 레싱이 회고록에서 언급하지 않은 죄책감은 그녀의 소설에서 어렵지 않게 찾을 수 있다.

34. Lessing이 Whitehorn에게 보낸 편지, September 29, 1947.

35. 아이러니하게도 공산주의 선전에 이들을 취약하게 만든 요인은 다름에 대한 확신 때문이었다. 그들은 다른 사람들이 보지 못하는 것을 볼 수 있다는 것을 우월함의 표시로 여겼다. 그녀는 공산주의에 대한 신념을 잃은 후 로널드 랭의 심리학과 수피교 신비주의에서 이와 유사한 지적 우월감을 발견했다.

36. Lessing, *Under My Skin*, 401-2. 토니 모리슨도 이혼 후 비슷한 말을 했다. "나는 아이들에게 아무 쓸모없는 부모가 되진 말아야겠다고 깨달았다." Gloria Naylor, "A Conversation: Gloria Naylor and Toni Morrison" (1985), *Conversations with Toni Morrison*, ed. Danille Taylor-Guthrie (Jackson: University Press of Mississippi, 1994), 198에 수록.

37. Lessing, *Under My Skin*, 297-98.

38. Ibid., 298.

39. *Under My Skin*에서 도리스는 고트프리트를 "청교도적이고 억제된 사람"이라고 불렀다.(303) John Whitehorn에게 보낸 편지(April 4, 1945)에서는 자신에게 수줍음이 너무 많다고 썼다. 1947년 그녀는 RAF의 게이 친구 레너드 스미스에게 이런 편지를 썼는데, 추측건대 자신의 경험을 토대로 한 듯하다. "남편이 섹스 매뉴얼을 읽어본 적이 있다면, 아내는 부부간의 섹스를 통해 '추운 아침의 난폭한 자동차처럼', 혹은 '잠들기 전에 마시는 차 한 잔처럼' 느낄 수 있다." March 1947, Feigel, *Free Woman*, 162에서 인용.

40. Lessing이 Whitehorn에게 보낸 편지, February 7, 1945.

41. Lessing이 MacDonald에게 보낸 편지, August 30, 1945.

42. Ibid.

43. Lessing이 Whitehorn에게 보낸 편지, November 22, 1944.

44. Lessing이 Whitehorn에게 보낸 편지, January 24, 1945.

45. Lessing이 Whitehorn에게 보낸 편지, March 21-27, 1945.

46. Lessing이 MacDonald에게 보낸 편지, May 3, 1945. 앨리스 닐은

공산주의에 대해서도 비슷한 논쟁을 벌였다. 1950년 사회 비평가 해럴드 크루즈의 초상을 그리던 중 그는 앨리스에게 자신이 당에서 "반동적"이라고 간주하는 클래식 음악을 여전히 즐긴다고 고백했다. 앨리스는 "뭐 어때요. 가서 드뷔시나 들어요."라고 대답했다. Nemser, *Art Talk*, 128.

47. Lessing이 Whitehorn에게 보낸 편지, April 4, 1945.

48. Lessing이 Whitehorn에게 보낸 편지, June 24, 1947.

49. Lessing이 Whitehorn에게 보낸 편지, March 21-27, 1945.

50. Lessing이 Whitehorn에게 보낸 편지, April 11, 1947.

51. Lessing이 MacDonald에게 보낸 편지, February 20, 1946.

52. Lessing이 MacDonald에게 보낸 편지, July 28, 1945.

53. Ibid.

54. Lessing, *Under My Skin*, 347.

55. Lessing이 MacDonald에게 보낸 편지, February 18, 1946.

56. Lessing이 Whitehorn에게 보낸 편지, February 1, 1946.

57. Lessing이 Whitehorn에게 보낸 편지, September 24, 1946.

58. Lessing이 Whitehorn에게 보낸 편지, August 7, 1947.

59. Lessing, *Under My Skin*, 347.

60. Ibid., 256.

61. Lessing이 Whitehorn에게 보낸 편지, August 7, 1947.

62. Lessing, *The Sweetest Dream* (New York: Flamingo, 2001), 128.

63. Lessing, *African Laughter* (New York: HarperCollins, 1992), 84.

64. Lessing, *Walking in the Shade*, 16.

65. Diski, "When Doris Lessing Rescued Me," *Guardian*, April 12, 2014.

66. Lessing, *Walking in the Shade*, 102.

67. Lessing, "The Art of Fiction No. 102," Thomas Frick의 인터뷰, *Paris Review*, no. 106 (Spring 1988).

68. Lessing, *Golden Notebook*, 319.

69. Lessing, *Walking in the Shade*, 23.

70. Diski, *In Gratitude*, 196.

71. Lessing, *Under My Skin*, 255.

72. Lessing이 Whitehorn에게 보낸 편지, September 29, 1947.

73. Lessing, *Walking in the Shade*, 155.

74. Ibid., 156.

75. Ibid., 286.

76. Ibid., 223-24.

77. Feigel, *Free Woman*, 178에서 인용.

78. Diski, "When Doris Lessing Rescued Me."

79. 도리스는 어떤 면에서 책임을 져야 했다. 제니가 온 지 얼마 지나지 않아 그녀는 제니의 페서리 삽입을 위해 산부인과 예약을 잡았다. 하지만 제니가 열다섯 살이라고 말하자 산부인과 의사는 소리를 지르며 제니를 진료실에서 쫓아냈다. "넌 미성년자야. 저 여자가 널 왜 여기로 보낸 거야? 피임은커녕 그 나이엔 성관계도 위법이라는 걸 모르나?" Diski, *In Gratitude*, 57.

80. Diski, Chris Wallace의 인터뷰, *Interview*, podcast 2015-3, March 18, 2015,

https://www.interviewmagazine.com/culture/jenny-diski-podcast (removed from website as of July 22, 2021).

81. Chloe Diski, Jenny Diski, *In Gratitude* 해제, 261.

82. Lessing, *Walking in the Shade*, 247.

83. Lessing, *Under My Skin*, 402.

84. Klein, *Doris Lessing*, 75-76, 레싱이 친구이자 편집자인 로버트 고틀립에게 보낸 편지를 요약한 것이다.

85. Diski, *In Gratitude*, 198.

86. Lessing, Bibeb의 인터뷰 (pseud. Elisabeth Maria Lampe-Soutberg), Dutch journalist, Vrij Nederland, November 18, 1978, *Bibeb met . . .: Interviews* (Amsterdam: Van Gennep, 1980)에 수록.

87. Peter Stanford, "Doris Lessing: A Mother Much Misunderstood," *Telegraph*, November 22, 2013.

88. Drabble, *The Pure Gold Baby* (Edinburgh, UK: Canongate, 2013), 161.

89. Lessing, *Under My Skin*, 410.

불안 지대 2: 만날 수 없는 뮤즈

이 장은 Rosemary Sullivan이 집필한 스마트의 전기 *By Heart*, 부모의

결혼과 자신의 어린 시절에 대한 이야기를 담은 Christopher Barker의 *The Arms of the Infinite*, Kim Echlin의 탁월한 저서 *Elizabeth Smart: A Fugue Essay on Women and Creativity*가 없었다면 불가능했을 것이다. 조지나 바커의 의견과 관점에 대해서도 감사드린다.

1. Barker, *The Arms of the Infinite*에서 인용.

2. Echlin, *Elizabeth Smart*, 28에서 인용.

3. Smart, *Autobiographies*, 157.

4. Ibid., 143.

5. Echlin, *Elizabeth Smart*, 77에서 인용.

6. Ibid., 23.

7. Echlin, *Elizabeth Smart*, 210.

8. Smart, *By Grand Central Station I Sat Down and Wept*, 44.

9. Ibid., 78.

10. Ibid., 188.

11. Ibid., 114.

12. Smart, *Autobiographies*, 170.

13. Smart, 일기, June 2-July 4, 1944, Davey, *Mother Reader*, 13에 수록.

14. Smart가 Didy Asquith에게 보낸 편지, Echlin, *Elizabeth Smart*, 104에 수록.

15. Rich, "Women and Honor: Some Notes on Lying" (1975), *On Lies, Secrets, and Silence*, 191에 수록.

16. Barker, *The Dead Seagull* (London: MacGibbon & Kee, 1950), 33.

17. Smart가 Barker에게 보낸 편지, September 27, 1946, https://lettersofnote.com/2015/10/20/i-see-no-beauty-in-lopsided-true-love.

18. Smart가 Didy Asquith에게 보낸 편지, Echlin, *Elizabeth Smart*, 136에 수록.

19. Anne Quéma, Echlin, *Elizabeth Smart*. *University of Toronto Quarterly* 76, no. 1 (Winter 2007): 579.

20. Sullivan, *By Heart*, 290.

21. Smart, *The Assumption of the Rogues & Rascals*, 76.

22. Smart, *Autobiographies*, 148.

23. Fay Weldon, *Mantrapped* (New York: Grove Press, 2004), 30.

24. Queen, February 24, 1965, Sullivan, *By Heart*, 294에 수록.

25. Smart, *The Assumption of the Rogues & Rascals*, 77.

26. Echlin, *Elizabeth Smart*, 210.

27. Sage, "Death of the Author," 247.

5장 책 대 아기: 시 쓰기는 집안일이다

1. Gail Weiss, "Mothers/Intellectuals: Alterities of a Dual Identity," *Refiguring the Ordinary* (Bloomington: Indiana University Press, 2008), 189에 수록.

2. Sage, *Bad Blood*, 232.

3. Gerald Massey, Elaine Showalter, *A Literature of Their Own: British Women Novelists from Brontë to Lessing* (Princeton, NJ: Princeton University Press, 1977), 76에서 인용. 이 질문에 대한 남성들의 우스꽝스러운 견해는 와일드의 「진지함의 중요성」에 등장하는 여성 소설가 미스 프리즘이 잘 보여주는데, 그녀는 실수로 3권짜리 소설 원고와 아기를 바꿔치기함으로써 극의 주요 주제인 정체성 혼란의 시작을 알린다. 다만 이 경우 그 아기는 그녀의 아이가 아니며, 그녀는 아기를 잃어버린 것을 후회하지 않는 것처럼 보인다.

4. Philip Rieff, *Freud: The Mind of the Moralist* (New York: Anchor, 1961), 191–92.

5. Sontag, *Reborn*, 306, 9/15/62.

6. Byatt, "Soul Searching," *Guardian*, February 14, 2004.

7. Showalter, *A Jury of Her Peers*, 392.

8. "An Interview with Adrienne Rich" (1971), *Poetry* (New York: W. W. Norton, 1973)에 수록.

9. Janet Sternburg, *The Writer on Her Work* (London: Virago, 1992), 152.

10. Showalter, *A Jury of Her Peers*, 449.

11. Margaret Kaminski의 인터뷰 (1975), Hall, *Conversations with Audre Lorde*, 3에 수록.

12. Alexis De Veaux, "Creating Soul Food: June Jordan," *Essence*, April

1981, 82.

13. Collins, *Notes from a Black Woman's Diary*, 69.

14. Boris Kachka, "Who Is the Author of Toni Morrison?," *New York*, April 27, 2012.

15. Fay Weldon, *Mantrapped* (New York: Grove Press, 2004), 123–24.

16. Walker, "In Search of Our Mothers' Gardens," *In Search of Our Mothers' Gardens*, 233에 수록.

17. Abel, "The Baby, the Book, and the Bathwater," *Paris Review* (blog), January 31, 2018.

18. Sarah Manguso, "Writing Postpartum: A Conversation between Kate Zambreno and Sarah Manguso," *Paris Review* (blog), April 24, 2019.

19. Erdrich, *The Blue Jay's Dance*, 148.

20. Smiley, "Can Mothers Think?," *The True Subject: Writers on Life and Craft*, ed. Jane Smiley and Kurt Brown (Minneapolis, MN: Graywolf, 1993)에 수록.

21. Nicole Rudick, "Talking to Justine Kurland," *Vice*, July 21, 2010. 컬랜드는 장엄한 풍경 속에서 여성 누드와 어린이를 촬영한 사진작가로, *Of Woman Born* 시리즈를 선보였다.

22. Gumbs, "m/other ourselves," Gumbs et al., *Revolutionary Mothering*, 23에 수록.

23. Isaac Chotiner, "Zadie Smith on Male Critics, Appropriation, and What Interests Her Novelistically about Trump," *Slate*, November 16, 2016.

24. Emma Brockes, "Interview: Margaret Atwood," *Guardian*, August 24, 2013.

25. Di Prima, *Recollections of My Life As a Woman*, 164.

26. Le Guin, 저자의 인터뷰, October 2011.

6장 행복한 가족이 지루할 거라는 편견: 어슐러 르 귄

이 장의 일부는 어슐러 르 귄과 나의 인터뷰에 기초하고 있다. 어슐러가 내게 자신의 전기 작가가 되어 달라고 요청했던 2007년부터 2017년까지 우리는 10여 년에 걸쳐 편지와 통화를 주고받거나 개인적으로 만났다. 별도의 언급이 없다면 모든 인용은 어슐러와의 인터뷰 및 서신 교환에서 따온 것이다. 오리건 대학교에서 르 귄 자료를 찾는 데 지속적으로 도움을 준 린다 롱에게도 깊은 감사를 표한다.

1. Patricia Hills, *Alice Neel*, 183.

2. Le Guin, "The Art of Fiction No. 221," John Wray의 인터뷰, *Paris Review*, no. 206 (Fall 2013), 72.

3. Le Guin, "My Island" (1996), *The Wave in the Mind*, 24에 수록.

4. Le Guin, "Life in the Wider Household of Being," Erika Milo의 인터뷰, West by Northwest, November 21, 2003 (site discontinued).

5. Le Guin, "Indian Uncles" (2001), *The Wave in the Mind*, 17에 수록.

6. Le Guin, "My Libraries" (1997), *The Wave in the Mind*, 21에 수록.

7. Jean Taylor Kroeber, 저자의 인터뷰, November 23, 2010.

8. Michael Cunningham, "Ursula K. Le Guin Talks to Michael Cunningham about Genres, Gender, and Broadening Fiction," *Electric Literature*, August 7, 2014.

9. Rich, "Taking Women Students Seriously" (1978), *On Lies, Secrets, and Silence*, 238에 수록.

10. Le Guin to Virginia Kidd, August 9, 1976. (Courtesy of the Virginia Kidd Agency.)

11. Le Guin, "The Princess" (1982), *Dancing at the Edge of the World*, 76에 수록.

12. Le Guin, introduction to *The Unreal and the Real: Selected Stories* (Easthampton, MA: Small Beer Press, 2012), 1:iii.

13. Charles A. Le Guin이 부모에게 보낸 편지, October 24, 1953, University of Oregon (UO), 허가를 받아 수록.

15. Ursula Kroeber가 Charles Le Guin에게 보낸 편지, November 17, 1953, UO.

16. Kroeber가 Le Guin에게 보낸 편지, November 11, 1953, UO.

17. Rich, *Of Woman Born*, 7.

18. Le Guin이 James Tiptree Jr.에게 보낸 편지, February 25, 1975, UO.

19. Anne N. Barrett이 Le Guin에게 보낸 편지, October 17, 1958, UO.

20. Le Guin, Laurie Watson McGillivray의 인터뷰, *Front Lines*, newsletter of Food Front Cooperative Grocery, Portland, OR, vol. 5, no. 1 (January/February 1994): 1. (Courtesy of Tony Wolk.)

21. Le Guin, "The Fisherwoman's Daughter," *Dancing at the Edge of the World*, 233에 수록.

22. Le Guin, 일기. (Courtesy of the Le Guin estate.)

23. Le Guin이 Tiptree에게 보낸 편지, January 2, 1977, UO.

24. Le Guin이 Tiptree에게 보낸 편지, November 30, 1974, UO.

25. Le Guin이 Virginia Kidd에게 보낸 편지, May 24, 1971. (Courtesy of the Virginia Kidd Agency.)

26. Le Guin이 Kidd에게 보낸 편지, April 28, 1972.

27. Le Guin이 Eleanor Cameron에게 보낸 편지, May 14, 1971, UO.

28. Le Guin이 Cameron에게 보낸 편지, March 17, 1971, UO.

29. Le Guin, Hélène Escudié의 인터뷰, 2002, *Conversations with Ursula K. Le Guin*, ed. Carl Freedman (Jackson: University Press of Mississippi, 2008), 161에 수록.

30. Le Guin이 Tiptree에게 보낸 편지, May 8, 1974, UO.

31. Le Guin이 Kidd에게 보낸 편지, May 21, 1974.

32. Le Guin이 Cameron에게 보낸 편지, January 18, 1971, UO.

33. Le Guin, "Fisherwoman's Daughter," 226.

34. Harlan Ellison, 저자의 인터뷰, August 2006.

35. 르 귄은 1980년대에 자서전을 쓰려고 시도했다가 적절한 어조를 찾지 못해 5쪽도 채 쓰지 못하고 포기했다. "실제 있었던 일을 날것으로, 축축하게 젖은 그때의 느낌으로, 혹은 이쪽에서 저쪽으로 번개불을 날리듯 써야 하는 순간에도 가다듬고 엮어내고 있다고" 느꼈기 때문이다. (Courtesy of the Le guin estate.)

36. Shulamith Firestone, The Dialectic of Sex (New York: Bantam, 1971), 198. 소피 루이스는 *Full Surrogacy Now* (2020)에서 양육에 대한 공동체의 책임이라는 문제를 재검토한다. 여기에는 임신을 자유롭고 공평하게 보상받아야 할 노동으로 보는 인식도 포함돼 있다. 어슐러 르 귄은 몇 편의 과학소설에서 공동체의 아이 양육이라는 사고실험을 진행했지만 심층적으로 파고 들어가진 않았다. 르 귄은 가정생활을 더 중요시하는 등장인물들의 시선을 통해 이 문제를 서술하곤 했다.

37. DuPlessis, "Washing Blood," *Toward a Feminist Theory of Motherhood: Feminist Studies* 4, no. 2 (June 1978): 8.

38. Le Guin, "Fisherwoman's Daughter," 226-27.

39. Le Guin, "December 5, 1992," *Khatru 3 & 4, Symposium: Women in Science Fiction*, ed. Jeffrey D. Smith, Baltimore, November 1975. Reprinted, with additional material edited by Jeanne Gomoll, SF3, 1993. 116에 수록.

40. Le Guin이 Kidd에게 보낸 편지, January 30, 1977. (Courtesy of the Virginia Kidd Agency.)

41. Le Guin, "Earthsea Revisioned" (1992), *The Books of Earthsea: The Complete Illustrated Edition* (New York: Saga Press, 2018), 983-84에 수록.

42. *Worlds of Ursula K. Le Guin*, directed by Arwen Curry, 2018.

43. Le Guin, "December 5, 1992," 115.

44. Le Guin, "Fisherwoman's Daughter," 229.

45. Le Guin, Tehanu 해제 (2012), *The Books of Earthsea: The Complete Illustrated Edition* (New York: Saga Press, 2018), 549에 수록.

46. Le Guin, "Freedom" (2014), *Words Are My Matter* (Easthampton, MA: Small Beer Press, 2016), 114에 수록.

47. Le Guin, introduction to *The Hainish Novels and Stories* (New York: Library of America, 2017), 2:xiv.

48. Le Guin, "Fisherwoman's Daughter," 226.

49. Ibid., 236.

불안 지대 3: 유령들

그웬돌린 브룩스의 삶에 대한 세부 내용은 Angela Jackson의 *A Surprised Queenhood in the New Black Sun*, 브룩스의 회고록 *Report from Part One*에서 가져왔다. Elaine Showalter의 *A Jury of Her Peers*은 1950년대 미국의 창조적 인물들에 대해 고찰하는 데 아주 유용했다. 또 Mary Helen Washington의 저서 *Invented Lives: Narratives of Black Women 1860-1960*은 브룩스의 *Maud Martha*를 이해하는 데 큰 도움이 되었다. 셜리 잭슨에게는 Judy Oppenheimer와 Ruth Franklin이라는 두 명의 탁월한 전기 작가가 있었다.

1. Erdrich, *The Blue Jay's Dance*, 4.

2. Deborah Wye, Louise Bourgeois: An Unfolding Portrait (New York Museum of Modern Art, 2017), 15에서 인용.

3. Robert Storr, *Intimate Geometries: The Art and Life of Louise Bourgeois* (New York: Monacelli Press, 2016), 284.

4. Ibid., 294.

5. Munro, *Originals*, 156.

6. Ruth Franklin, *Shirley Jackson: A Rather Haunted Life* (New York: Liveright, 2016), 63.

7. Judy Oppenheimer, *Private Demons: The Life of Shirley Jackson* (New York: Fawcett Columbine, 1989), 106.

8. Jackson, *Life among the Savages* (New York: Penguin, 2015; first published 1953), 65-66.

9. Brooks, "kitchenette building" (1954), *Essential Gwendolyn Brooks*, 1에 수록.

10. Don L. Lee/Haki Madhubuti, Jackson, *A Surprised Queenhood*, 99에서 인용.

11. Brooks, *Maud Martha*, 68.

12. Ibid., 99.

13. Ibid., 175-76.

14. Washington, *Invented Lives: Narratives of Black Women 1860-1960*, 387.

15. Jennifer C. Nash의 논문 "Black Maternal Aesthetics" (2019)에 따르면, 시인 클라우디아 랭킨과 에밀리 버나드는 "흑인 모성을 귀신 들린 무언가로 묘사하는데, 죽음은 눈에 보이지 않지만 항시 존재가 느껴지는 일상의 뒷배경이 되기 때문이다." 흑인 모성성이 "흑인들의 죽음이 벌어지는 일종의 은유적인 '그라운드제로'나 흑인들의 죽음에 대한 일종의 **원형적** 판본" 이상의 무언가가 되기를 바라는 내시는 세리나 윌리엄스와 비욘세 놀스의 심미화된 임신 화보를 바라보며 "풍요로움, 가시성, 심지어 영성으로 흑인 모성의 윤리를 부각하려는" 새로운 시선을 찾아내고자 한다.

16. Jackson, *Surprised Queenhood*, 142.

17. Washington, *Invented Lives*, 433.

18. Oppenheimer, *Private Demons*, 211.

19. Ibid., 240.

20. Wye, *Louise Bourgeois*, 18.

21. Bourgeois, 일기, ca. 1960, *Louise Bourgeois*, ed. Frances Morris (New York: Rizzoli, 2008), 20에서 인용.

22. Mary Gabriel, *Ninth Street Women* (Boston: Little, Brown, 2018), 524.

23. Morris, *Louise Bourgeois*, 102에서 인용.

불안 지대 4: 뒤늦은 성공

이 장은 Hermione Lee의 *Penelope Fitzgerald: A Life*에 많은 도움을 받았다.

1. Fitzgerald, *The Bookshop* (London: Fourth Estate, 2014; first published 1978), 81.

2. Ibid., 134.

3. Lee, *Penelope Fitzgerald*, 234.

4. Ibid., 187.

5. Terence Dooley, *So I Have Thought of You: The Letters of Penelope Fitzgerald*, ed. Dooley (London: Fourth Estate, 2008), Scribd에 수록.

6. Lee, *Penelope Fitzgerald*, 190.

7. Fitzgerald, *Human Voices* (London: Fourth Estate, 2014; first published 1980), 149.

8. Lee, *Penelope Fitzgerald*, 231.

9. Ibid., 319.

7장 엄마, 시인, 전사: 오드리 로드

나는 운이 좋게도 Alexis De Veaux가 쓴 오드리 로드의 전기 *Warrior Poet*, 탁월한 학술 저작이자 비평적 상상력을 보여준 Alexis Pauline Gumbs의 박사 논문 "We Can Learn to Mother Ourselves: The Queer Survival of Black Feminism 1968-1996"을 활용할 수 있었다. Rodger Streitmatter의 *Outlaw*

*Marriages*에 실린 로드와 클레이튼에 관한 에세이는 Clare Coss의 "Frances Clayton: Remembering Our Friend and Chosen Family" 못지않게 프랜시스 클레이튼의 관점에 대한 통찰을 제공해줬다. 나와 내 남편 잰이 오드리 로드가 남긴 기록물을 읽으며 길을 찾을 수 있도록 도와준 스펠먼 대학 아카이브의 활동가 홀리 스미스와 카산드라 웨어에게 감사를 전한다.

1. Gumbs, "Forget Hallmark," *Aster(ix)*, May 10, 2015.

2. Lorde, "Poetry Is Not a Luxury" (1977), *Sister Outsider*, 38에 수록.

3. Lorde, "Now That I Am Forever With Child" (1976), *Collected Poems*, 173에 수록.

4. Lorde, 에세이 초고, 일기 1969-70, Audre Lorde Papers, Spelman College Archives.

5. Lorde, "To Marie, in Flight," *The Collected Poems of Audre Lorde*, 145에 수록.

6. Lorde-Rollins, Aishah Shahidah Simmons의 인터뷰, *Feminist Wire*, February 25, 2014.

7. Lorde, "Turning the Beat Around: Lesbian Parenting 1986," *I Am Your Sister*, 77에 수록.

8. Gumbs, "*We Can Learn to Mother Ourselves*," 75-76.

9. Lorde, "Learning from the 60s" (1982), *Sister Outsider*, 137에 수록.

10. Lorde, "Now That I Am Forever With Child" (1976), *Collected Poems*, 173에 수록.

11. De Veaux, *Warrior Poet*, 62, Blanche Wiesen Cook을 인용.

12. Lorde, *Zami*, 223.

13. "An Interview: Audre Lorde and Adrienne Rich" (1979), Lorde, *Sister Outsider*, 82에 수록.

14. Lorde, petition for naturalization, July 16, 1926. "New York, U.S., Naturalization Records, 1882-1944," Ancestry.com.

15. Lorde, *Zami*, 32.

16. "Audre Lorde and Adrienne Rich," 91.

17. Lorde, *Zami*, 24.

18. Phyllis Lorde Blackwell, Sue Edwards의 인터뷰, "Bremerton Woman

Recounts Growing Up in Civil Rights Era," *Kitsap Sun* (Bremerton, WA), July 6, 2003.

19. 패트리샤 힐 콜린스는 다음과 같이 적고 있다. "적대적 환경과 씨름하던 엄마들 밑에서 자란 흑인 딸들은 대중문화에 현존하는 이상화된 모성애와 그들의 삶에서 지나치게 중심부를 차지하는 엄격하고 독단적인 엄마들 사이의 불일치에서 발생하는 자신의 감정과 맞서야 한다." Collins, "The Meaning of Motherhood in Black Culture and Mother-Daughter Relationships," Bell-Scott, *Double Stitch: Black Women Write about Mothers & Daughters*, 55에 수록.

20. Lorde, *Zami*, 101.

21. Ibid., 58. 1929년 할렘에서 태어난 화가 페이스 링골드는 자신의 어린 시절 할렘이 여러 인종이 뒤섞여 사는 동네였다고 회고했다. 하지만 이곳에서도 "만연한 편견이 흑인들의 삶에 영구적 제한을 가했다. 이따금 어떤 흑인 아이는 이런 말을 불쑥 내뱉기도 했다. '네가 나보다 나을 건 없어.' 하지만 1930년대에 이를 입증하기란 쉬운 일이 아니었다." Ringgold, *We Flew over the Bridge*, 23.

22. Ibid., 61.

23. Lorde가 Bernice에게 보낸 편지 (possibly Goodman, her therapist and friend in the 1970s), dated "6/27." Box 15 f01, Lorde Papers.

24. Lorde, "Learning from the 60s" (1982), *Sister Outsider*, 137에 수록.

25. Lorde, *Zami*, 82.

26. Di Prima, *Recollections of My Life as a Woman*, 73.

27. "Audre Lorde and Adrienne Rich," 83-84.

28. 1953년 1월, 잡지 *Seventeen*은 당시 18세였던 오드리의 서평을 게재했다. 오드리는 자신을 과학소설 중독자로 묘사하며, 특히 레이 브래드버리와 L. 스프레이그 드 캠프의 작품을 추천했다. 미발표 단편 "The Revolt of the Light Year"은 로드 기록물 26번 상자 f113에 남아 있다.

29. Lorde, 일기, March 17, 1951, Lorde Papers.

30. Lorde, Nina Winter의 인터뷰 (1976), Hall, *Conversations with Audre Lorde*, 12-13에 수록.

31. Lorde, 일기, September 9, 1951, Lorde Papers.

32. De Veaux, *Warrior Poet*, 37.

33. Lorde, *Zami*, 108.

34. De Veaux, *Warrior Poet*, 38.

35. Lorde, *Zami*, 111.

36. Lorde to Bernice, "6/27," Box 15 f01, Lorde Papers.

37. Lorde, *Zami*, 136.

38. bid., 139.

39. Ibid., 209.

40. Lorde, Blanche Wiesen Cook의 인터뷰, "Women and the World in the 1980s: August 20, 1982, Audre Lorde," Pacifica Radio, https://www.youtube.com/watch?v=R4rDL-xZ8N0.

41. Lorde, *Zami*, 201. 로드는 자신의 회고록에서 매리언을 "뮤리얼"이라고 불렀다.

42. Ibid., 209-10.

43. Lorde, 일기, January 21, 1958, Lorde Papers.

44. Lorde, 일기, Lorde Papers.

45. De Veaux, *Warrior Poet*, 68.

46. Lorde가 Bernice에게 보낸 편지, "6/27," Box 15 f01, Lorde Papers.

47. Lorde, "Deotha," "*I Teach Myself in Outline*": *Notes, Journals, Syllabi, and an Excerpt from* Deotha에 수록.

48. De Veaux, *Warrior Poet*, 67-69.

49. "M.,"으로부터 날짜 미상의 편지, Box 6 f146, Lorde Papers.

50. Cook, 저자의 인터뷰, August 2020.

51. Lorde, *Zami*, 15.

52. Lorde, 에세이 초고, 일기 1969-70, Lorde Papers.

53. De Veaux, *Warrior Poet*, 81.

54. Lorde, "My Words Will Be There" (1984), *I Am Your Sister*, 160-61에 수록.

55. Gumbs, "m/other ourselves: a Black queer feminist genealogy for radical mothering," Gumbs et al., *Revolutionary Mothering*, 27에 수록.

56. Lorde, Nina Winter의 인터뷰, Hall, *Conversations with Audre Lorde*, 12에 수록.

57. "Audre Lorde and Adrienne Rich," 90.

58. Lorde, 에세이 초고, Box 17 f80, Lorde Papers.

59. Lorde, "Deotha."

60. Lorde, Karla Jay (1983)의 인터뷰, Hall, *Conversations with Audre Lorde*, 112에 수록.

61. Lorde, iBlanche Wiesen Cook의 인터뷰, August 20, 1982.

62. "Audre Lorde and Adrienne Rich," 89.

63. 오드리는 1970년 5월 일기에서 켄트 주립대 학살을 비판하면서도 오렌지버그 학살에는 침묵하는 사람들의 선택적 분노를 비판했다.

64. "Audre Lorde and Adrienne Rich," 90.

65. Ibid.

66. Lorde, Blanche Wiesen Cook의 인터뷰, August 20, 1982.

67. Rich to Lorde, November 22, 1979, Box 4 f106, Lorde Papers. 허가를 받고 인용.

68. Coss, "Frances Clayton: Remembering Our Friend and Chosen Family," 190.

69. Lorde, "My Words Will Be There," *I Am Your Sister*, 161에 수록.

70. Cook, 개인적 언급.

71. Lorde, "Turning the Beat Around," 76.

72. Ibid.

73. Cook, 저자의 인터뷰.

74. Lorde, "Turning the Beat Around," 78.

75. Elizabeth Lorde-Rollins, "Meeting Audre Lorde," *Advocate*, February 25, 2016.

76. Lorde, "Turning the Beat Around," 76.

77. Lorde, 일기, September 20, 1973, Lorde Papers.

78. Lorde-Rollins, "Meeting Audre Lorde."

79. Lorde-Rollins, Aishah Shahidah Simmons의 인터뷰, *Feminist Wire*, February 25, 2014.

80. Streitmatter, *Outlaw Marriages*, 167.

81. Lorde-Rollins, 저자의 인터뷰, November 2017.

82. Lorde-Rollins, "Meeting Audre Lorde."

83. Rich, Of Woman Born, 2.

84. Lorde, "Eye to Eye: Black Women, Hatred, and Anger" (1983), *Sister*

Outsider, 145에 수록.

85. Lorde, "Turning the Beat Around," 76.

86. Lorde, "A Woman/Dirge for Wasted Children" (1976), *Collected Poems*, 285에 수록.

87. Lorde, "The Master's Tools Will Never Dismantle the Master's House" (1979), *Sister Outsider*, 111에 수록. 구체적으로 말하자면, 오드리는 어느 페미니즘 학회에 "다양성 패널"로 참여해달라는 섭외를 받았는데, 그녀는 해당 학회에서 논문을 발표한 단 두 명의 흑인 여성 중 한 명이었다. 오드리는 학회 참석자들에게 바로 이것이 억압적 상황이라고 상기시키는 중이었다.

88. Gloria Wekker, *White Innocence: Paradoxes of Colonialism and Race* (Durham, NC: Duke University Press, 2016), 112.

89. Jackie Kay, "Audre Lorde Was a Poetic Innovator-and Great Fun," *Guardian*, October 13, 2008.

90. Jackie Kay, "Landmark: Audre Lorde," interview with Shahidha Bari의 인터뷰, *Free Thinking*, BBC Radio 3, April 30, 2019, https://www.bbc.co.uk/sounds/play/m0004my0.

91. Pratibha Parmar, "Personal Is Political: Audre Lorde: Sister Insider," *Feminist Wire*, February 18, 2014.

92. Thompson to Lorde, January 17, 1978, Box 7.1 f175, Lorde Papers.

93. Kay, "Feminist, Lesbian, Warrior, Poet," *New Statesman*, September 30, 2017.

94. Lorde, *The Cancer Journals: Special Edition* (San Francisco: Aunt Lute, 1997), 7.

95. Lorde, "Nov 19, 1979," *Cancer Journals*, 11.

96. Lorde-Rollins, "Meeting Audre Lorde."

97. Ibid.

98. Ibid.

99. Lorde-Rollins, Simmons의 인터뷰, 2014.

100. Lorde-Rollins, 저자의 인터뷰.

101. Lorde, "The Transformation of Silence into Language and Action" (1977), *Sister Outsider*, 41-43에 수록.

102. Lorde, *Collected Poems*, 256.

103. Lorde, Blanche Wiesen Cook의 인터뷰, 1982.

불안 지대 5: 지금 여기에 존재하지 않기

이 장은 손태그가 쓴 두 권의 일기 *Reborn*과 *As Consciousness Is Harnessed to Flesh*, 그리고 Benjamin Moser가 쓴 손태그 전기를 기초로 했다.

1. Carter, "The Life of Katherine Mansfield," *Shaking a Leg*, 505에 수록.

2. Jordan, "The Creative Spirit: Children's Literature," Gumbs et al., *Revolutionary Mothering*에 수록.

3. Jonathan Cott, *Susan Sontag: The Complete Rolling Stone Interview* (New Haven, CT: Yale University Press, 2013), 109.

4. Sontag, *As Consciousness Is Harnessed to Flesh*, 114, 9/6/65.

5. Sontag, *Reborn*, 11, 12/25/48.

6. Radclyffe Hall, *The Well of Loneliness* (London: Virago, 1983; first published 1928), 343.

7. Sontag, *Reborn*, 221, 12/24/59.

8. Joan Acocella, "The Hunger Artist" (2000), *Twenty-Eight Artists and Two Saints* (New York: Pantheon, 2007), 450에 수록.

9. Sontag, *Reborn*, 62, 1/3/51.

10. 10대 시절 쓴 일기에서 수전은 엄마 밀드레드가 섹슈얼리티를 혐오한다고 비난하며 다음과 같이 덧붙였다. "당신의 공포는 추악하고 불결하다. 당신과 탁자 위에 놓인 당신 엄마의 허리띠 버클 같은 피임의 기억. 깨끗한 병원 침대 위에서 죽어가는 당신의 엄마. 당신 마음 속에선 섹스가 사인(死因)이지." (Moser, *Sontag*, 75) 가족들 말에 따르면, 밀드레드의 엄마 세라 제이컵슨은 식중독으로 사망했다. 하지만 그녀의 사망신고서에는 막연하게 표현된 다른 사인이 적혀 있었는데, 바로 "수술 후 협착으로 인한 장폐색"이다. 너무 늦게 실시된 수혈도 언급돼 있다. 수전의 할머니가 안전하지 않은 낙태 수술로 사망했다는 것은 의문의 여지가 없어 보인다.

11. Sontag, *Consciousness*, 286, 8/10/67.

12. Acocella, "The Hunger Artist," 450.

13. Sontag, *Consciousness*, 25, 5/5/64.

14. Moser, *Sontag*, 146.

15. Ibid., 116.

16. Sontag, *Reborn*, 179, 1/6/58.

17. Ibid., 152, 9/17/57.

18. Ibid., 74, 1/21/53.

19. Nunez, *Sempre Susan*, 98-99.

20. Sontag, *Reborn*, 243, 2/19/60.

21. Ibid., 128, 1/15/57.

22. Nelson, *Argonauts, 94, quoting Susan Fraiman, Cool Men and the Second Sex* (New York: Columbia University Press, 2003).

23. Carl Rollyson and Lisa Paddock, *Susan Sontag: The Making of an Icon* (New York: W. W. Norton, 2000), 44.

24. Sontag, "The Letter Scene," *New Yorker*, August 18, 1986.

25. Sontag, *Reborn*, 175, 1/4/58.

26. Ibid., 300, 3/3/62.

27. Ibid., 183, 1/12/58.

28. David Rieff, *Swimming in a Sea of Death* (New York: Simon & Schuster, 2008), 142에서 인용.

29. Sontag, *Reborn*, 217, 9/59.

30. Sontag, *In America* (New York: Farrar Straus and Giroux, 2000), 24-25.

31. Sontag, *Consciousness*, 216.

32. Ibid., 227, 8/10/67.

33. Ibid., 214-15, 8/9/67.

34. Ibid., 276, 2/17/70.

35. Ibid., 297-98, 4/26/70.

36. Nunez, *Sempre Susan*, 117.

37. Lorde, "Eye to Eye: Black Women, Hatred, and Anger" (1983), in *Sister Outsider*, 153.

38. Nunez, *Sempre Susan*, 115-16.

39. Hilary Holladay, *The Power of Adrienne Rich* (New York: Nan A. Talese, 2020), 269.

40. Le Guin, *Steering the Craft* (Portland, OR: Eighth Mountain Press, 1998), 149.

41. Sontag, "Singleness" (1995), *Where the Stress Falls* (London: Jonathan Cape, 2002), 259에 수록.

42. Moser, *Sontag*, 479-80.

43. Van Gelder, 개인적 언급, June 2020.

44. Moser, *Sontag*, 651.

45. Jeanette Winterson, "Patricia Highsmith, Hiding in Plain Sight," *New York Times*, December 20, 2009에서 인용.

46. Lorde, "The Transformation of Silence into Language and Action," *Sister Outsider*, 42에 수록.

8장 여성의 자유란 무엇인가: 앨리스 워커

이 장은 Evelyn C. White의 훌륭한 전기인 *Alice Walker*가 없었더라면 작성할 수 없었을 것이다.

1. Lorde, journal, November 7, 1972, De Veaux, *Warrior Poet*, 127에 수록.

2. Rich, "Motherhood: The Contemporary Emergency and the Quantum Leap" (1978), *On Lies, Secrets, and Silence*, 263에 수록.

3. Dr. Carol Cooper, 개인적 언급.

4. Walker, Justine Toms and Michael Toms의 인터뷰 (1996), *The World Has Changed*, ed. Rudolph P. Byrd, 167에 수록.

5. Walker, "A Writer Because of, Not in Spite of, Her Children" (1976), *In Search of Our Mothers' Gardens*, 66에 수록.

6. Alexis De Veaux, "Alice Walker," *Essence*, September 1989, 57.

7. White, *Alice Walker*, 40.

8. Ibid., 319.

9. Walker, *The Way Forward Is with a Broken Heart*, 28.

10. Walker, Margo Jefferson의 인터뷰 (2005), Walker, *The World Has Changed*, 240에 수록.

11. De Veaux, "Alice Walker," 58.

12. Walker, "Looking to the Side, and Back" (1979), *In Search*, 314에 수록.

13. "Beauty" (1983), *In Search*, 392-93에 수록.

14. "Finding Aid for University of Georgia Integration Materials 1938-1965," Hargrett Rare Book & Manuscript Library, University of Georgia Libraries,

www.libs.uga.edu/hargrett/archives/integration/integration1.html.

1962년 9월, 제임스 메러디스가 미시시피 대학을 통합하려 하자 백인 학생 등 3000명이 폭동을 일으켜 프랑스인 기자와 백인 행인 두 명이 사망했다.

15. Edelman, "Who Mentored Marian Wright Edelman," *The Person Who Changed My Life: Prominent Americans Recall Their Mentors*, ed. Matilda Raffa Cuomo (Secaucus, NJ: Carol, 1999),

https://sites.sph.harvard.edu/wmy/marian-wright-edelman.

16. Walker, "Saying Goodbye to My Friend Howard Zinn," *Boston Globe*, January 31, 2010.

17. Walker, "What Nurtured My Outrage, Really?" *Howard Zinn's Southern Diary: Sit-ins, Civil Rights, and Black Women's Student Activism*, ed. Robert Cohen (Athens: University of Georgia Press, 2018)에 수록.

18. White, *Alice Walker*, 80.

19. Ibid., 82.

20. Walker, "Duties of the Black Revolutionary Artist" (1970), *In Search*, 130에 수록.

21. White, *Alice Walker*, 114-15.

22. Ibid., 112.

23. Walker, "The Abortion," *Complete Stories* (London: Women's Press, 1994), 193에 수록.

24. Walker, "The Civil Rights Movement: What Good Was It?" (1967), *In Search*, 125에 수록.

25. White, *Alice Walker*, 144.

26. Walker, *Way Forward*, 16.

27. 몇 달 뒤인 1967년 6월 12일, 대법원은 16개 주에서 인종 간 결혼 금지를

무효화했다. 조지아주에서는 1972년에, 미시시피주에서는 1987년에야 인종 간 결혼 금지법이 폐지되었다.

28. White, *Alice Walker*, 156.

29. Walker, "Recording the Seasons" (1976), *In Search*, 224에 수록.

30. 호평받은 시집 *For My People* (1942)의 저자 워커(앨리스 워커와 친척이 아님)는 전업 교사로 일하고 네 명의 자녀를 키우면서도 글을 쓰려고 노력했다. 첫 번째 책과 두 번째 책인 역사 소설 *Jubilee* (1966) 사이에는 24년간의 침묵이 있다. "사람들은 가정을 돌보는 동시에 교직에 종사하면서 어떻게 글을 쓸 시간을 낼 수 있냐고 묻곤 합니다. 그 일들을 하는 동안 글을 쓴 게 아닌데도 말이지요." *Olsen, Silences*, 209.

31. White, *Alice Walker*, 165.

32. Walker, "Coretta King: Revisited" (1971), *In Search*, 148에 수록.

33. Walker, "One Child of One's Own: A Meaningful Digression within the Work(s)" (1979), *In Search*, 369에 수록.

34. Ibid., 363.

35. White, *Alice Walker*, 172.

36. Walker, *Grange Copeland*, 101.

37. Ibid., 147.

38. Ibid., 233.

39. Rebecca Walker, *Black, White, and Jewish: Autobiography of a Shifting Self* (New York: Riverhead, 2001), 12.

40. Walker, *Way Forward*, 34.

41. Ibid., 34.

42. Walker, "One Child," 369.

43. *Alice Walker: Beauty in Truth*, directed by Pratibha Parmar, 2013.

44. Walker, *Way Forward*, 28.

45. Ibid., 36.

46. Ibid., 28.

47. Ibid.

48. Walker, "One Child," 362.

49. 동료 작가들도 워커의 '한 자녀' 선언에 반발하고 나섰다. 그중에서도 제이디 스미스, 제인 스마일리, 에이미 판, 아얄렛 월드먼은 자녀 수가 아닌 지원이

문제라고 주장했다. 스미스는 어머니의 자율성에 대한 근본적인 한계는 "작가, 공장 노동자, 간호사 등 누구에게나 동일한 문제인 시간"이라고 지적한다. Alison Flood, "Zadie Smith Criticises . . . Author Who Says More Than One Child Limits Career," *Guardian*, June 13, 2013.

50. Walker, "One Child," 362.

51. Ibid., 382.

52. Walker, "Looking to the Side, and Back" (1979), *In Search*, 318에 수록.

53. Lorde, "Learning from the 60s" (1982), *Sister Outsider*, 137에 수록.

54. White, *Alice Walker*, 194.

55. Ibid., 198.

56. Ibid., 200.

57. Walker, "A Talk: Convocation 1972," *In Search*, 36에 수록.

58. Mary Kay Blakely, *American Mom: Motherhood, Politics, and Humble Pie* (New York: Pocket, 1995), 6의 문장을 다듬었음.

59. Walker, Evelyn C. White의 인터뷰, *Way Forward*에 수록.

60. Lessing, *Under My Skin*, 265.

61. White, *Alice Walker*, 218.

62. Ibid., 270.

63. Rich, National Book Award Acceptance Speech, National Book Foundation, https://www.nationalbook.org/nbaacceptspeech_arich_74.html.WUMX09xLfIU (removed from site as of July 24, 2021).

64. Walker, "Audre's Voice," Audre Lorde, *I Am Your Sister*, 238에 수록.

65. Morrison, "A Knowing So Deep" (1985), *What Moves at the Margin*, *ed. Carolyn C. Denard* (Jackson: University Press of Mississippi, 2008), 31–33에 수록.

66. Lorde, *A Burst of Light*, 130.

67. Walker, *Meridian*, 51.

68. Ibid., 97.

69. Ibid., 91.

70. Ibid., 115.

71. Ibid., 139–40.

72. Ibid., 200.

73. White, *Alice Walker*, 278.

74. Rebecca Walker, *Black, White, and Jewish*, 64.

75. White, *Alice Walker*, 296.

76. Walker, *Black, White, and Jewish*, 231.

77. Ibid., 231.

78. Parker, *Mother Love, Mother Hate: The Power of Maternal Ambivalence*, 244.

79. De Veaux, "Alice Walker," 122.

80. White, *Alice Walker*, 296.

81. Ibid.

82. Mel Leventhal, *Alice Walker: Beauty in Truth*에 수록.

83. Walker, *Black, White, and Jewish*, 4-5.

84. Walker, "Writing The Color Purple" (1982), *In Search*, 359에 수록.

85. White, *Alice Walker*, 350.

86. Walker, *The Same River Twice: Honoring the Difficult* (New York: Scribner, 1996), 156.

87. De Veaux, "Alice Walker," 58.

88. Walker, *Same River Twice*, 22.

89. Ibid., 30.

90. Ibid., 27.

91. Le Guin, review in *San Francisco Review of Books*, White, *Alice Walker*, 447에서 인용.

92. Rebecca Walker, *Baby Love*, 5-6.

93. Walker, *Baby Love*, 94.

94. Sharon Krum, "'Can I Survive Having a Baby? Will I Lose Myself . . . ?'," *Guardian*, May 26, 2007.

95. Walker, *Baby Love*, 6.

96. Walker, "One Child," 369.

9장 책상 위의 아기: 동시에 여러 일을 하기

1. Lessing, *A Small Personal Voice: Essays, Reviews, Interviews* (New York: Vintage, 1975), 115.

2. Rich, *Of Woman Born*, 286.

3. Sage, *Bad Blood*, 264.

4. Ibid., 269.

5. Ibid.

6. Ibid., 265-66.

7. Byatt, "The Art of Fiction No. 168," Philip Hensher의 인터뷰, *Paris Review*, no. 159 (Fall 2001).

8. Marianne Brace, "That Thinking Feeling," *Guardian*, June 9, 1996.

9. Byatt, 저자의 인터뷰, November 2016.

10. Walker, *In Search of Our Mothers' Gardens*, 66.

11. Byatt, "The July Ghost," *Sugar and Other Stories* (New York: Penguin, 1988), 47에 수록.

12. Emine Saner, "Lorna Sage, My Mum," *Guardian*, October 8, 2010.

10장 나만의 고유한 이야기: 앤절라 카터

Edmond Gordon의 전기 *The Invention of Angela Carter*은 매우 유용했다. 앤절라 카터의 일기와 서한은 영국국립도서관 필사본 소장선에 등재돼 있는 앤절라 카터 기록물에서 인용했다.

1. Le Guin, foreword (2001) to *Tales from Earthsea. The Books of Earthsea: The Complete Illustrated Edition* (New York: Saga Press, 2018), 558.

2. Sage, "Death of the Author," 236.

3. Carter, Paul Bailey의 인터뷰, *Third Ear*, BBC Radio 4, June 25, 1991, www.bbc.co.uk/archive/third-ear--angela-carter/zr4s7nb.

4. Marc Chavannes, "Heimwee naar optimisme," *NRC Handelsblad* (Rotterdam), November 1, 1985.

5. Carter, 일기, November 7, 1985, Add. MS 88899/1/98.

6. "Stealing Is Bad Karma," BBC broadcast, February 13, 1970, BBC

Written Archives Centre.

7. Carter가 Pearce에게 보낸 편지, September 23, 1980, Add. MS 88899/3/3.

8. Carter가 Pearce에게 보낸 편지, September 1980, Add. MS 88899/3/3.

9. Carter가 Pearce에게 보낸 편지, October 22, 1980, Add. MS 88899/3/3.

10. Moody, "Writers and Mentors," *Atlantic*, August 2005.

11. Coover, 저자의 인터뷰, December 2011.

12. Carter가 Pearce에게 보낸 편지, October 31, 1980, Add. MS 88899/3/3.

13. Carter가 Pearce에게 보낸 편지, November 2, 1980, Add. MS 88899/3/3.

14. Carter가 Adcock에게 보낸 편지, April 1976. (Courtesy of Fleur Adcock.)

15. Carter가 Susannah Clapp에게 보낸 편지, October 16, 1980. (Courtesy of Susannah Clapp.)

16. Coover, 저자의 인터뷰.

17. Sage, "Death of the Author," 240.

18. Carter, "The Mother Lode" (1976), *Shaking a Leg*, 2에 수록.

19. Carter, "Living in London-X," *London Magazine*, March 1971, 53.

20. Carter, "The Mother Lode," *Shaking a Leg*, 14에 수록.

21. Ibid., 10.

22. Adcock, 일기, May 27, 1973. (Courtesy of Fleur Adcock.)

23. "Death of the Author," 238.

24. Sage, "The Savage Sideshow," *New Review*, July 1977, 54.

25. 앤절라가 오빠와 열한 살이나 나이 차가 난 이유는 잘 설명되지 않는데, 그녀의 엄마 올리브가 임신에 어려움을 겪었거나 한 번이나 그 이상 유산을 경험했음을 암시한다. 그렇다면 그녀가 느꼈던 감정들이 설명된다. 앤절라는 엄마와 불화했지만 엄마가 자신을 소중히 여긴다는 걸 느끼고 있었다. 앤절라는 언젠가 엄마가 주었던 장미 나무 화분을 떠올리며 당시엔 그 가치를 알지 못했지만 이제는 소중한 기억이 되었다고 적었다. "나는 이 장미 나무가 내 열 번째 생일 선물이 아니었다는 걸 알아채지 못했다. 하지만 어른이 되어 돌아보니 그것은 엄마가 알지 못했던, 그러나 지금도 나를 위해 내줄 수 있는 자신의 일부 같은 선물이었다." Carter, "The Mother Lode," *Shaking a Leg*, 14-15에 수록.

26. Carter, "Sugar Daddy" (1983), *Shaking a Leg*, 22에 수록.

27. Carter, "Trouser Protest" (1975), *Shaking a Leg*, 114에 수록.

28. Edmund Gordon, *The Invention of Angela Carter*, 58.

29. Ibid., 40.

30. Ibid., 46.

31. Ibid., 48.

32. Carter, "The Company of Wolves" (1979), *Burning Your Boats*, 215에 수록.

33. Gordon, *Invention*, 92.

34. Carter, 일기, March 5, 1963, Add. MS 88899/1/88.

35. Carter, 일기, October 30, 1961, Add. MS 88899/1/87.

36. Carter, "Notes from the Front Line" (1983), *Shaking a Leg*, 38에 수록.

37. Gordon, *Invention*, 99.

38. Carter, "Flesh and the Mirror" (1974), *Burning Your Boats*, 69에 수록.

39. Carter, 일기, November 5, 1961, Add. MS 88899/1/87.

40. Lessing, *Under My Skin*, 237.

41. Carter, 일기, n.d., Fall 1986, Add. MS 88899/1/98.

42. Carter, 일기, November 12, 1961, Add. MS 88899/1/87.

43. Gordon, *Invention*, 59.

44. Ibid., 116.

45. Carter, "Tokyo, Directed by Fellini," *The Nation*, January 25, 1971, 115.

46. Gordon, *Invention*, 139.

47. 2011년 폴 카터에게 인터뷰를 요청하는 편지를 썼을 때, 그는 내게 문전박대에 가까운 반응을 보였다. 또한 카터의 전기 작가 에드먼드 고든에게도 아무 말도 하지 않을 거라고 했다. 외견상 앤절라와의 기억과 끝까지 화해하지 못한 채 그는 2012년 사망했다.

48. Carter, "Living in London-X," 55.

49. Gordon, *Invention*, 144.

50. Ibid., 153.

51. Carter, "Tokyo, Directed by Fellini," 116.

52. Carter, "A Souvenir of Japan" (1974), *Burning Your Boats*, 31에 수록.

53. Carter, "Notes from the Front Line" (1983), *Shaking a Leg*, 39에 수록.

54. Carter, "A Souvenir of Japan," 31. 글룸달클리치는 『걸리버 여행기』에서 걸리버를 돌봐주는 거인국 아이로, "키가 40피트를 넘지 않는, 나이에 비해 작은 소녀"다.

55. Carter, *Sadeian Woman*, 9.

56. Carter, "Flesh and the Mirror" (1974), *Burning Your Boats*, 68에 수록.

57. Ibid., 72.

58. Carter, "The Company of Wolves" (1979), *Burning Your Boats*, 219에 수록.

59. Gordon, *Invention*, 193-94. 고만수는 27세의 폴과 처음 사귀기 시작했을 무렵의 앤절라와 같은 나이였다.

60. Ibid., 207.

61. Ibid., 210.

62. Ibid., 213-14.

63. Ibid., 268.

64. Ibid., 216.

65. Coover, 저자의 인터뷰.

66. Carter, *Sadeian Woman*, 5.

67. Carter, "The Tiger's Bride" (1979), *Burning Your Boats*, 168에 수록.

68. Carter, 일기, July 1974, Add. MS 88899/1/95.

69. Carter, 일기, 1974, Add. MS 88899/1/95.

70. Adcock, 저자의 인터뷰, July 2011.

71. Downton, 저자의 인터뷰, December 2011.

72. Carter, 일기, 1974, Add. MS 88899/1/95.

73. Carter, 일기, March-April 1982, Add. MS 88899/1/97.

74. Adcock, 저자의 인터뷰.

75. Downton, 저자의 인터뷰.

76. Carter, "Notes from a Maternity Ward" (1983), *Shaking a Leg*, 29에

수록.

77. Sage, "Death of the Author," 252.

78. Carter, "Notes from a Maternity Ward," 29.

79. Gordon, *Invention*, 343.

80. Carter, "Notes from a Maternity Ward," 31.

81. Ibid., 30.

82. Clapp, *A Card from Angela Carter*, 90.

83. Adcock, 저자의 인터뷰.

84. Weldon, 저자의 인터뷰, February 2009.

85. Atwood to JP, October 7, 2013. 1976년 딸을 낳은 이후에 쓴 *The Handmaid's Tale* 같은 소설들로 판단컨대, 애트우드에게 이것은 일시적 조건이었다. 하지만 1988년 소설 *Cat's Eye*의 화자는 이렇게 말한다. "나는 엄마이기 때문에 충격을 받는 일에 능하지. 엄마가 아니었을 땐 결코 그런 적 없지만." *Cat's Eye* (New York: Bantam, 1989), 333.

86. Gordon, *Invention*, 360.

87. Carter, 일기, 1988, Add. MS 88899/1/98.

88. Salman Rushdie, *Joseph Anton* (New York: Random House, 2012), 213.

89. Clapp, *A Card from Angela Carter*, 72.

90. Atwood, Lorna Sage, "Angela Olive Carter," *British Novelists since 1960: Third Series, ed. Merritt Moseley* (Detroit, MI: Gale Group), 1999에 수록.

91. Ibid.

92. Carter, *Wise Children*, 223.

93. Ibid., 227.

결론 시간과 이야기

동화와 모성에 대해 생각하는 데 도움을 준 미도리 스나이더와 마리아 타타르에게 감사를 표한다. 내가 시간에 관해 고찰한 내용은 시간과 보살핌의 관계를 살펴본 Lisa Beraitser의 *Enduring Time*에서 영감을 받았는데, 카이로스와 크로노스의 개념을 이 책에서 차용했다.

1. Jones, *How I Became Hettie Jones*, 149.

2. Claire Dederer, "What Do We Do with the Art of Monstrous Men?," *Paris Review* (blog), November 20, 2017.

3. Steiber, "Brother and Sister: A Matter of Seeing," Journal of Mythic Arts, 2007,

https://endicottstudio.typepad.com/articleslist/brother-and-sister-a-matter-of-seeing-by-ellen-steiber.html.

4. See Midori Snyder, "The Armless Maiden and the Hero's Journey," In the Labyrinth,

https://www.midorisnyder.com/essays/the-armless-maiden-and-the-heros-journey.html.

참고문헌

Allara, Pamela. *Pictures of People: Alice Neel's Portrait Gallery.* Hanover, NH: Brandeis University Press, 1998.

Als, Hilton. *Alice Neel: Uptown.* [New York]: David Zwirner Books, 2017.

Baraitser, Lisa. *Enduring Time.* London: Bloomsbury Academic, 2017.

——. *Maternal Encounters: The Ethics of Interruption.* London: Routledge, 2009.

Barker, Christopher. *The Arms of the Infinite.* Waterloo, ON: Wilfrid Laurier University Press, 2010.

Bell-Scott, Patricia, Beverly Guy-Sheftall, Jacqueline Jones Royster, Janet Sims-Wood, Miriam DeCosta-Willis, and Lucie Fultz, eds. *Double Stitch: Black Women Write about Mothers and Daughters.* Boston: Beacon, 1991.

Brooks, Gwendolyn. *The Essential Gwendolyn Brooks.* Edited by Elizabeth Alexander. New York: Library of America, 2005.

——. *Maud Martha.* 1953. Chicago: Third World Press, 1993.

——. *Report from Part One.* Detroit: Broadside, 1972.

Calder, Jenni. *The Burning Glass: The Life of Naomi Mitchison.* Dingwall, Scotland: Sandstone Press, 2019.

Carter, Angela. *Burning Your Boats: The Collected Short Stories.* New York: Henry Holt, 1995.

——. *The Sadeian Woman: An Exercise in Cultural History.* London: Virago, 1979.

——. *Shaking a Leg: Collected Journalism and Writings.* New York: Penguin, 1998.

——. *Wise Children.* Boston: Little, Brown, 1991.

Cavarero, Adriana. *Relating Narratives: Storytelling and Selfhood.* Translated by Paul A. Kottman. London: Routledge, 2000.

Clapp, Susannah. *A Card from Angela Carter.* London: Bloomsbury, 2012.

Collins, Kathleen. *Notes from a Black Woman's Diary: Selected Works.* Edited by Nina Lorez Collins. New York: Ecco, 2019.

Collins, Patricia Hill. *Black Feminist Thought.* New York: Routledge, 2000.

Coss, Clare. "Frances Clayton: Remembering Our Friend and Chosen Family." *Sinister Wisdom* 122, Fall 2021.

Curry, Arwen, dir. *The Worlds of Ursula K. Le Guin.* 2018.

Cusk, Rachel. *A Life's Work: On Becoming a Mother.* London: Fourth Estate, 2001.

Davey, Moyra, ed. *The Mother Reader: Essential Writings on Motherhood.* New York: Seven Stories, 2001.

De Veaux, Alexis. *Warrior Poet: A Biography of Audre Lorde.* New York: W. W. Norton. 2004.

di Prima, Diane. *Recollections of My Life as a Woman.* New York: Viking, 2001.

Diski, Jenny. *In Gratitude.* London: Bloomsbury, 2016.

——. *Skating to Antarctica.* London: Granta Books, 1998.

Echlin, Kim. *Elizabeth Smart: A Fugue Essay on Women and Creativity.* Toronto: Women's Press, 2004.

Enright, Anne. *Making Babies.* New York: W. W. Norton, 2012.

Erdrich, Louise. *The Blue Jay's Dance: A Birth Year.* London: Flamingo,

1996.

Feigel, Lara. *Free Woman: Life, Liberation and Doris Lessing*. London: Bloomsbury, 2018.

Fowler, Karen Joy. "The Motherhood Statement." In *The Science of Herself*, 27–34. Oakland, CA: PM Press, 2013.

Gordon, Edmund. *The Invention of Angela Carter*. London: Chatto & Windus, 2016.

Gumbs, Alexis Pauline. "We Can Learn to Mother Ourselves: The Queer Survival of Black Feminism 1968–1996." PhD diss., Duke University, 2010.

Gumbs, Alexis Pauline, China Martens, and Mai'a Williams, eds. *Revolutionary Mothering: Love on the Front Lines*. Oakland, CA: PM Press, 2016.

Hall, Joan Wylie. *Conversations with Audre Lorde*. Jackson: University Press of Mississippi, 2004.

Hall, Lesley A. *Naomi Mitchison: A Profile of Her Life and Work*. Seattle: Aqueduct Press, 2007.

Hills, Patricia. *Alice Neel*. New York: Abrams, 1983.

Hirsch, Marianne. *The Mother-Daughter Plot: Narrative, Psychoanalysis, Feminism*. Bloomington: Indiana University Press, 1989.

Hoban, Phoebe. *Alice Neel: The Art of Not Sitting Pretty*. New York: St. Martin's, 2010.

Jackson, Angela. *A Surprised Queenhood in the New Black Sun: The Life and Legacy of Gwendolyn Brooks*. Boston: Beacon, 2017.

Jones, Hettie. *How I Became Hettie Jones*. New York: Dutton, 1990.

Klein, Carole. *Doris Lessing: A Biography*. London: Duckworth, 2000.

Kristeva, Julia. "Stabat Mater." Translated by Arthur Goldhammer. *Poetics Today* 6, no. 1/2 (1985): 133–52.

Lee, Hermione. *Penelope Fitzgerald: A Life*. New York: Knopf, 2014.

Le Guin, Ursula K. *Dancing at the Edge of the World*. New York: Harper Perennial, 1990.

——. *The Wave in the Mind: Talks and Essays on the Writer, the Reader, and the Imagination*. Boston: Shambhala, 2004.

Lessing, Doris. *Alfred and Emily*. London, Harper Perennial, 2009.

——. *The Golden Notebook*. 1962. New York: Harper Perennial, 1994.

——. *A Proper Marriage*. 1954. Frogmore, UK: Panther, 1966.

——. *Under My Skin: Volume One of My Autobiography, to 1949*. New York: HarperCollins, 1994.

——. *Walking in the Shade: Volume Two of My Autobiography, 1949 to 1962*. New York: Harper Perennial, 1998.

Lorde, Audre. *A Burst of Light: Essays*. 1988. Mineola, NY: Ixia, 2017.

——. *The Collected Poems of Audre Lorde*. New York: W. W. Norton, 1997.

——. *I Am Your Sister: Collected and Unpublished Writings*. Edited by Rudolph P. Byrd, Johnetta Betsch Cole, and Beverly Guy-Sheftall. New York: Oxford, 2009.

——. *"I Teach Myself in Outline": Notes, Journals, Syllabi, and an Excerpt from Deotha*. Edited by Miriam Atkin and Iemanjá Brown. CUNY Center for the Humanities, *Lost & Found series* 7, no. 1 (Fall 2017), Manifold.

——. *Sister Outsider: Essays and Speeches*. 1984. Berkeley, CA: Crossing Press, 2007.

——. *Zami: A New Spelling of My Name*. Berkeley, CA: Crossing Press, 1982.

Manguso, Sarah. *Ongoingness*. 2015. London: Picador, 2018.

Mitchison, Naomi. *You May Well Ask: A Memoir 1920–1940*. 1979. London: Flamingo, 1986.

Moser, Benjamin. *Sontag: Her Life and Work*. New York: Ecco, 2019.

Munro, Eleanor. *Originals: American Women Artists*. New York: Simon and Schuster, 1979.

Nash, Jennifer C. "Black Maternal Aesthetics." *Theory & Event* 22, no. 3 (July 2019): 551–75.

Neel, Andrew, dir. *Alice Neel*. 2007.

Nelson, Maggie. *The Argonauts*. Minneapolis: Graywolf, 2015.

Nemser, Cindy. *Art Talk: Conversations with 12 Women Artists*. New York: Scribner, 1975.

Nunez, Sigrid. *Sempre Susan: A Memoir of Susan Sontag*. New York:

Atlas, 2011.

Parker, Rozsika. *Mother Love, Mother Hate: The Power of Maternal Ambivalence*. New York: Basic Books, 1996.

Parmar, Pratibha, dir. *Alice Walker: Beauty in Truth*. Kali Films, 2013.

Rich, Adrienne. *Of Woman Born: Motherhood as Experience and Institution*. New York: Bantam, 1977.

——. *On Lies, Secrets, and Silence: Selected Prose*. New York: W. W. Norton, 1979.

Ringgold, Faith. *We Flew over the Bridge: The Memoirs of Faith Ringgold*. Boston: Bulfinch, 1995.

Ruhl, Sarah. *100 Essays I Don't Have Time to Write*. New York: Farrar, Straus & Giroux, 2014.

Sage, Lorna. *Bad Blood*. London: Fourth Estate, 2000.

——. "Death of the Author." *Granta* 41 (Autumn 1992): 235-54.

——. *Doris Lessing*. London: Methuen, 1983.

Showalter, Elaine. *A Jury of Her Peers: American Women Writers from Anne Bradstreet to Annie Proulx*. New York: Vintage, 2010.

Smart, Elizabeth. *The Assumption of the Rogues & Rascals*. London: Panther, 1980.

——. *Autobiographies*. Edited by Christina Burridge. Vancouver, BC: Tanks, 1987.

——. *By Grand Central Station I Sat Down and Wept*. 1945. London: Granada, 1966.

Solomon, Andrew. "Transition to Motherhood: The Acquisition of Maternal Identity and Its Role in a Mother's Attachment." PhD diss., Jesus College, Oxford, 2013. Courtesy of the author.

Sontag, Susan. *As Consciousness Is Harnessed to Flesh: Journals and Notebooks 1964-1980*. Edited by David Rieff. New York: Farrar, Straus & Giroux, 2012.

——. Reborn: Journals and Notebooks 1947-1963. Edited by David Rieff. New York: Farrar, Straus & Giroux, 2008.

Streitmatter, Rodger. *Outlaw Marriages: The Hidden Histories of Fifteen*

Extraordinary Same-Sex Couples. Boston: Beacon, 2012.

Sullivan, Rosemary. *By Heart: Elizabeth Smart, A Life*. London: Lime Tree, 1991.

Walker, Alice. *Her Blue Body Everything We Know: Earthling Poems 1965-1990 Complete*. London: Women's Press, 1991.

——. *In Search of Our Mothers' Gardens*. London: Women's Press, 1984.

——. *Meridian*. New York: Pocket, 1977.

——. "One Child of One's Own: A Meaningful Digression within the Work(s)." (1979). In *In Search of Our Mothers' Gardens*, 361–83. London: Women's Press, 1984.

——. *The Same River Twice: Honoring the Difficult*. New York: Scribner, 1996.

——. *The Third Life of Grange Copeland*. 1970. London: Women's Press, 1985.

——. *The Way Forward Is with a Broken Heart*. New York: Ballantine, 2001.

——. *The World Has Changed: Conversations with Alice Walker*. Edited by Rudolph P. Byrd. New York: New Press, 2010.

Walker, Rebecca. *Baby Love: Choosing Motherhood after a Lifetime of Ambivalence*. New York: Riverhead, 2007.

——. *Black, White & Jewish: Autobiography of a Shifting Self*. New York: Riverhead, 2001.

Washington, Mary Helen. *Invented Lives: Narratives of Black Women 1860-1960*. London: Virago, 1989.

White, Evelyn C. *Alice Walker: A Life*. New York: W. W. Norton, 2004.

참고문헌 중 번역본 목록♥

서문 양육과 창조성이 만나는 자리

메리 올리버, 「힘과 시간에 대하여」, 『긴 호흡: 시를 사랑하고 시를 짓기 위하여』, 민승남 옮김, 마음산책, 2019, 13~20쪽.

에이드리언 리치, 「우리 죽은 자들이 깨어날 때: 다시 보기로서의 글쓰기」, 『우리 죽은 자들이 깨어날 때』, 이주혜 옮김, 바다출판사, 2020, 25~49쪽.

메리 캐서린 베이트슨, 『죽을 때까지 삶에서 놓지 말아야 할 것들』, 안진이, 청림출판, 2013.

세라 망구소, 『망각 일기』, 양미래 옮김, 필로우, 2022.

쥘리아 크리스테바, 「눈물 흘리는 성모」, 『사랑의 역사』, 김인환 옮김, 민음사, 2008, 325~362쪽.

에이드리언 리치, 『더이상 어머니는 없다: 모성의 신화에 대한 반성』, 김인성 옮김, 평민사, 2018.

불안 지대 1: 성과 사랑

오드리 로드, 「성애의 활용: 성애의 힘에 대하여」, 『시스터 아웃사이더』, 주해연·박미선 옮김, 후마니타스, 2018, 69~80쪽.

4장 양립할 수 없는 쾌락: 도리스 레싱

리베카 솔닛, 『멀고도 가까운: 읽기, 쓰기, 고독, 연대에 관하여』, 김현우 옮김, 반비, 2016.

도리스 레싱, 「나의 속마음」, 모이라 데이비 엮음, 『분노와 애정: 여성 작가 16인의 엄마됨에 관한 이야기』, 김하현 옮김, 시대의창, 2018, 15~32쪽.(발췌본)

도리스 레싱, 『금색 공책』 1~2, 권영희 옮김, 창비, 2019.

도리스 레싱, 『앨프리드와 에밀리』, 민은영 옮김, 문학동네, 2023.

도리스 레싱, 『마사 퀘스트』, 나영균 옮김, 민음사, 2007.

도리스 레싱, 『풀잎은 노래한다』, 이태동 옮김, 민음사, 2008.

♥ 번역본의 표기나 띄어쓰기가 이 책의 표기 및 띄어쓰기 원칙과 다른 경우가 있었지만 모두 그대로 살렸다.

도리스 레싱, 『생존자의 회고록』, 이선주 옮김, 황금가지, 2007.
도리스 레싱, 『그랜드마더스』, 강수정 옮김, 예담, 2016.
도리스 레싱, 『다섯째 아이』, 정덕애 옮김, 민음사, 1999.

6장　행복한 가족이 지루할 거라는 편견: 어슐러 르 귄

어슐러 K. 르 귄, 「내 섬」, 『마음에 이는 물결: 작가, 독자, 상상력에 대하여』, 김승욱 옮김, 현대문학, 2023, 50~55쪽.
어슐러 K. 르 귄, 「인디언 삼촌들」, 『마음에 이는 물결: 작가, 독자, 상상력에 대하여』, 김승욱 옮김, 현대문학, 2023, 23~43쪽.
어슐러 K. 르 귄, 「내 도서관들」, 『마음에 이는 물결: 작가, 독자, 상상력에 대하여』, 김승욱 옮김, 현대문학, 2023, 44~49쪽.
어슐러 K. 르 귄, 「어느 공주 이야기」, 『세상 끝에서 춤추다: 언어, 여자, 장소에 대한 사색』, 이수현 옮김, 황금가지, 2021, 137~144쪽.
어슐러 K. 르 귄, 『로캐넌의 세계』, 이수현 옮김, 황금가지, 2005.
어슐러 K. 르 귄, 『아투안의 무덤』, 최준영·이지연 옮김, 황금가지, 2006.
어슐러 K. 르 귄, 『어스시의 마법사』, 최준영·이지연 옮김, 황금가지, 2006.
어슐러 K. 르 귄, 『빼앗긴 자들』, 이수현 옮김, 황금가지, 2002.
어슐러 K. 르 귄, 「오멜라스를 떠나는 사람들」, 『바람의 열두 방향』, 최용준 옮김, 시공사, 2014, 451~468쪽.
어슐러 K. 르 귄, 『어둠의 왼손』, 최용준 옮김, 시공사, 2014.
어슐러 K. 르 귄, 『하늘의 물레』, 최준영 옮김, 황금가지, 2010.
어슐러 K. 르 귄, 『머나먼 바닷가』, 최준영·이지연 옮김, 황금가지, 2006.
어슐러 K. 르 귄, 『세상을 가리키는 말은 숲』, 최준영 옮김, 황금가지, 2012.
슐라미스 파이어스톤, 『성의 변증법: 페미니스트 혁명을 위하여』, 김민예숙·유숙열 옮김, 꾸리에, 2016.
어슐러 K. 르 귄, 「정복하지 않은 사람들」, 은네디 오코라포르 외, 『야자나무 도적: 세계 여성 작가 페미니즘 SF 걸작선』, 신해경 옮김, 아작, 2020, 577~608쪽.
어슐러 K. 르 귄, 『내해의 어부』, 최용준 옮김, 시공사, 2014.
어슐러 K. 르 귄, 「여자 어부의 딸」, 『세상 끝에서 춤추다: 언어, 여자, 장소에 대한 사색』, 이수현 옮김, 황금가지, 2021, 373~419쪽.

불안 지대 3: 유령들

도리스 레싱, 「19호실로 가다」, 『19호실로 가다: 도리스 레싱 다년선』, 김승욱 옮김, 문예출판사, 2018, 275~335쪽.

셜리 잭슨, 「제비뽑기」, 『제비뽑기』, 김시현 옮김, 엘릭시르, 2014, 389~406쪽.

셜리 잭슨, 『힐 하우스의 유령』, 김시현 옮김, 엘릭시르, 2014.

토니 모리슨, 『빌러비드』, 최인자 옮김, 문학동네, 2014.

불안 지대 4: 뒤늦은 성공

피넬로피 피츠제럴드, 『북샵』, 정회성 옮김, 북포레스트, 2022.

7장 엄마, 시인, 전사: 오드리 로드

오드리 로드, 「시는 사치가 아니다」, 『시스터 아웃사이더』, 주해연·박미선 옮김, 후마니타스, 2018, 39~45쪽.

오드리 로드, 『자미: 내 이름의 새로운 철자』, 송섬별 옮김, 디플롯, 2023.

패트리샤 힐 콜린스, 『흑인 페미니즘 사상: 지식, 의식, 그리고 힘기르기의 정치』, 박미선·주해연 옮김, 여성문화이론연구소, 2009.

오드리 로드, 『블랙 유니콘』, 송섬별 옮김, 움직씨, 2020.

오드리 로드, 「힘」, 『블랙 유니콘』, 송섬별 옮김, 움직씨, 2020, 172~174쪽.

오드리 로드, 「서로의 눈동자를 바라보며: 흑인 여성, 혐오, 그리고 분노」 『시스터 아웃사이더』, 주해연·박미선 옮김, 후마니타스, 2018, 281~339쪽.

오드리 로드, 「한 여성/헛되이 죽은 아이들을 위한 장송곡」, 『블랙 유니콘』, 송섬별 옮김, 움직씨, 2020, 110~112쪽.

오드리 로드, 『암 일지』, 김선형 옮김, 후마니타스, 근간.

오드리 로드, 「침묵을 언어와 행동으로 바꾼다는 것」 『시스터 아웃사이더』, 주해연·박미선 옮김, 후마니타스, 2018, 46~53쪽.

오드리 로드, 「살아남기 위한 기도」, 『블랙 유니콘』, 송섬별 옮김, 움직씨, 2020, 62~64쪽.

불안 지대 5: 지금 여기에 존재하지 않기

수전 손택, 『은유로서의 질병』, 이재원 옮김, 이후, 2002.

수전 손택, 『의식은 육체의 굴레에 묶여: 수전 손택의 일기와 노트

1964~1980』, 데이비드 리프 엮음, 김선형 옮김, 이후, 2018.

수전 손택, 『다시 태어나다: 수전 손택의 일기와 노트 1947~1963』, 데이비드 리프 엮음, 김선형 옮김, 이후, 2013.

래드클리프 홀, 『고독의 우물』 1~2, 임옥희 옮김, 펭귄클래식코리아, 2008.

시그리드 누네즈, 『우리가 사는 방식: 수전 손택을 회상하며』, 홍한별 옮김, 코쿤북스, 2021.

수전 손택, 『인 아메리카』, 임옥희 옮김, 이후, 2008.

수전 손택, 『앨리스, 깨어나지 않는 영혼』, 배정희 옮김, 이후, 2007.

패트리샤 하이스미스, 『캐롤』, 김미정 옮김, 그책, 2016.

8장 여성의 자유란 무엇인가: 앨리스 워커

앨리스 워커, 『컬러 퍼플』, 고정아 옮김, 문학동네, 2020.

앨리스 워커, 『그레인지 코플랜드의 세 번째 인생』, 김시현 옮김, 민음사, 2009.

앨리스 워커, 「나의 아이」, 모이라 데이비 엮음, 『분노와 애정: 여성 작가 16인의 엄마됨에 관한 이야기』, 김하현 옮김, 시대의창, 2018, 179~210쪽. / 앨리스 워커, 「자신의 아이: 일 안에서의 의미 있는 탈선」, 『어머니의 정원을 찾아서: 우머니스트 산문』, 구은숙 옮김, 이프, 2004, 쪽수 확인 필요.

앨리스 워커, 『어머니의 정원을 찾아서: 우머니스트 산문』, 구은숙 옮김, 이프, 2004.

에이드리언 리치, 『문턱 너머 저편』, 한지희 옮김, 문학과지성사, 2011.

9장 책상 위의 아기: 동시에 여러 일을 하기

앤토니어 수잔 바이어트, 『소유』 상·하, 윤희기 옮김, 열린책들, 2010.

부치 에메체타, 「이등 시민」, 모이라 데이비 엮음, 『이등 시민: 엄마를 위한 페미니즘 소설 선집』, 김하현 옮김, 시대의창, 2019.(발췌본)

10장 나만의 고유한 이야기: 앤절라 카터

앤절라 카터, 『피로 물든 방』, 이귀우 옮김, 문학동네, 2010.

앤젤러 카터, 『매직 토이숍』, 이영아 옮김, 창비, 2010.

앤절라 카터, 「타이거의 신부」, 『피로 물든 방』, 이귀우 옮김, 문학동네, 2010, 91~122쪽.

앤젤러 카터, 『써커스의 밤』, 조현준 옮김, 창비, 2011.

결론 시간과 이야기

어슐러 K. 르 귄, 「소설판 장바구니론」, 『세상 끝에서 춤추다: 언어, 여자, 장소에 대한 사색』, 이수현 옮김, 황금가지, 2021, 292~301쪽.
그림 형제, 「룸펠슈틸츠헨」, 『그림 형제 민담집: 어린이와 가정을 위한 이야기』, 김경연 옮김, 현암사, 2012, 317~322쪽.
그림 형제, 「오누이」, 『그림 형제 민담집: 어린이와 가정을 위한 이야기』, 김경연 옮김, 현암사, 2012, 88~94쪽.
그림 형제, 「손이 없는 소녀」, 『그림 형제 민담집: 어린이와 가정을 위한 이야기』, 김경연 옮김, 현암사, 2012, 191~198쪽.

오래 살지어다, 어머니여

박선영

이 책을 읽고 번역하면서 내내 시달렸던 욕망은 엉뚱하게도 아버지가 되고 싶다는 것이었다. 때때로 사랑하고, 가끔씩 헌신하며, 중요한 일은 결정하지만 사소한 그 무수한 것들은 누군가에게 일임하는 후방의 보호자. 제2선의 논평가. 한동안 일에 빠져 부쩍 자란 아이들 얼굴을 못 알아본 채 "얘들은 누구지?"(예이츠)라고 물어도 욕을 먹기는커녕 집념의 예술혼으로 추앙받는다. 도리스 레싱이 엄마가 아니라 아버지였더라면 작가가 되기 위해 아이들을 버렸다는 비난에 시달릴 일도 없었을 것이고, 그림에 빠져 아기를 비상계단에 방치했다는 모함을 받은 앨리스 닐이 강연장에 찾아온 중년의 딸을 못 알아보는 비극도 일어나지 않았을 것이다. 그러니까 아버지란 얼마나 좋은 자리인지. 정말이지 나는 아버지가 되고 싶다.

그렇지만 정말 나는 아버지가 되고 싶은가. 후방의 논평가는커녕 24시간 사랑하고, 365일 헌신하며, 중요한 일은 물론이거니와 그 무수한 사소한 것들까지 모두 결정하고 집행해야 하는 전방의 전투병, 아니 라이언 일병 같은 신세지만, 아이들이

주는 이 독점적 사랑과 존재론적 충일감을 포기할 수 있을까. 흔해 빠진 모성 서사에 속아 넘어가지 않으려 안간힘을 쓰지만, 여기엔 또 일말의 진실이 있는바, 이 사랑을 포기하고 훌쩍 떠나기란 몹시 어려운 일이다. 고백하건대, 소설가 앤절라 카터가 마흔 셋에 첫 아기를 낳고 "자식의 아름다움은 내가 최근에야 가담하게 된 음모"라고 털어놓는 대목을 번역하며 나는 회심의 미소를 지었다.(나만 당한 것은 아니란 말이지.) 레즈비언 시인 오드리 로드가 주변의 많은 레즈비언 커플들에게 아기를 낳아 기를 것을 강력히 권유하고 지지했던 이유도 거짓말로만 치부할 수 없는 이 모성의 축복 때문이었다. 그러니까 실은 다시 태어나도 어머니가 되고 싶다는 것, 그것이 문제인 것이다.

이 책은 모성이라는 사건을 중심으로 여성 예술가들의 삶을 재구성한 그룹 전기다. 창조적 지성과 에너지로 가득한 여성의 삶에 모성이라는 사건이 발생하면 어떤 일이 벌어지는지, 영미권 주요 작가들의 실제 삶을 통해 깊고도 폭넓게 규명한다. 인물들의 삶에 깊숙이 탐침을 찔러 넣은 저자의 집요한 지성과 덕분에 길어올린 놀랍도록 풍부한 세부가 모성이라는 희대의 스캔들을 굽이굽이 이어지는 설화처럼 펼쳐놓는 책이다. 우발적이든 계획적이든, 엄마가 된다는 건 모성의 축복과 모성의 고통이 동시에 우리의 양쪽 팔을 잡고 최대의 마력으로 잡아당기는 분열의 사태다. 양육이 "정체성의 재난"이라는 쥘리아 크리스테바의 말마따나, 이 책에 등장하는 어떤 엄마 예술가도 단 하나의 모습으로 존재하지 않았다. 시대와 상황에 따라, 아이들의 성장 정도에 따라, 작업의 진척과 성공 여부에 따라 엄마들은 이런 엄마가 되기도 하고 저런 엄마가 되기도 했다. 어슐러 르 귄이나 앨리스 워커처럼 변화의 진폭이 매우 적은, 규범적 모성을 갖춘 성공적 엄마들도 물론 있다. 하지만 이런 엄마들에게도 자아를 찢어발기는 모성의 고통은 불가피했다.

모성 고통의 핵심에는 시간의 문제가 있다. 양육이 상시 이용가능성(availability)을 전제한, 담당자의 부재를 허용하지 않는 심신집약적 노동이기 때문이다. 고등교육 확대와 피임법 발달로 역사 이래 양육 전담자였던 여성들이 처음으로 자신의 재능과 적성에 따라 다른 직업을 꿈꾸기 시작했을 때, 모성 고통의 서사 역시 시작되었다. 특히 창작은 고도의 집중력과 방대한 작업량을 요하는 장기 프로젝트라는 점에서 모성 고통을 배가시켰다. 모성이 양육이란 과업을 통해 "자기 존재의 조각들을 여기저기 나눠주고" 나면, 남는 건 낱낱이 흩뿌려진 시간의 가루뿐이다. 엄마를 기다리는 것은 극심한 심신의 피로와 "권태의 히말라야 산맥"(도리스 레싱)뿐. 이런 상황에서 무슨 예술을 한단 말인가. 이 책에 등장하는 엄마 예술가들은 가정으로부터 도망쳐 독립하거나, 창작을 물심양면으로 지원하는 조력자 파트너를 만나거나, 친구들과 육아 공동체를 꾸리거나, 풍족한 경제적 자원을 이용하는 등 저마다의 방식으로 작업을 위한 덩어리 시간을 쟁취했다. 어느 것도 쉽지 않았고, 어디에나 상처가 남았다. 아기를 낳지 않기 위해 수술대에 누워서, 우는 아이를 밀어내고 방문을 걸어 잠그면서, 아이들을 떠나거나 기숙학교로 보내면서, 얼굴을 알아보지 못한 중년의 딸이 자살했다는 소식을 들으면서, 고통 받지 않을 엄마는 없다. 고로 이 책은 가장 지적이고 창조적인 여성들이 역사상 처음으로 두 개의 상근직을 동시 수행하려 분투한, 첫 100년의 핏빛 투쟁이라고 불러도 좋겠다.(역사는 월경의 피로 쓰여졌다는 에리카 종의 말이 저절로 떠오른다.)

어슐러 르 귄의 부고가 날아든 2018년 1월의 어느 오후, 미국 공영 라디오 NPR이 추모 특집으로 마련한 생전 인터뷰를 들으며 길을 걷다가 우뚝 멈춰 섰다. 아이들을 키운 엄마여서 작가로서 도움이 된 게 있는지 묻는 질문에 르 귄이 울컥하게 만드는 답변을 내놨기 때문이다.

> 굉장히 큰 질문이군요. 우리 삶에는 아이들 양육을 책임져야 하기 때문에 창작 활동을 하기 매우 어려운 어떤 시기가 있죠. 짬짬이 에둘러 가며 하거나, 한밤중에 아이들이 자고 있을 때 일을 해야 합니다. 돈이 있다면 베이비시터를 고용하거나 돌봄 기관에 보낼 수도 있겠죠. 어려워요. 창작을 위한 당신의 에너지는 여기저기 흩어지고, 진이 빠지죠. 하지만 동시에 당신은 극도로 풍요로운 삶을 살고 있습니다. 이것은 반드시 당신의 작품을 풍요롭게 만들 거라고 생각해요. 당시엔 그렇게 보이지 않을 겁니다. 제가 말하려는 건 작가들이 수십 년을 살아가는

동안 아기들은 영원히 아기로 머물지 않는다는 겁니다. 작가로서 당신의 수명은 당신의 아기보다 훨씬 길어요.

그때 나는 중앙 일간지의 17년차 기자이자 두 아이의 엄마로 의미를 찾을 수 없는 거친 노동과 아무리 세월이 흘러도 나아질 기미 없는 시간 투쟁에 지쳐 말을 잃은 상태였다. 누구와도 말하지 않고, 틈만 나면 바깥으로 나가 겨울바람을 맞으며 혼자 걸었다. 이렇게 이도저도 아닌 상태로 내 인생이 끝나버릴 것 같아서 날마다 울고 싶던 내게 오래전 르 귄의 저 말(1989년 인터뷰였으니 당시 르 귄은 60세였다.)은 대책 없는 위로가 됐다. 세상에는 이미 겪어본 사람만이 줄 수 있는 위로라는 게 있는 법이다.

물론 평균적 예시가 되기에 르 귄은 지나치게 운이 좋았다. 지식계급의 상위 중산층 가정에 태어나 양친의 사랑과 지지를 듬뿍 받으며 자란 것으로도 모자라 아내의 지성과 창조적 에너지를 경외하고 글쓰기를 전적으로 돕는 헌신적 남편이 있었다. 대개는 아내의 성공이 우울증과 불화의 원인이 되고(앤절라 카터, 오드리 로드), 우리 시대에 양육은 르 귄 때와 달리 아이가 일곱 살이 되어 학교에 입학한다고 해서 그 과업이 종료되지도 않는다. 엄마의 시간은 끝없이 지체되는 시간이다. 하지만 우리의 생은 길다. 1년이면 끝날 일이 2년이 걸릴 수도 있고, 5년은 소요될 일이 10년이 넘도록 끝나지 않을 수도 있다.(이 책의 저자 줄리 필립스가 그랬다.) 모성이라는 분열의 세계에 아직 발을 담그지 않았다면, 현명한 판단이 필요하다. 든든한 조력 시스템을 구축하는데 성공한 엄마라면, 행운에 감사하자. 돌이킬 수 없는 모성의 함정에 발이 꽁꽁 묶여 있다면, 울지 말자. 더 오래 살면 되는 일이다. 앤절라 카터가 연애와 결혼과 학업과 직업적 성공과 불륜과 이혼과 출산이라는 삶의 시퀀스를 완전히 새롭게 조립해 자기만의 버전을 만들었던 것처럼 우리도 우리 삶의 시퀀스를 다시 짜고, 다르게 배열된 생애 주기를 살 수 있다. 시간의 가루나마 소중히 모아 다만 한 땀이라도 오늘의 바느질을 해놓는다면, 그것은 실패가 아니다. 어슐러 르 귄의 엄마 크라키 크로버는 양육의 '최종_최최종_최최최종'까지 끝낸 62세에 첫 소설을 출판해 30대인 딸보다 먼저 작가로 성공을 거뒀다. 72세엔 딸의 반대에도 불구하고 29세의 미남과 재혼해 아침마다 젊은 남편을 탈진하게 했고, 82세에 백혈병으로 사망할 때까지 해로했다. 희망은 있다.

「그림자 밟기」의 작가 루이스 어드리크의 말처럼 "토마스 만에서 제임스 조이스에 이르는 많은 남성 작가들이 그토록 갈망하며 묘사하던 마음 상태"는 바로 엄마가 "아기를 안고 젖을 먹이고 있을 때"의 그 "거대한 바다 같은 일체감"일지도 모른다. 그들이 그토록 찾아 헤맨 (고통을 내포하는) 삶의 풍요를 엄마들은 이미 갖고 있다. 엄마들이 끝내 살아남아 마침내 그것을 쓸 수만 있었더라면, 세계 문학의 정전들은 뒤바뀌었을 것이다. 그러므로, 어머니여, 오래 살지어다.

해답이 없는 질문의 연속, 그럼에도

박재연

이 책은 "모성이 우발적 사고이자 의무에서 하나의 선택"으로 바뀌었던 20세기 중반에 활동한 여성 창작자들에 대한 집단 전기이자 "마음 대 아기의 문제(mind-baby problem)"를 탐구하는 인류학 보고서다. 20세기 전반기에 태어난 앨리스 닐, 도리스 레싱, 어슐러 르 귄, 오드리 로드, 앨리스 워커, 앤절라 카터는 "페미니즘과 더불어 도래한 변화를 체험할 만큼 충분히 젊고 일생에 걸쳐 양육했을 만큼 충분히 나이든" 삶을 살았다. 다양한 인물들의 내밀한 삶의 주요 순간을 능숙하게 넘나들면서, 필립스는 그들에게(그리고 우리에게) 묻는다. 창의성을 키우기는커녕 작업 할 시간도 내기 힘들었던 상황에서 어떻게 아이를 키우고 또 작업을 할 수 있었을까? 이에 대한 답을 찾아가는 과정에서 필립스는 모성과 예술 작업을 결합하는 데 따르는 실질적이고 심리적인 어려움에 대한 간결하고 냉정한 증언을 풍성한 인용, 다채로운 일화들과 함께 엮어놓는다.

필립스는 창의적인 삶이 모성과 분리되어야 한다는 그간의 단단한 오류에 대해 "양육의 현상학을 다룬 문헌은 꾸준히 증가하는데도 조금 더 깊은 층위에서 이 문제는 왜 여전히 서술 불가능하고 전혀 극적이지 않은 것으로 보일까? 양육은 모든 곳에서 실행되고 있는데, 왜 이론으로 존재하지는 않는 걸까?"라고 묻는다. 왜 모성에 대한 "묘사"만 있고 "이야기"는 없는 것일까? 이 책에 등장하는 사례들만 봐도 예술가들의 모성 경험은 지원 네트워크, 기질, 재산, 육아 방식에 따라 달라지지만, 예술가로서 자신을 정의하는 과정에서 엄마가 된 사람들은 이미 작품 활동을 하고 있는 사람들보다 다양한 정체성과 그에 수반되는 일들을 조화시키는 데 어려움을 겪는 경향이 있다.

지난 세기의 여성들에 대해 읽고 그들의 이야기를 다시 우리말로 옮기면서, 나는 종종 텍스트를 떠나 내 자신의 경험으로 돌아왔다. 팬데믹 이전에도 나는 두 아이의 주 양육자로서 하루를 보내고 밤늦게까지, 혹은 새벽에 일어나 글을 읽고 썼다. 창의적인 일에 종사하는 엄마들의 경험을 딱 잘라 표현하기 어려운 데에는 육아로 인한 피로감 외에도 여러 이유가 있다. 번역을 하는 내내, 줄어드는 작업 시간과 집중력에 대한 조바심, 워킹맘에 대한 몰이해로 인한 억울함, 아이를 내버려두고 방문을 닫을 때 느끼는 이기심에 대해 떠올렸다. 많은 이들이(심지어는 나를 가장 잘 이해해주리라 기대하던 이들조차) '균형 잡힌' 노동은 불가능하다며 적당히 내려놓으라고 입을 모아 말했다. 모성과 창작욕을 쉴 새 없이 저글링하다 보면 스스로를 우상으로 숭배하게 되는 동시에 회생 불가한 실패자로 여기게 되는 극단적인 양가감정이

꽤나 자주 피어오른다.

양육과 창작. 두 가지를 모두 하려는 시도가 여전히 지도 없이 운전하는 것처럼 느껴진다는 것은 사회 변화가 얼마나 더디고 어려운지를 보여주는 증거다. 왜 이렇게 살까, 싶다가도 어쩌면 나는 무엇인가를 잘 해내려 하기보다는 그저 할 수 있는지 확인하고 싶을 뿐이라는 생각을 하곤 한다. 그것이 무엇이건 간에, 무엇인가를 가능하게 만드는 한 가지 확실한 방법은 누군가에게 불가능하지 않다고 말하는 것이다. 이 책에 등장하는 여성들은 돌봄과 작업이라는 가장 중요한 두 가지 일을 하면서 (원하건 원하지 않건) 자신만의 리듬을 찾는 창조적 실험을 해왔고, 그들의 실험은 시대를 넘고 세대를 이어 계속 이어질 것이다. 나 역시 아이들을 키우며 자연스럽게 시간과 관계에 대한 개념이 달라졌다. 인생을 객관적이고 뚜렷한 단계로 구분하는 대신 중단과 즉흥의 지저분하고 불완전한 궤적으로 보게 되었고, 자연스럽게 나의 그것이든 타인의 그것이든 부분이 아닌 전체로 이해하고 개체가 아닌 관계의 시선으로 다시 상상하게 되었다. 그리고 이것은 이 책을 관통하는 주제이기도 하다. “예술”과 “돌봄”은 “한 순간, 하루, 일생에 걸쳐 이루어진다.”

다양한 경험을 바탕으로 한 이 책의 주제 의식은 논쟁이라기보다는 탐구에 가깝다. 해답을 알려주기보다는 더 많은 의문을 제기하는 불안한 책이다. 각자의 전기를 편년체인 듯 아닌 듯한 방식으로 풀어내는 사이사이에 ‘불안 지대’를 설치해, 단순한 전기에서 벗어나 꼬리를 무는 다른 이야기로 연결한다. 이 독특한 형식은 독자로 하여금 한편으로 알기 어렵고 다른 한편으로는 분명하게 드러나는 연결 지점과 결론을 찾도록 유혹한다. 가볍게 넘어가야 할 때와 설명적인 글을 촘촘하게 유지해야 할 때를 잘 알고 있다는 점 역시 필립스가 지닌 작가로서의 미덕이다. 이러한 완급 조절을 통해 필립스는 독자 스스로 이 책에 언급된 작가의 소설과 화가의 도록을 더 깊이 파고들고 싶게 만든다.

도리스 레싱은 자녀에 대한 법적 권리를 잃게 될 것을 알면서도 남편과 헤어지기로 결정했다. 로디지아에서 런던으로 홀로 떠난 결정은 역설적이게도 정치적 활동과 글쓰기, 모성이 통합된 삶으로 이어졌다. 이와 대조적으로 아이를 학대하는 파트너에게 테러를 당한 앨리스 닐은 의미있는 지원이 부재한 상황에서 양립할 수 없는 요구가 충돌할 때 발생하는 잔인함의 가장 불안한 예를 보여준다. 그런가 하면 어슐러 르 귄은 출판을 위해 고군분투하는 동안 판타지나 과학소설을 쓰면서 결혼 때문에 포기했던 대학원 공부뿐만 아니라 사회 문제에 대한 관심을 승화시킬 자유를 얻게 되었다. 마지막 장에 등장하는 앤절라 카터는 독립에 대한 갈망과 가족에 대한 사랑 사이의 팽팽한 긴장감이 작품에 훌륭하게 녹아드는 순간을 보여준다. 필립스는 카터의 마지막 소설인 『현명한 아이들』에 대해 언급하며 "돌봄 노동은 시간을 변화시킨다. 인간을 과거와 미래에 연결시키고, 우리를 현재에 묶어두며, 동시성을 요구하고, 자아의 순간들을 허용할 뿐 아니라, 우리를 노스탤지어와 미래성에 위탁하면서 말이다."라고 적는다.

여섯 명의 창작자들의 서사 못지않게 이 책의 저자인 필립스의 이야기도 진한 여운을 남긴다. 모성과 창의성이 수렴하는 지도의 빈 곳을 탐구하겠다는 그의 구체적 계획은 엄마로서 삶의 모든 힘을 전달할 수 없었던 스스로에 대한 무능감으로부터 시작되었다. "이 책을 쓰는 데 시간이 너무 많이 걸렸다. 아이들이 초등학교에 다닐 때 이 책에 대해 생각하기 시작했는데, 책을 마치고 보니 둘 다 대학생이 돼 있었다." (너무나 이해가 가는) 필립스의 이러한 고백은 결코 자기 합리화로 들리지 않는다. 합리화는 절망의 한 형태다. 대신 필립스는 자신을 용서한다. 스스로를 용서하려면 무엇보다 자기 자신을 향한 친절이 필요하다. 자신과 타인을 향한 친절을 품은 채 필립스는 우리 모두가 자신의 페이스대로 여행할 자격이 있다고 이야기한다.

다행히 최근 들어 성공과 생산성에 대한 전통적 관념을 깨뜨리는 훌륭하고 색다른 글들이 많이 나오고 있다. 이러한 작업들 덕에 우리는 개인의 정체성과 사회적 가치, 가정생활과 공적 관계의 공존을 시도하고, 동시에 각각의 의미를 찾는다. 『나의 사랑스러운 방해자』는 단순한 문화사 서술이 아니라 인내와 헌신의 생생한 증거다. 이 책을 비롯해 모성과 창조성이 얽혀 있는 모든 작업은 불안정하면서도 빛나는 어떤 것이다. 더 많은 사람들이 그렇게 봐주었으면 좋겠다.

나의 사랑스러운 방해자

**앨리스 닐, 도리스 레싱, 어슐러 르 귄,
오드리 로드, 수전 손태그, 앨리스 워커, 앤절라 카터…
돌보는 사람들의 창조성에 관하여**

초판 1쇄 발행 2023년 6월 16일

지은이 줄리 필립스
옮긴이 박재연, 박선영, 김유경, 김희진
발행인 김희진
편집 김지운
마케팅 이혜인
디자인 박연미
제작 제이오
인쇄 민언프린텍
발행처 돌고래

출판등록 2021년 5월 20일
등록번호 제2021-000173호
주소 서울시 강남구 선릉로 704 12층 282호
이메일 info@dolgoraebooks.com
ISBN 979-11-980090-7-4 (03800)